W0367412

LENGUA Y LITERATURA

3
ESO

edebé On+

ecosistema educativo inteligente

¿CÓMO SON LAS UNIDADES?

INICIO

DESARROLLO

LITERATURA

LENGUA

Entrada de unidad

Índice de contenidos y preguntas sugerentes para **estimular el interés.**

Lectura y comprensión

Lecturas motivadoras y variadas con actividades de **comprensión** que estimulan el **pensamiento** y la **reflexión.**

Comunicación oral

Comprensión y **expresión** en situaciones comunicativas diversas.

Vídeo motivador para despertar la curiosidad.

Vídeos presentados por **booktubers** para contextualizar la lectura.

Vídeos para facilitar la comprensión de los **contenidos.**

Actividades interactivas para practicar los contenidos.

CIERRE

Educación literaria
Análisis de los **géneros** y **autores** representativos de la **Edad Media**, el **Renacimiento** y el **Barroco**.

Comentario de texto
Pautas y **actividades** para analizar **textos literarios** representativos de cada período.

Los textos
Muestra de textos y propuesta para su **análisis** y **uso** en **contextos cotidianos.**

Conocimiento de la lengua
Análisis de la lengua desde el punto de vista del **léxico,** de la **gramática** y de la **ortografía.**

Actividades finales
Actividades organizadas por **apartados** y por **nivel** para repasar los contenidos de la unidad.

Pon a prueba tus competencias / Síntesis
Actividades **contextualizadas** para valorar la adquisición de competencias. Esquema de la unidad.

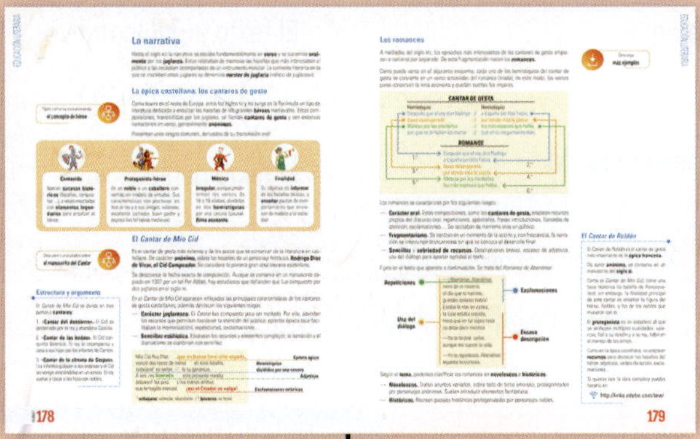

Infografías y **presentaciones** para expresar los contenidos de forma visual.

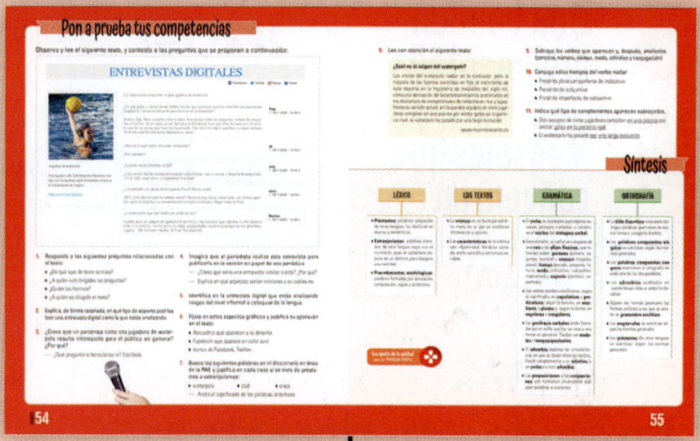

Prueba final para repasar los contenidos y escaparse de la unidad.

Audios de las **lecturas,** de los textos para la **comprensión oral** y de los **dictados.**

Textos adicionales descargables.

Y además en

edebé On

- Libro digital interactivo.
- Biblioteca de recursos.
- Vídeos, infografías y juegos educativos.

ÍNDICE

Unidades de Lengua

Unidades de Literatura

Empezamos

Lectura y comprensión

Lee el artículo de Soledad Puértolas sobre Ana María Matute publicado en un periódico digital y resuelve las actividades que tienes a continuación:

ADIÓS A UNA MAESTRA DEL REALISMO Y LA FANTASÍA CON ANA MARÍA

Hubiéramos querido más, ratos y más ratos de vida con Ana María Matute

La conocí en París, en uno de esos viajes que hacíamos por entonces los escritores. Éramos un grupo bastante numeroso y, a la llegada al hotel, que no tenía un gran aspecto, Ana María Matute, con quien había hablado durante el viaje, con gran timidez y nerviosismo por mi parte, porque la admiraba demasiado como para atreverme a conocerla en persona, se dejó caer en uno de los sillones del vestíbulo como si estuviera a punto de desfallecer.

Las habitaciones no estaban listas y los trámites, además, fueron lentos. Al cabo, nos dieron las habitaciones y nos dispersamos. Ana María parecía algo más animada. Más tarde me confesó que eso le pasaba a menudo, que de repente se sentía sin fuerzas.

Nos hemos ido diciendo eso la una a la otra a lo largo de los años de nuestra amistad, que empezó en aquel momento, en el oscuro, algo sórdido, vestíbulo del hotel parisino [...]. Admiramos y queremos a una persona, nos identificamos, incluso, con ella, en la certeza de que, siendo distinta, hay algo en ella que entendemos, que nos resulta afín, que nos une a ella de una forma profunda.

Ana María fue cobrando una apariencia cada vez más frágil, más delicada. Se cayó innumerables veces, hubo de familiarizarse con la escayola, el bastón, la silla de ruedas. Seguía viajando, seguía acudiendo a actos públicos, seguía escribiendo [...]. Su voz, cada vez más delgada, siempre fue cantarina. Una voz alegre, aunque expresara penas o indignaciones.

Se supo levantar de todos sus desfallecimientos, supo amar, supo tener fe. En este momento, los trozos de vida que nos dio, que compartimos con ella, parecen cortos.

Hubiéramos querido más, ratos y más ratos de vida con Ana María Matute, en vestíbulos y bares de hotel y de aeropuertos, pero al fin, su vida ha sido larga. Ha sido rica. El mundo de inocencia, dolor, amargura y magia que nos ofrece en cada uno de sus libros ya se ha hecho parte de lo que somos. Es el regalo que hacen los artistas [...].

Cuando el desfallecimiento ha sido dejado atrás, ya no existe. Lo que existe es el momento glorioso de la creación, el triunfo de la vida. De Ana María Matute quedará, para todos, el mundo que creó. Para sus allegados y seres más queridos, su fortaleza, ese impulso que la sostenía y hacía que se levantara una y otra vez y que deseara, siempre, ver más, hablar más, escribir más.

Soledad Puértolas. Cultura. *El País* [en línea].

Actividades

1. **Responde a estas preguntas y justifica tus respuestas con datos extraídos del texto:**
   - ¿Qué relación existía entre las escritoras Soledad Puértolas y Ana María Matute?
   - ¿Dónde empezó su amistad?
   - ¿Qué dato le confesó Ana María Matute a la narradora?
   - ¿Cómo es el mundo de sus libros?
   - ¿Qué nos ha dejado la autora como legado?
2. **Indica si las siguientes afirmaciones son verdaderas o falsas. Transforma estas últimas en verdaderas.**
   - Soledad Puértolas siente una gran admiración por Ana María Matute.
   - La voz de Ana María Matute era triste y apagada.
   - Ana María Matute tuvo que dejar de trabajar por sus desfallecimientos.
3. **Los hechos no siguen un orden lineal; ¿a qué momentos distintos de la vida de las autoras se refieren?**

Actividades

4. A lo largo de la lectura, Soledad Puértolas alterna expresiones de fortaleza y de debilidad para describir a Ana María Matute.

   a) Busca en el texto palabras o expresiones que indiquen debilidad y otras que sugieran fortaleza.

   b) ¿A qué se debe principalmente su debilidad?

   c) ¿Qué es lo que le permitía seguir con su actividad?

   d) A partir de las respuestas anteriores, justifica si Ana María Matute era una persona fuerte o débil.

5. Lee el siguiente fragmento del texto:

   > Admiramos y queremos a una persona, nos identificamos, incluso, con ella, en la certeza de que, siendo distinta, hay algo en ella que entendemos, que nos resulta afín, que nos une a ella de una forma profunda.

   a) ¿Estás de acuerdo con esta afirmación? Explícalo con tus palabras.

   b) ¿Alguna vez has tenido este sentimiento hacia alguien?

Los textos escritos y orales

Los **textos periodísticos** pueden ser **informativos,** si presentan hechos actuales de manera objetiva, o de **opinión,** si transmiten la valoración de quien escribe.

La **narrativa** es el género literario en el que un **narrador** cuenta los hechos sucedidos a unos personajes. Además, suele presentar una **estructura** determinada que consta de **introducción, nudo** y **desenlace.**

Actividades

6. El texto de Soledad Puértolas es un artículo periodístico de opinión. Señala las características de este género periodístico en él.

   — A continuación, lee este artículo y compáralo con el anterior:

   VALOR Y PRECIO

   El Atleti ha hecho una temporada tan grandiosa que ni siquiera haber perdido la Liga habría restado un ápice de su grandeza

   Porque a veces el destino es justo, y la justicia de los poetas se cumple en la realidad. Porque a veces no ganan los de siempre, y el dinero no compra la felicidad, y la unión hace la fuerza, y la fe mueve montañas, y creer es poder, y el esfuerzo merece su recompensa, y resulta que sí, que de verdad se puede. A veces, las palabras bellas no son palabras huecas. A veces, las buenas intenciones representan mucho más que frases hechas, moralejas de cuentos simples, concebidos para apaciguar a los niños y a los adultos desdichados. Entonces, David vuelve a tumbar a Goliat de una pedrada y unos viejos versos de Antonio Machado, todo necio / confunde valor y precio, resplandecen en un cielo limpio y tierno, tan flamante como si acabara de nacer. Saber perder es mucho más difícil que saber ganar.

   Almudena Grandes. *El País* [en línea].

7. Ana María Matute escribió numerosos cuentos en los que describió con realismo el mundo de la infancia.

   Escucha el siguiente cuento de la autora titulado *Música* y comenta, con ejemplos del texto, las principales características de este género literario.

8. El texto de Soledad Puértolas rinde un homenaje a su amiga Ana María Matute. Piensa en alguien a quien te gustaría dedicarle un homenaje y escribe un texto en el que expreses tu admiración por esa persona.

Léxico

El **mapa mental** permite organizar con facilidad los pensamientos y representarlos de forma muy intuitiva y clara. Para **elaborar** un mapa mental hay que seguir estas pautas:

1. El **concepto** que se quiere **trabajar** se sitúa en el **centro** y representa la idea más importante.
2. De esta idea emanan diversas ramas que representan los **pensamientos principales**, y de estas, a su vez, salen otras ramas, que expresan los **pensamientos secundarios**.

El uso de colores, símbolos, imágenes, palabras… ayuda a destacar la **relación** entre las ideas.

Actividades

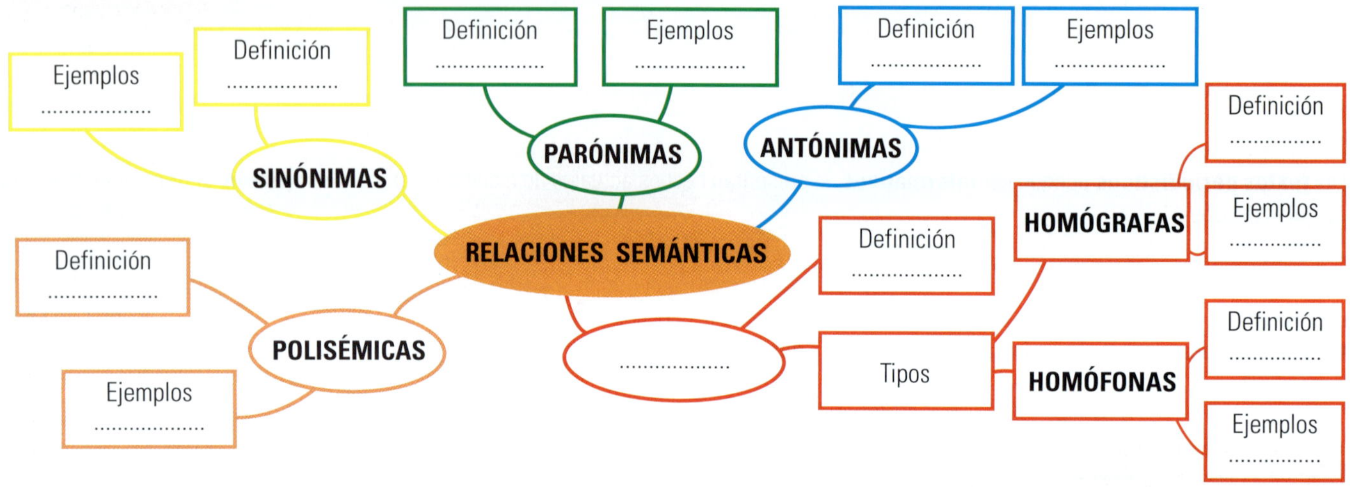

9. Teniendo en cuenta las pautas anteriores, completa y amplía con ejemplos el mapa mental sobre las relaciones semánticas.

10. Crea familias léxicas con estas palabras del texto: *escritores, admiraba, confesó.*

11. Propón un sinónimo y un antónimo para cada una de estas palabras extraídas de la lectura: *timidez, sórdido, frágil, distinta.*

12. Indica el hiperónimo de *hotel, sillones* y *dolor,* y añade otros hipónimos a los que te proponemos.

13. En el texto se dice: «Adiós a una maestra del realismo y la fantasía».

— Busca la palabra *maestro* en el diccionario y localiza la acepción correcta en este caso.

— Pon ejemplos de personas que sean maestros en alguna actividad. Por ejemplo: Ferran Adrià es un maestro de los fogones.

Ortografía

Actividades

14. Completa el texto con las grafías *b/v, g/j* y *x* que faltan. A continuación, describe las reglas ortográficas que se pueden aplicar en cada caso.

15. Indica si las siguientes palabras contienen un diptongo o un hiato: **via**je, fanta**sía**, **rea**lidad, **rue**das, **poé**tico, crea**ción**. Justifica las reglas de acentuación en cada caso.

16. Justifica el uso o la ausencia de tilde en las siguientes palabras: *ideología, poético, visión, infantil, configuró, novelas.*

En toda la o_ra de **Ana María Matute** (Barcelona, 26 de julio de 1925 - 25 de junio de 2014) pervive esta mirada protagonista infantil o adolescente que marca un distanciamiento afecti_o entre realidad y sentimiento o entendimiento. Son obras que se inician con gran lirismo y poco a poco se sumer_en en un realismo e_acerbado. Las novelas de Ana María Matute no están e_entas de compromiso social, si bien es cierto que no se adscri_en e_plícitamente a ninguna ideolo_ía política. Partiendo de la visión realista imperante en la literatura de su tiempo, logró desarrollar un estilo personal que se adentró en lo imaginati_o y configuró un mundo lírico y sensorial. Su obra resulta así ser una rara com_inación de denuncia social y de mensa_e poético, am_ientada con frecuencia en el uni_erso de la infancia y la adolescencia de la España de la posguerra. Escritores.org

Gramática

Existen diferentes tipos de oraciones, según los siguientes criterios de clasificación:

Complejidad

- **Simple:** Juan come pan. (Un predicado y un núcleo verbal).
- **Compuesta:** Luis lee y María escucha música. (Más de un verbo).

Naturaleza del predicado

- **Copulativa:** El perro está triste. (Predicado nominal, cuyo núcleo es un verbo copulativo que actúa como elemento de unión entre el atributo y el sujeto).
- **Transitiva:** Los chicos miran la pantalla. (Predicado verbal, cuyo núcleo es un verbo transitivo que necesita un objeto directo o un complemento para completar su sentido).
- **Intransitiva:** Los niños jugaban en el parque. (Predicado verbal, cuyo núcleo es un verbo intransitivo que no necesita un objeto directo o un complemento para tener sentido completo).

Actividades

17. Indica a qué clase pertenece cada una de las palabras de esta oración:

En la obra de Ana María Matute pervive esta mirada protagonista.

a) Identifica los sintagmas e indica las funciones que desempeñan.

b) Señala las características de la oración anterior, según los criterios indicados. Justifica la respuesta.

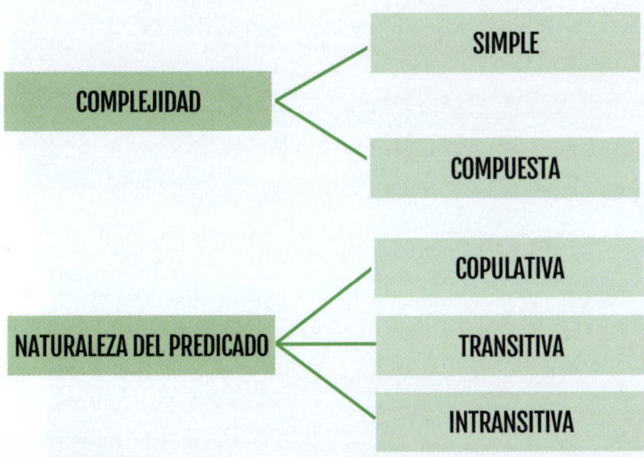

18. ¿De qué tipo son los complementos verbales subrayados en el texto?

— Localiza un ejemplo de oración copulativa, otro de transitiva, otro de activa y uno más de oración pasiva.

> Ana María Matute dedicó su discurso a todos sus lectores. La autora se refirió al bosque como un mundo que le ha fascinado desde su más temprana infancia. La escritora, ganadora del Premio Cervantes 2010, fue aplaudida por todos los asistentes, que estaban felices de compartir con ella un acontecimiento tan especial.

19. Lee el fragmento del discurso de Ana María Matute en la entrega del Premio Cervantes y responde a las preguntas.

— ¿Crees que el nivel del lenguaje que emplea la autora es culto o piensas que es coloquial? Justifica tu respuesta con ejemplos del texto.

> Majestades, autoridades:
>
> Sospecho que no soy la primera en decir que nunca, durante la larga travesía de mi vida (salpicada, por cierto, de abundantes tempestades), imaginé que llegara a conocer un día como este. Y, junto a la inmensa alegría que me invade, debo confesarles que preferiría escribir tres novelas seguidas y veinticinco cuentos, sin respiro, a tener que pronunciar un discurso, por modesto que este sea. Y no es que menosprecie los discursos: solo los temo. Mi incapacidad para ellos quedará manifiesta enseguida, y, por tanto, me permito apelar a su benevolencia. Pero antes deseo hacerles partícipes de mi agradecimiento: este premio lo considero como el reconocimiento, ya que no a un mérito, al menos a la voluntad y amor que me han llevado a entregar toda mi vida a esta dedicación.
>
> *El País* [en línea], 28-4-2011.

20. La infancia de Ana María Matute transcurrió entre Madrid y Barcelona. En el vídeo, la autora explica que esas idas y venidas produjeron en ella una cierta sensación de desarraigo.

— Visualiza el vídeo y comenta con tus compañeros y compañeras de qué modo te afectaría cambiar de centro educativo y de amigos continuamente.

https://links.edebe.com/nv (min 0:53-3:19)

1 Reportajes para crear opinión

Contenidos

- **LECTURA**
  La magia de los libros
- **COMUNICACIÓN ORAL**
  El anuncio propagandístico
- **LOS TEXTOS**
  La prensa escrita: el reportaje
- **LÉXICO**
  El origen del léxico castellano
- **GRAMÁTICA**
  El sintagma o grupo nominal
- **ORTOGRAFÍA**
  Tilde en diptongos, triptongos e hiatos

¡Mira el vídeo!

¿Cómo debe ser un buen reportaje?
¿Y un buen reportero?

¿Cómo han llegado hasta nosotros las palabras que pronunciamos cada día?

¿Qué grupos de palabras acompañan al «rey» del sintagma nominal?

Escucha la
NARRACIÓN

La magia de los libros

Antes de leer el siguiente fragmento del libro *La historia interminable*, te invitamos a escuchar la opinión de alguien que ya lo ha leído...

Las pasiones humanas son un misterio, y a los niños les pasa lo mismo que a los mayores. Los que se dejan llevar por ellas no pueden explicárselas, y los que no las han vivido no pueden comprenderlas. Hay hombres que se juegan la vida para subir a una montaña. Nadie, ni siquiera ellos, puede explicar realmente por qué. Otros se arruinan para conquistar el corazón de una persona que no quiere saber nada de ellos. Unos cuantos creen que solo serán felices en algún lugar distinto, y recorren el mundo durante toda su vida. Y unos pocos no descansan hasta que consiguen ser poderosos. En resumen, hay tantas pasiones distintas como hombres distintos hay.

La pasión de Bastián Baltasar Bux eran los libros.

Quien no haya pasado nunca tardes enteras delante de un libro, con las orejas ardiéndole y el pelo caído por la cara, leyendo y leyendo, olvidado del mundo y sin darse cuenta de que tenía hambre o se estaba quedando helado...

Quien nunca haya leído en secreto a la luz de la luna de una linterna, bajo la manta, porque su padre o su madre o alguna otra persona solícita le ha apagado la luz con el argumento bien intencionado de que tiene que dormir, porque mañana hay que levantarse temprano...

solícita: servicial y atenta.

Quien nunca haya llorado abierta o disimuladamente lágrimas amargas, porque una historia maravillosa acaba y había que decir adiós a personajes con los que había corrido tantas aventuras, a los que quería y admiraba, por los que había temido y rezado, y sin cuya compañía la vida parecería vacía y sin sentido...

Quien no conozca todo eso por propia experiencia no podrá comprender probablemente lo que Bastián hizo entonces...

Miró fijamente el título del libro y sintió frío y calor a un tiempo. Eso era, exactamente, lo que había soñado tan a menudo y lo que, desde que se había entregado a su pasión, venía deseando: ¡Una historia que no acabase nunca! ¡El libro de todos los libros!

¡Tenía que conseguirlo, costase lo que costase!

¿Costase lo que costase? ¡Eso era muy fácil de decir! Aunque habría podido ofrecerle más de los tres marcos y cincuenta *pfennig* que le quedaban de su paga..., aquel antipático señor Koreander le había dado a entender con toda claridad que no le vendería ningún libro. Y, desde luego, no se lo iba a regalar. La cosa no tenía solución...

marcos: monedas alemanas.

pfennig: moneda de céntimo de marco.

Y, sin embargo, Bastián sabía que no podría marcharse sin el libro. Ahora se daba cuenta de que precisamente por aquel libro había entrado allí, de que el libro lo había llamado de una forma misteriosa porque quería ser suyo, porque, en realidad, ¡le había pertenecido siempre!

Antes de darse cuenta de lo que hacía, se había metido muy deprisa el libro bajo el abrigo y lo sujetaba contra el cuerpo con ambos brazos. Sin hacer ningún ruido, se dirigió a la puerta de la tienda andando hacia atrás y mirando entre tanto temerosamente a la otra puerta, la del despacho. Levantó el picaporte con cautela. Quería evitar que las campanillas de latón sonaran y abrió la puerta de cristal solo lo suficiente para poder deslizarse por ella. Silenciosa y cuidadosamente, cerró la puerta por fuera.

Y solo entonces comenzó a correr.

Los cuadernos, los libros del colegio y la caja de lápices saltaban y tableteaban en su cartera al ritmo de sus piernas. Le dio una punzada en el costado, pero siguió corriendo.

La lluvia le resbalaba por la cara, metiéndosele por el cuello. El frío y la humedad le calaban el abrigo, pero Bastián no lo notaba. Sentía calor, y no era solo de correr.

Su conciencia, que antes, en la tienda, no había dicho esta boca es mía, se había despertado de repente. Todas las razones que habían sido tan convincentes le parecieron de pronto totalmente increíbles, y se fundieron como monigotes de nieve bajo el aliento de un dragón.

Había robado. ¡Era un ladrón!

Lo que había hecho era incluso peor que un robo corriente. Aquel libro era seguramente un ejemplar único e insustituible. Sin duda había sido el mayor de los tesoros del señor Koreander. Quitarle a un violinista el violín o a un rey su corona era peor que llevarse el dinero de un banco.

Bastián había dejado de correr. Ahora andaba despacio y, al final de la calle, vio el edificio del colegio. De pronto se le ocurrió el lugar adecuado, el único en donde —por lo menos, de momento— no le buscarían ni encontrarían.

El desván era grande y oscuro. Olía a polvo y a naftalina. No se oía ningún ruido, salvo el suave tamborileo de la lluvia sobre las planchas de cobre del gigantesco tejado. Fuertes vigas, ennegrecidas por el tiempo, salían a intervalos regulares del entarimado, uniéndose más arriba a otras vigas del armazón del tejado y perdiéndose en algún lado en la oscuridad. Aquí y allá colgaban telas de araña, grandes como hamacas, que se columpiaban suave y fantasmalmente en el aire.

Poco a poco sus ojos se iban acostumbrando a la penumbra. Conocía el lugar. Seis meses antes, el portero del colegio le había pedido que le ayudase a transportar un gran cesto de ropa lleno de viejos formularios y papeles que había que dejar en el desván. Entonces Bastián había visto dónde se guardaba la llave de la puerta: en un armarito que había en la pared, junto al tramo superior de la escalera. Desde entonces no había vuelto a pensar en ello. Pero ahora se había acordado otra vez.

Bastián comenzó a tiritar. Se quitó el abrigo mojado y lo colgó en el ropero. Se quitó también las botas empapadas. En calcetines, se sentó al estilo árabe sobre las colchonetas y, como un indio, se echó las mantas grises por los hombros. Junto a él tenía su cartera... y el libro de color cobre.

Pensó que los otros, en la clase de abajo, debían de estar dando precisamente Lengua. Quizá tuvieran que escribir una redacción sobre algún tema aburridísimo.

Bastián miró el libro.

«Me gustaría saber», se dijo, «qué pasa realmente en un libro cuando está cerrado. Naturalmente dentro hay solo letras impresas sobre el papel; pero sin embargo... Algo debe de pasar, porque cuando lo abro aparece de pronto una historia entera. Dentro hay personas que no conozco todavía, y todas las aventuras, hazañas y peleas posibles... y a veces se producen tormentas en el mar o se llega a países o ciudades exóticos. Todo eso está en el libro de algún modo. Para vivirlo hay que leerlo, eso está claro. Pero está dentro ya antes. Me gustaría saber de qué modo».

Y de pronto sintió que el momento era casi solemne.

Se sentó derecho, cogió el libro, lo abrió por la primera página y comenzó a leer...

Michael Ende, *La historia interminable*. Alfaguara.

latón: aleación de cobre y de cinc.

naftalina: hidrocarburo que se usa como desinfectante.

entarimado: suelo formado por tablas ensambladas.

Actividades

Obtención de información

1. Responde a estas preguntas sobre el texto:
   - ¿Por qué el libro llama la atención de Bastián?
   - ¿Por qué no puede comprarlo? ¿Cómo consigue llevárselo?
   - ¿Cómo se siente el protagonista tras llevarse el libro? ¿Dónde lo lee?
   - ¿Qué sensaciones experimenta Bastián antes de empezar a leerlo?

   — Resume el texto a partir de las respuestas.

2. Localiza en el texto una oración que pueda servir como título.

Interpretación

3. ¿En cuántas partes puede dividirse el texto? Señálalas.

4. Escribe un sinónimo para cada una de las palabras y expresiones subrayadas.
   - Levantó el picaporte con cautela.
   - No se oía ningún ruido, salvo el suave tamborileo de la lluvia.
   - Fuertes vigas, ennegrecidas por el tiempo, salían a intervalos regulares del entarimado.
   - Poco a poco sus ojos se iban acostumbrando a la penumbra.

5. Explica qué significa la expresión subrayada:

   Su conciencia, que antes, en la tienda, no había dicho esta boca es mía, se había despertado de repente.

6. ¿En qué persona gramatical se cuenta la historia? ¿Cómo es el narrador, observador u omnisciente? Razona tus respuestas.

Reflexión

7. Indica cuál crees que es la finalidad del texto.
   - El autor pretende que comprendamos el comportamiento de Bastián.
   - El autor pretende mostrar al lector, a través de la historia de Bastián, lo positivo de la pasión por los libros y la lectura.
   - El autor pretende hacer reflexionar al lector sobre las pasiones y las consecuencias de dejarse llevar por ellas.

8. La pasión de Bastián son los libros. ¿En qué parte de la lectura se transmite la sensación que experimenta cada vez que abre un libro? Escoge la imagen o la idea que más te guste y explica por qué.

   — ¿A qué otras pasiones se hace referencia en el texto? Cítalas empleando únicamente un sustantivo.

   — ¿Cuál es tu pasión? Redacta un texto en tu cuaderno explicando, brevemente, en qué consiste y valorando qué aporta a tu vida.

Expresión

9. Busca en Internet el tráiler de la película *La historia interminable,* basada en la novela de la que forma parte el texto de la lectura.

   — Quizá ya hayas visto la película; si no es así, imagina a partir de las imágenes cuál puede ser el argumento de la historia y redáctalo.

El anuncio propagandístico

Un **anuncio propagandístico** pretende convencer y aconsejar al público para que actúe de una manera determinada e influir sobre su conducta.

Actividades

Escucha

1. Responde a estas preguntas sobre el anuncio que acabas de escuchar:
   - ¿Cuál es su finalidad?
   - ¿Quién era Jorge Luis Borges?
   - ¿Cuál es el eslogan del anuncio?
   - ¿Qué funciones del lenguaje predominan?
2. ¿Por qué crees que la opinión de Jorge Luis Borges sobre la lectura es importante?
3. Copia en tu cuaderno los tres fragmentos literarios que has escuchado e indica de cada uno:
   - Su autor o autora.
   - De qué obra forma parte.
   - A qué género literario pertenece.
4. ¿Conocías con anterioridad alguno de los fragmentos que has escuchado?
5. En tu opinión, ¿este anuncio cumple con el objetivo de fomentar la lectura? Argumenta tu respuesta.

Habla

6. Imagina que trabajas en una agencia de publicidad junto con tu socio y que la biblioteca municipal os ha contratado para crear un anuncio propagandístico que fomente la lectura entre los lectores más pequeños (6 a 9 años).

   — Seguid estos pasos para crear vuestro anuncio:
   - Elegid un fragmento de un cuento infantil (popular, tradicional, moderno, etc.) que penséis que puede resultar motivador para los niños y niñas.
   - Elaborad un guion en el que incluyáis un eslogan atractivo y divertido.
   - Cread un texto que motive al público y logre que se interese por la lectura.
   - Escoged una música o canción que acompañe al anuncio.

   — Una vez que tengáis el guion elaborado, podéis proceder a grabar vuestro anuncio siguiendo estas indicaciones:
   - Descargad la aplicación Audacity que permite grabar archivos de voz y editarlos.
   - Haced varias pruebas hasta que obtengáis el resultado deseado.
   - Una vez tengáis el archivo definitivo, compartidlo con el resto de la clase.
   - Explicad por qué habéis elegido ese fragmento de cuento y la música que lo acompaña.

¿De qué te quiere convencer este **anuncio?**

Un anuncio propagandístico...

Pretende convencer y aconsejar al público para que actúe de una manera determinada, es decir, influir sobre su conducta. Puede adoptar distintas formas: social, cultura, cívica, deportiva, etc.

- Suele incluir un **eslogan** breve que capta la atención de los oyentes.
- En muchas ocasiones, incluye **música** o una **canción** que llama la atención del público y consigue despertar su interés.

Para presentar un anuncio...

- Seguid un **orden:** eslogan, texto...; la elaboración previa del guion os ayudará.
- Es importante crear un tono de **expectación** e **interés** que logre atrapar a la audiencia.
- Emplead un lenguaje claro, accesible y **comprensible** para todos y todas.
- Si se os olvida algún detalle del guion, **improvisad** y no detengáis la presentación.

La prensa escrita: el reportaje

Los medios de comunicación, entre ellos la prensa escrita, cumplen una importante labor social: mantener **informados** a los ciudadanos.

La noticia y el reportaje son dos subgéneros periodísticos que pertenecen a los **géneros informativos,** ya que describen hechos de manera **objetiva,** sin aportar opiniones propias.

Lee el siguiente fragmento de un reportaje:

Titular

PREDICCIONES DE LA CIENCIA FICCIÓN QUE SE HAN HECHO REALIDAD

Entradilla

Muchos de los avances soñados por la literatura de ciencia ficción son hoy parte de nuestra vida cotidiana. Estas son algunas de las predicciones que se han cumplido.

Puede ser abrumador pensar en ello, pero ahora estamos viviendo en el futuro sobre el que tantos libros de ciencia ficción y películas nos han hablado desde hace muchísimo tiempo. Y en su mayor parte, estos autores y cineastas hicieron un trabajo bastante decente al predecir lo que el futuro nos depararía, tecnológicamente hablando, al menos.

Por cada predicción de ciencia ficción un tanto insólita en estos momentos (como la interacción alienígena o los coches voladores), hay una tan acertada que puede resultarnos incluso inquietante (como el prototipo de iPad en *2001: Una odisea del espacio*). Incluso podemos encontrar asociaciones curiosas en los cuentos de hadas y las historias de fantasía de hace siglos. ¿Podríamos llamar al espejo mágico de *La bella y la bestia* un predecesor de FaceTime y *Skype* del siglo XVIII? [...]

Los escáneres corporales totales que ahora son habituales en los aeropuertos de EE. UU. tienen indicios muy asentados en el *Desafío total* de 1990. Los escáneres retinianos y la publicidad dirigida en tiempo real en *Minority Report* son cada vez más comunes. La Xbox Kinect controlada por movimiento también se remonta a la famosa película protagonizada por Tom Cruise. Y *2001: A Space Odyssey* de Stanley Kubrick está cargada de elementos que ahora nos resultan familiares: ordenadores parlantes (aunque los nuestros no son tan interactivos como *HAL*), libros electrónicos, estaciones espaciales y transbordadores espaciales.

Datos fiables y objetivos

Los científicos están trabajando activamente en productos que reproducen estrechamente lo que podemos ver en el campo de la tecnología de ficción. Así, por ejemplo, en el desarrollo de las Google Glass la película *Terminator 2* tuvo mucho que ver como inspiración. Y los expertos están trabajando en más inventos que hemos visto en películas o libros, como los sables de luz de *Star Wars*, el casco cibernético de Iron Man, el escudo del Capitán América, el arma de ataque de Batman o la capa de invisibilidad de Harry Potter.

Ejemplos

SUBMARINO

En *20.000 leguas de viaje submarino* (1879), Jules Verne ideó un enorme submarino eléctrico llamado *Nautilus*, un tipo de transporte marino que no fue inventado hasta el año 1960, si bien es cierto que en 1800 ya existían prototipos que pudieron haber inspirado al escritor francés. En cualquier caso, se trata del literato con mayor capacidad para anticiparse a los avances venideros, debido probablemente a su gran afición por la ciencia y la lectura.

RADAR

En *Ralph 124C 41+*, Hugo Gernsback mencionaba un dispositivo llamado «telephot», que permitía a las personas verse mientras se hablaban desde largas distancias, idea precursora del actual Skype. Escrita en al año 1914, la novela introduce también el concepto de radar, descrito literalmente como «una ola de éter polarizada pulsante que se refleja en objetos metálicos y regresa al emisor, permitiendo calcular así la posición y distancia».

COCHES AUTÓNOMOS

Aunque la película *Desafío total* tiene una visión bastante exagerada del futuro, una de las tecnologías presentadas fue muy precisa. Si lo recuerdas (no es un juego de palabras), los personajes de la película utilizan a menudo las Johnny Cabs. Estos taxis son conducidos por conductores de taxi automatizados que controlan el vehículo. Aunque los coches sin conductor aún no circulan por nuestras carreteras, lo harán muy pronto. No es un gran salto en nuestra imaginación que las flotas de taxis automatizados se conviertan en una realidad para todos muy pronto. [...]

Revista *muy interesante* (edición digital)

Material gráfico

El **reportaje** profundiza en el conocimiento de temas que despiertan interés. Muchas veces, se amplía la información de noticias ya publicadas que mantienen su relevancia aunque **no sean obligatoriamente actuales.**

Descubre más
tipos de reportajes

La **estructura** del reportaje es similar a la de otros textos informativos: consta de un **titular,** con el que se busca llamar la atención del lector; de una **entradilla,** que sirve de introducción; y a continuación, de un **cuerpo,** en el que se desarrolla el tema.

Las **características** específicas del reportaje son:

Claridad

El reportaje tiene, principalmente, una **función divulgativa.** Por este motivo, su estilo es **sencillo y preciso.** Además, los reportajes suelen incluir gráficos, esquemas y fotografías para ilustrar el contenido y facilitar su entendimiento.

Exhaustividad

Amplía y desarrolla un tema; por ello, un reportaje suele ser más **extenso** que una noticia. El autor o autora debe investigar el caso que se expone y aportar **datos fiables y relevantes.** Además, se confrontan y comparan diversos puntos de vista y se incluyen intervenciones de testimonios representativos y ejemplos reales.

Objetividad

Un buen reportaje se caracteriza por su **imparcialidad.** Suele utilizarse la tercera persona gramatical, ya que es un rasgo de impersonalidad. Sin embargo, frecuentemente, este tipo de textos no solo tiene la función de informar acerca de un hecho, sino que también busca una finalidad estética. Así, podemos encontrar fragmentos descriptivos con cierto estilo literario, e incluso algunas intervenciones personales del autor.

Actividades

1. Lee con atención la siguiente noticia:

Los osos polares se han visto gravemente afectados por el cambio climático, y los investigadores están preocupados porque si continúa el calentamiento global con los patrones del pasado, entonces su número va a seguir disminuyendo.

Los osos polares viven solo en la región del Ártico, donde caminan por las gruesas capas de hielo. Como este hielo comienza a derretirse, su hábitat natural está siendo destruido y no hay forma de recuperarlo.

Estos cambios climáticos también afectan a su fuente de alimentación. Ellos dependen de las distintas especies de focas como su principal fuente de alimento. A medida que estas especies tienen que moverse para encontrar su propio alimento, los osos polares tienen menos para vivir. Otro problema es que los osos polares se están moviendo demasiado para encontrar comida y un hábitat donde puedan estar contentos. Esto ha llevado a muchos de ellos hacia lugares muy cercanos a los humanos.

Osopolarpedia.

— Transforma la noticia anterior en un reportaje. Para ello, ten en cuenta estos aspectos:

- Busca información acerca de las causas por las cuales los osos polares se han convertido en una especie en peligro de extinción.
- Respeta la estructura y las características del reportaje: exhaustividad, claridad y objetividad.
- Puedes incluir tablas, gráficos y esquemas para ilustrar el contenido.
- Comparte con tus compañeros y compañeras el reportaje que has escrito.

2. Busca un reportaje que te resulte interesante en la edición digital de alguno de los periódicos más importantes.

— Imprímelo y léelo con atención.

— Señala cuáles son las partes que lo forman y los elementos propios del reportaje que aparecen en él.

— Te proponemos algunos temas: los *youtubers,* el cambio climático...

3. Los reportajes pueden ser de carácter objetivo, más parecidos a la noticia, o de carácter interpretativo, donde el periodista aporta juicios de valor.

— Justifica de qué tipo es el reportaje anterior: «Predicciones de la ciencia ficción que se han hecho realidad».

¿Cómo han llegado hasta hoy
las palabras de nuestra lengua?

El origen del léxico castellano

La mayoría de las palabras que conoces proceden del latín, por eso decimos que el castellano es una **lengua románica,** resultado de la evolución de la lengua latina en la Península. Sin embargo, existen diferentes factores que han contribuido a enriquecer el léxico de nuestra lengua. Vamos a conocerlos.

Palabras patrimoniales, cultismos y dobletes

Del latín, base o sustrato de la lengua castellana, proceden las **palabras patrimoniales,** que constituyen la mayor parte del léxico español, ya que son las que han evolucionado fonéticamente desde su origen latino hasta nuestros días. Por ejemplo, las palabras latinas *litteram* y *apiculam* en castellano han evolucionado a *letra* y *abeja*, respectivamente:

litteram < letra   *apiculam* < abeja   *tempus* < tiempo

Otras palabras que también provienen del latín se han tomado directamente y en tiempos más recientes, por lo que se han incorporado al léxico castellano sin apenas sufrir transformaciones. En este caso, hablamos de **cultismos**:

signum < signo   *opacum* < opaco   *sollicitare* < solicitar

En ocasiones, un mismo término latino ha evolucionado como palabra patrimonial y, luego, se ha incorporado también, casi sin cambios, como cultismo, adoptando otro significado. Este fenómeno recibe el nombre de **doblete:**

computare
- **cultismo** → computar
- **patrimonial** → contar

delicatum
- **cultismo** → delicado
- **patrimonial** → delgado

Palabras de otras culturas

Otro grupo importante del léxico español está constituido por las **aportaciones de otras culturas** a lo largo de la historia. Se trata, por ejemplo, de las palabras que dejaron en nuestro idioma los pueblos que convivieron en la Península después de la implantación del latín; sobre todo, los **visigodos** y los **árabes:**

- **Germanismos:** guerra, albergue, sable, blanco, rico, robar, espía, tregua...
- **Arabismos:** noria, aceituna, tambor, sandía, zanahoria, ajedrez, berenjena...

Préstamos lingüísticos

La creación y la adquisición de nuevas palabras son fenómenos constantes en la lengua a medida que es necesario **nombrar nuevas realidades.** Para ello se utilizan diferentes recursos. Uno de ellos es adoptar palabras de otras lenguas, los llamados **préstamos.** Estos son algunos de los préstamos que ha adquirido el castellano a lo largo del tiempo:

Galicismos	→ equipaje, bufanda, modista, neceser, cotizar, galante, cine...
Italianismos	→ piloto, escopeta, partitura, acuarela, maqueta, villa, novela...
Americanismos	→ tomate, loro, maíz, huracán, tapioca, caimán, canoa...
Anglicismos	→ vagón, tenis, túnel, jersey, turista, claxon, revólver, cheque...
Catalanismos	→ faena, butifarra, forastero, barraca, amainar, capicúa...
Galleguismos	→ chubasco, vigía, buzo, ostra, mermelada, caramelo...
Vasquismos	→ pizarra, boina, aquelarre, chatarra, zurrón, cencerro, chabola...

Familias etimológicas

Los cultismos y las voces patrimoniales que proceden de un mismo término latino forman una familia etimológica; es decir, un grupo de palabras que tienen la misma etimología u origen.

AQUAM < agua

Cultismos: acuático, acueducto, acuoso, acuario... / **Patrimoniales:** aguacero, desaguar, aguardiente, aguafiestas...

APERIRE < abrir

Cultismos: apertura, aperturista, aperturismo... / **Patrimoniales:** abridor, abridero, abrecartas, abrefácil...

Sustrato léxico

Algunas palabras del léxico español provienen de las lenguas de los pueblos que habitaban la Península **antes de la romanización** (iberos, celtas, fenicios...), las cuales conforman el sustrato de la lengua. Por ejemplo: barro, balsa, buscar, gancho, abedul, garza, muñeca, manteca...

Actividades

Juega y practica con actividades interactivas

1. Fíjate bien en estos términos latinos y en las palabras que han originado en castellano. Son dobletes.

- *claviculam:* clavícula / clavija
- *radium:* radio / rayo
- *delicatum:* delicado / delgado
- *inflare:* inflar / hinchar
- *plaga:* plaga / llaga
- *computare:* computar / contar

— Subraya los cultismos.

2. Consulta el diccionario de la RAE y escribe palabras castellanas que contengan las siguientes raíces de origen latino:

- ferr- ('hierro')
- ocul- ('ojo')
- corp- ('cuerpo')
- aur- ('oro')
- terr- ('tierra')
- mort- ('muerte')

3. Investiga y relaciona cada una de las palabras latinas con la palabra castellana que corresponda.

PALABRAS LATINAS
flammam - concavum - filium - signum - hominem
macula - nocturnum

PALABRAS CASTELLANAS
hijo - hombre - nocturno - mancha - signo
llama - cóncavo

— Ahora, indica si los términos castellanos son cultismos o palabras patrimoniales.

4. Deduce qué palabra patrimonial ha derivado de cada uno de estos términos latinos: *portam, farinam, clamare, pectus, fumum, plorare, taurum, dubitare.*

— Consulta el diccionario y añade algún cultismo que forme parte de la misma familia léxica.

5. Completa en tu cuaderno la tabla de dobletes con los cultismos o las voces patrimoniales que proceden de estos términos latinos. Consulta el diccionario si es preciso.

Latín	Cultismo	Patrimonial
fabulare	fabular	....
superare	....	sobrar
integrum	íntegro	....
concilium	....	concejo
litigare	litigar	....
auscultare	....	....

6. Consulta el diccionario en línea de la RAE y completa estos dobletes:

.... → llave / ....

.... → obra / ....

.... → .... / lidiar

.... → recitar / ....

7. Busca estas palabras en el diccionario de la RAE e indica de qué lengua proceden:

arsenal - tiburón - cheque - espuela - azotea
tranvía - berenjena - comité - bisutería - patata
arlequín - esmoquin - aspa - folleto - espía

8. Fíjate bien en las palabras que aparecen a continuación. Son germanismos.

albergar - heraldo - yelmo - escanciar - bregar
burgo - ufano - guarecer - hato - rueca - escarnecer

— Indica a qué categoría gramatical pertenecen y qué significa cada una de ellas.

9. Completa en tu cuaderno esta tabla para comprobar las similitudes y las diferencias que existen entre las palabras de algunas lenguas románicas. Rodea los términos que provienen del étimo latino propuesto.

Latín	Castellano	Catalán	Gallego	Italiano
patrem	....	....	....	padre
cornu	....	banya	....	....
lupum	....	....	lobo	....
focum	fuego	....	....	....

10. Son muchos los arabismos que se incorporaron al castellano tras ocho siglos de convivencia en la Península. Busca información en Internet y elabora una lista de arabismos referidos a cada uno de estos temas:

- ciencia
- topónimos
- hogar
- milicia
- vegetación y agricultura
- comercio y artesanía

11. Inventa palabras nuevas a partir de términos latinos. Fíjate en este ejemplo: **Acuavía:** del latín ***aqua*** y ***via,*** 'camino por el que corre el agua'.

- Escribe palabras latinas que conozcas (puedes consultar un diccionario de latín).
- Inventa palabras nuevas y cuál sería su significado.
- Comprueba que no existen las palabras que has inventado, consultando en el diccionario de la RAE.
- En grupos de seis, cread una presentación con vuestras palabras.

Descubre más sobre
los sintagmas

El sintagma o grupo nominal

Al hablar y al escribir, las **palabras** se agrupan en unidades superiores llamadas **sintagmas** o **grupos,** y estos a su vez se combinan para formar **oraciones.** Un sintagma es una palabra o un **grupo** de palabras que presenta estos rasgos:

— Se estructura alrededor de un **núcleo** (palabra principal).

Mi mejor **amiga.**

— Forma una unidad; es decir, realiza la función de una **palabra.**

Mi mejor amiga pasea. ⟶ **Sofía** pasea.

— En la oración desempeña una sola **función sintáctica.**

Mi mejor amiga pasea diariamente a su perro.
Sujeto

> El **sintagma** es una palabra o un **grupo** de palabras con una misma **función sintáctica** que se articula en torno a un **núcleo.**

Según la categoría gramatical a la que pertenezca la palabra que funciona como núcleo, el sintagma o grupo puede ser de **diferentes tipos.**

Ejemplo	Núcleo	Tipo de sintagma o grupo
su perro fiel	Sustantivo	Nominal (SN)
paseaban	Verbo	Verbal (SV)
muy relajados	Adjetivo	Adjetival (SA)
muy cerca	Adverbio	Adverbial (SAv)

Si un sintagma o grupo va precedido de una **preposición,** se convierte en **sintagma** o **grupo preposicional.**

En esta unidad vamos a estudiar las clases de palabras que forman parte del **sintagma** o **grupo nominal (SN):**

- Sustantivo
- Adjetivo
- Determinante
- Pronombre

El sintagma o **grupo nominal (SN)** tiene como núcleo un **sustantivo** o un **pronombre,** cuya presencia es **imprescindible,** aunque a veces va acompañado por determinantes y complementos. Puede presentar diversas estructuras:

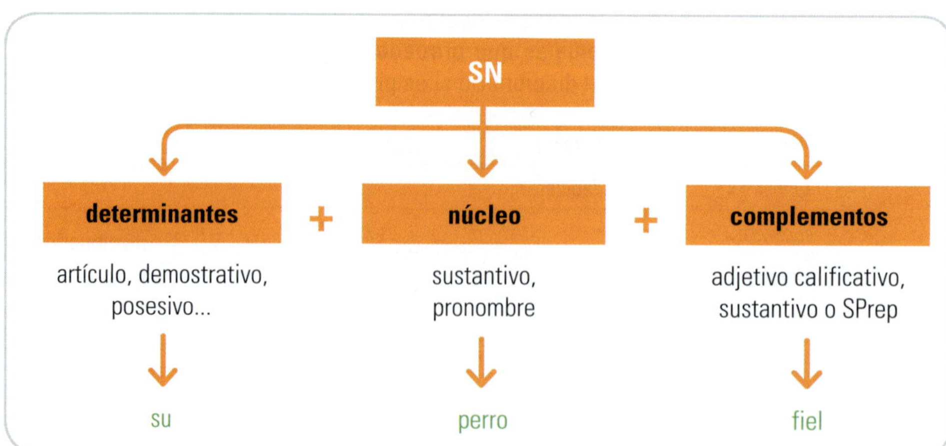

El sustantivo o nombre

Los sustantivos o nombres designan distintas **realidades:** objetos (*libro*), personas (*Bastián*), animales (*tiburón*) o ideas (*pasión*). Vamos a ver su morfología y su función.

¿Cuáles son los **tipos de sustantivos?**

Morfología: género y número

El sustantivo es una palabra variable, pues admite flexión de género y número. Está formado por una **raíz** y unos **afijos** flexivos, de género y número.

El **género** es un rasgo gramatical, según el cual todos los sustantivos en español se dividen en **masculinos** (*libro, dedo*) o **femeninos** (*lengua, mesa*).

En los sustantivos referidos a personas o animales, el género viene determinado por el sexo de estos (*chico/chica*). En el resto, el género es arbitrario (*mesa, mantel*).

Formación del género femenino

- **Sustitución** de los afijos **Ø, -o, -e** por **-a:** *león/leona, niño/niña.*
- Cambio de la **terminación (-esa, -isa, -triz):** *príncipe/princesa, sacerdote/sacerdotisa, actor/actriz.*
- Empleo de una **palabra distinta (heterónimo):** *hombre/mujer, toro/vaca.*
- Mediante el **artículo:** *el o la pianista.*

El **número** es el otro rasgo gramatical del sustantivo que indica si este se refiere a una sola entidad de la realidad, **singular,** o a más de una, **plural.**

El plural se forma a partir del singular siguiendo estas normas:

Desinencia Ø
En sustantivos no agudos acabados en **-s** o en **-x,** no se añade marca de plural y el número está indicado por el artículo: *el análisis / los análisis, el tórax / los tórax.*

Desinencia -s
Sustantivos que terminan en **vocal átona:** *dedo/dedos.*

Desinencia -es
- **Sustantivos agudos** acabados en **-s:** *revés/reveses.*
- Sustantivos terminados en **consonante,** excepto *-s*, precedidas por vocal: *ciudad/ciudades, pez/peces…*
- Sustantivos acabados en **diptongo tónico:** *rey/reyes, ley/leyes.*

Los sustantivos terminados en vocal tónica *í* o *ú* forman el plural bien con **-s,** bien con **-es:** *rub**ís**/rub**íes**; tab**ús**/tab**úes**.* Algunos, sin embargo, solo aceptan una forma: ***menús, champús.***

Casos especiales de género

- Sustantivos de género **común.** Se trata de sustantivos que designan seres animados y presentan la misma forma para los dos géneros (*periodista*). Por eso, el género lo indicarán un artículo (*el/la periodista*) o un adjetivo (*pianista alemán / pianista alemana*).
- Sustantivos de género **epiceno.** Tienen una forma única y un solo género, con el que designan el referente de sexo masculino y de sexo femenino. Por ejemplo, *el tiburón* (sustantivo masculino) sirve para referirse al tiburón macho y al tiburón hembra.
- Sustantivos de género **ambiguo.** Admiten indistintamente género masculino y femenino sin variar el significado: *el/la dote, el/la azúcar…*

Casos especiales de número

- **Singularia tántum (*solamente singulares*).** Son sustantivos que solo pueden utilizarse en singular (*oxígeno, justicia, norte*).
- **Pluralia tántum (*solamente plurales*).** Son sustantivos que solo se utilizan en plural (*víveres, gárgaras*).
- El plural en los **cultismos** es muy heterogéneo: pueden ser invariables (*el lapsus / los lapsus*); o bien forman el plural añadiendo *-s* (*déficit/déficits*) o añadiendo *-es* (*plus/pluses*).

Función del sustantivo

El sustantivo es el núcleo del SN y puede desempeñar varias funciones dentro de la oración, aunque la más importante es la de **sujeto.**

El pájaro levantó el vuelo.

El sujeto designa la persona, el animal o la cosa (*el pájaro*) de la que se dice algo en el predicado (*levantó el vuelo*).

El método más eficaz para averiguar cuál es el sujeto de una oración es fijarse en la concordancia de número y persona con el núcleo del SV.

El pájaro levant**ó** el vuelo. (El pájaro → singular; levantó → singular)

Los pájaros levant**aron** el vuelo. (Los pájaros → plural; levantaron → plural)

Además de sujeto, el sustantivo puede desempeñar otras funciones, como complementar a otro sustantivo. Puede hacerlo de dos formas:

directamente → En el acuario vimos un pez **payaso.** (Aposición)

mediante una preposición → Me apetece un té **con leche.** (CN)

Precedido de una preposición, el sustantivo puede funcionar como cualquier tipo de complemento verbal (CD, CI, CC...), que estudiaremos con más detalle en la unidad dedicada al sintagma o grupo verbal.

> El **sustantivo** es una palabra variable (tiene género y número) que sirve para nombrar seres, objetos o entidades concretas o abstractas, y cuya función principal es la de sujeto.

Los determinantes

Los determinantes son palabras que suelen acompañar a los **sustantivos precisando** o **limitando** su **significado,** y aportando información de género, número, cantidad...

Tengo **dos** manzanas verdes. (dos → Determinante)

Estas son algunas de las características de los determinantes:

— **Preceden** al **sustantivo** al que acompañan:

Estas manzanas están verdes.

— **Concuerdan** en **género** y **número** con el sustantivo:

la manzana / **las** manzanas

— Desempeñan la función de **presentadores** o **cuantificadores** de los sustantivos a los que acompañan:

las manzanas / **tres** manzanas

Los artículos

Son palabras que **siempre funcionan** como **determinantes** y aparecen delante del sustantivo e indican cuál es su género y su número. Existen dos **tipos** de artículos:

— El artículo **determinado** o **definido** acompaña a un sustantivo ya conocido: Me comí la manzana.

— El artículo **indeterminado** o **indefinido** presenta al sustantivo cuando el oyente no conoce el referente concreto del que se trata: Me comeré una manzana.

Entre los artículos definidos existe la forma neutra ***lo***, pero no acompaña a sustantivos, sino que sustantiva a los adjetivos *(lo blanco, lo bello)*, oraciones de relativo *(lo que más me gusta)* o sintagmas preposicionales *(lo de ayer)*.

Formas del artículo

Determinado o definido: *el/la, los/las, lo* (neutro).

Indeterminado o indefinido: *un/una, unos/unas.*

Los pronombres

Los **pronombres** son **semánticamente** palabras que **señalan** o **remiten** a personas, cosas o hechos sin nombrarlos.

Sintácticamente, constituyen un **SN** y pueden desempeñar las **funciones** de un **sustantivo.**

Mi vecina trabaja en una librería.
Sujeto → **Ella** trabaja en una librería.
Sujeto

Morfológicamente, los pronombres poseen variación de género, número y persona.

Los pronombres personales

Son palabras que **siempre funcionan** como **pronombre. Señalan** o **remiten** a las personas que intervienen en una conversación (hablante y oyente) o a la persona o cosa de la que se habla.

Fíjate en las palabras destacadas en estas oraciones:

Laura consultó **varios libros** en la biblioteca.
→ **Ella los** consultó en la biblioteca.

Las formas de los pronombres personales son estas:

	1.ª PERSONA	2.ª PERSONA	3.ª PERSONA
Singular	*yo, mí,* ***me***	*tú, ti,* ***te,*** *usted*	*él, ella, ello,* ***le, lo, la, se,*** *sí*
Plural	*nosotros, nosotras,* ***nos***	*vosotros, vosotras,* ***os,*** *ustedes, vos*	*ellos, ellas,* ***les, los, las, se,*** *sí*

Los pronombres personales presentan **formas tónicas** y **formas átonas.** Las átonas aparecen siempre unidas o próximas a una forma verbal (*me avergüenzo, déjanos*). En la tabla anterior, aparecen destacadas en negrita.

Las formas *usted* y *vos*

Para la **segunda persona** se utiliza también la forma de respeto *usted.*

En gran parte de **Andalucía** y **Canarias,** así como en los **países latinoamericanos,** la forma *ustedes* ha desplazado a *vosotros, vosotras*, incluso en el uso familiar.

Otro fenómeno que se da en algunos países hispanoamericanos es el **voseo,** el uso de *vos* en vez de *tú.*

Enclíticos y proclíticos

Los pronombres **enclíticos** son aquellos que se sitúan **después** del verbo y forman una palabra compuesta:

leer**lo** dándo**sela**

Los pronombres **proclíticos** son los que se sitúan **delante** del verbo sin formar una sola palabra:

me río, **te** pago, **se** salió

Conmigo, contigo, consigo

Las palabras *conmigo, contigo, consigo*, tradicionalmente consideradas pronombres, son en realidad el resultado de unir dos palabras (la preposición *con* y los pronombres personales *mí, ti, sí*).

Se escriben en una sola palabra, pero equivalen a dos y desempeñan la misma función que estas. Observa el siguiente ejemplo:

- Voy **contigo.**
- Voy **con vosotros.**

Las clases transversales

Así como los artículos y los pronombres personales solo pueden ser determinantes y pronombres respectivamente, otras palabras muestran **propiedades** de **varias clases de palabras,** por lo que se consideran clases transversales.

A continuación, analizaremos estas clases de palabras transversales y cuáles son sus propiedades. Además de determinantes, también pueden ser pronombres, adjetivos o adverbios.

Los demostrativos

Los demostrativos indican la distancia que hay entre los interlocutores (hablante y oyente) y la realidad designada por el sustantivo al que acompañan o sustituyen. Fíjate en este ejemplo, donde *aquel* indica la **lejanía** entre el sustantivo *día* y el hablante y el oyente:

Aquel día Bastián decidió esconderse.

Las formas de los demostrativos son:

	Singular			Plural	
	Masculino	Femenino	Neutro	Masculino	Femenino
Cercanía	este	esta	esto	estos	estas
Media distancia	ese	esa	eso	esos	esas
Lejanía	aquel	aquella	aquello	aquellos	aquellas

Los demostrativos pueden ser determinantes o pronombres:

DETERMINANTE

Acompaña al sustantivo:
Esta casa es muy grande. **Aquel** libro era entretenido.

PRONOMBRE

Sustituye al sustantivo:
Esta es muy grande. **Aquel** era entretenido.

La *Nueva gramática*

La *Nueva gramática* de la RAE se decanta por la teoría según la cual los únicos **pronombres demostrativos** son las formas neutras *esto, eso* y *aquello*. Las fornas masculinas y femeninas son consideradas determinantes tanto si aparecen delante del sustantivo como si van solas: las primeras afectan a un sustantivo explícito (*Cómprate* *este libro*) y las segundas, a un sustantivo elidido (Cómprate *este* ø).

No obstante, admite también la clasificación tradicional propuesta aquí.

¿Cómo se clasifican **los cuantificadores?**

Los cuantificadores

Los cuantificadores son las palabras que indican **cantidad** y **grado.** El sintagma en el que están puede indicar: **cantidad** de individuos (**tres** libros), de materias (**mucha** agua), de eventos (va **poco** a su casa), o **grado** (**muy** resfriado, **algo** resfriado).

Según su significado, se clasifican en:

- **Fuertes** o **universales.** Son los que afectan a todos los elementos de un conjunto (todos, ambos, cada, siempre): **Todos** los alumnos fueron a la excursión.
- **Débiles** o **no universales.** Son los que afectan a una parte de los elementos de un conjunto. La mayor parte de los cuantificadores son débiles porque no afectan a todos los elementos del conjunto: **Muchos** niños fueron a la excursión (no todos los niños fueron).

Algunas de sus caraterísticas son:

— Pueden ir con el verbo haber: Hay **dos** cajas. Hay **muchos** lápices.
— Expresan la parte de un todo: **Algunos de** los niños. **Tres de** los niños.

Se clasifican en: **existenciales** (alguien, alguno...), **evaluativos** (mucho, poco, bastante...), **numerales** (uno, dos, tres...), **comparativos** (más, menos...), y **de distinción** (cualquiera...).

Los cuantificadores pueden ser...

- Determinantes: *Pocas mesas.*
- Pronombres: *Nadie se sienta.*
- Adverbios: *Más cerca.*
- Sustantivos: *Un par de guantes.*
- Adjetivos: *La primera semana.*

Algunos cuantificadores funcionan en una sola clase de palabra. Pero la mayor parte, según el contexto en que se emplean, pueden funcionar en diversas clases de palabras. Fíjate en el ejemplo:

- *Muchos te abandonaron.* pronombre
- *Muchos amigos.* determinante
- Limpian *mucho.* adverbio

Los posesivos

Los posesivos acompañan al sustantivo, expresando quién es su **poseedor.** Pueden ser **determinantes** y **adjetivos.**

DETERMINANTE	**Delante** del sustantivo: **Su** mascota. **Mi** libro. **Su** casa.
ADJETIVO	**Detrás** del sustantivo o en otras posiciones: Un amigo **nuestro.** La libreta es **suya.**

Los relativos

Los relativos son palabras que hacen referencia a una **palabra anterior** del enunciado. Esta palabra recibe el nombre de **antecedente.** Además, los relativos funcionan como **enlaces.** Fíjate en los ejemplos:

La casa **que** compró. Está en el lugar **donde** lo dejé.

En la primera oración, casa es el antecedente de *que*. En la segunda, lugar es el antecedente de *donde*. Pueden ser:

DETERMINANTES	Se **anteponen** al nombre de lo **poseído,** con el que concuerdan en género y número. Son determinantes relativos: *cuyo* y *cuanto.* Niños **cuyo** carácter sorprende. Ve a **cuantos** médicos conozcas.
PRONOMBRES	Se refieren a un **sustantivo anterior** sobre el que aportan información. Son pronombres relativos: *que, quien, cuanto,* artículo + *que* o *cual* (*el que, el cual*). La poca paciencia **que** tienes. El abogado a **quien** contrataste.
ADVERBIOS	Aportan significados de **lugar, tiempo, modo** o **cantidad.** Son adverbios relativos: *donde, cuando, como* y *cuanto.* El pueblo **donde** nací. La manera **como** camina.

Los interrogativos y exclamativos

Son palabras que introducen una **pregunta** o una **exclamación** respectivamente. Pueden ser **pronombres, determinantes** o **adverbios.**

DETERMINANTES	**Preguntan** algo o muestran **sorpresa** o **emoción** sobre el sustantivo al que acompañan. Son determinantes interrogativos y exclamativos: *qué, cuánto...* ¿**Qué** piensas? ¡**Qué** día tan caluroso! ¿**Cuánto** tiempo queda?
PRONOMBRES	**Preguntan** o **expresan** sorpresa o emoción por alguien o algo. Son pronombres interrogativos y exclamativos: *qué, quién, cuál...* ¿**Quién** es ella? ¡**Qué** bonito! ¿**Cuál** es tu casa?
ADVERBIOS	**Preguntan** algo o muestran **sorpresa** o **emoción** sobre la acción expresada por el verbo. Son adverbios interrogativos y exclamativos: *dónde, cuándo, cómo...* ¿**Dónde** vas? ¿**Cuándo** vendrás? ¡**Cómo** se ensució!

Formas de los posesivos

- **Un poseedor:** mío/a, mi, tuyo/a, tu, suyo/a, su, míos/as, mis, tuyos/as, tus, suyos/as, sus.
- **Varios poseedores:** nuestro/a, nuestos/as, vuestro/a, vuestros/as, suyo/a, su, suyos/as, sus.

Mío, tuyo y *suyo...*

Los posesivos *mío, tuyo* y *suyo* presentan diversas formas:

- Una **forma reducida o apocopada,** si se anteponen al sustantivo: mis libros.
- Una **forma plena,** si se posponen al sustantivo: los viejos libros *míos*.

Cuyo, cuya, cuyos, cuyas

El relativo **cuyo/a/os/as** es **determinante** del nombre que le sigue, es **relativo** porque se relaciona con el antecedente e indica siempre **posesión.**

Formas tónicas y átonas

Relativos, interrogativos y exclamativos comparten prácticamente todas las formas. Mientras las de los **relativos** son **átonas** (excepto *el cual*), las formas de **interrogativos y exclamativos** son siempre **tónicas,** llevan tilde. Observa estos ejemplos:

- Esta es la casa **donde** vivía Carlos.
- ¿**Dónde** estás?
- ¡Cuidado por **dónde** pasas!

Actividades

Juega y practica con actividades interactivas

1. **Señala el núcleo de cada uno de estos sintagmas y di de qué tipo son:**
   - Aquellos maravillosos años.
   - Acabaremos pronto.
   - Un anuncio interesante.
   - Demasiado lejos.
   - De noche.
   - Muy especial.
   - Llegamos tarde.
   - Todas las mañanas.

2. **Completa estas oraciones con un sustantivo del tipo que se indica entre paréntesis:**
   - Mañana acabaré el .... . (común)
   - Iremos a visitar a .... . (propio)
   - El .... fue herido. (individual)
   - El .... español ayudó en la reconstrucción del pueblo. (colectivo)

3. **Escribe la forma femenina de estos sustantivos:** ***alcalde, hombre, gallo, emperador, duque, yerno, padrino, sacerdote, zar, poeta, héroe.***

4. **Escribe el plural de estos sustantivos y clasifícalos:**
   - colibrí
   - salón
   - rey
   - capitán
   - perdiz
   - tesis
   - motor
   - cárcel
   - miércoles
   - espíritu
   - anillo
   - análisis

-s	-es	ø
....	....	....
....	....	....

5. **Coloca un artículo determinado y otro indeterminado delante de cada uno de estos sustantivos. Recuerda que ante un sustantivo femenino singular que empieza con** ***a-*** **o** ***ha-*** **tónicas se emplean los artículos masculinos** ***el*** **y** ***un.***
   - .... botella
   - .... alma
   - .... arpa
   - .... estudiante
   - .... solución
   - .... hacha
   - .... área
   - .... diccionario

6. **Completa en tu cuaderno las oraciones con los pronombres personales que se indican en cada caso.**
   - .... iremos solos al cine. (1.ª pers.)
   - Se lo has dicho .... , no lo niegues. (2.ª pers.)
   - ¿.... puedes prestar el diccionario? (1.ª pers.)
   - ¿Quiere .... que le acompañe hasta la puerta? (2.ª pers.)
   - A .... ya .... hemos avisado. (ambos, 3.ª pers.)
   - .... lo he repetido miles de veces. (2.ª pers.)
   - ¿No .... has visto al salir de clase? (3.ª pers.)

7. **Escribe con letra estos cuantificadores numerales:**

   25 33 18 16 26 11

8. **Ahora, escribe con letra estas formas:**

   18.º 26.º 12.ª 35.º 40.º 15.ª

9. **Identifica los cuantificadores de estas oraciones e indica de qué tipo son y a qué clase de palabras pertenecen:**
   - Hay pocos macarrones.
   - Nadie conoce nuestro secreto.
   - Nos veremos la primera semana de marzo.
   - Estas niñas sonríen mucho.
   - Hoy he merendado tres plátanos.

10. **Identifica los demostrativos e indica qué clase de palabras son: determinante o pronombre.**
    - Estas castañas están calientes.
    - Me gusta más esa tarta que esta.
    - Aquella chica es muy alta.
    - Ese problema era fácil, pero aquel era difícil.

11. **Identifica los posesivos de esta oración. Indica el número de poseedores que expresan y la clase de palabras a la que pertenecen.**

12. **Identifica los relativos de estas oraciones y subraya su antecedente:**
    - He perdido el móvil nuevo que compré hace unos días.
    - La camisa estampada que estrenaste ayer es muy original.
    - La casa donde vivo está en el campo.
    - El presentador entregó el premio que los concursantes habían ganado.
    - La manera como camina es muy graciosa.

    — Ahora indica a qué clase de palabras pertenecen.

13. **Escribe un diálogo informal donde aparezcan exclamativos y interrogativos.**

Los adjetivos

Los adjetivos son palabras que **modifican** a un **sustantivo** aportando contenidos que se dicen de él. Por tanto, expresan una **tipología, cualidad, propiedad...** del sustantivo al que acompañan y con el que mantienen una relación de **concordancia:**

El **cielo plomizo** cubre las **montañas nevadas.**
N A — masculino singular; N A — femenino plural

Las dos **clases** más importantes de adjetivos son los relacionales y los calificativos:

RELACIONALES	CALIFICATIVOS
Especifica la **tipología** del **sustantivo.**	Señalan **cualidades, rasgos** y **propiedades** que se agregan al **sustantivo.**
llamada **telefónica** agua **mineral**	montañas **nevadas**
telefónica y ***mineral*** designan el **tipo** de llamada y agua respectivamente.	***nevadas*** designa un **rasgo** de la *montaña.*

Morfología

El adjetivo presenta flexión de **género** y **número,** como el sustantivo, y además sufijos de **grado** de manera exclusiva. Según el **género,** existen adjetivos de una terminación y de dos terminaciones.

- **Una terminación.** Presentan una única forma para los dos géneros: *chica feliz - chico feliz, chicas felices - chicos felices, toalla suave - pelaje suave.*
- **Dos terminaciones.** Presentan una terminación para cada género: *-o* (o bien Ø) para masculino y *-a* para femenino: *pequeño/pequeña, traidor/traidora.*

El adjetivo concuerda siempre en **número** con el sustantivo al que se refiere y sigue las mismas normas de formación del plural que este:

- **Se añade -s.** Cuando el adjetivo termina en vocal átona: *nuevo/nuevos, rojo/rojos.*
- **Se añade -es.** Cuando el adjetivo termina en consonante o en vocal tónica: *legal/legales, israelí/israelíes.*

Concordancia del adjetivo con varios sustantivos

Cuando un adjetivo califica a dos o más sustantivos coordinados, pueden darse los siguientes casos:

- Si los dos **sustantivos** son **masculinos,** el adjetivo debe aparecer en masculino plural.

Tengo un lápiz y un libro nuevos.

- Si los dos **sustantivos** son **femeninos,** el adjetivo aparece en femenino plural.

Tengo una goma y una regla nuevas.

- Si los sustantivos son de **distinto género,** el adjetivo es masculino plural.

Tengo un lápiz y una goma nuevos.

El grado del adjetivo calificativo

El **grado** es una característica **exclusiva** del **adjetivo calificativo;** indica la **intensidad** con que el adjetivo posee la **cualidad.** Estos son los grados del adjetivo:

GRADO		EJEMPLO	DEFINICIÓN
POSITIVO		Este libro es **interesante.**	Expresa una cualidad sin dar idea de intensidad.
COMPARATIVO DE...	**Superioridad**	Este libro es más **interesante** que el tuyo.	Compara una cualidad que se da en dos elementos.
	Igualdad	Este libro es tan **interesante** como el tuyo.	
	Inferioridad	Este libro es menos **interesante** que el tuyo.	
SUPERLATIVO	**Absoluto**	Este libro es muy **interesante.** Este libro es **interesantísimo.**	Expresa una cualidad en su grado máximo mediante el uso del adverbio *muy* o de los sufijos *-ísimo/a, -érrimo/a.*
	Relativo	Este libro es el más **interesante** de todos.	Expresa la máxima cualidad de algo o alguien dentro de un conjunto (*el más ... de*).

Usos del adjetivo calificativo

Según la posición que ocupa el adjetivo calificativo respecto al sustantivo y la información que nos transmite, podemos distinguir distintos usos:

Explicativos

El adjetivo tiene este uso cuando **no pone restricción** al aplicar la cualidad, sino que afecta a **todos** los seres a los que se refiere el sustantivo.

Las **contentas** jugadoras habían ganado.

El adjetivo **contentas** se refiere a todas las *jugadoras*. Suele ir delante del sustantivo o entre pausas: Las jugadoras, **contentas,** habían ganado.

Cuando el adjetivo expresa una cualidad inherente, propia o natural del sustantivo hablamos del uso **epíteto: Verde** hierba, **olorosos** nardos.

Los adjetivos **verde** y **olorosos** no aportan información relevante a los sustantivos y no alteran el significado.

Especificativos

El adjetivo expresa una **cualidad particular** de ese sustantivo que lo diferencia de los demás de su especie. Es un adjetivo **necesario,** pues sin él la referencia del sustantivo cambiaría.

cabello **rubio,** libro **interesante.**

Los adjetivos **rubio** e **interesante** no se refieren a todos los *cabellos* o *libros*, sino a los *rubios* e *interesantes* respectivamente.

Función

La función sintáctica más característica del adjetivo es **complementar** a un **sustantivo,** ya sea directamente como CN, o a través de un verbo, como atributo o C. predicativo.

La joven excursionista llegó a la cima. (joven → CN de excursionista)

La excursionista estaba **cansada.** (cansada → Atributo de excursionista)

Actividades

14. Escribe al menos seis adjetivos que puedan acompañar a cada uno de estos sustantivos:

- casa: *luminosa...*
- libro
- atleta
- cielo
- jardín
- noticia

15. Identifica los adjetivos de estas oraciones y determina si son relacionales o calificativos:

- Compra una botella de agua mineral.
- El medicamento aporta resultados increíbles.
- Mi marido se dedica a la actividad comercial.
- Mi hermano pequeño tiene los brazos musculosos.
- Tuve que hacer una llamada en una cabina telefónica.

16. Subraya los sustantivos y rodea los adjetivos de este texto:

El cuarto era de techo bajo, con un encalado muy viejo y lleno de liquen. Enfrente de la puerta había una ventana chiquita. El lecho de la abuela era de madera oscura, ancho y largo. La cabecera estaba sobre la pared de la izquierda. Sobre la cabecera había un ramo de olivo. La abuela tenía una mecedora junto a la ventana. La mecedora tenía dos cojines muy aplastados; uno, para el respaldo, y el otro, para el asiento.

R. Sánchez Ferlosio, *Industrias y andanzas de Alfanhuí*. Austral.

— Indica cuál es el género y el número de los sustantivos.

— Por último, indica si los adjetivos que aparecen en el texto son de una o de dos terminaciones. Te puede resultar útil comprobar su concordancia con un sustantivo masculino y otro femenino.

17. Identifica los adjetivos calificativos de estas oraciones y determina qué uso tiene en cada caso:

- Era un paisaje precioso con tan blanca y fría nieve.
- Las casas, viejas, del pueblo no han resistido el temporal.
- Han castigado a aquellos chicos traviesos.
- Las vacas paseaban por la verde y fresca hierba.

Actividades

Juega y practica con actividades interactivas

18. Indica en qué grado se encuentra cada uno de los adjetivos calificativos que aparecen en estas oraciones:

- La niña estaba asustada por la tormenta.
- El problema al que me enfrento es dificilísimo.
- Hemos obtenido unos resultados satisfactorios.
- Luisa es tan alta como tú.
- El pasado verano fue el más caluroso de los últimos años.
- Hoy estás menos guapo que ayer.
- Un bocadillo es más nutritivo que un bollo industrial.

— A continuación, vuelve a escribir estas oraciones empleando el adjetivo con un grado distinto.

19. Construye oraciones con los adjetivos propuestos en el grado que se indica.

- Adjetivo *sincero* en grado positivo.
- Adjetivo *alto* en grado superlativo relativo.
- Adjetivo *hábil* en grado comparativo de superioridad.
- Adjetivo *feliz* en grado comparativo de igualdad.
- Adjetivo *inteligente* en grado superlativo absoluto.

20. Completa las siguientes oraciones con un adjetivo que concuerde en género y número con los sustantivos subrayados:

- He comprado una silla y un sofá ....
- Vi unos cuadros y unas esculturas ....
- Compró un refresco y unos helados ....
- Me gustan la gastronomía y el paisaje ....
- A Eva le encantan las salsas y las especias ....

21. Lee estas oraciones e identifica las que contienen un error de concordancia:

- Tengo un libro y una libreta nuevas.
- Tengo un lápiz y una goma gastados.
- Tengo una bufanda y una chaqueta rojos.

22. Indica la función sintáctica de los adjetivos en estas oraciones:

- El sonido en aquel lugar era intenso y desagradable.
- Durante el viaje visitaremos lugares preciosos.
- El concierto de su grupo preferido fue espectacular.
- Su hermano pequeño es muy imprudente.
- Sus misteriosas sombras se perdieron a través de la oscura noche.

23. Escribe cuatro oraciones en las que aparezcan adjetivos que complementen a sustantivos, ya sea directamente como CN, o a través de un verbo, como atributo.

24. La diferencia de género en un sustantivo no siempre indica una variación de sexo. Puede indicar también cambio de tamaño, significado distinto, etc. Escribe qué indica el cambio de género en cada caso.

- naranjo / naranja
- libro / libra
- leño / leña
- barco / barca
- el coma / la coma
- el orden / la orden
- el cometa / la cometa
- el editorial / la editorial

— A continuación, escribe una oración con cada pareja de palabras.

25. Completa en tu cuaderno la siguiente tabla. Recuerda que existen algunas formas que no se ajustan a las normas y son irregulares.

Positivo	Comparativo	Superlativo
célebre	....	....
pequeño	menor	....
....	....	máximo
....	menos pobre	....
bueno	....	....

26. ¿Cuál es el grupo musical que más te gusta? Describe a tu grupo favorito utilizando adjetivos especificativos; después, describe a otro grupo que no te guste tanto utilizando adjetivos explicativos.

— A continuación, explica la diferencia entre las dos descripciones.

27. Aplicad la **técnica cooperativa** del *folio giratorio.*

— Vuestro profesor o profesora formará equipos y repartirá a cada uno un folio con una lista con sustantivos.

— Un miembro del equipo escribe un adjetivo que acompaña a uno de los sustantivos; debe señalar si es calificativo (especificativo, explicativo, explicativo epíteto) o relacional, y justificarlo.

— Una vez acabada la tarea, pasa el folio a otro miembro, y así, sucesivamente, hasta acabar con todos los sustantivos de la lista.

Recuerda qué son los **diptongos, triptongos e hiatos**

Tilde en diptongos, triptongos e hiatos

TILDE EN DIPTONGOS

Un **diptongo** es la unión de dos vocales en una misma sílaba:

soc**ie**dad ci**é**naga

Se acentúan si les corresponde según las reglas generales de acentuación.

Si está formado por una vocal abierta y una cerrada, la tilde siempre se coloca sobre la vocal abierta:

ven-**ció** es-**tiér**-col

Si está formado por dos vocales cerradas (*i*, *u*), se acentúa la segunda:

cons-tr**uí** **cuí**-da-te

TILDE EN TRIPTONGOS

Un **triptongo** es la unión de tres vocales que se pronuncian en una misma sílaba:

b**uey** aprec**iái**s

- En los triptongos que son sílaba tónica, la tilde siempre se coloca sobre la vocal abierta (*a, e, o*):

a-pa-ci-g**uái**s

a-li-v**iéi**s

TILDE EN HIATOS

Un **hiato** es cuando dos vocales seguidas dentro de una palabra pertenecen a sílabas distintas:

can**oa** z**oó**logo

Los hiatos que contienen una vocal cerrada tónica siempre se tildan en esta vocal, con independencia de las reglas generales de acentuación:

ser**ía**s m**ío** r**aí**z r**eí**r

En los hiatos formados por dos vocales abiertas se aplican las reglas generales de acentuación.

o-**cé**-a-no fa-ra-**ón**

Actividades

Juega y practica con actividades interactivas

1. Separa las sílabas de las siguientes palabras y, a continuación, indica si contienen un diptongo, un triptongo o un hiato:

caos	oasis	infusión
caimán	laúd	ensuciáis
limpiáis	ahumado	higiénico

2. Subraya la sílaba tónica de estas palabras y clasifícalas según sean agudas, llanas o esdrújulas:

tebeo - bailéis - diálogo - archipiélago
niebla - miércoles - torreón - pensión
acuciáis - zoólogo - gaviota

3. Justifica por qué llevan tilde o no estas palabras:

ración	guiáis	viéramos
ingenuo	intuí	efectuéis
cuídate	vieira	anciano
acuífero	miércoles	contiguo

4. Lee las siguientes palabras, indica si contienen un diptongo o un hiato y acentúalas si es necesario:

oceano	meandro	egoismo
Lucia	peine	transeunte
biombo	Matias	aereo
freir	miercoles	craneo

5. En estas oraciones, destaca del mismo color las vocales de las palabras que forman un diptongo y de otro color las vocales que se separan en diferentes sílabas y forman un hiato. Después, pon la tilde si es preciso. Fíjate en el ejemplo:

El gato de mis vecinos maúlla (*hiato*) durante toda la noche desde el alféizar (*diptongo*) de la ventana.

- Reunete con nosotros el miercoles en el sitio de siempre.
- Amanecio y nos dirigimos hacia la estacion del tranvia.
- Este baul es idoneo para lo que necesita. Compruebelo usted mismo.
- Esta composicion no se adecua a las normas establecidas.
- Siguio un tratamiento terapeutico y gracias a la medicacion ha mejorado mucho.

6. La *h* intercalada y la diéresis no impiden la formación de diptongo, triptongo o hiato: *a-ve-ri-güéis* (triptongo) / *mo-ho* (hiato) / *ci-güe-ña* (diptongo).

— Acentúa estas palabras cuando sea necesario:

rehen	lingüistica	antigüedad
vehiculo	alhaja	desahuciar
buho	vergüenza	deshollinar

7. DICTADO **Escucha y realiza el dictado.**

El sintagma o grupo nominal

1. Lee el texto y responde a las preguntas.

> El aspecto externo de Momo ciertamente era un tanto desusado y acaso podía asustar a la gente que da mucha importancia al aseo y al orden. Era pequeña y bastante flaca, de modo que ni con la mejor voluntad se podía decir si tenía ocho años solo o ya tenía doce. Tenía el pelo muy ensortijado, negro como la pez, y con todo el aspecto de no haberse enfrentado jamás a un peine o unas tijeras.
>
> Tenía unos ojos muy grandes, muy hermosos y también negros como la pez y unos pies del mismo color, pues casi siempre iba descalza. Solo en invierno llevaba zapatos de vez en cuando, pero solían ser diferentes, descabalados, y además le quedaban demasiado grandes. Eso era porque Momo no poseía nada más que lo que encontraba por ahí o lo que le regalaban.
>
> Su falda estaba hecha de muchos remiendos de diferentes colores y le llegaba hasta los tobillos. Encima llevaba un chaquetón de hombre, viejo, demasiado grande, cuyas mangas se arremangaba alrededor de la muñeca. Momo no quería cortarlas porque recordaba, previsoramente, que todavía tenía que crecer. Y quién sabe si alguna vez volvería a encontrar un chaquetón tan grande, tan práctico y con tantos bolsillos.
>
> Michael Ende, *Momo*. Alfaguara.

2. ●○○ Subraya los sustantivos que aparecen en el texto.

3. ●○○ Clasifica estos sustantivos según su significación: *Momo, voluntad, peine, remiendos.*

4. ●●○ Localiza en el texto que has leído: dos sintagmas nominales, dos sintagmas adjetivales y dos sintagmas preposicionales.

5. ●●○ ¿Cuál es el género del sustantivo *pez,* que aparece en el texto?

6. ●●○ Indica cómo formarías el plural de estos sustantivos: *aseo, orden, voluntad, tijeras, chaquetón.*

7. ●●○ Fíjate en los adjetivos calificativos que aparecen en el texto: ¿son especificativos o explicativos?

8. ●●○ Indica en qué grado aparecen los siguientes adjetivos calificativos en el texto: *desusado, hermosos, descabalados.*

9. ●●● Escribe en tu cuaderno un adjetivo en uso explicativo y otro especificativo que acompañen a estos sustantivos que aparecen en el texto: *pelo, invierno.*
   — Haz lo mismo con estos otros sustantivos: *sol, agua, piedra, nieve, noche.*

10. ●○○ Indica qué función realizan los adjetivos subrayados en estas oraciones y a qué palabra califican:
    - Era pequeña y parecía bastante flaca.
    - Tenía el pelo muy ensortijado.
    - Su falda estaba hecha de muchos remiendos de diferentes colores.
    - Si alguna vez volvería a encontrar un chaquetón tan grande.

11. ●●○ Localiza los determinantes y los pronombres que aparecen en el texto, e indica de qué clase son en cada caso.

El origen del léxico castellano

12. ●○○ Define los siguientes conceptos y añade ejemplos de cada uno de ellos:
    - Cultismo
    - Palabra patrimonial
    - Doblete

13. ●●○ Localiza en el texto las palabras que han derivado de estos términos latinos: *pilus, tubellum, voluntas, pix, niger.*
    — Señala cuáles de las palabras que has encontrado son cultismos y cuáles son patrimoniales.

Tilde en diptongos, triptongos e hiatos

14. ●●○ Clasifica en tu cuaderno las siguientes palabras según contengan un diptongo o un hiato: *ciertamente, importancia, tenía, peine, invierno, ahí.*

Diptongo	Hiato
....	....

— Justifica por qué llevan tilde o no las palabras anteriores.

El reportaje

15. ●●○ Explica, brevemente, cuáles son las principales características del reportaje periodístico.

Pon a prueba tus competencias

Observa el siguiente texto, y contesta a las preguntas que se proponen a continuación:

1. ¿Qué tipo de texto es?
   - Un anuncio publicitario.
   - Un cartel propagandístico.
   - Un folleto informativo.
2. ¿Cuál es el eslogan del texto?
   - Claro que me gusta leer.
   - Que no, que no me gusta.
   - Sí que te gusta leer (pero igual no lo sabes).
3. Responde a las siguientes preguntas:
   - ¿A quién va dirigido?
   - ¿Dónde podrías encontrar un texto como este?
4. Explica por qué el cartel está dividido en dos partes. ¿En qué se diferencian?
   — ¿Qué imágenes aparecen a la derecha? ¿Qué relación pueden guardar con el hábito de la lectura?
5. ¿Cuál crees que es la lengua de origen de la mayoría de las palabras que aparecen en este cartel? Razona tu respuesta.
6. Indica a qué clase de palabras pertenecen las subrayadas en estas oraciones:
   - Sí que te gusta leer.
   - Ministerio de Educación, Cultura y Deporte.
   - Plan de fomento de la lectura.
   - Bibliotecas públicas.

   — Indica a qué tipo de sustantivo, determinante... corresponden las palabras anteriores.
7. Justifica por qué llevan tilde o no estas palabras:
   - gusta
   - educación
   - fomento
   - ministerio
   - secretaria
   - pública

8. Responde de manera razonada a estas preguntas:

— ¿Cuál es la finalidad del cartel que estás analizando?

— ¿Crees que el cartel (las imágenes, el eslogan...) logra animar a los jóvenes a que lean?

— ¿Cambiarías algo del cartel para que su mensaje resultara más efectivo?

9. ¿Crees que la afición por la lectura está reñida con el uso de las nuevas tecnologías?

10. Escribe un texto en el que expliques, brevemente, qué soporte prefieres tú a la hora de leer y por qué.

11. Lee el siguiente texto, que pertenece a un escritor joven. A continuación, redacta un texto argumentando si estás o no de acuerdo con lo que expone.

> Los jóvenes leemos. Incluso más que los adultos. Con más fervor, con más entusiasmo. Lo que pasa es que no nos gusta que nos vean o, simplemente, no nos apetece responder a las encuestas sobre el tema.
>
> A veces lo que ocurre es que no nos preguntan a nosotros, sino a la gente mayor que cree conocernos.
>
> Javier Ruescas, *Los jóvenes (sí) leemos.*
> (Fundación Germán Sánchez Ruipérez).

Síntesis

LÉXICO

- Las **palabras patrimoniales** son aquellas que han evolucionado fonéticamente desde su origen latino.
- Los **cultismos** son préstamos tardíos del latín que casi no han sufrido transformaciones.
- Se forma un **doblete** cuando un término ha evolucionado como palabra patrimonial y también se ha incorporado sin apenas cambios como cultismo adoptando otro significado.
- Otras palabras incorporadas al léxico español proceden de otras **culturas** (**arabismos, germanismos...**).
- Un modo que tiene una lengua de ampliar el léxico es adaptar palabras de otras lenguas, a las que llamamos **préstamos.**

LOS TEXTOS

- El **reportaje** es un género informativo que describe hechos objetiva y extensamente.
- Las **características** específicas del reportaje son: claridad, exhaustividad, objetividad y cierta opinión.

GRAMÁTICA

- Los **sustantivos** designan realidades. Es una palabra variable (género y número) cuya función principal es la de sujeto.
- Los **determinantes precisan o limitan el significado** de los sustantivos.
- Los **pronombres** son palabras que remiten a personas, cosas o hechos sin nombrarlos.
- Las **clases transversales** son palabras que muestran propiedades de varias clases de palabras. Son los **demostrativos, cuantificadores, posesivos, relativos, interrogativos** y **exclamativos.**
- Los **adjetivos** modifican a un sustantivo aportando contenidos que se dicen de él. Pueden ser **relacionales** (especifica la tipología del sustantivo) o **calificativos** (señalan cualidades que se agregan al sustantivo).

ORTOGRAFÍA

- Cuando el diptongo cae en sílaba tónica, si el **diptongo** está formado por una vocal abierta y una cerrada, la tilde se coloca sobre la **abierta.** Si el **diptongo** está formado por dos vocales cerradas, se acentúa la **segunda.**
- Cuando el **triptongo** cae en sílaba tónica, la tilde siempre se coloca sobre la **vocal abierta.**
- En los **hiatos** con una vocal cerrada tónica, esta siempre lleva tilde con independencia de las reglas generales de acentuación. En el resto de los hiatos, se aplican las reglas generales de acentuación.

Escápate de la unidad con la PRUEBA FINAL

2 Crónica sobre la actualidad

Contenidos

- **LECTURA**
  La hija del tuareg
- **COMUNICACIÓN ORAL**
  El debate
- **LOS TEXTOS**
  La crónica
- **LÉXICO**
  Las palabras nuevas
  1. Procedimientos morfológicos
  2. Extranjerismos
  3. Préstamos
- **GRAMÁTICA**
  El sintagma o grupo verbal
- **ORTOGRAFÍA**
  Casos de acentuación especial

¡Mira el vídeo!

El exceso de anglicismos en el periodismo, ¿es un tema que debe debatirse?

¿Qué dirías «followers» o «seguidores»?

La lengua acepta «tuitear», ¿qué otros verbos deberían aceptar?

Escucha la **NARRACIÓN**

La hija del tuareg

Antes de leer el siguiente fragmento del libro *La hija del tuareg*, te invitamos a escuchar la opinión de alguien que ya lo conoce...

Lo primero que debo decir es que mi nombre no es María, sino Meryem. Y aunque mi piel es blanca, mis cabellos, castaños, y mis ojos, color miel, nací en el desierto, entre un puñado de palmeras que forman un oasis en medio de la nada y cuyo único atractivo son las caravanas que vienen de Tombuctú y se dirigen hacia el norte del país.

A pesar de lo que pueda parecer, mi infancia, como la de los otros niños que vivían allí, estuvo revestida de paz y serenidad. Nuestra vida transcurría entre juegos, las clases que nos impartía Abu Yunan, mi abuelo, la ayuda que prestábamos a nuestros padres a la hora de agrupar el ganado por las tardes, la confección de quesos y la recolección de dátiles.

Los primeros recuerdos que acuden a mi mente son las noches frías del desierto; cuando los niños nos sentábamos en torno al fuego y Abu Yunan nos relataba historias sobre nuestros antepasados, los tuareg, los hombres del velo. [...]

Sí, yo soy una mujer tuareg. Aunque ahora ejerzo de abogada en un prestigioso bufete de Almería, soy una imushaq, una hija del desierto. Mi piel debería ser más oscura, y mis ojos y mis cabellos, negros, pero mi padre se enamoró perdidamente de una mujer de origen circasiano y yo soy una mezcla de ambos. Esto no estaba bien visto por los de su clan y lo repudiaron cuando la tomó por esposa, así que dejó la tribu y se instaló en el oasis de Nesft, un antiguo pozo que había pertenecido a la casta de los Alberdíes y el lugar donde vivía mi abuelo Abu Yunan. [...] Mi padre sustituyó la jaima del abuelo, a pesar de sus protestas, por una choza de barro con techo de cañas y aneas, y se dedicó al pastoreo y a servir de guía a los turistas que llegaban con ganas de vivir alguna aventura en el desierto. Mi padre era muy bien considerado por los habitantes del oasis. [...]

Al principio el oasis rebosaba de gente. Había personas de todo sitio y condición. Las mujeres se dedicaban al ganado y a la casa y la mayoría de los hombres, excepto mi padre, prestaba servicios a las caravanas.

De vez en cuando llegaba alguna excursión de turistas y buscaban a «Yunan el tuareg» (así le llamaban), para que les acompañase al interior del desierto. [...] Pero, poco a poco, esta actividad fue disminuyendo. Los coches venían equipados con GPS que los llevaba hasta el lugar exacto sin necesidad de contratar la ayuda de un guía. A lo sumo llegaban al poblado, se hacían algunas fotos junto a mi padre para exhibirlas y presumir de que habían estado al lado de un tuareg, y se marchaban sin más.

imushaq: sinónimo de tuareg denominado en su idioma.

circasiano: natural de Circasia, región de la Rusia europea.

jaima: tienda de campaña de los pueblos nómadas del norte de África.

aneas: plantas de tallo largo y hojas en forma casi de espada.

En esa época empezó también una reducción del número de caravanas y muchas familias se desplazaron hacia el norte en busca de una vida mejor. Era el *boom* de la emigración. De vez en cuando llegaban al oasis hombres cargados de promesas y fotos para convencer a los jóvenes de que se fueran a trabajar a Europa. Mi tío Samir, uno de los hermanos de mi madre, comandaba aquellas partidas que iban recogiendo hombres a lo largo del desierto. Les hacía pagar una buena cantidad de dinero y les prometía trabajo al otro lado del estrecho.

—Anímate, Yunan —le oí decir un día mientras tomaban té frente a la casa—. Allí vas a estar mucho mejor que aquí. En España es fácil encontrar trabajo. [...]

—No insista, Samir, yo soy un hombre del desierto. Este es mi mundo —explicó mi padre.

Un año más tarde, el mismo día que yo cumplía los diez, murió mi abuelo. [...] Él había sido, durante los primeros años de mi vida, el centro de mi existencia. Me había enseñado a leer y a escribir en árabe y en francés y a chapurrear algo de español. [...] La muerte de mi abuelo sirvió para que mi padre se acercara a mí. Temiendo que enfermara, se pegó como un caracol a una pita. [...]. Incluso me llevó con él a Tombuctú para vender la lana de las ovejas. [...] No abrió la boca en todo el trayecto. Luego, después de la cena, me sorprendió. Empezó a relatarme cosas de la ciudad que íbamos a visitar. Era la primera vez que lo hacía y tuve la sensación de que trataba de imitar el tono y la cadencia del habla del abuelo.

—¿Sabes que Tombuctú la fundaron nuestros antepasados?

Negué con la cabeza desde el otro lado de la hoguera.

—Pues sí, así es. La llaman la puerta del desierto o la de los 333 santos. Hay un proverbio tuareg que dice: «El oro viene del sur, la sal, del norte y el dinero, del país del hombre blanco, pero los cuentos maravillosos y la palabra de Dios solo se encuentran en Tombuctú». [...]

Después de dos jornadas más en camello, que para mí pasaron en un suspiro a pesar del calor sofocante que tuvimos que soportar y del cansancio, llegamos a Tombuctú.

Nada más asomar la cabeza, se apresuró hacia nosotros un hombre bajito, barrigudo y con perilla. [...] Miguan, así se llamaba, enseguida mandó traer comida: una bandeja con cordero asado, cuscús, dátiles, plátanos y una jarra de té.

—El negocio va mal, Yunan. Mira la cantidad de mercancía que tengo acumulada —señaló dibujando un círculo con el brazo abierto—. Ahora pasan muy pocas caravanas que la lleven al norte. Así que hoy voy a comprarte la lana, pero de momento no me traigas más.

Mi padre se agitó, bebió un sorbo de té y comentó:

—Las cosas tampoco van muy bien en el Nesft. Todo el mundo se está marchando a Europa.

—Allí está el futuro, Yunan. Hay que marcharse al norte. [...]

Mi padre giró la cabeza, me contempló un instante al tiempo que esbozaba una sonrisa y volvió a la conversación con el mercader.

—No sé —dijo mirándose la punta de los dedos—, no sé si sería capaz de adaptarme a otra forma de vida.

—La vida es igual en todas partes. Y si nosotros hemos sobrevivido en este lugar, podemos hacerlo en cualquier otro.

Francisco Díaz Valladares, *La hija del tuareg*. edebé.

comandaba: mandaba, dirigía.

pita: planta con hojas carnosas y espinas.

Tombuctú: ciudad, capital de la República de Malí.

cadencia: ritmo.

Actividades

Obtención de información

1. Responde a estas preguntas:
   - ¿Quién es el narrador de este fragmento?
   - ¿Dónde vive?
   - ¿Quién era su padre?
   - ¿Qué importancia tuvo su abuelo en su vida?
   - ¿Cómo se llama María en realidad?
   - ¿Dónde nació y vivió su infancia?
   - ¿A qué se dedicaba?
   - ¿Cómo era la infancia de los niños en su lugar de origen?

2. Compara cómo era la vida en el oasis donde vivían al principio y cómo era últimamente.

	La vida en el oasis al principio	La vida en el oasis últimamente
Habitantes	....	....
Turistas	....	....

Interpretación

3. ¿En qué persona gramatical se cuenta la historia? ¿De qué tipo de narrador se trata? Razona tu respuesta.

4. Según el momento desde el que habla el narrador, señala en cuántas partes puede dividirse el texto.

5. Explica qué significa la expresión: «Temiendo que enfermara, se pegó como un caracol a una pita».

6. Lee estos fragmentos extraídos del texto e interpreta qué ha querido decir la narradora con estas palabras:
   - «Lo primero que debo decir es que mi nombre no es María, sino Meryem. Y aunque mi piel es blanca, mis cabellos, castaños, y mis ojos, color miel, nací en el desierto».
   - «Sí, yo soy una mujer tuareg. Aunque ahora ejerzo de abogada en un prestigioso bufete de Almería, soy una imushaq, una hija del desierto. Mi piel debería ser más oscura, y mis ojos y mis cabellos, negros».

7. Explica cuál es el tema principal del fragmento de texto que has leído.

Reflexión

8. Reflexiona sobre la gravedad de la situación que viven algunos emigrantes que llegan en condiciones muy duras a nuestro país y al resto de Europa.

   — Relaciona esta reflexión con este fragmento de la lectura:

   > Era el *boom* de la emigración. De vez en cuando llegaban al oasis hombres cargados de promesas y fotos para convencer a los jóvenes de que se fueran a trabajar a Europa. Mi tío Samir, uno de los hermanos de mi madre, comandaba aquellas partidas que iban recogiendo hombres a lo largo del desierto. Les hacía pagar una buena cantidad de dinero y les prometía trabajo al otro lado del estrecho.

   — ¿Por qué crees que vienen estos emigrantes a Europa?

Expresión

9. El protagonista de esta lectura es un tuareg. A los tuaregs se les denomina «los hombres azules del desierto». Investiga quiénes son, por qué se les denomina de esta manera, cómo vivían tradicionalmente y cuál es su situación actual.

El debate

El debate es un acto de comunicación en el que varias personas exponen su opinión sobre un tema y aportan argumentos para apoyar esa opinión o en contra de las opuestas.

Actividades

Escucha

1. Contesta a las siguientes preguntas acerca del debate que acabas de escuchar:
   - ¿Sobre qué tema se está debatiendo?
   - ¿Quién es la moderadora del debate? ¿Cuál es su función?
   - ¿Quiénes son los participantes del debate? ¿En calidad de qué participa cada uno?
2. Completa esta información sobre los participantes en el debate:

Ponente	Tesis que defiende	Argumentos que aporta
Aurora	...	...
Oponente	**Tesis que defiende**	**Argumentos que aporta**
Joaquín	...	...

3. Indica con qué participante en el debate estás más de acuerdo y di por qué.
4. Actualmente, las redes sociales se han convertido en un espacio donde la gente debate distintos temas de manera informal.
   - ¿Crees que en las redes sociales se cumplen las normas de respeto requeridas?
   - ¿Se respetan las opiniones de todos y todas?

Habla

5. Os proponemos que abráis un debate a partir de esta afirmación de la lectura inicial: «La vida es igual en todas partes. Y si nosotros hemos sobrevivido en este lugar, podemos hacerlo en cualquier otro».
   — Vuestro profesor/a puede ejercer de moderador y encargarse de conceder el turno de palabra a los participantes.
   — Dividíos en **dos** grupos:

Ponentes: defienden una opinión. Están a favor de la afirmación propuesta.

Oponentes: defienden la opinión contraria. Están en contra de la afirmación propuesta.

- Ambos grupos elaborarán la lista de los argumentos a favor o en contra de sus tesis.
- En cada grupo decidirán qué miembro expondrá los argumentos públicamente.

Escucha este interesante **debate**

En un debate...

Consejos para llevar a cabo un debate:

- Argumentad de forma clara y precisa.
- Adaptad vuestros argumentos al nivel de conocimiento de los oyentes.
- Evitad las repeticiones y las referencias a asuntos que se alejen del tema.
- Procurad mantener el interés a lo largo de todo el debate.
- Tened en cuenta que todas las opiniones son dignas de ser escuchadas.
- Respetad el turno de palabra de cada participante.

La crónica

En los periódicos no solo encontramos noticias y reportajes que pertenecen al género **informativo,** sino también textos, como los artículos, pertenecientes al género de **opinión.**

A mitad de camino entre los textos informativos y los de opinión se encuentra la **crónica,** en la que el autor **informa** acerca de un hecho **actual** y de **interés** y, al mismo tiempo, lo valora exponiendo su opinión. Se trata de un género periodístico **mixto.**

Lee esta crónica y fíjate en los elementos destacados:

Titular

EL HORROR EN LAS CIUDADES NO SE LIMITA A HALLOWEEN

Entradilla

El terror de las ciudades no se limita a un solo día, recuerda Greenpeace en la celebración de Halloween

Opinión

El hiperconsumo y la movilidad urbana son ya insostenibles y están acelerando el cambio climático. Eso sí que da miedo y no los disfraces de muerto [...].

Cuerpo

Las ciudades han crecido en tamaño y en emisiones de gases de efecto invernadero. Las más grandes tienen un apetito voraz y consumen dos tercios de la energía mundial, generando más del 70 % de las emisiones globales de CO_2.

El 70 % de las ciudades ya están lidiando con los efectos del cambio climático. Más del 90 % de todas las áreas urbanas son costeras, lo que pone a la mayoría de las ciudades de la Tierra en riesgo por los posibles efectos producidos por el cambio climático, como fuertes tormentas e inundaciones por el aumento del nivel del mar.

El 80 % de la ciudadanía española ya vive en ciudades y las urbes se han convertido en las catedrales del consumo (de agua, energía, contaminación por transporte, productos de usar y tirar, de generación de residuos...). En 2007 se superó por primera vez el porcentaje de personas que viven en ciudades, frente al medio rural, y se espera que siga aumentando. Para 2050, el 70 % de la población mundial vivirá en ciudades y, casi el 15 %, en megaciudades de más de 10 millones de habitantes.

Pero si nosotros somos el problema también somos la solución. Y la solución es urbana. Las ciudades deben tomar el liderazgo en la lucha contra la emergencia climática. De hecho, ya lo están haciendo las más importantes. Son ellas, somos nosotros, los que debemos impulsar el cambio.

Una mejor gestión de la movilidad, los residuos, la alimentación o la energía, entre otras, pueden ser una de las soluciones al cambio climático [...].

La alternativa está en generar ciudades sostenibles, que ofrecen calidad de vida, salud y bienestar a sus habitantes, sin poner en riesgo sus recursos naturales [...].

20 minutos [en línea], 1/11/2019.

Estas son las **características** que presenta una crónica:

Punto de vista

El autor **informa objetivamente,** pero en la crónica, a diferencia de la noticia y del reportaje, también **aporta su opinión y su punto de vista,** y presenta los hechos desde un enfoque personal.

Temas

La **temática** es **variada.** Según el tema que traten, las crónicas se clasifican en: deportivas, culturales, sociales, de sucesos... En cada caso se requiere una **especialización** por parte del autor.

Estilo

El **estilo** de la crónica ha de ser **claro, sencillo y conciso;** pero a la vez se caracteriza por emplear un **vocabulario rico y recursos literarios:** en este caso encontramos metáforas (*catedrales del consumo*) y personificaciones (*las ciudades tienen un apetito voraz*).

Estructura

La **estructura** suele coincidir, como en este caso, con la estructura básica del texto periodístico (titular, entradilla y cuerpo). Además, responde a las seis preguntas que caracterizan a toda noticia: qué, quién, cuándo, dónde, cómo y por qué.

La **crónica** es un texto periodístico **mixto** en el que se combinan información y opinión. Se trata de un género de temática variada.

Actividades

1. **Fíjate en la siguiente fotografía y en el titular que la acompaña, y redacta una crónica siguiendo los pasos que se indican más abajo:**

El sorprendente estilo de Rosalía

— Recuerda que el contenido debe responder a estas seis preguntas: ¿qué?, ¿quién?, ¿cuándo?, ¿dónde?, ¿cómo? y ¿por qué?

— Combina la información objetiva con tu valoración o tu visión personal de los hechos.

— Utiliza un vocabulario adecuado, ágil (oraciones simples) y no olvides el empleo de recursos literarios.

2. **Os proponemos una actividad en grupo para trabajar más a fondo la crónica.**

— Formad grupos de tres o cuatro personas.

— Buscad en periódicos (en papel o digitales) diversos tipos de crónicas: deportivas, culturales, políticas, de sociedad... Recortadlas o copiadlas y clasificadlas.

— Marcad en color azul la información objetiva y en color amarillo la opinión que ofrece el o la periodista.

— Señalad cuál es su estructura.

— Realizad una presentación digital sobre las crónicas que habéis analizado, clasificándolas por temas.

3. **Las crónicas, además de aparecer en los periódicos, pueden encontrarse en la radio y en la televisión.**

Os proponemos que os convirtáis en cronistas radiofónicos. Seguid estos pasos:

— Por parejas, escoged una de las crónicas de la actividad anterior. Decidid quién será el locutor y quién, el cronista.

— El locutor realizará una breve introducción sobre el cronista y sobre el tema que tratará en la crónica.

— El cronista narrará los hechos respetando un orden e interpretando la información que ofrece.

— Grabaos en un audio y editadlo como si de una crónica radiofónica se tratase.

— Poned en común todas vuestras crónicas.

¿Cómo se **adapta la lengua** a las nuevas realidades?

Las palabras nuevas

El léxico es la parte más variable de la lengua. Nunca deja de ampliarse, por la necesidad de nombrar nuevas realidades. Para formar nuevas palabras, recurre a varios mecanismos.

Procedimientos morfológicos

Para crear palabras nuevas, la lengua recurre a mecanismos de carácter morfológico:

- **Derivación:** añadiendo afijos a la raíz o a la palabra: des + empleo, emple + ado...; o adjuntando simultáneamente un prefijo y un sufijo a la raíz: em + botell + ar, en + amor + ar... (**parasíntesis**).
- **Composición:** dos o más palabras forman conjuntamente una tercera: lava + vajillas, arco + iris...
- **Siglas y acrónimos:** formadas a partir de las letras de varias palabras: DNI, láser, ovni...

Extranjerismos

Otro de los mecanismos a los que recurre la lengua es la toma de palabras de otro idioma, a las que llamamos **extranjerismos.** En ocasiones, el castellano ya dispone de un término propio para nombrar una realidad, por lo que utilizar un extranjerismo es innecesario.

Su **hobby** es tocar la guitarra. ⟶ Su **afición** es tocar la guitarra.

Préstamos lingüísticos

Cuando el uso de un extranjerismo se normaliza entre los hablantes y su escritura se adapta a la ortografía y su fonética entonces este se convierte en un **préstamo lingüístico.** Un préstamo lo es formalmente cuando lo admite la Real Academia Española (RAE).

Nuestra lengua ha incorporado préstamos lingüísticos desde sus inicios (arabismos, germanismos, americanismos...), pero en la actualidad la mayoría procede del inglés, ya que esta es la lengua más empleada en los ámbitos técnico y científico. Distinguimos dos **tipos de préstamos:**

— **Préstamos léxicos:** toman la forma y el significado de un término extranjero, adaptando la pronunciación y la ortografía: *football* > *fútbol.*

— **Préstamos semánticos:** adoptan solo el significado de una palabra extranjera y lo aplican a una palabra que ya existía en nuestra lengua: *mouse* > *ratón.*

Observa las **pautas** que te ayudarán a distinguir entre préstamos y extranjerismos.

Extranjerismos	Préstamos
• **No** se han **incorporado** formalmente a la lengua. Si aparecen en el diccionario, van diferenciados en cursiva.	• Se han incorporado a la lengua y tienen entrada en el **diccionario.**
• **No** presentan **modificaciones** ni en su fonética ni en su ortografía: *hall.*	• Tras un proceso de adaptación, acaban modificando su pronunciación y su ortografía: *yogourt* > *yogur.*
• Son **innecesarios** porque el castellano ya posee al menos un término para designar esa realidad: *recibidor/vestíbulo.*	• Son **necesarios** porque el castellano carece de un término para designar esa realidad.

Calco lingüístico

Se trata de un término o expresión traducido literalmente de una lengua extranjera, y que mantiene el significado original.

weekend > fin de semana

acid rain > lluvia ácida

science fiction > ciencia ficción

El calco evita el extranjerismo y contribuye a enriquecer la lengua receptora.

Observa en estos ejemplos la diferencia entre calco, préstamo y extranjerismo:

«Balonvolea»: calco

«Voleibol»: préstamo

«Volleyball»: extranjerismo

Juega y practica con actividades interactivas

Actividades

1. Indica cuál es el significado de estas palabras: *haiku, compostaje, somatización, domótica, lanzadera, piscifactoría.*

2. Clasifica estas palabras según el campo semántico al que pertenecen (deporte, medicina o informática):

regatear - penalti - cateterismo - disquetera
módem - hemodiálisis - carditis - clicar
bronconeumonía - driblar - antivirus - esprintar
interfaz - córner - hipertensión - hipertexto

3. Indica si las palabras destacadas se han formado por derivación o composición, o si son préstamos que se han adaptado de otras lenguas.
   - Pasé todas las bolsas por el escáner.
   - Mi abuelo trabajó embotellando aceite de oliva.
   - A mi padre le han puesto un marcapasos.
   - Me recetó un antihistamínico para tratar la alergia.
   - Tomaré un café con leche y un cruasán.
   - No utilices ese navegador para buscar información.
   - Todavía tengo que empaquetar su regalo.

4. Busca información sobre el origen de estos préstamos e indica si se ha producido una adaptación fonética y gráfica al incorporarlos a nuestro idioma, o bien se han traducido directamente de la lengua original:

tenis - supermercado - cóctel - luna de miel
carné - jardín de infancia - baloncesto - chófer - cheque
perrito caliente - rascacielos

5. Clasifica estas palabras según sean préstamos léxicos o semánticos. En aquellas palabras con más de un significado, ten en cuenta la acepción relacionada con la informática.

portal - enlace - buscador - béisbol - ventana - vagón
confort - sumiller - escúter

6. Las palabras que aparecen a continuación son préstamos semánticos. Explica qué nuevo sentido han adquirido y escribe una oración con cada una de ellas utilizando ese nuevo significado.

canguro - culebrón - menú - navegador - dominio

7. Es importante distinguir entre préstamo y extranjerismo. Busca estos términos en el diccionario en línea de la Real Academia y clasifícalos en la tabla (recuerda: en el diccionario los extranjerismos aparecen en cursiva): *córner, barman, karaoke, baguette, tatami, junior, ferry, quimono, slip, spot, bulldozer, samurái, cheque, estándar.*

Préstamos	Extranjerismos
....	....

8. Las palabras que aparecen a continuación son extranjerismos. Escribe la palabra o expresión castellana correcta.

• *Look*	• *Handicap*	• *Lunch*	• *Copyright*
• *Fan*	• *Boutique*	• *Show*	• *Fast food*
• *Break*	• *Container*	• *Shopping*	• *Full time*

9. Lee con atención el siguiente texto:

Airbag. Es un invento fantástico: vas conduciendo, chocas de frente, y en lugar de romper con el cráneo el parabrisas, o el volante con las costillas, eres acogido por un piadoso almohadoncillo que ha surgido súbitamente ante ti, y se ha inflado en menos que dura un ¡zas!

El milagro fue llamado *airbag* por sus inventores, es decir, 'saco o bolsa de aire'.

Sabiendo eso o no, todos empleamos ya el vocablo con la misma soltura que un neoyorkino. Y el sustantivo *airbag* habita por ahora entre nosotros, sin que se haya intentado hispanizarlo. [...] ¿No convendría fijar un cierto límite, cuando se puede, a la ávida capacidad hispana para absorber lo ajeno?

F. Lázaro Carreter, *El dardo en la palabra.*
Círculo de Lectores (texto adaptado).

— ¿Qué tipo de palabra es *airbag*?

— ¿Crees que existe alguna palabra o expresión castellana que sirva para sustituir el término *airbag*? Anota en tu cuaderno las ideas que se te ocurran.

— Comparte tus propuestas en clase con tus compañeros y compañeras. ¿Se les han ocurrido los mismos términos que a ti?

— Si repitieras la actividad, ¿responderías lo mismo que antes?

El verbo,
algo más que una acción

El sintagma o grupo verbal

El verbo y su morfología

En toda oración existe una palabra que nos ofrece información acerca de lo que alguien hace, dice, piensa... Es el **verbo.**

Entre todos **organizaremos** la excursión a la montaña.
verbo

El médico de cabecera me **ha recetado** jarabe para la tos.
verbo

El **verbo** es la clase de palabras que presenta estas características:

— Expresa **acciones** (*correr*), **procesos** (*llover*) o **estados** (*esperar*).

— Constituye el **núcleo** del **SV** y puede aparecer solo o acompañado de complementos.

Los músicos **ensayaban** antes del concierto.
V (núcleo) — complemento

SV = verbo + (complemento del verbo)

— Se compone de una **raíz,** que aporta el significado léxico, y de **afijos** flexivos, que aportan información gramatical sobre persona, número, tiempo, modo y aspecto.

Entre la raíz y los afijos aparece la **vocal temática** que depende de la conjugación a la que pertenece el verbo:

ensay-	-a-	-ba-	-n
↓	↓	↓	↓
raíz	vocal temática ↓ -a- 1.ª conj. (am**a**r)	tiempo, modo, aspecto	número y persona

Vocal temática		Conjugación
-a-	⟶	1.ª conj. (am**a**r)
-e-	⟶	2.ª conj. (tem**e**r)
-i-	⟶	3.ª conj. (part**i**r)

Los afijos flexivos o desinencias del verbo indican la **persona** y el **número,** el **tiempo,** el **modo** y el **aspecto.**

La persona y el número

El verbo presenta afijos de **persona** para indicar quién es el sujeto de la acción.

El **número** expresa si el sujeto es uno (singular) o varios (plural).

		NÚMERO	
	Persona	**Singular**	**Plural**
1.ª	La acción la realiza el hablante o hablantes.	bail - o	bail - amos
2.ª	La acción la realiza el oyente o los oyentes.	bail - as	bail - áis
3.ª	La acción la realiza alguien distinto al hablante o el oyente.	bail - a	bail - a

Formas no personales

Se llaman así porque **no** presentan el **afijo** flexivo de **persona,** y tampoco expresan tiempo, modo y número. Son tres:

- **Infinitivo:** *cantar, haber cantado*
- **Gerundio:** *cantando, habiendo cantado*
- **Participio:** *cantado*

Regulares y irregulares

Según la manera en que se conjugan, podemos distinguir dos clases de verbos: los regulares y los irregulares.

— Los verbos **regulares** son los que mantienen la misma raíz en todas sus formas y los afijos coinciden con los del verbo modelo de su conjugación: **cant**-*o*, **cant**-*abas*, **cant**-*aremos*, habré **cant**-*ado*...

— Los verbos **irregulares** presentan variaciones en la raíz, y/o sus afijos no coinciden con los del verbo modelo de su conjugación: *soy, fue, seamos...*

El tiempo

El afijo de **tiempo** indica el momento en que sucede la acción expresada por el verbo en relación con el momento en el que se habla: **presente, pasado** o **futuro.** Al final de esta página hay una tabla con todos los tiempos verbales en español (simples y compuestos).

El modo

El **modo** informa sobre la actitud del hablante respecto a la acción.

INDICATIVO	El hablante considera la acción como algo **real** y **objetivo:** **He estudiado** durante toda la tarde.
SUBJUNTIVO	El hablante considera la acción como algo **posible** o **deseable:** A partir de hoy quizá **estudie** por las tardes.
IMPERATIVO	El hablante presenta la acción como una **orden** o **mandato:** Cristina, **estudia**.

El aspecto

Este afijo verbal informa del **estado** o **desarrollo** de la acción.

ASPECTO PERFECTO (acción terminada)	Indica que el hablante considera **terminada** la **acción** expresada por el verbo: Cristina **estudió** durante toda la tarde.
ASPECTO IMPERFECTO (acción inacabada)	No indica **el final de la acción** expresada por el verbo: Cristina **estudiaba** mientras yo **leía** una novela.

Estos son los tiempos que forman el paradigma verbal español:

MODOS	TIEMPOS VERBALES	
	Tiempos simples	Tiempos compuestos
Indicativo	Presente (*amo*)	Pretérito perfecto compuesto (*he amado*)
	Pret. imperfecto (*amaba*)	Pretérito pluscuamperfecto (*había amado*)
	Pret. perf. simple (*amé*)	Pretérito anterior (*hube amado*)
	Futuro simple (*amaré*)	Futuro compuesto (*habré amado*)
	Condicional (*amaría*)	Condicional compuesto (*habría amado*)
Subjuntivo	Presente (*ame*)	Pretérito perfecto compuesto (*haya amado*)
	Pret. imperf. (*amara* o *amase*)	Pretérito pluscuamperfecto (*hubiera o hubiese amado*)
	Futuro simple (*amare*)	Futuro compuesto (*hubiere amado*)
Imperativo	*(Ama, amad)*	

Tiempos simples y compuestos

La conjugación verbal presenta formas simples y formas compuestas. Observa las diferencias:

— Los tiempos **simples** son aquellos que reúnen la información léxica y morfológica en una sola palabra.

Espero tu llamada.

— Los tiempos **compuestos** presentan la información en dos palabras:

He esperado tu llamada.

auxiliar *haber*	participio del verbo conjugado
he	**esperado**
↓	↓
información morfológica	información léxica

Tiempos absolutos y relativos

Según su anclaje temporal, los tiempos pueden ser:

— **Absolutos:** expresan una acción que no depende de otra acción. Son tiempos absolutos el presente, el pretérito perfecto simple, el pretérito perfecto y el futuro simple.

— **Relativos:** expresan una acción que depende o se relaciona con otra acción. Son tiempos relativos el condicional, el pretérito imperfecto y todos los tiempos compuestos (excepto el pretérito perfecto).

En el ejemplo «Cuando llegué, el avión ya había aterrizado», el verbo «llegué» se refiere a una acción anterior al momento del habla, mientras que «había aterrizado» se refiere a una acción pasada anterior a otra también pasada («llegué»).

Clasificación del verbo

Los verbos en lengua castellana se pueden clasificar teniendo en cuenta distintos criterios: su significado, su función y su forma. Veámoslo.

Según el SIGNIFICADO

- COPULATIVOS: Son los verbos *ser*, *estar* y *parecer*. Tienen un **escaso significado léxico** y su función consiste en unir el sujeto y el atributo: Manuel **parece** tranquilo. *Manuel = tranquilo.*
- PREDICATIVOS: Son verbos **con significado propio** que expresan acciones, procesos o estados. Constituyen el núcleo semántico y sintáctico del predicado: Rosa **come** patatas. *(Comer: 'ingerir alimentos').*

Según la FUNCIÓN

- AUXILIARES: Son verbos que **no aportan significado** y que siempre se **combinan con otros** en forma no personal para constituir las formas verbales compuestas. Son auxiliares los verbos *haber* (tiempos compuestos), *ser* (voz pasiva), *poder, deber*... (en las perífrasis):
  Ya **he** comprado el pan. / El puente **fue** derribado. / **Deben de** ser las diez de la noche.
  (forma verbal compuesta / voz pasiva / perífrasis verbal)
- PLENOS: Son verbos que **conservan todo su significado** y que, por tanto, **no necesitan combinarse con otros verbos.** Desempeñan en la oración la función de núcleo del SV: Víctor **duerme** plácidamente.

Según la FORMA

- REGULARES: **Siguen el verbo modelo** de su conjugación, sin presentar ningún tipo de variación.

Verbos modelo	cant**aré**	tem**í**	part**o**
Verbos regulares	camin**aré**	beb**í**	recib**o**

- IRREGULARES: **Presentan variaciones respecto al verbo** modelo de su conjugación: en la raíz, en los afijos flexivos o en ambos. En castellano hay muchos verbos irregulares: *estar, tener, ir*...

Verbos modelo	canté	temen	parto
Verbos irregulares	estuve (~~esté~~)	tienen (~~tenen~~)	voy (~~io~~)

Perífrasis verbales

Las perífrasis son formas verbales complejas que sirven para expresar matices de modo y aspecto que el verbo solo no puede señalar. Observa su estructura:

Voy a estudiar.
Voy: verbo auxiliar — a: nexo — estudiar: forma no personal

Según su significado, las perífrasis se clasifican en modales o tempoaspectuales.

MODALES

Muestran la actitud del hablante ante la acción verbal.

- Expresan la **necesidad** o la **obligación** de llevar a cabo la acción: Debo ir hoy a verlo.
  Tener que + infinitivo
  Haber de/que + infinitivo
  Deber + infinitivo
- Presentan la acción como algo **posible** o **probable:** Viene a costar unos dos euros.
  Deber de + infinitivo
  Venir a + infinitivo
  Poder + infinitivo
  Soler + infinitivo

TEMPOASPECTUALES

Especifican el estado en que se encuentra el desarrollo de la acción.

- Señalan el **momento previo** al inicio de la acción: Está a punto de llover.
  Ir a + infinitivo
  Pasar a + infinitivo
  Estar a punto de + infinitivo
- Presentan la acción en el momento de **comenzar:** Juan se echó a llorar.
  Echar a + inf.
  Ponerse a + inf.
  Empezar a + inf.
- Expresan la acción en su **transcurso** o **repetición:** Lleva leyendo una hora.
  Estar + gerundio
  Andar + gerundio
  Llevar + gerundio
  Soler + infinitivo
- Señalan el **final** o el **resultado** de la acción: Ha dejado de nevar.
  Dejar de + inf.
  Tener + participio
  Llevar + participio

Complementos del verbo

Pistas para identificar **los complementos del verbo**

El verbo que funciona como núcleo del SV puede ir acompañado por una serie de sintagmas que cumplen diversas funciones en la oración.

Los complementos verbales pueden ser:

— **Argumentales.** Su presencia es obligatoria y los exige el verbo. Algunos complementos son: el CD, el atributo, el CR... Hemos conocido a tu compañera de piso.
CD

— **Adjuntos o circunstanciales.** Su presencia es opcional y añaden una información accesoria al predicado. Se incluyen en este grupo los complementos circunstanciales (CCLugar, CCTiempo, CCModo...). Ayer hice deporte en el parque.
CCT CCL

COMPLEMENTO DIRECTO (CD)

Se trata de un SN, o de un SPrep que complementa a un verbo que necesita completar su significado. Hay dos formas fundamentales de reconocerlo:

- Puede sustituirse por los pronombres *lo, la, los, las*: Ayer compré pan. ⟶ Ayer lo compré.
- Al transformar la oración en pasiva, el CD pasa a ser sujeto: Vi la película. ⟶ La película fue vista por mí.

Cuando el CD es de persona, va precedido de la preposición *a*: Vimos a Irene ayer.

COMPLEMENTO INDIRECTO (CI)

Es un SPrep precedido siempre de la preposición *a* que expresa el destinatario, es decir, quién recibe el daño o el provecho de la acción verbal.

Se reconoce porque puede sustituirse por los pronombres *le, les*.

Recomendó reposo al paciente. (CI) Le recomendó reposo. (CI)

ATRIBUTO (ATR)

Aparece con verbos copulativos y aporta el significado léxico del predicado. Desempeña esta función un SN o un SA, pero puede ser cualquier otro tipo de sintagma que actúe como un sustantivo o un adjetivo. Concuerda con el sujeto y puede sustituirse por el pronombre *lo*.

Las ballenas (Sujeto) son mamíferos acuáticos (Atr). Las ballenas lo (Atr) son.

En el predicado nominal pueden aparecer también **complementos circunstanciales.**

PREDICATIVO (PVO)

Es un complemento similar al atributo, pero que aparece con verbos predicativos. Habitualmente es un SN o un SA que concuerda en género y número con el sujeto o con el CD. A diferencia del atributo, no puede sustituirse por *lo*.

El corredor llegó agotado a la meta. (Sujeto ⟷ Pvo) Nombraron a mi hermana delegada. (CD ⟷ Pvo)

COMPLEMENTO CIRCUNSTANCIAL (CC)

Expresa las circunstancias (tiempo, lugar, modo, cantidad, compañía, instrumento, causa, finalidad) en que se realiza la acción verbal. Puede desempeñar esta función un SPrep, un SAv y un SN. Este complemento puede suprimirse o cambiar de sitio en la oración.

Esta mañana (CCTiempo) hemos llegado a Madrid (CCLugar) tranquilamente (CCModo).

COMPLEMENTO DE RÉGIMEN (CR)

Algunos verbos (*acostumbrarse a, acordarse de, atreverse a, confiar en...*) son preposicionales porque van acompañados de una preposición para tener sentido y exigen un complemento para completar su significado. Siempre es un SPrep.

El éxito dependerá de su trabajo. (CR)

COMPLEMENTO AGENTE (AG)

Indica quién realiza la acción en las oraciones pasivas. Está introducido por la preposición *por*. Al transformar una oración activa en pasiva, el sujeto se convierte en Ag, y el CD en sujeto.

Los ingenieros (Sujeto) diseñaron los puentes (CD).

Los puentes (Sujeto) fueron diseñados por los ingenieros (Ag).

Actividades

1. **Distingue en cada una de estas formas verbales la raíz y los afijos de persona, número, tiempo, modo y aspecto:**

- cocin - abas
- jug - áramos
- correspond - en
- le - eremos
- consum - iste
- aprend - emos
- quer - ías
- mir - aríais

2. **Subraya los verbos de estas oraciones y separa la raíz de los afijos flexivos:**

- ¿De dónde llegaba ese avión?
- Estudiarán toda la tarde.
- Goberné durante muchos años.
- Vivían en una casa cerca de la playa.
- Ayer no te acordaste de mi cumpleaños.

— Indica qué información gramatical aportan estos afijos.

3. **Indica el tiempo, el modo, el número y la persona de cada uno de estos verbos:**

- Aún no han traído la mesa que compraron.
- A menudo llueve en Bilbao.
- Permaneceré un mes en la capital francesa.
- Espero que los abastezcan de víveres cuanto antes.
- Has llegado muy tarde. El barco zarpó hace un rato.

— Indica cuál de las oraciones tiene un verbo impersonal. ¿En qué persona se conjuga?

4. **El tiempo presente de indicativo a veces expresa diferentes valores: presente habitual, presente histórico, presente futuro, presente imperativo.**

— Fíjate en los verbos subrayados de estas oraciones e indica qué valor de presente expresan:

- Los viernes salgo a las dos de la tarde.
- ¡Tú te callas!
- El próximo lunes voy a una conferencia.
- Cervantes publica el *Quijote* en 1605.

5. **Señala el modo de los verbos subrayados e indica la actitud que muestra el hablante en cada caso.**

- Quizá mañana traigan el paquete postal.
- Prestadme atención, chicos.
- He comprado un kilo de naranjas.
- El lunes nos extraerán sangre.
- Hoy como en el colegio.
- Ojalá aprobara el examen de acceso.

6. **Los verbos pronominales son los que necesitan de un pronombre personal (*me, te, se*...). Identifica en estas oraciones los verbos pronominales:**

- Me acordé de tu encargo.
- Busca los pantalones en el armario.
- Pedro se enorgullece de su vistoria.
- Esta tarde iremos al cine.
- Luisa se queja de la comida.

7. **Completa en tu cuaderno la siguiente tabla:**

	persona	número	tiempo	modo	aspecto	voz
corriges						
predecía						
esperaré						
había leído						
partir						
caminaré						
hubo hecho						

8. **Conjuga los verbos que se indican a continuación:**

- Presente de indicativo de *acertar*.
- Presente de subjuntivo de *reír*.
- Pretérito perfecto simple de indicativo de *querer*.
- Pretérito imperfecto de subjuntivo de *traducir*.
- Futuro de subjuntivo de *tener*.
- Imperativo de *huir*.

9. **Identifica los verbos auxiliares de estas oraciones:**

- Las instalaciones fueron desmanteladas.
- Empezaré a explicar la lección cuando hayas vuelto.
- Debían de ser las dos cuando se fue.
- Habían comprado todos los cómics que encontraron.

— Indica qué tipo de forma verbal ayuda a construir estos verbos.

10. **Analiza las formas verbales que aparecen en este texto:**

> Mira, Platero: el canario de los niños ha amanecido hoy muerto en su jaula de plata. Es verdad que el pobre estaba ya muy viejo... El invierno último, tú te acuerdas bien, lo pasó silencioso, con la cabeza escondida entre el plumón. Y al entrar esta primavera, cuando el sol hacía jardín la estancia abierta y abrían las mejores rosas del patio, él quiso también engalanar la nueva vida, y cantó; pero su voz era quebradiza y asmática como la voz de una flauta cascada.
>
> Juan Ramón Jiménez, *Platero y yo*. Edaf.

Actividades

Juega y practica con actividades interactivas

11. Identifica las perífrasis verbales que aparecen en estas oraciones e indica qué valor tienen:

- Dejó de hablar en cuanto entramos en la habitación.
- El viaje vino a costarnos unos 600 euros.
- No debes tirar los papeles al suelo.
- Sus padres estuvieron a punto de llorar de la emoción al escuchar sus palabras.
- Marcos anduvo preguntando por ti toda la tarde.
- Se puso a aplaudir antes de que acabara la actuación.

12. Reescribe las siguientes oraciones empleando una perífrasis del tipo que se indica en cada caso:

- En cinco minutos empezará la película *(previo a la acción).*
- La decoradora pinta las paredes de color rojo *(acción en transcurso).*
- El ladrón corrió cuando vio a la policía *(inicio de la acción).*
- No comeré postre porque soy alérgico a la fresa *(acción posible o probable).*

13. Completa las oraciones con un complemento. A continuación, especifica si se trata de un CD o de un CR.

- Los alumnos de tercero organizarán ....
- La dueña del restaurante preparó ....
- Nunca se queja de ....
- Me alegro mucho de ....
- En la fiesta cantaron ....
- No te arrepientas de ....

— ¿Qué verbos de las oraciones anteriores son transitivos? ¿Por qué?

14. Escribe oraciones en las que aparezcan los siguientes complementos verbales:

- CD + CI
- CR + CCModo
- Atr + CCTiempo
- Pvo + CCLugar

15. Indica la función sintáctica de los sintagmas subrayados.

- He vendido muy económicos mis libros viejos.
- En aquel paraje fluye clara el agua del río.
- La orquesta del pueblo ha tocado muy bien esa canción.
- Nuestro profesor confía en nosotros a todas horas.
- Ayer entregó la carta el portero al vecino de arriba.
- Aquellas sillas de madera parecen muy incómodas.
- Este verano visitaré muy ilusionada la ciudad de Roma.

16. Localiza los complementos verbales que aparecen en estas oraciones e indica de qué tipo son en cada caso:

- Cogí estas flores blancas en el jardín.
- El árbol ha sido derribado esta mañana por un rayo.
- El equipo local sigue invicto.
- Tienes que repartir las hojas de inscripción a todos los participantes.
- El delantero celebró eufórico los goles del partido.
- Detesto la hipocresía de algunas personas.
- Los padres se preocupan por el futuro de sus hijos.
- ¿Te acuerdas de nuestro viaje de fin de curso?
- Las carreteras están llenas durante el mes de agosto.
- El acuerdo de paz fue ratificado ayer por los dirigentes de todos los países.

17. Completa este **mapa mental** sobre verbos que siempre aparecen acompañados por un complemento de régimen (CR):

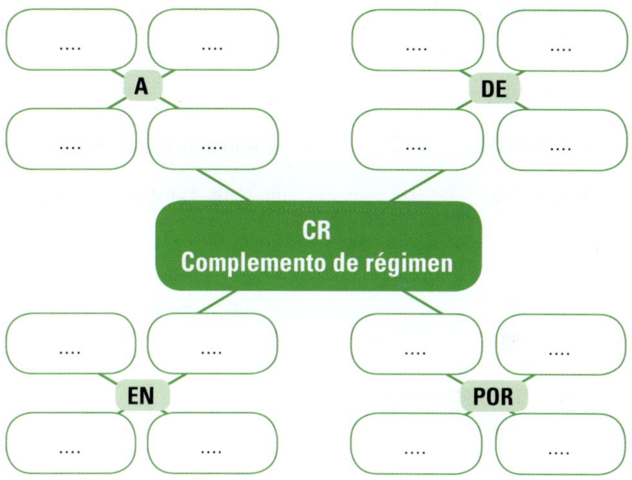

18. No hay que confundir el uso de *deber* + infinitivo (mandato) con el *deber de* + infinitivo (probabilidad o suposición).

— Completa estas oraciones con *deber* o *deber de* en el tiempo adecuado:

- .... ser las siete cuando llegó a casa.
- No .... exceder la velocidad permitida si no quieres ser multado.
- Aunque ella no ha comentado nada, ... saberlo.
- Su amigo Pedro .... pagar la cena porque era una apuesta.
- .... estar de vacaciones, porque no contestan desde hace tres días.
- .... pagar tus impuestos si después quieres exigir tus derechos como ciudadano.

¿Qué **circunstancias** expresa?

Locuciones adverbiales

Son expresiones formadas por dos o más palabras que equivalen a un adverbio (*por encima, a menudo, a ciegas, ni más ni menos, desde luego, tal vez*...). Fíjate en este ejemplo:

Viene a visitarnos **de vez en cuando.**
locución adverbial
↓
Viene a visitarnos **esporádicamente.**
adverbio

El adverbio

A diferencia de las clases de palabras que has estudiado hasta ahora, el **adverbio** y los **elementos de relación** (preposiciones y conjunciones) no tienen **variación morfológica** (género y número).

El **adverbio** expresa las circunstancias (modo, lugar, tiempo, cantidad...) en que se desarrollan los hechos.

Me interesó **mucho** (Av) el reportaje que emitieron **ayer** (Av).

Sintácticamente, el adverbio modifica a un adjetivo (CA), a un verbo (CC), a otro adverbio (CAv) o a una oración (**Probablemente**, subirán las temperaturas).

Es **demasiado** lento. (CA → lento) Siempre llega **tarde**. (llega ← CC) Ahí se come **muy** bien. (CAv → bien)

Los adverbios se clasifican según su significado:

	Adverbios	Ejemplos
Lugar	aquí, allí, arriba, lejos, dentro...	La biblioteca está lejos.
Tiempo	ayer, ahora, todavía...	Todavía no ha llegado el avión.
Modo	bien, mal, así...	Creo que no has actuado correctamente.
Cantidad	poco, mucho, demasiado...	Este regalo es demasiado caro.
Afirmación	sí, también, ciertamente...	Mi hermana también estudia Medicina.
Negación	no, nada, tampoco, nunca, jamás...	A mí tampoco me han invitado.
Duda	acaso, quizá, probablemente...	Quizá hoy podamos ir contigo.
Aspecto	ya, todavía, aún...	Todavía vive allí.

Actividades

19. **Localiza los adverbios y locuciones adverbiales. Después, clasifícalos según su significado.**

- Mañana no vendré por mucho que insistas.
- La caja que buscabas ayer está arriba.
- Aquí ya no vive nadie.
- Siempre habla a destiempo.
- Vamos a ensayar solo de vez en cuando.
- No lo estás haciendo muy bien.

20. **Indica cuál es la función sintáctica de los adverbios subrayados.**

- Solo sabe jugar al tenis, y muy bien, por cierto.
- Siempre camina rápidamente, sin mirar atrás.
- ¡Ojalá llueva hoy!
- Mario es muy guapo, cada día me gusta más.

21. **Completa las oraciones con una locución adverbial.**

- Está lloviendo .... Ahora no podemos salir de casa.
- Suele hacer las cosas .... y, después, siempre tiene problemas.
- Hizo la maleta .... para llegar a tiempo al aeropuerto.
- Estaba durmiendo tan tranquila, y .... empezó a gritar.

22. **Algunos adverbios de cantidad coinciden en su forma con pronombres y determinantes. Distínguelos en estas oraciones:**

- Bastantes vinieron por la tarde a recoger sus notas.
- Tu última propuesta me interesa mucho.
- Con tanto trabajo no entiendo cómo puede salir tanto.
- El endocrinólogo le ha dicho que come demasiado pan.
- Casi todos llegamos puntuales a clase, menos unos pocos.

Preposiciones y conjunciones

Son elementos de **relación,** y su función es relacionar palabras, sintagmas u oraciones.

Conoce más sobre estos **elementos de relación**

	PREPOSICIÓN	CONJUNCIÓN
FORMA	Son palabras **invariables,** puesto que no admiten afijos de género y número.	
TIPO	**Preposiciones.** Están formadas por una sola palabra: *a, ante, bajo, cabe, con, contra, de, desde, durante, en, entre, hacia, hasta, mediante, para, por, según, sin, so, sobre, tras, versus, vía.* **Locuciones prepositivas.** Están formadas por más de una palabra: *encima de, junto a, gracias a, por culpa de...* Equivalen a una preposición.	**Conjunciones.** Pueden ser simples (*y*) o compuestas (*porque*). **Locuciones conjuntivas.** Están formadas por más de una palabra y equivalen a una conjunción: *a fin de que, si bien...*
FUNCIÓN	**Relacionan** palabras o **sintagmas** dentro de una oración, de modo que uno de los elementos pasa a ser complemento del otro. Café **de** Brasil.	Además de palabras y sintagmas, relacionan también **oraciones.** En función del tipo de oración que unen se clasifican en: **coordinantes** y **subordinantes.** Julio estudia e Isabel lee un libro. ⟶ (coordinante) Llamé para que no te olvides de mí. ⟶ (subordinante)

Actividades

Juega y practica con actividades interactivas

23. **Las palabras de estas oraciones están desordenadas. Ordénalas, utilizando correctamente los elementos de relación subrayados.**

- No bien muy iré al teatro no me encuentro porque.
- Irene domingo Ramón y se casaron el.
- Se pero apuntó al se presentó no concurso.
- Si tema hablas sobre este prudente con Pedro, sé.
- Hemos llegado desde Vigo hasta por este lugar ti.

24. **Subraya las preposiciones y rodea las conjunciones de estas oraciones:**

- ¿Vienes con nosotros o te quedas en casa?
- Podrás comprar las entradas para mañana si te levantas temprano.
- Ayer estudié varias horas, mas el examen no ha sido fácil.
- Saldremos hacia las seis si no llueve durante la noche.
- Regresó desde París en tren y se dirigió hacia su hotel.

25. **Completa con preposiciones o locuciones prepositivas.**

- Actuamos en todo momento .... las normas vigentes.
- Cuenta .... nosotros .... la mudanza.
- Tu profesor se hace pasar .... despistado.
- Encontrarás .... María .... el despacho.
- Daban vueltas .... parar .... la mesa.
- La policía anda desde ayer .... la pista .... un famoso ladrón.

26. **Completa con conjunciones o locuciones conjuntivas, e indica de qué clase de palabra se trata en cada caso.**

- Ponte el abrigo .... no te resfríes.
- Carlos .... Inés llegaron juntos, ... después salieron por separado.
- .... te aburres puedes leer un rato .... ver una película.
- Llueve a cántaros, ... tendremos que posponer la excursión.
- El avión aterrizó .... había mucha niebla.
- Podrás salir por la tarde .... acabes las tareas.

27. **Es incorrecto utilizar la preposición *de* delante de la conjunción *que* cuando no es necesaria desde el punto de vista sintáctico. Esta incorrección se denomina dequeísmo.**

Para averiguar si debes escribirla o no, sustituye la oración introducida por *que* por un sintagma nominal. Así, comprobarás si permanece o no la preposición. Fíjate:

Espero ~~de~~ que llames. ⟶ Espero tu llamada.

Habló de que irían de viaje. ⟶ Habló de sus vacaciones.

— Indica si en estas oraciones se produce o no dequeísmo. Corrígelas, cuando sea necesario.

- Me di cuenta de que no decía toda la verdad.
- Comentaron de que podríamos reunirnos mañana.
- Me pidió de que le acompañara al examen.
- Estaba seguro de que podría confiar en ti.
- Os informo de que nos han subido el sueldo a todos.

Parecen iguales pero no lo son:
la tilde diacrítica

Casos de acentuación especial

Tilde diacrítica

Diferencia palabras que tienen la **misma forma** pero **distintas categorías,** y que no se acentuarían según las reglas generales:

- **Sin tilde:** de (preposición)
- **Con tilde:** dé (verbo dar)

Tilde en palabras compuestas

- En los compuestos **sin guion,** se siguen las reglas generales de acentuación: décimo + séptimo = decimoséptimo.
- En los compuestos **con guion,** se mantienen las tildes en los dos componentes: físico + químico = físico-químico.
- Los **adverbios** formados por un adjetivo y el sufijo *-mente* conservan la tilde del adjetivo si antes la llevaba: fácil + mente = *fácilmente.*
- Siguen las normas de acentuación las **formas verbales** a las que se añade un **pronombre enclítico:** coge + lo = *cógelo.*

Tilde en mayúsculas

Las **mayúsculas** también se acentúan si así lo establecen las reglas generales de acentuación.

Tilde en préstamos

Los **préstamos** de otras lenguas que se han adaptado al castellano se ajustan asimismo a las reglas generales de acentuación.

Actividades

Juega y practica con actividades interactivas

1. Coloca las tildes que faltan en estas oraciones:

- Entre tu y el podreis preparar un te para mi.
- No se si lo que usted le de le gustara.
- Teneis mas de lo que podeis gastar, mas nunca pensais en mi.
- Me gusta mas la idea de que seas tu quien conduzca el coche.
- Este no es para ti ni para mi, se lo reserva para si mismo.
- Me preguntaron a mi donde habia estado el.
- Se que jamas perdio la esperanza y aun hoy sigue luchando por su sueño.

2. Indica a qué clase de palabras pertenece cada una de estas palabras:

- el .... / él ....
- se .... / sé ....
- si .... / sí ....
- te .... / té ....
- mi .... / mí ....
- aun .... / aún ....
- mas .... / más ....
- como .... / cómo ....

3. Elige dos palabras con tilde diacrítica de la actividad anterior y escríbelas de nuevo sustituyendo la tilde por algún dibujo relacionado con su significado. Por ejemplo:

4. Existen palabras que pueden acentuarse o no, es decir, tienen doble acentuación. Escribe estas palabras en su versión acentuada. Consulta el diccionario si lo necesitas.

- periodo: ....
- olimpiada: ....
- karate: ....
- reuma: ....
- gladiolo: ....
- medula: ....
- alveolo: ....
- dinamo: ....

5. Forma adverbios añadiendo *-mente* a los siguientes adjetivos: *fácil, torpe, cortés, feliz, pálida, ágil, inútil.*

6. Escribe palabras añadiendo dos pronombres enclíticos a estas formas verbales: *di, pon, decid, mira, pide, preparando, come, busca.*

Ejemplo: *di* ⟶ *dímelo*

7. Coloca las tildes necesarias en estas oraciones:

- Para llegar a Avila quedan 200 kilometros mas todavia.
- Un conocido atleta de Africa batio ayer su propio record.
- Dentro de unos dias se celebrara un referendum por la coalición hispano-arabe.
- Si no estas de acuerdo con Angel, diselo a el; mas no esperes demasiado tiempo.
- DE JAEN A CORDOBA, 104 KILOMETROS DE DISTANCIA.

8. DICTADO Escucha y realiza el dictado.

La crónica

1. Lee el texto que aparece a continuación y realiza las actividades que se proponen:

> ### «El rey león» ruge con fuerza
>
> 
>
>
> El estreno oficial de *El rey león*, la producción española del exitoso musical de Disney Theatricals, ha tenido lugar el 20 de octubre de 2011 en el Teatro Lope de Vega de Madrid. Una noche de gala que por primera vez se ha retransmitido en directo mediante Internet, causando gran expectación.
>
> Amanece en el escenario del Lope de Vega transformado esta vez en la sabana africana. Un gran acontecimiento está a punto de suceder y el público va a ser testigo. Comienza «El ciclo vital», de Elton John y Tim Rice, uno de los números de apertura más espectaculares de la historia del teatro musical. Las jirafas avanzan lentas junto a las elegantes gacelas y las cebras. Los pájaros aletean, los rinocerontes y hasta el pesado elefante aparecen frente a los boquiabiertos espectadores. Todos los animales inundan el patio de butacas encaminados hacia un punto común: la roca de los leones. Todos miran hacia arriba y un cachorrito de león abre los ojos por primera vez al mundo. Es Simba, el futuro rey león...
>
> Tras este primer número musical el público ha aplaudido y vitoreado emocionado. Pero el espectáculo no ha hecho más que empezar y aún queda mucho por ver.
>
> www.todomusicales.com

2. ●○○ ¿A qué subgénero periodístico corresponde el texto que acabas de leer? Señala características que lo justifiquen.

3. ●●○ ¿Por qué decimos que la crónica es un género mixto? Justifica tu respuesta con ejemplos del texto.

Préstamos y extranjerismos

4. ●○○ Define con tus palabras estos conceptos: *préstamo, extranjerismo.*

5. ●●○ Consulta el diccionario, si es preciso, e indica si estos términos son préstamos o extranjerismos: *tique, ballet, sándwich, cóctel, chándal, cruasán.*

Préstamos	Extranjerismos
...	...

— Escribe los términos correctos que se deben emplear en sustitución de los extranjerismos que has localizado.

El sintagma verbal

6. ●○○ Analiza (número, persona, tiempo, aspecto...) estas formas verbales: *ha retransmitido, causando, amanece, inundan, ha aplaudido, empezar.*

7. ●○○ Indica a qué conjugaciones pertenecen los verbos: *ha retransmitido, causando, amanece, inundan, ha aplaudido.*

8. ●●○ Conjuga los siguientes tiempos verbales del verbo *rugir*:
   - Presente de indicativo
   - Pretérito perfecto simple de indicativo
   - Presente de subjuntivo
   - Futuro simple de subjuntivo

9. ●●○ En el texto aparece una perífrasis verbal. ¿Cuál es?

10. ●●○ Explica qué es una perífrasis verbal. Propón un ejemplo de cada tipo.

11. ●●○ Indica de qué tipo son los complementos verbales que aparecen subrayados en estas oraciones:
    - Se ha retransmitido <u>en directo</u>.
    - Amanece <u>en el escenario del Lope de Vega</u>.
    - Las jirafas avanzan <u>lentas</u> junto a las elegantes gacelas.
    - Todos los animales inundan <u>el patio de butacas</u>.
    - Un cachorrito es <u>el futuro Rey León.</u>
    - <u>Tras este primer número musical</u> el público ha aplaudido y vitoreado <u>emocionado</u>.

12. ●●● Localiza en el texto tres adverbios, una locución adverbial, cinco preposiciones, tres locuciones prepositivas y tres conjunciones. No olvides que tienen que ser todas distintas, no deben repetirse.

Casos de acentuación especial

13. ●○○ Fíjate en esta expresión del texto: *El espectáculo no ha hecho <u>más</u> que empezar y <u>aún</u> queda mucho por ver.*

    — Explica por qué deben llevar tilde las dos palabras que están subrayadas.

14. ●●○ Justifica por qué se acentúan las siguientes palabras: *físico-químico, veintidós, referéndum, pregúntaselo.*

15. ●●● Solo uno de los siguientes pares de palabras está acentuado correctamente. Indica cuál es y razona por qué.
    - mí / tí
    - mi / tí
    - mí / ti

    — ¿Existe alguna otra posibilidad que sea correcta? Si es así, escribe una oración en la que aparezcan las dos palabras acentuadas de esa manera.

Pon a prueba tus competencias

Observa y lee el siguiente texto, y contesta a las preguntas que se proponen a continuación:

ENTREVISTAS DIGITALES

Facebook · Twitter · Eskup · Tuenti

Jugadora de waterpolo

Una jugadora del Club Natación Pamplona charlará con los lectores sobre la reciente victoria en el Campeonato de España.

Más entrevistas digitales

Los internautas preguntan a una jugadora de waterpolo.

¿En qué grado o hasta dónde habéis tenido que sacrificar vuestra vida familiar para poder prepararos convenientemente para triunfar en el waterpolo?
Buenos días, Pepe, y buenos días a todos. Gracias por todas las preguntas, trataré de responder a muchas. En mi caso, al ser de fuera de Pamplona tuve que irme de casa con 16 años. Es una de las cosas que más me ha costado. Ese sería mi mayor sacrificio, aunque siempre he tenido a la familia cerca dándome su apoyo.

Pepe
1. 29-7-2020 - 12:01 h

¿Aspiras a jugar algún día unas olimpiadas?
¡Por supuesto!

dd
1. 29-7-2020 - 12:02 h

¿Cuántas horas entrenas al día?
¡Este verano hemos estado entrenando siete diarias, más o menos, y durante la temporada, con el club, unas cinco. ¡Lo pasamos muy bien!

mwp
1. 29-7-2020 - 12:02 h

¿Los partidos son duros en el aspecto físico? Besos, crack.
¡Buf! ¡Este año la cosa ha estado reñida! Han sido muy duros, sobre todo, los últimos partidos, pero la tensión y la concentración te hacen continuar y llegar hasta el final.

marta
1. 29-7-2020 - 12:04 h

¿Lo más bonito que han hecho por usted en wp?
Cuando tuve un ataque de apendicitis en Italia y me tuvieron que ingresar no me dejaron sola ni un minuto: me hicieron un vídeo, pasatiempos caseros para que no me aburriera, regalos... Me mimaron mucho. Al final, fue divertido.

Martínez
1. 29-7-2020 - 12:06 h

1. **Responde a las siguientes preguntas relacionadas con el texto:**
- ¿De qué tipo de texto se trata?
- ¿A quién van dirigidas las preguntas?
- ¿Quién las formula?
- ¿A quién va dirigido el texto?

2. **Explica, de forma razonada, en qué tipo de soporte podrías leer una entrevista digital como la que estás analizando.**

3. **¿Crees que un personaje como una jugadora de waterpolo resulta interesante para el público en general? ¿Por qué?**
— ¿Qué pregunta le formularías tú? Escríbela.

4. **Imagina que el periodista realiza esta entrevista para publicarla en la versión en papel de ese periódico.**
— ¿Crees que sería una entrevista similar a esta? ¿Por qué?
— Explica en qué aspectos serían similares y en cuáles no.

5. **Identifica en la entrevista digital que estás analizando rasgos del nivel informal o coloquial de la lengua.**

6. **Fíjate en estos aspectos gráficos y justifica su aparición en el texto:**
- Recuadros que aparecen a la derecha.
- Expresión que aparece en color azul.
- Iconos de Facebook, Twitter...

7. **Busca las siguientes palabras en el diccionario en línea de la RAE y justifica en cada caso si se trata de préstamos o extranjerismos:**
- waterpolo
- club
- crack

— Anota el significado de las palabras anteriores.

8. Lee con atención el siguiente texto:

> **¿Cuál es el origen del waterpolo?**
>
> Los inicios del waterpolo nadan en la confusión, pero la mayoría de las fuentes coinciden en fijar el nacimiento de este deporte en la Inglaterra de mediados del siglo XIX, como una derivación de los entretenimientos practicados en los descansos de competiciones de natación en ríos y lagos. Hasta su versión actual, en la que dos equipos de siete jugadores compiten en una piscina por anotar goles en la portería rival, el waterpolo ha pasado por una larga evolución.
>
> www.muyinteresante.es

9. Subraya los verbos que aparecen y, después, analízalos (persona, número, tiempo, modo, infinitivo y conjugación).

10. Conjuga estos tiempos del verbo *nadar:*

- Pretérito pluscuamperfecto de indicativo
- Presente de subjuntivo
- Pretérito imperfecto de subjuntivo

11. Indica qué tipo de complementos aparecen subrayados.

- Dos equipos de siete jugadores compiten <u>en una piscina</u> por anotar <u>goles</u> <u>en la portería rival</u>.
- El waterpolo ha pasado <u>por una larga evolución</u>.

Síntesis

LÉXICO

- **Préstamos:** palabras adaptadas de otras lenguas. Se clasifican en léxicos y semánticos.
- **Extranjerismos:** palabras tomadas de otra lengua cuyo uso es incorrecto, pues el castellano dispone de un término para designar esa realidad.
- **Procedimientos morfológicos:** palabras formadas por derivación, composición, siglas y acrónimos.

LOS TEXTOS

- La **crónica** es un texto periodístico mixto en el que se combinan información y opinión.
- Las **características** de la crónica son: objetividad, temática variada, estilo sencillo y estructura variable.

GRAMÁTICA

- El **verbo** es la palabra que expresa acciones, procesos o estados, y constituye el **núcleo** del **sintagma verbal.**
- Formalmente, el verbo se compone de una **raíz** y de **afijos flexivos,** que informan sobre: **persona** (primera, segunda, tercera) y **número** (singular, plural), **tiempo** (pasado, presente, futuro), **modo** (indicativo, subjuntivo, imperativo) y **aspecto** (perfecto, imperfecto).
- Los verbos pueden clasificarse, según el significado**,** en **copulativos** y **predicativos;** según la función, en **auxiliares** y **plenos** y, según la forma, en **regulares** e **irregulares.**
- Las **perífrasis verbales** están formadas por un verbo auxiliar, un nexo y una forma no personal. Pueden ser **modales** o **tempoaspectuales**.
- El **adverbio** expresa las circunstancias en que se desarrollan los hechos. Puede modificar a un **adjetivo,** a un **verbo**, a otro **adverbio** o a una **oración.**
- Las **preposiciones** y las **conjunciones** son términos invariables que unen palabras, sintagmas u oraciones.

ORTOGRAFÍA

- La **tilde diacrítica** sirve para distinguir palabras que tienen la misma forma y categoría distinta.
- Las **palabras compuestas sin guion** se acentúan según las normas generales.
- Las **palabras compuestas con guion** mantienen la ortografía de cada una de las dos palabras.
- Los **adverbios** acabados en *-mente* llevan tilde si antes la llevaban.
- Siguen las normas generales las formas verbales a las que se añade un **pronombre enclítico.**
- Las **mayúsculas** se acentúan según las normas generales.
- Los **préstamos** de otras lenguas se acentúan según las normas generales.

Escápate de la unidad con la PRUEBA FINAL

3 Una conversación de interés

Contenidos

- **LECTURA**
  Una aventura inesperada
- **COMUNICACIÓN ORAL**
  La conversación espontánea
- **LOS TEXTOS**
  La entrevista
- **LÉXICO**
  La estructura de la palabra: raíz y afijos
- **GRAMÁTICA**
  El enunciado y la oración
  1. Constituyentes de la oración
  2. Clasificación de la oración
  3. Análisis de la oración
- **ORTOGRAFÍA**
  El punto, la coma y el punto y coma

¡Mira el vídeo!

¿A qué personaje te gustaría entrevistar?

¿Qué pasaría si al hablar nuestra entonación fuera siempre la misma?

¿Cómo leerías un texto si no existieran el punto ni la coma?

Escucha la
NARRACIÓN

Una aventura inesperada

Antes de leer el siguiente fragmento del libro *La isla de Bowen*, te invitamos a escuchar la opinión de alguien que ya lo ha leído...

Jueves, 27 de mayo de 1920

Hace mucho que no escribo este diario; tanto tiempo que ya casi no sé cómo hacerlo. Supongo que debería redactar un resumen de lo ocurrido durante los últimos meses, pero no me apetece. Solo mencionaré dos cosas: mi benefactor, maestro y tutor, Pierre Charbonneau, murió el 6 de octubre de 1919, a los sesenta y tres años de edad, y yo abandoné Francia para regresar a mi país.

benefactor: persona que beneficia o ayuda.

Llegué a Madrid hace cinco semanas y me instalé en la pensión Cervantes, en el barrio de Maravillas, donde he alquilado dos habitaciones: una para mí y otra para guardar mi material de trabajo, que todavía permanece embalado. Reconozco que al venir aquí no tenía ningún plan en la cabeza; ni siquiera sabía si iba a quedarme en Madrid, y sigo sin saberlo. Digamos que mi situación es provisional, aunque lo cierto es que llevo mucho tiempo viviendo en la provisionalidad.

Supongo que debería plantearme volver a practicar mi profesión, alquilar un local, instalar en él un estudio fotográfico y hacerme con una clientela, pero no me siento con fuerzas. Me cuesta centrarme, no logro sentir interés por nada.

No obstante, hace un par de semanas tropecé con algo que captó mi atención: un anuncio aparecido en el periódico *ABC*. El texto rezaba:

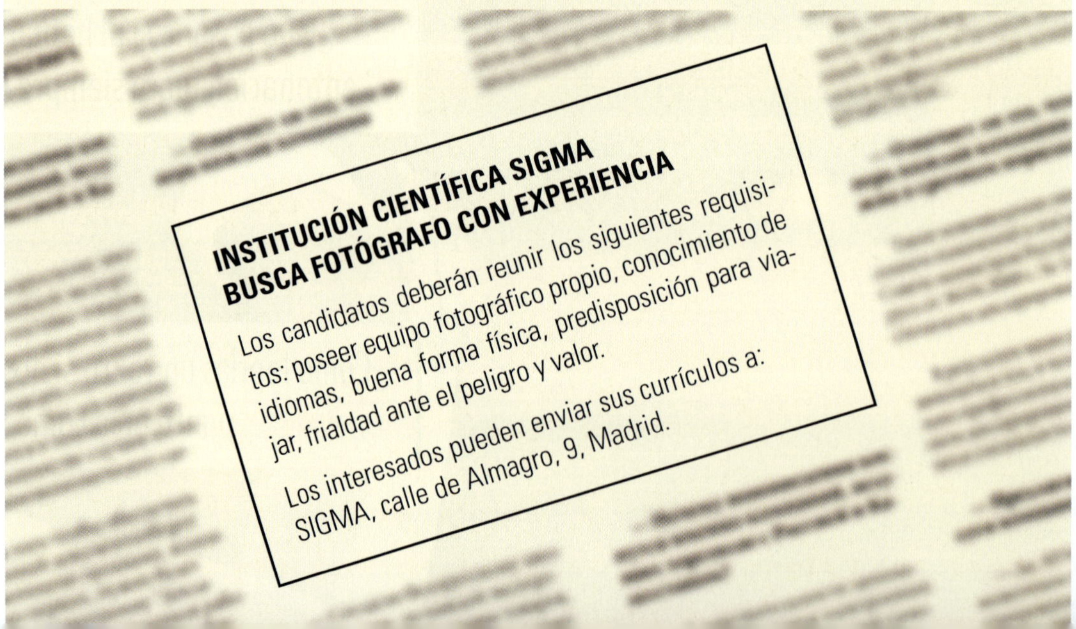

INSTITUCIÓN CIENTÍFICA SIGMA
BUSCA FOTÓGRAFO CON EXPERIENCIA

Los candidatos deberán reunir los siguientes requisitos: poseer equipo fotográfico propio, conocimiento de idiomas, buena forma física, predisposición para viajar, frialdad ante el peligro y valor.

Los interesados pueden enviar sus currículos a: SIGMA, calle de Almagro, 9, Madrid.

Me sorprendieron los dos últimos requisitos: «frialdad ante el peligro y valor». ¿Por qué habría de necesitar cualquiera de ambas cualidades un fotógrafo? Ignoro las razones que me movieron a hacerlo —quizá la curiosidad—, pero el mismo día que leí el anuncio envié a «Sigma » (sea esto lo que fuere) una carta con mi historia profesional. No esperaba nada, pero anteayer recibí la respuesta: debo entrevistarme mañana a las diez con el profesor Ulises Zarco en la sede de la institución.

No sé si acudiré a la cita. ¿Estoy buscando un trabajo? No, estoy buscando un lugar donde quedarme. Aunque, bien pensado, quizá lo uno lleve a lo otro; quizá encontrando un trabajo encuentre al mismo tiempo un hogar...

Puede que al final acuda a la cita, aunque solo sea por curiosidad.

Domingo, 30 de mayo de 1920

Nuevos cambios se han producido en mi vida. Anteayer, acepté trabajar para SIGMA, y todavía no sé a ciencia cierta por qué. Regresé a España buscando un lugar donde echar raíces y al final he acabado vinculándome a un trabajo que consiste exactamente en todo lo contrario; buscaba un sitio donde quedarme y, paradójicamente, lo que he encontrado ha sido un sitio de donde partir.

¿Por qué he aceptado este trabajo? Quizá temía que, de no hacerlo, acabaría perpetuándome en esa especie de limbo en el que he vivido durante los últimos meses. Hasta que se acabase el dinero; y entonces, ¿qué? Pero no es esa la única razón; por algún motivo, el viernes, durante el tiempo que estuve en la sede de SIGMA, mientras escuchaba al profesor Zarco o hablaba con Sarah, me sentí, por primera vez desde hace mucho tiempo..., en paz, tranquilo, como si todo lo que me rodeaba en ese momento fuese de algún modo correcto. Y hay una tercera razón. Durante la guerra vi lo peor de los seres humanos, y al concluir el conflicto contemplé las terribles consecuencias de esa locura. He vivido mucho tiempo rodeado de muerte, tristeza y destrucción; supongo que por eso la idea de internarme en la naturaleza virgen se me antoja una especie de bálsamo; puede que allí, lejos de lo que algunos llaman «civilización», encuentre la pureza que hace tanto tiempo perdí.

limbo: estado en el que alguien se encuentra distraído o ausente.

Esta tarde, a última hora, he charlado con Sarah. Los tepuyes, según explicó, son mesetas muy altas y abruptas, con las paredes totalmente verticales y las cimas planas. Están en Sudamérica entre el Amazonas y el río Negro, en Brasil, Guyana, Colombia y, sobre todo, en la Gran Sabana de Venezuela. Al parecer, estas formaciones geológicas son las más antiguas del planeta, pues se originaron en el Precámbrico. Sarah me contó que existen numerosos tepuyes y, por lo visto, la mayor parte nunca han sido pisados por el ser humano. En principio, el profesor quiere explorar el tepuy Roraima y el Auyantepui, aunque puede que incluya algún otro.

Precámbrico: período geológico que abarca desde el origen de la Tierra hasta la aparición de las primeras formas de vida.

Sarah comentó en broma que quizá encontráramos dinosaurios. Al ver mi cara de extrañeza, me preguntó si no conocía la novela *El mundo perdido* de Arthur Conan Doyle, el mismo escritor que había creado a Sherlock Holmes. Le dije que no y ella me aclaró que, en esa novela, un grupo de exploradores escalan un tepuy y encuentran en su cima un mundo prehistórico habitado por los últimos dinosaurios. Se ofreció a regalarme el libro y comentó que, en cierto modo, la expedición a la Gran Sabana se la debíamos a Conan Doyle.

César Mallorquí, *La isla de Bowen*. edebé

Actividades

Obtención de información

1. Indica si estas afirmaciones sobre el protagonista de la lectura son verdaderas (V) o falsas (F). Después, justifica tu respuesta con oraciones del texto.

	V	F
Se llama Ulises Zarco.		
Se gana la vida trabajando como fotógrafo.		
Vive en Madrid desde hace mucho tiempo.		
Conoce a alguien en SIGMA que le ha ofrecido un trabajo.		
Ha sido fotógrafo en escenarios de guerra.		
Tras aceptar el trabajo deberá viajar hasta Argentina.		

Interpretación

2. ¿Cuál es la situación personal y profesional del protagonista cuando llega a Madrid?

3. A partir de la información que se ofrece en la lectura, ¿qué crees que es SIGMA?

4. Anota las razones por las que el protagonista decide aceptar el trabajo en SIGMA.

5. Define, brevemente y con tus palabras, qué es un tepuy.

6. Explica el significado de estas expresiones que aparecen en el texto: *saber a ciencia cierta* y *echar raíces.*

Reflexión

7. Según lo que has leído, ¿a qué tipo de novela crees que pertenece el texto? Marca la opción correcta y justifica tu elección.
   - Novela histórica
   - Novela de ciencia ficción
   - Novela de aventuras

8. Responde a estas preguntas sobre el narrador del texto:
   - ¿Participa en los hechos? Justifica tu respuesta con palabras del texto.
   - ¿Qué persona gramatical emplea para narrar la historia? Añade ejemplos.

9. ¿Crees que el protagonista toma una decisión acertada? ¿Qué harías tú en su lugar? Justifica tus respuestas.

Expresión

10. La mayor parte de los tepuyes nunca han sido pisados por el ser humano. En algunos países están potegidos por las leyes y solo está permitido el ascenso a algunos de ellos.

— Escribe un listado de razones por las que debemos respetar y preservar la naturaleza.

— Consensúa el listado con tus compañeros y escribe un texto argumentativo en defensa de la naturaleza a partir de la siguiente cita del escritor Miguel Delibes:

> Ya que los hombres tenemos que servirnos de la naturaleza, a lo que debemos aspirar es a no dejar huella, a que se «nos note» lo menos posible.
>
> Miguel Delibes, *Un mundo que agoniza.*

La conversación espontánea

Cada día participamos en **conversaciones** y **diálogos espontáneos** de la vida social para intercambiar impresiones, opiniones e información. Aunque no siempre somos conscientes de ello, estas conversaciones tienen características propias.

Actividades

Escucha

1. Responde a estas preguntas relacionadas con la conversación que has escuchado:
   - ¿En qué país abundan los tepuyes?
   - ¿En qué zonas, concretamente?
   - Según los antiguos habitantes de estas regiones, ¿qué albergaban los tepuyes?
2. Anota tres características físicas de los tepuyes que se citan en la audición.
3. Un conocido escritor se inspiró en los tepuyes para escribir una de sus novelas. Escribe en tu cuaderno:
   a) El nombre del autor.
   b) El título de la novela.
   c) De qué trata dicha novela.
4. Escribe el nombre de los dos tepuyes que se mencionan en la audición. Explica, también, alguna de sus características.
5. Una *muletilla* es una palabra o expresión que se repite en una conversación con excesiva frecuencia. Anota la muletilla que emplea Sonia constantemente.
6. Tras escuchar la conversación entre Mario y Sonia, elige las características de la conversación espontánea.
   a) Tiene carácter informal.
   b) Es formal y tiene una estructura fija.
   c) Emplea un registro formal de la lengua.
   d) Se pueden producir interrupciones entre los participantes.
   e) Utiliza un registro coloquial de la lengua.

Habla

7. En parejas, elegid una de estas situaciones y preparad un diálogo espontáneo:
   a) Luis y Pilar, compañeros de tercer curso de ESO, coinciden en la biblioteca cuando ambos quieren coger en préstamo el mismo libro.
   b) Andrés y Elena, vecinos de toda la vida y ya entrados en años, se encuentran en el rellano de la escalera y ven que no funciona el ascensor.
   c) Carla es la tía de Mateo, que tiene 10 años; Carla telefonea a su sobrino para saber si le apetece ir con ella al cine a ver la última película de su saga favorita.
8. A continuación, representad vuestro diálogo ante la clase. No podéis utilizar soporte escrito, pero está permitido improvisar lo que sea necesario.

¿Qué son los tepuyes?
Escucha y descúbrelo

En una conversación...

Para escribir o emitir una conversación o diálogo espontáneo, es importante tener en cuenta algunos consejos:

- Prestad atención a cómo habla la gente a vuestro alrededor.
- Emplead **muletillas, interjecciones** y **exclamaciones;** por ejemplo:

  ¡Ya te digo!

  ¿Eh?, ¿verdad?, ¿no?

  ¡Vale!

  ¡Y que lo digas!
- Pensad en la **edad** de los participantes en el diálogo: no habla de la misma manera una chica de vuestra edad que un anciano.
- Leed algún guion de cine u obra de teatro para inspiraros: son buenos **modelos** de diálogos espontáneos.

La entrevista

Las entrevistas permiten conocer la vida y las actividades de personajes que interesan al público.

Una **entrevista** es un diálogo que responde a un cuestionario previo y, generalmente, suele difundirse por medio de la **radio,** de la **televisión** o de la **prensa escrita.** En este último caso, el entrevistador selecciona las partes de la conversación más interesantes para crear un texto atractivo para el lector.

Lee atentamente el siguiente ejemplo:

Título → «La educación es lo más importante»

Entrevistada → Malala

Entrevistador → Reza Sayah

Entradilla

Preguntas de la Entrevistadora

Respuestas de la entrevistada

Malala: «La educación es lo más importante»

Reza Sayah

Su voz moviliza a miles de personas. La joven pakistaní Malala Yousafzai, activista y bloguera de 15 años, es entrevistada por un periodista de la CNN y defiende su derecho a la educación y a ayudar a su pueblo.

¿Por qué arriesgas tu vida para ser escuchada?

Porque pienso que mi pueblo me necesita, y creo que tengo que hacerme escuchar. Si no lo hago ahora, ¿cuándo?

Muchas personas dirán que, como tienes 15 años, no tienes derechos, tienes que obedecer a tus padres...

No, claro que tengo derechos: tengo derecho a la educación, el derecho a jugar, a cantar, tengo el derecho a ir al mercado..., tengo derecho a alzar la voz.

¿De quién has aprendido esos valores?

Aprendí qué es la compasión gracias a Mahoma, Jesucristo y Buda; recibí el legado de Martin Luther King y de Nelson Mandela, y aprendí de Gandhi y de la Madre Teresa la filosofía de la no violencia. También aprendí qué es el perdón, gracias a mi madre y a mi padre. Por eso mi alma me dice: «Sé pacífica y ama a todo el mundo».

El 9 de octubre de 2012, resultaste herida de gravedad por los disparos de militantes talibanes. Después de ese terrible suceso, ¿no temes por tu vida?

No hay que tener miedo. Por suerte sigo viva y seguiré luchando para lograr formas efectivas de enfrentarnos a la discriminación y a los abusos a los cuales son sometidas millones de niñas en todo el mundo.

¿Qué objetivos pretendes alcanzar con tu lucha?

Nuestra lucha ya está obteniendo grandes logros, por ejemplo, el reconocimiento de la obligatoriedad y gratuidad de la educación para todos los niños y las niñas en Pakistán.

Si tú gobernaras en tu país, ¿qué harías? ¿Cómo manejarías la situación?

En primer lugar, me gustaría crear muchas escuelas en mi país, porque la educación es lo más importante. Debemos tomar los libros y las plumas porque son nuestras armas más poderosas. Un libro y una pluma pueden cambiar el mundo.

CNN (fragmento de la entrevista).

En esta entrevista se reproduce una conversación entre Reza Sayah, el **entrevistador,** y Malala, la **persona entrevistada.** El entrevistador selecciona, interpreta y reproduce la conversación siguiendo esta estructura:

Título	El **título** debe ser **atractivo** para despertar el interés del lector.
Entradilla	Se describe a la persona entrevistada. En este caso se indica cuál es su nombre, su edad y el motivo por el que es conocida.
Preguntas y respuestas	El tipo de preguntas **varía según la información que se desea obtener** (opinión, personalidad, gustos...), pero siempre están preparadas y pensadas de antemano. Sin embargo, puesto que se trata de un tipo de texto oral, también hay lugar para la improvisación, según cómo transcurra la conversación. La entrevista puede terminar con un comentario, una **valoración** o una síntesis del entrevistador, aunque no es imprescindible. Además, puede ir acompañada de **fotografías u otros elementos gráficos.**

Una **entrevista** reproduce una conversación planificada entre un entrevistador y un entrevistado con el objetivo de dar a conocer el trabajo, las opiniones o las preferencias de un personaje, normalmente conocido.

Actividades

1. **Responde a estas preguntas sobre la entrevista de la página anterior:**
   - ¿Cuál es el motivo por el que se entrevista a Malala?
   - ¿Qué interés puede tener un personaje como Malala para el público?
   - ¿Qué temas trata Malala en su entrevista?
   - ¿Qué te gustaría preguntarle? Piensa cuál crees que sería la respuesta a esas preguntas.

2. **La entrevista es un tipo de texto muy habitual en los medios de comunicación. Busca ejemplos de entrevistas extraídas de la radio o de la televisión.**

   — Selecciona la que más haya llamado tu atención y responde a estas preguntas:
   - ¿Quiénes son el entrevistador y el entrevistado?
   - ¿Qué interés tiene para el público la persona entrevistada?; ¿cuál es su profesión?
   - ¿Qué preguntas del entrevistador te han resultado más interesantes?
   - ¿Qué datos u opiniones del entrevistado han llamado tu atención? Justifica tu respuesta.

   — Escribe un título y una entradilla para la entrevista que estás analizando. Recuerda qué características deben presentar estas dos partes de la entrevista.

3. **Elabora una lista de diez preguntas que harías si pudieras entrevistar a una persona por la que sientas admiración (cantante, deportista, actor o actriz de tu serie preferida...).**

4. **Os proponemos que realicéis una entrevista para, después, editarla y registrarla en vídeo con Movie Maker, iMovie... o cualquier otro editor de vídeo. Para ello:**
   - Dividid la clase en tres grupos. Cada uno buscará información sobre una de estas personas famosas:

     Greta Thunberg

     El Rubius

     Jack Andraka

   - Preparad el guion de la entrevista y redactad las preguntas a partir de los principales asuntos que queráis tratar.
   - Un miembro del grupo representará al personaje y deberá estudiar a fondo la información que se ha recogido.
   - Realizad y grabad las entrevistas con Movie Maker. Después, visualizadlas en clase y comentadlas.
   - Por último, imprimidlas y exponedlas en un mural para que todos podáis leerlas.

La estructura de la palabra: raíz y afijos

La mayoría de las palabras que utilizas pueden descomponerse en unidades más pequeñas dotadas de significado, son los **morfemas**. Según el significado que aportan, pueden ser: **raíz** y **afijos.** Fíjate:

art-	+	**-ista**
raíz ↓		**afijo** ↓
'Capacidad, habilidad para hacer algo'.		Indica oficio o profesión.

La **raíz** constituye el núcleo de las palabras (sustantivos, adjetivos, verbos y adverbios) y aportan el **contenido fundamental** o **léxico** de estas.

Las palabras que presentan una raíz común forman una **familia léxica:**

papelera, tras**papel**ar, **papel**ería, em**papel**ar...

Los **afijos,** en cambio, **aportan** algún **contenido léxico** o **gramatical** a la raíz:

papel**es,** papel**era, em**papel**ar...**

art**ista,** art**esano,** art**ístico...**

Estos, a su vez, pueden ser **flexivos** o **derivativos:**

AFIJOS	CARACTERÍSTICAS	EJEMPLOS
Flexivos	Aportan información **gramatical:** género y número (en sustantivos y adjetivos); tiempo, aspecto, modo, persona y número (en verbos).	chic-**o**-**s** (o: masc.; s: plural) escrib-**iste** (2.ª pers. sing; pret. perf. simple; indicativo)
Derivativos	Añaden información **léxica** y sirven para formar palabras derivadas. Pueden ser de tres tipos: prefijos, interfijos y sufijos.	Prefijos: **im**-par Interfijos: ciudad-**an**-o-s Sufijos: municip-**al**

Como veremos en las siguientes unidades, no todas las palabras contienen estos elementos:

- Las palabras **simples** solo contienen una raíz:

mar, sol, ciudad

- Las palabras **complejas** se forman mediante derivación o composición.

pre + decir (prefijación)

granj + **ero** (sufijación)

monta + **cargas** (composición)

También estudiaremos otros mecanismos de formación de palabras, como las **siglas** y los **acrónimos.**

Base léxica y raíz

La **base léxica** es la palabra de la que se parte en un proceso morfológico. De esta palabra se extrae la **raíz** que da origen a todas las palabras que comparten algo de su significado, es decir, las palabras de una misma familia léxica. Fíjate en el ejemplo de la palabra casa:

- Base léxica: casa
- Raíz: cas-
- Palabras de su familia: **cas**ita, **cas**erío

— Base léxica y raíz pueden coincidir. Es el caso, por ejemplo, de las palabras simples mar o ciudad.

Familia léxica y campo semántico

No debes confundir la familia léxica con el campo semántico.

La **familia léxica** es el conjunto de palabras que presentan una **raíz común:** **café**, **cafe**ína, **cafe**tera, des**cafe**inado...

El **campo semántico** está formado por palabras de la misma clase que **comparten** parte de su **significado.** Así, silla, sillón, taburete, banco... comparten el significado 'tipos de asiento'.

¿Por qué a veces cambia **la raíz?**

Juega y practica con actividades interactivas

Actividades

1. Subraya la raíz de estas palabras: *artista, papelería, búho, cantaban, desamor, inútiles, arenilla, antigás, chocolate, escritores, tormentosos.*

2. Sigue el ejemplo de la tabla y descompón las palabras que aparecen a continuación analizando su estructura:

Palabra	Raíz	AFIJOS	
		Derivativo	Flexivo
deportistas	deport-	-ista-	-s

deportistas - antimisiles - prehistoria - contables - extrafino
subcampeonas - enfermizas - posponer

3. Añade los afijos que se indican a continuación (**O** flexivo / ♦ derivativo) a estas raíces:

- Alumn- + **O** (género) + **O** (número)
- Campan- + ♦ (sufijo) + **O** (número)
- ♦ (prefijo) + -nac- + ♦ (sufijo)
- ♦ (prefijo) + -abuel- + **O** (género) + **O** (número)

4. Señala los prefijos, los interfijos y los sufijos que aparecen en estas palabras: *caballería, nacionalidad, irresponsable, vientecillo, dormilón, llamarada, cafetito, larguirucho, humareda.*

5. Forma palabras a partir de estas raíces añadiendo afijos (flexivos y derivativos). Las casillas en las que aparece una X no se deben completar.

Afijo derivativo	Raíz	Afijo derivativo	Afijo flexivo
X	pastel-	-er-	-o
....	-cómod-	X	....
....	-cocin-	....	....
....	-niñ-	....	....
....	-cort-	....	....
....	-sangr-	....	....
X	ajust-	....	....
....	-orden-	....	X
X	muchach-	....	....

6. Consulta la página web de la RAE e indica qué significado aporta a la palabra final cada uno de sus componentes: *intranquilos, semifinalista, pueblucho, prefabricado, reaparecimos, polideportivo.* Fíjate en este ejemplo:

Intranquilos: in-: 'negación, privación' / -tranquil-: 'sosegado, sin agitación' / -o-: masculino / -s: plural.

7. Relaciona estas palabras con las estructuras que aparecen a continuación:

prehistórico - anteayer - meses
numerosos - profesional - maestro

- Una única raíz
- Raíz + afijo derivativo (sufijo) + afijo flexivo (género) + afijo flexivo (número)
- Raíz + afijo flexivo (número)
- Afijo derivativo (prefijo) + raíz
- Afijo derivativo (prefijo) + raíz + afijo derivativo (sufijo)
- Raíz + afijo derivativo (sufijo)

8. Localiza en cada serie la palabra que no forma parte de estas familias léxicas. Después, explica su significado.

- Luna, lunar, lunático, lucense, lunación.
- Nube, nublado, nublo, nuboso, nubarrón, nubio.
- Corte, cortar, cortical, cortador, acortar, recortar.
- Sabio, saber, sabiduría, sabelotodo, sabático.
- Labor, laborar, laboral, laborioso, lábil, laborismo.

9. Forma familias léxicas (sustantivos, adjetivos y verbos), añadiendo afijos derivativos a estas palabras:

- mar
- sol
- brazo
- noche
- mano
- hierba
- bueno
- largo

— Elige una de las familias léxicas y redacta un texto breve con las palabras que la componen.

10. Fíjate en las palabras subrayadas en estas oraciones. Después, completa en tu cuaderno una tabla como la que aparece a continuación, indicando cuál es la palabra de la que proceden y a qué clase de palabra pertenecen ambas:

- Los marineros saldrán a faenar cuando anochezca.
- Encontrarás el periódico en aquella estantería.
- El cielo plomizo presagia un día lluvioso.
- Es muy asustadizo. Nunca se queda solo en la casona del campo.
- Se ha descongelado todo antes de meterlo en la nevera.

Palabra derivada	Procede de...
marineros (sustantivo)	mar (sustantivo)
....	....

— Consulta el diccionario y añade otras palabras que formen parte de cada una de las familias léxicas.

El enunciado y la oración

Para comunicarnos necesitamos transmitir mensajes con sentido completo. A estos mensajes los llamamos enunciados.

Un **enunciado** es el mensaje mínimo, la unidad de comunicación. Tiene valor comunicativo, autonomía sintáctica y entonación propia.

Fíjate en los siguientes enunciados:

- **Nuestro equipo logró una buena clasificación en la liga.**
- **¡Magnífico!**

Podemos decir que los dos enunciados anteriores presentan las siguientes **características:**

- **Poseen valor comunicativo,** es decir, transmiten un mensaje con significado completo.
- Presentan **autonomía sintáctica,** esto es, no necesitan formar parte de una unidad sintáctica mayor.
- Poseen **entonación propia,** que viene dada por las pausas que los delimitan. En la lengua escrita, las pausas se marcan con los signos de puntuación, y en la lengua oral, por una entonación concreta según la intención del hablante.

Los enunciados se clasifican en:

— Los que poseen sujeto y predicado (oración):

Nuestro equipo (Sujeto) logró una buena clasificación en la liga. (Predicado)

— Los que no poseen una estructura de sujeto y predicado:

¡Magnífico!

Por tanto, una **oración** es una unidad de comunicación con sentido completo; consta de sujeto y predicado, posee un verbo en forma personal y una entonación propia e independiente delimitada por dos pausas.

Constituyentes de la oración

Como acabas de ver, la oración está formada por **dos constituyentes inmediatos.** Fíjate en este ejemplo:

Sintagma o grupo nominal (SN)		Sintagma o grupo verbal (SV)
Las jugadoras del equipo (núcleo: jugadoras)	+	**celebraron entusiasmadas la victoria.** (núcleo: celebraron)
SUJETO		**PREDICADO**

Los dos constituyentes que forman la oración son el SN Sujeto y el SV Predicado.

En este caso, el SN (Las jugadoras del equipo) y el SV (celebraron entusiasmadas la victoria) serían los constituyentes inmediatos de la oración que forman.

El sujeto

El **sujeto** es la parte de la oración que expresa la entidad (persona, animal, objeto, lugar...) de la que se dice algo en la oración.

La **capitana** del equipo marcó el último gol del partido.
Sujeto

Presenta las siguientes características:

— Siempre es un **SN.** El SN es un sintagma o grupo de palabras que tiene como núcleo un sustantivo o un equivalente, como un pronombre o una palabra sustantivada.

Ellas compiten cada fin de semana.
Pronombre

Entrenar me cansa.
Palabra sustantivada: Infinitivo

— Gramaticalmente, el SN que desempeña la función de sujeto se caracteriza por **concordar** en género y número con el verbo.

Me emociona (singular) el triunfo de mi equipo (singular). Me emocionan (plural) los triunfos de mi equipo (plural).

En ocasiones, encontramos oraciones en las que el sujeto no está pero puede deducirse a partir del verbo; en ese caso, hablamos de **sujeto tácito.**

[Nosotras] ⟶ Entrenamos cada día durante dos horas.
Sujeto tácito

El predicado

El predicado es la parte que **nunca puede faltar** en una oración: es aquello que se dice del sujeto. Expresa una **acción,** un proceso o un estado.

Esta función siempre la desempeña un SV que tiene como **núcleo** un **verbo.**

La capitana del equipo **marcó el último gol del partido.**
(núcleo: marcó)

Como vimos en la unidad anterior, el verbo puede ir solo o acompañado de complementos:

La capitana del equipo **entrenó** (núcleo) **sin descanso** (CCModo). Las jugadoras **celebraron** (núcleo) **la victoria** (CD).

Descubre los **tipos de sujeto** con esta infografía

¿Cuál es el sujeto?

El sujeto siempre es un SN que concuerda con el verbo de la oración; por lo tanto:

- Un SPrep nunca puede ser sujeto.

  A mí me asustan las tormentas.
  ~~Sujeto~~

- Un pronombre átono tampoco puede ser sujeto.

  A mí **me** asustan las tormentas.
  ~~Sujeto~~

En esta oración, el único SN que concuerda con el verbo y puede realizar función de sujeto es el SN *las tormentas*.

A mí me asustan **las tormentas.**
Sujeto

El núcleo de la oración

El verbo puede considerarse el núcleo gramatical de la oración. Observa que un verbo por sí solo puede formar oración; en cambio, un sustantivo no puede.

Ven.
Oración [sujeto: tú]

La razón principal es que el verbo es una clase que lleva implícita información sobre la persona que realiza la acción:

llev-amos [1.ª pers. pl.]

corr-éis [2.ª pers. pl.]

llam-a [3.ª pers. sing.]

Por eso, en español es frecuente que el sujeto no aparezca explícitamente, sino que esté implícito (sujeto tácito):

Llegaron a las nueve. **[Ellos]**

Llamé a tu primo. **[Yo]**

Reconocimiento del sujeto y del predicado

El sujeto y el predicado de una oración deben mantener una **relación de concordancia.** Sigue los pasos que te indicamos a continuación para reconocerlos:

1. Localiza el sujeto de la oración:

El científico analiza las muestras.
sujeto

2. Cambia el número del sujeto (del singular al plural, o del plural al singular):

El científico analiza las muestras. (singular) — **Los científicos** analizan las muestras. (plural)

Observa que, al cambiar el número del sujeto (*Los científicos*), también otras palabras de la oración sufren variaciones (*analizan*).

3. De este modo, puedes comprobar que si cambiamos el número del sujeto (SN) necesariamente cambia el verbo, que es el núcleo del predicado (SV).

Los **científicos** (SN Sujeto) **analizan** las muestras. (SV Predicado)

Existen algunos casos especiales de concordancia entre sujeto y predicado.

- Cuando aparece un **sujeto compuesto o múltiple,** el verbo concuerda en plural: *La cigüeña y la golondrina son aves migratorias. / El plato, el tenedor y la servilleta están mal colocados.*
- Si el sujeto está integrado por un **sustantivo colectivo en singular,** el verbo concordará en singular: *El grupo de músicos **interpretó** una canción.*
- Cuando el sujeto está formado por diferentes personas gramaticales, predomina la 1.ª persona sobre las demás, y la 2.ª persona sobre la 3.ª persona: *Tú y yo **iremos** juntos. / Él y tú **iréis** juntos.*

¿Qué oraciones no tienen **sujeto?**

Oraciones impersonales

Como hemos visto, una oración se compone de dos constituyentes básicos: sujeto y predicado. Sin embargo, existen algunas oraciones en las que **no aparece** ningún tipo de **sujeto,** ni expreso ni tácito (sobrentendido), puesto que no podemos deducirlo a partir del verbo. Son las **oraciones impersonales.**

Pueden ser de diversos tipos:

METEOROLÓGICAS

Se forman con verbos que designan **fenómenos meteorológicos:** *nevar, llover, tronar, amanecer, anochecer...*

Ha **nevado** durante toda la noche.

Amanecerá a las 6:07 de la mañana.

GRAMATICALIZADAS

Se trata de **estructuras gramaticales** con los verbos *haber, hacer* o *ser* en 3.ª persona singular y sin sujeto gramatical.

No **hay** posibilidades.

Hace un día espléndido.

Es muy tarde.

OCASIONALES O EVENTUALES

Son oraciones que generalmente se construyen con verbos en 3.ª pers. pl. porque se **desconoce** o no interesa el **agente de la acción.**

Dicen que perderá las elecciones.

Comentan que volverá pronto.

Llaman a la puerta.

CON *SE*

La partícula *se* (sin función sintáctica) **antepuesta** al **verbo** lo convierte en impersonal. Solo se puede conjugar en 3.ª persona del singular.

Se lee poco en España.

¿**Se** va por aquí a Zaragoza?

Actividades

1. **Clasifica estos enunciados según sean oraciones o no lo sean. Subraya en las oraciones el verbo en forma personal.**

- Llueve.
- Desde siempre esquía con gran soltura.
- Cuidado con ese escalón tan alto.
- Las noches festivas del fin de semana.
- ¿De dónde vienes a estas horas?
- ¡Bienvenidos a nuestra casa!

2. **Transforma en oraciones los titulares periodísticos que aparecen a continuación:**

- Gran concierto solidario en Madrid.
- Nuevas evidencias de un enorme océano en Marte.
- Posibles olimpiadas en una ciudad europea.
- Avance espectacular en la lucha contra el sida.
- Todos los resultados de los partidos del fin de semana.

3. **Escribe en tu cuaderno un sujeto que concuerde con cada uno de estos predicados:**

- .... ignoráis la preocupación de su padre.
- Me encantan ....
- .... crearemos un taller literario este año.
- .... nunca te crees lo que te cuento.

4. **Ahora, añade un predicado a estos sujetos. No olvides tener en cuenta la concordancia.**

- Vosotros ....
- El vecino del quinto ....
- El flamante ganador del torneo ....
- El ayuntamiento, la torre y la catedral ....
- Las calles del centro de la ciudad ....

5. **Escribe cinco oraciones en las que el sujeto sea tácito, es decir, en las que el sujeto no aparezca.**

— En las oraciones que acabas de escribir, ¿la ausencia del sujeto indica una actitud objetiva o subjetiva del emisor? Justifica tu respuesta.

6. **Señala, en cada oración, el núcleo del sujeto y el núcleo del predicado. A continuación, cambia el número del verbo y efectúa las modificaciones necesarias para que se establezca concordancia.**

- Dos alumnas llegaron tarde a clase.
- Me entusiasman las películas de acción.
- Nosotros pagaremos vuestras deudas.
- Mi amigo vive muy cerca de vuestro barrio.
- Ayer fotocopié todos los apuntes de la asignatura.
- Tú no llegarás a tiempo al aeropuerto por ese camino.
- Por las tardes se sienta junto a la puerta de su casa.

7. **Identifica el sujeto de estas oraciones y analízalo. Señala cuál es el núcleo y los complementos que recibe.**

- Mañana vendrán a comer los amigos de mi hijo.
- Mi mochila grande y negra se ha extraviado.
- El lunes llegaron los regalos de los abuelos.
- Me prestó la revista tu compañera de clase.
- El huésped de la habitación vecina es extranjero.
- Esa lámpara la compró mi hermana pequeña hace años.

8. **Separa las oraciones que forman el siguiente texto e identifica el sujeto y el predicado de cada una de ellas:**

Una débil claridad aparece en las altas vidrieras de la catedral. Es la hora del alba. A esta hora baja el obispo a la catedral. El palacio del obispo está unido a la catedral por un pasadizo [...]. La catedral está casi a oscuras. Resuenan unos pasos. Chirría el quicio de una reja.

José Martínez Ruiz «Azorín», *Don Juan*. Espasa Calpe.

9. **Indica cuáles de las siguientes oraciones son impersonales:**

- ¿Te han dado un golpe en la cara?
- La lluvia arrastró el lodo de las calles.
- En esta empresa se trabaja a destajo.
- En la otra parte del planeta ya debe de ser de noche.
- Había mucha gente en la puerta del cine.
- Quedan algunos zumos de fruta en el frigorífico.

10. **Indica de qué tipo son cada una de las siguientes oraciones impersonales:**

- En verano amanece más temprano.
- Se vive muy bien en las islas Canarias.
- Hubo varios espectáculos a lo largo del día.
- Ha llovido sin descanso toda la noche.
- Es demasiado peligroso.
- Se disfrutó mucho durante las fiestas del pueblo.

Clasificación de las oraciones

A la hora de analizar y clasificar una oración debes tener en cuenta tres aspectos: la **naturaleza del predicado,** la **actitud del hablante** y cuál es su **complejidad.**

Según la naturaleza del predicado

En la unidad anterior estudiaste que existen distintos tipos de verbos: copulativos, predicativos... Atendiendo a la naturaleza del verbo y del predicado, las oraciones se clasifican en **copulativas, transitivas** e **intransitivas.**

COPULATIVAS O ATRIBUTIVAS

Formadas por un **predicado nominal,** cuyo núcleo sintáctico es un **verbo copulativo** (*ser, estar* o *parecer*), que aparece acompañado por un **atributo:**

Mi hermana **es** **veterinaria**. Aquellos niños **parecen** **hambrientos**.
VCop Atr — Predicado nominal; VCop Atr — Predicado nominal

— El **verbo copulativo** tiene un escaso significado léxico y actúa como elemento de **unión** entre el **atributo** y el **sujeto.**

Aquellos niños **parecen** hambrientos.
Sujeto VCop Atr

— El **atributo** es el complemento verbal y aporta el significado **léxico** del predicado. Se caracteriza por complementar al sujeto y **concuerda** en género y número con el **sujeto** de la oración, si es un adjetivo.

Reconocimiento del atributo

- Puede ser cualquier tipo de sintagma que acompañe a un verbo copulativo (SN, SA, SPrep, SAv):
  Eduardo es **de Toledo**.
  SPrp/Atr
- Concuerda en género y número con el sujeto de la oración **si es un adjetivo:**
  Eduardo es **simpático**.
  masc. sing. masc. sing.
- Se puede sustituir por el pronombre *lo:*
  Eduardo **lo** es.

TRANSITIVAS

El verbo va acompañado de un **CD** que completa la información aportada por este. A veces este CD está **implícito**.

Ayer **tuve** **un sueño inquietante.**

INTRANSITIVAS

El verbo no va acompañado de CD, pero sí pueden aparecer otros complementos a veces exigidos por el verbo.

Mi sobrino **duerme.**

Sin que cambie la naturaleza del verbo, se pueden expresar los contenidos oracionales con diversas **estructuras sintácticas** en **construcciones gramaticales** diferentes.

Atendiendo a este criterio, las oraciones pueden ser:

ACTIVAS

El sujeto es el **agente** de la acción o proceso expresado por el verbo.

El tribunal absolvió al acusado.
Sujeto = Agente

PASIVAS

El sujeto es el **paciente** de la acción o proceso expresado por el verbo. Pueden ser:

- **Perifrásticas.** El sujeto es paciente y aparece un complemento agente (Ag) que realiza la acción expresada por el verbo.
  El acusado fue absuelto **por el tribunal**.
  Sujeto Ag
- **Reflejas.** Presentan esta estructura: partícula *se* + verbo en voz activa + sujeto:
  Se han edificado **varias casas adosadas.**
  Sujeto

REFLEXIVAS

El sujeto realiza y recibe a la vez la acción del verbo:

Él **se** afeita frente al espejo.
CD

RECÍPROCAS

Existen dos o más sujetos que realizan y reciben la acción del verbo:

Paula y su amiga **se** escriben con frecuencia.
CD

Según la actitud del hablante

¿Cómo expresamos **nuestra actitud?**

Teniendo en cuenta la actitud que muestra el hablante al emitir el mensaje, las oraciones se clasifican en:

Declarativas

Informan objetivamente de algo, por eso suelen construirse en modo indicativo. Pueden ser:

Afirmativas. Informan sobre un hecho afirmándolo: He preparado una tarta de queso.
Negativas. Informan sobre un hecho negándolo: Hoy no he ido al instituto.

Interrogativas

Preguntan sobre algo que se ignora y esperan una respuesta del interlocutor.

¿Quién conoce a mi amiga Laura?

Me ha preguntado si conozco a su amiga Laura.

Exclamativas

Expresan distintas **emociones y sentimientos** del hablante (alegría, tristeza, dolor...). Tienen una entonación intensa y en la escritura van entre signos de admiración:

¡Eres el mejor! ¡Qué simpático es ese chico!

Exhortativas

Expresan un mandato, una **prohibición** o un **ruego**. Suelen usar el modo imperativo:

Escuchen la noticia con atención.

Guardad silencio, por favor.

Desiderativas

Expresan un deseo y suelen llevar marcas como *ojalá, que, así*...:

¡Que te vaya bien el examen!

Ojalá lleguemos a tiempo para el partido.

Dubitativas o de posibilidad

Expresan duda o posibilidad. Suelen llevar adverbios o locuciones adverbiales (*quizá, acaso, a lo mejor*...):

Quizá vayamos a patinar esta tarde.

Tal vez conozcas la solución a este problema.

Según su complejidad

Las oraciones pueden clasificarse según su complejidad, es decir, en función de si contienen un solo predicado (oraciones simples) o varios (oraciones compuestas):

- **Simples.** Tienen **un solo verbo,** por tanto, presentan **un único SV Predicado:** Sofía habla dos idiomas.
- **Compuestas.** Poseen **dos o más verbos,** de modo que los predicados se combinan entre sí para formar una **unidad mayor.** Las oraciones compuestas pueden ser **coordinadas**, **subordinadas** o **yuxtapuestas.**

¿**Vamos** al cine o **jugamos** a las cartas? *(coordinada)*

Marina me **dijo** que le **encantaba** su trabajo. *(subordinada)*

Unos días **llueve**, otros **brilla** un sol reluciente. *(yuxtapuesta)*

Estudiaremos en profundidad los distintos tipos de oraciones compuestas en las próximas unidades.

Clases de oraciones interrogativas

Las oraciones interrogativas pueden ser:

Totales. La respuesta solo puede ser sí o no: ¿Habéis ido al cine?

Parciales. Preguntan sobre un elemento concreto de la oración. Para ello llevan partículas interrogativas (*qué, quién, cuánto*...): ¿Quién ha ido al cine esta semana?

Directas. Aparecen entre signos de interrogación y tienen una entonación característica: ¿A qué hora iréis al cine el sábado?

Indirectas. No llevan signos de interrogación y dependen de verbos del habla (*decir, preguntar*...): Natalia me ha preguntado quién iba a ir al cine.

Las interjecciones

Las interjecciones son una clase de palabras invariables y se emplean para expresar impresiones, sentimientos..., o para llamar la atención del interlocutor.

Desde el punto de vista de su significado, se pueden clasificar en dos grupos:

- **Interjecciones apelativas.** Están orientadas hacia el oyente: ¡hola!, ¡adiós!, ¡ey!, ¡eh!, ¡venga!... Al igual que las oraciones exhortativas, apelan al interlocutor para que haga o deje de hacer algo.
- **Interjecciones expresivas.** Al igual que las oraciones exclamativas, manifiestan diferentes emociones y sentimientos del hablante: ¡bah!, ¡oh!, ¡uf!, ¡uy!...

Actividades

Juega y practica con actividades interactivas

11. Escribe una oración simple con cada uno de estos verbos e indica a continuación si el predicado es nominal o verbal:

- Comía
- Parecía
- Conduciremos
- Estaban
- Soñaba
- Habremos sido

12. Indica si estas oraciones son copulativas, transitivas o intransitivas:

- El primer plato estaba frío.
- Su segundo hijo nació ayer.
- Tu discusión con Ernesto fue innecesaria.
- Los pájaros sobrevuelan tu casa.

13. Fíjate en el ejemplo e indica de qué tipo son estas oraciones según la naturaleza del predicado:

- Esta noche he descansado mejor: *intransitiva.*
- Sus palabras fueron conmovedoras.
- Se cortó el dedo con un cuchillo esta mañana.
- El ladrón fue perseguido por los turistas.
- Julia y Roberto se cartean habitualmente tras el verano.
- El fontanero comprobó el estado de las tuberías.
- Se construyeron las casas a las afueras del pueblo.
- Los días de otoño suelen ser tristes y grises.

— Analiza el predicado e indica su núcleo y los complementos que recibe.

14. Transforma las siguientes oraciones activas en pasivas. Realiza todas las modificaciones necesarias.

- El director presentó al nuevo gerente ayer.
- Todos contemplaron el magnífico espectáculo.
- El administrador convocará una reunión el lunes.
- Los diputados han aprobado una nueva ley.
- Alejandra dirigió una película sobre la inmigración.

15. Indica a qué modalidad oracional pertenece cada una de estas oraciones:

- Aquella chica debe de ser la nueva profesora de Biología.
- Recógelo todo antes de irte.
- ¡Ojalá me inviten a su fiesta de cumpleaños!
- ¿Han llegado los pedidos de esta semana?
- ¡Nos ha tocado la lotería de Navidad!
- Probablemente mi abuelo sea mayor que el tuyo.
- Aquella higuera centenaria que está en el patio no ha dado frutos este año.

16. Transforma las oraciones de la actividad anterior de forma que cambie su modalidad.

17. Separa las oraciones que forman este texto e indica a qué modalidad pertenecen, según la actitud del hablante:

> El viajero se lava en el zaguán, en una palangana colocada en una silla de enea. Un niño llora sin demasiadas ganas. Las gallinas empiezan a recogerse. Un perro escuálido husmea los pies del viajero [...].
>
> El viajero habla con la mujer del parador.
>
> —¿Cómo se llama este parador?
>
> —No tiene nombre. Mi madre se llama Marcelina García.
>
> El viajero no se desanima.
>
> —¡Buen castillo tienen ustedes ahí!
>
> La mujer mira a los ojos del viajero.
>
> —Sí, es muy antiguo.
>
> Camilo José Cela, *Viaje a la Alcarria.* Austral.

18. No debes confundir una oración pasiva refleja con una oración impersonal con *se*. Ambas se construyen con la partícula *se*, que sirve para ocultar al agente de la acción verbal.

Como ya sabes, las oraciones **impersonales con *se*** carecen de sujeto, mientras que las **pasivas reflejas** presentan un sujeto explícito. Fíjate en estas dos oraciones:

Se curó a los heridos.	*Se curan las heridas.*
CD: a los heridos	Sujeto: las heridas
Impersonal con *se*	Pasiva refleja

Distingue cuáles de estas oraciones son impersonales y cuáles son pasivas:

- Se compran muebles viejos.
- Se come muy bien en este restaurante.
- Se vende piso con cuatro habitaciones, piscina comunitaria y trastero.
- Se ayudó a los soldados a regresar a sus casas tras el ataque.
- Se despidió a todos los trabajadores de la empresa.
- Se solicita ayuda económica para las personas afectadas por las inundaciones de la semana pasada.

19. Os proponemos que repaséis los tipos de oraciones que habéis estudiado mediante la **técnica cooperativa** del *juego de las palabras.*

— El profesor o profesora anotará en la pizarra el nombre de varios tipos de oraciones que se han trabajado en la unidad (por ejemplo: oración impersonal, oración intransitiva, oración imperativa...).

— Por grupos, escribid un ejemplo de cada uno de los tipos de oraciones que estén anotadas y, entre todos, corregidlas y ampliadlas de modo que el resultado final sea fruto de la participación de todos los miembros del grupo.

— Poned en común las oraciones que haya propuesto cada grupo, para poder realizar una síntesis del tema.

Análisis de la oración

Ahora que ya conoces las características de la oración y sus diferentes tipos, vamos a ver cómo se realiza el análisis morfosintáctico y su representación gráfica.

Análisis morfológico

Consiste en determinar la categoría a la que pertenecen las palabras de la oración y las características gramaticales que poseen: género, persona, número...

Fíjate en el análisis morfológico de esta oración:

Una lluvia torrencial deslució ayer la jornada festiva en nuestro pueblo.

Una ⟶ Artículo indefinido, femenino, singular.
lluvia ⟶ Sustantivo común, femenino, singular.
torrencial ⟶ Adjetivo calificativo, femenino (una terminación), singular.
deslució ⟶ Verbo de la 3.ª conjugación, pret. perf. simple, 3.ª pers. sing.
ayer ⟶ Adverbio de tiempo.
la ⟶ Artículo definido, femenino, singular.
jornada ⟶ Sustantivo común, femenino, singular.
festiva ⟶ Adjetivo referencial, femenino, singular.
en ⟶ Preposición.
nuestro ⟶ Determinante posesivo, masculino, singular.
pueblo ⟶ Sustantivo común, masculino, singular.

La representación gráfica del análisis morfológico se suele simplificar subrayando las palabras que forman la oración e indicando debajo a qué clase de palabra pertenecen. Es habitual emplear las abreviaturas que aparecen en el recuadro superior derecho.

Una lluvia torrencial deslució ayer la jornada festiva en nuestro pueblo.
Det N A V Av Det N A Prep Det N

Análisis sintáctico

Se trata de indicar la función que cada sintagma desempeña en la oración. Para efectuar este tipo de análisis, puedes seguir estos pasos:

1. Identificar el **sujeto** y el **predicado.** Recuerda que para reconocer el sujeto de la oración debes aplicar la regla de la concordancia. Además, debes señalar el núcleo de cada uno.

   Una lluvia torrencial deslució ayer la jornada festiva en nuestro pueblo.
   Núcleo (lluvia) — Núcleo (deslució)
   Sujeto: Una lluvia torrencial — Predicado: deslució ayer la jornada festiva en nuestro pueblo.

2. Determinar los **sintagmas** que forman la oración. Ten en cuenta que algunos sintagmas pueden formar parte de otro superior.

   Una lluvia torrencial deslució ayer la jornada festiva en nuestro pueblo.
   SA (torrencial) — SA (festiva) — SN (nuestro pueblo)
   SN (Una lluvia torrencial) — SV (deslució) — SAv (ayer) — SN (la jornada festiva) — SPrep (en nuestro pueblo)

Análisis morfológico

N	⟶	Sustantivo
Pron	⟶	Pronombre
A	⟶	Adjetivo
Det	⟶	Determinante
V	⟶	Verbo
Av	⟶	Adverbio
Prep	⟶	Preposición
Conj	⟶	Conjunción

Tipos de sintagmas o grupos

Distinguimos cuatro tipos de sintagmas o grupos en función de la clase de palabra que funciona como núcleo:

- **Sintagma nominal** (SN): el núcleo es un sustantivo o equivalente. Ejemplo: nuestra amistad.
- **Sintagma verbal** (SV): el núcleo es un verbo. Ejemplo: practico yoga.
- **Sintagma adjetival** (SA): el núcleo es un adjetivo. Ejemplo: muy interesante.
- **Sintagma adverbial** (SAv): el núcleo es un adverbio. Ejemplo: bastante temprano.

Además, estos sintagmas se pueden convertir en sintagma preposicional si van precedidos de una preposición.

- **Sintagma preposicional** (SPrep): cualquier sintagma precedido de preposición. Ejemplo: de un lugar lejano.

Análisis sintáctico

D ⟶ Determinante
CN ⟶ C. del nombre
CA ⟶ C. del adjetivo
CAv ⟶ C. del adverbio
CD ⟶ C. directo
CI ⟶ C. indirecto
CR ⟶ C. de régimen
CC ⟶ C. circunstancial
Pvo ⟶ Predicativo
Atr ⟶ Atributo
Ag ⟶ Complemento agente
Mod ⟶ Modificador
r ⟶ Relacionante
E ⟶ Enlace
R ⟶ Nexo subordinante
O ⟶ Oración

3. Determinar qué **función** desempeña en la oración cada uno de estos sintagmas y los elementos que los componen. Para ello, repasa la nomenclatura que aparece en el margen.

Una lluvia torrencial deslució ayer la jornada festiva en nuestro pueblo.

D Núcleo (nuestro pueblo)
D | Núcleo | SA/CN | Núcleo | D | Núcleo | SA/CN | r | SN
SN | SV | SAv/CCT | SN/CD | SPrep/CCL

4. Englobar estos sintagmas en los dos constituyentes inmediatos (sujeto y predicado) que identificabas al principio del análisis.

Una lluvia torrencial deslució ayer la jornada festiva en nuestro pueblo.

D Núcleo (nuestro pueblo)
D | Núcleo | SA/CN | Núcleo | D | Núcleo | SA/CN | r | SN
SN | SV | SAv/CCT | SN/CD | SPrep/CCL
Sujeto | **Predicado**

5. Indicar de qué **tipo de oración** se trata (copulativa, transitiva, impersonal...).

Una lluvia torrencial deslució ayer la jornada festiva en nuestro pueblo.

D Núcleo (nuestro pueblo)
D | Núcleo | SA/CN | Núcleo | D | Núcleo | SA/CN | r | SN
SN | SV | SAv/CCT | SN/CD | SPrep/CCL
Sujeto | **Predicado**
Oración transitiva

DIAGRAMA ARBÓREO

La representación gráfica del **análisis morfosintáctico** también se puede llevar a cabo mediante un diagrama arbóreo. Recibe este nombre porque las líneas que lo forman parecen las ramas de un árbol.

Las **líneas verticales** señalan el núcleo de los distintos sintagmas. Las **líneas en ángulo recto** señalan los modificadores y complementos que reciben estos núcleos. Por último, las **líneas de ángulo obtuso** marcan las relaciones de subordinación y dependencia entre los distintos elementos de la oración.

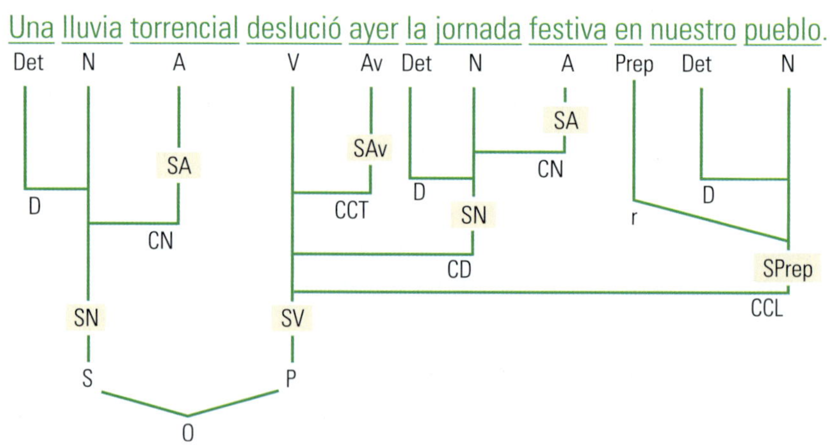

Análisis sintáctico

Míralo en forma de diagrama arbóreo

A continuación, te mostramos el análisis morfosintáctico de varias oraciones y te proponemos que analices otras siguiendo el modelo.

Análisis de oración intransitiva

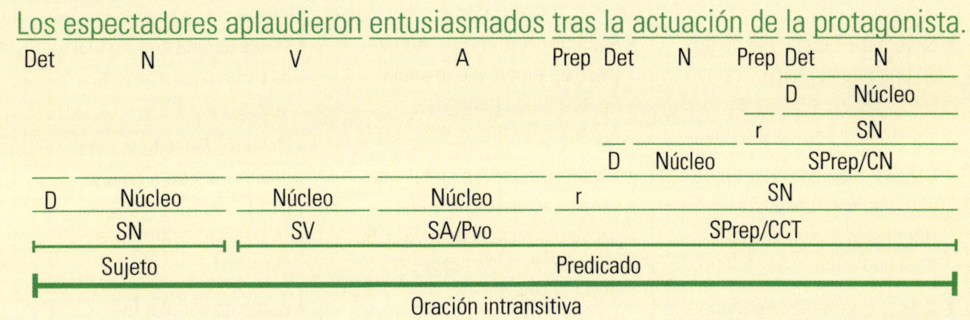

- Los pájaros se comunican mediante su canto.
- Ayer el inspector de policía interrogó al sospechoso.
- El jurado del concurso optó por un cuento fantástico.
- El alcalde inaugurará el hospital antes de mayo.

Análisis de oración impersonal

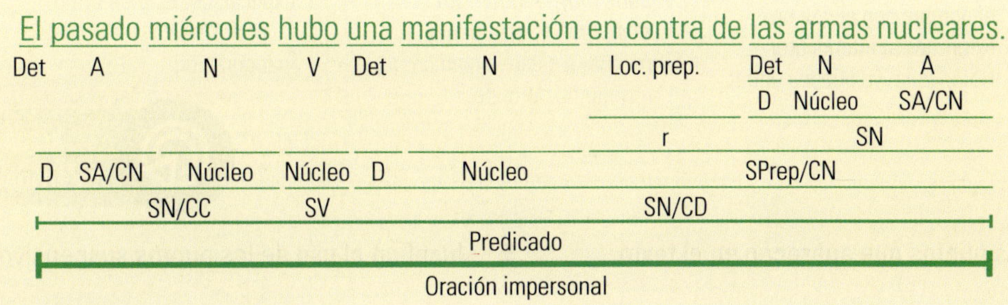

- Durante el invierno anochece más tarde.
- Ayer hubo mucha gente en el concierto benéfico.
- Se conduce a demasiada velocidad en esa autopista.
- En la reunión de esta tarde se hablará sobre un asunto importante.

Análisis de oración pasiva

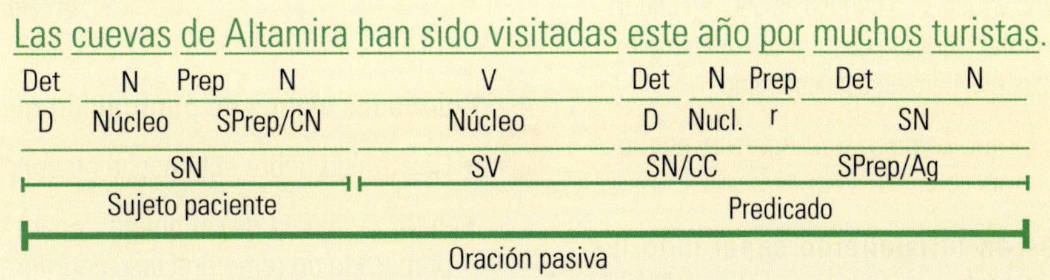

- Ahora se venden pisos más baratos.
- El acueducto fue construido por los romanos.
- Los árboles frutales fueron cultivados por los agricultores de la zona.
- Mi hermano ha sido nombrado delegado de clase por sus compañeros.

1. Realiza el análisis morfosintáctico de estas oraciones:

- Asistieron emocionados a la victoria de su equipo.
- Los estudiantes universitarios están rebeldes.
- En esta provincia nevó mucho el año pasado.
- Durante el verano el calor es insoportable en Jaén.
- Me encantan los libros de aventuras de mi hermano.
- Se amaestran tigres de Bengala en el circo del pueblo.
- La conferencia versó sobre la relación entre varios países.
- Me gustan las tardes de verano.

Signos de puntuación (I)

. EL PUNTO

- El punto es el signo de puntuación que utilizamos para señalar el final de una oración (**punto y seguido**), de un párrafo (**punto y aparte**) o de un texto (**punto final**). Recuerda que después de un punto la primera palabra se escribe con mayúscula inicial.

, LA COMA

- Sirve para separar elementos en una enumeración: Compré kiwis, peras, manzanas, melocotones y dos sandías.
- Separar oraciones dentro de una oración compuesta: Algunos enviaron una carta, pero nadie llamó por teléfono.
- Indicar que se ha suprimido un verbo en una oración: Mi abuelo cultiva patatas y mi tío, tomates.
- Intercalar explicaciones o incisos: Mi pueblo, Ronda, se encuentra en Málaga.
- Señalar el vocativo, es decir, el nombre con el que nos referimos al interlocutor: Hola, Julia, ya puedes entrar.

; EL PUNTO Y COMA

- Separar oraciones en las que ya se ha empleado la coma: A Laura le gustan París, Madrid y Berlín; a Luis, Sevilla.
- Separar oraciones en las que se expone un hecho y una causa o consecuencia de este: El avión no pudo despegar; llovía intensamente.
- Separar oraciones que son independientes entre sí, pero que guardan una relación de sentido: Yo haré la cena; tú recogerás la mesa y lavarás los platos.
- Delante de las conjunciones *pero, mas, aunque, sin embargo*...: Suelo llegar puntual a clase; sin embargo, hoy me he dormido.

: LOS DOS PUNTOS

- Antes de una cita textual: Sócrates dijo: «Solo sé que no sé nada».
- Después del saludo o del encabezamiento de una carta: Queridos amigos: Tras mi viaje por tierras peruanas...
- Antes de señalar la conclusión o la consecuencia de lo que acaba de afirmarse: Buena alimentación y ejercicio diario: esa es la base para estar sano.
- Para introducir una explicación: Está enfermo: no podrá asistir al acto de inauguración.

... LOS PUNTOS SUSPENSIVOS

- Indicar que una enumeración está incompleta o un enunciado está inacabado: Aquí hay de todo: bolsas, plásticos, papeles... / No por mucho madrugar...
- Expresar duda, incertidumbre, sorpresa...: No sé..., puede ser..., quizá tengas razón... / En la habitación noté una presencia extraña...

Actividades

Juega y practica con actividades interactivas

1. Justifica el uso de los puntos que aparecen en el texto.

> Aquella noche, Emilio tuvo un sueño muy extraño. Soñó con un monasterio en ruinas situado en medio de un bosque de robles y castaños. Era de noche y las viejas edificaciones góticas se hallaban desiertas. Una luna inmensa flotaba en el firmamento sobre la arboleda. Todo estaba en calma.
>
> De repente, la iglesia del monasterio saltaba por los aires en medio de una nube de humo y fuego. Lo curioso es que, en aquel sueño, Emilio pudo ver con total nitidez la destrucción del templo, incluso notó el trepidar del suelo, pero no escuchó nada.
>
> César Mallorquí, *La puerta de Agartha*. edebé

2. Escribe estas oraciones en tu cuaderno separando las partes donde hay una pausa breve con la palabra PAUSA. Después, coloca las comas pertinentes. Fíjate:

Quien quiera entradas para hoy **PAUSA** o para cualquier otro día **PAUSA** que me lo diga.

- Cuando llegues envíame un mensaje al móvil.
- Mateo acércame el salero por favor.
- Me gustan los plátanos las manzanas y las peras.
- Estas sábanas son blancas y aquellas rosas.

3. Justifica el uso de los puntos suspensivos en este texto:

> El horror había helado la sangre en mis venas; sentía en mi cuerpo como un frío glacial, y en mis venas, fuego... Entonces quise gritar, pero no pude. El hombre aquel había vuelto la cara y me había mirado... Digo mal, no me había mirado, porque era ciego... ¡Era mi padre!
>
> G. Adolfo Bécquer, «Maese Pérez el organista», en *Rimas y leyendas*. Austral.

4. Coloca los signos de puntuación que sean necesarios.

- Has tenido fiebre esta noche no deberías ir hoy a clase
- Julia la abuela de mi amiga llegará dentro de un rato y le he preparado un ramo precioso con flores del jardín rosas margaritas azucenas
- En el restaurante pedí una ensalada Luisa unas lentejas está claro que tenemos preferencias muy distintas
- Rafael es alto y delgado tiene la nariz afilada y los ojos azules se parece mucho a su madre
- Recorrimos toda la ciudad vimos el centro histórico visitamos los principales museos paseamos por sus calles adoquinadas en fin disfrutamos durante dos días de Toledo una ciudad maravillosa

5. DICTADO **Escucha y realiza el dictado.**

La oración simple y su análisis

1. Lee el siguiente texto:

> El asesino era un hombre de ciudad, alguien que solo lograba sentirse a gusto rodeado de cemento y asfalto, bajo la benefactora protección del aire acondicionado, así que aquella selva era para él lo más parecido al infierno. Por supuesto, le habían ofrecido ir en avión, pero el asesino desconfiaba de los aviones y también recelaba de sus clientes. Nadie que contratase sus servicios podía ser muy de fiar.
>
> Durante el resto de la mañana el todoterreno prosiguió hacia el Sur, adentrándose más y más en la oscura jungla. En ocasiones el camino desaparecía tragado por la vegetación, para volver a aparecer unos metros más allá, o se volvía casi impracticable a causa de un arroyo desbordado o un corrimiento de tierras. No obstante, pese a lo dificultoso de la conducción, el asesino llegó al río Negro poco después del mediodía, tal y como tenía previsto. Detuvo el vehículo junto al puente de hierro que, como revelaba una placa adosada a su estructura, había sido construido por los yanquis en 1907, y extrajo un mapa de la guantera. Lo examinó durante un buen rato, comprobando meticulosamente su situación; se encontraba muy cerca de la frontera entre Colombia, Venezuela y Brasil, en una tierra de nadie por la que litigaban aquellos tres países desde hacía mucho tiempo, pero que en realidad jamás había estado sujeta a ninguna ley ni a ninguna bandera.
>
> César Mallorquí,
> *El último trabajo del señor Luna.* edebé.

2. ●○○ Fíjate en el título de la novela a la que pertenece el texto que acabas de leer: ¿se trata de una oración o no lo es? Razona tu respuesta.

3. ●●○ Indica a qué modalidad oracional pertenecen las oraciones que forman el texto, según la actitud del hablante. Justifica tu respuesta.

   — Basándote en esta información, justifica si en el texto predomina la expresión de la objetividad o de la subjetividad.

4. ●●○ Inventa oraciones relacionadas con el texto que respondan al resto de las modalidades oracionales que has estudiado.

5. ●●○ Subraya el sujeto y el predicado de estas oraciones:
   - El asesino era un hombre de ciudad.
   - Aquella selva era para él lo más parecido al infierno.
   - Se encontraba muy cerca de la frontera entre Colombia, Venezuela y Brasil.
   - En una tierra de nadie por la que litigaban aquellos tres países desde hacía mucho tiempo.

6. ●●● Elabora un mapa mental sobre la clasificación de las oraciones según la naturaleza del predicado.

7. ●●● Realiza el análisis morfosintáctico de estas oraciones. No olvides indicar de qué tipo de oración se trata en cada caso.
   - El asesino recelaba de los aviones y de sus clientes.
   - El asesino llegó al río Negro después del mediodía.

La estructura de la palabra

8. ●●○ Identifica la raíz y los afijos de estas palabras e indica qué significado aporta cada uno de sus componentes: *desconfiaba, mañana, todoterreno, guantera.*

Los signos de puntuación

9. ●○○ Justifica el uso de los signos de puntuación que aparecen en estas oraciones:
   - Por supuesto, le habían ofrecido ir en avión, pero el asesino desconfiaba de los aviones.
   - Lo examinó durante un buen rato, comprobando meticulosamente su situación; se encontraba muy cerca de la frontera entre Colombia, Venezuela y Brasil, en una tierra de nadie por la que litigaban aquellos tres países desde hacía mucho tiempo.

10. ●●○ Explica el uso de los siguientes signos de puntuación: los dos puntos y los puntos suspensivos. Añade ejemplos a tu explicación.

La entrevista

11. ●●○ Redacta la entrevista que le harías a algún personaje que te resulte interesante, sin olvidar ninguna de las partes de las que consta este tipo de texto.

Pon a prueba tus competencias

Observa y lee el siguiente texto, y contesta a las preguntas que se proponen a continuación:

Manual del usuario
Modelo ST93

Información sobre salud y seguridad

Respete siempre las siguientes instrucciones y sugerencias de uso para evitar situaciones peligrosas y garantizar un rendimiento óptimo de la cámara.

ADVERTENCIA: se detallan situaciones que pueden causar lesiones al usuario o a terceros.

⚠ **No desmonte ni intente reparar su cámara.**
Esto podría provocar una descarga eléctrica o dañar el dispositivo.

⚠ **No utilice la cámara cerca de líquidos y gases explosivos o inflamables.**
Esto podría provocar una explosión o un incendio.

⚠ **No inserte materiales inflamables en la cámara ni los almacene cerca de la misma.**
Esto podría provocar un incendio o una descarga eléctrica.

⚠ **No manipule la cámara si tiene las manos mojadas.**
Esto podría provocar una descarga eléctrica.

⚠ **Evite dañar la vista del sujeto a quien fotografía.**
No utilice el *flash* si está a una distancia inferior a 1 metro de las personas o animales que quiera fotografiar. Si utiliza el *flash* cuando está demasiado cerca de los ojos del sujeto, podría provocarle daños temporales o permanentes en su vista.

⚠ **Mantenga la cámara alejada del alcance de los niños y de las mascotas.**
Mantenga la cámara, y todos sus accesorios, fuera del alcance de los niños y de los animales. Podrían tragarse las piezas más pequeñas y, como consecuencia, podrían asfixiarse o sufrir graves lesiones. Los accesorios y las piezas móviles también pueden causar daños físicos.

⚠ **No exponga la cámara a la luz directa del sol ni a altas temperaturas durante un período prolongado.**
Esto podría provocar daños en los componentes internos de la cámara.

⚠ **Evite cubrir la cámara o el cargador con prendas o mantas.**
La cámara podría recalentarse y, por tanto, podría quedar afectada o provocar un incendio.

Si algún líquido u objeto externo se introducen en su cámara, desconecte inmediatamente todas las fuentes de energía, tales como el cargador o la batería, y póngase en contacto con un centro de servicios técnicos.

1. Manipular la cámara con las manos mojadas puede provocar...
   - un incendio.
   - una descarga eléctrica.
   - daños en los componentes internos de la cámara.

2. Si algún líquido u objeto externo se introducen en la cámara, se recomienda en primer lugar...
   - cubrir la cámara con prendas o mantas.
   - ponerse en contacto inmediatamente con un centro de servicios técnicos.
   - desconectar inmediatamente todas las fuentes de energía.

3. Propón un sinónimo para la palabra subrayada: *Garantizar un resultado óptimo de la cámara.*

4. ¿Qué significado tiene el triángulo con un signo de exclamación en su interior? ¿En qué otro tipo de texto podrías encontrarlo?

5. ¿A quién está dirigido el texto?
   - A todo aquel que sea aficionado a la fotografía.
   - A cualquier persona interesada en comprar una cámara de fotos.
   - A los usuarios de las cámaras de fotos del modelo ST93.

6. ¿Cuál es su finalidad?
   - Explicar qué pasos se deben seguir para utilizar la cámara de fotos por primera vez.
   - Explicar trucos y consejos para lograr un rendimiento óptimo de la cámara.
   - Advertir sobre situaciones peligrosas que el usuario de la cámara debe evitar.

7. Teniendo en cuenta las respuestas de las dos actividades anteriores, indica de qué tipo de texto se trata.

   — Señala otros rasgos que sean propios de este tipo de texto.

8. Localiza en el texto palabras simples y palabras derivadas.

9. Identifica los afijos y la raíz de cada una de estas palabras e indica qué información aportan: *inflamables, niños, cargador, desconecte.*

10. Justifica por qué el siguiente enunciado del texto es una oración: *Mantenga la cámara alejada del alcance de los niños y de las mascotas.*

11. Desde el punto de vista del hablante, ¿de qué tipo son la mayoría de las oraciones que aparecen en el texto? Justifica tu respuesta.

12. Indica el sujeto y el predicado de estas oraciones:
    - No inserte materiales inflamables en la cámara.
    - Mantenga la cámara alejada del alcance de los niños.
    - La cámara podría recalentarse.
    - Se detallan situaciones.

13. Realiza el análisis morfosintáctico de esta oración: *Desconecte inmediatamente todas las fuentes de energía.*

14. ¿Cuál es el signo de puntuación que más se emplea en el texto que estás analizando? Explica cuál es su función.

Síntesis

LÉXICO

- Las palabras están formadas por raíz y afijos.
- La raíz aporta el contenido fundamental o léxico.
- Los afijos se clasifican en: flexivos y derivativos.

LOS TEXTOS

- La **entrevista** reproduce una conversación planificada entre el entrevistador o entrevistadora y la persona entrevistada; su objetivo es dar a conocer el trabajo u opinión de esta última, generalmente un personaje conocido.

GRAMÁTICA

- La **oración** es una unidad de comunicación con sentido completo; consta de sujeto y predicado, posee un verbo en forma personal y una entonación propia delimitada por dos pausas.
- Las oraciones **impersonales** son aquellas que no tienen sujeto. Pueden clasificarse en: meteorológicas, gramaticalizadas, ocasionales y con *se*.
- Según la **naturaleza del predicado,** las oraciones se clasifican en: copulativas, transitivas e intransitivas. Según su estructura sintáctica, pueden ser activas, pasivas, reflexivas y recíprocas.
- Según la **actitud del hablante,** las oraciones pueden ser: enunciativas, interrogativas, exclamativas, exhortativas, desiderativas y dubitativas o de posibilidad.
- Según su **complejidad,** las oraciones pueden ser: simples o compuestas.
- El **análisis morfológico** determina la clase de palabras que forman una oración, y el **análisis sintáctico,** su función sintáctica.

ORTOGRAFÍA

- Los **signos de puntuación** reproducen en la escritura las pausas que realizamos al hablar.
- El **punto** puede señalar el final de una oración (punto y seguido), de un párrafo (punto y aparte) o de un texto (punto y final).
- La **coma** indica una pausa más o menos breve en la lengua escrita.
- El **punto y coma** representa una pausa mayor que la de la coma y menor que la del punto.
- Los **dos puntos** se emplean antes de una cita, saludo, conclusión o explicación.
- Los **puntos suspensivos** se utilizan para indicar una enumeración o una duda, sorpresa…

Escápate de la unidad con la PRUEBA FINAL

4 Información para aprender

Contenidos

- **LECTURA**
  Misterio entre cuatro paredes
- **COMUNICACIÓN ORAL**
  La noticia radiofónica
- **LOS TEXTOS**
  El texto expositivo
- **LÉXICO**
  La derivación
- **GRAMÁTICA**
  La oración compuesta:
  1. Las oraciones coordinadas
- **ORTOGRAFÍA**
  Signos de interrogación y de exclamación, las comillas, la raya, el guion y el paréntesis

¡Mira el vídeo!

¿Qué habría ocurrido si el conocimiento no se hubiera conservado por escrito?

¿La radio sigue siendo un medio para difundir información?

¿La expresividad se puede escribir?

Escucha la
NARRACIÓN

Misterio entre cuatro paredes

Antes de leer el siguiente fragmento del libro *TESA. El despacho de don Baltasar de Garciherreros*, te invitamos a escuchar la opinión de alguien que ya lo ha leído.

Llevaba casi un mes durmiendo en aquella habitación y todavía me sentía extraña. Mi abuela me había repetido varias veces que podía cambiar todo lo que quisiera.

—Mete en unas cajas lo que quieras quitar y se lo das a Remi, para que lo ponga en el trastero.

Pero yo no sabía por dónde empezar. Aquel dormitorio estaba lleno de adornos, cuadros, estanterías repletas de muñecas polvorientas y pequeñas cajas cubiertas de conchas y mesitas y mueblecitos abarrotados de velas, figuritas, recuerdos de viajes... Y claro, mi maleta continuaba a medio deshacer, en el fondo del armario. El ordenador, mi música y mis libros se apilaban en cajas y bolsas en un rincón de aquella enorme habitación que había sido el dormitorio de tía Dely durante más de veinticinco años.

Esa noche, antes de cenar, había hablado por el móvil con mi hermano más de media hora y sabía que mamá estaba bien, y él, muy atareado y lleno de ilusión por su próximo partido de tenis. También estaba seguro de que papá se sentía feliz en sus andanzas por el océano, en su nuevo trabajo de buscatesoros, pero...

Había cenado a gusto: un bol de aquella deliciosa sopa de calabaza que preparaba Remi, y una rebanada de bizcocho de pasas con leche. La casa estaba silenciosa. Hacía un buen rato que se había apagado el murmullo de la televisión de mi abuela y solo se oían en la calle, de vez en cuando, las voces de los transeúntes, la mayoría turistas, que reían o comentaban.

No soy miedosa y no era miedo lo que me daba aquel enorme piso de más de cien años, que añoraba sus grandezas muy cerquita de la plaza de Oriente. Me daba respeto, aburrimiento y rabia; rabia porque me sentía engañada.

—Ya verás —había asegurado mamá, muy nerviosa, mientras preparaba mi maleta—, estarás muy bien con la abuela. Es muy cariñosa, ya lo sabes, y solo será un tiempo. Papá estará para todo lo que necesites y no perderás a tus amigas, apenas cambiarás de ambiente.

Repasó de nuevo los cajones vacíos de mi cómoda para esconder su cara de la mía y añadió con voz temblorosa:

—Ya eres mayor. Además, esta situación pasará enseguida, antes de que te des cuenta. Nos reuniremos en vacaciones y..., bueno, todo sea por Mateo, ¿no?

Sí, todo esfuerzo valía la pena por mi hermano. Mateo jugaba muy bien al tenis desde que era pequeño. Por mucho que busque en mi memoria, siempre le recuerdo con una raqueta. Destacaba por su facilidad y su aguante desde que pudo correr sin caerse. Al principio jugaba en el club de nuestra urbanización; luego, tomó clases fuera del horario del colegio; después fueron también los fines de semana y los partidos entre colegios y, al final, llegó la beca para Barcelona. Si nada se torcía, Mateo podía tener un gran futuro en el tenis. Y no iba a ser yo quien lo torciese poniendo obstáculos a la ilusión de mi hermano. Por eso estaba en aquella altísima cama de aquella enorme habitación de oscuros rincones.

Miré hacia el pasillo. A mi abuela no le gustaba que las habitaciones estuviesen cerradas de noche y aquella estrecha garganta que recorría la casa haciendo giros y recodos me daba intranquilidad.

garganta: lugar largo y estrecho.

recodos: ángulos o curvas cerrados.

Aun dentro de su profunda oscuridad, me parecía ver a veces como si una forma oscura todavía cruzase a velocidad vertiginosa. Me tapé con la escurridiza colcha de seda, aunque la noche estaba bochornosa y algún centelleo en los cristales presagiaba tormenta.

No, no soy miedosa, pero aquella casa de altos techos y pesados cortinones me sobrecogía.

—Te acostumbrarás enseguida —había dicho mamá—. Ya conoces la casa de la abuela Teresa, es un piso magnífico y en el Madrid de los Austrias. Con lo que te gustan la arquitectura y la decoración, te encantará.

Me gusta la arquitectura. Me aficioné mientras mi hermano entrenaba los fines de semana, en aquellos largos paseos con mi padre y su amigo Charlie en los que casi la única conversación era sobre los edificios, los estilos, las formas... Me interesa tanto que, si consigo una buena nota en el Bachillerato, haré Arquitectura en la universidad y... si no llego a tanto, haré Decoración. Me parece apasionante equilibrar formas y colores, luces y espacios..., y me encantan los muebles, los adornos y las antigüedades.

La noche, como cada noche de los días anteriores, se arrastraba despacio por el techo, apenas iluminado por el reflejo de una farola. A veces, la estela de los faros de un coche parecía lamer el enorme globo blanco de la lámpara.

Mis pensamientos también se arrastraban en silencio, pasando de la rabia por cómo había cambiado mi vida, al rencor contra mis amigas. Ya no me llamaban y no contaban conmigo para salir desde que supieron que me venía a casa de mi abuela y que había cambiado de instituto.

—La vida es cambio continuo —me había dicho Charlie el día que me quejé a papá por haber alquilado nuestra casa—. Hay que afrontar las cosas como vienen. Ningún minuto es igual al anterior ni al siguiente. Piénsalo, Tesa. Todo lo que está vivo cambia. [...]

Un reloj dio las tres y, con pocos segundos de diferencia, le contestaron otros relojes en distintos puntos de la noche.

Escuché con atención. En mis últimos insomnios había observado que, a partir de las tres de la madrugada, se despertaban los crujidos, los roces y los chasquidos. Parecían saltar del techo a los muebles y rebotar de una pared a otra como en una extraña conversación y, como si fuese un eco, le contestaban los pequeños estallidos de las molduras que enmarcaban el techo del salón y otros chasquidos más ligeros en el pasillo de la cocina, en los zócalos de madera oscura, en las galerías torneadas que remataban las cortinas... De tanto escuchar, podía distinguir lejano el ronquido resoplado de Remi y la tosecita nerviosa de mi bisabuela, que dormía, casi sentada entre almohadones, en la primera habitación de la entrada.

—Estas casas son de madera —me había explicado mi abuela cuando le comenté los ruidos nocturnos—. Los pilares, las vigas, los forjados..., todo es de madera. Por la noche, cuando cambian la temperatura y la presión, se dilatan o se contraen y, claro, chascan. Es normal, te acostumbrarás enseguida y no lo oirás.

Pero yo lo seguía oyendo y no solo los chasquidos, sino también algún roce, tan ligero, que no lo podía retener en la memoria para tratar de investigarlo; o un misterioso goteo que me lanzaba a crear un plano en mi imaginación, buscando las bajantes de los baños o el paso de las dormidas tuberías de la calefacción. Pero lo que más me inquietaba era aquel siniestro chasquido que todas las noches, entre las tres y las tres y media, me sobresaltaba. Era un sonido más fuerte que todos los demás crujidos de la casa y parecía resonar durante unos segundos, con un tono metálico.

Yo repasaba mentalmente todas las cosas que podían producir aquel sonido; ya lo había hecho otras noches sin encontrar ninguna respuesta. Las puertas eran muy altas y tenían un montante de cristal que se abría para ventilar o refrescar las habitaciones en verano, pero los chasquidos de las puertas ya los conocía. Las maderas del suelo tenían un chasquido corto y seco, los zócalos solo se rascaban, el destartalado ropero de la habitación de tía Dely se estremecía... Además, aquel sonido que se deshacía en ecos parecía venir del pasillo.

Estaba cansada, aburrida, harta. Giré la cabeza hacia el balcón abierto, buscando el único punto de luz de la habitación, y dejé que la tristeza y la impotencia rodaran por mis ojos y los fueran cerrando poco a poco. De pronto, un relámpago sordo iluminó por un momento la habitación y dibujó, a contraluz, una pequeña figura a los pies de mi cama. El corazón me dio un salto, mi mente se preguntaba si lo había visto o lo había imaginado. Si era una ensoñación de mi cansado duermevela o, realmente, había alguien al pie de mi cama. Alargué la mano bajo la almohada, con cuidado para no mover la colcha, y presioné la pera de madera que encendía la lámpara del techo...

Pilar Molina Llorente, TESA. *El despacho de don Baltasar de Garciherreros.* edebé.

resoplado: respiración fuerte y ruidosa.

bajantes: tuberías verticales del desagüe.

montante: ventana sobre la puerta de una habitación.

duermevela: sueño ligero o frecuentemente interrumpido.

Actividades

Obtención de información

1. Responde a estas preguntas sobre el texto:
   - ¿En qué situación se encuentra la protagonista de la lectura?
   - ¿Por qué motivo Tesa ha tenido que mudarse a casa de su abuela?
   - ¿Dónde se encuentra la casa?
   - ¿Quiénes son Remy y la tía Dely?
2. ¿Cuáles son los motivos por los que Tesa no se siente a gusto en la nueva situación que está viviendo? Enuméralos.

Interpretación

3. Reescribe el fragmento que va desde «A mi abuela no le gustaba» hasta «presagiaba tormenta» (líneas 33-37), sustituyendo los adjetivos por un sinónimo.
4. Define con tus palabras estas sensaciones que experimenta la protagonista: miedo, rabia, rencor.
5. Localiza en el texto una oración que pueda servir como título.
6. ¿Quién es el narrador o narradora del texto? ¿En qué persona gramatical explica lo que sucede? ¿Qué implica el hecho de que sea esa persona quien narra la historia?
7. Localiza el párrafo que comienza por: «Esa noche, antes de cenar» (líneas 9-11) e inventa un diálogo en estilo directo que reproduzca la conversación telefónica que mantiene la protagonista con su hermano.
8. En el texto aparecen varias personificaciones. Explica en qué consiste este recurso literario y cita al menos tres que aparezcan en la lectura.

Reflexión

9. Vuelve a leer este fragmento y explica, brevemente, qué mensaje pretende transmitir a Tesa el amigo de su padre:

> La vida es cambio continuo —me había dicho Charlie el día que me quejé a papá por haber alquilado nuestra casa—. Hay que afrontar las cosas como vienen. Ningún minuto es igual al anterior ni al siguiente. Piénsalo, Tesa. Todo lo que está vivo cambia.

Expresión

10. Sabemos cómo es el dormitorio en el que duerme Tesa gracias a la descripción que realiza.
    — Te proponemos que describas tu habitación de forma detallada para que tus compañeros puedan hacerse una idea de cómo es.
11. Los ruidos nocturnos que Tesa escucha en su habitación le producen temor. Todos tenemos algún miedo que nos asusta: ruidos extraños, la oscuridad, la soledad…
    — Redacta un texto donde expliques cuáles son tus miedos.
    — Compártelo en clase con tus compañeros y compañeras.

La noticia radiofónica

La **noticia** es un texto periodístico de carácter informativo cuya finalidad es **informar** al público, de forma **objetiva,** de unos hechos que se han producido en un lugar y en un momento determinados. Hay noticias escritas, como las de los periódicos, y noticias orales, como las de los programas radiofónicos y televisivos.

Actividades

Escucha

1. Señala a qué sección pertenece la noticia que acabas de escuchar.

CULTURA	**SUCESOS**	**DEPORTES**	**ECONOMÍA**	**OPINIÓN**

2. Responde a las siguientes preguntas:
   - ¿Quién es el protagonista de la noticia?
   - ¿Qué ha sucedido?
   - ¿Dónde ha sucedido?
   - ¿En qué año se sitúa la noticia?
   - ¿A quién se ha enfrentado?
   - ¿A quién se enfrentará próximamente?

3. ¿Qué significa la expresión *empezar con buen pie*?

4. ¿Sabes qué son un *tie break* y un *set*? Si lo sabes, anota qué son; si no es así, busca información y escríbela en tu cuaderno.

   — ¿Estas dos palabras son préstamos o extranjerismos? Justifica tu respuesta.

Habla

5. Imagina que eres periodista y tienes que retransmitir la siguiente noticia: se ha producido el derrumbamiento de una casa antigua sin víctimas.
   - Antes de dar la noticia, prepara un guion que responda a las siguientes preguntas:

     — ¿Qué ha sucedido?

     — ¿Cómo ha sucedido?

     — ¿Quién o quiénes son los protagonistas?

     — ¿Cuándo y dónde ha sucedido?

     — ¿Cuáles han sido sus causas?
   - Intenta que la noticia sea **objetiva** y presente los hechos tal como se han producido.
   - Aunque la noticia es un texto objetivo, en ocasiones algunos periodistas incorporan un **comentario** personal a la información. Añade, al final, tu propia valoración sobre la noticia.

6. Presenta la noticia al resto de la clase.

¿Te interesa la actualidad?
Escucha la noticia

Consejos para dar una noticia

— Habla con **claridad** y fluidez, exponiendo los hechos ocurridos con orden.

— Utiliza un lenguaje **formal,** elige las palabras precisas, evita las repeticiones innecesarias y el uso de muletillas.

— Asegúrate de que se te **oye** bien y da a la noticia la **entonación** adecuada.

El texto expositivo

Muchos de los textos que lees a lo largo del día (manuales, diccionarios, enciclopedias…) tienen una **finalidad informativa;** es decir, su objetivo es transmitir información de manera clara y precisa. Se trata de **textos expositivos.**

Fíjate en el siguiente ejemplo:

Alimentos de kilómetro 0

Introducción

El consumo de productos de proximidad aporta beneficios tanto al medioambiente como a las economías de escala que nos rodean.

Información objetiva

La alimentación de «kilómetro cero» es aquella que se basa en la adquisición preferente de productos cuya materia primera procede de un radio inferior a 100 kilómetros de distancia respecto al consumidor. Es una tendencia que nació en Estados Unidos en los años setenta y que entró en Europa a finales de los ochenta desde Italia. Su objetivo no es tanto luchar contra los grandes grupos de distribución alimentaria, como favorecer las economías locales y los cultivos variados y de temporada, que no impliquen grandes extensiones de cultivo.

Desarrollo

La alimentación de «kilómetro cero» no pretende, por otro lado, ser una imposición para los consumidores y mucho menos limitar su dieta a una serie de productos. Más bien busca instarse en la conciencia como una norma por la cual, cuando sea posible, se indaga el origen de los productos que se adquieren, y escoger siempre los que tienen un origen local. Algunos de sus beneficios son los siguientes:

1. Dejan una huella ecológica mucho menor

Uso de la 3.ª persona

Camiones congeladores, aviones, trenes y barcos pueden ser excluidos de la cadena de distribución. Al ser producidos en un radio no mayor a los 100 kilómetros, los alimentos «kilómetro cero» no precisan recorrer grandes distancias para llegar a su punto final de consumo. Con ello se produce un ahorro muy considerable de la energía necesaria para transportarlos. [...]

Imágenes

Por otro lado, al no precisar de condiciones especiales de envasado destinadas a la durabilidad en el transporte, reducen el desperdicio final en productos no biodegradables, como plásticos o bandejas de poliestireno expandido… [...]

2. Reducen el desperdicio alimentario

Léxico especializado

Otra ventaja de la alimentación de «kilómetro cero» es que, al acortar sensiblemente la cadena de intermediarios, reduce las pérdidas por deficiencias en el transporte y almacenamiento, los descartes innecesarios, etc., con lo que se limita el desperdicio de alimentos que son aptos para ser consumidos. Tal como señalaba una resolución del Parlamento Europeo en 2012, la cercanía en el consumo es una de las medidas fundamentales para reducir el desperdicio.

Datos concretos

Adicionalmente, en su libro *Waste: uncovering the global food scandal,* el activista Tristram Stuart, uno de los líderes contra el desperdicio alimentario global, calculaba que cerca de dos terceras partes de los productos se desperdician antes de llegar al consumidor por culpa de la cadena de intermediarios. [...]

3. Se consumen menos productos elaborados industrialmente

Al no exigir condiciones de larga conservación, normalmente se adquieren muchos de estos productos en forma de materia prima sin tratar, también conocida como alimentos orgánicos, que podemos cocinar nosotros mismos y consumir cuando consideremos oportuno, ya sea inmediatamente o tras un periodo de congelación. Esto es así sobre todo en el caso de las carnes, hortalizas, legumbres o frutas.

Conclusión

Ante estos beneficios, los alimentos de «kilómetro cero» se consideran como una solución que no solo corrige los impulsos de la globalización, sino que también potencia la conservación de los entornos rurales y paisajes agrícolas al facilitar las economías de escala y acordes con la sostenibilidad del ecosistema.

Jordi Sabaté, *Bio DiversidadLA* (fragmento).

Las principales características que presenta el texto expositivo son:

Objetividad

Transmite la información **sin hacer valoraciones ni incluir opiniones subjetivas** del autor. Por ello:

- Predominan los **verbos en 3.ª persona** y **en modo indicativo.**
- Se emplea la **función referencial** del lenguaje.

Claridad

La información debe ser comprensible. Para ello:

- Se aportan datos **concretos y ejemplos,** y la información se complementa con recursos **gráficos** (esquemas, imágenes...).
- Se emplea un léxico **preciso y riguroso,** adaptado al destinatario y a su conocimiento del tema.
- Se respeta una **estructura lógica.** Las ideas se distribuyen en distintos párrafos y se cohesionan mediante conectores.

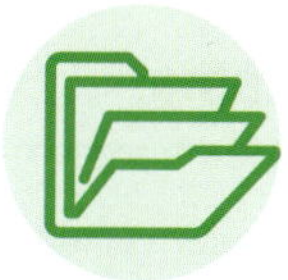

Clasificación

Los textos expositivos pueden ser:

- **Especializados.** Son textos destinados a **expertos en una materia.** El **léxico** suele ser **técnico** y los contenidos se tratan en profundidad.
- **Divulgativos.** Pretenden llegar a un público más amplio. El **vocabulario** es más **sencillo** y se tratan **temas de interés general.**

El **texto expositivo** tiene como finalidad **transmitir información** de manera **objetiva, clara** y **precisa.** Según el grado de profundización, puede ser especializado o divulgativo.

Actividades

1. Lee el texto y responde a las cuestiones que se plantean.

Las botellas de plástico

Hace apenas medio siglo todo se embotellaba en cristal. De hecho, el plástico solo se popularizó a partir de los años 60, cuando mejoraron los procesos industriales que permitían aprovecharlo y el precio del petróleo a partir del que se obtenía era relativamente barato. Sin embargo, aunque durante décadas el plástico ha sido considerado un signo de modernidad, hoy en día supone un serio problema para el medioambiente.

[...] Las cifras varían según el proceso de fabricación, pero por lo general uno de estos envases tarda, por término medio, 700 años en descomponerse. Además, el 80 % no se recicla, y muchos contienen sustancias químicas contaminantes, como el bisfenol-A, un compuesto que, con el tiempo, puede resultar muy dañino. [...]

La situación es cuanto menos paradójica: el 90 % del coste del agua embotellada se debe al propio envase, y el embotellado es el método menos eficiente para conseguir agua. Peor aún, hacen falta 100 millones de litros de petróleo para fabricar solo mil millones de botellas.

Los expertos coinciden en que algo habrá que hacer al respecto, como volver al cristal, sustituir los envases blandos por botellas de plástico duro reutilizables e incluso echar mano de las viejas cantimploras de aluminio.

Revista *Muy Interesante* (fragmento).

— Justifica con ejemplos las características del texto expositivo.

— ¿Es un texto divulgativo o especializado? Argumenta tu respuesta.

2. Elaborad un texto expositivo sobre algún material reciclable. Para ello, seguid estos pasos:

— Por grupos, buscad información sobre cada uno de los distintos materiales que se pueden reciclar (1: el papel y el cartón; 2: el plástico reciclable; 3: el vidrio...).

— Poned en común en cada grupo las ideas principales que habéis encontrado y analizadlas para extraer la información principal.

— Escribid un texto expositivo sobre el material que corresponda recordando las características que presenta este tipo de texto: debe ser claro y objetivo.

— Compartid vuestros textos en clase. Preparad una presentación en la que un portavoz de cada grupo lea en voz alta el texto que hayáis elaborado.

— Por último, cread una infografía digital sobre el reciclaje poniendo en común todos los textos que habéis elaborado.

La derivación

Es un mecanismo de formación de palabras por medio de afijos derivativos (**prefijos** y **sufijos**).

Estos son algunos de los prefijos y sufijos más habituales:

Prefijos

Son afijos derivativos que se **anteponen** a la **palabra:** **re**coger, **in**comprensible. La mayoría procede del latín y del griego.

Aunque modifican sustancialmente el significado de la palabra original, nunca cambian su clase de palabra: suelo → **sub**suelo (N → N); agrupar → **re**agrupar (V → V)

PREFIJOS	SIGNIFICADO	EJEMPLOS
a-, an-	'privación, negación'	amoral, analfabeto
ante-	'delante de'	antepenúltimo
bi-, bis-	'dos'	bimensual, bisnieto
des-, i-, in-, im-	'lo contrario' / 'negación'	deshacer, ilegal, infeliz, imposible
hipo-	'debajo de'	hipocentro
pos-, post-	'después de'	posponer, postibero
pre-	'antes de'	prejuicio
re-	'repetición'	rehacer
sub-	'debajo de'	submarino

Sufijos

Son afijos derivativos que se colocan **detrás de la raíz:** pian**ista**, fresc**ura**. Pueden tener distintas funciones:

— **Variar el significado** de la palabra original: álamo (árbol) → alameda (conjunto de)

— **Cambiar la clase** de la palabra original: alto (adj.) → altura (sust.)

SUFIJOS	SIGNIFICADO	EJEMPLOS
-ista, -ero/a, -or/a	oficio	oficinista, herrero, narrador
-ería, -ario, -dor/a	lugar	floristería, herbolario, comedor
-eda, -al, -ar, -era	conjunto de	arboleda, arenal, chopera
-ble, -oso/a, -ento/a	cualidad	amable, golosa, avariento
-ez, -ura	cualidad	flacidez, negrura
-edad, -tud	cualidad	modernidad, amplitud
-illo/a, -ín/a, -ito/a	diminutivos	arbolillo, pequeñín, manita
-azo/a, -ón/a, -ote	aumentativos	perrazo, cabezón, grandote
-ín/a, -és/a, -eño/a	gentilicio	mallorquina, logroñés, albaceteño

La parasíntesis

Es un proceso de derivación mediante el cual a la raíz de una palabra se añade un prefijo y un sufijo simultáneamente.

en (prefijo) + sombre + **cer** (sufijo)

Ni la combinación de la raíz con el prefijo (ensombre) ni la raíz con el sufijo (sombrecer) son palabras existentes.

La mayoría de los términos parasintéticos son verbos.

Para palabras más técnicas, **¡usa los prefijos cultos!**

Sufijos apreciativos

Son aquellos que sirven para expresar nociones de tamaño o de afecto, dependiendo del contexto. Pueden ser diminutivos, aumentativos o despectivos.

Diminutivos. Indican tamaño pequeño o cariño: mesilla, bracito, botellín.

Aumentativos. Expresan tamaño grande, cariño o admiración: peliculón, buenazo, fuertote.

Despectivos. Indican burla o menosprecio: bichejo, casucha, bodorrio.

Actividades

Juega y practica con actividades interactivas

1. **Localiza en la lectura que introduce la unidad cuatro palabras formadas por prefijación y cuatro palabras formadas por sufijación.**

— Indica a qué clase de palabras pertenecen y de qué palabra provienen.

2. **Escribe el antónimo de estas palabras empleando prefijos:**

- cómodo
- apacible
- hecho
- regular
- conocido
- centrar
- decisión
- paciente
- comprensión

3. **Completa las tablas de prefijos y sufijos con nuevos ejemplos. Puedes consultar el diccionario.**

4. **Escribe la palabra que corresponde a cada definición. Subraya el prefijo e indica qué significado aporta.**

- Que no guarda simetría o que carece de ella.
- Preferir o dar más importancia a algo.
- Que carece de honestidad, de decoro o de ética.
- Alojar o instalar a una persona en un nuevo lugar.
- Tiempo que sigue al final de una guerra, y durante el cual se notan los efectos de esta.
- Que no se puede alterar o que no manifiesta alteración.

5. **Subraya ahora el sufijo de la palabra que corresponde a cada definición e indica qué significado aporta.**

- Instalación adecuada para la exhibición de delfines vivos.
- Persona que se encarga de administrar anestesia.
- Sonido fuerte producido por una bocina.
- De color semejante al amarillo o con tonalidades amarillas.
- Propiedad de los alimentos que están recién obtenidos o sin curar.
- Elevación o distancia de un punto respecto del nivel del mar.
- Lugar plantado de rosales.

6. **Indica los prefijos de estas palabras. Indica también cuál es la palabra original de la que deriva cada una de ellas.**

- deshacer
- infeliz
- antetítulo
- bimotor
- reedificar
- subsuelo
- excéntrico
- prehistoria
- posromanticismo

— Indica qué significado añaden los prefijos en las palabras anteriores.

7. **Escribe una palabra derivada por sufijación a partir de estas palabras e indica cuál es su significado:**

- árbol
- álamo
- campana
- amarillo
- ajustar
- brillo
- maleta
- cálido
- guante

— Señala, en cada caso, a qué clase de palabras pertenece la palabra original y a cuál, la palabra derivada.

8. **Indica si las siguientes palabras derivadas se han formado por prefijación, por sufijación o por parasíntesis:**

- empaquetar
- engordar
- desobedecer
- adinerado
- desfavorable
- efectividad
- enjabonar
- marino

9. **Forma gentilicios a partir de estos topónimos y ten en cuenta que en algunos casos puede variar la raíz:**

París - Teruel - Jaén - Mallorca - Chile - Ibiza - Pamplona
Lisboa - Tenerife - Lugo - Ávila - Santander - Paraguay

10. **Algunos gentilicios derivan del nombre antiguo de una localidad. Fíjate en este ejemplo:**

Huelva ⟶ <u>onubense</u>

Este gentilicio deriva del nombre latino Onuba, con el que los romanos se referían a la actual ciudad de Huelva.

— Busca información en Internet e indica a qué localidad se refieren estos gentilicios y cuál era su nombre original: *lucense, gaditano, pacense, emeritense, oscense, donostiarra, abulense, ilerdense, hispalense.*

11. **Consulta el diccionario de la RAE y anota el significado que aportan estos prefijos de origen culto. Escribe, también, palabras que los contengan.**

- Multi- ('muchos'): *multicolor...*
- Archi-
- Deca-
- Poli-
- Pluri-
- Inter-
- Omni-

La oración compuesta

¿Qué relación existe entre **las oraciones?**

Recordemos las características que debe presentar un enunciado para que pueda ser considerado una oración. Fíjate en la siguiente oración simple:

El caballo **galopa** en el campo.
N V
Sujeto | Predicado
Oración simple

→

- **Unidad de sentido** (es decir, transmitir un mensaje con significado completo).
- Estructura de **sujeto** y **predicado.**

Sin embargo, para poder expresar determinadas ideas, a menudo utilizamos oraciones más complejas, en las que aparecen relacionados **varios predicados.** Fíjate en este ejemplo de **oración compuesta:**

El caballo **galopa** en el campo **y** los pájaros **vuelan** entre los árboles.
V conj V
Sujeto | Predicado 1 | | Sujeto | Predicado 2
Oración simple | E | Oración simple
Oración compuesta

Esta oración es **compuesta** y presenta las siguientes características:

- Posee varios verbos en forma personal: *galopa* y *vuelan.*
- Está formada por dos **grupos** u **oraciones,** es decir, dos estructuras oracionales que constan de sujeto y predicado.
- Presenta un enlace (E) que une las dos estructuras; en este caso, la conjunción copulativa *y.*

En las oraciones compuestas, las oraciones simples que las forman pueden mantener una relación de **igualdad** o de **dependencia.** Se clasifican de la siguiente manera:

Oraciones con relación de igualdad

Veamos, a partir del ejemplo anterior, las características que sirven para reconocer este tipo de oraciones:

El caballo galopa en el campo **y** los pájaros vuelan entre los árboles.
Oración simple | Oración simple

— **Ninguna** de las oraciones **depende** sintácticamente de la otra.

— Si separamos las dos oraciones que forman la oración compuesta, estas tienen **autonomía sintáctica,** esto es, pueden funcionar como oraciones simples.

Sujeto | Predicado | Sujeto | Predicado
El caballo | galopa en el campo. | Los pájaros | vuelan entre los árboles.
Oración simple | Oración simple

— Están unidas por un **enlace coordinante** (la conjunción **y**), que tiene como función **unir** las dos **oraciones simples;** pero no forma parte de ninguna de ellas.

Cuando la relación entre las oraciones es de **igualdad,** hablamos de **coordinación.**

¿Qué tipo de palabras pueden ser **enlaces**?

Oraciones con relación de dependencia

Fíjate ahora en la siguiente oración compuesta:

Los pájaros vuelan entre los árboles **que** están en el monte.
Oración principal — R — Oración subordinada

Una de las oraciones (denominada **subordinada**) depende de la otra (llamada **principal**), y además cumple una función **sintáctica** dentro de esta.

Oración **principal** ⟶ Los pájaros vuelan entre los árboles
↑ CN
Oración **subordinada** ⟶ están en el monte.

En este caso, la oración subordinada complementa a la palabra *árboles* y desempeña la función de CN.

La **oración subordinada** no puede funcionar como oración simple porque carece de **sentido completo.**

Oración **subordinada** ⟶ **que** (R) están en el monte. (Predicado)

Van **unidas** por un **nexo subordinante** (R); en este caso, el pronombre relativo **que.**

Cuando la relación entre las oraciones es de **dependencia,** hablamos de **subordinación.** En esta unidad estudiaremos las oraciones coordinadas y las yuxtapuestas. En la siguiente unidad veremos las oraciones compuestas por subordinación.

Actividades

1. **Subraya los verbos que aparecen en estas oraciones. Indica, después, si se trata de oraciones simples o compuestas.**

- A aquellas chicas les gusta la música clásica.
- Entrenaré cuando tenga tiempo.
- Me prometiste que esta tarde iríamos al circo.
- La calle donde viven mis abuelos es muy tranquila.
- Mi vecino me pidió que le prestara mi cámara de fotos.
- He comprado entradas para el cine, pero no las he traído.
- Marcos trabaja como fotógrafo para un periódico de tirada nacional.

2. **Une estas parejas de oraciones simples para formar oraciones compuestas. Señala el enlace.**

a) Iré a tu casa después de clase.
Te prestaré los apuntes de Historia.

b) Marina habla cinco idiomas.
Es políglota.

c) ¿Irás al gimnasio por la tarde?
¿Saldrás con la bicicleta?

d) Me encanta este programa.
Ponen demasiados anuncios publicitarios.

3. **Completa el texto con los enlaces que faltan.**

Durante una fracción de segundo, Emilio consideró la idea de contárselo todo a su madre, hablarle de la carta, de la desconocida .... de sus extrañas teorías acerca de la muerte de Matías, ... finalmente decidió no hacerlo, ... solo conseguiría alarmarla. Teresa, por su parte, interpretó la expresión dubitativa de su hijo como una muestra de tristeza. Sabía del gran cariño que Emilio sentía por su abuelo, ... lo mucho que su muerte le había afectado. De hecho, durante los últimos días le había visto trajinando entre las cosas de Matías.

César Mallorquí, *La puerta de Agartha*. edebé.

4. **Subraya los verbos que aparecen en estas oraciones compuestas y señala las palabras que sirven de unión entre las oraciones que las forman. Indica si la relación que se establece entre ellas es de igualdad o de dependencia.**

- Ponte el abrigo y coge la bufanda de lana.
- No me gusta que andes despistado.
- ¿Vienes a mi casa o quedamos en la puerta del instituto?
- Ayer fui a la peluquería que han abierto en tu calle.
- No te conozco, pero he oído hablar de ti muchas veces.

Las oraciones coordinadas

Acabamos de ver que dos oraciones pueden mantener entre sí dos tipos de relación: de igualdad o **coordinación** y de dependencia.

Ahora vamos a estudiar más a fondo la relación de coordinación. Fíjate en estos ejemplos:

Salimos a las seis **y** **llegamos** a Toledo una hora después.

Oración coordinada | E | Oración coordinada

Aquí **hace** buen tiempo, **pero** en mi pueblo **llueve** con frecuencia.

Oración coordinada | E | Oración coordinada

El sábado Ana y yo **iremos** al teatro **o** **cenaremos** con unos amigos.

Oración coordinada | E | Oración coordinada

Las tres oraciones están compuestas por oraciones simples que se encuentran en un **mismo nivel sintáctico,** es decir, **no dependen** la una de la otra. Además, si se separan, son independientes y con sentido. Por eso decimos que las dos **oraciones** están **coordinadas.**

Sin embargo, en función del **enlace** que las une, la **relación semántica** entre las dos oraciones es **distinta.**

Vamos a ver, a continuación, los **enlaces coordinantes** y los distintos tipos de **oraciones coordinadas.**

Los enlaces coordinantes

Los enlaces son palabras o expresiones que sirven para relacionar entre sí estructuras lingüísticas. Las conjunciones (*y, e, o...*) y las preposiciones (*pero, mas...*) son las clases de palabras que realizan la función de enlace.

Los enlaces coordinantes pueden unir, **sintagmas, palabras** u **oraciones.** En todos los casos, el requisito primordial es que los elementos que se unen sean equivalentes: de la misma clase de palabras, con la misma función sintáctica...

Fíjate en los enlaces que aparecen destacados en estas oraciones:

En vacaciones visitaré un país de Europa **o** un país de América.
CD CD
CD

Candela **y** María viajaron a un país exótico.
Sustantivo Sustantivo
Sujeto

Queríamos viajar a Asia **pero** fuimos a África.
Oración Oración
Oración compuesta

Tipos de coordinación

Según el **enlace** que las une y la **relación** que se establece entre ellas, las oraciones coordinadas pueden ser **copulativas, disyuntivas** y **adversativas.**

¿Vemos más ejemplos de **oraciones coordinadas**?

COPULATIVAS

Las oraciones que la forman **suman** sus significados.

Abrió el periódico **y** se puso a leer las noticias.
Oración 1 — E — Oración 2
Oración compuesta por coordinación copulativa

No tuvo miedo **ni** se puso nervioso.
Oración 1 — E — Oración 2
Oración compuesta por coordinación copulativa

Enlaces	*y, e, ni*

DISYUNTIVAS

Las oraciones se unen expresando **acciones alternativas** que no pueden darse al mismo tiempo, ya que son **excluyentes,** es decir, no pueden cumplirse a la vez.

¿Vienes con nosotros **o** te quedas en casa?
Oración 1 — E — Oración 2
Oración compuesta por coordinación disyuntiva

Contratamos a alguien **o bien** aceptamos menos encargos.
Oración 1 — E — Oración 2
Oración compuesta por coordinación disyuntiva

Enlaces	*o, u, o bien*

ADVERSATIVAS

Una de las oraciones indica **oposición** o **dificultad** para el cumplimiento de la otra. Pueden ser de dos tipos: **parciales** y **totales**.

Parciales. Una oración **limita** el significado de la otra, sin ser incompatibles.

Te llamé, **pero** no cogiste el teléfono.
Oración 1 — E — Oración 2
O. compuesta por coordinación adversativa

Era un hombre rico **mas** nunca fue feliz.
Oración 1 — E — Oración 2
O. compuesta por coordinación adversativa

Enlaces	*pero, mas*

Totales. Una oración (negativa) **excluye** el significado de la otra (positiva).

No es mi hermano, **sino** mi primo.
Oración 1 — E — Oración 2
O. compuesta por coordinación adversativa

No compraron, **sino que** alquilaron.
Oración 1 — E — Oración 2
O. compuesta por coordinación adversativa

Enlaces	*sino, sino que*

Conjunciones disyuntivas compuestas o dobles

Este tipo de conjunciones, denominadas a veces **distributivas,** indican alternancia. Presentan los elementos coordinados como **alternativas** que se plantean. Se usan, sobre todo, en contextos formales: *bien… bien…, ya… ya…, ora… ora…, sea… sea…, etc.*

Vendrá, **sea** hoy, **sea** mañana.

Tradicionalmente, estas conjunciones en oraciones coordinadas daban lugar a las oraciones coordinadas distributivas. En la actualidad, se consideran un subtipo de las disyuntivas.

Conectores discursivos

Las expresiones *es decir, esto es, o sea, por tanto, sin embargo, por consiguiente, en cambio*... **no se consideran nexos** o enlaces entre oraciones sino **conectores discusivos.** En el caso de que aparezcan en una oración que no contenga ningún nexo o enlace, esta será una oración compuesta por **yuxtaposición.**

Tenía dolor de cabeza, sin embargo, bailó durante todo el espectáculo.

Las oraciones yuxtapuestas

Las oraciones compuestas por yuxtaposición están formadas por **dos** o **más oraciones** que **carecen de nexo explícito.** Van separadas por pausas en la lengua oral y por **signos de puntuación** en la lengua escrita.

Hay mucho tráfico; llegaremos tarde a la reunión.

Oración 1 | Oración 2

Oración yuxtapuesta

Desde el punto de vista del **significado,** en este tipo de oración compuesta se establecen relaciones de coordinación y, a veces, con vínculos de tipo causal, consecutivo... Esta relación se hace evidente si se explicita el nexo que se ha omitido. Fíjate:

Oración yuxtapuesta

Félix prepara la cena ; Belén pone la mesa.

↓

Félix prepara la cena y Belén pone la mesa.

coordinación copulativa

Oración yuxtapuesta

Aquel alumno está muy contento ; ha aprobado todas las asignaturas.

↓

Aquel alumno está muy contento porque ha aprobado todas las asignaturas.

con vínculo de tipo causal

En el primer caso, el punto y coma equivaldría a un nexo copulativo, podría ser *y*, que convertiría la oración en una compuesta por coordinación copulativa.

En cambio, en el segundo caso, el punto y coma oculta la relación causal que existe entre las dos oraciones, y que quedaría evidenciada si el nexo causal (*porque*) apareciera explícito.

Estas oraciones yuxtapuestas van separadas por coma, por punto y coma o por dos puntos.

Actividades

5. Lee con atención las siguientes oraciones compuestas:

- ¿Llegas ahora o te vas?
- Regresó a casa temprano e hizo los deberes.
- He llamado a tu casa, pero nadie ha contestado.
- Tiene muchos amigos; sin embargo, recibe poca ayuda.
- Los profesores corrigen los exámenes y los alumnos están en el recreo.

— Ahora, indica en cada caso:

a) Las oraciones simples que las forman.
b) El sujeto de cada oración.
c) Los núcleos de los predicados.
d) El enlace que une las dos oraciones.

6. Indica si las conjunciones subrayadas unen palabras u oraciones.

- Padres e hijos juegan juntos en la plaza.
- No me gustan ni el queso ni las espinacas.
- Iría al cine contigo, pero no tengo dinero.
- Lucía ordena la habitación e Isabel estudia en el salón.
- Alberto, el profesor de Tecnología, es exigente y benévolo con sus alumnos.
- No veranea en el mar, sino en la montaña.

7. Escribe una oración con cada uno de los siguientes enlaces coordinantes. Después, indica de qué tipo es cada una de ellas.

- sino
- ni... ni
- sino que
- y
- pero
- mas

Actividades

8. Subraya los enlaces coordinantes que aparecen en estas oraciones e indica de qué tipo son:

- Entró en su despacho e hizo varias llamadas.
- ¿Prefieres carne o pescado?
- No quiero un trozo de bizcocho, sino un helado de chocolate con nata.
- Id a comprar y volved pronto.
- ¿Preparamos unos bocadillos o encargamos una *pizza*?
- Ese bebé tenía otitis, pero no tuvo fiebre.
- No llamó por teléfono ni dejó ningún mensaje en el contestador.
- Mis amigos del instituto hacen deporte cada día, pero yo estudio a diario.

9. Escribe un enlace entre estas oraciones coordinadas e indica qué tipo de relación se establece entre ellas:

- Te acompañaría a la biblioteca, ... no tengo tiempo.
- Ha venido Pablo .... te ha traído los apuntes.
- Os habéis esforzado mucho .... no habéis conseguido nada.
- ¿Pones la mesa .... sacas la basura a la calle?
- El jarrón de cerámica china no lo rompió el niño pequeño, ... su padre.
- Aquel chico no es mi hermano, ... mi primo.
- .... está contenta .... triste; nunca muestra sus sentimientos.

10. A partir de estas oraciones simples, forma oraciones compuestas por coordinación del tipo que se indica:

- Copulativa: *Luis estudia...*
- Disyuntiva: *¿Vienes...*
- Adversativa: *Me gustaría viajar a Nueva York...*

11. Relaciona cada pareja de oraciones con conectores adversativos.

a) Debían hacer un reportaje sobre un tema de actualidad. Redactarán una crónica sobre algún evento ocurrido en el pasado mes.
b) Vivía un momento brillante en su vida profesional. Su vida personal no iba demasiado bien.
c) Óscar quería volver a su país para ver a su familia. Le daba miedo encontrarse con una situación desfavorable.
d) Tratamos asuntos personales en las reuniones de trabajo. Resolvemos temas laborales en las cenas de empresa.

12. Redacta un texto en el que aparezcan:

- Dos oraciones compuestas por coordinación copulativa.
- Una oración compuesta por coordinación adversativa.
- Una oración compuesta por coordinación disyuntiva.

13. Identifica y clasifica las oraciones compuestas por coordinación que aparecen en este texto:

> Una tras otra, las comadres salieron de la casa. La señorita Dubois fue la última. Antes de bajar las escaleras de la entrada, sin embargo, se volvió de nuevo hacia Isabelle y la miró a los ojos.
>
> —Es usted una mujer extraña, ¿lo sabía?
>
> Isabelle no dijo nada, pero sostuvo su mirada sin pestañear, y la anciana se preguntó cómo podían irradiar tanta fuerza los ojos de una mujer de cuerpo tan frágil y delicado.
>
> —Cuídese —concluyó la señorita Dubois—, y no haga tonterías.
>
> Tampoco esta vez respondió Isabelle, pero asintió. La señorita Dubois se unió a sus compañeras, y las cinco abandonaron el jardín de la mansión Grisard presas de un extraño abatimiento. Ninguna de ellas volvió a hablar hasta que torcieron por el recodo y la casa ya no fue visible a sus espaldas.
>
> —Está loca —dijo por fin la señora Bonnard, rompiendo el silencio.
>
> Laura Gallego, *La hija de la noche*. edebé.

14. Aplicad en esta actividad la **técnica cooperativa** del *rompecabezas.*

— Dividid la clase en grupos de tres miembros.
— Elegid cada uno un tipo de oración coordinada, y con la ayuda del profesor o profesora, preparadla a fondo (1. Copulativas; 2. Disyuntivas; 3. Adversativas)
— Reuníos los miembros de cada equipo que compartís el mismo contenido, y poned en común vuestros conocimientos hasta convertiros en «expertos» del mismo.
— Finalmente, regresad cada uno a vuestro equipo y explicad al resto el tipo de oración que habéis preparado, y sobre la cual os habéis convertido en «expertos».

Actividades

Juega y practica con actividades interactivas

15. **Identifica estas oraciones según sean compuestas por coordinación, por subordinación o por yuxtaposición:**

- Eduardo prepara pasteles y su mujer los vende.
- Raquel está satisfecha; ha encontrado un buen trabajo.
- Aquel chico no era francés, sino alemán.
- Lloraron de alegría cuando les dieron la noticia.
- ¿Hacemos un puzle o vemos un rato la televisión?
- ¿Me envías el paquete por correo o voy a recogerlo?
- Él solo se ha metido en un buen lío; él solo tendrá que solucionarlo.
- Sigue recto; gira a la derecha; has llegado a tu destino.

16. **Inventa oraciones compuestas a partir de estos sujetos. Debe haber dos casos de coordinación, dos de subordinación y dos de yuxtaposición.**

- Las farolas de mi calle...
- El cirujano del hospital...
- Nuestros amigos extranjeros...
- Las malas compañías...
- El equipo de fútbol de nuestro barrio...
- Aquel banco del parque...

17. **Indica qué tipo de relación (de coordinación, de causalidad o de consecuencia) se establece entre las oraciones simples que forman estas oraciones yuxtapuestas:**

- Pablo cocina el bizcocho, Marina monta la nata.
- Habría comprado flores; no llevaba dinero.
- No me gusta este; prefiero aquel.
- Miguel traerá el coche; tú se lo pediste.
- Iré a verte; daremos un paseo; tomaremos un helado.
- Es muy aplicada; aprobará sin dificultad.
- Los coches no frenaron; continuaron la carrera.

18. **Escribe una oración del tipo que se indica en cada caso.**

- Una oración compuesta por coordinación copulativa formada por dos oraciones simples.
- Una oración compuesta por coordinación adversativa formada por dos oraciones unidas por una conjunción.
- Una oración compuesta por yuxtaposición formada por cuatro oraciones.
- Una oración compuesta por coordinación disyuntiva formada por dos oraciones.

19. **La conjunción *y* se convierte en *e* delante de *i* y de *hi*. De la misma manera, la conjunción *o* se transforma en *u* delante de *o* y de *ho*.**

— Completa con la conjunción (*y, e, o, u*) que convenga:

- .... está muy lejos .... Óscar se ha equivocado.
- Irene .... Isabel tienen que convalidar .... homologar los títulos de sus estudios en el extranjero.
- El Quijote fue el caballero .... hidalgo más famoso de la historia.
- No sabía distinguir si era niebla .... humo, ... Iván paró el coche en el arcén.

20. **Cuando suprimimos intencionadamente nexos o enlaces en una oración, empleamos un recurso lingüístico denominado asíndeton. Por el contrario, la repetición de estos recibe el nombre de polisíndeton.**

— Justifica en cuáles de estos casos hay asíndeton, y en cuáles, polisíndeton:

- El caballo corre, salta, galopa.
- Ni me gusta, ni lo quiero, ni lo compro.
- El tren se acerca, pita, se detiene.
- Había un bosque y una casa y un jardín.
- La ciudad se volcaba rota, parda, blanca.

21. **Escribe estas oraciones yuxtapuestas e inserta en ellas el conector discursivo más adecuado:**

por tanto - es decir - por consiguiente - en cambio

- Juana se quedó en casa, estaba enferma.
- Tienes fiebre; hoy no irás a trabajar.
- Hoy ha hecho un día espléndido; ayer estuvo lloviendo.
- Los trabajadores se negaron a colaborar; les abrieron un expediente.
- Eres mi amigo, siempre podrás contar conmigo.

Míralo en forma de diagrama arbóreo

Análisis sintáctico

Análisis de oración compuesta por coordinación adversativa

Julia y sus compañeras fueron a la biblioteca municipal, pero estaba cerrada por reformas. (la biblioteca)

N Conj Det N V Prep Det N A Conj V A Prep N

r D Núcleo SA/CN r Núcleo

Nucl. E D Núcleo Núcleo SPrep/CCLugar Núcleo SA/Atr SPrep/CCCausa

Sujeto Predicado Predicado Sujeto (elíptico)

Oración 1 E Oración 2

Oración compuesta por coordinación adversativa

- Es muy inteligente, pero carece de fuerza de voluntad.
- El vecino de arriba no es uruguayo, sino argentino.
- Internet es una herramienta útil, pero tiene inconvenientes.
- Se levantó temprano, mas perdió el avión a París.

Análisis de oración compuesta por coordinación disyuntiva

¿Ellos visitaron el museo del Louvre esta mañana o [ellos] subieron a la torre Eiffel?

Pron V Det N Prep+Det N Det N Conj Pron V Prep Det N N

r+D Núcleo

D Núcleo SPrep/CN D Núcleo r D Núcleo SN/CN

Núcleo Núcleo SN/CD SPrep/CCT Núcleo Núcleo SPrep/CCL

Sujeto Predicado Sujeto Predicado

Oración 1 E Oración 2

Oración compuesta por coordinación disyuntiva

- ¿Vendrás el miércoles o el jueves?
- O comes lentejas o comes sopa.
- Coge un autobús o llama a un taxi.
- Celebra la fiesta en casa u organízala en una ludoteca.

Análisis de oración compuesta por yuxtaposición

Mis compañeros están disfrutando de una excursión; yo estoy enfermo en casa.

Det N V (perífrasis verbal) Prep Det N Pron V A Prep N

r D Núcleo r Núcl.

D Núcleo Núcleo SPrep/CR Núcl. Núcleo SA/Atributo SPrep/CCL

Sujeto Predicado Suj Predicado

Oración 1 Oración 2

Oración compuesta por yuxtaposición

- Este gato es muy listo; siempre huye del peligro.
- Julia está en casa; Lucas ha ido al cine.
- Apagaron las luces de la sala; la función teatral iba a comenzar.
- Este año no iré de vacaciones; tengo que ahorrar.

1. **Realiza el análisis morfosintáctico de estas oraciones:**

- Ese perro es insoportable; ladra constantemente.
- Hace un sol espléndido pero lloverá esta tarde.
- Miguel es muy innovador, siempre utiliza la tecnología más avanzada.
- ¿Traes tu raqueta o te dejo una?
- Estos no jugaron bien, aquellos no tenían estrategia.
- Abrí la puerta de la casa, encendí la luz y esperé a mis amigos en el salón.

Signos de puntuación (II)

¡! ¿?

Exclamación e interrogación

Los **signos de interrogación** se emplean al inicio y al final de una oración interrogativa directa. Los **signos de exclamación** también se emplean al inició y al final de interjecciones y en oraciones que expresan admiración, sorpresa o mandato. Recuerda que:

- **Detrás** de los signos de interrogación y de exclamación no se escribe **punto.**
- Deben enmarcar **la pregunta** y **la exclamación,** aunque la oración no empiece allí.
- Cuando hay varias oraciones interrogativas o admirativas, la mayúscula inicial depende del signo de puntuación que la preceda. Solo si es un punto (omitido) se incia con **mayúscula**.

« »

Comillas

Se utilizan para:

- Señalar la reproducción textual de una cita o unas palabras: Fue Gandhi quien dijo: «La grandeza de una nación y su progreso moral pueden ser juzgados por la forma en que son tratados sus animales».
- Destacar un apodo o un seudónimo: Lope de Vega, el «Fénix de los Ingenios», fue un escritor muy prolífico.
- Destacar el título de artículos, trabajos, capítulos de novelas: «Mi día» de *Un detective en Babilonia*.
- Indicar que una palabra o una expresión se emplea en sentido irónico: Has sido «todo un caballero» al no ceder tu asiento.

—

Raya

La utilizamos para:

- Indicar la intervención de los **personajes** y del **narrador** en el diálogo: —¿Qué te ocurre? —le pregunté—. Pareces cansado.
- Introducir **aclaraciones** o **incisos** que interrumpen el discurso (debe colocarse al principio y al final). Esta función es compartida con el paréntesis: Aquel hombre —rojo de ira— empezó a increpar a todas las personas.

-

Guion

Lo utilizamos para:

- Separar **fechas** o **cifras:** Abarca entre 1900-1935. Precalentar a 180-200 °C
- Unir algunas palabras para formar **compuestos:** histórico-científico, anglo-egipcio.
- Indicar la interrupción de una palabra a **final de línea.**

()

Paréntesis

Se usa para:

- Encerrar **aclaraciones** o **incisos** (fechas, lugares, datos...). Esta función es compartida con la raya: Paso mis vacaciones en Laredo (Cantabria).
- Separar las **acotaciones** en una obra de teatro: PEDRO (Disimulando). —Yo no sé nada sobre ese asunto.

Juega y practica con actividades interactivas

Actividades

1. Copia estas oraciones colocando signos de interrogación o de exclamación, según convenga:

- Mira que te lo dije
- Qué palabra estás buscando en el diccionario
- Qué sorpresa que hayas venido a verme
- Edad, estado civil, trabajas o estudias
- No vamos a discutir por eso, verdad
- Quién estuviera de vacaciones para poder descansar
- Si crees todo lo que te dicen, cuántos desengaños sufrirás

2. Escribe comillas donde convenga en estas oraciones:

- Ernesto Che Guevara fue un revolucionario comunista argentino, nacionalizado cubano.
- Julio César es el autor de la famosa frase Veni, vidi, vici.
- En aquella exposición de pintura vimos El grito de Munch.
- El curso ha ido muy bien, lo he suspendido casi todo.
- Vamos a analizar el poema A un olmo seco de Machado.
- A la orden de se levanta la sesión, todos los asistentes se marcharon a sus casas.

— Indica qué función cumplen las comillas en cada caso.

3. Coloca las rayas y los guiones que sean necesarios en estas oraciones:

- Lee las páginas 24 26. (es decir, 24, 25 y 26)
- Puede usted pasar me dijo con voz ronca. Siéntese.
- El patrimonio histórico artístico de Salamanca es una de sus principales señas de identidad.

4. Separa en sílabas estas palabras:

distribuíais - gragea - ahorro - OTAN - cocción
carestía - Francia - actuáis - separéis - allá

5. Redacta un breve diálogo entre un profesor y su alumno. Recuerda que debes introducir los comentarios y precisiones del narrador.

6. Copia estas oraciones colocando los paréntesis que faltan:

- La CEE Comunidad Económica Europea se fundó en 1957.
- CARMEN Se levanta y se va. —¡Nos vemos mañana!
- Los pronombres relativos que, cual, quien, cuyo son nexos subordinantes.
- César dijo: «Alea jacta est» la suerte está echada.

7. DICTADO Escucha y realiza el dictado.

Actividades finales

La coordinación y la subordinación

1. Lee el texto.

> Por la mañana apenas recordaba los inquietantes sueños de la noche anterior. Me despertó la luz dorada que entraba a raudales por la ventana. En el exterior soplaba una suave brisa y un coro de pajarillos cantaba entre las ramas de los árboles.
>
> Eché un vistazo al reloj y se me escapó un gemido. Eran las siete de la mañana y aquellos pajarracos escandalosos no dejaban de dar la tabarra. Debería estar prohibido, seguro que era anticonstitucional. Metí la cabeza debajo de la almohada y me tapé los oídos. Cerré los ojos e intenté dormirme de nuevo, pero unos golpes en la puerta lo impidieron eficazmente.
>
> —¡Eli! Arriba, dormilona, ¡te vas a perder el desayuno!
>
> Era mi hermana. La muy canalla siempre se despierta de buen humor. A mí me sienta fatal porque soy de las que se levantan a las nueve y se despiertan a las diez. Sin embargo, la palabra «desayuno» se me clavó en el cerebro, en una zona conectada directamente con el estómago, y me recordó que habían pasado siglos desde la desastrosa cena del día anterior. Me levanté de mala gana.
>
> Cristina Macía, *Una casa con encanto.* edebé (fragmento).

2. ●○○ Indica si estos enunciados son verdaderos (V) o falsos (F):
   - Una oración compuesta debe tener más de un verbo.
   - Las oraciones que forman parte de una oración compuesta siempre pueden funcionar como oraciones simples.
   - Las conjunciones solo aparecen en oraciones compuestas por subordinación.
   - Las oraciones adversativas expresan acciones alternativas que no pueden darse al mismo tiempo.
   - Las oraciones yuxtapuestas carecen de nexo explícito.

   — Ahora, transforma en verdaderos los enunciados que sean falsos.

3. ●●○ Completa el esquema en tu cuaderno con los principales enlaces y ejemplos de oraciones compuestas por coordinación.

4. ●●○ Subraya todos los enlaces coordinantes que aparecen en el texto e indica de qué tipo son (copulativos, adversativos...).

5. ●●○ Separa las oraciones simples que forman estas oraciones compuestas. Después, indica qué tipo de relación (coordinación o subordinación) se establece entre ellas.
   - Me despertó la luz dorada que entraba a raudales por la ventana.
   - Eché un vistazo al reloj y se me escapó un gemido.
   - A mí me sienta fatal porque soy dormilona.

6. ●●● Realiza el análisis morfosintáctico de esta oración: *En el exterior soplaba una suave brisa y un coro de pajarillos cantaba entre las ramas de los árboles.*

La derivación: prefijos y sufijos

7. ●●○ Vuelve a leer el texto y busca:
   - Palabras derivadas mediante prefijación.
   - Palabras derivadas mediante sufijación.

Los signos de puntuación

8. ●○○ Localiza los signos de exclamación que aparecen en el texto y explica cuál es su función.

9. ●●○ Escribe dos usos de la raya, del guion y del paréntesis. No olvides añadir ejemplos.

El texto expositivo

10. ●●● Documéntate y redacta un texto expositivo sobre la contaminación de plásticos en el mar.

    — A continuación, indica cuáles son las principales características del texto que has escrito.

Pon a prueba tus competencias

Lee y observa con atención el siguiente texto y contesta a las preguntas que se proponen:

¿COMERCIO? Sí, pero... ... que sea ¡JUSTO!

Juego sucio en el comercio mundial

¿Imaginas que tus padres trabajaran todo el día y no pudieran pagar tu colegio o llevarte al médico cuando te sientes mal? ¿Que tu casa no tuviera agua y que no pudierais ni siquiera alimentaros bien? Es lo que les pasa a millones de familias de las regiones más empobrecidas de África, América Latina y Asia.

¿Por qué? Las reglas del juego del comercio mundial, marcadas por los países ricos y las empresas multinacionales, marginan a las familias campesinas y a los pequeños productores.

Los ciudadanos del norte no son conscientes de dónde vienen los productos que consumen, y no saben lo que nos cuesta a nosotros, los pobres, el producirlos.

RIGOBERTA MENCHÚ, NOBEL DE LA PAZ.

¿Quién elabora los productos de comercio justo?

Familias, cooperativas, grupos de mujeres o talleres para discapacitados de las zonas más empobrecidas de África, América Latina y Asia que, al formar parte de un sistema comercial justo, pueden vivir dignamente de su trabajo.

¿Quién los trae a nuestro país?

Las importadoras compran los artículos a los productores y productoras garantizando el cumplimiento de los criterios del comercio justo, y se los proporcionan a las tiendas.

CÓMO VIVIR SIN ACABAR CON EL PLANETA

¡Mucho más que una tienda!

Las tiendas de Comercio Justo, además de vender los productos, realizan actividades de sensibilización, difusión y campañas de presión para cambiar las reglas del comercio internacional.

¿Te unes a la cadena?

¿Has pensado el poder que te da cada una de tus compras? Al elegir comercio justo añades un valor ético a tus compras y contribuyes a que la producción y el comercio estén al servicio de las personas.

CÓMO VIVIR SIN ACABAR CON EL PLANETA

Los criterios del comercio justo

- Un salario justo.
- Los grupos productores destinan una parte de sus beneficios a sanidad, educación, formación laboral...
- Se establece una relación a largo plazo y se paga a los productores una parte del precio por adelantado, lo que favorece que puedan planificar su desarrollo.
- Se evita la explotación laboral infantil.
- Se promueve:
  - La participación en la toma de decisiones.
  - La igualdad entre mujeres y hombres.
  - La protección del medio ambiente.

Con el comercio justo podemos vivir de nuestro trabajo, los niños van a la escuela y podemos comprar medicinas.

BLANCA ROSA MOLINA, PRODUCTORA DE CAFÉ. NICARAGUA.

«Preguntas y respuestas sobre comercio justo», en www.setem.org.

1. ¿Sobre qué tema trata el texto?
   - La pobreza infantil.
   - El comercio justo.
   - El consumo responsable.
   - El consumo excesivo.
2. ¿A qué tipo de público crees que va destinado?
3. Explica la importancia que adquieren las imágenes que acompañan al texto en este tipo de textos.
4. ¿Cuál es el objetivo del texto que has leído? Razona tu respuesta.
5. Explica con qué finalidad se incluyen citas de diversas personas.
6. Teniendo en cuenta la información que se aporta sobre el comercio justo, transforma el texto que estás analizando en un texto expositivo.
7. Identifica los prefijos que forman parte de las palabras *multinacionales, discapacitados* e *internacional.*
   — Indica qué significado aportan en cada caso los prefijos anteriores.
8. Transforma estos enunciados en oraciones compuestas por coordinación:
   - Un salario justo.
   - La igualdad entre hombres y mujeres.
   - La protección del medio ambiente.
   - La explotación infantil.
   - Las tiendas de comercio justo.
   - La participación en la toma de decisiones.

9. Indica de qué tipo es la siguiente oración compuesta y analízala morfosintácticamente:

«Las tiendas de comercio justo venden productos y realizan actividades de sensibilización, difusión y campañas de presión.»

10. Localiza y copia los enunciados que aparecen entre signos de interrogación o de exclamación, y escribe cuál es su función.

11. Escribe comillas o las rayas que sean necesarias en estas oraciones:

Rigoberta Menchú dijo: Los ciudadanos del norte no son conscientes de dónde vienen los productos que consumen, y no saben lo que nos cuesta a nosotros los pobres el producirlos.

Blanca Rosa Molina, productora de café, dice: Con el comercio justo podemos vivir de nuestro trabajo, los niños van a la escuela y podemos comprar medicinas.

Síntesis

LÉXICO

- La **derivación** es un mecanismo de formación de palabras por medio de afijos derivativos (prefijos o sufijos).
- Los **prefijos** se anteponen a la palabra. Cambian el significado original, pero no su clase de palabra.
- Los **sufijos** se colocan detrás de la raíz. Pueden variar el significado de la palabra primitiva y, también, cambiar su categoría gramatical.

LOS TEXTOS

- El **texto expositivo** tiene **finalidad** informativa y se caracteriza por la objetividad y la claridad. Se emplea la tercera persona, la función referencial del lenguaje y un léxico preciso y riguroso.
- Pueden ser **especializados,** cuando su destinatario es experto en la materia, o **divulgativos,** cuando su destinatario es un público más amplio.

GRAMÁTICA

- Las oraciones **compuestas** pueden serlo por coordinación o subordinación.
- Las **oraciones coordinadas,** según el tipo de enlace que las une se clasifican en: copulativas (*y, e, ni... ni*), disyuntivas (*o, u, o...o*), adversativas (*pero, mas, sino, sino que*).
- Las oraciones compuestas por **yuxtaposición** están formadas por oraciones que no van unidas por un enlace o nexo explícito, pero en las que subyace una relación de coordinación o de tipo causal, consecutivo... Van separadas por pausas en la lengua oral y por signos de puntuación en la lengua escrita.

ORTOGRAFÍA

- Los **signos de interrogación** y de **exclamación** abren y cierran las preguntas directas y los enunciados que expresan emociones, respectivamente.
- Los principales usos de las **comillas** son: señalar palabras textualmente y destacar algunos vocablos en la oración.
- Uno de los usos más importantes de la **raya** es indicar las intervenciones de los personajes y el narrador en los diálogos.
- El **guion** se emplea para indicar palabras cortadas al final de línea, formar compuestos, expresar intervalos en fechas y otras expresiones numéricas...
- Los **paréntesis** se utilizan para añadir aclaraciones, ampliando o concretando información, y para separar las acotaciones en una obra de teatro.

Escápate de la unidad con la PRUEBA FINAL

5 Una opinión argumentada

Contenidos

- **LECTURA**
  La feria de los libros
- **COMUNICACIÓN ORAL**
  El coloquio
- **LOS TEXTOS**
  El texto argumentativo
- **LÉXICO**
  La composición
  Siglas y acrónimos
- **GRAMÁTICA**
  Las oraciones subordinadas
  1. Tipos de oraciones subordinadas
- **ORTOGRAFÍA**
  Uso de *b* y *v*
  Uso de *g* y *j*

¡Mira el vídeo!

¿Es aceptable una opinión sin argumentos?

¿Sobre qué temas controvertidos te interesa discutir?

¿Cuál es el peligro de las oraciones demasiado largas?

Escucha este **PREGÓN**

La feria de los libros

Antes de leer el siguiente fragmento, que es una transcripción del Pregón de la Feria del Libro de Zaragoza del 2019, te invitamos a escuchar la opinión de alguien que estuvo allí para escucharlo.

Buenas tardes. Bienvenidos todos y cada una. Feliz feria, autoridades.

Felices quienes estáis aquí porque los libros os llaman con sus voces silenciosas, con su invitación muda, con su bullicio inaudible. Me hace inmensamente feliz pregonar la alegría de esta Fiesta en mi ciudad natal, junto al río Ebro y el río de libros que en estas casetas fluye y corre y serpentea.

Nuestra ciudad ha estado desde siempre en el atlas de las letras viajeras, de los encuentros aventureros, de los mestizajes literarios, de las posibilidades infinitas.

Acariciad libros y os transportarán a aquella Zaragoza donde aterrizó la imprenta, una de las primeras capitales europeas en conocer el invento que cambiaría el mundo. La fiebre de la letra impresa invadió el territorio. En el siglo XVII hubo 20 libreros y 63 impresores en Aragón, cifra asombrosa en España. Algunas maravillas de la literatura, como *La Celestina* de Rojas o el corrosivo *Buscón* de Quevedo, vinieron a nacer entre nosotros. Las imprentas zaragozanas publicaban libros prohibidos en Castilla, libros perseguidos, libros deslenguados, libros que ardían fácilmente. Los rebeldes, los inconformistas, lo tenían un poco más fácil aquí.

María de Zayas, la primera mujer que firmó una novela en nuestra lengua, vivió en Zaragoza y por sus calles imaginó un frenesí de pasiones terribles y oscuras. Y Goya, Bécquer, Verdi, Victor Hugo, Galdós, Baroja.

Cuántas veces pasearía por esta ribera la inolvidable María Moliner, bibliotecaria asombrosa, jardinera de palabras, discreta hortelana del idioma, que cultivó a solas un diccionario entero.

Y cuántas veces miraría esta perspectiva de cielo abierto Miguel Labordeta, que desde el Café Niké fundó la «Oficina poética internacional», donde hizo famosas sus pipas y el carnet de ciudadano del mundo. Leemos en sus versos que quería agarrar la luna con las manos, que dudaba a menudo, que solo estaba seguro de llamarse Miguel y de no haber aprobado ninguna oposición honorable al Estado.

inaudible: que no se puede oír.

mestizaje: mezcla de culturas diferentes.

corrosivo: de humor hiriente.

En esta ciudad yo recibí el regalo del lenguaje y de los cuentos. No recuerdo la vida antes de que alguien me contase el primer cuento. Antes de que me enseñasen a bucear bajo la superficie del mundo, en las aguas de la fantasía. El caso es que, cuando descubrí los libros, por fin pude tener doble, triple, séptuple personalidad. Y ahí empecé a ser yo misma. Fui una niña a la que contaban cuentos antes de dormir. Mi madre o mi padre me leían todas las noches, sentado el uno o la otra en la orilla de mi cama. Y yo me preguntaba ¿cómo caben tantas aventuras, tantos países, tantos amores, miedos y misterios en un fajo de páginas claras manchadas con rayas negras, con patas de araña, con hileras de hormigas? Leer era un hechizo, sí, hacer hablar a esos extraños insectos negros de los libros, que entonces me parecían enormes hormigueros de papel.

Después aprendí yo misma la magia de leer patas de araña. Qué maravilla entonces acompañar a mis padres a las librerías y elegir mis propios libros: flores de papel, cordilleras plegables, letras minúsculas, mares mayúsculos, planetas portátiles. No había ya vuelta atrás. Desde entonces tengo que zambullirme a diario en el océano de las palabras, vagar por los anchos campos de la mente, escalar las montañas de la imaginación.

Esta feria del libro que hoy empieza quiere acogernos a todos (incluidas nuestras vidas paralelas en otras dimensiones). Acoger a la gran comunidad que formamos los viajeros y las exploradoras del universo mágico de las ficciones. Acoger a las librerías, claro: las que resisten, las nuevas (también cobijar el recuerdo de las que han cerrado). Acoger por supuesto a la gente lectora. La que curiosea, la que colecciona marcapáginas, la que pregunta, la que pide una dedicatoria. La que se tiene que rascar el bolsillo y por eso compra libros de bolsillo. La gente menuda y grande que, además de bocadillos de jamón, merienda bocadillos de tebeo. Acoger a los niños de todas las edades. A los zaragozanos de todo el mundo. A los que aquí nacen o pacen. A los viajeros que recalan en esta tierra de paisajes inhóspitos y gente hospitalaria. A las personas de palabra. A los ciudadanos de varios universos.

inhóspito: poco acogedor.

Disfrutad, cesaragustaos, zaragozad. Aquí encontraréis páginas donde bullen historias, versos, conocimiento, anécdotas, esperanzas, laberintos, desengaños, misterios, sueños. Y acabo ya, con unas últimas palabras y una memoria emocionada.

bullen: abundan.

Es maravilloso encontrar los libros en la calle, los lunes y los martes y los viernes al sol. Durante muchos siglos permanecieron guardados en los palacios de los ricos, en los grandes conventos, en las mansiones más suntuosas, en los pisos principales de las casas nobles. Hoy hemos quitado los cerrojos a los libros y les hemos calzado zapatos cómodos. Los hemos traído a la plaza, donde nadie tiene negado el acceso.

suntuosas: grandes y costosas.

Esto no ha sucedido por arte de magia. Es la cosecha de años de educación y transformaciones sociales. En escuelas. En institutos. En universidades. En bibliotecas ciudadanas y rurales. Desde las Misiones Pedagógicas a los clubs de lectura. Desde las instituciones públicas a los dormitorios donde los niños cierran los ojos acunados por un cuento de buenas noches. Ha sido un gran esfuerzo colectivo.

Tres de mis abuelos fueron maestros rurales. Conocieron una época en la que no todos aprendían a leer, y mucho menos podían tener libros. Nos quisieron más listos, más libres, más sabios, más lectores, más viajeros, con más estudios que ellos. Nos enseñaron que la cultura no es adorno sino ancla. Somos su sueño. Por eso, por ellos, por nosotros, por el futuro, bienvenidos todos, bienllegadas todas, a la feria de las dobles y las triples vidas. A la feria de los libros y de los libres. Gracias.

Irene Vallejo. Pregón de la Feria del Libro de Zaragoza 2019.

Actividades

Obtención de información

1. Responde a estas preguntas:
   - ¿Cuántos impresores hubo en Aragón en el siglo XVII?
   - ¿Por qué se publicaban en Zaragoza libros que en Castilla no podían publicarse?
   - ¿Qué dos importantes obras de la literatura española se imprimieron en esta ciudad?

2. ¿Qué dos mujeres que parece que vivieron en Zaragoza cita Irene Vallejo? ¿Cuál fue el mérito de cada una de ellas?

3. Según lo que has leído sobre Miguel Labordeta en el pregón, ¿a qué crees que se dedicaba? Justifica tu respuesta.

4. ¿Qué recuerdos guarda Vallejo de su niñez relacionados con la lectura y con los cuentos?

5. ¿Qué cambio se ha producido en la manera de acceder a los libros siglos atrás y actualmente? ¿Cómo se ha conseguido ese cambio?

Interpretación

6. La expresión *voces silenciosas* es un oxímoron, una figura retórica que consiste en complementar una palabra con otra que tiene un significado opuesto.

   — Localiza en el pregón otro ejemplo de oxímoron.

7. Señala qué figura literaria es *río de libros*.
   - hipérbole
   - anáfora
   - metáfora

8. Las palabras *cesaragustaos* y *zaragozad* son términos inventados por Vallejo. ¿Qué crees que significan? Justifica tu respuesta.

Reflexión

9. La pregonera de la feria del libro dice de la imprenta que fue «el invento que cambiaría el mundo».

   — ¿Estás de acuerdo con esta afirmación?

   — ¿Por qué crees que la imprenta fue tan importante en su momento?

Expresión

10. Lee la expresión que aparece en el párrafo final del pregón:

    «La cultura no es adorno sino ancla».

    — Reflexiona sobre lo que pretende transmitir la autora con esas palabras y expón tu opinión acerca de esta cuestión. Sigue estas indicaciones:
    - Emplea un lenguaje claro y conciso.
    - Redacta el texto en 2.ª persona, es decir, dirigiéndote directamente al receptor o receptores.

El coloquio

El **coloquio** es una conversación sobre un tema entre varios participantes que intercambian opiniones y experiencias. Es similar al debate, pero a diferencia de este las ideas que se intercambian en el coloquio no necesariamente deben ser opuestas.

Actividades

Escucha

1. Señala cuál es el tema del coloquio:
   a) La presentación de un libro de texto.
   b) La introducción de nuevas asignaturas en el currículo escolar.
   c) La necesidad de la educación emocional en el ámbito escolar.
2. Responde a estas preguntas:
   - ¿Cuántas personas intervienen en el coloquio?
   - ¿Desempeñan todas la misma función en el intercambio comunicativo? Justifica tu respuesta.
   - Según Javier, ¿se da a la educación emocional la importancia que merece en el sistema escolar?
   - ¿Qué es un *maestro del corazón*? ¿Se necesita una preparación especial para serlo?
   - ¿Piensan de la misma manera los dos participantes en el coloquio? Justifica tu respuesta.
3. ¿Qué es la *empatía*?
4. Explica con tus palabras qué significa la siguiente afirmación en el contexto en que aparece: «A veces tenemos dentro a un gran desconocido».

Habla

5. Organizad en clase un coloquio sobre la importancia de la lectura en la infancia. Para ello, seguid estos pasos:
   - Buscad información individualmente sobre el tema para construir vuestra opinión.
   - Elegid a una persona para que modere el coloquio y dé la palabra a los participantes.
   - El moderador o moderadora introducirá el tema del coloquio y hará la primera pregunta.
   - Cada participante expondrá su opinión y el moderador establecerá el tiempo de participación de cada uno.
   - El moderador seguirá con las preguntas hasta que considere que es el momento de terminar.

¿Educación emocional?
Escucha el coloquio

En un coloquio...

- Exponed vuestras opiniones de forma clara y precisa.
- Aportad datos y explicaciones a la información que deis.
- Emplead un tono de voz adecuado para que vuestro mensaje sea claro y, para mantener la atención del público, intentad que no resulte monótono .
- Respetad el turno de palabra de cada participante.

El texto argumentativo

La argumentación tiene como objetivo la **defensa** de una **opinión** o **idea** (también llamada **tesis**).

En nuestra vida diaria podemos encontrar textos argumentativos en los artículos de opinión de los periódicos, por ejemplo; o podemos elaborar uno al redactar una reclamación en un restaurante.

Lee con atención el que te presentamos a continuación:

NATURALEZA AMENAZADA

Tesis

Los consumidores debemos asumir diversas pautas en nuestros hábitos diarios para salvar el futuro de la variedad de seres vivos que pueblan la Tierra. La destrucción de hábitats, la extracción insostenible de los recursos naturales, las especies invasoras, el calentamiento global y la contaminación son algunas de las principales amenazas contra la biodiversidad.

El transporte, las industrias que extraen los recursos naturales, la contaminación, las represas, la agricultura, la pesca o la silvicultura han propiciado cambios radicales en los hábitats de todo el planeta. El abandono del mundo rural y la introducción de nuevas e insostenibles actividades son otros factores que desestabilizan el frágil equilibrio de los ecosistemas.

Argumentos

1. La sobreexplotación ha acelerado el ritmo de desaparición de las especies. La caza y la pesca son las dos técnicas más antiguas que el ser humano ha utilizado para su supervivencia. Estas acciones no son en sí el problema, sino la intensidad con la que se llevan a cabo en las últimas décadas.

2. Las especies invasoras son la segunda principal amenaza para la biodiversidad. El número de especies introducidas a nivel global se ha incrementado en gran medida en las últimas décadas. El aumento de los transportes internacionales y el turismo, la construcción de infraestructuras que rompen fronteras naturales, el cultivo de especies acuáticas o el tráfico y el abandono de mascotas son algunas de las principales causas.

3. El cambio climático causará de forma directa la pérdida de hábitats y de las especies que los pueblan. El impacto que sufren algunas especies en concreto son una prueba de que el calentamiento global afecta ya a la pérdida de biodiversidad. En algunas regiones del planeta, el problema puede ser mucho más grave: el derretimiento del hielo en los casquetes polares puede dejar sin hogar a las especies únicas que lo habitan, como los osos polares o los pingüinos.

4. La contaminación por diversos agentes químicos es el otro gran elemento que incide en la desaparición de especies. La aprobación en los últimos años de legislaciones cada vez más severas y su cumplimiento ha contribuido a mejorar la calidad del aire y la limpieza del entorno natural. Sin embargo, algunos lugares del mundo sufren todavía altos niveles de polución que repercuten en la biodiversidad. Un problema particular que suele pasar inadvertido es la eutrofización: el agua recibe un vertido (directo o indirecto) de nutrientes, como desechos agrícolas o forestales.

Conclusión

Las medidas para cuidar la biodiversidad están en manos de los gobiernos, pero también de los consumidores. La concienciación es el primer paso. Como ciudadanos, la biodiversidad puede parecer algo lejana y sin repercusión en la vida cotidiana. Sin embargo, el aire que se respira, o el agua y la comida que se consumen no serían posibles sin la variedad y la abundancia que pueblan la Tierra. Cuidar la biodiversidad permite no solo que las especies sobrevivan, sino también que los propios humanos tengan un futuro sobre el planeta.

Consumer.

Estas son algunas de las características que presenta un texto argumentativo:

Estructura

Los textos argumentativos constan de las siguientes **partes:**

- **Tesis:** es la **idea u opinión** que se defiende a lo largo del texto y en torno a la cual se reflexiona. Debe ser **breve y clara.**
- **Argumentos:** son las razones que se ofrecen para apoyar la tesis.
- **Conclusión: confirma la tesis inicial** una vez que se ha razonado y suele resumir los argumentos que se han expuesto.

Lenguaje

El **lenguaje** de los textos argumentativos debe ser **claro y directo.** Sus rasgos más característicos son:

- Los **tiempos verbales** que predominan son el presente (*extraen, desestabiliza*) y el futuro de indicativo (*causará*).
- Los **adjetivos** suelen tener usos específicos (*insostenibles actividades, frágil equilibrio*).
- Las oraciones y los párrafos se enlazan mediante **conectores** de diversos tipos: causales, adversativos... (*mejorar la calidad del aire y la limpieza del entorno natural. Sin embargo, algunos lugares...*).
- La **precisión léxica** aparece garantizada por cultismos y tecnicismos propios del ámbito al que pertenece el tema que se trata (*biodiversidad, silvicultura, eutrofización...*).

El **texto argumentativo** tiene como finalidad defender con razones y **argumentos** una **tesis,** es decir, una idea que se quiere demostrar.

Actividades

1. **Lee el texto y responde a las cuestiones que se plantean.**

La realidad de la pena de muerte

La pena de muerte o pena capital es una negación extrema de los derechos humanos porque consiste en el homicidio premeditado a sangre fría de un ser humano a manos del Estado y en nombre de la justicia.

Al igual que la tortura, una ejecución constituye una agresión física y mental a una persona. Si la mayoría de la gente se indigna ante la tortura, ¿no debería sentir aún más indignación ante el sufrimiento mental de quien sabe de antemano que va a ser ejecutado?

Por otro lado, la pena de muerte es discriminatoria y a menudo se utiliza de forma desproporcionada contra los económicamente desfavorecidos, las minorías y los miembros de comunidades raciales, étnicas o religiosas.

En definitiva, la pena de muerte es el castigo más cruel, inhumano y degradante y, por eso, tendría que abolirse.

Amnistía Internacional (www.amnesty.org/es).

— ¿Sobre qué habla el texto?

— Indica en cuántos párrafos se estructura el texto y qué idea transmite cada uno de ellos.

— Copia la tesis que se defiende en el texto.

— Justifica que se trata de un texto argumentativo.

2. **Varios subgéneros periodísticos adoptan la forma argumentativa, entre ellos el artículo de opinión, el editorial y las cartas al director.**

— Localiza en varios periódicos (pueden ser digitales o en papel) un ejemplo de cada uno de los subgéneros periodísticos que hemos nombrado.

— Fotocópialos o imprímelos y, después, pégalos en tu cuaderno para poder analizarlos.

— Identifica las características propias de los textos argumentativos que estén presentes en los textos que has encontrado.

3. **Os proponemos que volváis a leer el texto que aparece en la página anterior empleando la técnica cooperativa *lectura compartida.* Para ello, organizaos en grupos de tres.**

— Un miembro de cada equipo leerá el primer párrafo del texto. La lectura debe ser clara, y la dicción, correcta.

— El siguiente (según el sentido de las agujas del reloj) deberá explicar lo que ha leído su compañero o compañera y hacer un resumen.

— Los otros dos deberán decir si es correcto o no, o si están de acuerdo o no con lo que ha dicho el segundo.

— A continuación, el segundo del grupo (que ha hecho el resumen) leerá el siguiente párrafo del texto, y el proceso se repetirá, de modo que todos realicen todas las tareas (leer, explicar/resumir, opinar/argumentar).

La composición

Después de estudiar la derivación, vamos a recordar otro proceso que también sirve para crear palabras.

La **composición** es un procedimiento de creación léxica en el que se combinan dos o más palabras, que pueden ser también de origen culto (fotografía). Las palabras que forman el compuesto pueden ser de igual clase o de distinta clase. Observa estos ejemplos:

aguamarina ⟶ **agua** (palabra nombre) + **marina** (palabra adjetivo)

ciudad dormitorio ⟶ **ciudad** (palabra nombre) + **dormitorio** (palabra nombre)

¿Vemos más **ejemplos?**

- Hablamos de **composición universal** o **propia** cuando el compuesto está en una sola palabra:

sacacorchos ojinegro

- Hablamos de **composición pluriverbal** o **impropia** cuando el compuesto se presenta en más de una palabra:

coche cama hombre rana

Actividades

1. Descompón estas palabras formadas por composición e indica las clases de palabras que las forman:

quitamanchas - bancarrota - trabalenguas - tejemaneje
malsano - malestar - cantamañanas - maniobrar - cortafuegos

PALABRAS	CLASE DE PALABRAS
quitamanchas	*quitar (verbo) + manchas (sust.)*
bancarrota	*banca (....) + ... (....)*
....	....

2. Escribe palabras formadas por composición que correspondan a cada una de estas combinaciones:

- nombre + nombre
- nombre + adjetivo
- adjetivo + nombre
- verbo + verbo
- verbo + nombre
- adjetivo + adjetivo

3. Combina los términos del cuadro para formar palabras por composición.

— Ten en cuenta que en ocasiones pueden producirse reajustes ortográficos.

bien - decir - pelo - miedo - madre - estar - hierba - mal
romper - ola - cantar - rojo - mañana - buena - quitar - selva

4. Clasifica estas palabras según se hayan formado por composición univerbal o pluriverbal:

- coche escoba
- pisapapeles
- buque escuela
- aguamarina
- pez martillo
- tirachinas

UNIVERBAL	PLURIVERBAL
....	....

5. Escribe una oración con cada uno de estos compuestos pluriverbales:

- mesa camilla
- escalera mecánica
- camión cisterna
- ciudad dormitorio
- hombre rana
- contestador automático

6. Fíjate en estas palabras y distingue si están formadas por derivación o por composición:

- grandeza
- pasatiempo
- malhumor
- deshacer
- alejar
- telaraña

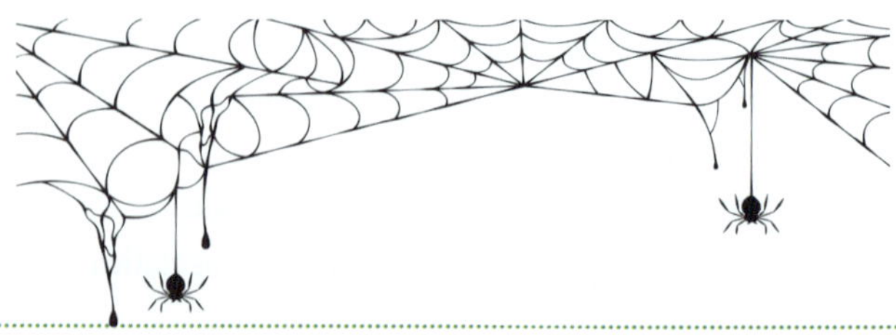

Siglas y acrónimos

Otro mecanismo para la formación de palabras son las **siglas** y los **acrónimos.** Este recurso permite economizar tiempo y espacio en la representación gráfica de una palabra, ya que se basa en la abreviación de expresiones de la lengua.

¡Qué palabras tan extrañas!

Las **siglas** se forman con las letras iniciales de cada una de las palabras de la expresión que abrevian: **ONG** ⟶ **O**rganización **N**o **G**ubernamental. Muchas siglas se leen deletreadas (FM, ADN...). Otras, en cambio, pueden pronunciarse como palabras (RAE, FIFA...). Este tipo de siglas se denominan **acrónimos**.

Los **acrónimos** pueden llegar a formar parte del **léxico común**; entonces, se escriben en minúscula y permiten variación de número: pyme/pymes.

Para escribir correctamente las siglas y los acrónimos, debes tener en cuenta estas normas ortográficas:

SIGLAS

- Se escriben con **mayúsculas** y sin puntos entre las letras: ESO.
- Son **invariables,** pero pueden ir acompañadas por un determinante para precisar el género y el número: el BOE.
- **No** pueden **dividirse** mediante guion al final de una línea.

ACRÓNIMOS

- Suelen escribirse con **minúscula** y sin punto: uci.
- Pueden acentuarse *(módem)* y **admiten morfemas flexivos** (radar/radares).
- **Admiten** la **división** con guion al final de línea.

Actividades

Juega y practica con actividades interactivas

7. Relaciona cada una de estas siglas o acrónimos con su significado:

SIGNIFICADO	SIGLA/ACRÓNIMO
Instituto Nacional de Salud	NIF
Universidad Autónoma de Madrid	UGT
Inspección Técnica de Vehículos	Insalud
Número de Identificación Fiscal	UAM
Instituto Nacional de Empleo	Inem
Unión General de Trabajadores	ITV

8. Fíjate en las palabras que aparecen a continuación. Indica en cada caso si se trata de siglas o acrónimos, y cuál es su significado.

OMS - Adena - ETT - DGT - Talgo - uci - IPC

9. Indica cuáles son los términos a partir de los cuales se han formado estos acrónimos. Si es preciso, consulta el diccionario en línea de la RAE.

- ovni
- ofimática
- talgo
- sida
- uvi
- vip
- láser
- módem
- sónar

— Escribe una oración con cada uno de ellos.

10. Las siglas no admiten plural (*la ONG, las ONG*). En cambio, los acrónimos lo forman siguiendo las reglas generales de formación del plural en español (radar, radares).

— Corrige las siglas y los acrónimos que no sean correctos.

- La película que fuimos a ver al cine trataba sobre ovni y terroríficos alienígenas.
- Si consultas estos BOES obtendrás toda la información que necesitas.
- Me han regalado cuatro DVD´s y tres CD´s nuevos.
- Se produjo una avería en uno de los talgo que unen Cádiz con Madrid.
- No pudimos embarcar en el avión porque habíamos olvidado los DNIS en casa.
- Han equipado ese hospital con varios láser para tratar patologías de la piel.

11. Averigua el significado de estas siglas relacionadas con el deporte:

COI - ATP - ACB - FIFA - UEFA - FISA - ANAFE

12. Es muy frecuente la presencia de siglas y acrónimos en los textos periodísticos. Busca en un periódico o una revista cinco siglas o acrónimos e indica cuál es su significado.

Las oraciones subordinadas

La subordinación se caracteriza por establecer una **relación de dependencia** entre una oración principal y otra subordinada. La oración subordinada **complementa** o **modifica** a la oración principal.

Las oraciones subordinadas se clasifican en las siguientes clases sintácticas: subordinada sustantiva, subordinada de relativo y subordinada adverbial.

¿Lo vemos en un **vídeo?**

Oraciones subordinadas sustantivas

Son las oraciones subordinadas que desempeñan las funciones características de los sustantivos o de los sintagmas nominales (SN). Se pueden sustituir por pronombres u otros SN.

Me disgustó **que llegaras tarde.**
Oración principal — Oración subordinada / Sujeto
↓
Me disgustó **tu retraso.**
predicado — sustantivo (SN) / Sujeto

Para introducir oraciones subordinadas sustantivas, se usa de forma habitual la conjunción *que*, aunque también puede utilizarse la conjunción *si*.

Estos elementos realizan una sola función: la de **nexo** de la oración subordinada.

Antonio me comentó **que** el plazo acababa esta semana.
O. principal — R — O. subordinada
Oración compuesta por subordinación sustantiva

Me preguntó **si** sabía la hora de la reunión.
O. principal — R — O. subordinada
Oración compuesta por subordinación sustantiva

Las oraciones subordinadas sustantivas se **clasifican** por su forma y su significado en:

Declarativas: Expresan un juicio afirmando o negando algún estado de cosas:

Deseaban **que estuviera allí.**

Interrogativas indirectas: Reproducen preguntas o alguna incógnita relativa a personas, cosas, lugares…:

Me preguntó **si se había casado.**

Exclamativas indirectas: Reproducen una reacción emotiva ante personas, situaciones, cosas…:

Nos sorprendió **cómo vivía.**

¿Conjunción *que* o el pronombre relativo *que*?

No debes confundir la **conjunción *que*** de las oraciones subordinadas sustantivas con el **pronombre relativo *que*** de las subordinadas de relativo.

Pronombre relativo *que*

- Puede sustituirse por *el cual, la cual, los cuales, las cuales.*
- Aparece, generalmente, detrás de un sustantivo, que es su antecedente.
- Además de nexo subordinante, cumple una función sintáctica en la oración subordinada.

Conjunción *que*

- No puede sustituirse por *el cual, la cual, los cuales, las cuales.*
- Suele aparecer detrás de un verbo.
- Solo realiza la función de nexo subordinante.

Según su **función,** se comportan como los **SN,** desempeñan las mismas funciones. Para determinar su función, hay que sustituirla por un SN:

FUNCIÓN

SUJETO

Me importa **que te pongas el casco.** → Me importa **tu seguridad.**

Pron V R — O. subordinada sustantiva

Predicado | Sujeto

(tu seguridad: Sujeto)

COMPLEMENTO DIRECTO (CD)

Carlos averiguará **si está abierto por la tarde.** → Carlos averiguará **el horario.**

N V R — O. subordinada sustantiva — CD

Sujeto | Predicado

(el horario: CD)

COMPLEMENTO DE RÉGIMEN (CR)

El entrenador confía **en que conseguiré la medalla.** → El entrenador confía **en mi éxito.**

Det N V Prep R — O. subordinada sustantiva — SPrep/CR

Sujeto | Predicado

(en mi éxito: CR)

COMPLEMENTO DEL NOMBRE (CN)

Ana tenía la certeza **de que Andrés volvería.** → Ana tenía la certeza **de su retorno.**

N V Det N Prep R — O. subordinada sustantiva — SPrep/CN — CD

Sujeto | Predicado

(de su retorno: CN)

COMPLEMENTO DEL ADJETIVO (CA)

Jorge está seguro **de que ganará el juicio.** → Jorge está seguro **de su triunfo.**

N V A Prep R — O. subordinada sustantiva — SPrep/CA — Atr

Sujeto | Predicado

(de su triunfo: CA)

COMPLEMENTO ADVERBIAL (CAv)

Ella saldrá antes **de que empiece a llover**. → Ella saldrá antes **de la tormenta.**

Pron V A Prep R — O. subordinada sustantiva — SPrep/CAv

Sujeto | Predicado

¿Lo vemos en un **vídeo?**

Oraciones subordinadas de relativo

Es la oración subordinada encabezada por un pronombre, adverbio o determinante relativo.

Compré una alfombra **que** está hecha en México.
Oración principal ← Oración subordinada / CN
Compré una alfombra **mexicana.**
adjetivo/CN

Relativos

Los relativos que encabezan las oraciones de relativo son:

- Un **pronombre:** *que, cual, quien, cuanto.*
- Un **adverbio:** *donde, adonde, como, cuando.*
- Un **determinante relativo:** *cuanto/a/os/as, cuyo/a/os/as.*

Los **relativos** que las encabezan presentan las siguientes características:

— Establecen una relación con un elemento nominal de la oración principal, expreso o tácito, que denominamos antecedente.

Leí el libro **que** ganó el premio.
antecedente

— Desempeñan **dos funciones** en la oración subordinada. Fíjate en este ejemplo:

Leí el libro **que** ganó el premio.
R/S
Oración subordinada

- Desempeña la función de **nexo subordinante** (R) entre la oración subordinada y la principal.
- Realiza dentro de la oración subordinada funciones propias de **sustantivo;** en este caso, de **sujeto.**

Todas las oraciones de relativo poseen antecedente. Este puede ser **expreso** o **tácito.** Las oraciones con antecedente tácito son **oraciones de relativo sin antecedente expreso** o **relativas libres.**

Ella es la persona **que** conocí.
antecedente expreso

Quien salga elegido ganará el premio.
sin antecedente expreso (tácito)
Oración subordinada sin antecedente expreso o relativa libre

Según la manera en que modifican a su antecedente, se dividen en dos grupos:

Especificativas

La subordinada concreta o delimita el significado del antecedente al que complementa. Se escriben sin comas.

Los alumnos **que aprobaron** fueron de excursión.

No todos los alumnos aprobaron.

Explicativas

La subordinada solo añade una explicación complementaria, pero no ayuda a concretar el antecedente. Se escriben entre comas.

Los alumnos, **que aprobaron,** fueron de excursión.

En este caso, se entiende que todos los alumnos aprobaron.

Oraciones subordinadas adverbiales

¿Lo vemos en un **vídeo?**

Son oraciones subordinadas encabezadas por una conjunción subordinante que contiene un **significado adverbial** (temporal, causal, modal...) y que forma un constituyente adjunto.

Ella trae un regalo **siempre que viene.**
Oración sub. adverbial / CCT
↓
Ella trae un regalo **frecuentemente.**
adverbio/CCT

Son oraciones subordinadas adverbiales las siguientes **construcciones:**

Causal

Introducen la **causa** de lo afirmado en la oración principal.

Encabezan oraciones causales las **conjunciones** y **locuciones conjuntivas** *porque, que, como, dado que, puesto que, ya que...*

No pudo viajar a Asia ***puesto que* no estaba vacunado.**
Oración sub. adverbial causal

Luego te llamaré ***que* ahora tengo prisa.**
Oración sub. adverbial causal

Condicional

Introducen una oración que expresa una **condición** que debe cumplirse para que se dé lo enunciado en la oración principal.

Encabezan oraciones causales las **conjunciones condicionales** *si, como, siempre que...*

***Si* tienes paciencia** conseguirás lo que te propongas.
Oración sub. adverbial condicional

***Como* no te cuides** te pondrás enfermo.
Oración sub. adverbial condicional

Concesiva

Introducen una **dificultad** que no impide el cumplimiento de la principal.

La conjunción concesiva más usada es *aunque*.

***Aunque* está lloviendo,** saldremos a pasear.
Oración sub. adverbial concesiva

***Aunque* es muy lista,** se equivoca.
Oración sub. adverbial concesiva

Consecutiva

Introducen una oración que expresa una acción que es **consecuencia** de la intensidad con que se da la acción principal.

Constan de dos partes: en la primera, aparecen las formas *tanto, tanta, tantos, tantas, tan*, y en la segunda, la oración subordinada encabezada por la conjunción *que*.

Nevó *tanto* ***que* el pueblo quedó incomunicado.**
Intensidad máxima — Consecuencia
Oración sub. adverbial consecutiva

El susto fue *tan* grande ***que* nunca volvió a intentarlo.**
Intensidad máxima — Consecuencia
Oración sub. adverbial consecutiva

Ilativa

Introducen una oración que expresa una **consecuencia lógica** de lo afirmado en la oración principal, que se interpreta como la causa.

Encabezan oraciones ilativas las **conjunciones o locuciones** *conque, luego, así que, de modo que...*

Tu idea no ha funcionado, ***así que* tendrás que pensar en otra cosa.**
Oración sub. adverbial ilativa

No fue testigo, ***conque* no podrá declarar.**
Oración sub. adverbial ilativa

Temporal

Introducen una oración que expresa **tiempo.**

Encabezan estas oraciones las **conjunciones o locuciones** *mientras, apenas, luego que, ni bien, siempre que...*

***Siempre* que nieva,** tenemos problemas con las carreteras.
Oración sub. adverbial temporal

***Apenas* acabábamos de irnos,** ellos llegaron.
Oración sub. adverbial temporal

Los adverbios relativos *cuando, donde* y *como*

Las oraciones subordinadas de relativo encabezadas por los adverbios relativos *cuando, donde* y *como* cuando no llevan antecedente expreso, se consideraban tradicionalmente adverbiales. Actualmente, la nueva gramática las considera de relativo porque suponen que hay un antecedente tácito.

Estaba dormido **cuando** llegaron.
↓
en el momento: antecedente tácito

Lo construyo **como** me enseñaron.
↓
de la manera: antecedente tácito

He ido **donde** el otro día.
↓
a la tienda: antecedente tácito

Actividades

1. **Identifica la oración principal y la oración subordinada en estas oraciones compuestas, y rodea el nexo que las relaciona:**
   - Asfaltaron las calles que estaban en mal estado.
   - Hizo la manualidad como le indicó la profesora.
   - Admiro que seas tan constante en el estudio.
   - Compraré la guitarra que vi ayer en el escaparate.
   - El presidente del país declaró que la situación era muy complicada.
   - Llegué tarde, ya que aquella mañana no sonó el despertador.

2. **Indica si las oraciones que aparecen subrayadas en estas oraciones son sustantivas, de relativo o adverbiales:**
   - Ahí están las llaves <u>que buscaba esta mañana.</u>
   - Eduardo notó <u>que su hermana estaba triste.</u>
   - Llegaremos <u>hasta donde termina el sendero.</u>
   - Desconozco <u>cómo se llama aquel chico.</u>
   - <u>En caso de que no devuelva el libro</u>, tendré que ir a su casa.
   - Le robaron el dinero <u>que había ahorrado durante toda su vida.</u>
   - <u>Cuando lleguemos a Granada</u>, visitaremos la Alhambra.

3. **Clasifica estas oraciones en simples y compuestas. En las compuestas, subraya la oración subordinada e indica si es sustantiva o no.**
   - Marta está embarazada de nuevo.
   - Me preocupa que comas tantos dulces.
   - A veces imagina que está en una nave espacial.
   - Raquel estudia Derecho y Medicina.
   - Ayer vi la película que me recomendaste.

4. **Sustituye la palabra o expresión subrayada por una oración subordinada. Indica de qué tipo es en cada caso.**
   - Me encanta la comida <u>picante.</u>
   - Habían previsto <u>la subida de la gasolina.</u>
   - Una publicación <u>quincenal</u> recibió el premio de la crítica.
   - Realizó <u>bien</u> el ejercicio de gimnasia rítmica.
   - La policía y los bomberos llegaron <u>entonces.</u>
   - La policía tenía pruebas de <u>su culpabilidad.</u>

5. **Indica qué función realizan los sintagmas subrayados. Después, sustitúyelos por una oración subordinada sustantiva que realice la misma función.**
   - Me divierte <u>tu sentido del humor</u>.
   - Julián nos prometió <u>una cena estupenda</u>.
   - Desde hace tiempo estoy harto <u>de sus quejas</u>.
   - Tenía la esperanza de <u>su retorno</u>.
   - Mi hermana está convencida de <u>su victoria</u>.
   - Únicamente te informo de <u>tus obligaciones</u>.

6. **Completa estas oraciones con una oración sustantiva, de relativo o adverbial. Indica en cada caso de qué tipo se trata.**
   - Nos recomendaron...
   - Desconfío de las promesas...
   - Había alguien dentro del coche...
   - El director de la empresa declaró...
   - Iremos a París...

7. **Convierte estas oraciones interrogativas directas en indirectas realizando todas las modificaciones necesarias. Fíjate en el ejemplo.**
   - ¿Dónde está mi teléfono? ⟶ *Preguntó dónde estaba su teléfono.*
   - ¿Qué parte no has entendido?
   - ¿Conoces a mi vecino?
   - ¿Cuál es tu canción favorita?
   - ¿Qué libro escogerías tú?

8. **Subraya las oraciones subordinadas sustantivas e indica si son declarativas, interrogativas indirectas o exclamativas indirectas.**
   - Los ladrones no sabían que la policía les vigilaba.
   - Dígame qué hora es.
   - Me gustó cómo me habían tratado.
   - Necesito que alguien me escuche.
   - Preguntó si lo acompañábamos.
   - Decidió que no iría a trabajar.

Actividades

Juega y practica con actividades interactivas

9. **Escribe una oración subordinada sustantiva que desempeñe cada una de estas funciones:**

- Sujeto: *Me ilusiona...*
- Complemento del adjetivo: *Estaba muy nervioso...*
- Complemento del nombre: *Tiene el convencimiento…*
- Complemento directo: *El presentador dijo...*
- Complemento de régimen: *Me acostumbré a…*

10. **Sustituye el adjetivo subrayado por una oración subordinada de relativo.**

- Señaló en el mapa un punto lejano.
- Premiaron a aquel niño estudioso.
- Miguel es un amigo sincero.
- Había alguien en el coche estacionado.
- Me quemé con la rama ardiente.

11. **Subraya la oración subordinada de relativo. Indica el antecedente del relativo y explica la función sintáctica del relativo en la oración subordinada.**

- El alumno que es aplicado suele aprobar.
- La casa en la que viven está en venta.
- El palacio donde reside el rey está en obras.
- He prestado el libro que leí ayer.

12. **Indica si las oraciones subordinadas subrayadas son de relativo o sustantivas. Justifica tus respuestas.**

- Los alumnos que aprobaron recibieron un aplauso.
- Estamos orgullosos de que te hayas esforzado.
- Anunciaron que haría mal tiempo.
- He visto una película que trata sobre las estrellas.
- No hablaré del tema que tanto te asusta.
- He decidido que voy a estudiar Arquitectura.

13. **El uso indebido de la preposición *de* delante de la conjunción *que* sin estar exigida por ningún elemento de la oración se denomina DEQUEÍSMO.**

— Señala este uso incorrecto y corrige las oraciones.

- Me contó de que el programa le había gustado.
- Acuérdate de que tienes que traerme el abrigo.
- No me arrepiento de que hayas venido.
- Comentamos de que lo compraríamos mañana.
- Me pidió de que bajara el volumen de la radio.

14. Distingue la **conjunción *que*** del **pronombre relativo *que*.**

— Indica qué tipo de nexo introduce las oraciones de las siguientes oraciones compuestas:

- Estoy leyendo desde ayer un libro que narra una historia fantástica.
- El director le pidió que cesara de su cargo.
- Anunciaron que haría muy buen tiempo.
- Los alumnos que aprobaron recibieron un aplauso.
- Se ha acabado el chocolate que los abuelos nos trajeron de Suiza.
- Nos dijeron que aquel grupo tocaba muy bien.

15. **Todas las oraciones subrayadas son subordinadas adverbiales. Indica de qué tipo de construcciones se trata en cada caso.**

- Se sentían tan felices que no se daban cuenta de nada.
- Aprende rápido puesto que tiene un buen maestro.
- Tu idea no funciona, así que piensa en otra.
- Como no te portes bien, recibirás un castigo.
- Aunque lo jures, no te creeré.

16. **Completa estas oraciones con una oración adverbial. Indica en cada caso de qué tipo de construcción se trata.**

- Su despiste era tal…
- …, le acabaron castigando.
- Solo iremos al teatro…
- …, no te voy a creer.
- Carlos no trabaja… porque no encuentra empleo.
- Estoy enfadada contigo, …

Míralo en forma de diagrama arbóreo

Análisis sintáctico

Análisis de oración subordinada de relativo

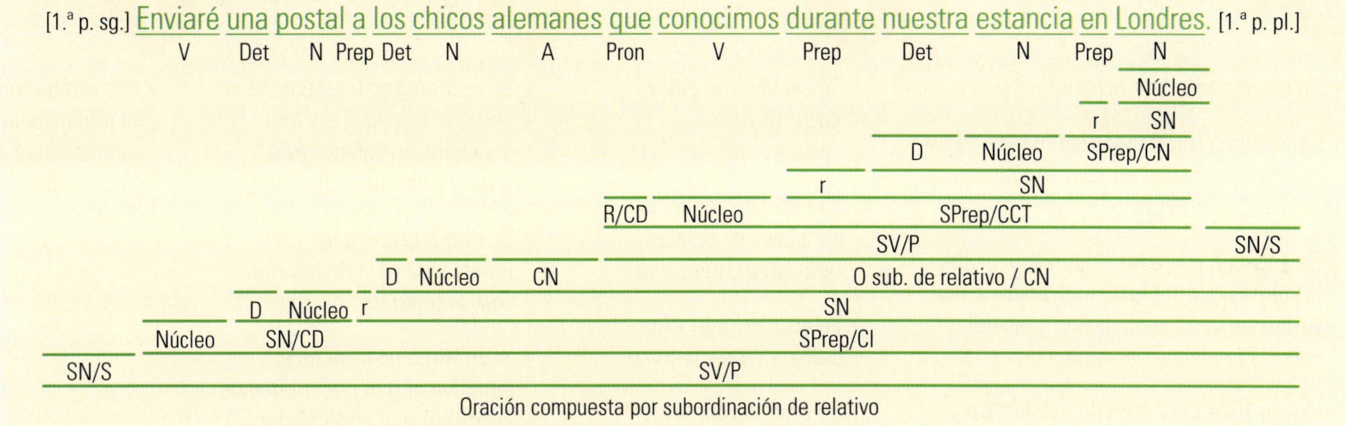

Análisis de oración subordinada sustantiva interrogativa indirecta

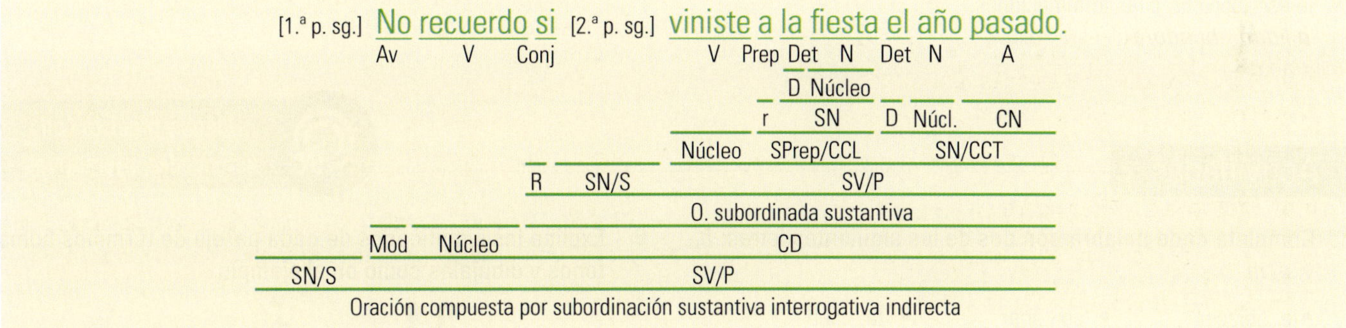

Análisis de oración subordinada adverbial causal

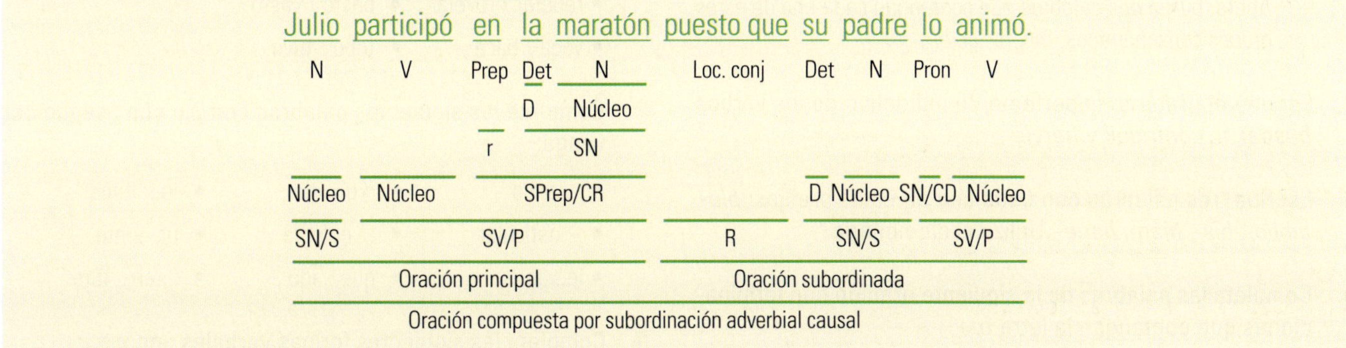

1. Realiza el análisis morfosintáctico de estas oraciones:

- No le revelaré la sorpresa que les he preparado.
- El mueble cuyo montaje encargamos ya ha llegado.
- Tengo la sensación de que alguien me está mirando.
- Los altavoces anunciaron que el tren traía mucho retraso.
- Aquel chico que viste es el novio de Patricia.
- Mis padres confían en que ganaré el campeonato.
- Teníamos la seguridad de que nuestra hija progresaría.
- Me alegro mucho de que te hayan seleccionado.
- No me gusta que vayas a ese lugar.
- Cuéntame qué harás este verano.
- No sé si quería un regalo especial para su hijo.
- Cuando me desperté ayer, todo el parque estaba nevado.
- Salió a caminar aunque llovía.
- **Está muy sano, puesto que practica deporte cada día.**

Uso de *b* y *v*, y de *g* y *j*

b ⟷ **v**

- Se escribe *mb, br* y *bl* (embrujo, sable…).
- Se escriben con *b* todas las formas de los verbos que acaban en *-bir, -buir* (escribir, atribuir…), excepto servir, vivir y hervir.
- Se escriben con *b* las terminaciones del pretérito imperfecto de indicativo de los verbos de la 1.ª conjugación y las del verbo *ir* (andaba, mandaba, iba…).
- Llevan *b* los principios de palabra *bu-, bur-, bus-* y los prefijos *bio-, biblio-, bis-, bien-, bene-* (buscar, biografía, benefactor…).
- Se escriben con *b* las terminaciones *-bilidad, -bundo/a* (sensibilidad, errabundo…).

v

- Se escribe *nv, adv* y *subv* (invierno, adviento, subvención…).
- Se escriben con *v* los principios de palabra *eva-, eve-, evi-, evo-*.
- Se escriben con *v* los prefijos *vice-, vi-, viz-*.
- Se escriben con *v* las terminaciones *-voro, -ave, -avo, -eve, -evo, -ivo*.

g ⟷ **j**

- Se escribe *gen* (excepto ajeno, berenjena, jengibre) y los principios de palabra *geo-, legi-* y *gest-* (excepto lejía).
- Se escriben con *g* las terminaciones verbales *-ger, -gir*, excepto tejer y crujir.
- Si un verbo no lleva en el infinitivo ni *g* ni *j*, escribiremos *j* cada vez que encontremos ese sonido en una de sus formas (traer - trajiste). También se escriben con *j* los verbos que acaban en *-jear*.

j

- Los verbos con *j* en el infinitivo, la mantienen en toda la conjugación.

Actividades

Juega y practica con actividades interactivas

1. **Completa cada palabra con dos de las siguientes letras:** *b, v, n, m.*

- e....ejecer
- co....inar
- ta.....ién
- i....estigación
- a....icioso
- e.....ase
- e....idioso
- i....asión
- e....udo

— Ahora, busca dos palabras que contengan cada uno de estos grupos consonánticos: *mb, nv, br, bl.*

2. **Escribe el pretérito imperfecto de indicativo de los verbos** ***buscar, ir, contribuir*** **y** ***hervir.***

3. **Escribe tres palabras con cada uno de estos prefijos:** ***bio-, biblio-, bis-, bien-, bene-.*** **Utiliza el diccionario.**

4. **Completa las palabras de la siguiente oración con terminaciones que contengan la letra** ***b:***

- La proba.... de que el vaga.... tuviese esa de.... era treme.... .

5. **Completa las siguientes palabras con** ***b*** **o** ***v:***

- cónca....o
- su....ur.....io
- her....í....oro
- diecinue....e
- ....irrey
- tu....iese
- ad....irtió
- adhesi....o
- ....izconde
- adhesi....o
- aerona....e
- furi....unda
- ....icedirector
- hir....iéramos
- e....aluar

6. **Explica los significados de cada pareja de términos homófonos y dibújalas como en el ejemplo.**

ello

ello

- botar / votar
- grabar / gravar
- rebelar / revelar
- basto / vasto
- vaca / baca
- tubo / tuvo

7. **Completa las siguientes palabras con** ***g*** **o con** ***j*** **según convenga:**

- ....entío
- cru....ido
- le....ítima
- ....esticular
- ....eología
- ur....ente
- le....ía
- que....ido
- ....en....ibre

8. **Completa las siguientes formas verbales con** ***g*** **o** ***j:***

- tradu....e
- sumer....í
- exi....ió
- masa....eo
- tradu....era
- introdu....e
- aco....iste
- exa....eró
- redu....imos

9. **Escribe un derivado de cada una de estas palabras que contenga la letra** ***j: ropa, aterrizar, pillo, persona, borda, metro, marca, patín, blindar.***

10. DICTADO **Escucha y realiza el dictado.**

La subordinación

1. Lee el texto y realiza las actividades que se proponen.

Cuando cualquiera se empeñe en negarte que los hombres somos libres, te aconsejo que le apliques la prueba del filósofo romano. En la Antigüedad, un filósofo romano discutía con un amigo que le negaba la libertad humana y aseguraba que todos los hombres no tienen más remedio que hacer lo que hacen. El filósofo cogió su bastón y comenzó a darle estacazos con toda su fuerza. «¡Para, ya está bien, no me pegues más!», le decía el otro. Y el filósofo, sin dejar de zurrarle, continuó argumentando: «¿No dices que no soy libre y que lo que hago no tengo más remedio que hacerlo? Pues entonces no gastes saliva pidiéndome que pare: soy automático». Hasta que el amigo no reconoció que el filósofo podía libremente dejar de pegarle, el filósofo no suspendió su paliza. La prueba es buena, pero no debes utilizarla más que en último extremo y siempre con amigos que no sepan artes marciales...

En resumen: a diferencia de otros seres, vivos o inanimados, los hombres podemos inventar y elegir en parte nuestra forma de vida. Podemos optar por lo que nos parece bueno, es decir, conveniente para nosotros, frente a lo que nos parece malo e inconveniente. Y como podemos inventar y elegir, podemos equivocarnos, que es algo que a los castores, las abejas y las termitas no suele pasarles. De modo que parece prudente fijarnos bien en lo que hacemos y procurar adquirir un cierto saber vivir que nos permita acertar. A ese saber vivir, o arte de vivir, si prefieres, es a lo que llaman ética.

Fernando Savater, *Ética para Amador*. Ariel.

2. ●○○ Define estas palabras del texto: *libertad, filósofo, ética.*

3. ●○○ Propón un sinónimo para cada uno de estos términos: *estacazos, zurrarle, extremo, conveniente, prudente.*

4. ●○○ Explica con tus palabras en qué consiste la prueba que el filósofo romano hace pasar a su amigo.

— ¿Qué lección pretendía que aprendiera tras la prueba?

5. ●●○ Explica de forma razonada tu opinión sobre la idea que defiende el filósofo romano.

6. ●●○ Indica si estas afirmaciones son verdaderas (V) o falsas (F):

- Entre la oración principal y la oración subordinada se establece una relación de independencia.
- Las oraciones subordinadas desempeñan una función sintáctica dentro de la oración compuesta.
- Las oraciones subordinadas de relativo están introducidas por un pronombre, un determinante o un adverbio relativo, que hace referencia a un antecedente.
- Las oraciones subordinadas sustantivas se pueden sustituir por un adverbio.
- Las oraciones subordinadas adverbiales funcionan como CC respecto al verbo de la oración principal.

7. ●●● Localiza las oraciones subordinadas que aparecen en estas oraciones e indica si son sustantivas, de relativo o adverbiales:

- Te aconsejo que apliques la técnica del filósofo romano.
- El filósofo romano discutía con un amigo que le negaba la libertad humana.
- Cuando cogió el bastón comenzó a darle estacazos.
- No gastes saliva y actúa como hizo el filósofo.
- Pruébalo solo con amigos que no sepan artes marciales.
- El amigo reconoció que el filósofo podía dejar de pegarle.
- Aunque el filósofo lo intentó, no convenció a nadie.

La composición. Siglas y acrónimos

8. ●●○ Explica en qué consiste la composición. Después, indica qué son las siglas y los acrónimos.

— Propón ejemplos en cada caso.

Uso de *b/v* y *g/j*

9. ●●○ Justifica por qué las siguientes palabras se escriben

beneficiar - alambre
retribuir - furibundo

hereje - tejíamos
diligencia - transigir

El texto argumentativo

10. ●●○ Indica qué tipo de texto es el fragmento de Fernando Savater que aparece en esta página.

— Enuncia cuál es la tesis que se defiende.

— Describe, brevemente, las características que presentan los textos de este tipo.

Pon a prueba tus competencias

Lee y observa con atención el siguiente texto y contesta a las preguntas que se proponen:

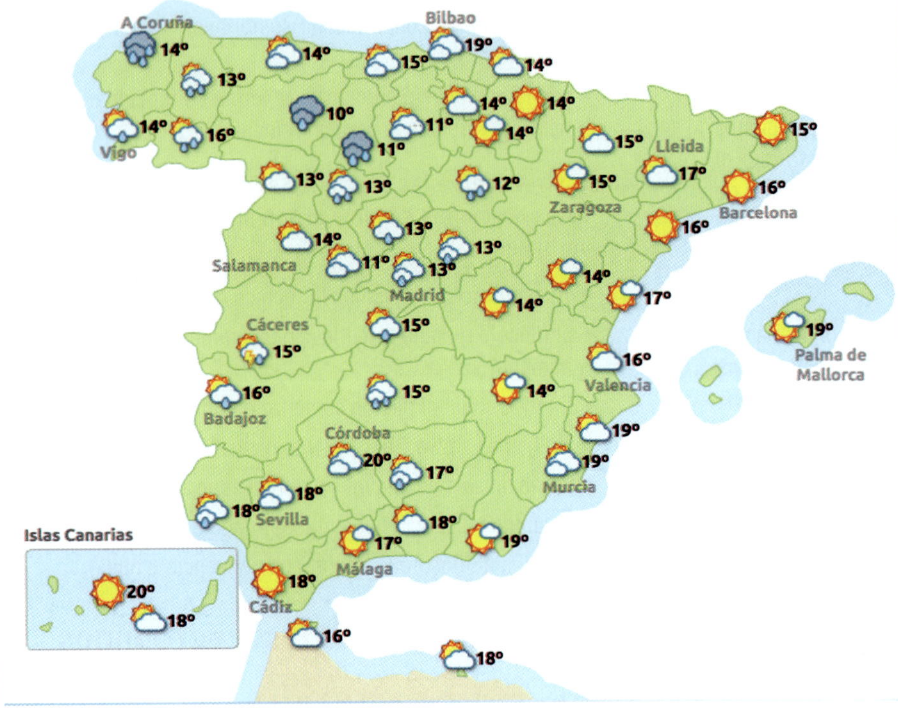

PREDICCIÓN - Viernes 10 de abril de 2020 (de 0 a 24 horas)

En el cuadrante noroeste peninsular, nuboso con chubascos, que ocasionalmente irán acompañados de tormenta y que podrían tener intensidad fuerte en el área cantábrica occidental; también son posibles, de forma más débil y dispersa, y con menor probabilidad cuanto más al sur y al este, en otras zonas de la Península, salvo en el sur de Andalucía, sudeste de Castilla-La Mancha y Cataluña, donde estará poco nuboso o con algunas nubes altas, al igual que en Baleares; en Canarias, intervalos nubosos en el norte, poco nuboso en el resto.

Temperaturas diurnas en ascenso en gran parte de la Península, salvo en Galicia, área cantábrica y Pirineos, donde descenderán; nocturnas en ascenso en el nordeste peninsular y Baleares; pocos cambios en el resto.

www.eltiempo.es

1. ¿Qué tiempo predominará?
   - Despejado.
   - Con tormentas.
   - Nuboso con chubascos.

2. Según la predicción que indica el mapa, ¿qué zona costera recomendarías a un turista que quiere tomar el sol?

3. Explica en qué consisten estos fenómenos meteorológicos:

   chubasco - tormenta - bruma - niebla - calima

4. ¿A quién va dirigido el texto? ¿Qué registro lingüístico se emplea?

5. ¿Qué tipo de texto estás analizando?
   - Expositivo
   - Predictivo
   - Instructivo

   — ¿Cuál es el objetivo de este tipo de texto? Razona tu respuesta.

6. Entra en una web de predicción meteorológica y responde a estas preguntas:
   - Imagina que la próxima semana te vas a París durante cinco días. ¿Cómo podrías conocer la previsión meteorológica para tu viaje?
   - ¿Se puede consultar el tiempo por horas? ¿Te parece útil esta información? Justifica tu respuesta.

7. Fíjate en cómo están formados los términos *aguanieve* y *bajorrelieve*. ¿Qué tipo de palabras son?

8. La Agencia Estatal de Meteorología (AEMET) es un organismo oficial encargado de ofrecer información sobre el tiempo. ¿Qué tipo de palabra es AEMET?

9. Localiza la oración subordinada que aparece en esta oración compuesta e indica de qué tipo es: *Estará nuboso con chubascos que ocasionalmente irán acompañados de tormenta.*

10. Transforma estos enunciados en oraciones compuestas por subordinación sustantiva, de relativo o adverbial:
    - Las temperaturas diurnas ascenderán en gran parte de la Península.
    - Las temperaturas nocturnas descenderán en buena parte del interior peninsular.
    - Habrá intervalos de viento fuerte en el Cantábrico oriental.

11. Documéntate y escribe un texto argumentativo breve sobre el cambio climático.

Síntesis

LÉXICO

- La **composición** es un procedimiento de creación léxica en el que se combinan dos o más palabras.
- Las **siglas** se forman con las letras iniciales de las palabras de la expresión que la forman. Las siglas que se pronuncian como palabras se llaman **acrónimos** y pueden llegar a formar parte del léxico común.

LOS TEXTOS

- El **texto argumentativo** tiene como objetivo la defensa de una opinión o idea (también llamada **tesis**) con razones y argumentos.

GRAMÁTICA

- Las **oraciones subordinadas** pueden ser de tres tipos: de relativo, sustantivas y adverbiales.
- La **oraciones subordinadas de relativo** van encabezadas por un pronombre, adverbio o determinante relativo. Pueden ser especificativas o explicativas.
- La **oraciones subordinadas sustantivas** desempeñan la función de un sustantivo. Pueden ser declarativas, interrogativas indirectas y exclamativas indirectas.
- Las **oraciones subordinadas adverbiales** van encabezadas por una conjunción que expresa un significado adverbial. Son las siguientes construcciones: causales, temporales, ilativas, condicionales, concesivas y consecutivas.

ORTOGRAFÍA

- Con **b** se escriben los grupos *mb, br* y *bl;* y con **v,** *nv, adv* y *subv.*
- Se escriben con **b** las formas de los verbos que acaban en *-bir, -buir,* los principios de palabra *bu-, bur-, bus-,* los prefijos *bio-, biblio-, bis-, bien-, bene-,* y las terminaciones *-bilidad, -bundo/a.*
- Se escriben con **v** los principios de palabra *eva-, eve-, evi-,* los prefijos *vice-, vi-, viz-,* y las terminaciones *-voro, -ave, -avo, -eve, -evo, -ivo.*
- Se escriben con **g** el grupo *gen,* y los principios de palabra *geo-, legi-* y *gest-,* excepto *lejía.*
- Se escriben con **g** las terminaciones verbales *-ger, -gir,* excepto *tejer* y *crujir.*

Escápate de la unidad con la PRUEBA FINAL

6 Mensajes que convencen

Contenidos

- LECTURA
  La carta nigeriana
- COMUNICACIÓN ORAL
  La mesa redonda
- LOS TEXTOS
  El texto persuasivo
- LÉXICO
  Las semántica
  Los cambios semánticos
- GRAMÁTICA
  La diversidad lingüística
  1. Variedad de lenguas en el mundo
  2. Las lenguas constitucionales
  3. Fenómenos de lenguas en contacto
- ORTOGRAFÍA
  Uso de *h*
  Uso de *ll/y*
  Uso de *c/z*

¡Mira el video!

¿La publicidad influye en tus decisiones?

¿Persuadir y convercer significan exactamente lo mismo?

¿Te persuade la idea de conocer otras lenguas del mundo? ¿Por qué?

Escucha esta
NARRACIÓN

La carta nigeriana

Antes de leer el siguiente fragmento del libro *Las cosas que me gustan*, te invitamos a escuchar la opinión de alguien que ya lo ha leído.

Esmero: mucho cuidado.

Deportan: envían a su país de origen.

Polizón: persona que se embarca de manera clandestina.

Pensaba en mi bisabuelo, Padrín, en su viaje a Buenos Aires. Los espejos de Casa Pachu, que Pipo coloca con esmero, reflejaban a la clientela. Por la puerta entró Abu, al que ya había tratado unas cuantas veces. Le guiñé un ojo y él se sentó un rato conmigo. Lo convidé y, después de charlar un poco, me soltó:

—El mi problema —me dice Abu en la mesa corrida de Casa Pachu— ye que so nigerianu.

Me lo dice así, medio en castellano medio en asturiano, a trompicones, poniendo cara muy seria y apartando, un momentito, los cedés de las películas que vende bajo manga a quien se los quiera comprar. Yo, inmediatamente, me pongo a pensar en la cuestión racial y en la difícil situación de la extranjería, que por cuatro papeles te deportan, y se lo digo, que es muy duro ser vendedor ambulante en un país extranjero. Se ríe y me dice que no será para tanto, por lo menos para algunos. Él es nigeriano, y ese es el problema: si fuera senegalés le iría mucho mejor.

—Se cubren unos a otros, son muchos. Monopoly del negocio. Nigerianos menos y tenemos menos cobertura —aclara.

Abu salió hace diez años de su aldea. Tardó tres, casi cuatro, en llegar a Melilla. No me quiere decir cómo pasó el Estrecho.

—Me dieron los papeles en Melilla y aquí ando —miente.

Yo callo, aunque pienso en la patera, en el dolor humano. Quise contarle que mi bisabuelo fue de polizón a Buenos Aires en 1908. Había llevado con él, desde Paniceiros, un perrito con el que hizo el camino andando hasta La Coruña. Mi bisabuelo se metió a escondidas en las bodegas del barco y veía por un ventanuco al perro buscándole por el puerto.

—Era un gran perro —contaba muchos años después, ya en Paniceiros—. Nunca me abandonó la pena por él.

Abu se ríe. Tiene el día feliz y los agobios para llegar al día de hoy son cosa del pasado. Yo me acuerdo de que quien sobrevive suele celebrar con una risa la desgracia pasada.

Abu solo bebe un zumo de melocotón, pero tiene los ojos achispados.

—¿Sabes? Estoy esperando una carta —me dice poniendo cara de abordar un asunto muy importante.

Lee este texto en **asturiano**

Inmediatamente pienso en sus papeles.

—¿No me habías dicho que te dieron el permiso en Melilla? —aventuro imprudentemente.

A Abu le cuesta hablar en nuestra lengua y se expresa como un niño. Cuatro palabras, las justas. Después de un momento de incertidumbre, se ríe:

—No, esos no. Una carta de casa. Llevo tres años esperándola. Está a punto de llegar. Mi vida está a punto de cambiar.

Me cuenta, porque algo hay que contar a la hora del vermú los domingos, que él en realidad es brujo de oficio, por el rito *tdeyé*. Tuvo que dejar sus poderes, comenta, escondidos junto a un pozo, y su familia se los ha secuestrado hasta que envíe lo estipulado y necesario para sacar adelante a dos hermanos pequeños que tiene, comprar tres ovejas y un televisor de plasma. Cuando envíe todo ese dinero, que es mucho, su padre le mandará sus poderes por carta certificada. Él tiene que leerla recitando las palabras que allí vengan muy despacio, una noche de luna. Después tiene que buscar un árbol muy grande, y encontrarlo antes de que la noche acabe, y dormir debajo. Al despertar, por la mañana muy temprano, ya tendrá dentro del cuerpo la energía mágica.

Estipulado: acordado.

—¿Y qué cosas podrás hacer con tu magia? —le pregunto.

Sus ojos vuelven a reír. Me dice que la magia *tdeyé* sirve para encontrar tesoros, ver a doce leguas de distancia lo que está haciendo la mujer que amas y hacerse invisible y casi volador.

Legua: medida que equivale a unos 5,5 kilómetros.

Lo miro con un gesto de asombro. Abu me dice que también sirve para transformar las piedras en serpientes y hacer que se equivoque el que te quiere clavar un puñal por la espalda.

Le pregunto cuánto falta para que le envíen la carta y saca, de su bolsa, una libreta en la que lleva las cuentas. Apenas nada, 1.500 euros.

—Y si se equivoca el que te quiere clavar un puñal por la espalda, ¿qué pasa? —pregunto.

Abu hace un gesto de que eso no tiene ninguna importancia.

—Muere otro, claro.

Le compro unas películas, finalmente. Yo siempre pago por las historias.

Xuan Bello, *Las cosas que me gustan*. Xordica.

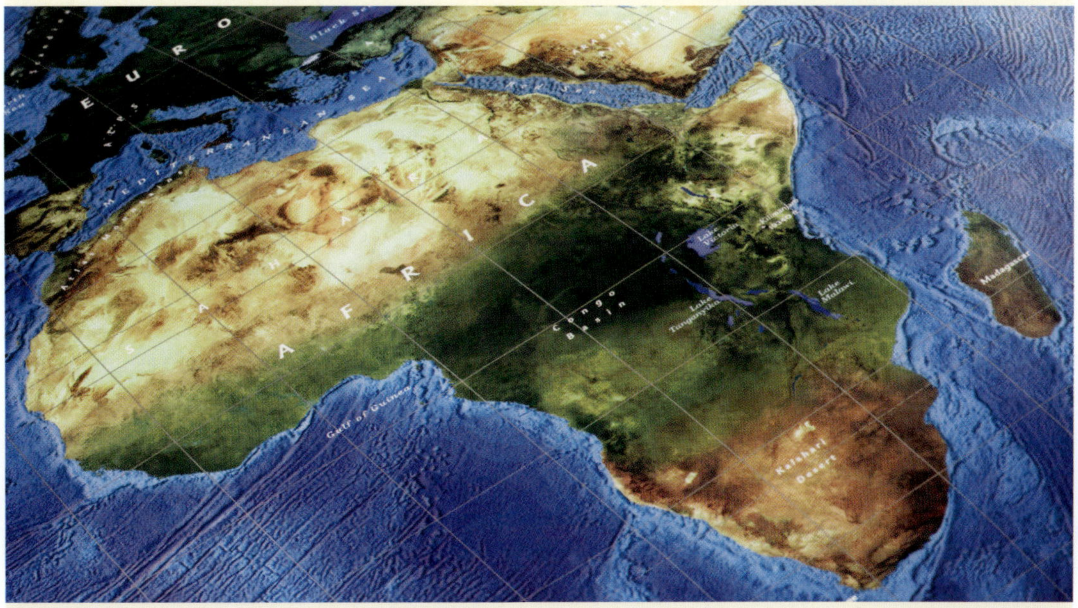

Actividades

Obtención de información

1. Responde a estas preguntas sobre Abu:
   - ¿A qué se dedica?
   - ¿Cuál es, en realidad, su verdadero oficio?
   - ¿De qué país procede? ¿Cuánto tiempo lleva fuera de allí?
   - ¿Cuánto tiempo tardó en llegar desde su país hasta Melilla?
   - ¿En qué pueblo reside ahora?
   - ¿Qué día de la semana se produjo ese encuentro?

2. Abu le comenta al narrador que está esperando una carta muy importante. Indica quién es el remitente de la carta, a cambio de qué se la enviará a Abu y qué conseguirá este cuando la reciba.

3. El bisabuelo del narrador tuvo una experiencia similar a la de Abu cuando abandonó su país. Localízala en la lectura y anótala.

4. Enumera todo lo que puede hacer la magia *tdeyé.*

5. Describe con tus palabras el ritual que tiene que llevar a cabo Abu para recuperar sus poderes.

Interpretación

6. Explica con tus propias palabras qué significan las siguientes expresiones:
   - a trompicones
   - bajo manga

7. El asturiano es una variedad del castellano que se habla en Asturias y en algunas zonas de León.
   — Localiza en la lectura una frase escrita en asturiano.
   — ¿La has entendido? Si es así, tradúcela al castellano; si no, puedes consultar este diccionario: https://links.edebe.com/GdG

8. El texto es un acercamiento a la realidad que viven los inmigrantes. El narrador habla del «dolor humano». ¿A qué se refiere?

9. El relato de Abu tiene muchos componentes míticos. Indica cuáles son:
   - Acontecimientos irreales
   - Seres mágicos
   - Poderes sobrenaturales
   - Pueblos antiguos

Reflexión

10. La carta nigeriana, no solo da el título al texto sino que encierra las ilusiones de vida de Abu. Aunque el narrador es consciente de la fantasía que encierra la historia de la carta, ¿crees que debe quitarle su ilusión? ¿Por qué?

11. Fíjate en la afirmación final: «Le compro unas películas, finalmente. Yo siempre pago por las historias». ¿Crees que es una transacción justa?

Expresión

12. El texto recoge una dificultad añadida con la que se encuentran algunos inmigrantes cuando llegan a nuestro país: el choque cultural. Estableced una conversación entre toda la clase para comentar en qué consiste este choque cultural.

La mesa redonda

La **mesa redonda** es una forma de expresión oral en la que varias personas, dirigidas por un moderador o moderadora, exponen y comentan sus opiniones acerca de un tema elegido con anterioridad. Permite crear un espacio para reflexionar, de forma dinámica y desde diferentes puntos de vista, sobre cualquier asunto.

Actividades

Escucha

1. Responde a las siguientes preguntas:
   - ¿Sobre qué tema habla la audición?
   - ¿Cuántos ponentes intervienen? ¿A qué se dedican?
   - Aparte de ellos, ¿qué otras personas participan?

2. Enumera los motivos principales por los que algunas lenguas se encuentran en peligro de extinción. Explica, brevemente, a qué se refiere cada uno de ellos.

3. ¿Por qué crees que se afirma que «Internet es una herramienta muy útil» para evitar la desaparición de muchas de las lenguas que se hablan en el mundo? Razona tu respuesta.

4. ¿De qué lenguas se habla en la audición? Recoge en tu cuaderno al menos una característica de cada una.

   — Puedes conocer esas lenguas en el siguiente enlace:

   https://links.edebe.com/qfc

5. Busca información sobre una lengua que corra el riesgo de desaparecer. Redacta en tu cuaderno un texto breve que contenga esta información:

   a) Cuál es su situación actual.

   b) En qué lugar del mundo se habla.

   c) Cuál es el número de hablantes.

   d) Peculiaridades.

Habla

6. Os proponemos que organicéis una mesa redonda para reflexionar, entre todos, sobre estas cuestiones:

   a) ¿Por qué es tan importante aprender otras lenguas?

   b) ¿Aprender otras lenguas nos ayuda a entender y a respetar culturas distintas a las nuestras?

   Para ello, seguid estos pasos:

   — Formad grupos de cuatro personas y preparad el tema. Cada grupo elegirá a una persona que hará de ponente y lo representará.

   — El moderador o moderadora presentará el tema y a los ponentes que intervienen.

   — Los ponentes expondréis vuestras ideas, por turnos, y respetando las intervenciones del resto de los participantes. Es importante que participéis todos.

   — El resto de la clase (público) tomará notas de las ideas más interesantes y, al final, podrá plantear dudas o preguntas a los ponentes.

¿Lenguas en extinción?

Escucha esta mesa redonda

Componentes de una mesa redonda

- **Moderador/a:** tiene distintas funciones, entre ellas, presentar a las personas que van a participar e indicar el tema que se va a tratar. También distribuye los turnos de palabra y, al final, resume los aspectos más interesantes.
- **Ponentes:** exponen sus opiniones de manera razonada y escuchan a los demás con respeto y atención.
- **Público:** sigue con atención la conversación y toma notas sobre lo que se va exponiendo. Al finalizar, puede intervenir dando a conocer sus opiniones o formulando preguntas a los participantes sobre algún aspecto que no haya quedado claro.

El texto persuasivo

Los textos persuasivos transmiten un mensaje que pretende **influir** o **convencer al receptor** para que consuma un producto o lleve a cabo una acción.

En esta unidad nos centraremos en el estudio de dos tipos de mensajes persuasivos: los **propagandísticos** y los **publicitarios.** Fíjate en las diferencias y semejanzas que presenta cada uno:

Los mensajes **publicitarios** tienen como finalidad **persuadir** a los receptores del mensaje para que **compren un producto o hagan uso de un servicio.** Su **objetivo** es meramente **comercial,** pues animan al receptor a consumir.

Los mensajes **propagandísticos** pretenden **convencer y aconsejar al receptor** para que actúe de una forma determinada. Están relacionados con distintas áreas de la actividad humana, como la cultura, la ética, la política...

Texto — Logotipo — Eslogan — Imagen

¡Mira qué **eslóganes** más ingeniosos! **Analízalos.**

Los mensajes propagandísticos y publicitarios suelen presentar los mismos elementos:

— El **eslogan.** Es una frase breve y fácil de recordar que sintetiza la información del anuncio y la comunica al receptor de forma sugestiva.

— El **texto.** Acompaña al eslogan para ampliar la información que ofrece. No siempre aparece.

— La **imagen.** Representa la información que se anuncia, siempre de una manera original y atractiva.

— El **logotipo.** Representa el nombre de la empresa o institución que anuncia su mensaje o su producto.

Objetivo

El emisor pretende **influir** con su mensaje en la manera de actuar del receptor o captar su atención. Emplea la **función apelativa** o **conativa** del lenguaje para crear mensajes persuasivos.

Imagen

Las **imágenes** son el principal soporte de la **comunicación visual** y, por tanto, también de los textos publicitarios y propagandísticos. Todo lo que acompaña al mensaje (las formas, los colores...) ayuda a presentar la idea que se pretende transmitir.

Lenguaje

Los recursos del **lenguaje propagandístico y publicitario** coinciden en muchas ocasiones con los rasgos propios del **lenguaje poético,** pero en este caso con un **objetivo** no estético sino **práctico: captar la atención del público.** Algunos de esos recursos son:

- **Juegos de palabras:** se emplean hipérboles, personificaciones, sinestesias, metáforas («La cultura es algo que lo envuelve todo»).
- **Rima y efectos fónicos:** es frecuente recurrir a la rima o a la aliteración para lograr un mensaje más atractivo («Cillit Bang y la suciedad se va en un bang» es el eslogan para anunciar un producto de limpieza).
- **Uso del imperativo:** pretende generar una actitud inmediata en el receptor (regala, muévete...).

Los **textos persuasivos** son aquellos cuya **finalidad** es **convencer** al receptor para que consuma un producto o lleve a cabo una acción.

Actividades

1. Fíjate en el siguiente cartel y responde a las cuestiones que se plantean:

— ¿Se trata de un mensaje publicitario o propagandístico? Razona tu respuesta.

— Analízalo y redacta un texto explicando qué elementos se emplean para captar la atención: eslogan, mensaje, imagen, colores...

2. Os proponemos que elaboréis un cartel propagandístico. Para ello, seguid estos pasos:

— Dividid la clase en tres grupos. Cada grupo elaborará un cartel que perseguirá una **finalidad** distinta:

a) Invitar a realizar actividades culturales (leer, visitar museos...) o relacionadas con la salud (práctica de deporte, alimentación sana y equilibrada...).

b) Reflexionar sobre la importancia de llevar a cabo acciones cívicas (cuidado del entorno, protección de los animales...).

c) Proponer acciones relacionadas con la ayuda a los demás (colaborar como voluntario o voluntaria, recaudar dinero para una causa solidaria...).

— Decidid entre todos cuál será el **mensaje** que transmitirá vuestro cartel.

— Proponed un **eslogan** (puede ser útil realizar una lluvia de ideas).

— Reflexionad sobre la **ilustración** más adecuada para el cartel (una fotografía impactante, un dibujo que refleje bien lo que queréis transmitir...).

— Por último, escoged una plataforma para crear y publicar blogs. Por ejemplo en la aplicación ***blogger.*** Registraos y seguid las instrucciones que se indican para poder colgar todos vuestros carteles en la Red.

Mira diferentes **relaciones semánticas**

La semántica

Las palabras que utilizamos para comunicarnos son **signos verbales** o **lingüísticos,** y se estructuran en dos planos: el que se percibe por los sentidos (forma) se denomina **significante,** y su idea mental (contenido) se llama **significado.**

FORMA	CONTENIDO
Significante	**Significado**
l - i - n - c - e	'Mamífero felino, de pelaje gris rojizo y orejas puntiagudas'.
Constituye una cadena de sonidos o letras que asociamos a una idea o concepto.	Es la idea o concepto que transmite el signo lingüístico.

Distinguimos **dos tipos** de **significado:**

— El significado **denotativo** es el que aparece registrado en los diccionarios, **objetivo** y común para todos los hablantes.

— El significado **connotativo** es aquel que adopta una palabra dependiendo del **contexto** y la **situación** en que se emplea.

Así, al escuchar la palabra lince cualquier hablante piensa en el animal salvaje **(significado denotativo);** sin embargo, no siempre empleamos las palabras con su significado literal y, así, el término lince también puede designar a una persona astuta y sagaz **(significado connotativo).**

La disciplina que se ocupa del estudio del significado es la **Semántica.**

Las diferentes relaciones que se establecen entre significado y significante reciben el nombre de **relaciones semánticas.** Vamos a ver en qué consisten algunas de ellas.

Sinonimia y antonimia

Cuando asociamos dos o más significantes a un mismo significado se establece una relación de **sinonimia.**

atardecer — **crepúsculo**

'Última parte de la tarde'

Hablamos de **antonimia** cuando se establece una relación de **oposición de significado** entre dos o más significantes.

entrar: 'Ir de fuera adentro'

salir: 'Ir de dentro afuera'

oposición

El lenguaje proverbial

La distinción entre significado **denotativo** y **connotativo** es esencial para entender el sentido de los **refranes, los modismos** y las **locuciones.** En estas expresiones, las palabras adoptan un significado connotativo, sin el cual no se puede entender el sentido completo de la expresión.

Meterse en un berenjenal

a) Significado **denotativo:** 'entrar en un lugar plantado de berenjenas'.

b) Significado **connotativo:** 'meterse en un lío, tener un problema'.

Otros ejemplos son: quedarse sin blanca ('quedarse sin dinero'); jugarse el pellejo ('poner en peligro la integridad física'); abrir el pico ('hablar'); más vale pájaro en mano que ciento volando ('ser preferible tener algo seguro aunque sea poco').

Tipos de sinónimos

Los sinónimos pueden ser:

Totales. Cuando son intercambiables en cualquier contexto: comenzar/iniciar.

Parciales. Cuando dos o más términos tienen el mismo significado, pero entre ellos existen matices: caminar/andar.

Tipos de antónimos

Los antónimos pueden ser:

Complementarios. La negación de una palabra supone la afirmación de otra: vivo/muerto.

Graduales. Los términos opuestos admiten otros intermedios: caliente/frío (tibio, fresco...).

Recíprocos. Un término supone, necesariamente, la existencia de otro: padre/hijo.

Polisemia y homonimia

Se trata de relaciones semánticas que se establecen entre palabras que comparten el **mismo significante** o un **significante similar.**

Las **palabras polisémicas** son aquellas que tienen dos o más significados que se relacionan entre sí.

pie → Del latín *pes*

- **Significado 1:** 'extremidad de cualquiera de los dos miembros **inferiores** del hombre'.
- **Significado 2:** 'base o parte **inferior** en que se apoya algo'.
- **Significado 3:** 'espacio en blanco que queda en la parte **inferior** del papel, después de terminado'.

A las palabras polisémicas les corresponde una **única** entrada en el **diccionario.**

En cambio, **palabras homónimas** son aquellas en que se produce una coincidencia formal, pero con significados distintos y no relacionados.

llama	**llama**
Del latín *flamma*	voz quechua
'Masa gaseosa en combustión'	'Mamífero rumiante'

En el **diccionario,** las palabras homónimas aparecen en **entradas diferentes,** cada una con su significado.

Existen dos **tipos** de palabras homónimas:

Homógrafas	Homófonas
Se escriben y se pronuncian igual.	Se pronuncian igual, pero su escritura es diferente:
vino *Bebida alcohólica*	**rebelar** *Oponerse a algo*
vino *Forma del verbo «venir»*	**revelar** *Descubrir o manifestar algo.*

Hiperonimia e hiponimia

Algunas palabras establecen entre sí relaciones de jerarquía. Son los hipónimos y los hiperónimos. Los **hipónimos** son palabras cuyos significados se incluyen dentro de un término más genérico que recibe del nombre de **hiperónimo.**

Hiperónimo	**Hipónimos**
flor →	**clavel, rosa, orquídea, jazmín, gardenia, margarita...**

Los hipónimos (*clavel, rosa, orquídea...*) son **cohipónimos** entre sí.

Paronimia

Las palabras **parónimas** son las que se pronuncian de forma parecida, pero tienen significados distintos.

Fíjate en estos ejemplos:

actitud	**aptitud**
'Comportamiento o estado de ánimo'	'Capacidad para llevar a cabo una tarea'
adición	**adicción**
'Unión o suma'	'Dependencia física o psíquica'

Campo semántico y asociativo

Recuerda que un **campo semántico** es el conjunto de palabras de la misma clase que comparten una parte de su **significado.** A su vez, cada una tiene un **significado propio** que la diferencia de las demás.

Por ejemplo, las palabras coche, camión, moto y furgoneta se refieren a vehículos de transporte (significado común) y cada una de ellas tiene sus características particulares (significado propio).

Un **campo asociativo** es el conjunto de palabras que corresponden al mismo tema o ámbito de la realidad, que se asocian a una misma idea. No tienen necesariamente que pertenecer a una misma clase de palabras y tampoco necesitan tener una raíz común.

Por ejemplo, la palabra vacaciones hace pensar: calor, feliz, jugar, nadar, playa, viajar…

¿Vemos estos **cambios** en un vídeo?

Los cambios semánticos

Con el paso del tiempo, **las lenguas** van **evolucionando** y muchas veces, además de cambios que afectan a la fonética y a la ortografía de las palabras, se producen **cambios** en el **significado.**

Los cambios semánticos (en el significado) se producen por diversas **causas:**

— **Históricas.** La evolución científica y tecnológica ha provocado que algunas palabras que ya se usaban pasen a designar otros objetos o conceptos.

Pluma → **Pluma**

Antiguamente, significaba 'pluma de ave empleada para escribir' — Actualmente, 'pluma estilográfica'

— **Lingüísticas.** Se producen por causa de las asociaciones que realizamos al hablar. Es decir, transfieren su significado de una a otra.

Café cortado → **Cortado**

— **Psicológicas** o **socioculturales.** Existen factores socioculturales que provocan cambios de significado en las palabras. Por ejemplo, para evitar un término que tiene connotaciones ofensivas (preso) se utiliza otro de mayor aceptación social (interno).

Los cambios semánticos que pueden experimentar algunas palabras son: la metáfora, la metonimia y, por último, las palabras tabú y los eufemismos.

Metáfora

Se produce al atribuir a un elemento el nombre de otro porque entre ellos existe una **relación de semejanza.**

Hemos quedado en la **boca** del metro.

↓

Se denomina así a la entrada del metro por su semejanza con una boca abierta.

Metonimia

Consiste en atribuir a una realidad el nombre de otra, porque entre ambas existe una **relación de contigüidad.**

Han subastado un **Picasso.**

↓

Se emplea el nombre del artista para hacer referencia a una de sus obras.

Tabú y eufemismo

En ocasiones se evita decir una palabra por miedo o temor, por delicadeza o porque nos resulta desagradable. En ese caso hablamos de **palabras tabú.** Esas palabras se sustituyen por otras más aceptadas por los hablantes, denominadas **eufemismos.**

Palabras tabú		Eufemismos
borracho	→	ebrio
vejez	→	tercera edad

Ejemplo de palabra tabú

En ocasiones, empleamos la palabra **servicio** en lugar de otras que hacen referencia a la misma realidad, pero que pueden resultar desagradables o malsonantes (retrete).

Actividades

Juega y practica con actividades interactivas

1. Escribe en tu cuaderno dos oraciones en las que una misma palabra esté empleada con significado denotativo y con significado connotativo.

2. Explica el significado connotativo de estas expresiones:
   - Tener un día gris.
   - Ponerse morado.
   - Tener un marrón.
   - Ponerse las pilas.

3. Utiliza el diccionario en línea de la RAE para relacionar cada palabra con su sinónimo.
   - conciso
   - abundante
   - eludir
   - imborrable
   - suponer
   - minucioso
   - soslayar
   - indeleble
   - prolijo
   - opíparo
   - lacónico
   - conjeturar

4. Propón un sinónimo para cada uno de estos términos:

   enfermedad - próximo - carburante - imprudencia
   desordenado - líquido - parecer - asombroso

5. Escribe un antónimo de cada una de estas palabras:

   apagar - frondoso - absorto - vaciar - amanecer
   humilde - timidez - habitual - genérico - aumentar

6. Consulta el diccionario, indica cuál es el significado de las palabras subrayadas en estas oraciones y señala si son polisémicas u homónimas. Justifica tu respuesta.

   a) Llevo plantillas porque tengo los pies planos.
   He dejado a los pies de la cama la ropa limpia.

   b) Cada vez que me río, se me saltan las lágrimas.
   Acamparemos junto al río que bordea el pueblo.

   c) Un antepasado de Celia fue barón de Turís.
   El bebé de Juan y Elisa es un varón.

   d) Van a rodar una película en mi barrio.
   Se cayó de la bicicleta y comenzó a rodar calle abajo.

   — A continuación, señala la clase de palabra a la que pertenece cada una de las palabras homónimas, y clasifícalas según sean homógrafas u homófonas.

   — A causa de la homofonía entre palabras, se pueden generar errores ortográficos. Elabora un breve diccionario con las palabras homófonas que conozcas, incluidas las que aparecen en esta actividad.

7. Indica cuál es el hiperónimo de cada una de estas series de hipónimos:
   - Caracol, pulpo, sepia, calamar, berberecho.
   - Alpargata, sandalia, babucha, mocasín, bota.
   - Caminar, pasear, deambular, marchar, callejear.
   - Diván, taburete, sofá, sillón, butaca.
   - Violeta, añil, granate, celeste, bermellón.
   - Infancia, adolescencia, juventud, madurez, vejez.

8. Agrupa los siguientes hipónimos e indica cuál es el hiperónimo que corresponde a cada grupo:

   limón - iglú - avena - abubilla - fósforo
   soja - centeno - naranja - oro - alfalfa - chabola
   abejaruco - pomelo - frijol - palafito - mijo
   quebrantahuesos - polonio

9. Forma un grupo de cohipónimos cuyos hiperónimos sean estos términos:
   - Metal
   - Moneda
   - Especia
   - Océano
   - Idioma
   - Figura literaria

10. Indica qué cambio semántico aparece en estas oraciones:

    a) La situación económica afecta a los más desfavorecidos.

    b) ¿Te han gustado los macarrones? ¡Sí, me he comido todo el plato!

    c) En mi empresa han hecho un reajuste de personal.

    d) Aquel óleo fue vendido en la subasta por mucho dinero.

    e) Su defunción supuso un duro golpe para toda la familia.

    f) Aquel joven se ha convertido en una estrella de la música internacional.

11. Indica qué tipo de relación se establece entre cada una de estas parejas de palabras. Consulta el diccionario, si es preciso.
    - Víbora / cocodrilo
    - Osado / cobarde
    - Piñón / piñón
    - Borracho / ebrio
    - Adición / adicción
    - Murmurar / farfullar

12. Consulta el diccionario en línea de la RAE y explica el significado de estas palabras parónimas:
    - ratificar / rectificar
    - absorber / absolver
    - espirar / expirar
    - perjuicio / prejuicio
    - especia / especie
    - infligir / infringir
    - consejo / concejo
    - adolescente / adoleciente

La diversidad lingüística, fuente de riqueza cultural

La diversidad lingüística

En el mundo, como sabes, se da una **gran variedad** de **lenguas** que coexisten. Algunas son habladas por millones de personas y se denominan **lenguas mayoritarias;** y otras, llamadas **lenguas minoritarias,** cuentan con pocos hablantes o incluso están en peligro de desaparecer.

Las estimaciones sobre el número de hablantes de cada lengua varían en función de los criterios considerados por las fuentes (cantidad de hablantes que la poseen como lengua materna, que la tienen como segunda lengua, como lengua oficial…).

En este mapa y en la tabla que tienes a continuación se muestran algunas de las lenguas mayoritarias que se hablan como **lengua materna:**

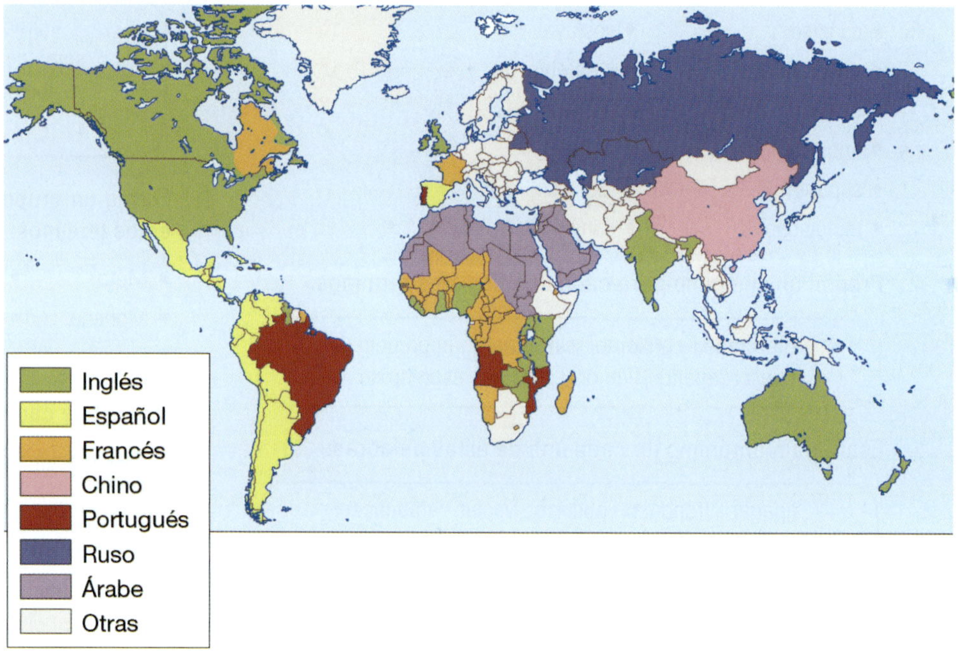

Lenguas en peligro

Cada lengua constituye la **forma de expresión** de una **comunidad** y refleja sus rasgos sociales y culturales. Por eso, independientemente de su número de hablantes, todas las lenguas tienen un gran valor y debemos luchar por su protección.

Se considera que una lengua está en **peligro de extinción** cuando la hablan menos de 100.000 personas.

Las **razones** por las que desaparece una lengua son diversas: el desprestigio lingüístico por motivos políticos y sociales, la internacionalización del comercio y de la comunicación con las nuevas tecnologías, etc.

La **mitad** de las lenguas del mundo se encuentra en esta situación. Se dice que cada dos semanas desaparece una lengua.

Algunas lenguas en peligro de extinción son: la jerga *chinuk*, en Canadá, la *kiliwa*, en México, la *khomani*, en África, la *ami*, en Australia, la *a-puci kwar*, en la India, la *ayizi*, en China…

Las familias lingüísticas

Como hemos visto, en el mundo existe una gran variedad de lenguas. En su mayoría, comparten algunos rasgos con otras lenguas, ya que se remontan a un mismo origen y han seguido una evolución similar. Teniendo en cuenta estas similitudes, las lenguas pueden agruparse en ramas o **familias lingüísticas.**

Fíjate en el siguiente mapa. En él se muestra la localización geográfica original de las familias lingüísticas más importantes.

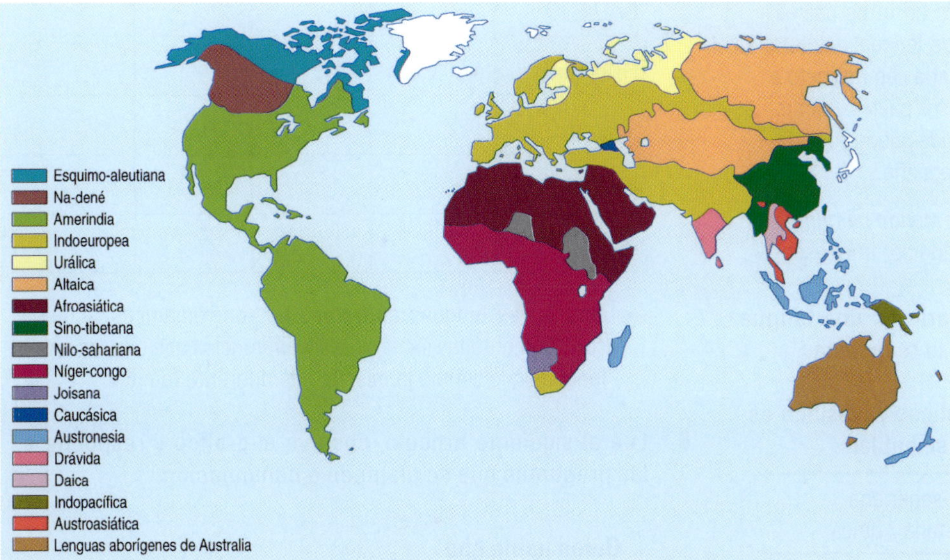

De todas las que hemos visto, la familia indoeuropea es la que en la actualidad tiene un mayor número de hablantes, ya que, como estudiaremos, las lenguas que la forman se han extendido por todos los continentes.

Las lenguas que componen esta familia tienen un antepasado común hoy desaparecido, el **indoeuropeo,** que dio lugar a las ramas o subgrupos que puedes ver en el esquema del margen.

Las lenguas románicas

La rama más importante dentro de la familia indoeuropea es la de las **lenguas románicas.** Como sabes, estas lenguas proceden del **latín vulgar,** que se hablaba durante el **Imperio romano** y que evolucionó de modo distinto según el lugar donde se empleaba.

Las lenguas románicas son el castellano, el catalán, el occitano, el gallego, el portugués, el francés, el italiano, el retorromano y el rumano.

— Observa sus similitudes:

CASTELLANO	nieve
CATALÁN	neu
OCCITANO	nèu
GALLEGO	neve
PORTUGUÉS	neve

FRANCÉS	neige
ITALIANO	neve / níe
RETORROMANO	naiv / neiv
RUMANO	nea

Familia indoeuropea

Lenguas indoiranianas

Forman parte de este grupo el hindi, el sánscrito, el bengalí, el persa, el pali, el pashtu…

Griego

Incluye todas las variedades de las lenguas griegas.

Lenguas románicas

Incluye las lenguas procedentes del latín: castellano, francés, italiano, rumano, portugués...

Lenguas germánicas

Son lenguas germánicas el inglés, el alemán, el sueco, el neerlandés, el danés…

Lenguas célticas

Forman parte de este grupo el galés, el escocés y el gaélico.

Lenguas balto-eslavas

En este grupo se incluyen el ruso, el checo, el lituano, el búlgaro, el polaco…

¿Sabes que las lenguas también tienen **familia?**

Actividades

1. **Lee con atención el siguiente texto y responde a las preguntas que se plantean:**

> El concepto de diversidad lingüística es relativo y se suele evaluar teniendo en cuenta las fronteras nacionales, que confieren a determinadas lenguas la calidad de lengua mayoritaria, y a otras, la de lengua minoritaria. El mandarín, por ejemplo, que es una de las lenguas más ampliamente difundidas en el mundo, hablada por casi 900 millones de personas, es una lengua mayoritaria en China, pero en otros países, donde solo una parte de la población es de lengua y cultura chinas, tiene el carácter de lengua minoritaria con respecto a las lenguas nacionales o mayoritarias de esos países. Asimismo, una lengua minoritaria en un país grande puede considerarse lengua mayoritaria en un país más pequeño.
>
> *La educación en un mundo plurilingüe* (Informe elaborado por la Unesco).

— **Según el texto anterior, ¿el mandarín es una lengua mayoritaria o minoritaria? Justifica tu respuesta.**

2. **Observa el mapa de las familias lingüísticas y clasifica estas familias según el continente donde se hablan:**

altaica / na-dené / drávida / nilo-sahariana
amerindia / níger-congo / sino-tibetana / daica

África	América	Asia
....	....	....

3. **Relaciona cada lengua indoeuropea de la izquierda con la rama a la que pertenezca de la columna de la derecha.**

inglés	
persa	• lenguas célticas
gaélico	• lenguas balto-eslavas
alemán	• lenguas románicas
catalán	• lenguas germánicas
griego	• lenguas indoiranianas
escocés	
ruso	
griego	

4. **Observa cómo se escribe la palabras *ardilla* en varias lenguas y responde a las preguntas.**

Gallego	Francés	Catalán	Italiano	Euskera
esquilo	écureuil	esquirol	scoiattolo	urtxintxa

— ¿Por qué crees que la palabra es tan parecida en gallego, francés, catalán e italiano?

— ¿Por qué varía tanto en euskera? ¿Y por qué crees que también cambia en castellano?

5. **Completa la siguiente tabla utilizando un traductor, por ejemplo, el de Google:**

LATÍN	**manus**	**liber**	**rota**	**arbor**
CASTELLANO	mano	libro	rueda	árbol
CATALÁN				
GALLEGO				
FRANCÉS				
ITALIANO				
INGLÉS				
ALEMÁN				

— Dos de las lenguas anteriores no son románicas, ¿cuáles son? Comenta las semejanzas y diferencias que existen entre lenguas que son de la misma o de diferente familia.

6. **Lee el siguiente artículo, observa el gráfico y responde a las preguntas que se plantean a continuación:**

> **Quién habla qué**
>
> El patrimonio lingüístico mundial está repartido muy desigualmente. Según las estimaciones de SIL International (Summer Institute of Linguistics), una organización que lucha a favor de las lenguas menos conocidas, solamente un 3 % de las 6 000 lenguas del mundo se utilizan en Europa, en tanto que, por sí sola, la región Asia-Pacífico concentra la mitad. El campeón de la diversidad lingüística es el conjunto formado por Nueva Guinea (el territorio indonesio de Irian Jaya y Papúa Nueva Guinea), que acapara la sexta parte de los idiomas del mundo.
>
> www.unesco.org

Distribución geográfica de las lenguas

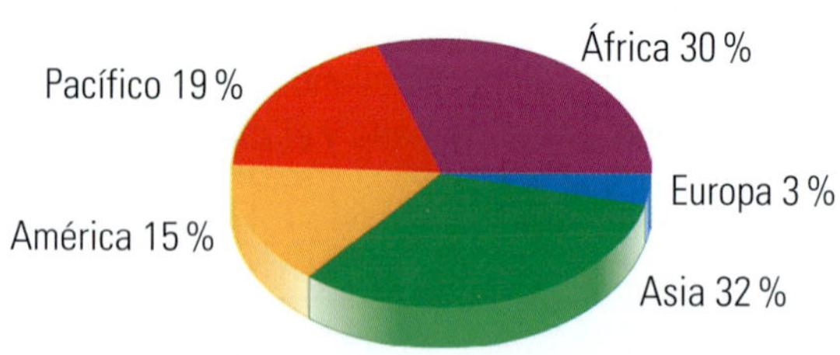

— Según el texto y el gráfico, ¿en qué continente se hablan menos lenguas? Por el contrario, ¿en qué continente hay mayor diversidad lingüística?

— ¿En qué continente se encuentran las lenguas más habladas en el mundo? ¿Por qué crees que es así?

Las lenguas constitucionales

La **realidad plurilingüe** del mundo se ve reflejada también en la Península Ibérica, donde, como sabes, coexisten varias lenguas y variedades de esas lenguas.

Por una parte, están las **lenguas románicas:** el **portugués** en Portugal, y el **catalán,** el **gallego** y el **castellano** en España. Además, hay otra lengua de origen desconocido que convive con las anteriores: el **euskera.**

La **convivencia de lenguas** dentro de un mismo Estado constituye una **gran riqueza lingüística** que debemos proteger y respetar.

Desde que se aprobó la Constitución de 1978, la legislación de todas las comunidades autónomas bilingües lleva a cabo procesos de **normalización lingüística** a favor de la igualdad en la utilización de ambas lenguas.

1. El castellano es la lengua española oficial del Estado. Todos los españoles tienen el deber de conocerla y el derecho a usarla.
2. Las demás lenguas españolas serán también oficiales en las respectivas comunidades autónomas de acuerdo con sus Estatutos.
3. La riqueza de las distintas modalidades lingüísticas de España es un patrimonio cultural que gozará de especial respeto y protección.

Constitución española de 1978.

¿Español o castellano?

Como has leído, en la Constitución de 1978 se emplea el término *castellano* para designar la lengua oficial del Estado español. Sin embargo, utilizamos ambos términos para referirnos a ella.

Veamos qué recomienda la RAE sobre esta cuestión:

> «Para designar la lengua común de España y de muchas naciones de América, y que también se habla como propia en otras partes del mundo, son válidos los términos *castellano* y *español*. La polémica sobre cuál de estas denominaciones resulta más apropiada está hoy superada.
>
> El término *español* resulta más recomendable por carecer de ambigüedad, ya que se refiere de modo unívoco a la lengua que hablan hoy cerca de cuatrocientos millones de personas. Asimismo, es la denominación que se utiliza internacionalmente: *Spanish* (inglés), *espagnol* (francés), *spanisch* (alemán), *spagnolo* (italiano)».

Castellano

Antes de la llegada de los romanos, en la Península coexistían diversos pueblos (iberos, celtas...), cada uno con su propia lengua: las llamadas **lenguas prerromanas.**

En el año 218 a. C., los romanos desembarcaron en Ampurias (Gerona) e iniciaron la **romanización** de la Península Ibérica: introdujeron la lengua latina y, al mismo tiempo, fueron implantando su cultura, sus costumbres y sus leyes. Los nativos fueron adoptando progresivamente el latín, hasta que las lenguas autóctonas desaparecieron. Se produjo, por tanto, una **sustitución lingüística** de las lenguas que existían en la Península antes de la llegada de los romanos por la lengua dominante (el latín), después de un período de bilingüismo.

A partir del siglo V, tras la caída del Imperio romano, el **latín** que se hablaba en la Península **comenzó a fragmentarse** hasta dar lugar, en torno al **siglo X,** a las diversas **lenguas románicas** que conviven en España.

Datos sobre la historia de la lengua castellana

- Los **primeros documentos** que recogen términos escritos en castellano son las **glosas silenses** y las **glosas emilianenses,** que datan del siglo X.
- Con la **Reconquista,** la lengua castellana **se expande** hacia el sur de la Península.
- A **finales del siglo XV** (1492), se publica la primera ***Gramática castellana,*** del humanista Antonio de Nebrija.
- A **finales del siglo XVII,** se establece el **perfil de la lengua castellana** tal y como hoy la conocemos y utilizamos; sobre todo en el ámbito **fonológico.**
- En el **siglo XVIII** aparece la **Real Academia Española** y se publica el *Diccionario de autoridades,* la *Ortografía* y la *Gramática.*
- A **principios del siglo XIX,** se decreta la **obligatoriedad** de recibir la **enseñanza en lengua castellana,** pues en las universidades se seguía manteniendo el latín como lengua de cultura.

Veamos ahora cuáles son las características, el origen y la situación actual de las demás lenguas constitucionales de España.

La expansión del español

En la actualidad, el español goza de un indudable prestigio como lengua de comunicación internacional.

Su enorme presencia en el mundo se debe a su importante **expansión geográfica** en la zona centro y sur del continente americano, donde es lengua oficial en 18 países.

Se habla también, aunque no sea lengua oficial, en Filipinas, en Estados Unidos y algunas regiones africanas que han mantenido estrecha relación con España, como Guinea Ecuatorial. Asimismo, el sefardí es una variante del castellano que hablan los descendientes de los judíos que fueron expulsados de España y que están dispersos por Israel, los Balcanes, Estados Unidos...

Gallego

El **gallego** evolucionó a partir del **latín vulgar** que se hablaba en el noroeste de la Península. Sus primeros escritos datan del siglo XI. En esta época formaba una unidad lingüística con el portugués, denominada **galaicoportugués.** El galaicoportugués sirvió de lengua vehicular para la creación poética trovadoresca española durante la Edad Media. El mismo Alfonso X escribió sus *Cantigas* enteramente en esta lengua.

Debido a la influencia de la nobleza castellana sobre la gallega a finales de la Edad Media, el castellano pasó a ser la lengua de prestigio. Sin embargo, durante el siglo XIX, con el Romanticismo, se inició un movimiento llamado el **Rexurdimento galego,** y cobraron importancia los poetas en lengua gallega, como Rosalía de Castro.

Con la llegada de la Constitución española de 1978, se creó el **Estatuto de Autonomía de Galicia** y se aprobó la **Ley para la Normalización Lingüística del Gallego.** El gallego pasó a ser **lengua oficial.**

Desde entonces, la Xunta de Galicia ha llevado a cabo una campaña lingüística muy importante para promover el uso del gallego como lengua de cultura y educación. Actualmente, hablan el gallego más de **tres millones** de personas en Galicia, parte de Asturias y parte de Castilla y León.

En gallego

Lee este fragmento de un poema de Manuel María:

A fala
O idioma é a chave
coa que abrimos o mundo:
o salouco máis feble,
o pesar máis profundo.
Manuel María

La lengua
El idioma es la llave
con la que abrimos el mundo,
el lamento más débil,
el pesar más profundo.

Catalán

El **catalán** es una lengua románica que, como hemos visto, se habla en la parte nordeste de la Península, en Andorra, en la ciudad de Alguer (en Cerdeña) y en algunas zonas del sur de Francia.

Como en los casos gallego y vasco, con la llegada de la Constitución de 1978 se aprobó el **Estatuto de Autonomía de Cataluña** y se reconoció la **oficialidad** del catalán.

En el año 2006 se actualizó ese Estatuto y se incluyeron algunas consideraciones jurídicas ya especificadas en la **Ley de Normalización Lingüística** de 1983 y la **Ley de Política Lingüística** de 1998.

Por ejemplo, se estableció el catalán como lengua de uso normal y propio de las Administraciones Públicas y de los medios de comunicación, y como lengua vehicular principal en la enseñanza.

También se reconoció el **aranés** como lengua propia del Val d'Aran.

Actualmente, hablan el catalán aproximadamente **trece millones** de personas.

En la Comunidad Valenciana, se habla **valenciano,** en las islas Baleares, **balear,** y en la ciudad de Alguer (Cerdeña), **alguerés**.

En catalán

Lee estos versos de Rosa Leveroni:

Jo porto dintre meu
per fer-me companyia
la solitud només.
La solitud immensa
de l'estimar infinit
que voldria ésser terra,
aire i sol, mar i estrella,
perquè fossis més meu,
perquè jo fos més teva.
Rosa Leveroni

Llevo en mi interior
para acompañarme
solo la soledad.
La soledad inmensa
del querer infinito
que querría ser tierra,
aire y sol, mar y estrella,
para que fueses más mío,
para que yo fuera más tuya.

Euskera

El **euskera** o vasco es la única lengua hablada en la Península que no proviene del latín. De hecho, es la única lengua no indoeuropea de Europa occidental. Su origen es incierto, aunque hay varias teorías que tratan de determinarlo.

Algunas de estas teorías son:

- **Vasco-iberista**: Fue la más extendida hasta mediados del siglo xx. Proponía que el euskera podía estar emparentado con algunas lenguas iberas prerromanas de la Península Ibérica. Sus defensores se basaban en la gran semejanza de los escritos iberos encontrados con el euskera escrito.
- **Caucásica**: Defiende que el euskera es el único superviviente de una familia de lenguas caucásicas que desapareció debido a la irrupción de los pueblos indoeuropeos en el siglo XIII a. C.
- **Bereber**: Algunos estudiosos afirman que el euskera puede tener algún parentesco con la lengua bereber, debido a sus semejanzas en el léxico.

Pese a estas teorías, el origen del euskera sigue siendo una cuestión sin resolver.

El euskera está integrado por numerosos dialectos. Para unificarlo, normalizarlo y conservarlo, se fundó, en el año 1918, la **Real Academia de la Lengua Vasca.** Esta institución compuso un estándar, el ***euskera batua.*** Es el que se enseña en las escuelas y sirve como soporte normativo del euskera escrito.

La oficialidad del euskera se reconoció con el **Estatuto de Guernica,** en el año 1978.

El euskera es hablado actualmente por más de un millón de personas en el País Vasco y en diversas zonas de Navarra. Además, fuera de España se habla en el suroeste de Francia.

En euskera

Lee este fragmento de un poema de Kirmen Uribe:

MAIATZA
Begira, sartu da maiatza,
Zabaldu du bere betazal urdina portuan.
Erdu, aspaldian ez dut zure berri izan
[...].
Kirmen Uribe

MAYO
Mira, ha entrado mayo,
Ha extendido su párpado azul sobre el puerto.
Ven, hace tiempo que no sé de ti [...].

Fenómenos de lenguas en contacto

La convivencia de dos o más lenguas, como ocurre en Galicia, Cataluña, la Comunidad Valenciana y el País Vasco, produce algunos fenómenos de **lenguas en contacto.** Entre ellos, destacan el *bilingüismo* y la *diglosia*.

Bilingüismo

Profundiza en el **bilingüismo**

La palabra *bilingüe* procede del latín *(bilinguis)* y significa 'que habla dos lenguas'. Sin embargo, el bilingüismo es un fenómeno complejo. Algunos autores señalan varios **tipos de bilingüismo** según estos criterios:

TIPO DE HABLANTE

- **Individual**: Se refiere al hablante que tiene competencia lingüística para expresarse en dos lenguas, y en las dos por igual.
- **Social**: En una comunidad o grupo social se utilizan dos lenguas como medio de comunicación.

FORMA DE ADQUISICIÓN

- **Natural**: El hablante domina las dos lenguas adquiridas de forma natural desde la infancia. En el caso descrito anteriormente, Luis tendría un bilingüismo natural, ya que ha adquirido el catalán y el castellano al mismo tiempo.
- **Aprendido**: Un hablante adquiere, de forma natural, la lengua materna, y la otra la ha incorporado gracias a un aprendizaje posterior. Sería el caso de Pedro, un extremeño que ha llegado a Cataluña a los veinte años teniendo como lengua materna el castellano y ha aprendido el catalán en la universidad.

DOMINIO DE LAS DESTREZAS LINGÜÍSTICAS

- **Activo**: El hablante tiene capacidad para usar activamente las destrezas lingüísticas (entender, hablar, leer y escribir) en ambas lenguas. Sería el caso de Luis.
- **Pasivo**: El hablante tiene capacidad para entender las dos lenguas, pero solo es capaz de hablar y escribir en una de ellas. Podría ser el caso de Pedro, que se expresa en castellano y le cuesta usar el catalán, aunque lo entienda.

Diglosia

El bilingüismo perfecto, en igualdad de condiciones, es una situación más teórica que real en el conjunto de una sociedad. En las comunidades donde conviven dos o más lenguas, suele ocurrir que estas no gozan del mismo trato y protección, por lo que la mayoría de sus hablantes no las emplean indistintamente. En estos casos de bilingüismo con un cierto desequilibrio decimos que se produce una situación de **diglosia.** Así, puede suceder que una sociedad que sabe expresarse en dos lenguas (A/B):

Utilice A ⟶
- En el ámbito familiar.
- En la expresión oral.

Utilice B ⟶
- En el ámbito público.
- En la expresión escrita.

El uso restringido de la lengua A, generalmente la **lengua materna,** se debe, entre otros factores, a que tiene menor prestigio; mientras que la lengua B suele ser la lengua oficial, que goza de mayor consideración por parte de los organismos estatales y se enseña en las escuelas.

Diglosia y extinción

La situación de diglosia es la más común en zonas desfavorecidas con una historia de **colonización.** Encontramos un ejemplo de ello en Hispanoamérica, donde la lengua de prestigio es el español, frente a las lenguas indígenas de cada zona, que en buena parte han quedado relegadas al ámbito doméstico.

La situación de **diglosia** entraña el riesgo de que llegue a extinguirse la lengua más desfavorecida.

Es el caso, por ejemplo, del **dálmata,** antigua lengua románica que desapareció en el siglo XIX debido al dominio del eslavo y el albanés.

Para evitarlo, se deben tomar medidas para normalizar e igualar el estatus de las lenguas que conviven en un territorio: incluirlas en los planes educativos, en las Administraciones públicas, en los medios de comunicación...

Actividades

Juega y practica con actividades interactivas

7. **Sin duda, la cultura y la lengua de los pueblos que habitaron la Península antes de la llegada de los romanos, así como las de los que fueron llegando más tarde, influyeron en la evolución de la lengua castellana.**

— Haz un listado con:

- Voces prerromanas
- Germanismos
- Arabismos

8. **Escribe ahora palabras procedentes del resto de las lenguas peninsulares que haya adoptado el castellano.**

9. **Observa a continuación cómo escribía en lengua castellana Gonzalo de Berceo, en el siglo XIII:**

En essa misme cibdat avié un buen christiano,
avié nomne Jerónimo, era missancantano;
fazie a la Gloriosa servicio muy cutiano,
los días e las noches, ivierno e verano.

Milagros de Nuestra Señora.

— Copia el texto en castellano actual.

— Identifica las palabras que han sufrido una evolución y las que mantienen la misma forma.

10. **Resume las medidas que se han tomado desde la Constitución de 1978 para conservar y difundir las lenguas gallega, catalana y vasca.**

11. **Lee este texto sobre el uso de la lengua gallega en la Administración local:**

[...] La Xunta de Galicia, en el marco de su política de promoción de la normalización lingüística, debe colaborar en la medida de lo necesario con los esfuerzos de las Entidades Locales en orden al uso normalizado de la lengua gallega en su documentación oficial, sin perjuicio de emplear, además, la otra lengua oficial, si así lo decide, en este caso, la respectiva entidad.

[...] Por todo lo expuesto, el Parlamento de Galicia aprobó, y yo, de conformidad con el artículo 13.2 del Estatuto de Galicia y con el artículo 24 de la Ley 1/1983, de 23 de febrero, Reguladora de la Xunta y de su Presidente, promulgo, en nombre del Rey, la Ley del Uso del Gallego como Lengua Oficial de Galicia por las Entidades Locales.

Ley 5/1988, de 21 de junio.

— Explica cuál es la finalidad de la ley cuyo fragmento acabas de leer.

— ¿Qué otros campos, además del administrativo y el político, deben tenerse en cuenta para promover el bilingüismo en una zona determinada?

12. **Lee el siguiente texto y contesta a las preguntas que se plantean a continuación:**

Pese a la evolución del vasco, es evidente que existe un vínculo con la lengua ibérica, pero no lo podemos determinar.

Rodríguez Ramos apunta que sería demasiada casualidad que los parecidos hayan derivado de una proximidad geográfica o que las coincidencias léxicas sean préstamos. En cambio, L. Michelena sí creía que las semejanzas entre el vasco y el ibérico eran debidas a esta convivencia entre ambas culturas. Pero, como decimos, todavía no se ha llegado a ninguna conclusión firme al respecto.

www.mundohistoria.org/blog/articulos_web/la_lengua_ iberica (adaptación).

— ¿De qué teoría se habla en el texto? ¿Qué otras teorías existen sobre el origen del euskera?

13. **Indica qué tipo de bilingüismo corresponde a cada una de estas situaciones:**

- Un barcelonés que domina el castellano y que entiende el catalán aunque no lo habla.
- Un lucense que utiliza indistintamente gallego y castellano desde su infancia.
- Un bilbaíno cuya lengua materna es el euskera y ha aprendido el castellano.

14. **Indica si estas afirmaciones acerca del bilingüismo y la diglosia son verdaderas o falsas:**

	V	F
Solo podemos hablar de bilingüismo cuando se aprenden varias lenguas en la infancia.		
Un hablante es bilingüe pasivo cuando es capaz de leer las lenguas, pero no de escribirlas.		
En una diglosia, una lengua tiene más prestigio que la otra con la que convive.		
Una situación de diglosia puede provocar la extinción de una lengua.		

15. **Aplicad en esta actividad la técnica cooperativa de la *lectura compartida:***

— Formad grupos de cinco o seis personas.

— El profesor o profesora facilitará a cada grupo los mismos textos, uno por cada persona del grupo, donde aparecerá un mismo fragmento en lenguas diferentes.

— Empezad a leer el texto que os haya correspondido, aunque no entendáis lo que pone. El resto intentad reconocer en el texto palabras similares a términos en castellano.

¡Fíjate en este texto escrito en **diferentes lenguas!**

Uso de *h*, de *ll* e *y*, y de *c* y *z*

h

La ***h*** no representa ningún fonema. Se escriben con ***h:***

- Las formas de los **verbos *hacer*** y ***haber:*** *haces, había, hagamos, harán, hubierais, habrás…*
- Los comienzos de palabra ***hia-, hie-, hue-, hui-:*** *hiato, hielo, hueso, huida…*
- Los comienzos de palabra ***her-, hum-, horm-, horn-, hosp-:*** *hermano, humo, hormiga, horno, hospital…* (Excepciones: *ermita, ornamento, orfanato…*).
- Los **prefijos griegos *hipo-*** ('debajo de'), ***hidro-*** ('agua'), ***hexa-*** ('seis'), ***hepta-*** ('siete'), ***hemi-*** ('medio'): *hipotensión, hexasílabo, heptágono, hidromasaje…*
- Hay palabras que llevan *h* intercalada (*vehículo, rehusar, rehén, alhelí…*). En caso de duda, siempre debes consultar el diccionario.

ll ⟷ y

Se escriben con ***ll:***

- Las terminaciones ***-illo, -illa:*** *ovillo, astilla, pajarillo, amarilla…*, y ***-alle, -elle, -ello, -ullo:*** *detalle, muelle, atropello, murmullo…*
- Las formas verbales cuyo infinitivo termina en ***-ellar, -illar, -ullar, -ullir:*** *atropelló (atropellar), bulliré (bullir)…*

Escribimos ***y:***

- **Al final de palabra,** cuando va precedida de vocal y no recae sobre ella el acento tónico: *rey, estoy…*
- En la sílaba ***-yec-:*** *proyección, inyectar, trayecto…* y **después** de ***ad-, dis-, sub-:*** *adyacente, disyuntiva, subyacente…*

c ⟷ z

Para representar el fonema /θ/:

- Se escribe ***c*** delante de las vocales *e, i:* *cereza, aceite, ciruela, condición…*
- Se escribe ***z*** delante de las vocales *a, o, u:* *zapato, abrazar, zócalo, amazona, zumo, anzuelo…*
- Hay **excepciones** a estas reglas, la mayoría de ellas de origen extranjero: *nazi, pizzería…*

Actividades

Juega y practica con actividades interactivas

1. Completa estas palabras con *h,* cuando corresponda:

- ….uelga
- ….idroavión
- ….olisquear
- ….umareda
- transe….únte
- ….orfanato
- co….erente
- mo….oso
- mal….echor
- ….erramienta
- des….uesar
- ….igiénico
- almo….ada
- ….exabrupto
- tras….umante

2. Escribe palabras que pertenezcan a la misma familia léxica que las siguientes: *hoja, hilo, humo, hospital, hermano, horno, hora, huir.*

3. Conjuga los siguientes tiempos verbales:

- Pretérito perfecto simple de indicativo de *haber.*
- Presente de indicativo de *hacer.*
- Pretérito pluscuamperfecto de indicativo de *hablar.*

4. Hay palabras que cambian de significado según se escriban con o sin *h.* Explica los significados de las siguientes palabras:

- onda / honda
- orca / horca
- errar / herrar
- ato / hato
- ojear / hojear
- asta / hasta
- atajo / hatajo
- desojar / deshojar

5. Completa con *ll* o *y* las palabras de estas oraciones:

- En el va….e pastaban novi….os, ….eguas y bue….es.
- La miri….a de la puerta tiene una reji….a pequeña.
- En los casti….os, los re….es ocupan si….as reales.
- A….er leí un artículo sobre la le…. contra el tabaco.
- Trae ceri….as y haz una hoguera cerca de la ori….a.
- Vimos la pro….ección con todo deta….e.

6. Escribe el plural de cada una de estas palabras: *rey, ley, buey, carey, convoy.*

7. Completa los espacios con *c* o *z*, teniendo en cuenta que hay algunas excepciones.

- pe….uña
- bron….e
- capa…o
- ma….i….o
- evacua….ión
- ra….ismo
- vo….e….ita
- a…ada
- ….ig….ag

8. Conjuga los siguientes tiempos verbales:

- Presente de indicativo del verbo *crecer.*
- Condicional simple del verbo *cocer.*
- Presente de subjuntivo del verbo *trazar.*

9. DICTADO Escucha y realiza el dictado.

La diversidad lingüística

1. Lee el siguiente texto:

Una lengua oculta en la India

Una lengua oculta ha sido descubierta en una región de la India por una expedición de expertos lingüistas.

La nueva lengua se llama koro, la hablan entre 800 y 1 200 personas en Arunal Pradesh, en el noreste de la India, y pertenece a la familia de las lenguas tibetano-birmanas.

Los descubridores forman parte del equipo de «Voces que perduran», de National Geographic, un proyecto que trata de preservar la supervivencia de las lenguas indígenas amenazadas.

El equipo, tras subir laderas y desplazarse en balsas de bambú, finalmente logró acceder a los remotos pueblos en los que se habla el koro. Una vez allí fue recorriendo los domicilios de los aldeanos puerta por puerta, realizando una profusa investigación.

Los investigadores buscaban otras dos lenguas poco conocidas que se hablan en una pequeña zona. Cuando escuchaban y documentaban estas, encontraron una tercera que resultó ser completamente nueva y que nunca antes había sido clasificada. Los lingüistas registraron unas 1 000 palabras y determinaron que el koro era claramente distinto a los demás idiomas de la zona.

El equipo volverá a la India en noviembre para continuar su investigación sobre el koro. Quieren averiguar de dónde viene y por qué ha permanecido escondido hasta ahora.

www.nationalgeographic.es.

2. ●○○ ¿Cómo averiguaron los investigadores la existencia de una lengua que nunca antes había sido clasificada?

3. ●○○ ¿Crees que el koro es una lengua en peligro de extinción? Justifica tu respuesta.

4. ●●○ Explica qué lenguas forman parte de la familia indoeuropea. Después, indica dentro de qué grupo se encuentra la lengua castellana.

5. ●●○ Colorea en un mapa como este las zonas en las que se habla una lengua románica:

6. ●●○ Señala qué lenguas son románicas: *rumano, ruso, alemán, griego, francés, gallego, euskera, escocés, bengalí.*

— Dos de las lenguas anteriores se hablan en la Península. Explica las medidas que se han adoptado para conservarlas y difundirlas.

7. ●●● Indica a qué rama del indoeuropeo pertenecen estas lenguas: *hindi, sánscrito, pali, persa, inglés.*

— Deduce a cuál de estas familias no puede pertenecer el árabe: *amerindia, na-dené, afroasiática, indoeuropea.* Justifica tu respuesta.

La semántica

8. ●●○ Explica el significado de estos conceptos y propón ejemplos de cada uno de ellos:

- Denotación/Connotación
- Sinonimia/Antonimia
- Polisemia/Homonimia
- Hiperonimia/Hiponimia
- Metáfora/Metonimia
- Palabra tabú/Eufemismo

Uso de *h, ll/y* y *c/z*

9. ●○○ Justifica por qué estas palabras se escriben con *h, ll, y, c* o *z:*

huérfano - herrador - hornada - hidroavión

membrillo - aullar - disyuntiva - trayectoria

acelerar - emoción - azúcar - trompazo

Los textos persuasivos

10. ●●● Diseña y redacta un mensaje persuasivo para concienciar a tus compañeros sobre la importancia de respetar y proteger todas las lenguas.

Pon a prueba tus competencias

Observa con atención el siguiente diagrama de barras y contesta a las preguntas que se proponen:

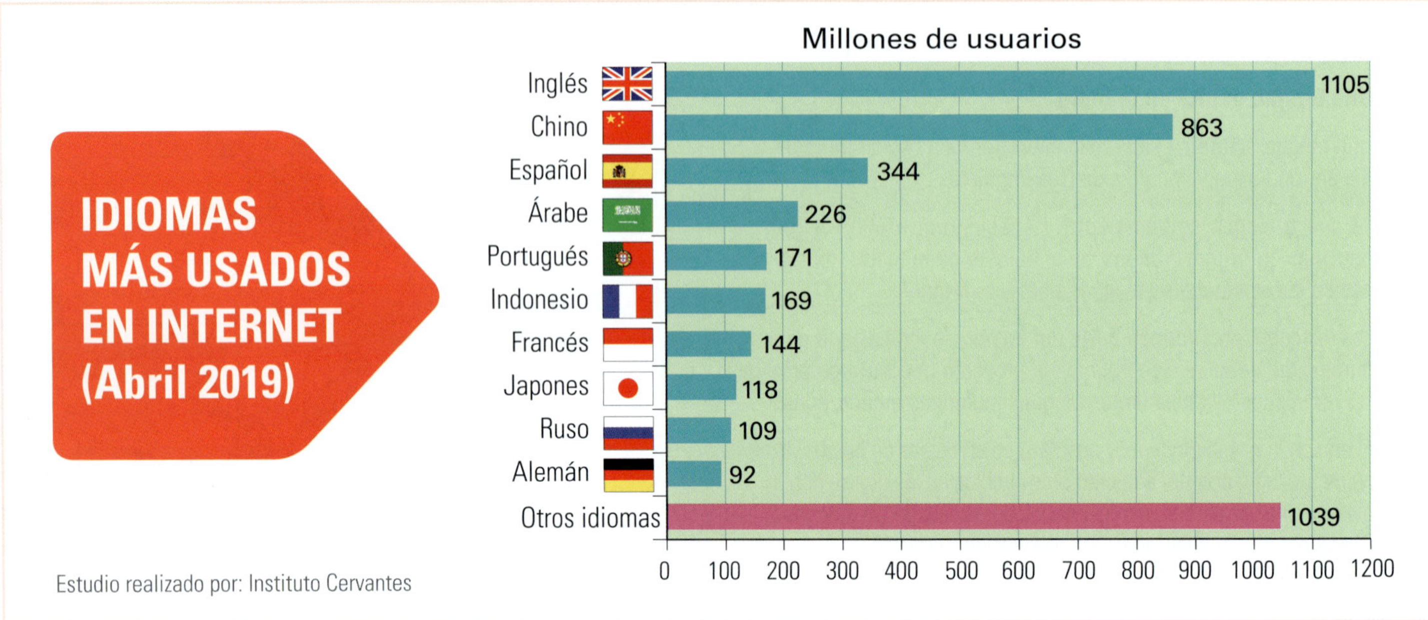

1. ¿Quién ha llevado a cabo el estudio?
   - El Instituto Cervantes.
   - El Ministerio de Cultura.
   - Un servicio de información sobre el uso de Internet en el mundo.

2. ¿Cuándo fue realizado ese estudio?
   - En 2019.
   - En 2013.
   - Hace pocos meses.

3. Existen diversos tipos de gráficos. ¿De qué clase son los que estás analizando?
   - Diagrama de barras.
   - Gráfico circular.
   - Gráfico de líneas.

4. ¿Qué información aportan?
   - Miden cantidades absolutas.
   - Muestra los datos en millones de hablantes.
   - Representan proporciones, es decir, datos en tanto por ciento.

5. A partir de la información que se ofrece, ¿dónde crees que ha podido ser publicado este diagrama?
   - En un libro sobre ciencia.
   - En un informe anual del Instituto Cervantes sobre el uso del español en el mundo.
   - En una revista de divulgación general que se puede comprar habitualmente en un quiosco.

6. Vuelve a observar con atención el diagrama y responde a las siguientes preguntas:
   — ¿Cuál es el idioma más empleado en la Red?
   — ¿Cuántos idiomas se han tenido en cuenta para realizar el estudio en datos exactos?
   — ¿Qué significa la expresión «Otros idiomas»?

7. Si en China hay más usuarios, ¿por qué no es el idioma más usado?

8. Propón un sinónimo para cada una de estas palabras: *usados* y *usuarios*.

9. Redacta un texto breve en el que expliques con qué frecuencia sueles conectarte a Internet y con qué finalidad.

10. Lee con atención el texto de la derecha y responde a la pregunta que se plantea:

— Si la lengua española (como lengua materna) tiene más hablantes en el mundo que el inglés, ¿por qué esta última está por delante del español como lengua de comunicación en Internet? Razona tu respuesta.

EL ESPAÑOL EN INTERNET

El español es la tercera lengua más empleada en la Red por número de internautas. De los casi 2 405 millones de usuarios que tiene Internet en todo el mundo, el 7,8 % se comunica en español.

Los dos idiomas que están por delante del español son el inglés y el chino. Si tenemos en cuenta que el chino es una lengua que, en general, solo la hablan sus nativos, el español se sitúa como la segunda lengua de comunicación en Internet tras el inglés.

Informe *El español: una lengua viva* (2019), del Instituto Cervantes.

Síntesis

LÉXICO

Se establece una relación de **sinonimia** cuando asociamos dos o más significantes a un mismo significado, y se establece una de **antonimia** cuando se da una relación de oposición de significado entre dos o más significantes.

Las **palabras polisémicas** son las que tienen dos o más significados que se relacionan entre sí. Las **palabras homónimas,** en cambio, son las que comparten un mismo signo lingüístico pero tienen significados diferentes.

Los **hipónimos** son palabras cuyos significados se incluyen dentro de un término más genérico, que recibe el nombre de **hiperónimo.**

La **metáfora** se produce al atribuir a un elemento el nombre de otro porque entre ellos existe una relación de semejanza. La **metonimia** consiste en atribuir a una realidad el nombre de otra, porque entre ambos existe una relación de contigüidad. Evitamos las palabras **tabú** porque nos resultan desagradables, y las sustituimos por otras más aceptadas, llamadas **eufemismos.**

LOS TEXTOS

- Los **mensajes persuasivos** pretenden influir o convencer al receptor o receptora para que consuma un producto o lleve a cabo una acción.
- Pueden ser de dos tipos: **propagandísticos** o **publicitarios.**
- Presentan los siguientes elementos: **eslogan, texto, imagen** y **logotipo.**

GRAMÁTICA

- Las lenguas se clasifican en familias lingüísticas dependiendo de su origen y su evolución. La familia indoeuropea es la mayor y da lugar a diversas **ramas.**
- Las **lenguas románicas** proceden del latín vulgar. Son las siguientes: el castellano, el catalán, el occitano, el gallego, el portugués, el francés, el italiano, el retorromano y el rumano.
- En **España** conviven varias **lenguas:** castellano, catalán, gallego y euskera.
- Las **lenguas en contacto** pueden originar fenómenos como el bilingüismo o la diglosia. El **bilingüismo** se produce cuando se hablan dos lenguas en un territorio. La **diglosia** es una particularidad del bilingüismo que se da cuando las lenguas de un territorio no están en condiciones de igualdad.

ORTOGRAFÍA

- Se escriben con ***h*** las formas de los verbos *hacer* y *haber;* también, a principio de palabra, los grupos *hia-, hie-, hue-, hui-,* y los *prefijos hipo-, hidro-, hexa-, hepta-, hemi-.*
- Se escriben con ***ll*** las terminaciones *-illo, -illa, -alle, -elle, -ello, -ullo.* También las formas verbales cuyo infinitivo termina en *-ellar, -illar, -ullar, -ullir.*
- Escribimos **y a final de palabra,** cuando esta va precedida de vocal y no recae sobre ella el acento tónico. También en las palabras que contienen la sílaba *-yec-*, y después de *ad-, dis-, sub-.*
- Se escribe ***c*** delante de las vocales *e, i.*
- Se escribe ***z*** delante de las vocales *a, o, u.*

Escápate de la unidad con la PRUEBA FINAL

El texto

Características del texto

El texto es una unidad de comunicación, de extensión variable, que transmite un mensaje con sentido completo. Veamos, a partir del siguiente ejemplo, cuáles son las características que debe presentar un texto:

Párrafos

Título

UNA JERARQUÍA CASI UNIVERSAL DE LOS CINCO SENTIDOS

Los humanos necesitan de los cinco sentidos para sentir este mundo. Un estudio con 13 culturas e idiomas, entre ellos el español, muestra que la vista es el sentido más universal de todos. **Sin embargo,** la importancia relativa del oído, el tacto, el gusto o el olfato depende de cada cultura.

Una decena de psicolingüistas y antropólogos del Instituto Max Planck ha recopilado durante años conversaciones de hablantes de 13 idiomas diferentes. Buscaban una forma de medir la importancia de cada uno de los cinco sentidos contando la frecuencia de uso de palabras que se refirieran a ver, oír, tocar... Entre las lenguas analizadas están algunas de las más extendidas del planeta, como el chino mandarín, el inglés o el español, pero también varias habladas por solo unos miles de personas, como el chintang (Nepal) [. . .].

Conectores

Las conversaciones, grabadas en vídeo, tuvieron lugar durante la realización de tareas cotidianas, como preparar la comida, la charla de después de la cena o en los descansos en el trabajo. Especialistas en cada cultura, apoyados en traductores locales, midieron la aparición de palabras que reflejaran la percepción física. **También** tuvieron en cuenta la existencia de significados no sensoriales, como cuando se usa el «mira» o el «oye» para captar la atención del interlocutor.

En las 13 culturas analizadas, la vista es el sentido al que los humanos dan más importancia. En todas, las palabras y los verbos relacionados con ver, mirar, observar, ojear, leer... suponen más del 60 % de los vocablos referidos a los sentidos. En el chino mandarín, **por ejemplo,** en una hora de conversación, aparecen 72 usos de verbos relacionados con la vista. El 84 % de las palabras sensoriales tenían que ver con este sentido.

En los grandes idiomas occidentales analizados, el porcentaje de presencia de palabras relacionadas con la vista oscila entre el 70 % y el 80 %. La vista sería **entonces** el más universal de los sentidos.

Miguel Ángel Criado,
El País [en línea]

Un texto tiene que ser **adecuado**, **coherente** y estar **cohesionado**.

ADECUACIÓN

Un texto debe adaptarse a la situación comunicativa: **tema** que se trata, **intención** del autor y **destinatario** al que se dirige. Esto condiciona el nivel del lenguaje, el tipo de texto y su presentación formal. En el texto anterior, el lenguaje es estándar y formal, ya que se trata de un texto expositivo cuya finalidad es transmitir una información objetiva. Además, se emplea un vocabulario preciso, pero simple y claro, pues está destinado a un público amplio, no necesariamente experto en la materia.

COHERENCIA

Las ideas de un texto responden a un **tema**, que le da **unidad** y que suele recogerse en el título.

Además, las ideas se **organizan** de forma lógica en distintos **párrafos** separados por puntos y aparte.

En el caso anterior, el tema es la importancia de los sentidos en diferentes culturas.

El texto se organiza en cinco párrafos, y cada uno de ellos desarrolla una idea.

COHESIÓN

Para que podamos hablar de coherencia y cohesión en un texto, todas las **ideas** deben **estar relacionadas** explícitamente entre sí mediante el empleo de elementos de unión, como **conectores** *(por ejemplo, también…)*.

En el texto anterior, se usan diversos conectores: adversativos *(sin embargo…)*, aditivos *(también)*, explicativos *(por ejemplo)*, consecutivos *(entonces...)*, etc.

Estudiaremos cada característica en profundidad en las próximas páginas.

Actividades

1. Analiza las características de este texto:

Las arañas

En tu casa probablemente has visto moscas y mosquitos, polillas y esos insectos que corren rápidos por las paredes. Más discretas, escondidas en rendijas o colgando de sus telas, te guste o no, hay arañas.

Aunque te asusten, las arañas domésticas no suelen ser peligrosas y nos hacen un favor: por un lado, se comen muchos bichos dañinos que devoran libros, ropa o muebles, que nos pican o transmiten enfermedades. Por otro lado, fuera de nuestras casas, en los cultivos, las arañas pueden usarse para controlar plagas, ahorrando el gasto de cuantiosas sumas de dinero en plaguicidas.

Además, la araña produce de forma natural una tela que podría tener gran utilidad, ya que es tres veces más resistente que los tejidos artificiales con los que hoy se fabrican las prendas a prueba de balas.

Berta García Sabatés, *Disfruta con la mitología*. edebé.

— ¿Quiénes crees que son los destinatarios del texto y cuál es la intención del autor? Argumenta tu respuesta.

— Localiza los conectores del texto y explica su función.

— Relaciona las cuestiones anteriores con cada una de las características que debe tener un texto.

— Accede a estos enlaces:

https://links.edebe.com/qmput

https://links.edebe.com/eyx

Compara esos textos sobre arañas con el de esta actividad (fíjate en el vocabulario, la finalidad...).

2. Lee el siguiente texto e incluye en él puntos y aparte para organizar la información en párrafos:

Tareas tan sencillas como caminar o beber café se convierten en toda una odisea una vez se sale de la atmósfera de la Tierra. Los astronautas no pueden beber líquidos de un vaso, pues la ingravidez hace que los fluidos floten por el aire. Los cosmonautas deben succionar sus bebidas de una bolsa. Por eso, investigadores de la Universidad Estatal de Portland crearon una taza en la que cada curva y forma geométrica está diseñada para que el movimiento del líquido sea controlado, según indica Wired. La extraña forma de la taza fue determinada mediante modelos matemáticos. La publicación agrega que las esquinas de la taza actúan como una mecha para llevar el líquido a la boca. Un invento que le permitiría a los astronautas beber un delicioso café en el espacio.

<http://cnnespanol.cnn.com>

— Escribe la idea principal de cada párrafo.

3. Redacta un texto breve sobre los animales en peligro de extinción, dirigido a niños de 7 años. Sigue estos pasos:

- Busca información sobre el tema, anota las ideas que encuentres y ordénalas mediante párrafos.
- Utiliza conectores para organizar la información.
- Usa un lenguaje adecuado para la edad de los lectores.
- Fíjate también en la presentación: respeta las normas ortográficas y los márgenes e introduce algún gráfico, dibujo o fotografía que ilustre el contenido.

La adecuación textual

Como hemos visto, uno de los requisitos que debe cumplir un texto bien elaborado es la **adecuación**.

Observa este ejemplo:

IGUALDAD DE GÉNERO PARA 2030

El Día Internacional de la Mujer es un buen momento para reflexionar acerca de los avances logrados, pedir más cambios y celebrar la valentía y la determinación de las mujeres de a pie que han tenido un papel clave en la historia de sus países y comunidades.

El mundo ha logrado avances sin precedentes, pero ningún país ha alcanzado la igualdad de género.

Hace 50 años, llegamos a la Luna; en la última década, hemos descubierto nuevos ancestros humanos y hemos fotografiado un agujero negro por primera vez.

Mientras tanto, existen restricciones legales que impiden a 2 700 millones de mujeres acceder a las mismas opciones laborales que los hombres. [...].

Hagamos que 2020 sea un año decisivo para las mujeres y las niñas en todo el mundo.

Soy de la Generación Igualdad

Este año el tema se denomina «Soy de la Generación Igualdad: Por los derechos de las mujeres», siguiendo los pasos de la campaña de ONU Mujeres con el mismo nombre (Generación Igualdad) y que conmemora el 25º aniversario de la Declaración y Plataforma de Acción de Beijing (1995), la hoja de ruta más progresista para el empoderamiento de las mujeres y las niñas en todo el mundo.

Además, en este año, también se celebrarán otros logros significativos para la Organización, como puede ser el 10º aniversario de la creación de ONU Mujeres, entre otros.

El consenso que está surgiendo a nivel mundial es que, a pesar de algunos progresos, el cambio real ha sido desesperadamente lento para la mayoría de las mujeres y niñas en el mundo. Al día de hoy, ningún país puede pretender haber alcanzado la igualdad de género. Hay una serie de obstáculos que permanecen sin cambios. Las mujeres y las niñas siguen siendo infravaloradas; trabajan más, ganan menos y tienen menos opciones; y sufren múltiples formas de violencia en el hogar y en espacios públicos. Además, existe una amenaza significativa de reversión de los logros feministas que tanto esfuerzo costó conseguir.

El año 2020 representa una oportunidad excepcional para movilizar la acción mundial con miras a lograr la igualdad de género y la realización de los derechos humanos de todas las mujeres y niñas.

Naciones Unidas, *Día Internacional de la Mujer, 8 de marzo.*

Para que un texto sea adecuado, debe ser **correcto formalmente** y estar **adaptado a la situación.** Un texto escrito es formalmente correcto si tiene una **buena presentación;** es decir, si:

- Respeta los **márgenes** y distribuye la información en distintos párrafos.
- Emplea **recursos gráficos** para destacar las partes del texto que interesa remarcar (en el texto anterior se destacan con negrita el título y el subtítulo).
- Respeta la **normativa:** ortográfica, sintáctica, léxica...

Para adaptarse a la situación, el texto debe tener en cuenta: la **intención** que persigue, el **receptor** al que se dirige y el **medio** en que se produce.

Un texto adaptado a la situación tiene en cuenta...

EL DESTINATARIO

El texto debe ajustarse al **nivel cultural** del destinatario y al **tipo de relación** que el autor mantenga con él. Dependiendo del tipo de receptor, el texto emplea un lenguaje básico, medio o elevado, en un registro formal o informal.

El texto anterior se dirige a **ciudadanos** que ya no son niño/as. Se utiliza, por tanto, un **lenguaje formal**, con un vocabulario claro y preciso para transmitir una información objetiva.

EL CANAL

El texto debe adecuarse al **medio** (oral o escrito) en el que se difunde y que condiciona el **registro** lingüístico. Así, en la comunicación oral suele emplearse un lenguaje más coloquial que en la escrita, aunque hay excepciones.

El texto del ejemplo está editado en un **medio escrito**. Se trata de un organismo institucional dedicado a temas **educativos** y **humanitarios**. En este tipo de texto se utiliza un **registro formal.**

LA INTENCIÓN

El texto debe amoldarse a la **intención** que persigue su autor. No exige el mismo uso de la lengua, por ejemplo, un texto exclusivamente informativo que uno que expresa una denuncia y una opinión.

La intención del texto es transmitir una información y denunciar una situación. Emplea un **lenguaje objetivo** en cuanto a la exposición de datos y cierta **subjetividad** cuando expresa una denuncia.

En resumen, el texto del ejemplo es adecuado porque tiene una buena presentación y el autor ajusta el **registro** (formal) al **destinatario** al que se dirige (ciudadanos), al **canal** en el que se difunde (un medio escrito) y a su **intención** (transmitir una información acompañada de denuncia).

Actividades

4. Este texto no es adecuado formalmente. Vuelve a escribirlo en tu cuaderno de forma correcta.

> Los anglicismos, galicismos y demás extranjerismos no causan alergias, ni hacen que baje el porducto interior bruto, ni aumentan la contamnación ambiental. No matan a nadie. No constituyen en sí mismos un mal para el idrioma. Ahí está «fútbol, por ejemplo, que viene de *football* y se istaló con naturalirdad mediante su adaptación como voz llana en España y aguda enAmérica.
>
> Álex Grijelmo, *El País* [en línea].

5. Escribe un texto teniendo en cuenta los siguientes factores relacionados con el registro:

- **Canal**: carta formal (registro formal).
- **Destinatario**: director/a del centro escolar (nivel culto).
- **Intención**: solicitud de una beca para llevar a cabo un curso de idiomas en el extranjero.

6. Valora en estos textos si el registro es adecuado al canal, al destinatario y a la intención con que se escriben:

A Para poner en marcha la lavadora, levante la tapa de la puerta de carga e introduzca la ropa. Añada el detergente en la cubeta y seleccione la temperatura que desee. Elija el programa adecuado a las necesidades de lavado y ponga en marcha el aparato apretando el interruptor.

B

¡Hola, Jorge!

Mañana kdamos en la puerta del insti, como cada día. Llévate el skate y las rodilleras. Yo también. Dale un toke a Luis y "al loco".

Bye! Pablo

— Reescribe los textos con estos cambios:

- **Texto A.** Destinatario: un amigo o una amiga.
- **Texto B.** Destinatario: campeón de skate; canal: teléfono.

La coherencia textual

Lee atentamente el siguiente texto:

Tema

TRUCOS PARA MEMORIZAR DATOS AL ESTUDIAR

Ideas / Párrafos

A la hora de estudiar existen diferentes técnicas de estudio, pero siempre dependerá del tipo de estudiante la que mejor le convenga. Pensando en esta gran variedad de opciones para memorizar textos y aprender a recuperar información que hemos leído, en Educación2 te presentamos algunos trucos para memorizar mejor el contenido.

El primer paso en cualquier tarea de memorización es entender aquello de lo que estamos hablando. La simple memorización de cosas específicas se almacena en nuestra memoria a corto plazo, cualquier distracción puede hacer que nos olvidemos. Sin embargo, el aprendizaje significativo evita que nos olvidemos del eje de la cuestión, luego es más fácil agregar otros detalles que se quedarán fijados con mayor sencillez.

Crear pistas

Las pistas son pequeñas señales que ayudan a recordar aquello que hemos leído. Las más comunes son las denominadas reglas mnemotécnicas, pero también se pueden utilizar fichas o «machetes» (chuletas), que luego no son necesarias en el examen porque el contenido ya forma parte de nuestro conocimiento a largo plazo.

Concentración

La clave para mejorar la memorización es concentrarse en aquello que estamos haciendo. Si nos distraemos con música o charlas, lo más probable es que nos olvidemos de todo aquello que hemos estado intentando aprender.

Repetir listados

Al tratar de memorizar un listado es importante que repitamos una y otra vez los componentes para que no se nos olviden. Normalmente esto nos obliga a aprendernos en orden determinados conceptos, que es una ayuda para no olvidar detalles que pueden incluir desde nombres de personas hasta características de una célula.

También puedes ayudarte a memorizar listas mediante la agrupación por categorías o la asociación de palabras. Los trucos para memorizar no son infalibles, pero siempre que los utilices obtendrás mejores resultados que si intentaras simplemente leer y que mágicamente todos los conceptos se queden en tu memoria.

Educación 2.0

La **coherencia textual** es una **propiedad** que deben poseer los textos para ser considerados como tales. Se trata de las adecuadas trabazón y relación que guardan todas las ideas del texto, con relación a un **tema** que le da unidad.

Como puedes comprobar, el tema del texto anterior gira en torno a «los trucos para memorizar», y las ideas que se desarrollan están relacionadas entre sí y se organizan de una forma lógica dando unidad al texto. Por todo ello, se puede decir que el texto es coherente.

Un texto es **coherente** si las ideas que expone están relacionadas correctamente y adquieren entre sí un significado unitario.

CARACTERÍSTICAS

Para que el texto sea **coherente** debe cumplir unos requisitos básicos:

— Debe estructurarse en torno a un **tema**. Las **ideas** desarrolladas tienen que estar **relacionadas** con dicho tema. Este puede estar explícito en el texto o no, en cuyo caso el lector o la lectora tendrá que inferirlo. En el ejemplo anterior, el tema (los trucos para memorizar) se recoge en el título.

— Tiene que haber un **orden lógico** de las **ideas,** de manera que haya una **progresión de la información.** Las ideas se organizan de modo que forman una estructura, que puede ser:

- **Externa**, si se refiere a las partes visibles del texto: título, párrafos, oraciones... También se consideran estructura externa los apartados y subapartados, los esquemas, las clasificaciones...
- **Interna**, si alude al desarrollo interno de las ideas. La estructura interna varía en virtud del tipo de texto que se trate; por ejemplo, en un texto expositivo las ideas suelen organizarse en introducción, desarrollo y conclusión.

El siguiente esquema representa la estructura del texto anterior. Complétalo:

Estructura externa	Evolución de las ideas	**Estructura ....**
Párrafo 1	**Idea A:** existen muchos trucos o técnicas para memorizar el contenido.	Introducción
Párrafo 2	**Idea B:** el primer paso es entender	....
Párrafo 3	**Idea C:**	
Párrafo 4	**Idea D:**	
Párrafo 5	**Idea E:**	
Párrafo 6	**Idea F:**	....

Tema: ....

Actividades

7. Lee este texto, di cuál es el tema y señala la estructura interna:

> Los accidentes nucleares son los que se originan en centrales nucleares o lugares en donde se utiliza la energía nuclear. Se caracterizan por producir emisiones radiactivas o emitir productos radiactivos al medio.
>
> Las radiaciones afectan principalmente al sistema inmunológico de todos los organismos que quedan expuestos. Además, pueden perdurar durante generaciones.
>
> Las centrales nucleares siguen unas medidas de seguridad muy rigurosas para evitar estos accidentes.
>
> *Ciencias de la Naturaleza* 1 ESO. edebé.

— Escribe un texto sobre los riesgos de la radiactividad en las personas y en el medio ambiente.

8. Explica por qué este texto no es coherente:

> Ahora vivo en Madrid, aunque mi mejor amigo es bajito y peludo. Mi amigo tiene un *skate* como el mío y nos encontramos todas las mañanas y vamos juntos al instituto. Antes de vivir en Madrid viví en Alicante y en Granada, pero mis verdaderos amigos son unos fanáticos del *skateboarding*. Me pongo casco y rodilleras para salir con ellos a rodar. Estoy terminando la enseñanza secundaria y el próximo año nos trasladaremos de nuevo a una ciudad diferente.

La cohesión textual

Lee el texto de la derecha:

TWITTER PREDICE EL RIESGO DE SUFRIR ENFERMEDADES CARDIACAS

Evidentemente, Twitter es un termómetro del clima social **pero**, como demuestra un interesante estudio de la Universidad de Pensilvania, **también** de la salud psíquica y física de sus usuarios.

Rastreando los **«trinos»** de una determinada zona han descubierto que hay una clara correlación entre las manifestaciones de enfado, estrés y fatiga con el riesgo de **enfermedades** cardíacas. Y al contrario: la abundancia de **tuits** que expresan entusiasmo y optimismo coincide con una incidencia más baja de estos trastornos, el primer motivo de muerte en el planeta.

La investigación, realizada por el equipo de expertos en psicología y computación que forma el World Well-Being Project, ayuda a establecer una conexión difícil de comprobar empíricamente: la influencia del bienestar mental en la salud corporal. Ya hace tiempo que se conocen los efectos nocivos de la **hostilidad** y la **depresión, por ejemplo,** ya que esos **estados de ánimo** conducen, **además**, a conductas insalubres como el alcoholismo, el aislamiento o la mala alimentación.

La red social de microblogging, donde la gente deja constancia de sus quejas e inquietudes, brinda en este sentido una valiosísima herramienta para visualizarlo.

Los expertos han comparado **las estadísticas de enfermedades** coronarias y **fallecimientos** por esta causa en 1 300 condados de Estados Unidos (el 88 % del país) y **las** han comparado con los tuits que podían ser geolocalizados, **a los que** han sometido a un análisis lingüístico para detectar expresiones emocionales.

Y sorprendentemente los mapas coinciden: donde abundaban palabras como «odio» o similares había más **muertes** por **dolencias** cardíacas, **mientras que** si destacaban términos como «maravilloso» o «amigos», ocurría lo contrario.

Pablo Colado, *Muy interesante* [en línea].

SINÓNIMOS

trinos / tuits

enfermedades / dolencias

fallecimientos / muertes

HIPÓNIMOS E HIPERÓNIMOS

hostilidad, depresión / estados de ánimo

PRONOMBRES

las estadísticas / las

los tuits / los que

CONECTORES

por ejemplo / además

Y / mientras que

ELIPSIS

Twitter es un termómetro del clima social, pero también (es un termómetro) de la salud psíquica y física de sus usuarios.

Como acabas de ver, un texto es coherente si posee unidad de sentido; es decir, si trata un mismo tema que se desarrolla por medio de varias ideas.

Estas ideas, a su vez, deben estar conectadas entre sí mediante una compleja **red de conexiones lingüísticas** (destacadas en negrita en el texto anterior): sinónimos, conectores, pronombres... Estas palabras constituyen los **mecanismos de cohesión** que dan unidad al texto.

> Un texto está **cohesionado** cuando las distintas partes que lo forman se unen entre sí por medio de procedimientos lingüísticos.

Mecanismos de cohesión textual

Los procedimientos para cohesionar un texto son de muchos tipos, aunque los podemos englobar en dos grandes grupos: la *referencia* y la *conexión*.

REFERENCIA

Se trata de la sustitución de un elemento (palabra, sintagma...) por otro, para **dar unidad sin repetir** innecesariamente las mismas palabras. Entre estos dos elementos se crea un vínculo semántico que da cohesión. Algunos casos son:

- **Sustitución sinonímica.** La cohesión se consigue sustituyendo expresiones por sus sinónimos: *trinos* por *tuits*.
- **Pronominalización.** La cohesión se consigue sustituyendo partes del texto por pronombres, que evitan la repetición y lo ensamblan: *las estadísticas* por *las* (han comparado...).
- **Hipónimos e hiperónimos.** Sustitución de hipónimos por el hiperónimo que los agrupa: *hostilidad* y *depresión* por *estados de ánimo*.

La **elipsis** es otro mecanismo de cohesión que consiste en la supresión de una o varias palabras que ya han aparecido previamente en el texto, o que se pueden sobreentender: *Twitter es un termómetro del clima social, pero también (es un termómetro) de la salud psíquica y física de sus usuarios.*

CONEXIÓN

La relación se establece mediante palabras o expresiones llamadas **conectores**, cuya función es unir las partes del texto.

Según los diferentes **tipos** de relaciones que se pueden establecer, los conectores se clasifican, entre otros:

- **Adversativos:** *sin embargo...*
- **Causales:** *porque...*
- **Consecutivos:** *en consecuencia...*
- **Explicativos:** *es decir...*
- **Aditivos:** *también...*

Actividades

9. **Completa este texto con los conectores que se indican y di de qué tipo son:**

igualmente - pero - también - y - sin embargo

La mitología es un conjunto de mitos relativamente cohesionados: relatos que forman parte de una determinada religión o cultura. .... se denomina mito a las narraciones o expresiones culturales de origen sagrado, ... que posteriormente fueron secularizadas y tratadas como discursos relativos a una cultura, a una época o a una serie de creencias de carácter imaginario.

Los mitos son relatos basados en la tradición y en la leyenda creados para explicar el universo, el origen del mundo, los fenómenos naturales y cualquier cosa para la que no haya una explicación simple. ...., no todos los mitos tienen por qué tener este propósito explicativo. ...., la mayoría de estos están relacionados con una fuerza natural o deidad, ... muchos son simplemente historias y leyendas que se han ido transmitiendo oralmente de generación en generación.

Texto adaptado de Wikipedia en http://es.wikipedia.org/wiki/Mitología

— Encuentra en el texto anterior un ejemplo de sinonimia y otro de pronominalización.

10. **Mejora la cohesión de este texto. Vuelve a escribirlo sustituyendo las palabras subrayadas por pronombres (P) o sinónimos (S). Haz los cambios necesarios.**

Dos hombres coincidieron en un viaje y <u>un hombre</u> (P) preguntó al <u>otro hombre</u> (P) cosas de los lugareños del pueblo <u>del hombre</u> (P). Así, cambió su <u>viaje</u> (S) y decidió visitar <u>el pueblo</u> (S) y, con lo que sabía de <u>los lugareños</u> (S), convenció <u>a los vecinos</u> (P) de que era adivino. Los vecinos creyeron <u>al hombre</u> (S) y durante algún tiempo dieron <u>al hombre</u> (P) muchos regalos.

Un día los vecinos descubrieron que <u>el adivino</u> (S) se había marchado del pueblo con todos <u>los regalos</u> (S) y que en realidad era un farsante. Pero ya era demasiado tarde porque el <u>farsante</u> (S) estaba muy lejos <u>del pueblo</u> (S). Nadie volvió a hablar <u>del hombre</u> (S).

11. **Justifica que el siguiente texto está cohesionado, e indica qué recursos se emplean para ello.**

No necesito drogas para divertirme. En primer lugar, porque no me gusta perder el control de mis actos. En segundo lugar, porque las drogas distorsionan la amistad; es decir, la gente que se droga, al final, solo se relaciona a través del consumo. Por último, y lo que es más grave, el consumo de alcohol y drogas afecta muy gravemente a la salud de los jóvenes desde el primer momento. En definitiva, encuentro muchos más inconvenientes que ventajas, por eso, libremente, decido no tomar drogas.

Las variedades geográficas o diatópicas

La lengua es un conjunto de signos y reglas común a todos los hablantes. Además, es diversa por razones geográficas, históricas o socioculturales.

El artículo 3 de la Constitución española establece que el **castellano** o español es la lengua oficial del Estado. También indica que las demás lenguas españolas (gallego, catalán y euskera) podrán ser oficiales en las Comunidades Autónomas de acuerdo con sus respectivos estatutos.

El castellano tiene, además, variedades **geográficas** y, dentro de estas, variedades **históricas** y **meridionales.** De ellas nos vamos a ocupar en este monográfico.

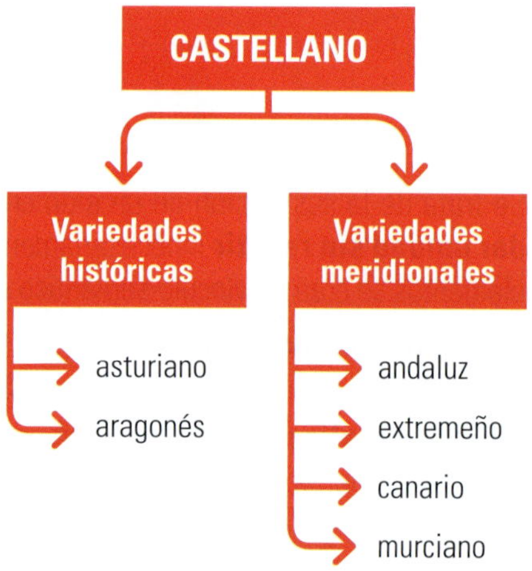

Variedades históricas

El castellano, el gallego y el catalán surgieron a partir del latín, al igual que el **asturiano** y el **aragonés,** lenguas estas últimas con desarrollo histórico y tradición literaria, pero que no gozan del estatus de cooficialidad. En la actualidad, estamos asistiendo a la recuperación de ambas en sus respectivas comunidades, ya que tanto el Estatuto de Autonomía de Aragón como el de Asturias promueven su protección.

El asturianu (asturiano)

Se habla en el Principado de Asturias y en algunas zonas del norte y oeste de Castilla y León. Según los últimos estudios, hay unas doscientas cincuenta mil personas con capacidad para comprender, hablar, leer y escribir en asturiano. Se divide en tres zonas: occidental (límite con Galicia), central (la más amplia) y oriental (límite con Cantabria), con algunas diferencias entre ellas.

¿Quieres conocer mejor **el asturianu?**

Una Ley de Uso del asturiano reconoce la lengua asturiana como lengua tradicional de Asturias. En 1980 se creó la Academia de la Llingua Asturiana, con la finalidad de preservar y proteger el asturiano. Puedes obtener más información en su página web:

https://links.edebe.com/bmwp

Características principales

- Aparición de **formas diptongadas** del verbo ser: *ye/yes. Ye mío* = Es mío.
- **Conservación** de la *f* inicial del latín: *fornu* (del latín fornus) = horno, *falar* = hablar, *fame* = hambre.
- **Palatización** de *l* inicial latina en *ll*: *llingua* = lengua, *llobu* = lobo.
- **Ausencia** del sonido jota /χ/: *xente* = gente, *muyer* = mujer.
- **Concordancia neutra** con determinados sustantivos: *fariña blanco* = harina blanca.
- **Colocación** del pronombre átono enclítico **después** del verbo: *Díxome esto, Llamóme tarde.*
- Diminutivos en ***-in, -ino/a:*** *guapín, sidrina.*
- **Ausencia** de tiempos compuestos en la conjugación verbal: *dixi* = he dicho / dije.
- **Uso** de los **posesivos** con **artículo:** *la mío casa* = mi casa.
- **Morfemas** flexivos *-u, -os* para las formas masculinas (singular y plural) de los sustantivos y adjetivos: *barcu, barcos.*
- **Morfemas** flexivos *-a, -es* para las formas femeninas (singular y plural) de los sustantivos y adjetivos: *casa, cases,* y también para las formas verbales acabadas en *-as, -an:* *cantes* = cantas, *canten* = cantan.

El Cordal fai d'efeutu barrera, xebrando'l clima oceánicu al N del clima mediterraneu al S de la mesma. La humedá relativa ye alta, con abondes precipitaciones a lo llargo tol añu, produciéndose les máximes al final de la seronda y primeros d'iviernu y les mínimes en branu. Na costa llueve menos que nos cumales, pero ye más frecuente l'orbayu. A más altitú más precipitaciones: calcúlase un aumentu de 100 ll/m^2 pa cada 100 m que subimos d'altitú.

«Climatoloxía ya vexetación«, en *Xeitu. Manual pal deprendimientu de la llingua asturiana.*

El aragonés

¡Acércate al **aragonés!**

Se habla en diversas zonas del norte de Aragón. Se calcula que hay unos veinticinco mil hablantes de aragonés, pero son unas cincuenta y seis mil las personas que lo entienden aunque no lo hablen. El aragonés posee su propia gramática y una amplia literatura. Si quieres más información, puedes visitar este enlace: https://links.edebe.com/asnq

En la localidad de Ansó (Huesca) se conserva el aragonés.

Características principales

- **Diptongación** de las vocales *e* y *o* en posiciones que no lo hacen en castellano: *fuella* = hoja, *tiengo* = tengo.
- **Conservación** de la *f* inicial del latín: *fillo* = hijo, *farina* = harina.
- **Conversión** de las letras *g* y *j* al inicio en *ch: choven* = joven, *chen* = gente.
- **Uso** de *ll* por *j*: *muller* = mujer.
- **Presencia** de *-it-* donde el castellano presenta *ch*: *muito* = mucho, *dito* = dicho.
- **Apocopación** de las vocales *e* y *o* finales: *chen* = gente, *tién* = tiene, *fuen* = fuente.
- **Presencia** de la terminación *-eba*, *-iba* en el pretérito imperfecto de indicativo: *poneba, deciba*...
- **Empleo** de los pronombre *yo* y *tú* con preposición: *pa yo, a tú.*
- **Conservación** de *p, t, k* intervocálicas: *marito* = marido, *lacuna* = laguna.
- **Conservación** de los grupos iniciales *-pl, -cl* y *–fl* del latín: *pluvia* = lluvia, *flamarada* = llamarada (del latín *pluvia, flamma*).

Cuan Garzés va comprebar que eban acudiu ya toz, va zarrar la puerta d'el corral, que basta ixe momento yera patalera, y va puyar ta la cozina, aon María, la dueña, eba serviu a's convocaus una taza bien calién de caldo mesclau con un buen churro de vino.

José Solana Dueso, *El siñor de San Chuan*. Gobierno de Aragón / Gara d'Edizions.

Las variedades meridionales

El castellano presenta variaciones según el territorio, ya que el lugar de procedencia de los hablantes influye en la manera de hablar una lengua. Existen las llamadas variantes meridionales; las más representativas son el andaluz, el murciano, el extremeño y el canario. Se consideran **variantes** o **dialectos** porque no se diferencian suficientemente del castellano ni entre sí: cualquier hablante de castellano entiende a un hablante de murciano, extremeño, andaluz o canario. Estas variantes presentan rasgos lingüísticos diferenciados de otras variedades y comunes entre ellas, por ejemplo: el seseo, el ceceo, la aspiración de *h*, etc. Vamos a verlas con detenimiento:

El andaluz

¡Un viaje a **Andalucía!**

Se habla en toda Andalucía, en zonas limítrofes del sur de Castilla-La Mancha y Extremadura, en Ceuta y en Melilla.

Características principales

- **Relajación** de la *s* final.
- **Aspiración** del fonema /χ/: *traho* = trajo.
- **Seseo**, es decir, pronunciación de *c-z* como *s*: *gra**s**ia* = *gra**c**ia.*
- **Ceceo**: pronunciación de *s* como *c/z*: ***z**olo* = ***s**olo.*
- **Yeísmo**: pronunciación de *ll* como *y*: ***y**eno* = ***ll**eno.*
- **Pérdida** de *l, r, n* finales: *caná* = *canal, vendé* = *vender, marró* = *marrón.*
- **Relajación** de *ch: shico, coshe, mushasho.*
- **Pérdida** de *d, g, r* intervocálicas: *quemaúra* = *quemadura, aúja* = *aguja*; *pea* = *pera.*
- **Trueque** de *r* y *l*: *a**r**piste* = *a**l**piste*; *bebe**l*** = *bebe**r**.*
- **Confluencia** de *vosotros* y *ustedes.*

Ayer pasé por tu caye
y te vi en er barcón;
siempre que se mira al sielo
se ve la grasia de Dioh.
Bendita sea tu casa
y er arbañí que la jiso:
que por dentro está la gloria
y por fuera er paraíso.

Antonio Machado y Álvarez. *Cantes flamencos*. Espasa-Calpe.

El murciano

Abarca la región de Murcia, parte del sur de Alicante, el nordeste de Jaén y Granada y el norte de Almería. Tiene rasgos en común con el andaluz, el aragonés y el valenciano.

Características principales

- **Yeísmo** y **aspiración** de /χ/: *corahe*
- **Trueque** de la *r* y *l*: *artar* = altar, *mujel* = mujer.
- **Aspiración** de *s* al final de sílaba: *saboreh, tomateh.*
- **Palatalización** de la *l* inicial: *lluego* = luego.
- **Desaparición** de la *d* intervocálica: *piazo* = pedazo.
- **Mantenimiento** de *ns*: *panso* por paso.
- **Atenuación** de la *d* intervocálica hasta casi desaparecer: *pescao* = pescado.
- **Empleo** del sufijo diminutivo *–ico/a*: *sillica.*
- **Ceceo** y **seseo** (casi inexistente).

¡Rumbo a **Murcia!**

La zagala estaba
töa encortaïca,
sin alzar los ojos,
la cara encendía,
trenzando los flecos
de su pañuelico
con las manecicas...
Con los ojos puestos
en la zagalica,
abonico' el mozo
su querer l'icía
con unas palabras...
¡qué güenas!, ¡qué dulces!
¡ay, qué palabricas!...

Vicente Medina, «Naïca», en *Aires murcianos.* Edición de la Real Academia Alfonso X el Sabio.

El extremeño

Se habla en varias zonas de Cáceres y Badajoz, y en una parte del sur de Salamanca. Tiene influencias del asturiano, del andaluz y del portugués. En el artículo 11 del Estatuto de Autonomía de Extremadura se hace referencia a la protección del extremeño, bajo la denominación de *peculiaridades lingüísticas.*

Características principales

- **Aspiración** de *s* a final de sílaba y también aspiración de /χ/: *meh, ehercicio.*
- **Pérdida** de la *r* final o cambio por *l*: *gritá* = gritar, *vendel* = vender
- **Pérdida** de la *d* intervocálica: *dao* = dado.
- **Contracción** de la terminación *–iera* y similares en *–iá*: *tuviá* = tuviera.
- **Cambio** de *o* por *u* y de *e* por *i* al final de palabra: *zapateru* = zapatero, *genti* = gente.
- **Empleo** de sufijos apreciativos terminados en *–in/-ina* o *-ino: mijina, perrino.*
- **Aspiración** de la *h* inicial en un sonido similar a /χ/: *jigo* = higo.

¡Conoce el **extremeño!**

Erasi, que érasi un zapateru y un labraól. El zapateru teni'un cochinu, y el labraól un jabál. La cochina se empic'al jabál y le jadía (hacía) dañu, y el labraól se lo dijo'al zapateru pa que jidiese cuidiau, y ehti le prometió encerrál a la cochina.

Antonio Viudas Camarasa, *El dialecto extremeño.* Universidad de Extremadura.

El canario

Se habla en las islas Canarias. Presenta rasgos comunes con la variedad andaluza, ya que la mayoría de las personas que llegaron a las islas procedían del sur de España. También presenta similitudes con el español que se habla en Cuba, Venezuela, Puerto Rico y la República Dominicana. El léxico tiene influencia de la lengua autóctona, el guanche, y del portugués.

¡A las islas **Canarias!**

> Las emociones no se cuantifican. No hay estadísticas. Pero si yo les preguntara cuándo les envolvió por última vez un escalofrío ante determinadas lecturas ustedes sabrían responderme.
>
> Elsa López. *Los supervivientes (VII).* Dragaria (Revista canaria de literatura)

Características principales

- **Seseo:** *azúcar* = asúcar.
- **Yeísmo:** *yover* = llover.
- **Trueque** de la *r* y *l*: *ba**r**cón* = balcón.
- **Aspiración** o **relajación** de /χ/: *ehercicio.*
- **Aspiración** de la *s* o asimilación a la consonante siguiente: *co**j**ta* = costa, *i**l**-la* = isla.
- **Aspiración** de la *h*: ***j**ablar* = **h**abla, ***j**arto* = **h**arto.
- **Asimilación** de la *r*: *ca**n**ne* = carne.
- **Empleo** de *ustedes* en lugar de *vosotros.*
- **Uso** del pretérito perfecto simple en lugar del compuesto: *vine* = he venido.

Actividades

1. ¿De qué lengua provienen el asturiano y el aragonés?

2. Indica cuál de estas características comparten el asturiano y el aragonés:

a) Empleo de los pronombre *yo* y *tú* con preposición.

b) Uso de los posesivos con artículo.

c) Conservación de la *f* inicial del latín.

3. Elige una variedad meridional y señala en un mapa las zonas donde se habla.

4. Señala en cuál de estas variedades no se da el fenómeno del ceceo:

a) murciano

b) canario

c) andaluz

5. ¿Qué variedades emplean *ustedes* en lugar de *vosotros*?

6. Escucha esta entrevista al cantante Xuso Jones y anota las características del murciano que observes:

https://links.edebe.com/Fii

7. Visualiza y escucha esta canción del cantante Huecco. ¿Qué rasgos del extremeño observas? Justifica tu respuesta con ejemplos de la canción.

https://links.edebe.com/ueDdpB

— Escucha ahora esta canción de Efecto Pasillo y señala qué rasgos del canario reconoces:

https://links.edebe.com/kFfx

8. Mira este vídeo sobre la cantaora la Niña de los Peines en el que interviene su hija: https://links.edebe.com/xd8as

— Busca en su pronunciación las características fonéticas del andaluz.

— ¿Qué diferencias observas entre la pronunciación de la hija y la del narrador del vídeo?

9. En parejas, elegid en esta página una canción popular asturiana y analizad sus características:

https://links.edebe.com/BnCwD

10. Busca información sobre La Orquestina de Fabirol. Indica en qué variedad canta esta formación y anota un par de títulos de sus canciones.

Evaluación de competencias

Comprensión lectora

Observa y lee la información del siguiente cartel y realiza las actividades que se proponen a continuación:

1. La intención principal del cartel es:
   - Mostrarnos al hambre como un monstruo.
   - Concienciar de la necesidad de actuar contra el hambre.
   - Atemorizar a las personas que no se solidarizan con los demás.
2. ¿A quién crees que va dirigido el mensaje de este cartel?
   - Al niño del dibujo y, por extensión, a todos los niños del mundo.
   - A las familias que pasan hambre.
   - A todas las personas que quieran participar en el proyecto.
3. El hambre aparece representada como un monstruo de gran tamaño. ¿Qué nombre recibe este recurso?
   - Comparación
   - Personificación
   - Metáfora

   — Escribe al menos cuatro adjetivos que califiquen al monstruo de la imagen y, por lo tanto, al hambre.
4. ¿Qué función del lenguaje tiene la oración que acompaña a la imagen?: «Dile al hambre que se meta con alguien de su tamaño».
   - Expresiva
   - Referencial
   - Apelativa
   - Poética
   - Metalingüística
   - Fática
5. ¿Por qué algunas palabras tienen un tamaño mayor en el texto del cartel?

   — ¿Qué nombre recibe en una campaña propagandística este tipo de texto?

   — Sustituye esa expresión por otra que signifique lo mismo.
6. Busca en el diccionario la palabra *umbral* y explica el significado de la expresión «vivir bajo el umbral de la pobreza».

   — ¿Cómo expresarías el significado contrario?
7. Formad grupos y reflexionad sobre la siguiente cuestión:

   — ¿Qué recursos consideráis que son imprescindibles para vivir?

   — ¿Creéis que podríais prescindir de algunos bienes materiales?

Comprensión oral

Escucha atentamente el audio y realiza las actividades que se proponen:

8. Indica el orden en que aparecen las siguientes afirmaciones:

	Las desigualdades se han globalizado y están creciendo.
	Esto no está en las manos de uno, pero sí está en las manos de todos.
	Como a mí me habían ayudado, yo también quería ayudar.
	Lo más importante en la educación y el desarrollo de mis hijos es que pueda haber una igualdad entre todos.

9. ¿Qué objetivo tiene esta campaña en los centros escolares en los que actúa?

10. ¿Cuáles son las ayudas y los apoyos concretos que facilita este proyecto?

11. De los testimonios que has escuchado, ¿cuál es el que más te ha conmovido? Justifica el motivo.

Expresión escrita

12. Fíjate en los datos y elementos que aparecen en esta imagen:

    — Redacta un texto expositivo sobre el tema de la pobreza infantil en el que queden reflejados todos los datos anteriores.

    — Puedes completar el texto con nuevos datos y gráficos que te parezcan de interés.

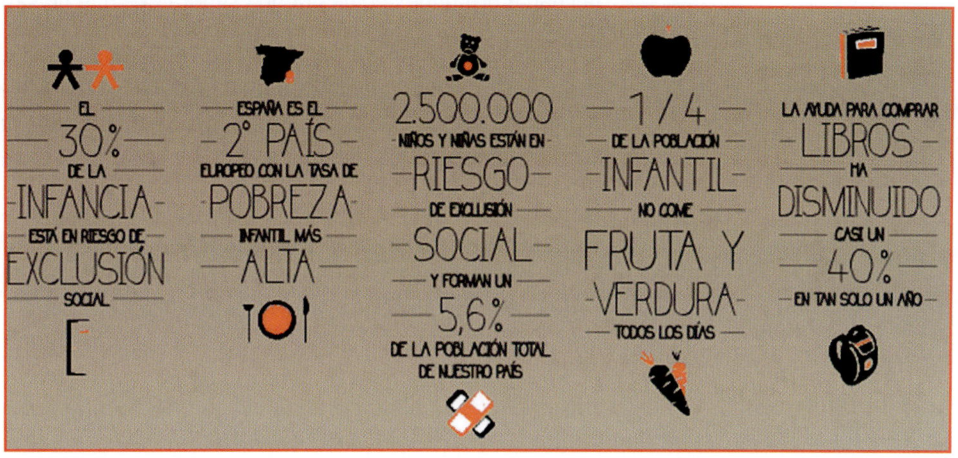

Expresión oral

13. A partir del siguiente cartel, formad grupos y comentad la importancia de que todos los niños y las niñas crezcan con las mismas oportunidades.

    — ¿Creéis que son importantes para el desarrollo infantil los elementos que aparecen en el cartel?: material escolar, alimentación, valores solidarios y espacios sociales. Justificad vuestra respuesta.

Escápate del TRIMESTRE

Nuestra literatura

El tío Tono

La barca penetraba en el lago. Por entre dos masas de carrizales, semejantes a las escolleras de un puerto, se veía una gran extensión de agua tersa, reluciente, de un azul blanquecino. Era el *lluent*, la verdadera Albufera (...). La barca costeaba el lado de la Dehesa, donde ciertos barrizales cubiertos de agua se iban convirtiendo lentamente en campos de arroz.

En una pequeña laguna cerrada por ribazos de fango, un hombre de musculatura recia arrojaba capazos de tierra desde su barca. Los pasajeros lo admiraban. Era el tío Tono, hijo del tío Paloma y padre a su vez de Tonet el Cubano. (...)

No había en toda la Albufera hombre más trabajador que el tío Tono. Se había metido entre ceja y ceja ser propietario, tener sus campos de arroz, no vivir de la pesca como el tío Paloma, que era el barquero más viejo de la Albufera; y solo —pues su familia únicamente le ayudaba a temporadas, cansándose ante la grandeza del trabajo— iba rellenando de tierra, traída de muy lejos, la charca profunda cedida por una señora rica que no sabía qué hacer con ella.

Era empresa de años, tal vez de toda la vida, para un hombre solo. El tío Paloma se burlaba de él; su hijo le ayudaba de vez en cuando, para declararse cansado a los pocos días; y el tío Tono, con una fe inquebrantable, seguía adelante, auxiliado únicamente por la Borda, una pobrecilla que su difunta mujer sacó de los expósitos, tímida con todos y tenaz para el trabajo lo mismo que él.

¡Salud, tío Tono, y no cansarse! ¡Que cogiera pronto arroz de su campo! Y la barca se alejó, sin que el testarudo trabajador levantase la cabeza más que un momento para contestar a los irónicos saludos.

Vicente Blasco Ibáñez, *Cañas y barro*. Akal.

Actividades

1. **Responde a estas preguntas sobre el tío Tono:**
   - ¿Dónde vivía?
   - ¿A qué quería dedicarse?
   - ¿Qué oficio rechazaba?
   - ¿Quién le ayudaba en sus tareas?

2. **Copia en tu cuaderno las oraciones de la lectura que confirman las siguientes afirmaciones:**

   a) El tío Tono era viudo.

   b) La Borda era hija de padres desconocidos.

   c) Tonet el Cubano era nieto del tío Paloma.

   d) La Borda era muy trabajadora.

3. **Relaciona estas palabras de la lectura con su significado:**

carrizal	Obra de piedra o cemento que protege contra la acción del mar.
escollera	Terreno de pendiente pronunciada que divide dos fincas.
dehesa	Terreno con plantas de tallo alto que crecen cerca del agua.
ribazo	Tierra destinada a pastos.

4. **Localiza en la lectura un sinónimo de *lodo*.**

5. **¿Por qué crees que el autor define como *irónicos* los saludos que le dedican los pasajeros de la barca al tío Tono?**

¿Qué es la literatura?

Podemos definir la literatura como el **arte** que tiene como medio de expresión la lengua y busca la **belleza** a través de las palabras.

La diferencia entre un texto literario y un texto no literario está en su **forma:** la literatura tiene una función principalmente **poética,** ya que pretende **embellecer** el mensaje con palabras y expresiones que producen placer estético o son sorprendentes para los lectores.

Un **texto literario** reúne las siguientes características:

- Utiliza un lenguaje bello, rico y atractivo de forma original y creativa.
- Emplea recursos literarios, como la metáfora, la hipérbole, la anáfora…; y, en el caso de la lírica, suelen sumarse otros recursos, como la rima, la métrica, los acentos…
- Expresa sentimientos, deseos, opiniones… desde el punto de vista de sus autores. Por eso decimos que es subjetivo.

Por otro lado, un texto no literario tiene una función principalmente **informativa** o **didáctica.** Por ejemplo, son textos no literarios una enciclopedia, una noticia, una receta de cocina o el prospecto de un medicamento. Las características principales de estos textos son las siguientes:

- Presentan la información de forma objetiva con un lenguaje claro, conciso y directo.
- Pretenden transmitir conocimientos.

Vamos a ver ahora la diferencia entre un texto literario y uno no literario con un ejemplo. Observa:

TEXTO LITERARIO

Este jardín de casa de muñecas era un país encantado, un bosque de flores transitado por criaturas que yo jamás había visto. Entre los **gruesos** y **sedosos** pétalos de cada capullo de rosa vivían **arañitas como cangrejos,** que se escabullían de lado si se las molestaba. Sus **cuerpecitos** translúcidos tenían igual coloración que su flor respectiva: rosa, marfil, corinto o amarillo manteca. Sobre los tallos de los rosales, incrustados de pulgón, las mariquitas se movían **como juguetes recién pintados.**

Gerald Durrell, *Mi familia y otros animales.* Alianza.

↑

Uso de comparaciones, adjetivos calificativos y diminutivos afectivos. Todo ello dota de belleza el mensaje.

TEXTO NO LITERARIO

Tusal jarabe es un medicamento utilizado en el tratamiento sintomático de la tos.

Este medicamento contiene sacarosa.

Si padece una intolerancia a ciertos azúcares, consulte con su médico antes de tomar este medicamento.

Las tomas deben repartirse a lo largo del día y al acostarse para calmar la tos nocturna.

Si considera que la acción de Tusal jarabe es demasiado fuerte o débil, comuníqueselo a su médico o farmacéutico.

↑

Uso de lenguaje técnico y específico del campo médico.

Actividades

6. **Lee este texto e indica si es literario o no literario. Justifica tu respuesta.**

Agua, ¿dónde vas?
Riyendo voy por el río
a las orillas del mar.

Mar, ¿adónde vas?
Río arriba voy buscando
fuente donde descansar.

Federico García Lorca, «Agua, ¿dónde vas?»,
en *Canciones (1921-1924).* Alianza.

7. **Escribe un texto no literario sobre el mismo tema que el texto de la actividad anterior.**

8. **Redacta un texto literario sobre uno de los temas siguientes:**

a) Los cerezos que empiezan a florecer.

b) Contemplar y escuchar una bandada de pájaros.

c) Un paseo en barca por los arrozales.

d) Las vacaciones.

Los géneros literarios

Según el **contenido** que expresan y la **forma** que adoptan, podemos distinguir tres géneros literarios:

LÍRICA

- Su finalidad es expresar emociones y sentimientos.
- Generalmente, se escribe en verso.
- Emplea figuras literarias.

→

La primera emoción
fue el olor de la tierra
mojada, oscura y fría
en un mundo vidriado.

Ida Vitale, «Invernadero», en *Poesía reunida.* Tusquets.

NARRATIVA

- Explica hechos que les suceden a unos personajes en un tiempo y un espacio determinados. Los hechos se explican con coherencia y apariencia de verdad.
- Se escribe en prosa.
- Por lo general, aparece un narrador/a en 1.ª o en 3.ª persona.

→

Pero ¿dónde está aquel descampado? No conozco Getxo, me llevaron allí en coche. Era una pequeña casa rodeada de cultivos. Sí, y un gran árbol junto a la casa. El camino pasaba por delante. Un camino que bajaba y bajaba...

La luz de la linterna alumbra las fachadas de casas de dos y tres pisos. Seguramente, son las últimas del pueblo. Estoy bajando una carretera. Pero a la casa que busco se llegaba por un camino.

Ramiro Pinilla, *La higuera.* Círculo de Lectores.

DRAMÁTICA

- Los textos representan hechos reales o imaginarios.
- Las obras se desarrollan a partir del diálogo entre dos o más personajes.
- Su finalidad es la representación ante un público.

→

ESTRAGÓN. ¡Delicioso lugar! *(Se vuelve, avanza hasta la rampa, mira hacia el público.)* Semblantes alegres. *(Se vuelve hacia VLADIMIR.)* Vayámonos.

VLADIMIR. No podemos.

ESTRAGÓN. ¿Por qué?

VLADIMIR. Esperamos a Godot.

ESTRAGÓN. Es cierto. *(Pausa.)* ¿Estás seguro de que es aquí?

VLADIMIR. ¿Qué?

ESTRAGÓN. Donde hay que esperar.

VLADIMIR. Dijo delante del árbol. *(Miran el árbol.)* ¿Ves algún otro?

ESTRAGÓN. ¿Qué es?

VLADIMIR. Parece un sauce llorón.

Samuel Beckett, *Esperando a Godot.* Editorial Último Recurso.

Actividades

9. **Lee este texto e indica a qué género pertenece. Señala las características que justifican tu respuesta.**

La primera vez que vi actuar a Samarkanda fue en agosto de 1992, en el estadio de fútbol Vicente Calderón de Madrid. Fue un concierto memorable en el que actuaron media docena de grupos. El plato fuerte fueron Samarkanda y Rosendo Mercado. Cómo olvidar aquel concierto. Por aquella época yo todavía soñaba con ser crítico musical y publicar reseñas y entrevistas en la revista *Rolling Stone.*

Luis Leante, *Maneras de vivir.* edebé.

El comentario de texto

Un comentario de texto es un trabajo de análisis, reflexión y crítica de un texto. Para realizar este análisis profundo del texto, se deben seguir unas pautas.

PRIMERA FASE

Análisis del contenido

1. Comprensión:

- Obtener la información necesaria para comprender el texto de forma general.

2. Contextualización:

- Situar el texto en el contexto histórico e ideológico de su tiempo.
- Indicar a qué género pertenece dicho texto.

3. Tema y estructura

- Identificar el tema (idea principal) y los subtemas (ideas secundarias).
- Estructurar las partes del texto y la relación entre ellas.

Análisis de la forma

4. Estilo

- Detectar cómo está escrito el texto relacionándolo con el contenido y la intención del autor o autora.
- Recursos literarios: identificar metáforas, epítetos, etc. y su función en el texto.

5. Opinión crítica

- Valorar el texto con argumentos críticos.
- Aportar la opinión personal sobre el texto.

SEGUNDA FASE

Introducción

- Indicar, de forma directa y sencilla, la intención del autor/a.

Desarrollo

- Explicar cómo consigue el autor/a su objetivo.

Tema y estructura

- Relacionar la intención del autor/a con las ideas del texto.
- Enlazar la introducción con los temas de textos y cómo están ordenados.

Estilo

- Explicar cómo logra el autor/a transmitir su mensaje.
- Localizar los principales recursos y comentar su función.

Conclusión

- Justificar si el texto transmite las emociones y la intención del autor/a.
- Valorar la importancia del texto y si el texto conserva la actualidad.

7 La Edad Media

Contenidos

- LECTURA
  Tercia
- COMUNICACIÓN ORAL
  La exposición oral
- EDUCACIÓN LITERARIA
  La Edad Media
  Contextualización histórica
  1. La lírica
  2. La narrativa
  3. El teatro
  4. Comentario de texto:
     - *Cantar de Mio Cid*
     - *La Celestina*

Y además...

Taller creativo
Somos juglares

¡Mira el vídeo!

¿La Edad Media nos queda lejos?

¿Cómo se entretenían en la Edad Media?

Los caballeros eran sus héroes. ¿Cuáles son los tuyos?

Escucha la
LECTURA

Tercia

Antes de leer el siguiente fragmento del libro *El nombre de la rosa*, te invitamos a escuchar la opinión de alguien que ya lo conoce...

Donde Guillermo mantiene una instructiva conversación con el Abad.

El cillerero era un hombre grueso y de aspecto vulgar pero jovial, canoso pero todavía robusto, pequeño pero ágil. Nos condujo a nuestras celdas en la casa de los peregrinos. Mejor dicho, nos condujo a la celda asignada a mi maestro, y me prometió que para el día siguiente desocuparían otra para mí, pues, aunque novicio, también era yo huésped de la abadía y, por tanto, debía tratárseme con todos los honores. Aquella noche podía dormir en un nicho largo y ancho, situado en la pared de la celda, donde había dispuesto que colocaran buena paja fresca. [...]

Después los monjes nos trajeron vino, queso, aceitunas y buena uva, y se retiraron para que pudiéramos comer y beber. Lo hicimos con gran deleite. Mi maestro no tenía los hábitos austeros de los benedictinos, y no le gustaba comer en silencio. [...] Ya otras veces le había escuchado hablar con mucho escepticismo de las ideas universales y con gran respeto de las cosas individuales, e incluso, más tarde, llegué a pensar que aquella inclinación podía deberse tanto al hecho de que era británico como al de que era franciscano. Pero aquel día no me sentía con fuerzas para afrontar disputas teológicas. De modo que me acurruqué en el espacio que me habían concedido, me envolví en una manta y caí en un sueño profundo.

Cualquiera que entrase habría podido confundirme con un bulto. Sin duda, así lo hizo el Abad cuando, hacia la hora tercia, vino a visitar a Guillermo. De esa forma pude escuchar sin ser observado su primera conversación.

Así pues, llegó Abbone. Pidió disculpas por la intrusión, renovó su bienvenida y dijo que debía hablar a Guillermo, en privado, de cosas bastante graves. [...] Inició, pues, escogiendo con mucha prudencia las palabras y recurriendo a largas perífrasis, el relato de un acontecimiento singular que se había producido pocos días atrás, y que había turbado sobremanera a los monjes. [...] El hecho era que Adelmo da Otranto, monje aún joven, pero ya famoso maestro en el arte de la miniatura, que estaba adornando los manuscritos de la biblioteca con imágenes bellísimas, había sido hallado una mañana por un cabrero en el fondo del barranco situado al pie del torreón este del edificio.

Los otros monjes lo habían visto en el coro durante completas, pero no había asistido a maitines, de modo que su caída se había producido, probablemente, durante las horas más oscuras de la noche. [...] Como en su caída había rebotado muchas veces, no era fácil decir desde donde exactamente se había precipitado. Aunque, sin duda, debía de haber sido por una de las ventanas de los tres órdenes existentes en los tres lados del torreón que daban al abismo. [...]

—Ya veo —dijo Guillermo—, y veo que vuestro problema es que si pensarais en una caída accidental, al día siguiente habríais encontrado abierta una de aquellas ventanas, pero las encontrasteis todas cerradas. [...]

—¿Quién os lo ha dicho?

—Vos me lo habéis dicho. Si la ventana hubiera estado abierta, enseguida habríais pensado que se había arrojado por ella. [...]

Perífrasis: Expresión en la que se utilizan más palabras de las necesarias.

Completas: Última oración del día; se reza antes de dormir.

Maitines: Hora del rezo antes del amanecer.

—Así es... —dijo el abad, [...]—. Lo que me habían dicho de vuestras virtudes no era suficiente [...]. Las cosas sucedieron como vos decís. Comprended ahora mi angustia. [...] Pero tengo razones para pensar que otro se ha manchado con un pecado no menos terrible. Y si solo fuera eso.

—Ante todo, ¿por qué uno de los monjes? En la abadía hay muchas otras personas: mozos de cuadra, cabreros, servidores...

—Sí, la abadía es pequeña pero rica —admitió con cierto orgullo el abad—. Ciento cincuenta servidores para sesenta monjes. Sin embargo, todo sucedió en el edificio. [...] Después de la cena, el edificio se cierra y una regla muy estricta prohíbe la entrada de toda persona. —Y enseguida, adivinando la pregunta de Guillermo, añadió, aunque, como podía advertirse, de mal grado—: Incluidos los monjes, claro, pero...

—¿Pero?

—Pero descarto totalmente, sí, totalmente, que un servidor haya tenido el valor de penetrar allí durante la noche. [...]

—Cuando hablasteis de un posible homicidio, dijisteis: «Y si solo fuera eso». ¿En qué estabais pensando?

—¿Dije eso? Bueno, no se mata sin alguna razón, aunque esta sea perversa. Me estremece pensar en la perversidad de las razones que pueden haber impulsado a un monje a matar a un compañero. Eso quería decir. [...]

—Bueno —dijo entonces Guillermo—, ¿podré hacer preguntas a los monjes?

—Podréis.

—¿Podré moverme libremente por la abadía?

—Os autorizo a hacerlo.

—¿Me encomendaréis coram monachis esta misión?

—Esta misma noche.

—Sin embargo, empezaré hoy, antes de que los monjes sepan que me habéis confiado esta investigación. Además, una de las razones de peso que yo tenía para venir aquí era el gran deseo de conocer vuestra biblioteca, famosa en todas las abadías de la cristiandad.

El abad casi dio un respingo y su rostro se puso repentinamente tenso.

—He dicho que podréis moveros por toda la abadía. Aunque, sin duda, no por el último piso del edificio, la biblioteca.

—¿Por qué? [...]

—La biblioteca se construyó según un plano que ha permanecido oculto durante siglos y que ninguno de los monjes está llamado a conocer. Solo posee ese secreto el bibliotecario, que lo ha recibido del bibliotecario anterior, y que, a su vez, lo transmitirá a su ayudante, con suficiente antelación como para que la muerte no lo sorprenda y la comunidad no se vea privada de ese saber [...]. Solo el bibliotecario sabe, por la colocación del volumen, por su grado de inaccesibilidad, qué tipo de secretos, de verdades o de mentiras encierra cada libro. Solo él decide cómo, cuándo, y si conviene, suministrarlo al monje que lo solicita, a veces no sin antes haber consultado conmigo. Porque no todas las verdades son para todos los oídos, ni todas las mentiras pueden ser reconocidas como tales por cualquier alma piadosa [...], y, por último, los monjes están en el *scriptorium* para realizar una tarea determinada, que requiere la lectura de ciertos libros y no de otros, y no para satisfacer la necia curiosidad que puedan sentir, ya sea por flaqueza de sus mentes, por soberbia o por sugestión diabólica.

—De modo que, salvo dos personas, nadie entra en el último piso del edificio.

El abad sonrió.

—Nadie debe hacerlo. Nadie puede hacerlo. Y, aunque alguien quisiera hacerlo, no lo conseguiría. La biblioteca se defiende sola, insondable como la verdad que en ella habita, engañosa como la mentira que custodia. Laberinto espiritual, y también laberinto terrenal. Si lograseis entrar, podríais no hallar la salida. Aclarado esto, desearía que respetaseis las reglas de la abadía.

Umberto Eco, *El nombre de la rosa*. Lumen.

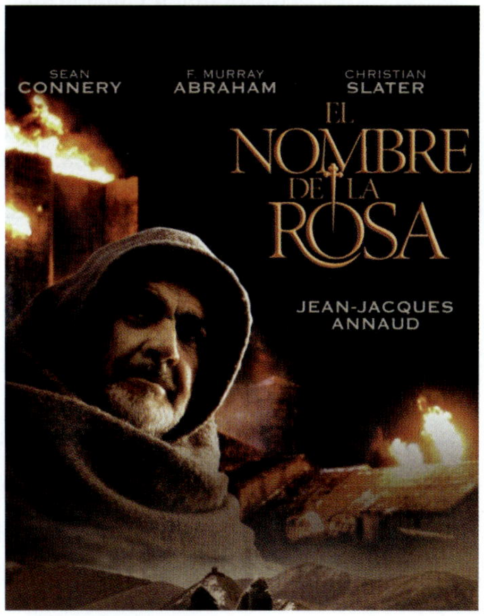

Coram monachis: Expresión en latín que significa 'delante de los monjes'.

Respingo: Sacudida violenta del cuerpo, causada por un sobresalto, una sorpresa...

Scriptorium: Lugar de los monasterios dedicado a la copia de manuscritos por los monjes.

Actividades

Obtención de información

1. Responde a estas preguntas:
   - ¿Qué personajes intervienen en este fragmento?
   - ¿En qué lugar del edificio (la abadía) tiene lugar la acción?
   - ¿Quién es el narrador?
   - ¿Qué hecho se relata?

2. Ahora que ya sabes que en la abadía se ha cometido un crimen, completa esta información:

   a) Nombre de la víctima: ...
   b) Su ocupación en la abadía: ...
   c) Última vez que se le vio con vida: ...
   d) Quién encontró su cuerpo: ...
   e) Dónde se halló su cuerpo: ...
   f) Cuándo se produjo la muerte: ...

Interpretación

3. Busca en estas oraciones un sinónimo para las palabras destacadas en negrita:

   a) El abad **inició** el relato de un **acontecimiento singular** que se había producido pocos días atrás.
   b) El abad esperaba que Guillermo pudiese dedicar una parte de su preciosísimo tiempo al **esclarecimiento** de tan doloroso **enigma.**
   c) La biblioteca se **construyó** según un plano que ha permanecido **oculto** durante siglos.

4. Lee este fragmento de la lectura que describe cómo es el personaje de fray Guillermo:

   «Mi maestro no tenía los hábitos austeros de los benedictinos, y no le gustaba comer en silencio. [...] Ya otras veces le había escuchado hablar con mucho escepticismo de las ideas universales y con gran respeto de las cosas individuales, e incluso, más tarde, llegué a pensar que aquella inclinación podía deberse tanto al hecho de que era británico como al de que era franciscano».

   — ¿En qué se diferencia Guillermo del resto de los monjes benedictinos de la abadía?

5. Explica a qué conclusiones llega Guillermo al conocer el siguiente hecho: «Todas las ventanas estaban cerradas».

6. El abad autorizó a Guillermo a empezar una investigación para esclarecer la muerte de uno de los monjes.

   — ¿Cuál es el único lugar de la abadía que el abad prohíbe Guillermo?

   — A partir de las siguientes afirmaciones que hace el abad, ¿cuál crees que es el verdadero motivo por el que no permite a casi nadie acceder a ese lugar?

   - «La biblioteca se defiende sola, insondable como la verdad que en ella habita, engañosa como la mentira que custodia. Laberinto espiritual, y también laberinto terrenal».

7. En cuanto a la forma del texto, encontramos dos partes bien diferenciadas. ¿Cuáles son?

Reflexión

8. En este fragmento de la novela los protagonistas son el abad Abbone y fray Guillermo. Uno de ellos simboliza el concepto de fe medieval y el otro, la razón que se va abriendo hacia un pensamiento más ilustrado. ¿Quién simboliza la fe medieval y quién, la razón? Justifica tu respuesta.

Expresión

9. El abad no permite el acceso a la zona de la abadía donde está guardado el conocimiento. En algunos países todavía se censura cierta información, por ejemplo limitando el acceso a Internet.

   — Estableced un debate en clase sobre la limitación del acceso a la información.

La exposición oral

Recuerda que el texto expositivo tiene como finalidad transmitir información de manera objetiva, clara y precisa.

Actividades

Escucha

1. **Contesta a las siguientes preguntas acerca del texto que acabas de escuchar:**
   - ¿Cómo es la relación entre cristianos y musulmanes durante la Edad Media en la Península?
   - Describe la importancia del legado árabe en la cultura hispánica.
   - ¿En qué áreas del conocimiento es más visible la herencia árabe en la cultura española?
   - ¿Qué influencia tiene la lengua árabe sobre el castellano? ¿Es importante?
   - ¿Qué ejemplo de convivencia se cita entre las culturas cristiana, musulmana y judía?

Habla

2. **Como verás en esta unidad, la Edad Media es un período en el que coinciden en la Península tres culturas: cristiana, musulmana y judía, lo cual comporta continuas luchas territoriales entre los reinos de la Península.**

   En la actualidad en la Península Ibérica también hay una gran confluencia de culturas debido en buena medida a la inmigración, que se aceleró a finales del siglo XX.

   Formad grupos de cuatro personas y preparad un texto expositivo sobre las diferentes culturas que conviven en vuestro barrio o localidad.

   — Pueden ayudarte las siguientes preguntas:
   - ¿Qué culturas conviven? ¿Cuál es su lugar de origen?
   - Si son de fuera, ¿cuál es el motivo que les llevó a emigrar?
   - ¿Cuál es su situación en nuestro país?
   - ¿Cómo conviven las diferentes culturas entre ellas?

3. **Exponed oralmente la información que habéis recopilado. Para ello debéis tener en cuenta los consejos del margen de esta página.**

Escucha este caso de **convivencia entre culturas**

En una exposición oral...

Ten en cuenta estos consejos:

- Si se trata de una exposición en grupo, pactad de antemano qué parte explicará cada uno: la introducción, los diferentes aspectos sobre el tema y finalmente las conclusiones.
- Prepara un guion sobre tu exposición para que te sirva de apoyo.
- Habla despacio para que la información sea comprensible para el oyente.
- Durante la exposición, utiliza conectores que enlacen y cohesionen las ideas: *asimismo, ciertamente, en primer lugar, por esta razón, para terminar, en conclusión...*
- Una vez terminada la exposición, abre un turno de preguntas para que tus compañeros puedan exponer sus dudas.

La Edad Media: contextualización histórica

LA EDAD MEDIA
Abarca los SIGLOS V-XV

476

La caída del **Imperio romano** supone el comienzo de la Edad Media. Se crea en la Península el **Reino visigodo de Toledo.**

711

Los musulmanes invaden la Península y conforman **al-Ándalus.** Los hispanovisigodos se repliegan en el norte. Estos núcleos cristianos empiezan pronto su expansión hacia el sur, formando distintos reinos.

1252-1284

En el reinado del rey castellano **Alfonso X el Sabio,** las reformas políticas y económicas van acompañadas de un impulso cultural con la Escuela de Traductores de Toledo.

1492

El final lo marcan dos hechos, en el reinado de los Reyes Católicos: la **toma de Granada,** último territorio musulmán, y el **descubrimiento de América,** que señala el inicio de la Edad Moderna.

SOCIEDAD

Estamental

Sistema que divide a la sociedad en **tres estamentos:** la nobleza, el clero y el pueblo. A estos se accede por nacimiento y resulta imposible cambiar de uno a otro.

Privilegiados

La nobleza

El **rey** y los **nobles** están ligados entre sí por pactos de fidelidad o **vasallaje.** Poseen las tierras y gozan de privilegios. Ejercen poder sobre la población.

El clero

Está constituido por **sacerdotes** y **clérigos.** Son los responsables de mantener el espíritu religioso y de proteger la cultura.

No privilegiados

El pueblo

Los **villanos** (personas libres) y los **siervos** (privadas de libertad) trabajan para sus señores, en condiciones precarias, a cambio de protección y una renta de subsistencia.

CULTURA

Teocentrismo

Forma de pensamiento que rige durante la Edad Media y que supone que **Dios** es el **centro** del Universo y el eje de la existencia.

Literatura religiosa

Refleja el poder de la religión. En los **monasterios** se gesta gran parte de la producción literaria (**mester de clerecía**), que tiene como objetivo difundir y preservar la**s ideas cristianas.**

Literatura épica

Esta época se caracteriza por las guerras entre reinos cristianos y musulmanes. Para reforzar la pertenencia a una comunidad, se genera una literatura épica, que **ensalza hazañas de guerreros,** como las del Cid.

Convivencia entre diferentes culturas

✡ ✝ ☪

En esta etapa coinciden tres culturas: **cristiana, musulmana** y **judía.** Esta confluencia enriquece todos los ámbitos del conocimiento y, en muchos periodos, es ejemplo de **tolerancia.** Por ejemplo, los primeros poemas en lengua romance, las **jarchas,** están escritos en alfabeto árabe.

La literatura medieval

La literatura de la Edad Media se transmite de forma **oral,** la mayor parte es de **autor desconocido** y tiene una **función didáctica:** transmitir los valores cristianos y enseñar modelos de conducta. A lo largo de la Edad Media, se produce una evolución en las formas, los temas y los géneros, que se plasma en una literatura popular y una literatura culta.

LITERATURA POPULAR		LITERATURA CULTA
Las primeras muestras son de los siglos X-XIII, recogidas por escrito con posterioridad.	⇔	Surge a partir del siglo XIII, en centros religiosos y posteriormente en la corte.
Son obras **anónimas,** sin autor conocido, y se transmiten **oralmente** de generación en generación.	⇔	Son obras manuscritas, conservadas en libros, y de autor conocido.
Es producida **para el pueblo** con el fin de transmitir valores y/o entretener.	⇔	Producida por las clases privilegiadas para el **disfrute de la corte.**
Lírica. De temática variada, predomina el tema amoroso puesto en boca de una mujer. Por ejemplo: ¡Ay, que non hay! ¡Ay, que non era! Mas ¡ay, que non hay quien de mi pena se duela! Anónimo, *Cancionero musical de Palacio.*	⇔	**Lírica.** El tema predominante es el amor, pero también se tratan temas como la muerte y la sociedad: Por ejemplo: En el nombre del Padre y de don Jesucristo y del Espíritu Santo, de una santa Virgen que nos quiso criar, que nos vino a salvar, luz para confortar, quiero versificar. Gonzalo de Berceo, *Vida de santa Oria.*
Narrativa (en verso). Relata **sucesos heroicos** con base histórica (épica). Entretiene al público y fomenta el sentimiento de comunidad.	⇔	**Narrativa.** Surge una narrativa en verso de **carácter religioso** (mester de clerecía); más adelante aparece una prosa didáctica para entretener e instruir con consejos.

Actividades

1. Explica cómo es la sociedad medieval apoyándote en el siguiente texto. Razona tu respuesta.

> El hombre medieval vive conforme en el estado en que ha nacido, sea rey, caballero, jurista, mercader, labrador o mendigo. Los humildes viven conformes y sin asomo de rebeldía, que suponen imposible, como elementos de una estructuración social fija e inmutable: los poderosos son los de arriba; los indigentes, los de abajo. Nada puede igualar a unos y otros sino la Muerte, de quien serán víctimas todos los hombres, desde el Papa y el emperador, hasta el último pordiosero.
>
> M. de Riquer y J. M. Valverde, *Historia de la literatura universal.* Gredos.

2. Lee estos fragmentos y responde a las preguntas:

A

Con vos conquisté Turquía
Junto con vuestro esfuerzo
mataste a los moros
recorrí los caminos
no conquisté Zaragoza,
y Roma cerca estaba.
entramos en España,
y las tierras ganabas,
del apóstol Santiago;
donde me hirió tal lanzada.

Cantar de Roncesvalles.

B

Vayse meu corachón de mib	Mi corazón se va de mí.
Ya Rab, ¿si se me tornarád?	Oh Dios, ¿acaso regresará?
¡Tan mal meu doler li-l-habib!	¡Tan fuerte mi dolor por el amado!
Enfermo yed, ¿cuánd sanarád?	[Mi corazón] enfermo está, ¿cuándo sanará?

Jarcha número 9.

— ¿A qué estamento social crees que pertenece cada uno de los protagonistas o yo poético? Explica por qué.

— ¿De qué trata cada poema?

— ¿Qué composición atribuirías a la literatura popular y cuál, a la literatura culta? Justifica tu respuesta.

3. Busca en Internet y escucha la versión cantada de la cantiga «Tres moças cantavan d'amor». La puedes encontrar en:

https://links.edebe.com/y8ng

— Explica qué rasgos de la lírica popular presenta.

La lírica

La lírica
¿Lo vemos en digital?

¡Vamos a leer y analizar
más ejemplos!

La lírica popular

El inicio de la literatura castellana lo encontramos en **sencillos poemas** que las gentes del pueblo cantaban para festejar el amor, las cosechas, las celebraciones... Se trata de **composiciones breves,** en su mayoría **anónimas,** que se transmiten **oralmente** de generación en generación. Sus características básicas son:

— La **métrica** de los poemas es **irregular,** los versos son de **arte menor** (tienen menos de ocho sílabas) y, en general, de **rima asonante** (solo se repiten las vocales a partir de la última vocal acentuada).

— Poseen un **estilo sencillo.** Se emplean técnicas de repetición (estribillos, anáforas...), que dotan a los textos de mayor **intensidad lírica.** También es frecuente el uso de apóstrofes, exclamaciones e interrogaciones, diminutivos afectivos...

La lírica popular de la Edad Media presenta una gran riqueza y variedad; nos detendremos en tres de sus manifestaciones: la lírica mozárabe, la lírica galaico-portuguesa y la lírica castellana.

Lírica mozárabe: las jarchas

A la lírica mozárabe pertenecen las **muestras más antiguas** de la literatura peninsular, en torno al siglo X. Las jarchas son los **versos finales** de composiciones más extensas, árabes o hebreas, llamadas *moaxajas.*

Generalmente, son de **tema amoroso,** y en ellas una muchacha se lamenta por la ausencia del amado *(habib).*

¡Tanto amare, tanto amare,
habib, tanto amare!
Enfermeron olios nidios
e dolen tan male.

TRADUCCIÓN:

¡Tanto amar, tanto amar,
amado, tanto amar!
Enfermaron mis ojos brillantes
y duelen tanto.

Lírica galaico portuguesa: las cantigas

Durante el siglo XIII, en la actual Galicia y el norte de Portugal, se desarrolla una lírica en galaico-portugués: las cantigas. Son **composiciones sencillas** en las que una mujer se lamenta por la ausencia del amado. Se distinguen tres tipos: de **amor,** de **escarnio** y de **amigo.**

Lírica castellana: los villancicos

A partir del siglo XV, los autores cultos empiezan a recopilar en cancioneros las **composiciones orales.** La forma principal es el villancico, que suele presentar la siguiente estructura:

¿Qué razón podéis tener
para no me querer? — **Estribillo**

Mudanza (de dos a cuatro versos de rima variable):
Un amigo que yo había
dejóme y fuese a Castilla
para no me querer. — **Verso de vuelta** (rima con el estribillo)

Estribillo:
¿Qué razón podéis tener
para no me querer?

Los mozárabes

Utilizamos el término *mozárabe* para nombrar a los cristianos que vivían en el territorio de al-Ándalus. Los mozárabes adoptaron usos y costumbres de sus dominadores musulmanes, incluida la lengua árabe.

Otras formas de la lírica

Canciones de albada, de tema amoroso, en las que los amantes se lamentan por la llegada del alba.

Canciones de mayo o mayas, para celebrar la llegada de la primavera, la estación más propicia para el amor:

Las mañanas de abril
dulces son de dormir;
y las de mayo mejor,
si no despierta el amor.

Canciones de trabajo, que se cantan durante las labores del campo.

El mester de clerecía

El mester de clerecía (oficio de clérigos) es la **escuela literaria** de **autores cultos** que surgió en el siglo XIII. En esta época, el clérigo podía ser una persona culta que no tuviera ninguna relación con la Iglesia.

La finalidad de las obras de clerecía es **persuadir** y **educar al público** en las doctrinas de tipo religioso y **transmitir conocimientos** y **valores de carácter cristiano.**

Las obras compuestas por esta escuela se caracterizan por utilizar un tipo de **estrofa regular:** la **cuaderna vía.**

Regularidad métrica

Mester traigo fermoso: non es de juglaría,
mester es sin pecado, ca es de clerecía:
hablar curso rimado por la cuaderna vía
a sílabas contadas, ca es gran maestría.

Libro de Alexandre.

Estrofa utilizada: 7+7 = 14 sílabas

Las composiciones tratan **asuntos religiosos** (vidas de santos, de la Virgen...) y **novelescos** (aventuras de personajes ficticios).

El estilo es **culto** y cuidado, con influencias de la cultura clásica. Emplean algunos recursos literarios sencillos y la técnica de descripción explicativa.

Oficio de clérigo,
algo más que un monje

Autores representativos

Gonzalo de Berceo

Es el primer escritor en lengua castellana cuyo nombre conocemos. Su obra más importante es *Milagros de Nuestra Señora.*

Juan Ruiz, arcipreste de Hita

Su obra más destacada es el *Libro de buen amor.* La finalidad del autor en sus obras es, sobre todo, enseñar modelos de conducta.

Descubre más sobre
estas obras

Actividades

4. Lee los siguientes textos de la lírica popular castellana y responde a las preguntas:

A
Ya cantan los gallos,
amor mío y vete;
cata que amanece.
Vete, alma mía,
más tarde no esperes,
no descubra el día
los nuestros placeres.

B
Entra mayo y sale abril,
tan garridico le vi venir.
Entra mayo con sus flores,
sale abril con sus amores,
y los dulces amadores
comienzan a bien servir.

C
Aunque soy morena,
blanca yo nací:
guardando el ganado
la color perdí.

— Indica de qué tipo de composición se trata a partir del tema de cada poema.

— ¿Qué tipos de recursos predominan en estos textos líricos? Justifica tu respuesta.

5. Formad grupos, buscad en Internet el texto poético completo «Ay, que non hay» y escuchadlo. Lo podéis encontrar en:

https://links.edebe.com/c7v

— ¿Qué rasgos de la poesía popular podéis identificar en este poema?

6. En este fragmento del *Libro de buen amor,* del arcipreste de Hita, don Melón (representación del propio autor) describe a doña Endrina, de la que se ha enamorado.

— Léelo y responde a las preguntas.

¡Ay, Dios! ¡Y qué hermosa viene doña Endrina por la plaza!
¡Qué talle, qué donaire, qué alto cuello de garza!
¡Qué cabellos, qué boquita, qué color, qué buenandanza!
Con dardos de amor hiere cuando sus dos ojos alza.

Hija, siempre vos estáis en casa tan encerrada
que sola envejeceréis, debéis ser más esforzada:
salir, andar por la plaza; pues vuestra beldad loada,
entre estas paredes sola, no os ha de servir de nada.

Muy bien me reciben todos en esta mi poquedad;
el más noble y el mejor en linaje y en bondad
es don Melón de la Huerta mancebillo de verdad,
supera a todos los otros en hermosura y beldad.

— Explica la técnica descriptiva de este fragmento y señala los recursos literarios que emplea.

— Analiza la métrica de la tercera estrofa.

— ¿Por qué se alude a unos «dardos de amor» en el verso cuarto? ¿A qué personaje mitológico se refiere?

7. Busca una música que te parezca apropiada para acompañar la recitación del fragmento anterior. Grábate recitando el fragmento con la música de fondo.

La lírica culta

A partir del siglo XV la nobleza empieza a interesarse por el mundo de las artes y las letras. Para satisfacer las necesidades de la aristocracia, los poetas cultivan un tipo de **poesía culta,** con una **finalidad estética,** en la que la forma de decir las cosas es tan importante como lo que se dice. Los rasgos principales de esta poesía son:

Jorge Manrique (1440-1479)

Como noble dedicado a las armas pasó su vida entre batallas, defendiendo el trono de la reina Isabel I. Esto explica el tono guerrero que se percibe en su obra, ya que todavía era más un hombre de armas con mentalidad medieval que un prehumanista. Poco se sabe de su personalidad, pero algunos cronistas lo definen como un hombre muy reflexivo, reservado y amante de las letras.

Temas

— **El amor (A).** Sigue las reglas del amor cortés: un caballero sufre por una dama distante y fría a la que idealiza.

— **La muerte (B).** La fugacidad de la vida y el poder igualatorio de la muerte.

— **La sociedad.** Las intrigas de la corte y las costumbres de la nobleza inspiran la composición de poemas de tema crítico y social.

A

Yo vos serví lealmente
con muy presta voluntad,
y nunca hallé piedad
en vos, ni buen continente;

antes vuestra crueldad
me hace ser padeciente;
¡ay de quien con vos contiende!

Marqués de Santillana.

Métrica y estilo

Regularidad de los versos, en los que predominan el **octosílabo** y el **endecasílabo.** Las estrofas más utilizadas son el **soneto,** la **canción** y la **copla de pie quebrado.**

En el estilo se mantiene un **lenguaje cuidado,** abundan las palabras cultas y los recursos literarios, como las metáforas.

Conoce más sobre **Jorge Manrique**

Jorge Manrique

Jorge Manrique es el autor más destacado de la segunda mitad del siglo XV. Su obra más importante es *Coplas a la muerte de su padre.*

Está formada por **cuarenta coplas** en las que se tratan diversos temas relacionados con la **fugacidad de la vida,** la **llegada de la muerte** y la **alabanza de su padre.**

La estrofa utilizada es la **copla de pie quebrado.** Está compuesta por dos sextillas de pie quebrado con el siguiente esquema métrico:

Estructura de las *coplas*

La obra se divide en tres partes, que van de lo más general a lo más particular.

1.ª parte: vida terrenal (coplas I-XIII). Reflexión acerca de la brevedad de la vida y la pronta llegada de la muerte.

2.ª parte: vida de la fama (coplas XIV-XXIV). Se concretan los mismos temas que en la primera parte, haciendo referencia a personajes históricos de la corte.

3.ª parte: vida eterna (coplas XXV-XL). Dedicada a alabar la figura de su padre.

B

Copla

sextilla

Recuerde el alma dormida	8a
avive el seso e despierte	8b
contemplando	4c
cómo se pasa la vida,	8a
cómo se viene la muerte	8b
tan callando;	4c

sextilla

cuán presto se va el placer,	7+1=8d (aguda)
cómo, después de acordado	8e
da dolor;	3+1=4f
cómo, a nuestro parecer,	7+1=8d (aguda)
cualquiera tiempo pasado	8e
fue mejor.	3+1=4f

Actividades

8. Lee estos textos e indica cuál es el tema de cada uno:

A
Dime, ¿qué haré?,
¿cómo viviré?
A este *habib* espero,
por él moriré.

B
Ondas del mar de Vigo,
¿habéis visto a mi amigo?
¡Ay, Dios!, ¿vendrá pronto?
Ondas del mar alzado,
¿habéis visto a mi amado?
¡Ay, Dios!, ¿vendrá pronto?
¿Habéis visto a mi amigo,
aquél por quien yo suspiro?
¡Ay, Dios!, ¿vendrá pronto?
¿Habéis visto a mi amado,
por quien siento gran cuidado?
¡Ay, Dios!, ¿vendrá pronto?

Martín Codax.

— ¿Qué recursos propios de la lírica popular encontramos en estos poemas? Justifica tu respuesta.

— Justifica cuál de los poemas es una jarcha y cuál, una cantiga de amigo.

9. Lee este poema del Marqués de Santillana:

Cuando yo so delante aquella *donna*[1],
a cuyo mando me sojuzgó Amor,
cuido[2] ser uno de los que en *Tabor*[3]
vieron la grand claror que se razona,

o aquella sea *fija*[4] de *Latona*[5],
según su aspecto e grande resplandor:
así que punto yo non he vigor
de mirar fijo su *deal*[6] persona.

El su grato favor dulce, amoroso,
es una maravilla çiertamente,
en modo nuevo de humanidad:

el andar suyo es con tal reposo,
honesto e manso, e su continente,
que libre, vivo en cautividad.

Marqués de Santillana, *Poesías completas*.

[1] **donna:** mujer. / [2] **cuido:** creo. / [3] **Tabor:** monte en que Jesucristo mostró su apariencia divina a los apóstoles.
[4] **fija:** hija. / [5] **Latona:** diosa romana. / [6] **deal:** divina.

— ¿Cuál es el tema del poema?

— ¿Qué recursos utiliza para idealizar a su amada?

— Analiza la métrica. ¿De qué tipo de combinación estrófica se trata?

10. Lee esta copla de Jorge Manrique y responde a las preguntas que se plantean:

III
Nuestras vidas son los ríos
que van a dar en la mar,
qu'es el morir,
allí van los señoríos
derechos a se acabar
e consumir;
allí los ríos caudales,
allí los otros medianos
e más chicos;
allegados, son iguales
los que viven por sus manos
e los ricos.

Jorge Manrique, *Coplas a la muerte de su padre*. Castalia didáctica.

— ¿Cuál es el tema de la composición?

— ¿Con qué se compara la vida humana en el poema? ¿Qué nombre recibe este recurso literario?

— ¿Quiénes son «los que viven por sus manos» del verso 11? ¿Cómo se alude a ellos metafóricamente en los versos anteriores?

— Escribe el esquema métrico y explica de qué estrofa se trata.

— ¿A qué parte de las *Coplas a la muerte de su padre* pertenece este fragmento? Justifica tu respuesta.

11. Lee esta otra estrofa de las *Coplas* de Jorge Manrique:

V
Este mundo es el camino
para el otro, qu'es morada
sin pesar;
mas cumple tener buen tino
para andar esta jornada
sin errar.
Partimos cuando nascemos,
andamos mientra vivimos,
e llegamos
al tiempo que feneçemos;
así que cuando morimos,
descansamos.

Jorge Manrique, *Coplas a la muerte de su padre*. Castalia didáctica.

— ¿Crees que la época en la que vivió el poeta pudo motivar esta forma de pensar? ¿Estás de acuerdo con su idea sobre la vida?

— Extrae palabras o expresiones del poema que confirmen esta idea: «La vida solo es el paso que lleva hasta la muerte».

12. Escribe un texto breve que reflexione sobre tu idea personal de la vida, tal como lo hizo Jorge Manrique.

La narrativa

Hasta el siglo XIII la narrativa se escribe fundamentalmente en **verso** y se transmite **oralmente** por los **juglares.** Estos relataban de memoria las hazañas que más interesaban al público y las recitaban acompañadas de un instrumento musical. La corriente literaria en la que se inscriben estos juglares se denomina **mester de juglaría** («oficio de juglares»).

La épica castellana: los cantares de gesta

Fíjate como va evolucionando **el concepto de héroe**

Como ocurre en el resto de Europa, entre los siglos XII y XIV surge en la Península un tipo de literatura dedicada a ensalzar las hazañas de los grandes **héroes** medievales. Estas composiciones, transmitidas por los juglares, se llaman **cantares de gesta** y son extensas narraciones en verso, generalmente **anónimas.**

Presentan unos rasgos comunes, derivados de su transmisión oral:

Contenido	Protagonista-héroe	Métrica	Finalidad
Narran **sucesos históricos** (batallas, conquistas…), a veces mezclados con **elementos legendarios** para ensalzar al héroe.	Es un **noble** o un **caballero** convertido en modelo de virtudes. Sus características son positivas: es leal al rey y a sus amigos, valeroso, excelente luchador, buen padre y esposo fiel (el héroe medieval).	**Irregular,** aunque predominan los versos de 14 o 16 sílabas, divididos en dos **hemistiquios** por una cesura (pausa). **Rima asonante.**	Su objetivo es **informar** de las hazañas bélicas, y **enseñar** pautas de comportamiento que sirviesen de modelo a la sociedad.

El *Cantar de Mio Cid*

Descubre curiosidades sobre **el manuscrito del *Cantar***

Es el cantar de gesta más extenso y de los pocos que se conservan de la literatura en castellano. De carácter **anónimo,** relata las hazañas de un personaje histórico, **Rodrigo Díaz de Vivar, el Cid Campeador.** Se considera la primera gran obra literaria castellana.

Se desconoce la fecha exacta de composición. Aunque se conserva en un manuscrito copiado en 1307 por un tal Per Abbat, hay estudiosos que defienden que fue compuesto por dos juglares en el siglo XII.

En el *Cantar de Mio Cid* aparecen reflejadas las principales características de los cantares de gesta castellanos; además destacan los siguientes rasgos:

- **Carácter juglaresco.** El *Cantar* fue compuesto para ser recitado. Por ello, abundan los recursos que permiten mantener la atención del público: epítetos épicos (que facilitaban la memorización), repeticiones, exclamaciones…
- **Sencillez estilística.** Escasean los recursos y elementos complejos; la narración y el dramatismo se combinan con sencillez.

Mío Cid Ruy Díaz, **que en buena hora ciñó espada,**
venció dos reyes de moros en esta batalla;
sobejana[1] es señor, // la su ganancia.
A vos, rey **honrado,** este presente manda;
bésavos[2] los pies y las manos ambas;
que le hagáis merced, **¡así el Criador os valga!**

- **Epíteto épico**
- **Hemistiquios divididos por una cesura**
- **Adjetivos**
- **Exclamaciones retóricas**

[1] **sobejana:** sobrada, abundante. / [2] **bésavos:** os besa.

Estructura y argumento

El *Cantar de Mio Cid* se divide en tres partes o **cantares:**

1. **«Cantar del destierro».** El Cid es desterrado por el rey y abandona Castilla.

2. **«Cantar de las bodas».** El Cid conquista Valencia. El rey le recompensa y casa a sus hijas con los infantes de Carrión.

3. **«Cantar de la afrenta de Corpes».** Los infantes golpean a sus esposas y el Cid las venga venciéndolos en un torneo. El rey vuelve a casar a las hijas con nobles.

Los romances

A mediados del siglo XIV, los episodios más interesantes de los cantares de gesta empiezan a narrarse por separado. De esta fragmentación nacen los **romances.**

Como puede verse en el siguiente esquema, cada uno de los hemistiquios del cantar de gesta se convierte en un verso octosílabo del romance (tirada); de este modo, los versos pares conservan la rima asonante y quedan sueltos los impares.

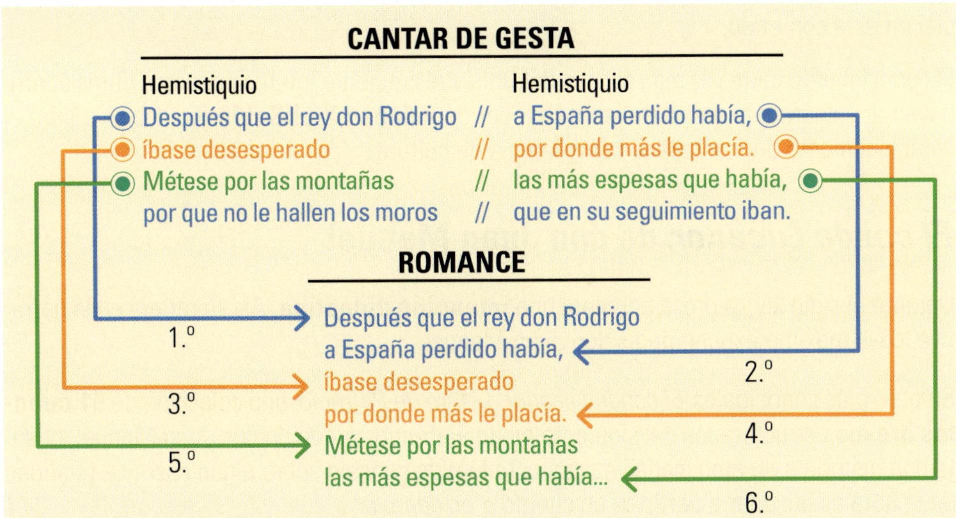

Los romances se caracterizan por los siguientes rasgos:

— **Carácter oral.** Estas composiciones, como los **cantares de gesta,** emplean recursos propios del discurso oral: repeticiones, apóstrofes, frases introductorias, llamadas de atención, exclamaciones... Se recitaban de memoria ante un público.

— **Fragmentarismo.** Se centran en un momento de la acción y, con frecuencia, la narración se interrumpe bruscamente sin que se conozca el desarrollo final.

— **Sencillez** y **sobriedad de recursos.** Descripciones breves, escasez de adjetivos, uso del diálogo para aportar agilidad al texto...

Fíjate en el texto que aparece a continuación. Se trata del *Romance de Abenámar.*

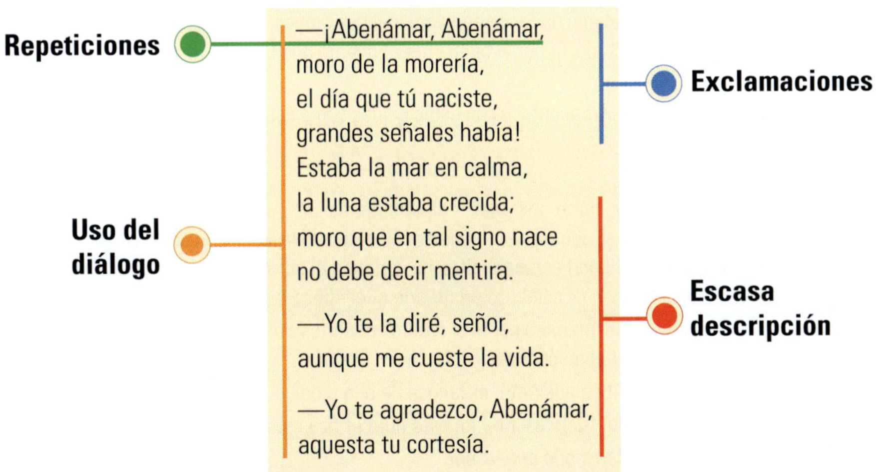

Según el **tema,** podemos clasificar los romances en **novelescos** e **históricos.**

— **Novelescos.** Tratan asuntos variados, sobre todo de tema amoroso, protagonizados por personajes anónimos. Suelen introducir elementos fantásticos.

— **Históricos.** Recrean pasajes históricos protagonizados por personajes nobles.

Descarga
más ejemplos

El *Cantar de Roldán*

El *Cantar de Roldán* es el cantar de gesta más importante de la **épica francesa.**

De autor **anónimo,** se conserva en un manuscrito del **siglo XI.**

Como el *Cantar de Mio Cid,* tiene una base histórica (la batalla de Roncesvalles); sin embargo, la finalidad principal de este cantar es ensalzar la figura del héroe, Roldán, y las de los nobles que murieron con él.

El **protagonista** es un caballero al que se atribuyen múltiples cualidades: valeroso, fiel a su misión y a su rey, hábil en el manejo de las armas...

Como en la épica castellana, se emplean **recursos** para destacar las hazañas del héroe: adjetivos, verbos de acción, exclamaciones...

Si quieres leer la obra completa puedes hacerlo en:

https://links.edebe.com/tewi

La prosa y Alfonso X el Sabio

En la corte de Alfonso X el Sabio se concentraron sabios hebreos, cristianos y musulmanes que, bajo su dirección, tradujeron al castellano obras de la Antigüedad clásica. También se escribieron textos originales en castellano que él mismo supervisaba.

Sumérgete en la vida y obra de **Alfonso X y don Juan Manuel**

La prosa didáctica

Durante la Edad Media asistimos al nacimiento de la **prosa escrita en castellano,** tanto en obras de ficción como en textos de pensamiento (históricos, científicos...).

Hasta el siglo XIII, los textos en prosa se escriben básicamente en latín, la lengua de la cultura. Incluso las obras griegas, árabes o hebreas (abundantes en materias científicas) se traducen al latín. La labor de la **Escuela de Traductores de Toledo** (siglo XII) es esencial en este cometido.

El conocimiento cada vez más escaso del latín y el creciente interés por estas obras contribuyen al uso gradual del castellano. La labor de **Alfonso X el Sabio** fue decisiva para el establecimiento del castellano como lengua de cultura.

El conde Lucanor, de don Juan Manuel

Durante el siglo XIV, la prosa adquiere una **intención didáctica.** Así se refleja en la narrativa, cuyo máximo exponente es don Juan Manuel.

Su obra más conocida es *El conde Lucanor* o *Libro de Patronio,* una colección de **51 cuentos breves** estructurados del siguiente modo: Patronio, criado de don Juan Manuel, cuenta una historia a su amo, cada vez que este le pide consejo sobre algún caso. La finalidad de la obra es enseñar a partir de un cuento o *enxiemplo.*

Los cuentos empiezan con el **planteamiento** de la cuestión, seguido de un **cuento** o **ejemplo,** y terminan con la **enseñanza** a modo de conclusión o moraleja, en verso.

Don Juan Manuel es el primer escritor con conciencia de autor. En su obra se aprecia la voluntad de crear obras bien escritas y una preocupación por el lenguaje.

Planteamiento
Se presenta la cuestión mediante la explicación de un suceso cotidiano.

Ejemplo
La pregunta es respondida mediante un cuento o ejemplo en el que participan personajes ficticios o incluso animales.

Consejo
Aplicación del cuento al problema planteado al inicio.

Enseñanza
Se extrae una enseñanza o moraleja.

De lo que aconteció a un *omne*[1] que habían de limpiar el *fígado*[2]

Otra vez fablava el conde Lucanor con Patronio, su consejero, et díjole así:

—Patronio, sabet que como quiera que Dios me *fizo*[3] mucha merced en muchas cosas, que estoy *agora*[4] mucho *afincado*[5] de mengua de dineros. Et como quiera que me es tan grave de lo fazer como la muerte, tengo que vender una de las heredades del mundo de que he más duelo, o *fazer*[6] otra cosa que me será gran daño como esto. Et averlo *he*[7] de fazer por salir agora desta *lazería*[8] et desta cuita en que estoy. Et faziendo yo esto, que es tan gran mío daño, vienen a mí muchos omnes, que sé que no lo necesitan, et demándanme que les dé estos dineros que me cuestan tan caros. Et por el buen entendimiento que Dios en vos puso, ruégovos que me digáis lo que vos parece que debo fazer en esto.

—Señor conde Lucanor —dijo Patronio—, parece a mí que vos acontece con estos omnes como aconteció a un omne que era muy mal *doliente*[9].

Et el conde le rogó que le dijese cómo fuera aquello.

—Señor conde —dijo Patronio—, un omne era muy mal doliente, así *quel'*[10] dijeron los físicos que en ninguna guisa non podía guarecer si non le fiziesen una abertura por el costado, et quel' sacasen el fígado por él, et que lo lavasen con unas *melezinas*[11] que necesitaba, et quel' limpiasen de aquellas cosas porque el fígado estaba maltrecho. Estando él sufriendo este dolor et teniendo el físico el fígado en la mano, otro omne que estaba allí cerca *de'l*[12] comenzó de rogarle quel' diese de aquel fígado para un su gato.

»Et vos, señor conde Lucanor, si queréis fazer muy grande vuestro daño por aver dineros et darlos *do*[13] no se necesitan, dígovos que lo podéis fazer por vuestra voluntad, mas nunca lo faréis por el mi consejo.

Al conde plació aquello que Patronio dijo, et guardóse de allí en adelante, et fallóse de ello bien.

Et porque don Juan entendió que este era muy buen ejemplo, fízolo escribir en este libro et fizo estos versos que dicen así:

Si non sabéis qué debéis dar,
en gran daño se vos podría tornar.

Don Juan Manuel, *El conde Lucanor.*

[1] **omne:** hombre. / [2] **fígado:** hígado. / [3] **fizo:** hizo. / [4] **agora:** ahora. / [5] **afincado:** afectado. / [6] **fazer:** hacer. / [7] **averlo he:** lo tengo. [8] **lazería:** aprieto. / [9] **doliente:** enfermo. / [10] **quel':** que le. / [11] **melezinas:** medicinas. / [12] **de'l:** de él. / [13] **do:** donde.

Actividades

13. Lee estos versos del *Cantar de Mio Cid* y realiza las actividades siguientes:

Embrazan[1] los escudos,   ante los corazones
bajan las lanzas   envueltas en los *pendones*[2],
inclinaron las caras   sobre los *arzones*[3],
íbanlos a herir   con fuertes corazones.
A grandes voces llama   el que en buena hora nació:
–«¡Heridlos, caballeros,   por amor del Creador!:
Yo soy Ruiz Díaz,   el Cid de Vivar Campeador!».
Veríais tantas lanzas   bajar y alzar,
tanta *adarga*[4]   *horadar*[5] y atravesar
tanta *loriga*[6],   romper y desmallar,
tantos pendones blancos   salir *bermejos*[7] de sangre,
tantos buenos caballos   sin sus dueños andar.

[1] **embrazan:** meten los brazos por las embrazaduras de los escudos.
[2] **pendones:** estandartes. / [3] **arzones:** sillas de montar.
[4] **adarga:** escudo. / [5] **horadar:** agujerear. / [6] **loriga:** armadura para defender el cuerpo. / [7] **bermejos:** de color rojo.

— ¿Qué escena se narra en estos versos?
— Indica qué cualidades del Cid se destacan en el poema.
— Fíjate en los versos 9 a 12 e indica qué recurso literario se utiliza para reproducir el fragor de la batalla.
— Analiza la métrica y la rima de los cuatro primeros versos.
— Señala los recursos propios de los cantares de gesta que aparecen en el texto (adjetivos, exclamaciones...) y explica su función.

14. ¿Crees que el Cid es un modelo representativo de los héroes épicos? Razona tu respuesta.

— Formad grupos y comparad un superhéroe de cómic con un héroe épico. Confeccionad un Power Point comparando estos rasgos: características físicas, valores, poderes, motivación.

15. Lee el fragmento del poema *Romance del enamorado y la muerte* y realiza las actividades.

Vi entrar señora tan blanca,
muy más que la nieve fría.
—¿Por dónde has entrado, [amor?
¿Cómo has entrado, mi vida?
Las puertas están cerradas,
ventanas y celosías.
—No soy el amor, amante:
la Muerte que Dios te envía.
—¡Ay, Muerte tan rigurosa,
déjame vivir un día!
—Un día no puede ser,
una hora tienes de vida.
Muy deprisa se calzaba,
más deprisa se vestía;
ya se va para la calle,
en donde su amor vivía. [...]
—Si no me abres esta noche,
ya no me abrirás, querida;
la Muerte me está buscando,
junto a ti vida sería.
—Vete bajo la ventana
donde labraba y cosía,
te echaré cordón de seda
para que subas arriba,
y si el cordón no alcanzare,
mis trenzas añadiría.
La fina seda se rompe;
la muerte que allí venía:
—Vamos, el enamorado,
que la hora es ya cumplida.

— Haz un resumen de lo que relata el poema.
— ¿A qué grupo pertenece este romance, novelesco o histórico?
— Señala qué rasgos propios de los romances se aprecian en el texto.

16. Busca en Internet una versión del poema *Romance del enamorado y la muerte*. ¿Por qué estos poemas se pueden cantar con facilidad?

17. Investigad en grupo acerca de la pervivencia de los romances y recopilad dos ejemplos.

— Un romance de un poeta del siglo XX.
— Un romance oral que haya pervivido hasta nuestros días.

18. A partir de la lectura del siguiente cuento adaptado de *El conde Lucanor*, realiza las actividades:

—Patronio, un hombre me ha propuesto una cosa y también me ha dicho la forma de conseguirla. Os aseguro que tiene tantas ventajas que, si con la ayuda de Dios pudiera salir bien, me sería de gran utilidad y provecho, pues los beneficios se ligan unos con otros, de tal forma que al final serán muy grandes. [...]

—Señor conde —dijo Patronio—, había una mujer que se llamaba doña Truhana, que era más pobre que rica, la cual, yendo un día al mercado, llevaba una olla de miel en la cabeza. Mientras iba por el camino, empezó a pensar que vendería la miel y que, con lo que le diesen, compraría una partida de huevos, de los cuales nacerían gallinas, y que luego, con el dinero que le diesen por las gallinas, compraría ovejas; y así fue comprando y vendiendo, siempre con ganancias, hasta que se vio más rica que ninguna de sus vecinas.

»Luego pensó que, siendo tan rica, podría casar bien a sus hijos e hijas, y que iría acompañada por la calle de yernos y nueras; y pensó también que todos comentarían su buena suerte pues había llegado a tener tantos bienes aunque había nacido muy pobre.

»Así, pensando en esto, comenzó a reír con mucha alegría por su buena suerte y, riendo, riendo, se dio una palmada en la frente, la olla cayó al suelo y se rompió en mil pedazos. Doña Truhana, cuando vio la olla rota y la miel esparcida por el suelo, empezó a llorar y a lamentarse muy amargamente porque había perdido todas las riquezas que esperaba obtener de la olla si no se hubiera roto. Así, porque puso toda su confianza en fantasías, no pudo hacer nada de lo que esperaba y deseaba tanto.

»Vos, señor conde, si queréis que lo que os dicen y lo que pensáis sean realidad algún día, procurad siempre que se trate de cosas razonables y no fantasías o imaginaciones dudosas y vanas. Y cuando quisiereis iniciar algún negocio, no arriesguéis algo muy vuestro, cuya pérdida os pueda ocasionar dolor, por conseguir un provecho basado tan solo en la imaginación.

— Indica qué personajes intervienen en este cuento.
— Señala la estructura del cuento (planteamiento, ejemplo, consejo y enseñanza) y explica qué sucede en cada parte.
— Explica la enseñanza del cuento.
— ¿Qué título le pondrías al cuento?

19. Formad parejas y repartíos los papeles del conde y Patronio, como si fuerais vosotros mismos. Preparad un vídeo en el cual el conde Lucanor plantee un problema actual y Patronio le aconseje con una anécdota. Visualizadlo en clase y preguntad a los compañeros cuál es la enseñanza o moraleja.

El teatro en la Edad Media

Fernando de Rojas (1470-1541)

Nacido en La Puebla de Montalbán (Toledo), estudia Derecho en Salamanca. De ahí que se manifiesten en su obra conocimientos jurídicos (en el catálogo de penas que conlleva la práctica de la alcahuetería, por ejemplo). Se cree que es autor de una sola obra, *La Celestina,* considerada una de las mejores de la literatura castellana después del *Quijote.*

Una obra original.
Descubre por qué

Argumento de *La Celestina*

Calisto, un joven noble y rico, se enamora perdidamente de **Melibea.** Aconsejado por su criado **Sempronio,** contrata los servicios de la vieja **Celestina.** Sempronio y **Pármeno,** el otro criado de Calisto, exigen a Celestina que comparta con ellos las ganancias que esta obtiene de su amo. Llevada por la avaricia, Celestina se niega, y muere a manos de los criados de Calisto que, a consecuencia de ello, son ejecutados. En una de sus citas nocturnas, Calisto se cae al intentar saltar la tapia del jardín de Melibea y muere. Cuando Melibea se entera de la muerte de su amante, se tira desde una torre en presencia de su padre, **Pleberio.**

Las primeras muestras teatrales son de carácter **religioso** y en ellas se potencia el sentimiento de comunidad cristiana. En algunos momentos de la ceremonia religiosa, o al final, se representan escenas de la vida de Jesucristo.

La única obra teatral que conservamos de este tipo es el *Auto de los Reyes Magos*. Escrita a finales del siglo XII, es de carácter anónimo y se conserva de forma fragmentaria.

Con el paso del tiempo, el teatro religioso se sustituye por un tipo de teatro **profano,** que acaba convirtiéndose en una auténtica representación teatral. El espectáculo se traslada a las **plazas públicas,** como un elemento de diversión para los espectadores.

La Celestina

La mayoría de los estudios defienden que el autor de *La Celestina* es **Fernando de Rojas,** como aparece en unos versos acrósticos que introducen la obra. Pero también se afirma en el texto que Rojas encontró escrito el primer acto y decidió continuarlo.

La originalidad de *La Celestina* hace que sea una obra de difícil clasificación. Algunos la consideran una novela dialogada, debido a las dificultades para la representación. Sin embargo, en la actualidad nadie duda de su carácter **dramático** o teatral, puesto que lo fundamental es el **diálogo.** Destaca también el uso de **apartes,** recurso utilizado para decir algunas palabras sin que las oigan los personajes.

Al abordar el sentido de *La Celestina*, hay que tener en cuenta que se escribió en una época (finales del siglo XV), en la que empiezan a surgir las características del Renacimiento. De ahí la **combinación** de **elementos medievales** (tratamiento realista de los personajes, carácter moralizante y didáctico que advierte sobre los riesgos de las pasiones y lenguaje popular de los personajes plebeyos) y **renacentistas** (valoración del amor y del placer, individualismo de los personajes y lenguaje culto de los personajes nobles).

En el siguiente fragmento, la Celestina inicia los servicios para los que ha sido contratada e informa a Melibea de los sentimientos de Calisto:

Melibea. —Di, madre, todas tus necesidades, que si yo las pudiere remediar, de *muy buen grado*[1] lo haré, por el pasado conocimiento y vecindad que pone obligación a los buenos.

Celestina. —Doncella graciosa y de alto linaje, tu suave habla y alegre gesto, junto con el aparejo de *liberalidad*[2] que muestras con esta pobre vieja, me dan osadía a te lo decir. Yo dejo un enfermo a la muerte, que con sola palabra de tu noble boca salida que le lleve metida en mi seno, tiene por fe que sanará, según la mucha devoción que tiene en tu gentileza.

Melibea. —Por Dios, sin más dilatar, me digas quién es ese doliente, que de mal tan *perplejo*[3] se siente que su pasión y remedio salen de una misma fuente.

Celestina. —Bien tendrás, señora, noticia en esta ciudad de un caballero mancebo, gentilhombre de clara sangre, que llaman Calisto.

Melibea. —¡Ya, ya, ya! Buena vieja, no me digas más, no pases adelante. ¿Ese es el doliente por quien has hecho tantas premisas en tu demanda?, ¿por quien has venido a buscar la muerte para ti?, ¿por quien has dado tan dañosos pasos, desvergonzada barbuda? ¿Qué siente ese perdido, que con tanta pasión vienes? De locura será su mal.

Fernando de Rojas, *La Celestina*. Cátedra.

[1] **de muy buen grado:** gustosamente. / [2] **liberalidad:** generosidad. / [3] **perplejo:** confuso.

Actividades

Juega y practica con actividades interactivas

20. El siguiente fragmento pertenece al prólogo de la obra, escrito por Fernando de Rojas. Léelo y responde a las preguntas.

La Comedia o Tragicomedia de Calisto y Melibea, compuesta en reprehensión de los locos enamorados, que, vencidos en su desordenado apetito, a sus amigas llaman e dizen ser su dios. Así mesmo fecha en el aviso de los engaños de las alcahuetas e malos e lisonjeros sirvientes.

— ¿Cuál es la finalidad de la obra según el autor?

— Teniendo en cuenta el argumento de la obra, ¿te parece una tragedia o una tragicomedia? Justifica tu respuesta.

21. Lee este fragmento de *La Celestina* y contesta a las preguntas:

Calisto. —Començo por los cabellos. ¿Vees tú las madejas de oro delgado que hilan en Arabia? Más lindos son e no resplandecen menos. Su longura hasta el postrero asiento de sus pies; después, crinados e atados con la delgada cuerda, como ella se los pone, no ha más menester para convertir los hombres en piedras.

Sempronio. —(¡Más en asnos!)

Calisto. —¿Qué dizes?

Sempronio. —Dixe que esos tales no serán cerdas de asno.

Calisto. —¡Veed qué torpe e qué comparación!

Sempronio. —(¿Tú cuerdo?)

Calisto. —Los ojos verdes, rasgados; las pestañas luengas; las cejas delgadas e alçadas; la nariz mediana; la boca pequeña; los dientes menudos e blancos; los labrios colorados e grosezuelos; el torno del rostro poco más luengo que redondo; el pecho alto. La tez lisa, lustrosa; el cuero suyo escurece la nieve; la color mezclada, qual ella la escogió para sí.

Sempronio. —(¡En sus treze está este necio!)

— ¿Qué orden sigue Calisto en la descripción de Melibea?

— Extrae las metáforas y las comparaciones que se emplean para describir a Melibea.

— Señala las coincidencias de este retrato con el que Amor hace de la mujer bella al arcipreste de Hita en el *Libro de buen amor*. Puedes leerlo en este enlace:

https://links.edebe.com/cj6wf7

22. Imaginad qué aspecto tenían Calisto y Melibea. Cread, mediante fotografías, vuestra versión del siglo XXI de estos personajes. Proyectadla en clase. ¿En qué se parecen y diferencian las diversas versiones? Relexionad sobre el canon de belleza actual, su influencia en nosotros y las consecuencias que conlleva.

23. Busca en Internet información sobre el personaje de Trotaconventos que aparece en el *Libro de buen amor* del arcipreste de Hita, y compáralo con el de Celestina.

— Indica en qué se parecen y en qué se diferencian.

24. Lee este otro fragmento de *La Celestina* y responde a las preguntas:

Melibea. —[...] a la vuelta de su venida, como de la fortuna mudable estuviese dispuesto y ordenado según su desordenada costumbre; como las paredes eran altas, la noche escura, la escala delgada, los sirvientes que traía no diestros en aquel género de servicio, y él bajaba presuroso a ver un ruido que con sus criados sonaba en la calle, con el gran ímpetu que llevaba, no vido bien los pasos, puso el pie en vacío y cayó. De la triste caída sus más escondidos sesos quedaron repartidos por las piedras y paredes. Cortaron las hadas sus hilos, cortáronle sin confesión su vida, cortaron mi esperanza, cortaron mi gloria, cortaron mi compañía. Pues ¿qué crueldad sería, padre mío, muriendo él despeñado, que viviese yo penada? Su muerte convida a la mía, convídame y fuerza que sea presto, sin dilación; muéstrame que ha de ser despeñada por *seguille*[1] en todo. ¡Oh, mi amor y señor Calisto! Espéreme, ya voy; detente, si me esperas; no me *incuses*[2] la tardanza que hago, dando esta última cuenta a mi viejo padre, pues le debo mucho más. ¡Oh, padre mío muy amado! Ruégote, si amor en esta pasada y penosa vida me has tenido, que sean juntas nuestras sepulturas.

[1] **seguille:** seguirle. / [2] **incuses:** acuses.

— ¿A quién se dirige Melibea? ¿Qué le pide?

— ¿Qué crees que quiere transmitir el autor con el final que le da a estos dos personajes?

— ¿Qué otras obras conoces con un final parecido?

Comentario de texto 1

Recuerda cómo se comenta un texto

Comentar un texto consiste en analizar el **contenido** (qué quiere decir el autor) y la **forma** (cómo está escrito el texto), y argumentar si el texto cumple la intención de su autor y si este ha empleado para ello los recursos expresivos adecuados (opinión crítica).

En el comentario distinguimos **dos fases:**

— **Estudio del texto.** Se analiza el contenido y se extrae la información más importante, para lo cual proponemos una secuencia de actividades.

— **Redacción del comentario.** Con la información obtenida en la fase anterior, se redacta el comentario siguiendo la estructura de este tipo de textos.

Existen muchas formas de comentar un texto. En este libro proponemos una estructura de análisis, que se repite en cada unidad, para sistematizar una **metodología** de comentario, aplicable a cualquier texto.

Cantar de Mio Cid

Ya por la ciudad de Burgos el Cid Ruy Díaz entró.
Sesenta pendones lleva detrás el Campeador.
Todos salían a verle, niño, mujer y varón,
a las ventanas de Burgos mucha gente se asomó.
¡Cuántos ojos lloraban de grande que era el dolor!
Y de los labios de todos sale la misma razón:
«¡Qué buen vasallo sería si tuviese buen señor!».
De grado le albergarían, pero ninguno lo osaba,
que a Ruy Díaz de Vivar le tiene el rey mucha saña.
La noche pasada a Burgos llevaron una real carta
con severas prevenciones y fuertemente sellada
mandando que a Mio Cid nadie le diese posada,
que si alguno se la da, sepa lo que le esperaba:
sus haberes perdería, más los ojos de la cara,
y además se perdería salvación de cuerpo y alma.
Gran dolor tienen en Burgos todas las gentes cristianas,
de Mio Cid se escondían: no pueden decirle nada.
Se dirige Mio Cid adonde siempre se paraba;
cuando a la puerta llegó se la encuentra bien cerrada,
por miedo del rey Alfonso acordaron los de casa
que como el Cid no la rompa no se la abrirán por nada.
La gente de Mio Cid a grandes voces llamaba,
los de dentro no querían contestar una palabra.
Mio Cid picó el caballo, a la puerta se acercaba,
el pie sacó del estribo, y con él gran golpe daba,
pero no se abrió la puerta que estaba muy bien cerrada.
La niña de nueve años muy cerca del Cid se para:
«Campeador que en bendita hora ceñiste la espada
el rey lo ha vedado, anoche a Burgos llegó su carta,
con severas prevenciones y fuertemente sellada.
No nos atrevemos, Cid, a darte asilo por nada,
porque si no perderíamos los haberes y las casas,
perderíamos también los ojos de nuestras caras.
Cid, en el mal de nosotros vos no vais ganando nada.
Seguid y que os proteja Dios con sus virtudes santas».
Esto dijo la niña y se volvió hacia su casa.

Cantar de Mio Cid (versión modernizada de Pedro Salinas). Alianza.

1.ª fase: estudio del texto

ANÁLISIS DEL CONTENIDO

Comprensión. Se trata de obtener la información necesaria para comprender el texto de forma general.

1. ¿Qué significan: *pendones, saña, estribos, prevención*...?
2. ¿Qué problema tiene el Cid? ¿Cómo reacciona el pueblo ante su llegada? ¿Por qué le niegan cobijo los burgaleses? ¿Por qué la niña es la única que le habla?

Contextualización. Sitúa el texto en el contexto histórico e ideológico de su tiempo. Indica también el género al que pertenece.

3. ¿Qué suceso histórico recrea el texto? ¿De qué época es el *Cantar de Mio Cid*? Explica, con la ayuda del texto, cómo era la sociedad medieval y qué estamentos tenía.
4. ¿A qué género pertenece el cantar? ¿Qué forma de expresión emplea, prosa o verso? ¿Qué características tiene la épica? ¿Qué función cumplía? ¿Quiénes recitaban estos textos?

Tema y estructura. Consiste en identificar el tema (idea principal) y los subtemas (ideas secundarias). A partir de estas ideas, se estructuran las partes del texto y la relación entre ellas.

5. ¿Qué valores encarna el Cid? ¿Qué injusticia sufre? ¿En qué parte del texto se expresa esta idea? (Idea principal).
6. ¿Cómo viven los burgaleses la prohibición del rey? ¿En qué parte del texto se percibe esto? (Idea secundaria).
7. Sitúa el fragmento en la temática general del *Cantar*.

ANÁLISIS DE LA FORMA

Estilo. Estudiamos el modo en que está escrito el texto, relacionándolo con el contenido y la intención del autor:

- Recursos lingüísticos: analizar el valor de las formas verbales, el léxico, la sintaxis... y ver qué papel cumplen.
- Recursos literarios: detectar los recursos estilísticos (metáforas, epítetos...) y la función que desempeñan en el texto.

8. ¿Por qué se emplean diferentes tiempos verbales?
9. Indica el esquema métrico del texto. Compáralo con la versión original del *Cantar de Mio Cid.*
10. Señala si predomina la narración o la descripción. ¿Qué ritmo imprime el autor al relato con esta técnica.
11. ¿Qué busca el autor con el diálogo entre el Cid y la niña?
12. Localiza estos recursos, propios del mester de juglaría, y explica con qué finalidad se emplean: fórmulas épicas, epítetos, exclamaciones, repeticiones.

Opinión crítica. Valora el texto con argumentos críticos y da tu opinión.

13. ¿Qué ha querido expresar el autor del texto? ¿Crees que lo consigue? ¿Emplea los recursos adecuados?
14. ¿Por qué es tan importante este texto en la literatura? ¿Conserva su interés? Y sus valores ¿son actuales?
15. ¿Qué opinión te merece?

2.ª fase: redacción del comentario

Sigue estas instrucciones para redactar tu comentario:

INTRODUCCIÓN. Indica, de forma directa y sencilla, cuál es la intención del autor (actividad 13). Por ejemplo:

Con este texto, el autor quiere reflejar la injusticia que se comete con el Cid y el pesar del pueblo...

A partir de esta idea (tesis) se desarrolla el comentario y se construye el discurso.

DESARROLLO. Explica cómo el autor consigue su objetivo. Puedes seguir el orden de los apartados de la 1.ª fase, aunque no aparezcan los títulos en la redacción.

Tema y estructura. La intención del autor se relaciona con las ideas del texto. Enlaza el primer párrafo del comentario (introducción) con los temas del fragmento y cómo están ordenados (actividades 5, 6 y 7). Por ejemplo:

El tema principal del fragmento es el destierro del Cid y la negación de ayuda de los burgaleses... Otros subtemas son el dolor de la gente ante la situación, la exaltación del héroe...

Relaciona los temas con la contextualización. Comenta el hecho histórico que recrea el texto y explica cómo era la sociedad medieval (actividad 3) para entender por qué los burgaleses no dan cobijo al Cid, por obediencia al rey. Indica también el género de la obra (actividad 4).

Estilo. Explica cómo logra el autor transmitir su mensaje. Localiza los principales recursos y comenta su función.

Empieza por los recursos lingüísticos (uso de las formas verbales, léxico...). Comenta solo aquellos recursos que tengan una intención determinada (actividad 8): dar énfasis al relato, resaltar una acción... Por ejemplo:

El autor emplea el presente de indicativo para dar más cercanía y realismo al relato...

Incluye algún comentario a la métrica e indica el tipo de estrofa (actividad 9) y su funcionalidad.

Prosigue con los recursos retóricos: predominio de la narración, ritmo ágil, uso de fórmulas épicas (exclamaciones, epítetos, diálogos...). Localiza estos recursos en el texto y explica su función (actividades 10 a 12). Por ejemplo:

El texto, recitado por juglares, se dirige a un auditorio; por ello usa fórmulas para llamar su atención, como...

CONCLUSIÓN. Justifica si el texto transmite las emociones y la intención del autor (actividad 13).

Valora la importancia del texto y si el tema conserva la actualidad (actividad 14). Para acabar, añade, si lo deseas, tu opinión personal (actividad 15).

Comentario de texto 2

La Celestina

ESCENA III

ALISA: ¿Con quién hablas, Lucrecia?

LUCRECIA: Señora, con aquella vieja de la cuchillada que solía vivir en las tenerías, a la cuesta del río.

ALISA: Agora la conozco menos. Si tú me das a entender lo incógnito por lo menos conocido, es coger agua en cesto.

LUCRECIA: ¡Jesú, señora más conocida es esta vieja que la ruda! No sé cómo no tienes memoria de la que *empicotaron*[1] por hechicera, que vendía las mozas a los abades y descasaba mil casados.

ALISA: ¿Qué oficio tiene? Quizá por aquí la conoceré mejor.

LUCRECIA: Señora, perfuma tocas, hace solimán y otros treinta oficios: conoce mucho en hierbas, cura niños y aun algunos la llaman la vieja *lapidaria*[2].

ALISA: Todo eso dicho no me la da a conocer. Dime su nombre, si le sabes.

LUCRECIA: ¿Si lo sé, señora? No hay niño, ni viejo en toda la ciudad que no le sepa, ¿habíale yo de ignorar?

ALISA: Pues, ¿por qué no le dices?

LUCRECIA: ¡He vergüenza!

ALISA: Anda, boba, dile, no me indignes con tu tardanza.

LUCRECIA: Celestina, hablando con reverencia, es su nombre.

ALISA: ¡Ji, ji, ji! ¡Mala landre te mate si de risa puedo estar, viendo el desamor que debes de tener a esa vieja, que su nombre has vergüenza nombrar! Ya me voy recordando de ella. Una buena pieza, no me digas más. Algo me vendrá a pedir. Di que suba.

LUCRECIA: Sube, tía.

ESCENA IV

CELESTINA: Señora buena, la gracia de Dios sea contigo y con la noble hija. Mis pasiones y enfermedades han impedido mi visitar tu casa como era razón, mas Dios conoce mis limpias entrañas, mi verdadero amor, que la distancia de las moradas no despega el amor de los corazones; así que lo que mucho deseé la necesidad me lo ha hecho cumplir. Con mis fortunas adversas otras, me sobrevino mengua de dinero; no supe mejor remedio que vender un poco de hilado que para unas toquillas tenía allegado; supe de tu criada que tenías de ello necesidad. Aunque pobre, y no de la merced de Dios, vesle aquí, si de ello y de mí te quieres servir.

ALISA: Vecina honrada, tu razón y ofrecimiento me mueven a compasión y tanto, que quisiera cierto más hallarme en tiempo de poder cumplir tu falta que menguar tu tela. Lo dicho te agradezco; si el hilado es tal, *serte ha*[3] bien pagado.

CELESTINA: ¿Tal, señora? Tal sea mi vida y mi vejez y la de quien parte quisiere de mi jura; delgado como el pelo de la cabeza, igual, recio como cuerdas de vihuela, blanco como el copo de la nieve, hilado todo por estos pulgares, aspado y aderezado. Veslo aquí en madejitas; tres monedas me daban ayer por la onza, así goce de esta alma pecadora.

ALISA: Hija Melibea, quédese esta mujer honrada contigo, que ya me parece que es tarde para ir a visitar a mi hermana, su mujer de Cremes, que desde ayer no la he visto, y también que viene su paje a llamarme, que se le arreció desde un rato acá el mal.

CELESTINA (Aparte): Por aquí anda el diablo, *aparejando*[4] oportunidad, *arreciando*[5] el mal a la otra. ¡Ea, buen amigo, tener recio! Agora es mi tiempo, o nunca; no la dejes, llévamela de aquí a quien digo.

Fernando de Rojas, *La Celestina*
(edición de Santiago López Ríos). Mondadori.

[1] **empicotaron:** condenaron. / [2] **lapidaria:** que conoce las piedras.
[3] **serte ha:** te será. / [4] **aparejando:** preparando.
[5] **arreciando:** se hizo más fuerte.

1.ª fase: estudio del texto

ANÁLISIS DEL CONTENIDO

Comprensión

1. Busca en el diccionario el significado de las siguientes palabras del texto: *solimán, mengua, ruda.*
2. Responde a estas preguntas sobre el texto:
   - ¿Sobre quién hablan Alisa (madre de Melibea) y Lucrecia (criada de Melibea)? ¿Por qué le cuesta tanto a Lucrecia pronunciar el nombre de esa persona? ¿Cómo reacciona Alisa al escucharlo?
   - ¿Qué diferentes oficios se le atribuyen?
   - ¿Cuál es el motivo que expone ella para justificar su visita?
   - ¿Cómo reacciona cuando se entera de que Alisa debe marcharse? Con la marcha de Alisa, ¿quién queda encargada de atender a la anciana?
   - ¿Cómo se describen los tres personajes que intervienen en el texto?

Contextualización

3. ¿Qué dos épocas conviven en el momento en que se escribió *La Celestina?* Explícalo, con la ayuda de ejemplos del texto.
4. ¿A qué género pertenece *La Celestina*? ¿Qué forma de expresión emplea: prosa o verso?
5. ¿Qué función cumplía el teatro en la Edad Media? ¿Dónde se representaban las funciones teatrales?

Tema y estructura

6. ¿En qué dos grandes bloques está organizado el texto?
7. Indica cuál es el tema de este fragmento y sitúalo en la temática general de *La Celestina*.
8. ¿Por qué debe ausentarse Alisa? (Idea secundaria).
9. Localiza el fragmento en el que se advierte que las intenciones de Celestina no son tan inocentes como ella pretende aparentar. (Idea principal).
10. Explica la relación que se establece entre el hecho de que los personajes no se atrevan a pronunciar en voz alta el nombre de Celestina con el carácter moralizador propio de la Edad Media.

ANÁLISIS DE LA FORMA

Estilo

11. ¿Qué forma presenta el texto? ¿Qué ritmo imprime el autor al relato con esta técnica?
12. Localiza y comenta los refranes, expresiones y dichos del texto. ¿Qué personajes los usan? ¿Qué relación se establece entre el lenguaje que usan los personajes y su condición social?
13. ¿Qué recurso emplea el autor para desvelar las auténticas intenciones de Celestina?

Opinión crítica

14. Explica por qué es tan importante este texto en nuestra literatura. ¿Conserva su interés? ¿Son actuales sus valores?
16. ¿Qué opinión te merece?

2.ª fase: redacción del comentario

INTRODUCCIÓN

Indica, de forma directa y sencilla, cuál es la intención del autor (actividad 2). Por ejemplo:

En este texto, el autor presenta el momento en que Celestina visita la casa de Melibea con la intención de…

A partir de esta idea (tesis) se desarrolla el comentario.

DESARROLLO

Se trata de explicar en profundidad el punto anterior. Para ello, debemos indicar qué ideas contiene el texto y cómo están ordenadas (tema y estructura), así como qué recursos emplea el autor para lograr su propósito (personajes, estilo...).

Tema y estructura

- Expón el tema y las ideas que se desarrollan en el fragmento (actividades 7, 8 y 9). A continuación, explica las partes en que se divide el texto teatral (actividad 6).
- Relaciona las ideas con el momento histórico en que fue escrita la obra (actividad 9 y 10).

En este texto, dividido en dos escenas, describe la visita de Celestina a Alisa, supuestamente para venderle unos hilados, pero la intención real es otra. El engaño y el riesgo de las pasiones son temas propios de la literatura medieval...

Personajes y el estilo

- Enumera los personajes, destacando alguno de sus rasgos principales (actividad 2).

Lucrecia se muestra reservada y preferiría evitar pronunciar el nombre de Celestina. Alisa se muestra confiada y no parece sospechar que Celestina tiene un propósito oculto. Celestina finge estar de visita para vender telas, cuando en realidad tiene secretas intenciones…

- Explica cómo logra el autor caracterizar a los personajes a través del diálogo (actividad 11 y 12).

A cada personaje le confiere un registro de lenguaje diferente según su condición social. Se desarrolla formalmente mediante un diálogo vivaz y rápido…

- Comenta el «aparte» final y la función que cumple para desvelar las intenciones ocultas de Celestina (actividad 13).

CONCLUSIÓN

Valora la importancia del texto y si el tema conserva la actualidad (actividad 14). Para acabar, añade, si lo deseas, tu opinión personal (actividad 15).

Taller creativo Somos juglares

En la Edad Media, como hemos visto en esta unidad, los juglares iban de pueblo en pueblo recitando composiciones poéticas sobre hazañas guerreras. Hoy en día, los deportistas reciben un trato parecido al de los héroes medievales. Por ello, en este taller vamos a convertir una crónica deportiva en un cantar de gesta.

1 Se busca un héroe

En primer lugar, elige un deportista de éxito que haya protagonizado alguna famosa hazaña deportiva (Rafa Nadal, Garbiñe Muguruza, Mireia Belmonte, Kilian Jornet, Vero Boqueté, Sergio Ramos...) y busca en Internet alguna crónica de una de sus gestas.

Proponemos, como ejemplo, la crónica de la final del Mundial de Fútbol de Sudáfrica, de 2010, año en que la selección española de fútbol ganó su último Mundial. El fragmento relata la lucha entre los dos equipos, como si de una batalla se tratara... ¡Léelo y lo comprobarás!

España es la campeona del mundo. Lo mereció en un encuentro en el que fue la única que lo intentó, en un choque durísimo que acabó en una prórroga decidida por un precioso gol de Iniesta.

En el comienzo del partido, minutos antes del encuentro, se palpaba la intensidad del momento, y es que no hay nada en la vida, nada, comparable a la emoción que se siente ante la final de un Mundial de fútbol. [...]

Y cuando salen los tuyos al campo te cuesta hasta respirar y buscas ayuda en una mirada al amigo, «vamos, es la hora, es la nuestra». Y si uno recoge todo eso, resulta imposible adivinar lo que tiene que sentir el actor principal: los nervios en la cuerda de un violín. [...]

Y rodó el balón. En el minuto menos uno se vio la fotografía del partido: una avalancha salvaje de patadas para frenar la circulación de juego. De todos los colores y a todas las alturas: tobillo, rodilla, pecho, cabeza. Un vendaval de golpes de karate, aikido y kung-fu que no sabía de fútbol ni de balón. ¿Qué hizo el árbitro? Esconderse, un cobarde en toda la regla, un inepto amedrentado por la situación.

Los de Del Bosque se salieron del encuentro. Sin posibilidad de tocar sin jugarse el cuello, tenían que saltar en cada jugada. España intentó salir del agujero como pudo. [...] Aun así, el poco fútbol que se vio partió de España, que intentó buscar a Villa y Pedro en largo, ante la imposibilidad de tocar en corto. [...]

Pocas cosas variaron en la segunda mitad. [...] En el último período, los holandeses empezaron a flaquear y España respiró un poco.

Y a la prórroga, los dos equipos estaban rotos. El fútbol se quedó olvidado en la taquilla del árbitro, sin desempolvar. En lo extra, todo fue de España, tres espléndidas ocasiones de Cesc, Iniesta y Navas, pero todo agua, sin premio al único que lo intentaba.

Y como suele pasar, el único que lo intentó lo logró: Iniesta aprovechó un pase interior y la colocó dentro, después de tanto sufrimiento, de tanta injusticia y de tanto navajazo traicionero. Al final, la gloria fue para el mejor: para España.

Si queréis leer la crónica completa lo podéis hacer en: https://links.edebe.com/4dy

2 ¡Un partido épico!

Antes de convertir la crónica del partido en un poema épico, debemos leer el texto detenidamente y subrayar aquellas partes que nos ayuden en nuestro objetivo: epítetos, exclamaciones... Además, conviene repasar las características generales de los cantares de gesta. Por ejemplo, busca en la crónica:

— Epítetos épicos:

España, campeona del mundo.

El árbitro, un inepto amedrentado.

— Apelaciones al público:

¿Qué hizo el árbitro?

— Estilo directo:

Buscas ayuda en una mirada al amigo: «vamos, es la hora, es la nuestra».

Busca en el texto otros fragmentos que puedas utilizar por su similitud con los rasgos de los cantares.

3 Verso a verso

Selecciona aquello que consideres útil para nuestro poema. Recuerda también que los versos de los cantares se caracterizan por estar compuestos por dos hemistiquios separados por una pausa o cesura.

Por tanto, tenemos que hacer algo parecido con el texto de la crónica deportiva. Probemos con el primer párrafo:

En el comienzo del partido	se palpaba la intensidad del momento.
Nada es comparable	a este estado de permanente alerta.
Vencer o morir	porque no vamos a tener otra.
Y rodó el balón	y una avalancha de patadas.
España intentó salir del agujero	como pudo.

Como ves, eligiendo los fragmentos interesantes, puedes convertir el texto periodístico en los versos de un cantar de gesta. Haz lo mismo con el resto de los párrafos. Cambia el orden cuando lo creas conveniente y añade símbolos de exclamación para dar mayor dramatismo a la historia.

4 ¡No te olvides de la rima!

Recuerda que los versos de los cantares de gesta presentan rima asonante.

Para conseguir que nuestro cantar rime, será necesario cambiar de nuevo el orden de algunas frases, e incluso sustituir unas palabras por otras. Veamos cómo quedan los versos que ya tenemos después de hacer algunas variaciones:

En el comienzo del partido	se palpaba la intensidad.
Nada es comparable	al momento de la verdad.
Hay que vencer o morir	porque no habrá otra oportunidad.
Y rodó el balón en el campo	y nos dieron patadas a millar.
España intentó salir del pozo	a pesar de la adversidad
jugando un fútbol bonito	tikitaca tikitá...

Repite la operación con el resto del texto. No es necesario que la rima siempre sea la misma: los cantares se dividían en tiradas. Así que puedes dividir tu poema en varias tiradas, cada una de ellas con un mínimo de dos versos.

5 ¡Da un repaso!

Siempre conviene revisar el texto, no lo olvides. Sigue estos consejos:

- Lee lo que has escrito hasta estar plenamente satisfecho con ello. No te cortes a la hora de reescribir hasta que consigas que todos los versos de cada tirada rimen entre sí.
- Conviene que los versos tengan una extensión similar, no utilices versos demasiado largos ni demasiado cortos.
- Si lo consideras necesario, embellece el texto añadiendo adjetivos e hipérboles.
- Lee en voz alta cada verso, tratando de darle la entonación adecuada, y si encuentras algo que no te convence, elimínalo o cámbialo.

6 Recita para tu público

Imagínate que estás en la plaza de un pueblo y tu público (tus compañeros) no saben qué sucedió en el partido o en el evento deportivo que hayas convertido en un cantar de gesta. ¡Entona los versos y déjate llevar por la emoción!

Pon a prueba tus competencias

Observa y lee el siguiente texto, y realiza las actividades que se plantean a continuación:

LOS ICONOS Y LOS COLORES / CÓMO ENTENDERLOS

- Sellado del salvoconducto
- Estación de tren
- Alojamiento
- Punto de acogida
- Oficina de Turismo
- R Románico
- G Gótico
- M Mudéjar
- I Islámico
- Castillos, atalayas, amurallamientos
- Conjunto histórico y/o artístico
- Patrimonio de la Humanidad
- Espacios naturales protegidos
- Fiestas de interés turístico nacional o internacional

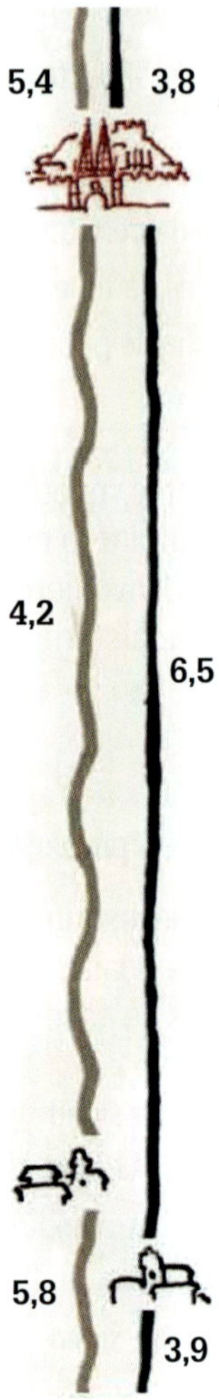

▲ A Villatoro / Villatoro

BURGOS

Habitantes: 173 738 / Telf. Ayto. 947 288 800

La historia. Al servicio del rey Sancho el Cid pasó largas temporadas en Burgos En 1080 asiste al concilio que adopta el rito romano en sustitución del mozárabe. En 1081 abandona Burgos en su primer destierro, adonde regresa tras el perdón real en 1087. En ese año parte de Burgos con una fuerza numerosa para reforzar las tropas del rey de la taifa de Zaragoza Al Mustain. Tras algarear por territorios valencianos regresa a Burgos a finales de 1087. En la primavera de 1088 vuelve a abandonar la ciudad para no regresar jamás. En 1921 sus restos fueron enterrados en la catedral.

El Cantar. Tras abandonar Vivar el Cid entra en Burgos. Después de arrodillarse en Santa María, la antigua catedral románica, el Cid y sus hombres cruzan el río Arlanzón y levantan su campamento en la orilla, frente a los muros de la ciudad, pues el rey Alfonso ha prohibido a los burgaleses que le ayuden bajo pena de perder los bienes y los ojos de la cara. Falto de dinero, consigue mediante engaño una suma importante de los judíos Rachel y Vidas con la ayuda del burgalés Martín Antolínez.

Monasterio de Santa María la Real de las Huelgas (siglos XII-XIV) con obra románica, gótica y mudéjar; cartuja gótica de Miraflores (siglos XV-XVI); iglesias góticas de San Esteban (siglos XIII-XVI), San Gil (siglos XIV-XVI), y San Nicolás de Bari (siglos XV-XVI); fachada gótica (siglo XV) de la iglesia de San Lesmes; puertas mudéjares de San Esteban y San Martín (siglo XIV); muralla urbana y castillo de Burgos. Una ruta urbana recorre los hitos cidianos más significativos: Solar del Cid, Santa Águeda, Catedral, Puerta de Santa María, estatua ecuestre del Cid, puente de San Pablo y la glera.

Patrimonio de la Humanidad. Catedral gótica de Burgos (siglos XIII-XV). Camino de Santiago.

Fiesta de interés. Semana Santa.

CORTES

Habitantes: 812 / Telf. Ayto. 947 288 800

CARDEÑA JIMENO

Habitantes: 619 / Telf. Ayto. 947 481 013

Espacio natural. Riberas del río Arlanzón y afluentes.

1. ¿De qué tipo de texto se trata?
   - Un texto de divulgación humanística
   - Un folleto informativo
   - Un anuncio publicitario

2. Responde a las siguientes preguntas y justifica tus respuestas:
   — ¿Por qué la ruta recibe el nombre de «Camino Cid»?
   — ¿Por qué crees que se ha escogido el título de «A la búsqueda de un territorio mítico» para definir esta primera parte del Camino del Cid?
   — Teniendo en cuenta el argumento del *Cantar de Mio Cid,* ¿por qué comienza la ruta por el destierro?

3. ¿Qué es un salvoconducto? Busca la palabra en el diccionario si es necesario.
   — ¿Dónde podrías conseguir un salvoconducto si decides hacer esta parte de la ruta?

4. Indica si son verdaderas o falsas las siguientes afirmaciones. Después, transforma las falsas en verdaderas.
   — En este tramo no se encuentra ninguna zona verde.
   — En la ruta se pasa cerca de un río.
   — El Camino del Cid solo puede realizarse si se tiene coche propio.
   — Esta parte de la ruta no pasa por ningún lugar del Camino de Santiago.
   — La ciudad de Burgos dispone de todos los servicios, de todos los estilos arquitectónicos y de espacios verdes.

5. ¿Por qué crees que se han organizado rutas literarias sobre la obra del *Cantar de Mio Cid*?

6. A partir del siguiente fragmento del *Cantar de Mio Cid,* explica cómo son los héroes épicos y qué virtudes encarnan. ¿Qué otro personaje del texto representa los valores opuestos?

> En Valencia con los suyos   vivía el Campeador:
> con él estaban sus yernos   los infantes de Carrión.
> En un escaño dormía   tendido el Campeador.
> Un mal sobresaltado entonces,   sabed, les aconteció:
> escapose de una jaula,   saliendo fuera, un león.
> Los que estaban en la corte   tuvieron un temor:
> recogiéronse los mantos,   los de buen Campeador,
> y rodean el escaño   en guarda de su señor.
> Allí Fernando González,   un infante de Carrión,
> ni en las salas ni en la torre   ningún refugio encontró;
> metiose bajo el escaño: tan grande fue su pavor.

7. Extrae del texto de la actividad 6 palabras o expresiones que muestren rasgos propios del *Cantar de Mio Cid.*

8. Explica qué relación existe entre los cantares de gesta y los romances.

9. Define los siguientes conceptos: *jarcha, cantiga de amigo* y *mester de juglaría.*

10. ¿Crees que de las obras *El conde Lucanor* y *La Celestina* se podría hacer una ruta literaria como la del Camino Cid?

— Justifica tus respuestas tanto en caso afirmativo como en caso de que creas que no es posible.

Síntesis

EDAD MEDIA

Es un período histórico que se enmarca entre los siglos V y XV. Comienza con la caída del Imperio romano y finaliza con el fin de la Reconquista y el descubrimiento de América.

Sociedad

Se dividía en tres estamentos: **nobleza, clero** y **pueblo,** a los cuales se accedía por **nacimiento.**

Cultura

En la Península coinciden tres culturas: **cristiana, musulmana** y **judía,** lo cual enriqueció todos los ámbitos del conocimiento. Según el ámbito y el público al que se dirige, se distingue entre **literatura popular** y **culta.**

LITERATURA

NARRATIVA

Cantares de gesta: se narran en verso las hazañas de caballeros recitados por los juglares (*Cantar de Mío Cid*).

Prosa: durante el siglo XIV adquiere una intención didáctica. Su máximo exponente es don Juan Manuel y su obra *El conde Lucanor.*

Romances: composiciones líricas formadas por los episodios de los cantares de gesta. Existen dos tipos: los novelescos y los históricos.

LÍRICA

POPULAR

Obras de carácter **oral.** Su métrica es irregular y su estilo, **sencillo.**

Jarchas (lírica mozárabe)

Cantigas (lírica galaico-portuguesa)

Villancicos (lírica castellana)

CULTA

Mester de clerecía: escritas por **clérigos,** de estilo culto, su finalidad es **educar** al público. Destacan: G. de Berceo y Juan Ruiz, arcipreste de Hita.

Lírica culta: para un público aristocrático, su finalidad era **estética.** Los temas son el **amor,** la **muerte** y la **sociedad.** Jorge Manrique escribió *Coplas a la muerte de su padre.*

TEATRO

Teatro religioso

Teatro más dramático: combina elementos medievales (la moral) y renacentistas (valoración del amor y el placer): *La Celestina.*

Escápate de la unidad con la PRUEBA FINAL

8 El Renacimiento

Contenidos

- LECTURA
  En un lugar del Quijote
- COMUNICACIÓN ORAL
  La opinión
- EDUCACIÓN LITERARIA
  El Renacimiento

  Contextualización histórica

  1. La lírica
  2. La narrativa
  3. *Don Quijote de la Mancha*
  4. Comentario de texto:
     - *Lazarillo de Tormes*
     - *Don Quijote de la Mancha*

Y además...

Taller creativo
Crónicas del Nuevo Mundo

Paolo Veronese, *Las bodas de Caná* (1563).

¡Mira el vídeo!

En tu opinión, ¿es mejor leer una novela o ver la versión en el cine o en el teatro?

¿Qué te sugiere la palabra *humanismo*?

¿Qué significa la expresión popular «ser un Quijote»?

Escucha la **LECTURA**

En un lugar del Quijote

Antes de leer el siguiente fragmento, que habla sobre esta obra de teatro de la compañía teatral Ron Lalá, escucha la opinión de alguien que ya lo ha leído.

Unas palabras del director

Enfrentarse a un montaje del *Quijote* será siempre pelear contra los molinos de viento, pues convertir la mejor novela de la literatura universal en una obra de teatro es de por sí una batalla perdida.

El teatro, la música y el humor han sido, son y serán los sellos de identidad de la compañía Ron Lalá, y a ese lenguaje acudimos y en él nos encontraremos. Pero es que además nos enfrentamos a un «más difícil todavía», que es sacar adelante un *Quijote* con solo cinco actores. En ese sentido los mejores aliados son los espectadores y su imaginación. Es ahí adonde hay que apuntar. Invitar a los espectadores al viaje, estimular su imaginario y encontrar junto a ellos la esencia de la novela de Cervantes, de tal forma que la gente salga con la sensación de «que se lo ha leído». O mejor aún, que salga con ganas de leerlo. Cervantes ve a don Quijote porque lo imagina. Don Quijote ve gigantes, porque ve molinos e imagina gigantes. ¿Qué verán los espectadores? Los ronlaleros afrontamos esta aventura con honestidad y con la ilusión de poder dejarle a la gente nuestra visión de esta maravilla de la lengua castellana que es nada más y nada menos que *El ingenioso hidalgo don Quijote de la Mancha*.

imaginario: mundo interior y personal.

Los personajes

Es difícil encontrar a alguien que no haya oído hablar alguna vez del Quijote o a quien no resulten familiares las siluetas de don Quijote y Sancho cabalgando por la tierra manchega a lomos de Rocinante y el rucio. […]

rucio: asno de color pardo claro, blanquecino o canoso.

Así que algo especial debe de tener esta novela para haber suscitado tantas respuestas. Sus «protas», como ya sabes, son don Quijote y Sancho Panza. Cervantes crea con ellos la inmortal pareja a la que hace deambular por los caminos de la Mancha en busca de aventuras mientras mantiene un diálogo constante que influye en los dos personajes y los acerca cada vez más.

deambular: andar sin dirección determinada.

Don Quijote de la Mancha

Alonso Quijano es un hidalgo manchego, que cree que la literatura es verdad y que, por lo tanto, lo son los libros de caballería de los que es ávido lector. Mágicamente inmerso en la ficción, decide cambiar su verdadera identidad por la de don Quijote, llevar la caballería andante a la España del siglo XVII y vivir como los caballeros literarios, por lo que, acompañado por su escudero Sancho Panza y espoleada su valentía por el pensamiento de su amada Dulcinea, se mezcla en muchas aventuras.

ávido: ansioso.

Que don Quijote está como una cabra se rumorea en las propias páginas de la novela, pero descubrirás que es un loco cuerdísimo, un hombre idealista y valiente que decide, haciendo uso de su libertad, ser quien quiere ser.

¡Que no es poco! Es hombre y héroe a la vez: es real, pero su voluntad quiere la aventura.

Sancho Panza

En los libros de caballerías era frecuente que los caballeros tuvieran un fiel escudero y por eso don Quijote se provee de uno, Sancho Panza, labrador vecino suyo y hombre de bien —si es que este título se le puede dar al que es pobre— pero de muy poca sal en la mollera. Rústico, materialista y socarrón, su forma de hablar y sus refranes son su patrimonio y una fuente inagotable de comicidad. No obstante, demuestra su sensatez y buen juicio en su fingido gobierno de la ínsula Barataria y se muestra leal a don Quijote hasta el último momento. A lo largo de la historia se va transformando en un hombre dialogante, que sigue su propio destino y que influye en don Quijote tanto como don Quijote influye en él.

socarrón: que se comporta con astucia o disimulo acompañados de burla encubierta.

Cervantes

Uno de los grandes aciertos de la versión —en un juego muy cervantino— es introducir al propio autor del *Quijote* como personaje. Asistimos a sus logros y dificultades en la creación de su inmortal novela y a lo que pone en ella de su propia vida: su participación en la batalla de Lepanto, donde fue herido en el pecho y en la mano izquierda, su cautiverio en Argel (donde aprendió el valor de la libertad), su precaria situación económica y familiar, sus deseos frustrados de ir a las Indias (a América), sus problemas con la justicia y su dura experiencia de la cárcel en Sevilla y Valladolid.

Él es quien invita al cura y al barbero —que en la novela son amigos y vecinos de don Quijote— a entrar en la historia para vigilar al caballero. Y para cumplir con esta tarea han de hacer tanto de sí mismos como de otros personajes (el vizcaíno, la princesa Micomicona, que a su vez se transforma en el Caballero del Bosque).

Y así se organiza un divertido juego: ¿Cervantes es real y el cura y el barbero lo son también? Y, entonces, ¿don Quijote es un personaje real? Porque, si no lo es, ¿para qué se disfrazan ellos? Pero entonces ¿qué es verdad y qué es mentira en esta historia?

A la vez los actores representan varios papeles: quien interpreta a Cervantes hace además de ama o de duquesa; el actor que da vida al cura y al bachiller se pone en la piel de Cide Hamete (el otro supuesto autor del Quijote inventado por Cervantes), de Maese Pedro o de Montesinos.

Únicamente don Quijote y Sancho son solo don Quijote y Sancho, auténticos como la vida misma. ¿Y quién hace de Dulcinea del Toboso? Dulcinea es un nombre, un sueño de don Quijote, quien la hace vivir cuando le escribe una carta, o la ve en la cueva de Montesinos o finge aceptar lo que Sancho le cuenta sobre ella. Verás de qué bella y musical manera la recrea Ron Lalá.

https://ronlala.com.

Fotografía de David Ruiz.

Actividades

Obtención de información

1. Responde a las siguientes preguntas:
   - ¿Qué rasgos caracterizan a la compañía Ron Lalá?
   - ¿A qué dificultades se han enfrentado el director y los actores a la hora de adaptar el *Quijote* para su representación?
   - ¿Cómo las han solucionado?
   - ¿Cómo han afrontado el desafío de representar la novela de Cervantes?
   - ¿Cuál es uno de los grandes aciertos de la obra?
   - ¿Qué se consigue gracias a esta inventiva?

2. Clasifica estas características según describan a don Quijote o a Sancho Panza:

	Quijote	Sancho
Es idealista y valiente.		
Es labrador, rústico y hombre de bien.		
Cree que los libros de caballería son reales.		
Decide vivir como un caballero andante.		
Es sensato y leal.		
Utiliza refranes y esto le hace resultar cómico.		
Está enamorado de Dulcinea.		

3. ¿Qué hechos de la vida de Miguel de Cervantes se reflejan en la obra *En un lugar del Quijote*?

Interpretación

4. El término *ronlalero* es una palabra derivada formada por sufijación.
   - ¿Qué sufijo se ha añadido a la raíz?
   - ¿Qué significado le otorga?

5. Explica con tus palabras el significado de estas expresiones:

   a) Pelear contra molinos de viento.
   b) Ser una batalla perdida.
   c) Tener poca sal en la mollera.
   d) Estar como una cabra.

6. La obra parece que pretende ser un homenaje al *Quijote*. ¿Qué valores destaca de Cervantes, de los personajes y de la propia novela?

7. ¿Cuál crees que es la finalidad del texto? Justifica tu respuesta.

Reflexión

8. Los componentes de Ron Lalá son cinco actores. Dado que no hay ninguna actriz en la compañía, ¿cómo te imaginas que recrearán a Dulcinea? Argumenta tu respuesta.

   — Esta información te puede ayudar: «Dulcinea es un nombre, un sueño de don Quijote, quien la hace vivir cuando le escribe una carta, o la ve en la cueva de Montesinos o finge aceptar lo que Sancho le cuenta sobre ella».

9. Explica qué hay de realidad, de fantasía, de mentira o de aventura en la propia novela de Cervantes y en la obra de Ron Lalá, en relación con los personajes de don Quijote y Sancho Panza, y con la vida de Cervantes.

Expresión

10. El director de la compañía Ron Lalá quiere que la gente salga del teatro con la sensación de haber leído la novela.

    — ¿Qué es preferible, leer la novela o ver la obra?
    — Buscad argumentos a favor y en contra y organizad un debate en clase.

La opinión

Expresar la **opinión** abiertamente es un derecho de todas las personas. De hecho, a lo largo del día, manifestamos nuestra opinión en muchos aspectos de la vida cotidiana: por ejemplo, opinamos sobre una película que hemos visto, sobre un libro que hemos leído, sobre el color del que nos gustaría pintar nuestra habitación...

De manera más formal, encontramos opiniones en diversos contextos y sobre distintos temas, como la crítica de un espectáculo teatral que vas a escuchar a continuación.

Actividades

Escucha

1. **Explica con tus palabras qué significa que los actores de Ron Lalá son *auténticos animales de escena.***

— Escribe los argumentos que da Alfonso para apoyar esta tesis.

2. **Indica la opinión de Alfonso acerca de los siguientes aspectos de la obra:**

a) Iluminación

b) Vestuario

c) Escenografía

d) Efectos especiales, diálogos y canciones

3. **Después de escuchar la opinión del experto, ¿te animarías a ver esta obra? Justifica tu respuesta.**

4. **Explica si has visto alguna vez alguna obra teatral de un autor clásico.**

— ¿Qué otras obras teatrales has visto?

Habla

5. **Expresa tu opinión sobre un espectáculo que hayas visto (puede ser una película, un recital, un concierto...) o sobre un libro que hayas leído.**

— Para ello, sigue estos pasos:

- Antes de expresar tu opinión, **piensa** en aportar información sobre:

  Qué has entendido del argumento.

  Cómo son los personajes.

  Que te ha gustado más.

  Qué cambiarías y por qué.

- **Refuerza** tu opinión con razones lógicas, ejemplos o experiencias de la vida cotidiana, datos objetivos, estadísticas, etc.
- **Respeta** las opiniones de tus compañeros y compañeras, y no intentes imponer la tuya.
- **No te enfades** si otras personas tienen una opinión distinta a la tuya.
- No **eleves** el tono de **voz;** gritar o hablar más alto no hace que tengas más razón.

¿Te gusta el teatro?
Escucha esta crítica teatral

Expresiones para opinar

Para **dar tu opinión:**

Me parece que...
Opino que...
A mi juicio...
Pienso que...
Desde mi punto de vista...
A mi modo de ver...
Considero que...
A mi entender/parecer...

Para **pedir opinión:**

¿Qué piensas de...?
¿Cómo valorarías...?
¿A ti qué te parece...?
Y tú, ¿cómo ves...?
¿Qué opinas de...?
¿Qué crees sobre...?

El Renacimiento: contextualización histórica

EL RENACIMIENTO

SIGLOS XV-XVI

1492

La **conquista de Granada** por los Reyes Católicos marca el final de la Edad Media.

El **descubrimiento de América** supone la apertura de nuevas rutas comerciales. España se convierte en una potencia mundial.

La **convivencia entre religiones** provoca tensiones sociales, que los Reyes Católicos resuelven con la **expulsión de los judíos.**

1516-1556

Durante el reinado de **Carlos I,** España se abre a las **influencias extranjeras.**

1556-1598

Con el reinado de **Felipe II,** en la segunda mitad del siglo XVI, España entra en una etapa de **aislamiento.** Los **problemas** internos y las **guerras imperialistas** llevan al país a la decadencia.

El Renacimiento aparece en Italia y va extendiéndose por toda Europa. Se trata de un movimiento cultural y filosófico que muestra un **renovado interés por el ser humano** y el **pasado grecolatino.** Esta mentalidad está impulsada por el auge de la burguesía, que reactiva el conocimiento y deja atrás la oscuridad de la Edad Media. Se inicia así el camino hacia la **modernidad.**

SOCIEDAD

BURGUESÍA

Esta época está marcada por grandes cambios sociales. En las ciudades adquiere gran importancia una nueva clase social, la **burguesía,** que va prosperando y rompe la rígida estructura social medieval.

El **impulso económico** producido por la conquista de América supone un revulsivo que sitúa a España como primera potencia del mundo. La actividad económica se desplaza del campo a las **ciudades,** y el **comercio** experimenta un importante crecimiento.

POLÍTICA

MONARQUÍA

Siglo XV

El matrimonio de los Reyes Católicos a finales del siglo XV supone la **unificación política** de los reinos cristianos. Los conflictos sociales provocados por la heterogeneidad religiosa se resuelven de forma traumática con la **expulsión de los judíos.**

Siglo XVI

Durante la primera mitad, con el reinado de **Carlos I** (1516-1556), el país se abre a las **influencias europeas** y el poder se centraliza en la figura del monarca.

Durante la segunda mitad, con el reinado de **Felipe II** (1556-1598), se impone la ortodoxia religiosa de la **Contrarreforma.** La Monarquía se convierte en la defensora del catolicismo frente al avance del protestantismo. Los conflictos internos y las guerras imperialistas van conduciendo a España a la bancarrota y al aislamiento.

CULTURA

HUMANISMO

Sitúa al **ser humano** en el centro de la existencia. Se produce un interés por la **cultura** y se fundan nuevas universidades transmisoras de conocimiento. La invención de la **imprenta,** en la segunda mitad del siglo XV, contribuye a difundir las nuevas ideas.

El arte busca la **belleza y el equilibrio.** Es más refinado y sensual y busca satisfacer a la burguesía, que encuentra en la cultura un signo de distinción social. Los **clásicos grecolatinos** se convierten en los grandes modelos.

La literatura española alcanza un gran esplendor durante este siglo, el cual, junto con el XVII, es conocido como **Edad o Siglo de Oro.**

La lírica

La pujanza de la burguesía y la influencia del humanismo provocan una **nueva forma** de entender el mundo. La vida se concibe como un tiempo de placer y se expresa la necesidad de gozarla. En la literatura se distinguen dos períodos, conocidos como **primer** y **segundo Renacimiento,** que coinciden con los reinados de Carlos I y Felipe II, respectivamente.

Primer Renacimiento

Durante este período siguen gozando de éxito los **cancioneros** de la tradición medieval y aparece con fuerza una corriente **lírica italianizante.**

La lírica se dirige a un público burgués, que busca en la literatura un modo de entretenimiento. Se trata de una literatura intimista, que utiliza una forma y un estilo naturales para expresar historias de contenido amoroso y fantástico.

Los temas de la nueva lírica

Los temas más frecuentes son el amor, la naturaleza y la mitología; todos ellos de clara influencia grecolatina.

— **El amor** es el tema más importante. La amada se convierte en un ideal de perfección y belleza, inalcanzable para el poeta (**amor platónico**). La belleza de la mujer se considera un reflejo de Dios.

Efectos de la belleza de la dama.

Nadie puede ser dichoso,
señora, ni desdichado,
sino que os haya mirado.

El poeta concibe el amor como un servicio a la dama, que lo dignifica.

Porque la gloria de veros
en este punto se quita
que se piensa mereceros.

Garcilaso de la Vega,
Obra poética. Clásicos Alce.

— **La naturaleza.** El poeta recurre a los elementos de la naturaleza (árboles, fuentes, ríos...) para expresar sus sentimientos. La naturaleza se presenta como un **espacio idealizado** de perfección y armonía (*locus amoenus*).

El poeta siente consuelo en los árboles, en las piedras, en los pájaros.

La naturaleza se transforma y se humaniza al escuchar los lamentos del poeta.

Con mi llorar las piedras enternecen
su natural dureza y la quebrantan;
los árboles parece que se inclinan;
las aves que me escuchan cuando cantan,
con diferente voz se condolecen,
y mi morir cantando me adivinan.

Garcilaso de la Vega,
Obra poética. Clásicos Alce.

— **La mitología.** Por la influencia de la cultura clásica, los poetas recurren a los temas mitológicos para ejemplificar experiencias personales y vivencias humanas, como muestra de **admiración por los textos clásicos** y para **embellecer el poema.** En el poema de la derecha, Garcilaso se rebela contra el destino trágico de Leandro y pide a las olas que le dejen ver a su amada una última vez antes de su muerte.

Dolce stil novo

Con este nombre se conoce a la escuela poética que surge en Italia a finales del siglo XIII y cuya renovación poética marcará las pautas de la poesía renacentista europea. Sus máximos representantes son **Dante Alighieri** y **Francesco Petrarca;** este último inaugura la poesía europea del siglo XVI con su obra *Cancionero* (*Canzoniere*).

Puedes conocer las características principales de la poesía stilnovista en el siguiente enlace:

https://links.edebe.com/p579f5

Fíjate en las características del **primer Renacimiento**

¡Qué típicos estos **tópicos!**

Pasando el mar **Leandro** el animoso,
en amoroso fuego todo ardiendo,
esforzó el viento, y fuese embraveciendo
el agua con un ímpetu furioso.

Vencido del trabajo presuroso,
contrastar a las ondas no pudiendo,
y más del bien que allí perdía muriendo
que de su propia vida congojoso,

como pudo, esforzó su voz cansada
y a las ondas habló d'esta manera,
mas nunca fue su voz dellas oída:

«Ondas, pues no se escusa que yo muera,
dejadme allá llegar, y a la tornada
vuestro furor esecutá en mi vida».

Garcilaso de la Vega, *Obra poética.*
Clásicos Alce.

Formas y estilo sencillos

La literatura del primer Renacimiento persigue la armonía, la **expresión natural** y el **buen gusto.** Para ello, huye de toda complejidad y emplea recursos de **fácil comprensión** (metáforas, comparaciones, epítetos...).

Se emplean las estrofas propias de la métrica italiana, preferentemente los versos endecasílabos (11 sílabas) y heptasílabos (7 sílabas), con los que se consigue una musicalidad que no poseía el monótono octosílabo medieval. Las composiciones más frecuentes son:

— El **soneto.** Catorce versos endecasílabos, agrupados en dos cuartetos y dos tercetos.

— La **silva.** Conjunto variable de versos endecasílabos y heptasílabos con rima libre.

— La **lira.** Estrofa de cinco versos endecasílabos y heptasílabos, que riman en consonante el primero con el tercero, y el segundo con el cuarto y el quinto.

Si de mi baja l**ira**
tanto pudiese el son que en un mom**ento**
aplacase la **ira**
del animoso vi**ento**
y la furia del mar y el movimi**ento**. [...]

Garcilaso de la Vega, «Oda a la flor de Gnido», *Canción V*, en *Poesía lírica del Siglo de Oro*. Cátedra.

Actividades

1. Lee este fragmento de la *Égloga I* de Garcilaso:

Corrientes aguas, puras, cristalinas,
árboles que os estáis mirando en ellas,
verde prado, de fresca sombra lleno,
aves que aquí sembráis vuestras querellas,
hiedra que por los árboles caminas,
torciendo el paso por su verde seno:
yo me vi tan ajeno
del grave mal que siento
que de puro contento
con vuestra soledad me recreaba.

— ¿Qué visión de la naturaleza proporciona el poema?
— Haz una lista con los adjetivos del texto. ¿Qué cualidades resaltan?
— ¿Qué efectos produce la naturaleza en el poeta?

2. Aplica la **destreza de pensamiento** *lluvia de ideas* sobre la visión de la naturaleza en la poesía renacentista. Para ello sigue las instrucciones siguientes:

— Conformar diferentes grupos de trabajo.
— Establecer un tiempo límite durante el cual se van a generar las ideas.
— Toda idea es bienvenida.
— Toda crítica está prohibida.
— Generar tantas ideas como sea posible.
— Una vez generadas las ideas, tratar de mejorarlas y seleccionar las más adecuadas.

3. Lee el siguiente poema de Garcilaso de la Vega:

A Dafne ya los brazos le crecían
y en luengos ramos vueltos se mostraban;
en verdes hojas vi que se tornaban
los cabellos que el oro escurecían;
de áspera corteza se cubrían
los tiernos miembros que aun bullendo estaban;
los blancos pies en tierra se hincaban
y en torcidas raíces se volvían.
Aquel que fue la causa de tal daño,
a fuerza de llorar, crecer hacía
este árbol, que con lágrimas regaba.
¡Oh miserable estado, oh mal tamaño,
que con llorarla crezca cada día
la causa y la razón por que lloraba!

Garcilaso de la Vega, «Soneto XIII», en *Poesía castellana completa*. Cátedra.

— ¿Qué tema de la lírica renacentista se trata en este poema? Para responder, busca en Internet información sobre Dafne y Apolo.
— El tipo de composición y el estilo, ¿son propios del período renacentista? Justifica tu respuesta.
— Explica la transformación que se describe en los cuartetos.
— ¿Por qué el personaje describe su estado como «miserable»? ¿Qué ocurre cuando llora sobre su amada?

4. Consulta en Internet y busca tres poemas de Garcilaso de la Vega en que se muestren los temas más importantes de su poesía.

Garcilaso y la renovación de la lírica

Garcilaso de la Vega es el **máximo exponente** de la poesía renacentista. Fue el primero en introducir los moldes poéticos italianos que acabamos de describir. Por este motivo, se le conoce como «el príncipe de los poetas españoles».

Su obra poética forma un **cancionero** (al estilo del de Petrarca) que canta el dolor que le produce el amor imposible de Isabel Freire. En él, la naturaleza idealizada se convierte en el marco perfecto de la expresión del **sentimiento amoroso** por la dama.

Temas y estilo en la obra de Garcilaso

La obra de Garcilaso refleja todas las características del primer Renacimiento. En el siguiente poema, el autor pone en boca de un pastor su lamento amoroso. Observa cómo se tratan los **temas** y **recursos** de la época:

Por ti el silencio de la selva umbrosa,
por ti la esquividad y apartamiento
del **solitario monte me agradaba**;
por ti la **verde hierba**, el **fresco viento,**
el **blanco lirio y colorada rosa**
y **dulce primavera** deseaba.
¡Ay, cuánto me engañaba!
¡Ay, cuán diferente era
y cuán de otra manera
lo que en **tu falso pecho** se escondía!
Bien claro con su voz me lo decía
la siniestra corneja, repitiendo
la desventura mía.
Salid sin duelo, lágrimas, corriendo.

Garcilaso de la Vega, «Égloga I», en *Poesía castellana completa*. Cátedra.

La vida en el campo representa el **ideal** de retiro espiritual y la pureza frente a la corrupción de la ciudad y la corte.

La **naturaleza** es armónica y bella. Este rasgo se observa claramente en los epítetos, con los que se da una idea de perfección.

El amor es el **tema** central; el poeta expresa una queja por el rechazo de la amada.

Estilo sencillo y equilibrado. El lenguaje es natural y elegante.

Garcilaso de la Vega (1501-1536)

Garcilaso encarna el ideal renacentista del cortesano: hombre de armas y letras.

De familia noble, se educó en la corte de Carlos I y formó parte de su guardia personal.

En el año 1525 se casó con Elena de Zúñiga, dama de honor de Leonor de Austria, hermana de Carlos I.

Al año siguiente se enamoró de una dama portuguesa, Isabel Freire, que no le correspondió. Este amor frustrado inspiró muchos de sus poemas. Murió joven, con 35 años, en acto de servicio.

Lee otros **sonetos** de Garcilaso

Actividades

5. **Lee este fragmento, en el que el pastor Albanio descubre a su amada Camila, y contesta a las preguntas que se plantean a continuación:**

Si mi turbada vista no me miente,
paréceme que vi entre rama y rama
una ninfa llegar a aquella fuente.
Quiero llegar allá: quizá si ella ama,
me dirá alguna cosa con que engañe,
con algún falso alivio, aquesta llama.
Y no se me da nada que desbañe
mi alma si es contrario a lo que creo,
que a quien no espera bien, no hay mal que dañe.
¡Oh santos dioses!, ¿qué es esto que veo?
¿Es error de fantasma convertida
en forma de mi amor y mi deseo?
Camila es esta que está aquí dormida;
no puede de otra ser su hermosura.

Garcilaso de la Vega, «Égloga II», en *Poesía castellana completa* Cátedra.

— ¿Cómo se explica que haya personajes mitológicos como las ninfas?
— ¿Qué sentimientos expresa el poeta hacia Camila? ¿Su amor es correspondido?
— ¿Cómo es la amada a los ojos del poeta?
— ¿A qué remite la metáfora «aquesta llama»?
— Busca ejemplos de la sencillez en el estilo.

6. **Lee el «Soneto I» (puedes descargarlo en «los Sonetos de Garcilaso») y responde a las preguntas:**

— ¿A qué «tanto mal» se refiere el poeta? ¿Está relacionado con el sentimiento amoroso?
— La amada es siempre el centro del poema renacentista. ¿Aparece descrita en este caso?
— ¿Qué es lo que más teme el poeta?
— ¿Crees que el poeta da importancia a sus sentimientos? ¿Este aspecto guarda relación con la corriente renacentista?

La lírica en el segundo Renacimiento

Durante la segunda mitad del siglo XVI, España vive un proceso de desgaste político y de crisis moral y religiosa. Las **guerras** con otros países europeos arrastran al reino a una etapa de pesimismo y decadencia.

La **Contrarreforma,** impulsada por el Concilio de Trento (1545-1563), fija la orientación de la Iglesia católica, en una época de gran debate religioso. Reflejo de la situación del país, los principales temas tratados en la literatura son la **preocupación nacional** y la **reflexión filosófica y religiosa.** En este período aparecen tres corrientes con importantes diferencias entre ellas: la escuela sevillana, la escuela salmantina y la poesía mística.

La escuela sevillana y la escuela salmantina

— Los poetas de la **escuela sevillana,** entre los que destaca **Fernando de Herrera,** se caracterizan por emplear un estilo rebuscado y elaborado, con abundantes adornos retóricos. Este gusto por la complejidad formal (manierismo) será la puerta de entrada a la poesía barroca del siglo XVII.

Clara, süave luz, **alegre** y **bella,**
que los **zafiros y color del cielo**
teñís de la esmeralda con el velo,
que resplandece en una y otra estrella;

Abundante **adjetivación:** hasta cuatro adjetivos en torno a un sustantivo.

En el retrato femenino, se describen los ojos de la mujer, pero sin nombrarlos, solo emplea metáforas («estrella»).

— Los escritores de la **escuela salmantina** cultivan una poesía sencilla y natural, de temática moral y religiosa, con la que pretenden dar una respuesta a la crisis social y religiosa del momento.

El máximo representante de este grupo es **fray Luis de León.** Su obra refleja la condición mundana del ser humano y expone la necesidad de una vida retirada y reflexiva para alcanzar la perfección espiritual (**ascética**).

¡Oh, despertad, mortales!
¡Mirad con atención en vuestro **daño**!
Las almas inmortales,
hechas a bien tamaño,
¿podrán **vivir de sombras y de engaño**?

Fray Luis de León (1527-1591)

Fue profesor de la Universidad de Salamanca. Tradujo partes de la Biblia a lengua vulgar y cultivó la poesía ascética.

Tenía un fuerte carácter, si bien su poesía se caracteriza por la búsqueda de la paz espiritual y el deseo de soledad y de retiro en la naturaleza.

Actividades

7. Lee este poema de fray Luis de León y contesta a las siguientes cuestiones:

¡Qué descansada vida
la del que huye del mundanal ruïdo,
y sigue la escondida
senda, por donde han ido
los pocos sabios que en el mundo han sido! [...]
Vivir quiero conmigo,
gozar quiero del bien que debo al cielo,
a solas, sin testigo,
libre de amor, de celo,
de odio, de esperanzas, de recelo.

— Indica cuál es el tema del poema.
— Describe el concepto de sabiduría que se muestra en él.
— Justifica la pertenencia del poema a la lírica renacentista.

8. Lee el siguiente fragmento de un poema de Fernando de Herrera y responde a las cuestiones planteadas:

Rojo sol que con hacha luminosa
coloras el purpúreo alto cielo,
¿hallaste tal belleza en todo el suelo,
que iguale a mi serena luz dichosa?

— ¿Cuántos adjetivos hay en los dos primeros versos?
— ¿Hay algún sustantivo acompañado de más de un adjetivo?
— ¿Cuántas proposiciones subordinadas aparecen?
— ¿Hay algún hipérbaton?
— Según las respuestas anteriores, ¿en qué corriente renacentista situarías el poema? ¿Por qué?

La poesía mística

La poesía se centra en el tema religioso y se convierte en un **camino para conocer a Dios.** Los poetas expresan mediante la literatura sus vivencias espirituales. Se trata de experiencias únicas, a las que solo pueden acceder aquellos que han renunciado a los deseos terrenales y se han preparado para el encuentro con la divinidad.

Este movimiento espiritual se llama mística. Entre los poetas místicos destacan **Teresa de Jesús** y **Juan de la Cruz,** ambos canonizados con posterioridad.

En la mística la experiencia religiosa se describe con mucha frecuencia como un encuentro amoroso, que simboliza la **unión con Dios.**

Los místicos recurren a las **metáforas** y los **símbolos** amorosos para expresar su vivencia religiosa. El **estilo** es **sencillo** y **depurado,** huye de toda artificiosidad. Los versos se componen de **oraciones simples,** y el **léxico** es **natural** y **elegante.**

Vamos a ver estas características en los siguientes poemas:

En una **noche oscura,**
con ansias, en amores inflamada,
¡oh dichosa ventura!,
salí sin ser notada,
estando ya mi casa sosegada. [...]
En la noche dichosa,
en secreto, que nadie me veía,
ni yo miraba cosa,
sin otra **luz** ni guía
sino la que en el **corazón ardía.**
Aquesta me guiaba
más cierto que la luz del mediodía
a donde me esperaba
quien yo me sabía
en parte donde nadie parecía.

Juan de la Cruz,
«Noche oscura del alma».

Ausencia de Dios.

La búsqueda de Dios se describe como una aventura de amor.

La luz y el Amado representan a Dios.

Lenguaje amoroso.

Ya toda me entregué y di,
y de tal suerte he trocado,
que es mi Amado para mí,
y yo **soy para mi Amado.**
Cuando el dulce Cazador
me tiró y dejó rendida,
en los **brazos del amor**
mi alma quedó caída,
y **cobrando nueva vida**
de tal manera he trocado,
que es mi Amado para mí,
y yo soy para mi Amado.
[...]

Teresa de Jesús, «Dilectus meus mihi».

Teresa de Jesús (1515-1582)

Sintió la llamada religiosa muy joven e ingresó en las carmelitas a los 19 años. Fue una mujer con un carácter fuerte. Reformó su orden y fundó 32 conventos.

Juan de la Cruz (1542-1591)

Ingresó en los carmelitas y, a pesar de su carácter reservado, encabezó la reforma de esa orden, junto con Teresa de Jesús. Fue perseguido por sus ideas y lo llegaron a encarcelar en Toledo, de donde logró escapar.

Conoce mejor a **los místicos**

Actividades

9. Indica el tema del siguiente fragmento del poema de Teresa de Jesús y justifica por qué puede considerarse un poema místico:

Esta divina prisión,
del amor en que yo vivo,
ha hecho a Dios mi cautivo,
y libre mi corazón;
y causa en mí tal pasión
ver a Dios mi prisionero,
que muero porque no muero.
¡Ay, qué larga es esta vida!
¡Qué duros estos destierros,
esta cárcel, estos hierros
en que el alma está metida!
Solo esperar la salida
me causa dolor tan fiero,
que muero porque no muero.

Teresa de Jesús, «Vivo sin vivir en mí»
Obras completas. Galaxia Gutenberg.

10. Lee este poema de Juan de la Cruz y realiza las siguientes actividades:

Buscando mis amores
iré por esos montes y riberas;
ni cogeré las flores,
ni temeré a las fieras,
y pasaré los fuertes y fronteras.
¡Oh bosques y espesuras
plantadas por la mano del Amado!
¡Oh prado de verduras
de flores esmaltado,
decid si por vosotros ha pasado!

— ¿Cuál es el tema del poema?
— Analiza el significado de las siguientes metáforas: «las flores», «las fieras», «los fuertes y fronteras».
— Indica qué características de la poesía mística presenta.

La narrativa

¿Evasión o realidad, qué prefieres?

Como sucede en la lírica, el cambio de mentalidad conlleva una transformación en la narrativa. Con la **novela realista,** que aparece en la segunda mitad del siglo XVI, se reflejan problemas sociales de la época mediante personajes marginales que explican su propia experiencia.

Sin embargo, en la primera mitad del siglo continuaba vigente la **novela idealista.** Sus obras representan un mundo idealizado, alejado de la realidad.

La novela idealista

Se trata de una **literatura de evasión.** Sus protagonistas pertenecen a la aristocracia y responden a modelos de perfección (valentía, fidelidad, tenacidad…), y sus historias transcurren en parajes exóticos o imaginarios. Los principales tipos se resumen en la siguiente tabla:

	NOVELA PASTORIL	NOVELA DE CABALLERÍAS	NOVELA BIZANTINA	NOVELA MORISCA
Espacio	Naturaleza idealizada.	Lugares lejanos y remotos.	Lugares lejanos y exóticos.	Mundo árabe en la época de la Reconquista.
Personajes	Pastores cultos y refinados.	Valientes caballeros.	Pareja de enamorados.	Personaje musulmán con cualidades cortesanas.
Temática	Las alegrías y las penas de amor.	Aventuras fantásticas en busca de fama y honor.	Aventuras y peripecias que sufren los enamorados hasta reencontrarse.	Enfrentamientos entre musulmanes.
Obras	*Los siete libros de la Diana*, de Jorge de Montemayor.	*Amadís de Gaula*, de autor desconocido.	*Los trabajos de Persiles y Sigismunda*, de Cervantes.	*Historia del Abencerraje y la hermosa Jarifa*, de autor desconocido.

La novela realista

Niño campesino, de Esteban Murillo. Las novelas realistas reflejan a las personas más desfavorecidas de la sociedad.

Como reacción a la visión fantástica e irreal de la novela idealista, surge la novela **realista,** que quiere reflejar el lado menos amable de la sociedad.

Este tipo de novela muestra la situación de pobreza en la que se encuentra una parte de la población que acude a las ciudades en busca de un medio de ganarse la vida. Se trata de una novela de entretenimiento y de denuncia de ciertos estamentos de la sociedad. La novela picaresca es su mejor representante.

La novela picaresca

La publicación en 1554 del *Lazarillo de Tormes* inicia el subgénero narrativo de la **novela picaresca,** que tiene gran éxito entre el público. Las principales características de estas novelas son:

— La **forma autobiográfica.** El personaje principal, y narrador de la historia, cuenta su propia vida desde su nacimiento, así como su servicio a distintos amos.

— El protagonista es un **pícaro,** de condición **humilde** y de padres sin honra, que no se mueve por los ideales cortesanos del honor.

— El **deseo de ascenso social.** El personaje debe sobrevivir en una sociedad corrupta. La necesidad y el **hambre** empujan al pícaro a la **delincuencia** en su deseo de mejorar su posición social.

— La **visión crítica de la sociedad** a través de sus personajes más significativos: mendigos, clérigos, nobles, artesanos...

Estudiaremos estos rasgos con más profundidad a partir de la obra cumbre de la picaresca: *La vida del Lazarillo de Tormes*.

El *Lazarillo de Tormes*

La vida del Lazarillo de Tormes, publicada en 1554, se convierte en el modelo de la novela picaresca. Respecto a su autoría, aunque existen varias hipótesis sobre su autor, tradicionalmente se ha considerado una obra **anónima.**

Argumento y estructura

La obra está planteada como una carta que el protagonista, Lázaro, dirige a una persona importante de Toledo, «Vuestra Merced», cuando este le pide que le explique «el caso». Lázaro trata de desmentir el rumor de que su mujer es amante del señor al que sirve, el arcipreste de San Salvador.

La novela está formada por un **prólogo,** en el que Lázaro explica los motivos por los que debe escribir sobre su historia; y **siete tratados,** en los que narra las desventuras con los distintos amos a los que ha servido desde su infancia.

Edición del *Lazarillo de Tormes,* que se publicó por primera vez en Burgos en 1554.

Un personaje realista: el pícaro

El protagonista de la novela es Lázaro de Tormes, un joven de **origen humilde** y bienintencionado al que la vida, a base de escarmientos, le enseña a robar y engañar como único medio de supervivencia.

Lázaro es el gran ejemplo de **pícaro,** un personaje marginado por la sociedad que lucha en su propio beneficio para salir de la miseria. El pícaro es considerado un **antihéroe:** no tiene virtudes morales, ni defiende grandes ideales como los caballeros; su objetivo es sobrevivir y conseguir comer, y para ello no duda en utilizar todo tipo de trampas.

En el fragmento de la derecha, Lázaro intenta engañar a su amo, ciego, mientras comparten un racimo de uvas.

El resto de los personajes de la novela son los **amos** de Lázaro (un ciego, un clérigo, un escudero, un fraile, un alguacil..), que representan distintas clases sociales de la época. Lázaro los critica duramente a todos, por su crueldad y su cinismo, con excepción del escudero, pues este le inspira lástima.

—Tú picarás una vez y yo otra; con tal que me prometas no tomar cada vez más de una uva, yo haré lo mesmo hasta que lo acabemos, y desta suerte no habrá engaño. [...]

Acabado el racimo, con el escobajo en la mano y meneando la cabeza, dijo:

—Lázaro, engañado me has: jurare yo a Dios que has tú comido las uvas tres a tres.

—No comí —dije yo—, mas ¿por qué sospecháis eso?

Respondió el sagacísimo ciego:

—¿Sabes en qué veo que las comiste tres a tres? En que comía yo dos a dos y callabas.

Lazarillo de Tormes. Cátedra.

El tema de la honra y la religión

A pesar de que Lázaro quiere recuperar la honra perdida por la infidelidad de su mujer, acaba aceptando esta situación porque de ella obtiene un beneficio. Lázaro representa una sociedad corrupta, que confunde la honradez con el provecho propio y en la que solo prosperan los egoístas, que engañan y mienten a los demás.

La obra critica la falta de piedad de muchos religiosos y censura a una sociedad que ha perdido los valores cristianos de la caridad y la honradez.

Recursos y estilo

El autor utiliza un **lenguaje sencillo,** sin artificios, muy acorde con la condición social de su protagonista. Es frecuente la inclusión de **expresiones populares, dichos** y otros recursos del **habla coloquial.**

El **humor** y la **sátira** son también elementos fundamentales del libro. La historia es un cúmulo de divertidas anécdotas que, leídas atentamente, encierran una fuerte ironía y crítica social.

Escapé del trueno y di en el relámpago, porque era el ciego para con este un Alejandro Magno, con ser la misma avaricia, como he contado. No digo más, sino que toda la laceria del mundo estaba encerrada en este.

Lazarillo de Tormes. Cátedra.

Actividades

11. Lee este texto y responde a las preguntas:

> Ya que el Sol se quería poner, salieron a un muy hermoso valle, por medio del cual iba un impetuoso arroyo, de una parte y otra adornado de muy espesos salces y alisos, entre los cuales había otros muchos géneros de árboles más pequeños que, enredándose a los mayores, entretejiéndose las doradas flores de los unos por entre las verdes ramas de los otros, daban con su vista gran contentamiento.
>
> Las ninfas y pastores tomaron una senda que por entre el arroyo y la hermosa arboleda se hacía, y no anduvieron mucho espacio cuando llegaron a un verde prado adonde estaba un muy hermoso estanque de agua.
>
> Jorge de Montemayor, *Los siete libros de la Diana*. Cátedra.

— ¿Cómo es la naturaleza que se describe?

— ¿Qué personajes aparecen? ¿Hay algún personaje característico de algún subgénero narrativo?

— ¿De qué tipo de novela se trata?

12. Lee el siguiente fragmento del *Lazarillo de Tormes* y responde a las preguntas:

> Mi nacimiento fue dentro del río Tormes, por la cual cosa tomé el sobrenombre; y fue de esta manera: [...] estando mi madre una noche en la aceña, preñada de mí, tomole el parto y pariome allí.
>
> Mi viuda madre, como sin marido y sin abrigo se viese, determinó arrimarse a los buenos por ser uno de ellos, y vínose a vivir a la ciudad y alquiló una casilla y metiose a guisar de comer a ciertos estudiantes. [...]
>
> Ella y un hombre moreno de aquellos que las bestias curaban *vinieron en conocimiento*[1]. Este algunas veces se venía a nuestra casa y se iba a la mañana. Otras veces, de día llegaba a la puerta en achaque de comprar huevos, y entrábase en casa. Yo, al principio de su entrada, pesábame con él y habíale miedo, viendo el color y mal gesto que tenía; mas, de que vi que con su venida mejoraba el comer, fuile queriendo bien, porque siempre traía pan, pedazos de carne y en el invierno leños a que nos calentábamos.
>
> [1]**vinieron en conocimiento:** entablaron una relación.

— ¿Quién cuenta la historia y sobre quién? Es decir, ¿qué forma narrativa adquiere el relato?

— ¿Por qué acepta el protagonista al novio de su madre? ¿Qué teme más, al hambre o al miedo?

— ¿De qué tipo de novela se trata?

13. Lee el siguiente texto y contesta a las preguntas:

> Pensé muchas veces irme de aquel mezquino amo; mas por dos cosas no lo dejaba: la primera, por no me atrever a mis piernas, por temer de la flaqueza que de pura hambre me venía; y la otra, consideraba y decía: «Yo he tenido dos amos: el primero traíame muerto de hambre y, dejándole, topé con este otro, que me tiene ya con ella en la sepultura; pues si de este desisto y doy en otro más bajo, ¿qué será, sino fenecer?».

— ¿Qué personajes se nombran en el texto? ¿Cómo se describe Lázaro a sí mismo? ¿Y a sus amos?

— ¿Cuál es la principal preocupación de Lázaro?

— Busca ejemplos del estilo propio de la obra: uso del lenguaje coloquial, muestras de humor y de ironía.

14. Lee este fragmento, perteneciente al prólogo de la obra y contesta a las preguntas:

> Y pues Vuestra Merced escribe se le escriba y relate el caso muy por extenso, pareciome no tomarle por el medio, sino del principio, porque se tenga entera noticia de mi persona, y también porque consideren los que heredaron nobles estados cuán poco se les debe, pues Fortuna fue con ellos parcial, y cuánto más hicieron los que, siéndoles contraria, con fuerza y maña remando, salieron a buen puerto.

— ¿Quién es «Vuestra Merced» y qué solicita?

— ¿Por qué quiere Lázaro que se conozca su historia?

— ¿Qué significa «salieron a buen puerto»? ¿Qué sentido tiene en el contexto social en el que se publicó la obra?

15. Lázaro de Tormes es el pícaro más ilustre de todos los tiempos. Trasladadlo a la sociedad actual y ayudadle a encontrar un trabajo que se ajuste a su experiencia laboral previa. Para ello, seguid estos pasos:

— Recopilad información sobre los diferentes trabajos llevados a cabo por Lázaro.

— Convertid estos oficios en profesiones o puestos de trabajo actuales.

— Realizad una lluvia de ideas sobre posibles ocupaciones, siempre honradas, que encajen con su experiencia laboral.

— Redactad el currículum vítae de Lázaro.

— Por último, escribid una carta de recomendación, basándoos en el conocimiento que tenéis sobre su vida y sus esfuerzos por salir adelante.

16. Imaginad que os encargan la adaptación al cine de esta novela. Redactad la ficha técnica de la película: título, género al que pertenece, reparto de actores (qué compañeros o compañeras son los más adecuados para cada papel), edad recomendada...

Don Quijote de la Mancha

El *Quijote,* de Miguel de Cervantes, se publicó a principios del siglo XVII en dos partes.

Por sus características, podría incluirse dentro de la **novela realista** del Renacimiento, pero se trata de una obra única, que recoge toda la tradición narrativa anterior y la refunde en nuevos moldes creando la novela moderna. Sus rasgos más característicos son:

— **Realismo.** La novela debe surgir de la **experiencia diaria,** ya no se entiende como una vía de escape, sino como un reflejo de la realidad cotidiana.

— **Dinamismo.** Los personajes **evolucionan** a lo largo de la novela. Las experiencias los transforman, cambian su forma de ver las cosas.

— **Perspectivismo.** Sancho y don Quijote presentan diferentes puntos de vista. El autor no toma partido por ninguno, y deja libre la interpretación de los hechos.

— **Verosimilitud.** En esta novela se mezclan la realidad y la ficción. Lo que se cuenta es una invención, pero con elementos reales y apariencia de verdad.

Argumento y estructura

La novela relata la historia de un viejo **hidalgo** de la Mancha que **pierde el juicio** de tanto leer libros de caballerías, y se cree un caballero andante.

En resolución, se enfrascó tanto en su lectura, que se le pasaban las noches leyendo de claro en claro, y los días de turbio en turbio; y así, del poco dormir y del mucho leer, se le secó el celebro, de manera que vino a perder el juicio. Llenósele la fantasía de todo aquello que leía en los libros, así de encantamientos como de pendencias, batallas, desafíos, heridas, requiebros, amores, tormentas y disparates imposibles.

Miguel de Cervantes, «Capítulo I», *Don Quijote de la Mancha I.* edebé.

El *Quijote* se publicó en dos partes; la primera, en 1605, y la segunda, en 1615.

Miguel de Cervantes (1547-1616)

Encarnó el ideal cortesano de hombre de armas y letras. Su vida fue un tanto azarosa. En 1569, fue a Roma y entró al servicio del cardenal Giulio Acquaviva. Dos años más tarde, participó en la batalla de Lepanto contra los turcos, donde perdió la movilidad de la mano izquierda. De vuelta a España, su barco fue apresado por unos piratas turcos y permaneció cautivo en Argel durante cinco años.

Si quieres saber más, visualiza este documental sobre Cervantes:

https://links.edebe.com/exxn

El Quijote, obra maestra de la literatura universal

Novelas en la novela

Cervantes inserta en la primera parte del *Quijote* varias novelas cortas con relatos secundarios, ajenos a la historia principal: *El curioso impertinente, La historia del cautivo, El cuento de la Pastora Marcela*… El autor incluyó estas narraciones para amenizar la lectura. Son una muestra de los principales tipos de novela de la época: pastoril, morisca…

ESTRUCTURA	SALIDAS
Primera parte Capítulos I-LII	**Primera salida.** Alonso Quijano (don Quijote) sale en busca de aventuras, movido por el noble deseo de la justicia y la libertad. Se hace armar caballero en una venta y, tras varios infortunios, vuelve a casa para recuperarse. En el pueblo intentan disuadirlo para que desista de su desvarío, pero no lo consiguen. Finalmente, convence a un labrador, Sancho Panza, para que lo acompañe en sus andanzas a cambio del gobierno de una ínsula.
	Segunda salida. Amo y escudero protagonizan múltiples peripecias, todas ellas caracterizadas por la confusión de don Quijote entre la realidad y la ficción. Don Quijote y Sancho siempre salen malparados por la locura del hidalgo y la simpleza del sirviente.
Segunda parte Capítulos I-LXXIV	**Tercera salida.** Se repiten las aventuras con una diferencia: ahora no es don Quijote el que inventa los disparates, sino que son los otros personajes quienes lo inducen a engaño. En una de estas aventuras, don Quijote es derrotado por un vecino, disfrazado de caballero, que le impone como penitencia regresar a casa. A la vuelta, el hidalgo recupera el juicio, reniega de la orden de caballería y muere.

Personajes

Los protagonistas son don **Quijote** y **Sancho Panza.** Alrededor de ellos aparecen numerosos personajes secundarios (el ama, la sobrina, el bachiller, el cura...), que brindan a los protagonistas la oportunidad de vivir aventuras y mostrarse tal y como son. Entre ellos destaca Dulcinea del Toboso, una tosca aldeana a la que el hidalgo idealiza en una bella dama.

Don Quijote y Sancho son dos personajes opuestos y a la vez complementarios. Don Quijote es culto y refinado; Sancho Panza, rudo y sencillo; uno se mueve por los grandes ideales, y el otro, por el interés personal.

La grandeza del *Quijote* consiste en que amo y escudero **mezclan sus personalidades.** A lo largo de la historia don Quijote recupera su cordura, mientras que Sancho se deja arrastrar por la fantasía de gobernar una ínsula.

Estilo y recursos

El *Quijote* introduce nuevas técnicas narrativas que abren paso a la novela moderna. Sus principales innovaciones estilísticas son:

— **Estilo sencillo.** El *Quijote* responde a la **naturalidad** del Renacimiento. Su lenguaje es sencillo y se adapta a la situación social y cultural de cada personaje.

—No te entiendo, Sancho —dijo luego don Quijote—, pues no sé qué quiere decir *soy tan fócil*.

—*Tan fócil* quiere decir —respondió Sancho— «soy tan así» [...].

—Ya, ya caigo —respondió don Quijote— en ello: tú quieres decir que eres tan *dócil* que tomarás lo que yo te dijere y pasarás por lo que te enseñare.

Miguel de Cervantes, «Capítulo VII», *Don Quijote de la Mancha II*. edebé.

— Los **diálogos** están llenos de **agudeza** y **vivacidad.** La conversación entre don Quijote y Sancho es uno de los grandes tesoros de la novela. Este recurso permite conocer a los personajes por sus palabras.

— El **humor.** El enfrentamiento entre la realidad y la imaginación de don Quijote crea situaciones cómicas. Cervantes se ríe de los disparates de Sancho y don Quijote, pero también siente compasión por ellos y los humaniza.

—Por lo menos quiero, Sancho [...], que me veas en cueros, y hacer una o dos docenas de locuras, que las haré en menos de media hora, porque, habiéndolas tú visto por tus ojos, puedas jurar a tu salvo en las demás que quisieres añadir; y asegúrote que no dirás tú tantas cuantas yo pienso hacer.

—Por amor de Dios, señor mío, que no vea yo en cueros a vuestra merced, que me dará mucha lástima y no podré dejar de llorar [...].

Miguel de Cervantes, «Capítulo XXV», *Don Quijote de la Mancha I*. edebé.

Dos maneras de hablar

La manera de hablar de don Quijote y la de Sancho son muy distintas. La del primero es pomposa, mientras que el segundo se expresa de forma llana, como correspondía a su condición humilde.

Observa en esta conversación entre ambos personajes algunos de los recursos que Cervantes utiliza en el *Quijote:* diálogos naturales, agudos y vivaces, con rasgos de humor (escucha los ocho primeros minutos).

https://links.edebe.com/uzdi2

¡Lee más aventuras de estos dos ilustres **personajes!**

Temas

Cervantes declara en el *Quijote* su propósito de **ridiculizar los libros de caballerías.** Don Quijote es una caricatura del caballero medieval. El autor considera las novelas de caballerías una literatura inverosímil y de escasa calidad, y defiende una novela apegada a la realidad.

Otro tema que aparece es la lucha entre la **realidad** de Sancho y el **ideal** de don Quijote. Cervantes recrea este **conflicto** universal entre lo que es y lo que debería ser; es decir, entre la visión idealizada y la visión realista del mundo.

Llevad la mira puesta a derribar la máquina mal fundada destos caballerescos libros, aborrecidos de estos y alabados de muchos más, que si esto alcanzásedes, no habríamos alcanzado poco.

El Quijote I (Prólogo).

Juega y practica con actividades interactivas

Actividades

17. Lee esta reflexión que ofrece Rosa Navarro en la adaptación del Quijote y responde a las preguntas:

> Su primera salida la hace solo; pero Cervantes se da cuenta enseguida de que le era indispensable al caballero andante (además de armas, caballo y dama, como él mismo dice) un escudero. Gracias a la creación extraordinaria de Sancho Panza, fluye entre los dos un diálogo inolvidable. Son dos personajes opuestos: uno, alto y enjuto; el otro, bajo y grueso; don Quijote solo piensa en su Dulcinea, y Sancho, en su provecho, en su ínsula y en comer. Don Quijote ve castillos, gigantes, ejércitos y aventuras por todas partes; Sancho ve ventas, molinos, rebaños y la vida cotidiana; pero sus mundos se mezclan y se confunden, y además nace entre ambos tal amistad que no pueden vivir uno sin el otro. Como le confesará Sancho a la duquesa: «No puedo más, seguirle tengo; somos de un mismo lugar, he comido su pan, quiérole bien, es agradecido, diome sus pollinos, y, sobre todo, yo soy fiel, y, así, es imposible que nos pueda apartar otro suceso que el de la pala y azadón».
>
> Miguel de Cervantes, *Don Quijote de la Mancha.* edebé.

— ¿Por qué Cervantes proporciona un compañero a don Quijote?

— ¿Qué visión contrapuesta encarna cada uno de ellos?

— ¿Cuáles son las razones que tiene Sancho Panza para acompañar a su amo? ¿Te parecen propias del escudero de una novela de caballerías?

18. Lee el siguiente diálogo entre don Quijote y Sancho Panza, y contesta a las preguntas que se plantean:

> —En decir que maldecía mi fortuna dijiste mal —dijo don Quijote—, porque antes la bendigo y bendeciré todos los días de mi vida, por haberme hecho digno de merecer amar tan alta señora como Dulcinea del Toboso.
>
> —Tan alta es —respondió Sancho— que a buena fe que me lleva a mí más de un *coto*[1].
>
> Miguel de Cervantes, «Capítulo XXXV», *Don Quijote de la Mancha I.* edebé.
>
> [1] **coto:** medio palmo.

— El lenguaje de don Quijote es enrevesado y pomposo, y el de Sancho, sencillo. Pero ¿por qué cada personaje habla de manera distinta?

— ¿Qué juego de palabras realiza el autor con el adjetivo *alta*?

— A partir del texto, define los rasgos principales de don Quijote y de Sancho Panza.

— Teniendo en cuenta las preguntas anteriores, explica cómo se refleja en el texto el conflicto entre la realidad y el ideal.

19. Lee el capítulo VI de la primera parte de la obra y responde a las siguientes preguntas:

— ¿Por qué el barbero y el cura actúan de ese modo?

— ¿Qué obras salvan en su escrutinio? ¿Por qué lo hacen?

— ¿A qué género pertenece la mayoría de los libros que eliminan? ¿De qué tipo son las obras que se encuentran en la biblioteca de Alonso Quijano?

— Lee el episodio en: https://links.edebe.com/2xti9

20. Lee este fragmento, en el que el narrador se pregunta por el verdadero nombre de don Quijote:

> Quieren decir que tenía el sobrenombre de Quijada o Quesada, que en esto hay alguna diferencia en los autores que de este caso escriben; aunque, por conjeturas verosímiles, se deja entender que se llamaba Quejana. Pero esto importa poco a nuestro cuento; basta que en la narración de él no se salga un punto de la verdad.
>
> Miguel de Cervantes, «Capítulo I», *Don Quijote de la Mancha I.* edebé.

— ¿Crees que el narrador pretende que su relato parezca verdadero? ¿Por qué?

— ¿En qué parte del texto Cervantes deja claro que no hay una única forma de interpretar la lectura?

21. Aplica en la siguiente actividad la **técnica cooperativa** de *TGT (Teams-Games-Tournaments).*

— Formad equipos de tres personas.

— Por turnos, de las fichas que os ha entregado el profesor o profesora con preguntas, coged una: *¿en qué entorno se ambientaban las novelas pastoriles?; ¿a qué grupo de novelas pertenece Amadís de Gaula?; ¿cuál es la novela picaresca más conocida de todos los tiempos?; ¿quién es Dulcinea del Toboso?...*

— Leed la pregunta y respondedla. Si la respuesta es correcta, quedaos la ficha. Si no lo es, colocadla debajo del montón.

— Los otros dos miembros del equipo podéis refutar la respuesta del primero si creéis que no es correcta. Si acertáis, quedaos la ficha. Si no, debéis poner una de las fichas que ya habéis ganado debajo del montón.

22. Imaginad que don Quijote es actualmente un *influencer* y desde su cuenta de una red social publica *posts* de allí por donde pasa (descripción de paisajes, personajes, reflexiones...).

— Convertíos en este Quijote moderno y seleccionad los pasajes de la obra que podrían ser sus *posts* con el *hashtag* #enunlugarde.

Comentario de texto 1

Lazarillo de Tormes

Yo, como *estaba hecho*[1] al vino, moría por él, y viendo que aquel remedio de la paja no me aprovechaba ni valía, acordé en el *suelo*[2] del jarro hacerle una fuentecilla y agujero sutil, y, delicadamente, con una muy delgada tortilla de cera, taparlo; y, al tiempo de comer, fingiendo haber frío, entrábame entre las piernas del triste ciego a calentarme en la pobrecilla lumbre que teníamos, y al calor de ella luego derretida la cera, por ser muy poca, comenzaba la fuentecilla a destilarme en la boca, la cual yo de tal manera ponía que maldita la gota se perdía. Cuando el pobreto iba a beber, no hallaba nada. Espantábase, maldecíase, daba al diablo el jarro y el vino, no sabiendo qué podía ser.

—No diréis, tío, que os lo bebo yo —decía—, pues no le quitáis de la mano.

Tantas vueltas y tientos dio al jarro, que halló la fuente y cayó en la burla; mas así lo disimuló como si no lo hubiera sentido.

Y luego otro día, teniendo yo *rezumando*[3] mi jarro como solía, no pensando el daño que me estaba *aparejado*[4] ni que el mal ciego me sentía, senteme como solía; estando recibiendo aquellos dulces tragos, mi cara puesta hacia el cielo, un poco cerrados los ojos por mejor gustar el sabroso licor, sintió el desesperado ciego que agora tenía el tiempo de tomar de mí venganza, y con toda su fuerza, alzando con dos manos aquel dulce y amargo jarro, le dejó caer sobre mi boca, ayudándose, como digo, con todo su poder, de manera que el pobre Lázaro, que de nada de esto se guardaba, antes, como otras veces, estaba descuidado y gozoso, verdaderamente me pareció que el cielo, con todo lo que en él hay, me había caído encima.

Fue tal el golpecillo, que me desatinó y sacó de *sentido*[5], y el jarrazo tan grande, que los pedazos de él se me metieron por la cara, rompiéndomela por muchas partes, y me quebró los dientes, sin los cuales hasta hoy me quedé.

Desde aquella hora quise mal al mal ciego, y aunque me quería y regalaba y me curaba, bien vi que se había *holgado*[6] del cruel castigo. Lavome con vino las roturas que con los pedazos del jarro me había hecho y, sonriéndose, decía:

—¿Qué te parece, Lázaro? Lo que te enfermó te sana y da salud.

Y otros *donaires*[7], que a mi gusto no lo eran.

Anónimo, *Lazarillo de Tormes* (Tratado I). Cátedra.

[1] **estaba hecho:** acostumbrado. / [2] **suelo:** base. / [3] **rezumando:** cayendo líquido de él. / [4] **estaba aparejado:** me esperaba. / [5] **me sacó de sentido:** me desmayé. / [6] **holgado:** divertido, burlado. / [7] **donaires:** gracias, chistes ingeniosos.

1.ª fase: estudio del texto

ANÁLISIS DEL CONTENIDO

Comprensión

1. Busca en el diccionario el significado de las siguientes palabras: *agora, gozoso, desatinó, quebró.*
2. Responde a las siguientes preguntas sobre el texto:
   - Explica las argucias de Lázaro para sisarle el vino al ciego.
   - ¿Qué pasa cuando el ciego va a beber de la jarra?
   - ¿Cómo reacciona el ciego cuando descubre la trampa?
   - ¿Cómo se siente Lázaro después del castigo que recibe? ¿Qué conclusión saca del episodio?

Contextualización

3. Indica algunas de las características de la novela picaresca que aparecen en el texto.
4. ¿Qué tipo de personaje representa Lázaro? ¿Qué circunstancias económicas y sociales dieron lugar a la aparición de este personaje?
5. ¿Qué actitudes pretende denunciar el autor del *Lazarillo*?

Tema y estructura

6. Indica cuál es el tema de este fragmento.
7. Observa las tretas de Lázaro y el ciego, y determina en cuántas partes está dividido el texto.
8. ¿Qué intención tiene Lázaro en todo lo que hace? Justifica tu respuesta con algunos ejemplos del texto.
   — Localiza la oración en la que se advierte que Lázaro ya ha aprendido de otros errores y no es tan inocente como cuando empezó a servir al ciego.
9. ¿Cómo son, moralmente, los dos personajes que aparecen en el texto? ¿En qué se diferencian?
10. ¿Cómo piensa el ciego que debe enseñar a Lázaro?

ANÁLISIS DE LA FORMA

Estilo

11. ¿Cómo es el lenguaje que emplea el autor? ¿Predominan los verbos o los sustantivos?
12. ¿Quién es el narrador? ¿A quién le cuenta la historia? ¿Por qué?
13. Localiza los diminutivos que aparecen en el texto y explica su función.
14. ¿Qué idea representa la contraposición de adjetivos en «dulce y amargo jarro»?
15. En el *Lazarillo* predominan el humor y la ironía. Busca algún ejemplo del texto que cumpla estas características.

Opinión crítica

16. ¿Qué opinión te merece el texto? ¿Crees que el autor logra transmitir su visión de la sociedad?
    — Reflexiona sobre la trascendencia de esta obra en el marco de la literatura española.

2.ª fase: redacción del comentario

INTRODUCCIÓN

Comienza el comentario exponiendo, de forma clara y sencilla, cuál es la intención del autor. Para ello, puedes utilizar la información de la actividad 5.

Con la explicación de las peripecias que vive Lázaro al servicio de varios amos, el autor pretende...

DESARROLLO

Indica qué ideas contiene el texto, cómo están ordenadas (tema y estructura) y qué recursos emplea el autor (expresión) para lograr su propósito.

Tema y estructura

- Expón el tema y los subtemas que se desarrollan en el fragmento narrativo (actividad 6). A continuación, explica las partes en que se divide la narración (actividades 7 y 8).
- Relaciona los temas con el momento histórico en que fue escrita la obra y las circunstancias que dieron lugar a escribir un texto de este tipo (actividades 3 y 4).

En la segunda mitad del siglo XVI se produce una serie de cambios sociales y económicos que influyen en la aparición de la novela realista...

Personajes y estilo

- Explica cómo son los personajes que intervienen en la escena y cómo se muestran (actividades 9 y 10).
- Señala los adjetivos con los que el narrador se refiere al ciego y explica qué opinión crees que tiene Lázaro de él. ¿Varía a lo largo del relato?

Lázaro y su primer amo, el ciego, representan la pérdida de valores que el autor de la obra pretende denunciar. Se trata de dos personajes que se rigen por...

- Comenta el lenguaje (actividad 11). Ten en cuenta el realismo con el que reproduce el habla de la clase social a la que representa.
- Indica cómo se muestra la figura del narrador (actividad 12). Explica por qué a veces Lázaro habla de sí mismo en tercera persona.
- Comenta el léxico y la función que cumple el uso de diminutivos y de adjetivos. ¿Qué tono logra el autor con este recurso? ¿Consideras que se trata de un relato divertido? (actividades 13, 14 y 15).

CONCLUSIÓN

- Termina el comentario con tu opinión sobre el texto (actividad 16). Ten en cuenta la importancia de la obra en el momento en el que fue escrita y las repercusiones que tuvo en la sociedad de la época.

Comentario de texto 2

Don Quijote de la Mancha

CAPÍTULO X

—Aquí trayo una cebolla y un poco de queso y no sé cuántos mendrugos de pan —dijo Sancho—, pero no son manjares que pertenecen a tan valiente caballero como vuestra merced.

—¡Qué mal lo entiendes! —respondió don Quijote—. Hágote saber, Sancho, que es honra de los caballeros andantes no comer en un mes, y, ya que coman, sea de aquello que hallaren más a mano; y esto se te hiciera cierto si hubieras leído tantas historias como yo, que, aunque han sido muchas, en todas ellas no he hallado hecha relación de que los caballeros andantes comiesen, si no era acaso y en algunos suntuosos banquetes que les hacían, y los demás días se los pasaban en flores. Y aunque se deja entender que no podían pasar sin comer y sin hacer todos los otros menesteres naturales, porque en efecto eran hombres como nosotros, hase de entender también que andando lo más del tiempo de su vida por las *florestas*[1] y *despoblados*[2], y sin cocinero, que su más ordinaria comida sería de viandas rústicas, tales como las que tú ahora me ofreces. Así que, Sancho, amigo, no te congoje lo que a mí me da gusto: ni quieras tú hacer mundo nuevo, ni sacar la caballería andante de sus quicios.

—Perdóneme, vuestra merced —dijo Sancho—, que como yo no sé leer ni escribir, como otra vez he dicho, no sé ni he caído en las reglas de la profesión caballeresca; y de aquí adelante yo proveeré las alforjas de todo género de fruta seca para vuestra merced, que es caballero, y para mí las proveeré, pues no lo soy, de otras cosas *volátiles*[3] y de más sustancia.

—No digo yo, Sancho —replicó don Quijote—, que sea forzoso a los caballeros andantes no comer otra cosa sino esas frutas que dices, sino que su más ordinario sustento debía de ser de ellas y de algunas yerbas que hallaban por los campos, que ellos conocían y yo también conozco.

—Virtud es —respondió Sancho— conocer esas yerbas, que, según yo me voy imaginando, algún día será menester usar de ese conocimiento.

Y sacando en esto lo que dijo que traía, comieron los dos en buena paz y compañía. Pero, deseosos de buscar donde alojar aquella noche, acabaron con mucha brevedad su pobre y seca comida.

Miguel de Cervantes, *Don Quijote de la Mancha*.
Edición del IV Centenario. RAE. Alfaguara.

[1] **florestas:** terrenos frondosos, poblados de árboles. / [2] **despoblados:** lugares desérticos. / [3] **volátiles:** ligeras.

1.ª fase: estudio del texto

ANÁLISIS DEL CONTENIDO

Comprensión

1. Busca en el diccionario el significado de las siguientes palabras del texto: *mendrugo, acaso, suntuoso, ordinario, vianda.*
2. Busca en el diccionario el significado de las siguientes expresiones del texto: *en flores, sacar de sus quicios, ser menester.*
3. Responde a las siguientes preguntas sobre el texto:
   - ¿Qué dice Sancho al principio del texto?
   - ¿Qué conclusión extrae Sancho de la explicación de don Quijote? ¿Este último se la desmiente?
   - ¿Cuál de los dos personajes se supone que tiene más conocimientos? ¿Y cuál es más pragmático?

Contextualización

4. ¿En qué época se escribió *Don Quijote*?
5. ¿En qué estilo artístico se encuadra?
6. Indica algunas de las características de ese estilo artístico que identificas en el texto.
7. ¿Qué invento de aquella época facilitó que se difundieran las nuevas ideas, a pesar de que casi la totalidad de la población era analfabeta?

Tema y estructura

8. Indica cuál es el tema de este fragmento y sitúalo en la temática general de *Don Quijote* (idea principal).
9. Localiza el fragmento en el que Sancho expone que los alimentos que tiene para ofrecer no son dignos de un caballero andante como don Quijote (idea secundaria).
10. ¿En qué frase se percibe que don Quijote vive según lo establecido en los libros de caballerías? (idea secundaria).
11. ¿Qué hacen por último don Quijote y Sancho? (idea secundaria).

ANÁLISIS DE LA FORMA

Estilo

12. ¿Qué forma de la lengua literaria se emplea en la obra?
13. ¿Cómo es el lenguaje que utiliza Cervantes en el *Quijote*?
14. Comenta el recurso del humor en el *Quijote*.

Opinión crítica

15. ¿Por qué crees que eran tan importantes los libros de caballerías para don Quijote?
16. ¿Qué tipo de obras literarias leen los jóvenes en la actualidad?

2.ª fase: redacción del comentario

INTRODUCCIÓN

Indica, de forma directa y sencilla, cuál es la intención del autor (actividad 3). Por ejemplo:

En este texto, el autor recoge la conversación que mantienen Sancho y don Quijote sobre cómo van a alimentarse y sobre cómo corresponde que se alimenten los caballeros andantes. A partir de esta idea (tesis) se desarrolla el comentario y se construye el discurso.

DESARROLLO

Explica en profundidad el punto anterior. Para ello, indica qué ideas contiene el texto y cómo están ordenadas (tema y estructura).

Tema y estructura

- Expón el tema y los subtemas que se desarrollan en el fragmento narrativo (actividad 8). A continuación, explica las partes en que se divide la narración (actividades 9, 10 y 11).
- Relaciona los temas con el momento histórico en que fue escrita la obra y las circunstancias que dieron lugar a escribir un texto de este tipo (actividades 4, 5, 6 y 7).

  En el fragmento, don Quijote y Sancho hablan sobre el modo de vida de los caballeros andantes y sobre cómo iban a alimentarse a imagen de los caballeros de los libros de caballerías. Miguel de Cervantes pone en evidencia las incongruencias de los libros de caballerías, ridiculizándolos, al tiempo que él mismo está escribiendo uno.

Estilo y personajes

— Explica cómo son los personajes que intervienen en la escena y cómo se muestran.

- Enumera a los personajes, destacando alguno de sus rasgos principales (actividad 3).

  Don Quijote ha leído muchos libros de caballerías, es idealista y es quien lleva la voz cantante. Sancho, por su parte, no sabe leer ni escribir, pero es el más práctico de los dos y es quien pone el punto de cordura.

— Explica cómo logra el autor transmitir su mensaje.

- Utiliza diálogos llenos de agudeza y vivacidad. La conversación es un recurso que permite conocer a los personajes por sus palabras (actividad 12).
- El lenguaje es sencillo y se adapta a la situación social y cultural de cada personaje (actividad 13)
- El enfrentamiento entre la realidad y la imaginación de don Quijote crea situaciones cómicas. Cervantes logra que sintamos compasión por los personajes, los humaniza (actividad 14).

CONCLUSIÓN

— Valora la importancia de los libros de caballerías en el *Quijote* (actividad 15). Para acabar, comentad entre todos qué libros os gusta leer en la actualidad (actividad 16).

Taller creativo Crónicas del Nuevo Mundo

«¡Tierra! ¡Tierra a la vista!»: estas palabras cambiaron el mundo a finales del siglo xv, cuando el marinero Rodrigo de Triana divisó las tierras del nuevo continente: América.

Cierra los ojos e imagina cómo debió de ser ese momento.

Los exploradores españoles y portugueses relataron en las ***Crónicas de Indias*** esa experiencia por tierras americanas.

¿Te gustaría convertirte por un día en uno de esos cronistas? Tu misión será muy importante: tendrás que relatar todo lo que ves del Nuevo Mundo para que los que aún no lo conocen puedan imaginárselo. ¿Estás preparado? Pues... ¡sube a bordo, que todo está listo para zarpar!

1 ¿Qué es una crónica?

Una crónica es un relato que recopila una serie de hechos (generalmente históricos) siguiendo un orden temporal, es decir, un eje cronológico, como un diario. Los capítulos de una crónica coinciden con los días, que se marcan al inicio de cada fragmento. En este enlace puedes leer la crónica de un día del primer viaje de Cristóbal Colón:

https://links.edebe.com/5sevtn

En las crónicas se combinan las **descripciones detalladas** de todo lo que sucede y las emociones que conlleva la aventura de descubrir un lugar desconocido.

2 Un viaje emocionante

Comienza la crónica explicando tus emociones durante el viaje. ¿Qué sientes cuando el barco se adentra en el mar? ¿Tienes miedo a lo desconocido? ¿Qué esperas encontrar al otro lado? Céntrate en tus emociones. Puedes intercalar en el texto alguna anécdota ocurrida en la travesía, que sirva para describir tu estado de ánimo y para hacer el relato más entretenido.

Recuerda que para contar tus experiencias y sensaciones debes utilizar un narrador en **primera persona.**

En el cuadro de la derecha, te proponemos algunas formas de empezar la narración.

③ ¡Un mundo de sensaciones!

Prosigue la crónica con la llegada a tierra. ¿Qué esperas encontrar en el lugar al que has llegado? ¿Cómo es? ¿Qué es lo que más te sorprende?

Deja volar la imaginación y toma nota de todos los detalles que puedan servir para tu relato: *¿qué ves?; ¿hay árboles?; ¿cómo son?; ¿se parecen a los que conoces?; ¿qué olores percibes?; ¿qué animales se oyen?*

Ten en cuenta que quien va a leer tu crónica no ha estado allí, y no ha visto ni oído lo mismo que tú. Tienes que conseguir despertarle unas **sensaciones** tan reales como las tuyas; para ello, emplea todos los recursos que aporten expresividad al texto: adjetivos, hipérboles...

El objetivo es que los lectores de tu crónica puedan hacerse una idea clara de cómo es el Nuevo Mundo: geografía, clima, fauna... Por ello, la descripción es una técnica que te resultará muy útil.

En este enlace puedes encontrar consejos prácticos para redactar una descripción:

https://links.edebe.com/g84uwv

La leyenda de El Dorado

Durante años, los exploradores buscaron en vano por las selvas amazónicas y otros territorios una ciudad de oro. Esa ciudad despertó la codicia de no pocos, que en algunos casos emprendieron expediciones interminables, de las que muchos no volvieron. En este enlace puedes encontrar más datos sobre ella:

https://links.edebe.com/yxc

④ ¡Contacto con los indígenas!

En los días siguientes de la crónica, cuenta cómo es el encuentro con las tribus indígenas: *¿cómo van vestidos?; ¿cuál es su reacción al veros?; ¿os atacan o tratan de esconderse?; ¿qué opinan los miembros de tu expedición?; ¿podéis comunicaros de algún modo?; ¿intercambiáis ofrendas?* No olvides que, como cronista oficial, tu curiosidad por las costumbres y comportamientos de los indígenas es muy grande.

⑤ Rumbo a lo desconocido

Prosigue la crónica con una expedición hacia el interior. Alterna la descripción de los nuevos paisajes y las dificultades con las que os vais encontrando (amenaza de animales, falta de alimentos, desorientación, deserción de los guías...).

Añade al relato algún elemento fantástico; por ejemplo, una **leyenda.** En el siguiente enlace puedes leer algunas de las más conocidas en Sudamérica:

https://links.edebe.com/2m6w

⑥ De vuelta a casa

Después de varias semanas recorriendo un territorio desconocido, estás de nuevo en el lugar donde desembarcaste, dispuesto para volver a casa. Redacta la parte final de tu crónica, indicando tus impresiones personales y qué te ha parecido todo lo que has visto. Escribe también algún consejo para las futuras expediciones, y recomienda normas de convivencia con los habitantes del Nuevo Mundo.

Pon a prueba tus competencias

Lee y observa el siguiente texto y realiza las actividades que se plantean a continuación:

WelcomeToRome.net
La guía turística para organizar tu viaje en Roma

HOME | SOBRE | ALREDEDORES | LUGARES | RUTAS | INFO | MAPA | EBOOK — Buscar:

Home > Lugares en Roma > Ver > Galerías Arte > Galería Borghese

Galería Borghese — 11942 Visitas

Fotografías de: Galería Borghese (Álbum completo)

En las cercanías

Ver

Villa Borghese (0,5km) 20466 Visitas

Plaza de España (1,4km) 22318 Visitas

Basílica Santa María... (1,3km) 10414 Visitas

Trinità dei Monti (1,3km) 9908 Visitas

Galería Nacional de ... (1,2km) 8436 Visitas

Via Veneto (1km) 10215 Visitas

Entretenimiento

Utilidad

Ficha

Nombre	Galería Borghese	**Autor**	carol_79
Voto	4.30	**Año**	1600 d. C.
Precio	6,5 €	**Duranción de la visita:**	90 minutos
Dirección	Viale dell'Uccelliera, 00197 Rome RM		
Horarios de apertura	8:30-19:30 Lunes cerrado		
Contactos	Teléfono: 0632810 Sitio web: www.galleriaborghese.it/		

Descripción

La Galería Borghese se halla en Villa Borghese, uno de los parques más grandes de Roma. En su interior se encuentran valiosos mosaicos, esculturas, tallas y pinturas de los siglos XVI y XVII. Las colecciones de arte de Villa Borghese se crearon originalmente por orden del cardenal Scipione Borghese y entre ellas se encuentran obras maestras de artistas importantísimos: Antonello da Messina, Giovanni Bellini, Rafael, Tiziano, Caravaggio... En la Galería Borghese también se pueden admirar obras como las esculturas *Apolo y Dafne* y *El rapto de Proserpina*, de Bernini, autor de algunas de las creaciones más importantes de Roma.

Para mantenerse informado de las exhibiciones de la Galería es aconsejable visitar la página web.

http://welcometorome.net/

1. A partir del texto anterior, ¿qué finalidad dirías que tiene la página web WelcomeToRome.net?

2. Indica si las siguientes afirmaciones son verdaderas (V) o falsas (F).

	V	F
En la página web, el visitante dispone de información detallada (situación, precios, horarios...) y de otros servicios para preparar su visita.		
Se pueden comprar entradas para la Galería Borghese.		
La Galería permanece abierta todos los días de la semana.		
Se recomienda disponer de al menos 90 minutos para la visita de la Galería.		
El lugar próximo más visitado es la Vía Veneto.		

3. Fíjate en el mapa que aparece en la página web.
   — La Galería Borghese se encuentra en mitad de un parque. ¿Cómo se refleja esto en el mapa?
   — ¿Cuál es la mejor manera de llegar a la Galería en transporte público?
   — Indica el recorrido que tendrías que hacer si estuvieras en la estación de Trastevere. Puedes consultar el mapa del metro en Internet.

4. En la Galería se encuentra la escultura de *Apolo y Dafne.* Entra en la página web de la Galería Borghese en Internet y búscala por las distintas salas. ¿Dónde se encuentra?
   — A continuación, localízala entre las obras maestras y lee la información de la obra.
   — ¿Quién es su autor? ¿Qué sucede en el mito de Apolo y Dafne?

5. La mitología es uno de los principales temas de la poesía renacentista. Vuelve a leer los poemas mitológicos de Garcilaso de esta unidad y justifica esta afirmación con ejemplos extraídos de estos poemas.
   — Tras conocer el mito de Apolo y Dafne, ¿podrías explicar con tus palabras qué sucede en el «Soneto XIII» de Garcilaso de la Vega?

6. Lee el siguiente poema de Garcilaso de la Vega y realiza las actividades:

> Echado está por tierra el fundamento
> que mi vivir cansado sostenía.
> ¡Oh, cuánto bien se acaba en solo un día!
> ¡Oh, cuántas esperanzas lleva el viento!
> ¡Oh, cuán ocioso está mi pensamiento
> cuando se ocupa en bien de cosa mía!
> A mi esperanza, así como a *baldía*[1],
> mil veces la castiga mi tormento.
> Las más veces me entrego, otras resisto
> con tal furor, con una fuerza nueva,
> que un monte puesto encima rompería.
> Aqueste es el deseo que me lleva
> a que desee tornar a ver un día
> a quien fuera mejor nunca haber visto.
>
> [1] **baldía:** tierra sin provecho, que no se labra.
>
> Garcilaso de la Vega, «Soneto XXVI»

— ¿Qué tipo de composición es? ¿Cuáles son las otras formas poéticas habituales en el Renacimiento?

— Señala el tema y comenta los rasgos estilísticos del poema.

7. ¿Cuál es la diferencia fundamental entre la poesía de Garcilaso y la que se produjo en la segunda mitad del siglo? ¿Quién es el autor más representativo de este período?

8. Lee este fragmento del *Quijote* y responde a las preguntas:

> —¿Qué gigantes? —dijo Sancho Panza.
>
> —Aquellos que allí ves —respondió su amo— de los brazos largos, que los suelen tener algunos de casi dos leguas.
>
> —Mire vuestra merced —respondió Sancho— que aquellos que allí se aparecen no son gigantes, sino molinos de viento, y lo que en ellos parecen brazos son las aspas, que volteadas por el viento, hacen andar la piedra del molino.
>
> —Bien parece —respondió don Quijote— que no estás cursado en esto de las aventuras; ellos son gigantes, y si tienes miedo, quítate ahí y ponte en oración en el espacio que yo voy a entrar con ellos en fiera y desigual batalla.
>
> Miguel de Cervantes, *Don Quijote de la Mancha*. edebé.

— ¿Te parece heroica y propia de un caballero esta aventura?

— ¿Qué efecto consigue Cervantes cuando enfrenta a don Quijote con unos molinos?

— ¿Qué puntos de vista representan los dos personajes en esta escena?

— Explica, a partir de las respuestas anteriores, los rasgos principales de los dos protagonistas.

Síntesis

EL RENACIMIENTO

Movimiento cultural y filosófico que muestra un renovado interés por el ser humano y el pasado grecolatino.

LÍRICA

Primer Renacimiento

Esta lírica se caracteriza por un **estilo natural,** a imitación de los modelos estéticos italianos y de la cultura grecolatina. Los temas abordados son: **el amor, la naturaleza** y la **mitología.** Predomina el uso de los **versos endecasílabos y heptasílabos,** ambos de influencia italiana. Su máximo representante es **Garcilaso de la Vega.**

Segundo Renacimiento

Se distinguen tres corrientes:

- La **escuela sevillana** se caracteriza por un **estilo rebuscado** y elaborado, que es el paso previo al Barroco. El autor más destacado es **Fernando de Herrera.**
- La **escuela salmantina** aspira a alcanzar la **perfección espiritual.** Destaca **fray Luis de León.**
- La **poesía mística** expresa la **experiencia religiosa.** Destacan **Teresa de Jesús** y **Juan de la Cruz.**

NARRATIVA

La novela picaresca

- El género se inicia con la obra *El Lazarillo de Tormes* (1554).
- El personaje es un **pícaro** de condición humilde que evoluciona a lo largo del relato.
- El lenguaje utilizado es **sencillo,** con expresiones populares.
- Su originalidad se sustenta en la **ironía y la crítica social.**

Miguel de Cervantes y *Don Quijote de la Mancha*

- Es concebida como una parodia de las **novelas de caballerías.**
- Los personajes principales son: **don Quijote,** que representa los grandes ideales, y **Sancho Panza,** más pegado a la realidad.
- Está considerada la **primera novela moderna** porque introduce el realismo, la evolución de los personajes, los puntos de vista diferentes y la verosimilitud, que son elementos reales y de ficción.

Escápate de la unidad con la PRUEBA FINAL

9 El Barroco

Contenidos

- LECTURA
  Los enigmas de Velázquez
- COMUNICACIÓN ORAL
  La conferencia
- EDUCACIÓN LITERARIA
  El Barroco
  Contextualización histórica
  1. La literatura barroca
  2. El teatro barroco
  3. Los dramaturgos del Barroco: Lope de Vega y Calderón de la Barca
  4. Comentario de texto:
     - *Fuente Ovejuna*
     - *El alcalde de Zalamea*

Y además...

Taller creativo
Somos directores de escena

Diego Velázquez, *La rendición de Breda* (1634-1635).

¡Mira el vídeo!

¿Alguna vez has asistido a una conferencia?

¿Por qué crees que calificamos como barroco algo excesivamente recargado?

¿Sabías que en los teatros se podía comer y beber, como en los cines de ahora?

Escucha este
REPORTAJE

Los enigmas de Velázquez

Antes de leer el siguiente reportaje, que habla sobre los misterios que encierra la famosa obra de Diego Velázquez *Las meninas*, escucha la opinión de alguien que ya lo ha leído.

El lienzo del pintor sevillano perdura como la gran obra maestra del Museo del Prado desde hace 200 años.

SÍLVIA COLOMÉ. Madrid, 28-7-2019.

sacrilegio: profanación de un lugar u objeto sagrado.

Puede hasta parecer un sacrilegio. Un museo con tantas obras maestras como las expuestas en el Prado cuenta con una, especialmente una, identificada como la joya de la corona desde su apertura hace 200 años. Efectivamente, se trata de *Las meninas* de Velázquez, o *La familia de Felipe IV*, como se la conoció originariamente cuando fue pintada en 1656. Su calidad artística resulta definitiva para que ocupe esta primera posición, pero los misterios que esconde han contribuido en gran medida a que mantenga este liderazgo. Dos siglos después, sigue siendo, indiscutiblemente, la número uno.

«Uno de sus grandes atractivos es que hasta ahora se ha mantenido en el misterio», comenta Javier Portús, jefe de Conservación de Pintura Española hasta 1700 del Museo del Prado. [...]

El escritor Théophile Gautier exclamó ante su presencia: «¿Dónde está el cuadro?». No lo veía claro, y no hay para menos. De hecho, el logro más evidente de Velázquez es precisamente este: eliminar como por arte de magia la barrera que separaba obra y espectador. «Transgrede los límites entre lo vivo, lo experimentado, y lo representado», analiza el experto. «Este es el punto de partida de *Las meninas* y lo que la ha convertido en una obra maestra desde que se creó», añade.

recónditos: escondidos.

usurpa: se apodera de.

Así pues, dejémonos llevar también por esta invitación de Velázquez y adentrémonos en el mismísimo cuadro, en esa estancia del Alcázar de Madrid. «Nadie sale defraudado», advierte Portús, «desde los que buscan los mensajes más recónditos hasta los que ven cómo la pintura usurpa la propia realidad», añade. Vamos allá.

Juego de espejos

Desde siempre ha ocupado un espacio prominente en el Museo del Prado. Empezó expuesto en el mismo lugar donde se encuentra actualmente la llamada sala Basilical. Solo que en un principio tenía como compañeras otras obras maestras de grandes artistas y ahora la rodean únicamente sus hermanas, todas hijas legítimas de Velázquez. Pero no siempre fue así. Durante decenios permaneció sola en una estancia creada solo para ella y que reproducía el mismo ambiente que el cuadro. A la derecha, una ventana proyectaba luz natural (tal y como ocurre en la pintura) y un espejo situado en el fondo introducía todavía más al espectador dentro de la obra.

«Si se miraba al espejo, desaparecía el marco, con lo que la sensación de tridimensionalidad se hacía más profunda», detalla Portús. «El espectador podía concebirse como dentro del cuadro». Sin duda, el objetivo era «potenciar las capacidades ilusionistas de la obra».

Así la vieron la mayoría de los artistas antes citados y su experiencia resultó reveladora. «No era un espacio neutro ni inocente, condicionaba la visión del espectador», valora el experto. De ahí que se optase por reubicar *Las meninas* a la gran sala Basilical, la número 12 del museo.

Una constelación oculta

[...] No son pocos los que han querido ver un mensaje dinástico en la pintura. A falta, en aquel momento, de un hijo varón, Felipe IV depositaba la continuidad de la Corona en la infanta Margarita, su primogénita [...]. Incluso hay quien ha ido más lejos, afirmando que las cabezas de los personajes principales dibujan la constelación Corona Borealis, cuya estrella principal recibe el nombre de Margarita y ocuparía el lugar donde se encuentra la infanta.

Para Portús, la teoría política no viene avalada por la documentación histórica. «El rey todavía esperaba tener un hijo varón», y si realmente el cuadro señalaba a Margarita como princesa y no como a infanta, significaba «un gran monumento a la imposibilidad del rey de concebir un heredero masculino», apunta el conservador. De hecho, al cabo de unos años nacerían Felipe Próspero (que fallecería a los tres años) y Carlos II (que se convertiría en el siguiente rey). Eso sí, el testamento de Felipe IV no excluyó la posibilidad de que Margarita accediese al trono si su enfermizo hermano menor no llegaba a sobrevivir. No olvidemos que la famosa ley sálica no estaba en vigor.

La reivindicación de Velázquez

Otro de los mensajes más notorios del cuadro se centra en el mismísimo Velázquez. Si nos fijamos bien, él parece ser el gran protagonista de la obra. «Es un mensaje de autoafirmación como pintor», expone Portús. Su importancia es incuestionable, incluso luce en el cinto la llave de aposentador de palacio, un cargo muy cercano al rey que velaba por mantener el orden en todos los lugares por donde transcurría la vida cotidiana del monarca.

«Alude a su doble condición de servidor del palacio y de retratista de cámara», afirma el experto, pero, sobre todo, se centra en poner de manifiesto una vieja reivindicación de los artistas del siglo XVI. «La pintura era considerada una artesanía» y Velázquez quiso demostrar que era una «cosa mental», como dejó escrito Leonardo da Vinci en su famoso *Tratado de la pintura*. Por eso, «no está pintando, nos está mirando con una frente ancha sobre la que cae la luz», analiza Portús, es decir, la intelectualidad que eleva la artesanía a arte.

El misterio de la cruz

Otras incógnitas permanecen abiertas, aunque parecen menores al lado de esta voluntad de trascendencia. ¿A quién pintaba? ¿A los reyes que aparecen reflejados en el espejo? ¿A la infanta Margarita y sus meninas? ¿A sí mismo? [...]

No se conoce la identidad de cada uno de los personajes retratados ni tampoco quién añadió sobre su pecho la famosa cruz de la Orden de Santiago. Le fue concedida poco antes de morir, cuando el cuadro ya llevaba tiempo terminado. El propio rey tuvo que mediar para que no se tuviera en cuenta el único inconveniente que impedía que le fuese otorgada: Velázquez no había podido demostrar limpieza de sangre. «Un punto para nada baladí», añade Portús.

¿Quién pintó esa cruz? La leyenda indica que el mismo Felipe IV. «Eso demostraba que Velázquez era estimado por el rey y que la pintura era un arte tan noble como para que el monarca supiera pintar». Parecía que el artista sevillano habría logrado su objetivo final, aunque en realidad seguramente fue él mismo quién cogió el pincel para dejar constancia de su último reconocimiento, el que lo encumbraba entre la más alta sociedad de la época sin ser noble, pero sí un genio de la pintura. Pero eso es solo una interpretación, como las miles que siguen surgiendo con la observación del cuadro. «Es una obra de arte abierta, con infinitas llaves», mantiene Portús. Está claro que la que Velázquez lleva en su cinto es la única que abre la verdadera puerta de *Las meninas*, y allí quedó, en el cuadro, a la vista de todos, pero para siempre inalcanzable.

La Vanguardia (digital)

Las meninas, de Diego Velázquez (1656), representa una escena de la corte real del siglo XVII. En el siguiente enlace puedes ver con detenimiento algunos detalles del cuadro:

https://links.edebe.com/75w3

ley sálica: ley que impedía reinar a las mujeres y a sus descendientes. Fue derogada en 1830.

cinto: faja para ceñir la cintura.

aposentador: cargo de palacio dedicado a dar aposento (alojamiento) a los que vivían allí.

baladí: de poca importancia.

Actividades

Obtención de información

1. **Completa esta información sobre *Las meninas:***

   Autor: ....

   Fecha de creación: ....

   Título original: ....

   Primer lugar de exposición: ....

   Lugar posterior de exhibición: ....

   Ubicación actual: ....

2. **Responde a estas preguntas:**

   - ¿Qué dos razones hacen que *Las meninas* sea la obra número 1 expuesta en el Prado?
   - ¿Cuál es el mayor logro de Velázquez en esta obra?

3. **Describe la relación entre el pintor Diego Velázquez y el rey Felipe IV. Aporta fragmentos de la lectura que justifiquen tu respuesta.**

4. **¿Qué función tienen en el artículo las intervenciones de Javier Portús, jefe de Conservación del Museo del Prado?**

   a) Aportar información sobre la vida de Diego Velázquez.

   b) Aportar información sobre los misterios que oculta *Las meninas.*

   c) Aportar información sobre la familia real que representa *Las meninas.*

5. **¿Qué ventajas e inconvenientes tenían los espejos en la sala donde estaba expuesta la obra? ¿Por qué se reubicó?**

6. **Explica con tus palabras cómo dejó el pintor constancia de sí mismo en el cuadro que ha pintado.**

Interpretación

7. **¿Qué significa la expresión *limpieza de sangre*?**

   — Busca información y responde a esta pregunta: En la época de Velázquez, ¿quiénes debían demostrar limpieza de sangre?

8. **Propón un título alternativo al artículo y justifica tu elección.**

9. **¿Por qué se pone en duda la teoría de la constelación oculta? ¿En qué se basa esta teoría?**

Reflexión

10. **Una obra de arte, ¿puede disfrutarse por sí misma o se disfruta más y mejor si un experto, como Portús, nos enseña sus claves? Argumenta tu respuesta.**

Expresión

11. **¿Sabías que Picasso dedicó una serie de pinturas a *Las meninas*? Busca estas obras y compáralas con la obra de Velázquez.**

    — Redacta un breve texto argumentativo titulado: «Arte figurativo versus arte abstracto».

La conferencia

Una **conferencia** es una exposición en público sobre un tema concreto, generalmente cultural, social o científico. Su finalidad es **divulgativa.**

Actividades

Escucha

1. Contesta a las siguientes preguntas:
   - ¿Cuál es el objetivo principal del restaurador o restauradora de arte?
   - ¿Con qué otra profesión compara la suya la doctora Garmendia?
   - ¿Qué técnica ayuda a los restauradores a certificar la autenticidad de una obra de arte?
   - ¿Para qué emplean estos profesionales los rayos X?
   - ¿Por qué les resulta útil la fotografía con infrarrojos?
   - ¿Qué titulación se requiere para desempeñar la profesión de restaurador de arte?
2. ¿A qué personas recomienda la doctora Garmendia dedicarse a esta profesión? ¿Por qué?
   — ¿Te gustaría dedicarte a esta profesión? Escribe un breve texto justificando tus razones.

Habla

3. Investiga sobre uno de estos temas y prepara una conferencia:

   a. Los grafitis urbanos como obra de arte.

   b. Los murales XXL pintados a mano en las fachadas de los pueblos.

   c. Las profesiones relacionadas con el arte.

   Puesto que se trata de una forma de expresión oral no espontánea, debe seguir unas normas:

   — Prepara un **guion** con la información que quieres transmitir y resalta las partes más importantes. Así, cuando estés hablando, podrás recordar las ideas de un solo vistazo.

   — Ten en cuenta el tipo de **audiencia** a la que te dirigirás, para que la conferencia resulte amena y adecuada a su nivel.

   — Utiliza diferentes organizadores textuales para facilitar el seguimiento a las personas que te escuchan: *en primer lugar, por un lado, por otro...*

   — Usa un **tono de voz** adecuado y cámbialo de vez en cuando para evitar caer en la monotonía y, así, mantener la atención del público.

   — Emplea algún tipo de **ayuda audiovisual** para completar tu conferencia.

   — Cuando hayas acabado, indica al público que puede formular preguntas para **aclarar dudas.**

   — **Graba** tu intervención. Después, visionad las conferencias todos juntos, analizad los errores y proponed soluciones para mejorarlas.

¿Qué es un restaurador de arte? Compruébalo.

Consejos para dar una conferencia

- Aporta datos claros y reales sobre el tema que vas a tratar.
- Emplea un nivel culto de la lengua y evita los coloquialismos.
- Mira a todo tu público en general, sin centrarte en una sola persona.

El Barroco: contextualización histórica

EL BARROCO

SIGLO XVII

1598-1621

Felipe III demuestra su incapacidad y su desinterés por gobernar. Durante su reinado, el país pierde la hegemonía política exterior e inicia una grave **crisis económica.**

1609-1613

La **expulsión de los moriscos** en 1609 origina graves repercusiones económicas. Los enfrentamientos religiosos son una constante durante este período.

1621-1665

El reinado de **Felipe IV** está dominado por continuas guerras y revueltas, que, junto con los problemas económicos y demográficos, producen el declive definitivo del Imperio español **(Paz de Westfalia)**.

1665-1700

Carlos II. Su reinado llevó a España a la decadencia económica, política y social. Su muerte desencadenó la guerra de sucesión al trono español.

Este movimiento cultural se produce en toda Europa. Frente al equilibrio y la armonía del período anterior, esta etapa se caracteriza por el pesimismo, las contradicciones y el desengaño producidos por la crisis política, económica y social que atraviesa el país. A pesar de este contexto, el Barroco, junto con el Renacimiento, representa uno de los momentos de máximo esplendor cultural, y forma parte del período conocido como **Siglo de Oro.**

SOCIEDAD

Las **clases privilegiadas** mantienen sus tierras y riquezas. Se alían con la monarquía y el clero para frenar el impulso de la burguesía.

El **clero** aumenta por un gran número de eclesiásticos sin vocación, que buscan un modo de asegurarse el sustento.

La **burguesía** sigue teniendo poder económico, pero debe luchar contra la **nobleza,** que no quiere perder sus privilegios.

Las clases más **desfavorecidas** huyen de las zonas rurales y se instalan en las ciudades, donde la necesidad incrementa la delincuencia y la mendicidad.

POLÍTICA

Es un período marcado por una fuerte **crisis política, económica** y **social,** que refleja un profundo **pesimismo** y **decadencia** en la mentalidad de la época.

El **sistema político** es **absolutista;** todo el poder se concentra en el monarca. Este, incapaz de solucionar los problemas de Estado, deja el gobierno en manos de sus hombres de confianza o validos. Entre ellos destacan el duque de Lerma (valido de Felipe III) y el conde-duque de Olivares (valido de Felipe IV). Ambos desarrollan una pésima gestión económica y política.

Como resultado, la **economía** del país se resiente y el Imperio español se desmorona con sublevaciones en distintas partes. Las guerras, las epidemias y las malas cosechas provocan mortandad y sumen al país en una grave **crisis económica** y **demográfica.**

CULTURA

El hombre del Barroco adopta una **actitud pesimista** ante la vida.

La realidad no es perfecta, sino variada y cambiante: es bella y fea a la vez. Es una época de **contrastes,** en que se mezclan el lujo y la miseria, el esplendor y la decadencia.

Se repiten algunos temas de la **tradición literaria,** en los que se refleja una visión amarga y pesimista del mundo: la vida no es solo para gozarla, porque el tiempo es fugaz, pasa inexorable y dirige inevitablemente a la **muerte.**

El **arte** continúa cumpliendo una función **propagandística.** La Monarquía y las clases privilegiadas fomentan el arte y la cultura, ejerciendo de mecenas (protectores) de artistas. Esto conlleva la creación de monumentos y obras artísticas que son una muestra de poder.

La literatura barroca

El Barroco es una época de contrastes. A pesar de ser un momento de decadencia, constituye uno de los períodos artísticos más espléndidos de la historia de España.

La literatura barroca está muy influida por la situación de crisis que vive el país. Los autores muestran una actitud de **desengaño** y **rebeldía** en contraste con la serenidad y el equilibrio del Renacimiento. El Barroco quiere **conmover, impresionar;** para ello se vale de la **complejidad** y la **originalidad del lenguaje.**

La diferencia más importante respecto a la literatura renacentista radica en la manera de tratar los temas y en el **uso artificial de los recursos literarios.** Los **temas** tratados a lo largo de la literatura se presentan desde una **visión amarga** y **pesimista.**

— **Social.** Los autores critican la situación del momento mediante la sátira y la burla.

— El **amor** ya no aparece idealizado, como en el Renacimiento, sino que se muestra como una experiencia dolorosa.

— **Moral** o **filosófico.** El pesimismo lleva a los escritores a reflexionar sobre temas como la fugacidad de la vida, el tránsito hacia la muerte y la banalidad del mundo. Observa la diferencia entre el tono alegre del poema de Garcilaso, propio del Renacimiento, y el pesimismo del de Góngora, uno de los autores más importantes del Barroco.

Niños comiendo uvas y melón, de Bartolomé Esteban Murillo (1645-1650).

Lenguaje claro, sencillo y elegante.

Idealización de la belleza de la amada.

Carpe diem (invitación a gozar).

En tanto que de rosa y azucena
se muestra la color en vuestro gesto,
y que vuestro mirar ardiente, honesto,
con clara luz la tempestad serena;

y en tanto que el cabello que en la vena
del oro se escogió, con vuelo presto
por el hermoso cuello blanco, enhiesto,
el viento mueve, esparce y desordena;

coged de vuestra alegre primavera
el dulce fruto antes que el tiempo airado
cubra de nieve la hermosa cumbre.

Marchitará la rosa el viento helado,
todo lo mudará la edad ligera
por no hacer mudanza en su costumbre.

Garcilaso de la Vega, «Soneto XXIII», en *Obra poética.* Clásicos Alce.

Mientras por competir con tu cabello
oro bruñido al sol relumbra en vano,
mientras con menosprecio en medio el llano
mira tu blanca frente al lilio bello;

Mientras a cada labio, por cogello,
siguen más ojos que al clavel temprano,
y mientras triunfa con desdén lozano
del luciente cristal tu gentil cuello.

Goza cuello, cabello, labio y frente,
antes que lo que fue en tu edad dorada
oro, lirio, clavel, cristal luciente,

no solo en plata o vïola troncada
se vuelva, más tú y ello juntamente
en tierra, en humo, en polvo, en sombra, en nada.

Luis de Góngora, *Antología poética.* Crítica.

Complejidad formal y ruptura con el lenguaje.

Tempus irreparabile fugit: realidad amarga, desengaño ante el inevitable paso del tiempo.

Inconsistencia y banalidades de la vida.

El **lenguaje** se vuelve más complicado, para impresionar al lector con el uso de **recursos formales** y de **contenido.** Según cuál de estos tenga más peso, se habla de dos corrientes literarias distintas: **culteranismo,** que muestra una clara preferencia por la belleza formal; y **conceptismo,** en la cual se antepone el contenido y la profundidad de las ideas a la forma.

Actividades

1. Observa la obra *Niños comiendo uvas y melón,* de Bartolomé Esteban Murillo, y compárala con *Las meninas,* de Diego Velázquez.

— ¿Qué realidad social refleja cada pintura? ¿Qué contrastes podemos apreciar?

— Tomando como ejemplo los cuadros anteriores, explica brevemente cómo era la situación histórica en el Barroco.

2. Señala cómo eran tratados los siguientes temas en cada uno de los períodos que conforman el Siglo de Oro:

- El amor
- La vida humana
- La llegada de la muerte
- La gloria, la fama, las riquezas
- La sociedad
- La religión

El teatro barroco

El género dramático alcanza su máximo **esplendor** durante la época barroca, convirtiéndose en un espectáculo de masas al que acuden todas las clases sociales.

Aunque se cultivan multitud de géneros, tales como comedias cortesanas o autos sacramentales, la **comedia nueva** se convierte en un fenómeno de interés **nacional.** Con ella, además, se **profesionaliza** el oficio teatral.

A

... y escribo por el arte que inventaron
los que el vulgar aplauso pretendieron,
porque, como las paga el vulgo, es justo
hablarle en necio para darle gusto.

Arte nuevo de hacer comedias.

La comedia nacional

Este nuevo género se caracteriza por romper con la rigidez del teatro clásico y por crear una nueva forma teatral que se adapta al **gusto del público.**

Lope de Vega está considerado el precursor de esta nueva forma de hacer teatro. En su obra *Arte nuevo de hacer comedias en este tiempo,* fija las directrices de la comedia nacional, que consisten básicamente en: imitar las acciones de las personas, retratar las costumbres y agradar al público en general (texto **A**).

B

En el acto primero ponga el caso,
en el segundo enlace los sucesos,
de suerte que hasta medio del tercero
apenas juzgue nadie en lo que para.

Arte nuevo de hacer comedias.

Características del nuevo teatro

— **Estructura.** A diferencia del teatro clásico, la comedia barroca se estructura en **tres actos:** en el primero se presenta el asunto **(exposición)**; en el segundo los personajes entran en disputa **(nudo)**; y en el tercero se resuelve el conflicto **(desenlace)** (texto **B**).

La nueva comedia rompió definitivamente con las unidades clásicas, que exigían la representación de una sola acción, en un mismo día.

— **Temática.** Los temas más cultivados son el **amor** y el **honor.** Este último suele llevar a los personajes a un conflicto que se resuelve generalmente con la muerte.

— **Mezcla de lo trágico y lo cómico.** Hasta entonces, los asuntos graves se reservaban para la tragedia, y lo gracioso, para la comedia. En el Barroco, ambos registros conviven en una misma obra.

— **Personajes.** Pertenecen tanto a la nobleza como al pueblo. Forman unos tipos que se repiten en distintas obras. Algunos de ellos son:

El galán	Joven noble que encarna las virtudes de la época: el valor, la generosidad, el linaje y el honor.
El gracioso	Suele ser el criado del galán y protagoniza los momentos cómicos de la obra. Representa la clase humilde.
La dama	Enamorada del galán, posee las cualidades de la belleza, el linaje y la dedicación desmedida a su amor.

— El **estilo** de las obras es claro y sencillo con la finalidad de ser asequible y agradable al público. Están escritas en verso y el tipo de estrofa varía, adaptándose al personaje y a la situación de la escena concreta (texto **C**).

C

Acomode los versos con prudencia
a los sujetos de que va tratando.
Las décimas son buenas para quejas;
el soneto está bien en los que aguardan;
las relaciones piden los romances,
aunque en octavas lucen por extremo.
Son los tercetos para cosas graves,
y para las de amor, las redondillas.

Arte nuevo de hacer comedias.

Los corrales de comedia: un nuevo espacio teatral

Debido a la gran popularidad que alcanza el teatro, proliferan en las ciudades espacios fijos dedicados a la representación: los **corrales de comedias.**

Su origen lo encontramos en los **patios traseros** de las casas vecinales. A pesar de la escasez de recursos, su estructura física se amolda bastante bien a las necesidades escénicas.

La distribución del público es un reflejo de la sociedad de la época, donde cada grupo tenía su propio espacio. Fíjate en el lugar destinado a las distintas clases sociales:

Visita al Corral de Comedias de Almagro

El Corral de Comedias de Almagro (Ciudad Real) es el único que permanece activo en la actualidad, tras cuatrocientos años. Entra en el siguiente enlace y visítalo de forma virtual:

https://links.edebe.com/kgqnk

El **escenario** se encuentra al fondo del patio, rodeado por casas en sus costados y cubierto por un tejadillo.

Los hombres del pueblo y los mosqueteros se sitúan en el **patio** y permanecen de pie todo el espectáculo.

Las ventanas y los balcones de las casas contiguas sirven como **palcos** y se alquilan a la nobleza, a la alta burguesía y al clero. Los **aposentos** que dan al patio también se reservan a las gentes principales. Los **desvanes** eran los aposentos más altos.

En el lado opuesto al escenario, tras unas rejas, se reserva un espacio elevado y aislado para las mujeres: la **cazuela.**

Actividades

3. Estos fragmentos pertenecen a la obra *Arte nuevo de hacer comedias*, de Lope de Vega. Léelos y responde a la pregunta:

> Pero la solución no la permita
> hasta que llegue a la postrera escena,
> porque, en sabiendo el vulgo el fin que tiene,
> vuelve el rostro a la puerta y las espaldas
> al que esperó tres horas cara a cara,
> que no hay más que saber que en lo que para.
>
> [...]
>
> Si hablare el rey, imite cuanto pueda
> la gravedad real; si el viejo hablare,
> procure una modestia sentenciosa:
> describa los amantes con afectos
> que muevan con extremo a quien escucha.

— ¿A qué aspectos de la nueva forma de hacer teatro se refiere cada fragmento?

4. ¿A qué se refería Lope cuando hablaba de poner el «caso» en el primer acto (texto B)? Busca el término en la siguiente dirección y averígualo:

https://links.edebe.com/sz

5. El Teatro Español se encuentra actualmente en la plaza de Santa Ana de Madrid, donde estaba situado el antiguo Corral del Príncipe. Busca en Internet imágenes de cómo era este corral e imprímela.

— Confróntalo con la imagen de un teatro actual y redacta un texto donde compares los dos espacios.

6. Entra en la siguiente dirección y observa el vídeo:

https://links.edebe.com/tr3wv

— Justifica cuáles de los elementos y costumbres que rodeaban una representación teatral en un corral de comedias perviven en la actualidad, y cuáles no.

Félix Lope de Vega (1562-1635)

Dedicó su vida a sus dos pasiones: el amor y la literatura.

La vida amorosa de Lope de Vega fue muy intensa: se casó dos veces y tuvo varias amantes.

En cuanto a su otra pasión, la literatura, cultivó varios géneros. Escribió multitud de poemas, pero destacó sobre todo por sus obras dramáticas (de las cuales se conservan más de cuatrocientas) y por haber renovado el género teatral con su *Arte nuevo de hacer comedias en este tiempo*.

¿Cómo es este **nuevo teatro?**

Mira cómo se analiza la métrica de los versos

El teatro barroco europeo

En Europa sobresalen dos figuras que serán un modelo para el teatro de todos los tiempos. En **Inglaterra, William Shakespeare** destaca por crear en sus obras prototipos de las diferentes pasiones humanas: la duda (*Hamlet*), los celos (*Otelo*), el amor puro (*Romeo y Julieta*)...

En **Francia, Molière** creó personajes atípicos, irrepetibles por lo exagerado o peculiar de sus comportamientos (*Tartufo, El avaro*...).

Shakespeare y **Moliere,** maestros del teatro

Los dramaturgos del Barroco

La obra teatral de Lope de Vega

La figura de Lope de Vega es esencial para entender el teatro de su tiempo, ya que su producción dramática describe las características que él mismo definió para la nueva comedia.

Sus obras teatrales se caracterizan por presentar variedad de temas y personajes. Los **temas** principales son el amor y la honra:

AMOR	Obras llenas de enredos e intrigas, en las que los enamorados tienen que recurrir a diferentes engaños para que el amor triunfe. Ejemplos de este tipo de obras son: *El perro del hortelano* y *La discreta enamorada.*
HONRA	Los protagonistas sufren una afrenta de honor y se ven obligados a restablecer su honra. En la mayoría de los casos, al final es el rey quien vuelve a instaurar el orden y el honor perdido.

Veamos cómo se trata el tema del honor en el siguiente fragmento de *Peribáñez y el comendador de Ocaña.*

Comendador. —Ya no puede mi afición
sufrir, temer ni callar.
Yo soy el comendador,
yo soy tu señor.

Casilda. —No tengo
señor, más que a *Pedro*[1].

Comendador. —Vengo
esclavo, aunque soy señor
[...].

Casilda. —Mujer soy de un *capitán*[2],
si vos sois comendador;
y no os acerquéis a mí,
porque a bocados y a coces
os haré...

Comendador. —*Paso*[3] y sin voces.

Peribáñez. —*(Oculto.)* ¡Ay, honra!, ¿qué
aguardo aquí?
Mas soy pobre labrador,
bien será llegar y hablarle...
Pero mejor es matarle. *(Sale, con la espada en la mano.)*
Perdonad, comendador,
que la honra es encomienda
de mayor autoridad. *(Lo hiere.)*

Comendador. —¡Jesús! Muerto soy.
¡Piedad! [...]
Diome la muerte no más.
Más el que ofende merece.
[...]
Yo le abono.
No es villano, es caballero;
que pues le ceñí la espada
con la guarnición dorada,
no ha empleado mal su acero.

Lope de Vega, *Peribáñez y el comendador de Ocaña.* Cátedra.

[1] **Pedro:** se refiere a su marido. / [2] **capitán:** el comendador había nombrado capitán a Pedro para alejarlo de su casa. / [3] **Paso:** despacio, en voz baja.

El teatro de Lope posee una gran variedad de **personajes,** que encarnan los rasgos más característicos de la sociedad de la época:

— El **rey.** Representa el poder y es el encargado de resolver los conflictos e impartir justicia.

— El **noble poderoso.** Actúa injustamente y abusa de su poder, por lo que crea un conflicto con sus vasallos. Finalmente, es castigado por el rey o por el pueblo.

— El **caballero.** Vela por el honor de la dama o de su propia familia.

— El **villano.** Hombre honrado y sencillo, que tiene que defenderse de los abusos del poderoso.

En cuanto al **estilo,** el lenguaje y la versificación se adaptan al contexto y destacan por su expresividad y su ritmo.

Actividades

7. El siguiente fragmento corresponde a la parte final de *Peribáñez y el comendador de Ocaña*. Léelo y fíjate en quiénes intervienen. ¿Qué personajes tipo de los que has estudiado son? ¿Cumplen su función característica? Describe brevemente cuál es esta función a partir de los versos.

Peribáñez. —Y como vi que de noche
era mi deshonra clara,
en una yegua a las diez
de vuelta en mi casa estaba [...].
Hallé mis puertas rompidas
y a mi mujer destocada,
como corderilla simple
que está del lobo en las garras.
Dio voces, llegué, saqué
la misma daga y espada
que ceñí para servirte,
no para tan triste hazaña;
pasele el pecho, y entonces
dejó la cordera blanca,
porque yo, como pastor,
supe del lobo quitarla. [...]

Rey. —*(A la reina.)* ¿Qué os parece?

Reina. —Que he llorado
que es la respuesta que basta
para ver que no es delito,
sino valor.

Rey. —¡Cosa extraña!
¡Que un labrador tan humilde
estime tanto su fama!
¡Vive Dios, que no es razón
matarle! Yo le hago gracia
de la vida. Mas ¿qué digo?
esto justicia se llama. [...]

Reina. —A vos, labradora honrada,
os mando de mis vestidos
cuatro, porque andéis con galas
siendo mujer de soldado.

8. En *El perro del hortelano*, de Lope de Vega, son frecuentes las contradicciones producidas por los celos y las envidias. Lee esta conversación y realiza las actividades:

Teodoro. —No sé, Tristán; pierdo el seso
de ver que me está adorando,
y que me aborrece luego.
No quiere que sea suyo
ni de Marcela, y si dejo
de mirarla, luego busca
para hablarme algún enredo.
No dudes; naturalmente
es del hortelano el perro:
ni come ni comer deja,
ni está fuera ni está dentro.

Tristán. —Contáronme que un doctor,
catedrático y maestro,
tenía un ama y un mozo
que siempre andaban riñendo.
Reñían a la comida,
a la cena, y hasta el sueño
le quitaban con sus voces;
que estudiar, no había remedio.
Estando en lición un día,
fuele forzoso corriendo
volver a casa, y entrando
de improviso en su aposento,
vio el ama y mozo acostados
con amorosos requiebros,
y dijo: «¡Gracias a Dios,
que una vez en paz os veo!».
Y eso imagino de entrambos,
aunque siempre andáis riñendo.

— ¿Cuál es el problema que tiene Teodoro?

— Realiza el análisis métrico desde el verso 4 hasta el verso 11 de la intervención de Teodoro.

— ¿Qué tipo de versos son? ¿Cómo es la rima?

9. Aplica en esta actividad la **técnica cooperativa** *Estructura 1-2-4.*

— Dentro de tu equipo base, interpreta individualmente y escribe en un folio el significado del refrán «El perro del hortelano, que ni come ni deja comer».

— A continuación, poneos de dos en dos, intercambiad vuestras respuestas y comentadlas, hasta llegar a una conclusión común.

— Finalmente, todo el equipo decide conjuntamente cuál es la respuesta más adecuada.

Pedro Calderón de la Barca (1600-1681)

Estudió en las universidades de Alcalá de Henares y Salamanca, se ordenó sacerdote y llegó a ser capellán del rey.

Calderón de la Barca fue el autor preferido de la corte. Sus obras, dirigidas a un público culto y reducido, se servían de maquinaria escenográfica, lo cual convertía las representaciones en un espectáculo.

Aun así, también se ganó el aprecio del público en general con sus piezas para los corrales de comedias madrileños de la Cruz y el Príncipe.

Discípulo de Lope, pero con **rasgos propios**

Lee más textos de **Calderón**

La obra teatral de Calderón de la Barca

Aunque en un principio siguió los pasos de Lope de Vega, las obras de Calderón fueron adoptando un tono más culto, reflexivo y filosófico, reflejo del carácter pesimista y desengañado de la época.

A partir de los temas que aparecen en sus obras, podemos hacer la siguiente clasificación:

— **Comedias de capa y espada o de enredo.** Siguen los preceptos de Lope de Vega. Los temas principales son la **honra** (*El alcalde de Zalamea* y *El médico de su honra*) y el **enredo** (*La dama duende*).

— **Autos sacramentales.** Representadas durante la festividad del Corpus, son obras en las que dialogan personajes alegóricos, es decir, personajes que encarnan ideas abstractas (*El gran teatro del mundo* o *El gran mercado del mundo*).

— **Dramas filosóficos y morales.** Tratan temas más profundos, como el **sentido de la vida,** la **libertad** o la **religión.** A este grupo pertenece su obra más conocida, *La vida es sueño*. En ella queda patente la visión desengañada del mundo que caracteriza al hombre del Barroco.

Fíjate en este fragmento de *La vida es sueño*. Habla Segismundo, que desde pequeño fue encarcelado en una torre por su padre para evitar que se cumpliera un sueño que tuvo en el que su hijo se sublevaba contra él.

Segismundo.
—¡Ay, mísero de mí! ¡y ay, infelice!
Apurar, cielos, pretendo,
ya que me tratáis así,
qué delito cometí
contra vosotros naciendo;
aunque si nací, ya entiendo
qué delito he cometido.
Bastante causa ha tenido
vuestra justicia y rigor,
pues el delito mayor
del hombre es haber nacido.
Solo quisiera saber,
para apurar mis desvelos,
(dejando a una parte, cielos,
el delito de nacer),
qué más os pude ofender
para castigarme más.
¿No nacieron los demás?
Pues si los demás nacieron,
¿qué privilegios tuvieron
que yo no gocé jamás?
Nace el ave, y con las galas
que le dan belleza suma,
apenas es flor de pluma
o ramillete con alas,
cuando las etéreas salas
corta con velocidad,
negándose a la piedad
del nido que deja en calma,
¿y teniendo yo más alma,
tengo menos libertad? [...]
Nace el pez, que no respira,
aborto de ovas y lamas,
y apenas bajel de escamas,
sobre las ondas se mira,
cuando a todas partes gira,
midiendo la inmensidad
de tanta capacidad
como le da el centro frío;
¿y yo, con más albedrío,
tengo menos libertad?

Calderón de la Barca,
La vida es sueño. Austral.

— El número de **personajes** es mucho menor que en el de la obra de Lope. Además, los personajes están más elaborados y su comportamiento responde a la necesidad del autor de transmitir las ideas barrocas.

— En cuanto a su **estilo,** Calderón se vale de recursos para lograr la belleza formal de sus composiciones. Estos recursos afectan tanto a la forma (metáforas, hipérbatos...) como al contenido (ideas o realidades opuestas...).

Actividades

Juega y practica con actividades interactivas

10. Lee el siguiente monólogo de *La vida es sueño*, de Calderón de la Barca, y realiza las actividades:

— Segismundo es liberado después de vivir preso en una torre. Su malvado comportamiento le conduce otra vez a la cárcel, lo que le lleva a pensar que todo ha sido un sueño.

Sueña el rey que es rey, y vive
con este engaño mandando,
disponiendo y gobernando;
y este aplauso que recibe
prestado, en el viento escribe
y en cenizas le convierte
la muerte, ¡desdicha fuerte!
¡Que hay quien intente reinar,
viendo que ha de despertar
en el sueño de la muerte!

Sueña el rico en su riqueza
que más cuidados le ofrece;
sueña el pobre que padece
su miseria y su pobreza;
sueña el que a medrar empieza,
sueña el que afana y pretende,
sueña el que agravia y ofende,
y en el mundo, en conclusión,
todos sueñan lo que son,
aunque ninguno lo entiende.

Yo sueño que estoy aquí
de estas prisiones cargado,
y soñé que en otro estado
más lisonjero me vi.
¿Qué es la vida? Un frenesí.
¿Qué es la vida? Una ilusión,
una sombra, una ficción,
y el mayor bien es pequeño;
que toda la vida es sueño,
y los sueños, sueños son.

— Busca en el diccionario el significado de estas palabras del texto: *medrar, afanar, agraviar, lisonjero, frenesí.*

— El tema de este fragmento podría enunciarse del siguiente modo: la vida es un sueño del que despertamos con la muerte. Justifícalo con palabras del texto, que además se relacionen con:

- La inconsistencia de la vida.
- La fugacidad de la vanagloria mundana.
- La distinción entre lo real y lo ficticio, lo que permanece y lo pasajero.

— Fíjate en las palabras subrayadas del segundo párrafo. ¿Qué nombre recibe la figura literaria que aparece en estos versos? Explica el significado que adquiere en el texto.

11. Visualiza el siguiente enlace, en el que encontrarás el monologo de Segismundo: https://links.edebe.com/badu.

— Imagina que eres Segismundo y vives en la época actual.

— Crea la página de un diario personal y expón en ella, con tus palabras, las reflexiones que el personaje expresa en su monólogo.

12. Aplica la **destreza de pensamiento** *Compara y contrasta* en la siguiente actividad. Copia un organizador gráfico como el que tienes a continuación y responde a estas preguntas:

— ¿En qué se parecen el teatro de Lope de Vega y el de Calderón de la Barca?

— ¿En qué se diferencian?

— ¿Cuáles de estas semejanzas y diferencias te parecen importantes?

— ¿A qué conclusión final has llegado tras esta comparación?

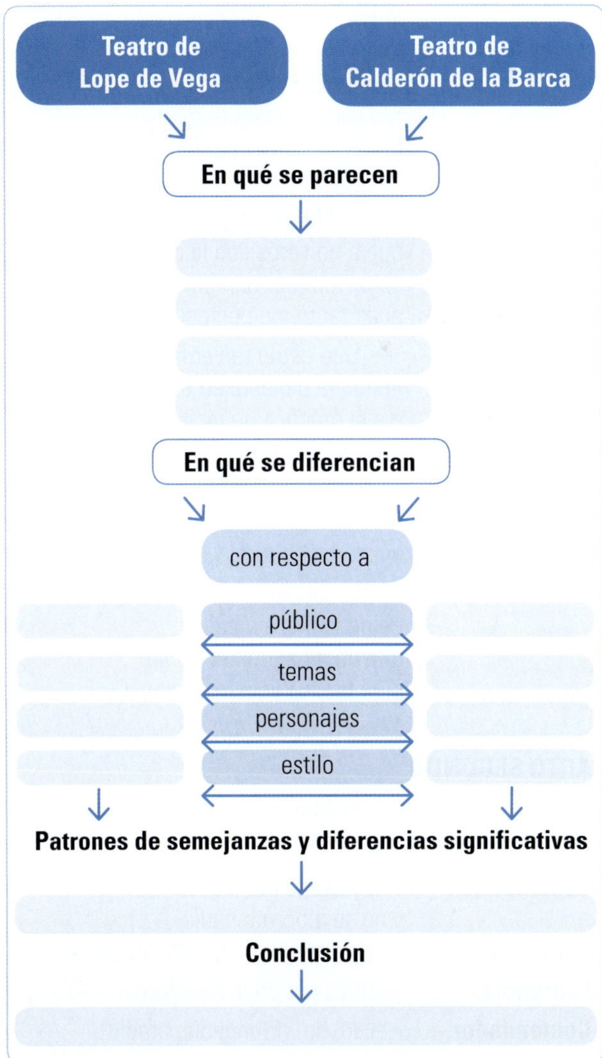

13. Elabora un mapa mental sobre el teatro barroco.

Comentario de texto 1

Fuente Ovejuna

ACTO PRIMERO

Laurencia y Frondoso, labradores del pueblo de Fuente Ovejuna, son dos jóvenes enamorados. Fernán Gómez, el comendador, encarna al personaje antagonista, repudiado por el pueblo porque abusa de su poder para acosar a Laurencia.

Comendador. —No es malo venir siguiendo
un corcillo temeroso,
y topar tan bella gama.

Laurencia. —Aquí descansaba un poco
de haber lavado unos paños.
Y así, al arroyo me torno,
si manda su señoría.

Comendador. —[...] Mas, si otras veces pudiste
huir mi ruego amoroso,
agora no quiere el campo,
amigo secreto y solo;
que tú sola no has de ser
tan soberbia que tu rostro
huyas al señor que tienes,
teniéndome a mí en tan poco. [...]

Laurencia. —[...] Id con Dios, tras vueso corzo;
que a no veros con la cruz,
os tuviera por demonio,
pues tanto me perseguís.

Comendador. —¡Qué estilo tan enfadoso!
Pongo la ballesta en tierra,
y a la práctica de manos
reduzgo **melindres**[1]. [...]
(Sale Frondoso y toma la ballesta.) [...]

Laurencia. —¡Cielos,
ayudadme agora! [...]

Frondoso. —Comendador generoso,
dejad la moza o creed
que de mi agravio y enojo
será blanco vuestro pecho. [...]

ACTO SEGUNDO

Laurencia y Frondoso se casan. El comendador, preso de la rabia, irrumpe en la fiesta.

Comendador. —Estese la boda queda[2],
y no se alborote nadie. [...]

Frondoso. —¡Muerto soy! ¡Cielos, libradme!

Laurencia. —Huye por aquí, Frondoso.

Comendador. —Eso, no. ¡Prendedle, atadle!

Juan Rojo. —Date, muchacho, a prisión.

Frondoso. —Pues ¿quieres tú que me maten?

Juan Rojo. —¿Por qué?

Comendador. —No soy hombre yo
que mato sin culpa a nadie,
que si lo fuera, le hubieran
pasado de parte a parte
esos soldados que traigo.
Llevarle mando a la cárcel,
donde la culpa que tiene
sentencie su mismo padre.

ACTO TERCERO

Harto de los excesos del comendador, el pueblo de Fuente Ovejuna decide matarlo. El juez, enviado por los reyes, tortura a los villanos para que confiesen quién mató a Fernán Gómez, el comendador.

Juez. —Decid la verdad, buen viejo.

Frondoso. —Un viejo, Laurencia mía,
atormentan.

Laurencia. —¡Qué porfía!

Esteban. —Déjenme un poco.

Juez. —Ya os dejo.
Decid, ¿quién mató a Fernando?

Esteban. —Fuente Ovejuna lo hizo. [...]

Juez. —Ese muchacho
aprieta, perro, yo sé
que lo sabes. ¡Di quién fue!
¿Callas? ¡Aprieta, borracho!

Niño. —Fuente Ovejuna, señor. [...]

Frondoso. —¡Que a un niño le den tormento,
y niegue de aquesta suerte!

Laurencia. —¡Bravo pueblo!

Frondoso. —Bravo y fuerte.

Juez. —¡Esa mujer al momento
en ese potro[3] tened!
Dale esa mancuerda luego.

Laurencia. —Ya está de cólera ciego.

Juez. —Que os he de matar, creed,
en ese potro, villanos.
¿Quién mató al comendador?

Pascuala. —Fuente Ovejuna, señor.

Juez. —¡Dale!

Lope de Vega, *Fuente Ovejuna.*

[1] **melindres:** palabras y gestos excesivamente delicados y afectados. / [2] **queda:** quieta. / [3] **potro:** aparato de madera en el cual sentaban a los procesados para obligarles a declarar por medio de la tortura.

1.ª fase: estudio del texto

ANÁLISIS DEL CONTENIDO

Comprensión

1. Busca en el diccionario el significado de estas palabras: *corcillo (corzo), gama, ballesta, mancuerda.*
2. Responde a las siguientes preguntas sobre el texto:
   - ¿Qué medidas toma el comendador tras irrumpir en la celebración de la boda?
   - ¿Cómo intenta cortejar el comendador a Laurencia? ¿De qué manera reacciona esta? ¿Quién sale en ayuda de la campesina y qué hace para defenderla?
   - ¿A qué personajes tortura el juez y de qué manera lo hace? ¿Consigue que los torturados confiesen?

Contextualización

3. ¿Qué conflicto social queda reflejado en esta obra? ¿Crees que responde a la realidad que se vivía en la época?

Tema y estructura

4. ¿Qué dos temas fundamentales se tratan?
5. ¿Por qué crees que el autor escoge a unos personajes concretos para representar la escena de la tortura? ¿Qué enseñanza pretende transmitir?
6. ¿En qué frase se percibe la unidad del pueblo ante las injusticias cometidas?
7. La obra está dividida en tres actos. ¿Responde a las directrices marcadas por Lope para definir la comedia nacional? Localiza en el texto otros elementos propios del nuevo teatro.
8. La obra termina con la declaración de algunos ciudadanos de Fuente Ovejuna frente a los reyes. ¿Piensas que serán declarados inocentes o culpables?
9. Di qué semejanzas encuentras con una de las obras del mismo autor: *Peribáñez y el comendador de Ocaña.*

ANÁLISIS DE LA FORMA

Estilo

10. ¿Qué forma de la lengua literaria se emplea en la obra?
    — Analiza la métrica del fragmento comprendido entre los versos 8 y 15.
11. Di qué diferencias fundamentales encuentras entre el lenguaje empleado por el comendador y el de los villanos. Justifica tus respuestas con ejemplos del texto.
12. ¿Qué metáfora emplea el comendador al principio del fragmento para adular a Laurencia?

Opinión crítica

13. Explica el tema del honor a partir de la obra de Lope.
    — ¿Por qué crees que era tan importante este sentimiento en la sociedad de la época?
14. Imagina que la acción transcurre en la actualidad:
    — ¿Qué clase de cargo podría tener hoy el comendador?
    — ¿Qué tipo de mujer sería Laurencia?
    — ¿Qué colectivo podría representar el pueblo de Fuente Ovejuna?

2.ª fase: redacción del comentario

INTRODUCCIÓN

- Indica de forma sencilla y directa cuál es la intención del autor (actividad 5).

El autor quiere expresar el abuso de poder del comendador y cómo todo el pueblo de Fuente Ovejuna se une ante esta injusticia.

DESARROLLO

Tema y estructura

- Enlaza el primer párrafo del comentario (introducción) con los temas del fragmento y con el modo como se muestran (actividades 3 a 6).

El tema principal del texto es la importancia del mantenimiento de la honra. Otros subtemas son la resistencia del pueblo ante el comportamiento injusto del comendador y la nobleza de los personajes protagonistas más allá de su condición social.

- Relaciona los temas con la contextualización. Comenta aquello que recrea el texto y relaciónalo con los valores de la época y con otras obras del momento, para entender la pretensión del comendador, cómo reacciona el personaje protagonista y cómo lo hacen los demás labradores; también, el género de la obra (actividades 7 a 9).

Estilo

- Empieza por los recursos lingüísticos (el verso, la rima...). Comenta solo aquellos que el autor use para expresar lo que desea con una intención determinada: el lenguaje de los personajes dependiendo de la clase social (actividades 11 a 13).

Los personajes emplean un lenguaje propio de su condición social, lo cual da realismo a la obra y hace que el público se identifique y...

- Incluye en este momento algún comentario sobre la métrica e indica el tipo de estrofa (actividad 10) y si varía en algún momento en las obras teatrales del Barroco.

A pesar de estar escrito en verso, los diálogos intentan reproducir diferentes formas de expresión. Así, el comendador, de clase noble, se sirve, en ocasiones, de metáforas al hablar.

CONCLUSIÓN

- Justifica si el texto consigue transmitir las emociones y la intención del autor, amoldándose al tiempo en que fue escrito (actividad 13).
- Valora la importancia del texto en la actualidad, si el tema conserva la misma vigencia (actividad 14).
- Para acabar, añade, si lo deseas, tu opinión personal.

Comentario de texto 2

El alcalde de Zalamea

JORNADA PRIMERA

Vanse todos, y quedan el CAPITÁN y el SARGENTO.

Álvaro. —Señor sargento, ¿ha guardado
las boletas para mí,
que me tocan?

Sargento. —Señor, sí.

Álvaro. —Y ¿dónde estoy alojado?

Sargento. —En la casa de un villano,
que el hombre más rico es
del lugar, de quien después
he oído, que es el más vano
hombre del mundo, y que tiene
más pompa y más presunción,
que un infante de León.

Álvaro. —Bien a un villano conviene,
rico aquesa vanidad.

Sargento. —Dicen, que esta es la mejor
casa del lugar, señor;
y si va a decir verdad,
yo la escogí para ti,
no tanto porque lo sea,
como porque en Zalamea
no hay tan bella mujer...

Álvaro. —Di.

Sargento. —como una hija suya.

Álvaro. —Pues
¿por muy hermosa y muy vana
será más que una villana
con malas manos y pies?

Sargento. —¡Que haya en el mundo quien diga
eso!

Álvaro. —¿Pues no, mentecato?

Sargento. —¿Hay más bien gastado rato
(a quien amor no le obliga,
sino ociosidad no más)
que el de una villana, y ver,
que no acierta a responder
a propósito jamás?

Álvaro. —Cosa es que en toda mi vida,
ni aun de paso, me agradó;
porque en no mirando yo
aseada y bien prendida
una mujer, me parece
que no es mujer para mí.

Sargento. —Pues para mí, señor, sí,
cualquiera que se me ofrece.
Vamos allá; que por Dios,
que me pienso entretener
con ella.

Álvaro. —Quieres saber
¿cuál dice bien de los dos?
El que una belleza adora,
dijo, viendo a la que amó,
«Aquella es mi dama»; y no:
«Aquella es mi labradora».
Luego si dama se llama
la que se ama, claro es ya,
que en una villana está
vendido el nombre de dama.
Mas ¿qué ruido es ese?

Sargento. —Un hombre,
que de un flaco rocinante
a la vuelta de esa esquina
se apeó, y en rostro y talle
parece aquel don Quijote
de quien Miguel de Cervantes
escribió las aventuras.

Álvaro. —¡Qué figura tan notable!

Sargento. —Vamos, señor; que ya es hora.

Pedro Calderón de la Barca, *El alcalde de Zalamea*.
Edición Cátedra. Letras Hispánicas.

1.ª fase: estudio del texto

ANÁLISIS DEL CONTENIDO

Comprensión

1. Busca en el diccionario el significado de las siguientes palabras del texto: *boleta, villano, infante, mentecato, prendida, rocinante.*
2. Responde a las siguientes preguntas sobre el texto:
   - ¿Qué dos personajes intervienen en la escena? ¿Cuál es el rango de cada uno de ellos?
   - ¿Cuál es el motivo principal de la conversación que mantienen los personajes?
   - ¿En casa de quién deberá alojarse Álvaro? ¿Por qué motivo le ha sido destinada esa casa en concreto?

Contextualización

3. ¿A qué género pertenece *El alcalde de Zalamea*? ¿Qué forma de expresión emplea, prosa o verso?
4. ¿En qué tipo de comedias se enmarca esta obra dentro de la producción literaria de Calderón de la Barca?
5. ¿En qué espacios se representaban las comedias en la época de Calderón de la Barca? Descríbelos.

Tema y estructura

6. ¿Cómo está organizado el texto?
7. ¿Cuál es el tema fundamental que se trata en este fragmento de *El alcalde de Zalamea*? (Idea principal).
8. ¿A qué estamento social pertenecen los personajes que aparecen en el texto? (Ideas secundarias).
9. ¿En qué se muestran en desacuerdo el sargento y el capitán?
10. ¿Qué valores sociales se ponen de manifiesto en el texto? ¿Y qué valores morales? (Ideas secundarias).

ANÁLISIS DE LA FORMA

Estilo

11. Localiza en el texto alguna frase en que se haya alterado el orden sintáctico habitual.
12. ¿Qué expresión se emplea para expresar que el rico villano es enormemente vanidoso?
13. ¿A qué personaje de la vida real se alude al final del fragmento?

Opinión crítica

14. ¿Cómo son, moralmente, los dos personajes que intervienen en el texto?
15. ¿Cómo debe ser una mujer para que se interese por ella el capitán?, ¿y el sargento? ¿Qué opinión te merecen las afirmaciones que realizan ambos personajes sobre las mujeres?

2.ª fase: redacción del comentario

INTRODUCCIÓN

— Indica, de forma directa y sencilla, cuál es la intención del autor (actividad 2). Por ejemplo:

En este texto, el capitán y el sargento hablan sobre el hospedaje que este último ha seleccionado para el capitán.

— A partir de esta idea (tesis) se desarrolla el comentario y se construye el discurso.

DESARROLLO

— Explica en profundidad el punto anterior. Para ello, debes indicar qué ideas contiene el texto y cómo están ordenadas (tema y estructura), y qué recursos emplea el autor (expresión) para lograr su propósito.

Tema y estructura

— Indica cuál es el tema y cuál es la estructura.

- Expón el tema y los subtemas que se desarrollan en el fragmento narrativo (actividades 6, 7, 8 y 9).
- Relaciona los temas con el momento histórico y las circunstancias en que fue escrita la obra (actividades 3, 4 y 5).

El texto recoge la conversación que mantienen dos militares a propósito de la casa donde habrán de hospedarse. A partir de esa idea, los personajes exponen su concepción de las diferencias sociales, de la riqueza, de la vanidad y del honor y la honra de las mujeres, sobre todo las de las clases sociales más bajas. Esta conversación es importante, pues preanuncia el conflicto de la obra.

Personajes y estilo

— Explica cómo son los personajes que intervienen en la escena.

- Enumera a los personajes, destacando alguno de sus rasgos principales (actividad 2).

El sargento informa al capitán de la casa que le ha destinado como hospedaje: la del más rico habitante de la villa, pues este tiene una hija muy hermosa. Al sargento, este le parece un buen motivo; sin embargo, el capitán desdeña a la muchacha antes de verla, solo por ser labradora.

— Explica cómo logra el autor transmitir su mensaje.

- Utiliza un hipérbaton para presentar a uno de los personajes principales, el villano que hospedará al capitán (actividad 10).
- Mediante una comparación hiperbólica con la nobleza de León, presenta al rico villano como un hombre muy vanidoso (actividad 11).
- Contrasta la opinión del sargento con la del capitán a propósito de las mujeres (actividad 12).
- Comenta la aparición final de Miguel de Cervantes en la escena y la función que cumple (actividad 13).

CONCLUSIÓN

Valora la importancia del texto y si el tema sigue estando de actualidad (actividad 14). Para acabar, añade, si lo deseas, tu opinión personal (actividad 15).

Taller creativo Somos directores de escena

Como hemos visto, en el teatro barroco apenas se disponía de elementos técnicos y los recursos escénicos eran escasos. Hoy en día existen distintas formas de indicar las partes que componen la obra, el espacio en el que se desarrolla la acción, la tensión de la trama, etc.

En este taller tienes que describir los recursos escénicos que van a caracterizar tu obra y que te ayudarán a ambientarla.

1 La puesta en escena

En los corrales de comedias del siglo XVII apenas existían decorados. Los espectadores tenían que imaginarse cómo era el lugar por los comentarios de los actores. Tú sí dispones de todos los elementos necesarios para ambientar tu obra; aprovéchalos y utiliza todos los que necesites.

¿Qué te gustaría que vieran los espectadores cuando se abra el telón: la calle de una ciudad, el salón de una casa, una playa...?

Imagina dónde sucederá tu obra y describe el espacio detalladamente.

¿A qué esperas? ¡Faltan pocos días para el estreno!

En los siguientes enlaces puedes encontrar algunas ideas y soluciones para tu decorado; escoge la que más te guste y descríbelo con todo lujo de detalles para que los técnicos puedan construirlo.

https://links.edebe.com/2447

https://links.edebe.com/t9fs

El efectismo

Los efectos especiales eran muy apreciados por el espectador. Consistían en hacer aparecer y desaparecer a los actores por medio de unas trampillas que tenía el escenario o aprovechando el telón de fondo. Estas apariciones coincidían con ruidos estrepitosos (cadenas, cohetes...) que aumentaban la tensión del público.

2 ¡Se abre el telón!

Ya está todo preparado, se han vendido todas las localidades y el público espera impaciente que comience la obra.

Cuando la función va a empezar, se abre el telón y los espectadores saben que tienen que guardar silencio. En el teatro barroco no había telón y para avisar de que la obra iba a empezar se recitaba una loa, que servía para ganarse al espectador. A veces también se anunciaba un suceso asombroso para **captar la atención** del público.

¿Qué recursos utilizarías para llamar la atención del público e indicar que la obra está a punto de empezar? Realizad, por grupos, una lluvia de ideas con todos los recursos que se os ocurran.

A continuación, escribid, basándoos en las loas del teatro barroco, un breve texto para invitar a los espectadores a disfrutar del espectáculo.

Vocabulario

Loa: discurso o diálogo breve, que se pronunciaba cuando la obra iba a empezar. Hacía la función de prólogo del espectáculo.

El alguacil de comedias

En el Barroco existía el alguacil de comedias, y su cometido era mantener el orden cuando el público se alborotaba porque la función les aburría. Actualmente, estas situaciones no se producen y la función de esta persona ya no es necesaria.

— ¿Sabes qué acciones no se pueden realizar durante una representación?

3 Descanso entre actos

En el siglo XVII se intercalaba un entremés entre los actos de la obra. El primer entremés se recitaba; el segundo combinaba partes habladas y partes cantadas, con música.

Hoy en día las obras de teatro suelen tener una **pausa** hacia la mitad de la representación o ninguna, si la función es breve. La pausa suele durar alrededor de 10 minutos y sirve para que los actores descansen y los espectadores puedan estirar las piernas, ir al baño o tomar algo en la cafetería.

Escribe un breve texto adecuado para este momento de la función. Piensa en un recurso breve, que complemente tu obra o le dé un giro inesperado a la representación, algo que enganche al público lo suficiente para no levantarse de su asiento durante la pausa.

Vocabulario

Entremés: comedia breve, de unos 10 minutos de duración, sobre una acción de la vida cotidiana, en la que siempre acaba triunfando el bien.

4 Se cierra el telón

Tu obra está a punto de acabar. ¿Cómo te gustaría despedirte del público? Este es el mejor momento para expresar tu agradecimiento a los espectadores por haber venido, para presentar a los componentes de la compañía (director, actores, técnicos...), o quizá prefieras despedirte con una fiesta o **mojiganga,** como en el siglo XVII, y que todos los actores acaben cantando y bailando encima del escenario. Atrévete y escribe la letra del texto que quieres que canten o reciten los actores en el escenario para despedir la obra, y da indicaciones sobre el tipo de baile o coreografía con que quieres acompañar esta composición.

Puedes animar a los espectadores a que se sumen a la fiesta.

Pon a prueba tus competencias

Observa y lee el siguiente texto, y contesta a las preguntas que se proponen a continuación:

Español English

AL MA GRO Fundación Festival Internacional de Teatro Clásico

Espacio Técnico | Perfil del Contractante   ALMA GROFF   BARROCO INFANTIL

EDICIÓN 2020 | EL FESTIVAL | VEN AL ALMAGRO | PATROCINADORES | PRENSA | CONTACTO

PROGRAMA
Por espacios
Por fechas
Por espectáculos
Talleres
Exposiciones
Jornadas y cursos
Almagro Off
Barroco infantil
LA 43.ª EDICIÓN EN DATOS
VENTA DE ENTRADAS

PREPARA **TU VISITA**
VEN A ALMAGRO Y VIVE 24 DÍAS DE TEATRO Y ESPECTÁCULOS

PROGRAMA

Consulta en el calendario nuestro programa de eventos para el festival de Almagro.

L	M	X	J	V	S	D
30	01	02	03	04	05	06
07	08	09	10	11	12	13
14	15	16	17	18	19	20
21	22	23	24	25	26	27
28	29	30	31	01	02	03

JUEVES
03

14.º Premio Corral de Comedias a Julia Gutiérrez Caba.
Corral de Comedias, 20:30 h

Arakne Mediterránea: Un viaggio attraverso la storia della tarantella
Dirección: Immaculada Giannuzzi. Italia
Plaza Mayor, 22:15 h

Compañía Nacional de Teatro Clásico: Donde hay agravios no hay celos
Autor: Rojas Zorrilla. **Dirección**: Helena Pimenta.
Versión: Fernando Sansegundo. España
Hospital de San Juan, 22:45 h

www.festivaldealmagro.com.

1. ¿Cuál es la finalidad de esta página?
2. Las obras que se representan en el festival se pueden consultar de diferentes maneras. ¿Cuáles son?
   — ¿Cuál de ellas te resulta más práctica? Justifica tu respuesta.
3. ¿Qué tipo de información crees que podrías encontrar en el apartado «Prepara tu visita»?
4. Busca en el diccionario el término *patrocinador.*
   — ¿A qué crees que se refiere en este contexto?
   — Entra en la página web y averigua de qué forma te puedes convertir en un patrocinador del festival. Justifica por qué razones lo harías y en qué modalidad participarías.
5. ¿Qué tienes que hacer para comprar las entradas? Entra en la página web y compruébalo.
   — ¿Cuántas opciones de venta de entradas te ofrece el programa?; ¿cuál te gusta más? Justifica tu respuesta.
   — ¿Qué condiciones debes cumplir para beneficiarte del 40 % de descuento?
6. ¿En este festival de teatro solo se pueden ver obras españolas del Siglo de Oro?
   — Justifica tu respuesta.
7. Resume brevemente las directrices que expone Lope de Vega en su *Arte nuevo de hacer comedias.*
8. Aplicad en esta actividad la **técnica cooperativa** del *juego de las palabras.*
   — En tu equipo base, construye individualmente una oración a partir de cada una de estas palabras o expresiones clave:

     corral de comedias - honor - Lope de Vega
     La vida es sueño - villano

   — Una vez que las tengas escritas, muéstralas a tus compañeros de equipo para que las pueden corregir, ampliar y modificar, hasta hacerlas de todo el grupo.
   — Finalmente, poned en común cada grupo con el resto de la clase, las ideas confeccionadas a partir de las distintas palabras clave.

9. Lee el siguiente fragmento de la parte final de *Fuente Ovejuna*. Exactamente se trata del momento en el que algunos ciudadanos acuden ante los reyes (Isabel y Fernando) para exponer su caso.

(Salen los dos alcaldes, Frondoso, las mujeres y los villanos que quisieren.)

Laurencia. —¿Aquestos los reyes son?

Frondoso. —Y en Castilla poderosos.

Laurencia. —Por mi fe, que son hermosos:
¡bendígalos san Antón!

Isabel. —¿Los agresores son estos?

Alcalde Esteban. —Fuente Ovejuna, señora,
que humildes llegan agora
para serviros dispuestos.
La sobrada tiranía
y el insufrible rigor
del muerto comendador,
que mil insultos hacía,
fue el autor de tanto daño.
Las haciendas nos robaba
y las doncellas forzaba,
siendo de piedad extraño.

Frondoso. —Tanto, que aquesta zagala
que el cielo me ha concedido,
en que tan dichoso he sido
que nadie en dicha me iguala,
cuando conmigo casó,
aquella noche primera,
mejor que si suya fuera,
a su casa la llevó.
Y a no saberse guardar
ella, que en virtud florece,
ya manifiesto parece
lo que pudiera pasar. [...]

Rey. —Pues no puede averiguarse
el suceso por escrito,
aunque fue grave el delito,
por fuerza ha de perdonarse.
Y la villa es bien se quede
en mí, pues de mí se vale,
hasta ver si acaso sale
comendador que la herede.

— Realiza el análisis métrico de los ocho primeros versos (del verso 17 al 24) de la intervención de Frondoso.

— Resume el argumento de la obra y relaciónalo con las características del teatro de Lope.

Síntesis

BARROCO (siglo XVII)

El Barroco se desarrolló en el siglo XVII, y junto con el Renacimiento, forma parte de lo que se denomina **Siglo de Oro.**

La literatura barroca, como producto de una realidad en crisis, mostraba una **visión amarga** y **pesimista.**

El teatro barroco

El género **dramático** alcanzó su máximo esplendor en el Barroco. Las representaciones se llevaban a cabo en los **corrales de comedia.**

Lope de Vega (1562-1635)

Creador de la **comedia nacional,** un nuevo género dramático que rompe con el teatro clásico. En su obra *Arte nuevo de hacer comedias en este tiempo* definió sus características: entre otras, que había que **dar gusto al público** de cualquier condición social.

Calderón de la Barca (1600-1681)

Continuador del teatro de Lope de Vega en sus inicios, desarrolló otras fórmulas teatrales: la **comedia de capa y espada** o de intriga, los **autos sacramentales** y los **dramas filosóficos y morales.** Sus personajes son más elaborados que los de Lope de Vega y su comportamiento responde a la necesidad del autor de transmitir las ideas barrocas. Calderón daba más importancia a la tramoya y escenografía.

Escápate de la unidad con la PRUEBA FINAL

10 La lírica del Barroco

Contenidos

- **LECTURA**
  Interpretando a Quevedo
- **COMUNICACIÓN ORAL**
  El reportaje audiovisual
- **EDUCACIÓN LITERARIA**
  La lírica del Barroco
  1. Los grandes poetas del Barroco
  2. La renovación de la lírica popular
  3. Comentario de texto:
     - «Soneto XXIII» y «Mientras por competir con tu cabello»
     - «Hombres necios que acusáis»

Y además...

Taller creativo
Batalla de rap

Edwaert Collier, *Vanitas con libros, manuscritos y una calavera* (1663).

¡Mira el vídeo!

Si fueras reportero, ¿a qué artista le dedicarías un reportaje?

¿Qué prefieres: la belleza del lenguaje o el lenguaje ingenioso?

¿Has escuchado alguna vez la expresión «poderoso caballero es don Dinero»?

Escucha la **ENTREVISTA**

Interpretando a Quevedo

Antes de leer la siguiente entrevista, que habla sobre la obra *Sueños*, donde el actor Juan Echanove interpreta al poeta Quevedo, escucha la opinión de alguien que ya la ha leído.

Juan Echanove se reencuentra con Francisco de Quevedo en la obra *Sueños,* producida por la Compañía Nacional de Teatro Clásico. Bajo la dirección de Gerardo Vera, el actor madrileño encarna los últimos años del autor de Siglo de Oro, que analiza la sociedad de su época al tiempo que se debate entre la vida y la muerte.

¿Con qué soñaba Quevedo?

Yo creo que Quevedo soñaba con una España más ordenada y justa, en donde la Inquisición y el despotismo de los reyes no campara a sus anchas, y donde hubiera muchísima más igualdad y justicia social entre los pobres ciudadanos que sufrían todo esto. A la vez, era un hombre que soñaba con un amor correspondido, y nunca lo tuvo; eso influyó mucho en su vida.

campar: moverse con total libertad.

¿Cuáles eran las pesadillas de su época, esas que retrató en *Sueños y discursos de verdades descubridoras de abusos, vicios y engaños en todos los oficios y estados del mundo*?

Cosas que nos van a resultar bastante familiares. Poderosos y gobernantes que utilizaban los caudales públicos para su propio beneficio, gestiones dentro de los departamentos de Indias y de Centroeuropa que estaban dando al traste con un imperio caduco y en vías de descomposición, una pobreza extrema que hacía que mucha gente tuviera que vivir en total desahucio y carentes de sanidad e higiene, y donde para sobrevivir tenían que defender su vida a golpe de espada. Sobre todo, la supresión absoluta de libertad de pensamiento y las condenas durísimas a las que sometía la Inquisición para hacer valer el imperio de la fe.

caudales: bienes y dinero.

caduco: anticuado.

desahucio: desamparo, abandono.

¿Cómo es *Sueños*, la versión del texto de José Luis Collado que llevan de gira estos días?

Yo creo que el gran acierto de Collado y de Gerardo Vera como director y también interviniente en la adaptación del texto ha sido establecer tres canales de comunicación con el público desde el escenario. El primero son los propios sueños, esa descripción fantástica de las distintas puertas de acceso al infierno, la ironía que se desprende de ese infierno de hielo. Luego, la precisión de describir cómo era la putrefacción de aquel mundo barroco; y otro de los canales es la propia biografía de Quevedo, sobre todo de los últimos momentos, cuando ya cansado, viejo y dolorido se enfrenta con el poder, su ingreso en prisión y su propia muerte. Eso es lo que provoca una conmoción en el espectador, cómo el decir verdades como puños recibe como recompensa el dolor y la muerte. [...]

***Sueños* es la segunda ocasión en la que interpreta a Francisco de Quevedo, tras la película *Alatriste*. ¿Ya le lee el pensamiento?**

He leído con avidez y con gusto toda la obra de Quevedo, y mucha de ella he tenido que aprenderla. Sobre todo la gran obra poética, que alberga los más bonitos poemas de amor de la lengua castellana. Y el Quevedo de *Alatriste*, que era un Quevedo juvenil, pendenciero, borracho, jugador, atenazado por el dolor desde que nace... [...]. La mayor complejidad la tiene el Quevedo de ahora, porque engloba a todos. Con Quevedo nací, con *Alatriste* encontré y con *Sueños* lo estoy desenvolviendo todo. Todo lo que he leído durante esos años es sobre lo que se erige este personaje, el que más satisfacciones me ha dado.

¿Y qué pensaría don Francisco mañana, viéndose actuar en Córdoba, la ciudad de su «querido» Góngora?

Bueno, bueno, bueno, sin duda alguna don Francisco no dejaría pasar ni un solo detalle para ironizar sobre Gongorilla. El enfrentamiento entre Quevedo y Luis de Góngora fue tan brutal, descarnado... Se fundamentaba en que, para Quevedo, Góngora era un meapilas y, para Góngora, Quevedo era un borracho. Además, para Quevedo, Góngora era un cursi escribiendo y, para Góngora, Quevedo era un zafio, un rastrero, una especie de despojo [...]. Era peor mentarle a Quevedo a Góngora que a su madre, pero todo se hacía a través de justas poéticas, para cada uno demostrar su valía por encima del otro. Los partidarios de uno y de otro se peleaban en las tabernas.

descarnado: encarnizado.

Elena Jorreto, *Cooltura.*

Actividades

Obtención de información

1. Completa esta información sobre la obra de teatro *Sueños:*

Dirección de	Protagonista: *Francisco de Quevedo*
Producción de	Adaptación de ....
Actor principal:	Tema de la obra: ....

2. Señala cuáles de los siguientes problemas de la sociedad en la que vivió Quevedo menciona Juan Echanove en la entrevista:

   a) La pobreza extrema
   b) El miedo a condenarse al infierno
   c) La alta tasa de mortalidad infantil
   d) La falta de sanidad e higiene
   e) La desigualdad entre ricos y pobres
   f) La corrupción
   g) La falta de libertad de pensamiento
   h) El enfrentamiento entre Góngora y Quevedo

3. Escribe cuáles eran los sueños del escritor Quevedo según el actor Juan Echanove.

4. Responde a estas preguntas:
   - ¿Cuántas veces ha interpretado Juan Echanove a Quevedo?
   - ¿En qué obra y/o película?
   - ¿Qué diferencias ve Echanove entre el Quevedo joven y el Quevedo maduro?

5. En la época de Quevedo la Inquisición tenía mucho poder. Localiza en la entrevista las referencias a esta institución e indica a qué se dedicaba.

Interpretación

6. Indica qué significan las siguientes expresiones que aparecen en la entrevista:
   - leer el pensamiento
   - dar al traste
   - verdades como puños

7. Echanove se refiere al escritor Luis de Góngora como «Gongorilla».

   — ¿Qué significado le otorga el diminutivo al apellido?

8. ¿Cuál es la finalidad de esta entrevista?

Reflexión

9. A partir de la información de la entrevista, ¿cómo describirías la relación entre los escritores Luis de Góngora y Francisco de Quevedo? Justifica tu respuesta.

10. Se enfrentaban a través de «justas poéticas», mientras que sus partidarios se «peleaban en las tabernas». ¿Crees que algo semejante podría suceder en la actualidad?

Expresión

11. En 1639, a la edad de 61 años, Quevedo fue encarcelado, y pasó tres años encerrado en el convento de San Marcos (León). Las causas son poco claras, pero se dice que fue por decir «verdades como puños» y enfrentarse al poder.

    — Escribe un texto explicando cómo debe de ser la vida de un hombre injustamente encarcelado en una celda y cómo esta situación puede afectar a toda su persona.

    — Ten en cuenta que Quevedo murió un año después de ser puesto en libertad.

El reportaje audiovisual

El **reportaje audiovisual** tiene como objetivo **contar** unos hechos de interés a través de la imagen y el sonido. En ocasiones, se acompañan de **entrevistas** a personas relacionadas con el tema. Una entrevista es una conversación entre dos o más personas en la que el entrevistador o entrevistadora plantea preguntas a la o las personas entrevistadas.

¿Crear un grupo de teatro? Escucha el **reportaje.**

Actividades

Escucha

1. **Contesta a las siguientes preguntas sobre el reportaje que ha elaborado la productora La Mosca Azul.**
   - ¿Quiénes han sido los creadores del grupo de teatro en el IES Rosa Parks?
   - ¿Cuál es su objetivo principal?
   - ¿Qué características tienen los chicos y chicas que participan?
   - ¿Sobre qué temas versan sus obras?
   - ¿Quién escribe los textos que después se representan?

2. **Indica cuáles de las siguientes afirmaciones son verdaderas (V) y cuáles son falsas (F). Justifica tu respuesta.**

	V	F
Gran parte del alumnado se quedó sin plaza en el grupo de teatro.		
El equipo directivo del centro no estuvo de acuerdo con esta iniciativa.		
La relación entre todos los miembros del grupo es muy buena.		

3. **Señala cuáles de estas características has detectado en el reportaje:**
   - El lenguaje es sencillo y comprensible.
   - El periodista tiene buena entonación y dicción.
   - La estructura es muy clara: tiene introducción, nudo y desenlace.
   - Incluye una entrevista que refuerza la información que se está presentando.

Habla

4. **Imaginad que trabajáis para una empresa productora de reportajes y estáis elaborando uno sobre la última película del actor o actriz que el año pasado recibió el Premio Goya al mejor actor o actriz revelación.**

   — En parejas, representad la entrevista. Para ello, repartíos los roles de periodista y entrevistado y seguid estas indicaciones:

Periodista

- Prepara un guion con las **preguntas:** la obra, vocación de actor, su modo de ensayar y actuar, en qué se inspira y otras curiosidades.
- Antes de empezar a preguntar, saluda, di quién eres y justifica la **finalidad** de la entrevista.
- Formula alguna pregunta **improvisada** a partir de las respuestas de tu interlocutor.

Actor/actriz

- Busca **información** sobre la carrera profesional y la faceta personal del personaje. Puedes inventar al personaje.
- Muestra **seguridad** en tus respuestas y no vaciles al contestar.
- Cuida el lenguaje **verbal** y el **no verbal.** Cuida los gestos.
- Despídete y expresa tu **agradecimiento** por la entrevista.

   — Grabad la entrevista en vídeo o con una grabadora y compartidla con el resto de la clase.

Para realizar una entrevista...

Seguid estas **recomendaciones:**

- Respetad el **turno de palabra:** no interrumpáis a vuestro interlocutor o interlocutora.
- Si eres el entrevistador o entrevistadora, manifiesta **interés** por lo que contesta la persona a la que entrevistas.
- No formuléis preguntas demasiado largas ni os extendáis demasiado en las respuestas.
- **Sentaos** uno frente al otro, para que ambos interlocutores podáis veros las caras.

William Shakespeare (1564-1616)

Además de dramaturgo, fue uno de los autores más importantes de la poesía barroca europea. Su primer éxito como poeta lo logra con la publicación en 1593 de *Venus y Adonis*, poema narrativo de tema mitológico. Pero es la colección de sonetos de temática amorosa lo que le sitúa entre los más grandes poetas de su época.

Puedes leer algunas de sus composiciones poéticas en el siguiente enlace:

https://links.edebe.com/si3i85

La lírica del Barroco

Los poetas del siglo XVII buscan la **genialidad** por medio de unos **textos más complicados** y **brillantes,** que exigen el **esfuerzo intelectual** de los lectores y despiertan su admiración. Esta genialidad se concreta en dos tendencias líricas: una culta y una popular.

— **Lírica culta.** Se emplea un lenguaje literario **complicado,** de **metáfora difícil.** Dentro de esta vertiente se distinguen dos corrientes literarias: el **culteranismo** y el **conceptismo,** en las que destacan **Góngora** y **Quevedo,** respectivamente.

— **Lírica popular.** Se caracteriza por la **sencillez** del lenguaje y la **claridad** formal. Esta corriente incluye villancicos y letrillas, que glosan canciones de la lírica tradicional; o romances, que imitan el estilo y los temas tradicionales. Lope de Vega recreó y elaboró las composiciones de la lírica tradicional que circulaban entre el pueblo.

La realidad se concibe como **inestable** y **cambiante;** por ello, se tiende a los extremos: se idealiza la realidad y se crea otro tipo de belleza, o se la ridiculiza con la burla y la sátira.

Los **temas** más representativos de la lírica barroca se heredan del Renacimiento, pero adquieren la visión pesimista propia de la época.

EL AMOR

Se concibe como una experiencia engañosa por el **contraste** entre la **dicha** y el **dolor** que comporta el sentimiento amoroso. Góngora advierte en estos versos de los peligros del amor:

La dulce boca que a gustar convida
un humor entre perlas destilado [...],
amantes, no toquéis si queréis vida;
porque entre un labio y otro colorado
Amor está, de su veneno armado,
cual entre flor y flor sierpe escondida.

DESENGAÑO Y VISIÓN PESIMISTA

Se introducen temas morales y filosóficos como la **visión pesimista** y la **fugacidad** de la vida. En los siguientes versos, Quevedo alude a la debilidad y a la fragilidad de la existencia.

¡Oh condición mortal! ¡Oh dura suerte!
¡Que no puedo querer vivir mañana,
sin la pensión de procurar mi muerte!

Cualquier instante de la vida humana
es nueva ejecución, con que me advierte
cuán frágil es, cuán mísera, cuán vana.

LA MITOLOGÍA

Se recrean escenas del mundo mitológico de la **Antigüedad grecorromana.** Esta visión a veces se presenta de forma ridícula y burlesca, como en estos versos de Francisco de Quevedo, en los que se parodia el mito de Apolo y Dafne:

Bermejazo platero de las *cumbres*[1],
a cuya luz se espulga la *canalla*[2],
la ninfa Dafne, que se *afufa*[3] y calla,
si la quieres gozar, paga y no alumbres.

[1]**cumbres:** se refiere al dios Sol de forma despectiva. / [2]**canalla:** gente baja y de mala condición. / [3]**afufar:** (coloquial) huir.

LA CRÍTICA SOCIAL

Los poemas reflejan la realidad social y política de la época desde una visión **crítica** y **burlesca.** En estos versos, Quevedo critica el poder del dinero al que todos aspiran y el rechazo de la pobreza:

¿Quién hace de piedras pan,
sin ser el Dios verdadero?
El Dinero. [...]
¿Quién hace que al hombre aqueje
el desprecio y la tristeza?
La pobreza.

Actividades

1. Lee estos dos textos y realiza las actividades propuestas:

A

Dígame quién lo sabe: ¿cómo es hecha
la red de Amor, que tanta gente prende?
¿Y cómo, habiendo tanto que la tiende,
no está del tiempo ya rota o deshecha?

¿Y cómo es hecho el arco que Amor flecha,
pues hierro ni valor se le defiende?
¿Y cómo o dónde halla, o quién le vende,
de plomo, plata y oro tanta flecha?

Y si dicen que es niño, ¿cómo viene
a vencer los gigantes? Y si es ciego,
¿cómo toma al tirar cierta la mira?

Y si, como se escribe, siempre tiene
en una mano el arco, en otra el fuego,
¿cómo tiende la red y cómo tira?

Hernando de Acuña, «Soneto sobre la red de amor».
Biblioteca Virtual Cervantes.

B

En los claustros del alma la herida
yace callada; mas consume hambrienta
la vida, que en mis venas alimenta
llama por las medulas extendida.

Bebe el ardor hidrópica mi vida,
que ya, ceniza amante y macilenta,
cadáver del incendio hermoso, ostenta
su luz en humo y noche fallecida.

La gente esquivo y me es horror el día;
dilato en largas voces negro llanto
que a sordo mar mi ardiente pena envía.

A los suspiros di la voz del canto;
la confusión inunda el alma mía;
mi corazón es reino del espanto.

Francisco de Quevedo, «En los claustros del alma la herida», en *Poesía varia*. Cátedra.

— Completa en tu cuaderno una tabla con la siguiente información:

	A	B
Tema		
Lenguaje		
Recursos		
Período literario		

— A partir de la información anterior, justifica qué poema pertenece al Renacimiento, y cuál, al Barroco.

2. Lee los siguientes fragmentos de poemas barrocos e identifica los temas de cada uno:

A

Tras vos un Alquimista va corriendo,
Dafne, que llaman Sol, ¿y vos tan cruda?
Vos os volvéis murciélago sin duda,
pues vais del Sol y de la luz huyendo.

Francisco de Quevedo, «A Dafne, huyendo de Apolo», en *Poesía varia*. Cátedra.

B

Alma a quien todo un dios prisión ha sido,
venas que humor a tanto fuego han dado,
medulas que han gloriosamente ardido,
su cuerpo dejará, no su cuidado;
serán ceniza, mas tendrá sentido;
polvo serán, mas polvo enamorado.

Francisco de Quevedo, «Amor constante más allá de la muerte», en *Poesía varia*. Cátedra.

C

Vivir es caminar breve jornada,
y muerte viva es, *Lico*[1], nuestra vida,
ayer al frágil cuerpo amanecida,
cada instante en el cuerpo sepultada. [...]

Como el que divertido el mar navega,
y sin moverse vuela con el viento,
y antes que piense en acercarse, llega.

Francisco de Quevedo, *Poesía varia*. Cátedra.

[1] **Lico:** nombre del destinatario del poema.

3. Construye tu primera antología de poemas barrocos y preséntala al resto del grupo. Incluye, al menos, una composición de estos poetas: Luis de Góngora, Francisco de Quevedo y Lope de Vega.

— Elige un poema que responda a cada uno de los temas característicos del Barroco.

— Puedes empezar consultando el siguiente enlace:

https://links.edebe.com/ti3

— Compartid vuestra selección con el resto de la clase y explicad por qué habéis elegido esos poemas.

4. Observa de nuevo los temas más representativos de la lírica barroca y llévalos a nuestros días.

— Piensa en las series y programas de televisión actuales que tratan sobre los mismos temas: amor, crítica social…

— Realiza una tabla en la que estos temas se pongan en relación con el programa de televisión y la serie actuales.

— Justifica tu elección en cada caso.

Luis de Góngora (1561-1627)

Tuvo fama de seco y orgulloso, pero también destacó por su inteligencia y su profunda sensibilidad, siempre en busca de la belleza y la perfección.

Mantuvo una fuerte pugna con poetas de su tiempo, como Quevedo, en defensa de la tendencia literaria que él representaba: el culteranismo.

Murió en Córdoba de una apoplejía, tras haber perdido la memoria, y totalmente arruinado.

Lee más poemas
¡y consigue descifrarlos!

Los grandes poetas del Barroco

Luis de Góngora y **Francisco de Quevedo** son los poetas más representativos del Barroco. Ambos se caracterizan por el empleo de un lenguaje difícil, con abundantes recursos literarios, para escribir una poesía complicada de gran agudeza verbal y conceptual.

Luis de Góngora, poeta culteranista

Fue el mayor representante del **culteranismo,** corriente basada en el empleo de **artificios formales** con el objetivo de buscar la oscuridad y la dificultad. Góngora escribe una poesía complicada, inteligible solo para un público culto e inteligente.

Vamos a ver en el siguiente poema algunos de los **rasgos** más característicos de su **poesía.** Pertenece a la obra cumbre de Góngora, **«Fábula de Polifemo y Galatea».** En ella evoca la leyenda del cíclope Polifemo, enamorado de la ninfa Galatea. Al sentirse rechazado, lanza una piedra contra el amante de Galatea, Acis, que queda convertido en un manantial. En este fragmento describe la cueva en la que vive Polifemo:

De este, pues, formidable de la tierra
bostezo, el melancólico vacío
a Polifemo, horror de aquella sierra,
bárbara choza es, albergue **umbrío**[1],
y redil[2] espacioso donde encierra
cuanto las cumbres ásperas, cabrío,
de los montes esconde: copia bella
que un silbo[3] junta y un peñasco sella.

[1] **umbrío:** lugar donde da poco el sol.
[2] **redil:** paraje para recoger el ganado.
[3] **silbo:** sonido agudo para llamar a las ovejas.

Frecuentes alusiones a la mitología.

Abundantes cultismos: *redil, silbo.*

Complicación formal. Hipérbaton o alteración del orden lógico de la frase *(formidable bostezo de la tierra).*

Metáforas complicadas para referirse a una cueva o gruta.

Recursos dirigidos a los sentidos (tacto): *ásperas.*

Góngora emplea un **lenguaje oscuro,** alejado de la realidad. Los objetos pocas veces se nombran directamente, sino que se alude a ellos por sus elementos más característicos o se describen asociados a otros objetos.

Actividades

5. **Lee el poema y realiza las actividades que tienes a continuación:**

La dulce boca que a gustar convida
un humor entre perlas destilado,
y a no envidiar aquel licor sagrado
que a Júpiter ministra el garzón de Ida,

amantes no toquéis si queréis vida;
porque entre un labio y otro colorado
Amor está, de su veneno armado,
cual entre flor y flor sierpe escondida.

No os engañen las rosas que a la Aurora
diréis que, aljofaradas y olorosas,
se le cayeron del purpúreo seno;

manzanas son de Tántalo y no rosas,
que después huyen del que incitan ahora,
y solo del Amor queda el veneno.

Luis de Góngora, *Antología poética*. Austral.

— Busca en el diccionario el significado que tienen en el texto estas palabras: *humor, garzón, sierpe, aljofaradas.*

— Localiza las referencias mitológicas que aparecen en el poema y busca su significado en Internet.

— ¿Cuál es el tema del poema? Indica el contenido de cada estrofa.

— El poema de Góngora presenta un contraste entre el deseo y el sufrimiento. ¿En qué versos se encuentra esta idea?

— ¿A quién se dirige el poeta?

— ¿Por qué crees que la palabra *Amor* aparece en mayúscula? ¿Qué nombre recibe este recurso?

— Identifica en el poema algunos rasgos propios de la lírica barroca.

— ¿Crees que se trata de un poema optimista? Formad grupos y debatid esta idea con los compañeros.

Obra poética

La producción poética de Góngora está formada por una vertiente **popular** y otra **culta.** Pertenecientes a esta última, sus grandes poemas llegan a transgredir el decoro y la convención literaria del momento.

— **Poemas populares,** compuestos en versos de arte menor (romances y letrillas). Tienen una gran difusión debido a su aparente **sencillez** formal, aunque realmente emplean recursos retóricos similares a los de los poemas extensos, si bien quedan disimulados por la brevedad del metro.

— **Poemas cultos,** de gran complejidad formal, dirigidos a una minoría letrada. Esta parte de su producción está constituida por:

- **Sonetos** amorosos, mitológicos, satíricos y burlescos, religiosos y de reflexión moral. En ellos se trata principalmente la muerte y el desengaño de la vida.
- La **«Fábula de Polifemo y Galatea»,** escrita en octavas reales. Mediante el juego de opuestos propio del Barroco, evoca el amor de la bella ninfa Galatea y el celoso cíclope Polifemo.
- **«Soledades».** Está escrita en silvas y hace referencia a las cuatro edades simbólicas del ser humano, aunque el autor solo escribe dos de ellas. Lee a continuación la siguiente estrofa:

Versos heptasílabos

Versos endecasílabos

Del Océano, pues, antes sorbido,
y luego vomitado
no lejos de un escollo coronado
de secos juncos, de calientes plumas,
alga todo y espumas,
halló hospitalidad donde halló nido
de Júpiter el ave.

Hipérbaton

Referencia mitológica

Odiseo en la cueva de Polifemo, de Jacob Jordaen. En la mitología griega los cíclopes eran gigantes barbudos con un solo ojo en medio de la frente.

Explicación de Dámaso Alonso

Habiendo sido primero tragado por el mar, y luego devuelto por el oleaje a la costa, fue a salir a la orilla, no lejos de donde se levanta un escollo, coronado de nidos de águila, hechos de juncos secos y de abrigadas plumas. Y así nuestro náufrago, que salía de la mar cubierto de espumas y de algas, halló hospitalidad entre las mismas altas rocas en que anidan las águilas, aves dedicadas a Júpiter.

Actividades

6. A partir de estos versos, responde a las preguntas:

¡Que se nos va la Pascua, mozas,
que se nos va la Pascua!

Por eso, mozuelas locas,
antes que la edad avara
el rubio cabello de oro
convierta en luciente plata,
quered cuando sois queridas,
amad cuando sois amadas,
mirad, bobas, que detrás
se pinta la ocasión calva.

¡Que se nos va la Pascua, mozas,
que se nos va la Pascua!

— ¿Cuál es el significado de «la Pascua»? ¿Por qué crees que el poeta utiliza esta metáfora?

— ¿A quién se dirige el poeta?

— ¿A qué tópico renacentista alude el poema?

— ¿Pertenece a la producción culta o popular?

7. Lee los siguientes versos y realiza las actividades que se plantean:

Un monte era de miembros eminente
este que, de Neptuno hijo fiero,
de un ojo ilustra el *orbe*[1] de su frente,
émulo[2] casi del mayor lucero;
cíclope, a quien el pino más valiente,
bastón, le obedecía, tan *ligero*[3],
y al grave peso junco tan delgado,
que un día era bastón y otro *cayado*[4].

Luis de Góngora, «Fábula de Polifemo y Galatea». Cátedra.

[1] **orbe:** mundo. / [2] **émulo:** competidor. / [3] **ligero:** ágil, veloz. / [4] **cayado:** bastón.

— ¿El texto describe un lugar o una persona? ¿Qué sustantivo lo especifica?

— ¿Aquello de lo que habla el poema es grande o pequeño?

— ¿Crees que los versos cumplen las características del culteranismo? Justifica tu respuesta con el uso de algunas figuras retóricas que se emplean.

Francisco de Quevedo (1580-1645)

Quevedo fue un hombre de gran cultura e ingenio, delicado y cruel, expresivo y preocupado por los acontecimientos de su tiempo. Su enemistad con Góngora y otros personajes coetáneos fue motivo de inspiración de muchas de sus composiciones satíricas.

Francisco de Quevedo y el conceptismo

Fue el máximo representante del **conceptismo,** movimiento en el que el ingenio del poeta se manifiesta en el contenido, es decir, en el **significado** y el **doble sentido de las palabras.** Más que la belleza formal, lo que importa es **sugerir** y **asociar ideas** con el máximo ingenio.

Vamos a ver algunos de los rasgos más característicos de su poesía en el siguiente poema, donde emplea el recurso de la **hipérbole** para burlarse y exagerar las cualidades de un hombre narigudo (refiriéndose a Góngora).

estructura paralelística

Érase un hombre a una nariz pegado,
érase una nariz superlativa,
érase una nariz sayón y escriba,
érase un *peje*[1] espada muy barbado.
Era un reloj de sol mal encarado,
érase una *alquitara*[2] pensativa,
érase un elefante boca arriba,
era Ovidio Nasón más narizado.
Érase un espolón de una galera,
érase una pirámide de *Egito*[3],
las *doce tribus*[4] de narices era;
érase un naricísimo infinito,
frisón[5] archinariz, *caratulera*[6],
sabañón[7] garrafal, morado y frito.

hipérboles

palabras nuevas

[1] **peje:** pez. / [2] **alquitara:** alambique con una parte alargada y enroscada. / [3] **Egito:** Egipto. / [4] **doce tribus:** tribus de ascendencia judía. / [5] **frisón:** grande (como los caballos de Frisia). / [6] **caratulera:** máscara teatral que exageraba los rasgos, en especial la nariz. / [7] **sabañón:** hinchazón de la piel a causa del frío.

Una **lucha estética** como las «batallas de gallos» del siglo XVI

Los recursos más utilizados son:

— **Hipérboles.** Todo el poema es una exageración de los rasgos físicos de la persona que describe: *Érase un hombre a una nariz pegado.*

— **Estructura paralelística.** Repetición de la misma estructura que insiste en el significado y lo suma verso a verso: *Érase..., érase...*

— **Dilogías** o **juegos de palabras.** Se emplean términos con más de un sentido o se juega con su significado: *Ovidio Nasón más narizado* (juega con el nombre del poeta y con el tamaño de su nariz).

— **Creación de palabras.** Se crean palabras nuevas, en este caso usando la terminación superlativa del adjetivo en un sustantivo: *archinariz.*

Observa en la siguiente tabla la diferencia entre los rasgos del culteranismo (Góngora) y los del conceptismo (Quevedo):

CULTERANISMO

- La **forma** prevalece sobre el contenido.
- Períodos sintácticos extensos.
- Numerosos cultismos (de ahí el nombre de la corriente).
- **Abundancia de recursos:** metáforas, hipérbatos, perífrasis e hipérboles.
- Referencias **mitológicas.**

CONCEPTISMO

- El **contenido** prevalece sobre la forma.
- Concisión en la sintaxis, con frecuentes elipsis, sobre todo de verbos.
- Las expresiones se condensan para decir lo máximo en el menor número de palabras: uso de sustantivos polisémicos.
- Figuras retóricas basadas en el **significado de las palabras:** antítesis, paradojas, ironía, hipérboles.

Obra poética

La obra poética de Francisco de Quevedo puede clasificarse en tres grupos, según el tema.

1 Poesía de **tema amoroso.** En algunos poemas se expresa un concepto del **amor idealizado** o que pervive más allá de la muerte: el amor es el único que puede vencerla. Pero en otros, más cercanos a la concepción barroca, el amor es entendido como una inútil esperanza, un sentimiento contradictorio, frustrado y doloroso...

→

Es hielo abrasador, es fuego helado,
es herida que duele y no se siente,
es un soñado bien, un mal presente,
es un breve descanso muy cansado.

2 Poesía de **tema satírico-burlesco.** En ella se hace una **crítica** burlesca de profesiones y costumbres, así como de instituciones políticas. Tampoco se libran sus enemigos literarios.

En una serie de poemas se muestra el enfrentamiento de Quevedo con los cultistas o **culteranos,** entre los que se encuentran Góngora y sus seguidores. En este fragmento, el autor proporciona un listado de palabras (*esta cartilla*) para los poetas que quieren escribir de forma complicada y hacerse incomprensibles (*babilones*).

→

Quien quisiere ser culto en solo un día,
la jeri (aprenderá) gonza siguiente:
fulgores, arrogar, joven, presiente,
candor, construye, métrica armonía;
[...]

Que ya toda Castilla,
con sola esta cartilla,
se abrasa de poetas babilones,
escribiendo sonetos confusiones;
y en la Mancha, pastores y gañanes
atestadas de ajos las barrigas,
hacen ya cultedades como migas.

3 Poesía de **tema filosófico** y **moral** en la que trata la **fugacidad** de la vida, el **inexorable** paso del **tiempo,** el **destino** del ser humano, la angustia ante la muerte y la **decadencia.**

→

Miré los muros de la patria mía,
si un tiempo fuertes, ya desmoronados,
de la carrera de la edad cansados,
por quien caduca ya su valentía. [...]

Entré en mi casa; vi que, amancillada,
de anciana habitación era despojos;
mi báculo más corvo y menos fuerte;
[...]

Actividades

8. **Lee este fragmento de un poema de Quevedo y responde a las preguntas:**

Madre, yo al oro me humillo,
él es mi amante y mi amado,
pues de puro enamorado
de continuo[1] anda amarillo;
que pues, *doblón*[2] o *sencillo*[3],
hace todo cuanto quiero,
poderoso caballero
es don Dinero.

Nace en las Indias honrado
donde el mundo le acompaña;
viene a morir en España
y es en Génova enterrado;
y pues quien le trae al lado
es hermoso aunque sea *fiero*[4],
poderoso caballero
es don Dinero.

[1] **de continuo:** continuamente. / [2] **doblón:** nombre de la moneda. / [3] **sencillo:** moneda de menor valor que el doblón. / [4] **fiero:** que da miedo.

— Explica el tema del poema y relaciónalo con los de la poesía barroca.

— ¿A qué estamentos o grupos sociales crees que critica el autor? Relaciona esta crítica con el pensamiento barroco.

— ¿Cómo se llaman los versos finales de cada estrofa? ¿Qué efecto producen?

— ¿Crees que el tema del poema puede trasladarse a la actualidad? Justifica tu respuesta.

9. **En el poema «Érase un hombre a una nariz pegado», Quevedo emplea diferentes metáforas para describir la nariz de Góngora. Analiza la que se refiere a las pirámides de Egipto y completa una tabla como esta:**

PIRÁMIDE DE EGIPTO	NARIZ DE GÓNGORA
....	....

— ¿Cuáles son las características más destacadas de ambos elementos? ¿Qué similitudes guardan?

— ¿Qué diferencia ambos elementos? ¿Cuál es el objetivo del autor al establecer esta analogía?

La renovación de la lírica popular

En la producción poética de Góngora y de Quevedo, la lírica culta convive con la popular. En ella se incluyen **villancicos** y **letrillas** que glosan canciones de la lírica tradicional castellana, o romances que imitan el estilo y los temas de los romances populares. Estas composiciones se caracterizan por la **claridad** en la expresión y la **sencillez** en el lenguaje, ya que van dirigidas al público en general.

Formas métricas tradicionales

Entre las formas métricas tradicionales utilizadas en el Barroco, encontramos las siguientes:

- **Romance:** número indeterminado de versos octosílabos con rima asonante en los pares.
- **Romancillo:** romance compuesto por versos de menos de siete sílabas.
- **Letrilla:** composición de versos octosílabos o hexasílabos, con un estribillo que se repite al final de cada estrofa, y de tema generalmente burlesco o satírico.
- **Seguidilla:** estrofa de cuatro versos (los impares, heptasílabos y los pares, pentasílabos) con rima asonante.
- **Villancico:** formado por un estribillo de dos, tres o cuatro versos; una mudanza, que puede ser de una redondilla o de cuarteta: y versos de vuelta que riman con el último verso de la mudanza y con el estribillo.

La obra poética de Lope de Vega

Aunque Lope de Vega es conocido principalmente por su obra dramática, también escribió multitud de poemas, tanto en su vertiente culta como en la popular. Mediante su poesía **refleja** su **experiencia vital:** sus amores, sus desgracias familiares y sus crisis religiosas.

Lope recoge composiciones de la **lírica tradicional** castellana que circulan entre el pueblo con múltiples variantes, las recrea y las elabora para devolvérselas enriquecidas.

Las formas que mejor utilizó fueron el **romance,** el **villancico** y la **seguidilla.** Muchas de estas composiciones se encuentran intercaladas en su teatro.

Blanca me era yo
cuando entré en la siega;
diome el sol y ya soy morena.
Blanca solía yo ser
antes que a segar viniese;
mas no quiso el sol que fuese
blanco el fuego en mi poder.

Mi edad al amanecer
era lustrosa azucena;
diome el sol y ya soy morena.

Lope de Vega, «Cantar de siega», en *Poesía*. Libertarias Prodhufi.

La obra poética de sor Juana Inés de la Cruz

Fue una religiosa dedicada plenamente a la escritura y exponente de la literatura del Siglo de Oro. Su obra es muy extensa e incluye una rica variedad de géneros. Compuso **obras teatrales,** entre comedias y autos sacramentales, obras en **prosa**... Pero sobre todo destaca por su **obra poética,** género que constituye más de la mitad de su producción.

Su lírica se compone de poemas **amorosos,** en honor a personajes de la época... Los grandes temas son: el **amor** verdadero, la integridad del **valor** y la **virtud,** y las alusiones **mitológicas.**

El **estilo** de su escritura es fundamentalmente **barroco** (adjetivos, verbalización de sustantivo...) y las formas poéticas que más utiliza son la **redondilla,** el **villancico,** el **romance** y, en especial, el **soneto.**

Algunos estudiosos defienden que en la obra de sor Juana se da un cierto feminismo, dado que en parte de sus composiciones aboga por la **igualdad** y por el derecho de la mujer a adquirir **conocimientos.**

¿En perseguirme, mundo, qué interesas?
¿En qué te ofendo, cuando solo intento
poner bellezas en mi entendimiento
y no mi entendimiento en las bellezas?

Yo no estimo tesoros ni riquezas,
y así, siempre me causa más contento
poner riquezas en mi entendimiento
que no mi entendimiento en las riquezas.

Sor Juana Inés de la Cruz, «Quéjase de la suerte», en *Poesía*.

Juega y practica con actividades interactivas

Actividades

10. Formad grupos y decidid si las siguientes definiciones se refieren al **culteranismo** o al **conceptismo:**

El **contenido** prevalece sobre la forma.	
La **forma** prevalece sobre el contenido.	
Empleo de períodos sintácticos largos y **circunloquios** en el modo de expresión.	
Las expresiones se **condensan** para decir lo máximo en un mínimo de palabras.	
Abundancia de **recursos retóricos léxicos,** es decir, que se centran en la forma de las palabras (aliteraciones, hipérbatos, perífrasis...).	
Abundancia de **recursos retóricos semánticos,** es decir, centrados en el significado (paradojas, ironías, hipérboles).	
El escritor más destacado de esta tendencia literaria es **Luis de Góngora.**	
El escritor más destacado de esta tendencia literaria es **Francisco de Quevedo.**	

— A partir de los resultados, redactad un breve texto con las similitudes y las diferencias entre ambas corrientes literarias. Justificad las respuestas con algún ejemplo.

11. Lee el soneto y responde a las preguntas.

Íbase la niña,
noche de San Juan,
a coger los aires
al fresco del mar.
Miraba los remos
que remando van
cubiertos de flores,
flores de azahar.
Salió un caballero
por el arenal,
dijérale amores
cortés y galán.
Respondió la esquiva,
quísola abrazar;
con temor que tiene
huyendo se va.

— Resume el tema del poema.

— Realiza el análisis métrico de esta composición. Justifica, por el tema y por la métrica, su carácter popular.

12. Lee estos versos de sor Juana Inés de la Cruz y comenta a partir del texto su visión de la mujer:

¿En qué te ofendo, cuando sólo intento
poner bellezas en mi entendimiento
y no mi entendimiento en las bellezas?

13. Lee el fragmento de esta letrilla de Góngora y contesta a las preguntas que te planteamos:

Ándeme yo caliente
y ríase la gente.

Traten otros del gobierno
del mundo y sus monarquías,
mientras gobiernan mis días
mantequillas y pan tierno,
y las mañanas de invierno
naranjada y aguardiente,
y ríase la gente. [...]

Cuando cubra las montañas
de blanca nieve el enero,
tenga yo lleno el brasero
de bellotas y castañas,
y quien las dulces patrañas
del Rey que rabió me cuente,
y ríase la gente. [...]

Pues Amor es tan crüel,
que de Píramo y su amada
hace tálamo una espada,
do se junten ella y él,
sea mi Tisbe un pastel,
y la espada sea mi diente,
y ríase la gente.

Luis de Góngora.

— ¿Qué concepto del amor recoge el poema?

— Vuelve a leer la primera estrofa y escribe las palabras que la forman según el orden lógico que tú utilizarías. ¿Cómo se llama este recurso?

— Analiza la métrica del poema. Justifica por qué se trata de una letrilla.

— ¿Qué rasgos característicos del Barroco presenta la composición?

14. Como ya sabes, Góngora y Quevedo tuvieron varios enfrentamientos poéticos.

— Averigua en qué consistió exactamente esta rivalidad y pon ejemplos concretos que lo expliquen. Puedes consultar el siguiente enlace:

https://links.edebe.com/kps

15. En la obra lírica de Lope de Vega encontramos poemas como «Desmayarse, atreverse, estar furioso», que aparece en la adaptación cinematográfica *Lope*, sobre la vida del poeta, de Andrucha Waddington.

— Escuchad el soneto en este fragmento final de la película:

https://links.edebe.com/7uwm

— ¿Estáis de acuerdo con lo que dice? Discutid sobre esta visión del sentimiento amoroso.

Comentario de texto 1

Soneto XXIII

A

En tanto que de rosa y de azucena
se muestra la color en vuestro gesto,
y que vuestro mirar ardiente, honesto,
enciende el corazón y lo refrena;

y en tanto que el cabello, que en la vena
del oro se escogió, con vuelo presto
por el hermoso cuello blanco, enhiesto,
el viento mueve, esparce y desordena;

coged de vuestra alegre primavera
el dulce fruto antes que el tiempo airado
cubra de nieve la hermosa cumbre.

Marchitará la rosa el viento helado,
todo lo mudará la edad ligera,
por no hacer mudanza en su costumbre.

Garcilaso de la Vega, «Soneto XXIII», en *Obra poética*. Clásicos Alce.

Mientras por competir con tu cabello

B

Mientras por competir con tu cabello
oro bruñido al sol relumbra en vano;
mientras con menosprecio en medio el llano
mira tu blanca frente el lilio bello;

mientras a cada labio, por cogello,
siguen más ojos que al clavel temprano,
y mientras triunfa con desdén lozano
del luciente cristal tu gentil cuello;

goza, cuello, cabello, labio, y frente,
antes que lo que fue en tu edad dorada
oro, lilio, clavel, cristal luciente,

no solo en plata o vïola troncada
se vuelva, mas tú y ello juntamente
en tierra, en humo, en polvo, en sombra, en nada.

Luis de Góngora, «Mientras por competir con tu cabello», en *Poesía*. Debolsillo.

1.ª fase: estudio del texto

ANÁLISIS DEL CONTENIDO

Comprensión

1. Consulta en el diccionario el significado en el texto de estas palabras: *gesto, vena, presto, enhiesto, mudar* (texto A); *bruñido, lozano, troncada* (texto B).
2. Responde a estas preguntas:
   - ¿Se describen los rasgos físicos de la mujer que aparece en el texto A? ¿Es joven? Justifica tu respuesta.
   - ¿Se describen del mismo modo los rasgos físicos de la dama del poema B? ¿Cómo es cada uno de ellos?

Contextualización

3. Señala la época a la que pertenece cada poema. Justifica tu respuesta con alguna característica de los textos.
4. ¿Qué relación tiene la época con la mentalidad que aparece en cada uno de los textos?

Tema y estructura

5. ¿Cuál es el tema de cada poema? ¿En qué estrofa se encuentra la idea central?
6. ¿Qué se describe en los cuartetos? Observa la estructura del poema y señala las diferentes partes según el contenido.
7. Ambos textos van dirigidos a una dama a la que se invita a disfrutar de la vida.
   — ¿Qué nombre recibe el tópico de disfrutar el presente?
   — ¿A qué se refiere Garcilaso con «alegre primavera»? ¿Y Góngora con «edad dorada»?
8. ¿Qué visión de la vida transmiten los dos cuartetos de cada poema? ¿Qué se opone a ello?

ANÁLISIS DE LA FORMA

Estilo

9. Fíjate en los tiempos verbales de los poemas. ¿Cuál predomina en cada uno? ¿Tiene alguna relación con la intención de los autores?
10. ¿Aparece algún imperativo en los poemas? ¿Qué función tiene?
11. ¿Qué metáforas se emplean para describir los rasgos de la dama? ¿Y para referirse a las distintas etapas de la vida? ¿Qué palabras utilizan los autores para expresar el paso del tiempo y la caducidad de la belleza?
12. ¿Qué sensación te produce el verso 8 del poema de Garcilaso? ¿Y el verso 8 del poema de Góngora?
13. ¿Qué recurso se emplea para describir a las damas?
14. A partir de las palabras *alegre, ligera* (texto A) y *dorada, troncada* (texto B), comenta el sentido de ambos poemas.
15. ¿Elabora el esquema métrico de los poemas. ¿Ante qué composición poética nos encontramos?

Opinión crítica

16. ¿Qué recursos de cada poema reflejan mejor la época a la que pertenece cada uno?

2.ª fase: redacción del comentario

INTRODUCCIÓN

— Explica, de forma sencilla y directa, qué intenta transmitir cada autor (actividad 8). Por ejemplo: En ambos poemas se invita a disfrutar...

DESARROLLO

Tema y estructura

— Enlaza el primer párrafo del comentario (introducción) con el tema del poema (actividades 5 y 6).

El tema principal del poema de Garcilaso es la exhortación...

— Relaciona la época a la que pertenece cada poema con las características y la mentalidad presente en cada composición (actividades 3 y 4):

El optimismo y la alegría del Renacimiento reflejan en el poema de Garcilaso de la Vega...

El poema de Góngora transmite una preocupación más...

Justifica tus afirmaciones con el empleo de algún tópico literario que aparezca en los textos (actividad 7):

En ambos textos se emplea el tópico del .... para invitar a disfrutar de ....; y el del.... para referirse al inevitable ....

Ambos poetas emplean el *descriptio puellae* para....

Partiendo del momento en que fueron escritos, comenta el modo de expresarse de cada poema (actividad 8).

El mismo tema es expresado por cada poeta de un modo diferente. El poema de Garcilaso refleja ...., mientras que el de Góngora

Estilo

— Explica los recursos lingüísticos más significativos empleados para expresar las ideas de cada poema: la belleza, la juventud, el paso del tiempo... (actividades 9 a 14).

En ambos poemas se emplea la hipérbole para ....

Aparecen numerosas metáforas para referirse a los rasgos de la dama y a las etapas de la vida. Por ejemplo: *oro, clavel, edad dorada.*

En los dos casos se alterna el presente con el .... de los verbos, para mostrar el contraste entre la belleza y la juventud, con la vejez y el deterioro, que llegarán inevitablemente.

Asimismo, se emplea un imperativo para invitar a disfrutar de ....

El uso de la anáfora («en tanto» en el poema de Garcilaso, y «mientras» en el de Góngora) transmite la idea de ....

El lenguaje empleado en cada caso es diferente ....

Incluye un comentario sobre la métrica (verso, rima) e indica el tipo de estrofas utilizado (actividad 15):

La composición utilizada en ambos casos es un ...., compuesto por ..... La rima es ....

CONCLUSIÓN

— Comenta las semejanzas y las diferencias entre los dos poemas.

El poema de Góngora es una intensificación y una ruptura de algunos de los elementos que aparecen en el de Garcilaso, caracterizado este último por la claridad y la naturalidad.

Comentario de texto 2

Hombres necios que acusáis

Hombres necios que acusáis
a la mujer sin razón,
sin ver que sois la ocasión
de lo mismo que culpáis.

Si con ansia sin igual
solicitáis su desdén,
¿por qué queréis que obren bien
si las incitáis al mal?

Combatís su resistencia
y luego con gravedad
decís que fue liviandad
lo que hizo la diligencia.

Parecer quiere el denuedo
de vuestro parecer loco
al niño que pone el coco
y luego le tiene miedo.

Queréis con presunción necia
hallar a la que buscáis,
para pretendida, Tais,
y en la posesión, Lucrecia.

¿Qué humor puede ser más raro
que el que, falto de consejo,
él mismo empaña el espejo
y siente que no esté claro?

Con el favor y el desdén
tenéis condición igual,
quejándoos, si os tratan mal,
burlándoos, si os quieren bien.

Opinión ninguna gana,
pues la que más se recata,
si no os admite, es ingrata,
y si os admite, es liviana.

Siempre tan necios andáis
que con desigual nivel
a una culpáis por cruel
y a otra por fácil culpáis.

¿Pues cómo ha de estar templada
la que vuestro amor pretende,
si la que es ingrata ofende
y la que es fácil enfada?

Mas entre el enfado y pena
que vuestro gusto refiere,
bien haya la que no os quiere
y quejaos enhorabuena.

Dan vuestras amantes penas
a sus libertades alas
y después de hacerlas malas
las queréis hallar muy buenas.

¿Cuál mayor culpa ha tenido
en una pasión errada:
la que cae de rogada
o el que ruega de caído?

¿O cuál es más de culpar,
aunque cualquiera mal haga:
la que peca por la paga
o el que paga por pecar?

Pues ¿para qué os espantáis
de la culpa que tenéis?
Queredlas cual las hacéis
o hacedlas cual las buscáis.

Dejad de solicitar
y después con más razón
acusaréis la afición
de la que os fuere a rogar.

Bien con muchas armas fundo
que lidia vuestra arrogancia,
pues en promesa e instancia
juntáis diablo, carne y mundo.

Sor Juana Inés de la Cruz, «Hombres necios que acusáis».
Antología Cátedra de Poesía de las Letras Hispánicas,
Cátedra (2011).

1.ª fase: estudio del texto

ANÁLISIS DEL CONTENIDO

Comprensión

1. Consulta en el diccionario el significado que tienen en el texto estas palabras: *necio, desdén, liviandad, diligencia, denuedo, templada.*

2. ¿A quiénes se dirige la autora en el poema?

3. Busca en Internet quiénes fueron Thais y Lucrecia, las mujeres a las que se alude en el poema. ¿Cuál es el tipo de actitud que representa cada una?

Contextualización

4. Señala la época a la que pertenece el poema. Justifica tu respuesta con alguna característica del texto.

5. ¿Quién fue sor Juana Inés de la Cruz y cuáles son las características de su lírica?

6. ¿Qué actitudes critica sor Juana Inés de la Cruz? ¿Cuál es la contradicción o hipocresía que identifica en el comportamiento de los hombres?

Tema y estructura

7. ¿Cuál es el tema del poema? Localiza una estrofa donde se encuentre la idea central.

8. ¿Qué diferentes ejemplos propone la autora para defender su tesis? (Idea secundaria).

9. Identifica los versos donde la autora reclama a los hombres que sean coherentes en su trato con las mujeres.

ANÁLISIS DE LA FORMA

Estilo

10. ¿Qué forma de la lengua literaria se emplea en la obra?

11. ¿Aparece alguna interrogación retórica en el poema? ¿Qué función tiene?

12. La antítesis aparece en el poema como forma para mostrar las contradicciones mencionadas anteriormente. Busca un ejemplo.

13. Busca algún símil que se utilice para describir la actitud de los hombres necios.

14. Elabora el esquema métrico de las estrofas. ¿De qué composición poética se trata?

Opinión crítica

15. Explica la importancia de este texto en la historia de la literatura.

16. ¿Te parece que el tema que propone la autora tiene vigencia en la actualidad?

2.ª fase: redacción del comentario

INTRODUCCIÓN

Comienza explicando, de forma sencilla y directa, qué intenta transmitir la autora en el poema (actividades 2 y 6) y a quién se dirige. Por ejemplo:

El poema constituye una sátira a la hipocresía masculina, puesto que los hombres rechazan tanto a las mujeres que cometen pecado como a aquellas que son recatadas. El poema va dirigido a los hombres…

DESARROLLO

Tema y estructura

— Enlaza el primer párrafo del comentario (introducción) con el tema del poema (actividad 7).

El tema principal del poema de sor Juana Inés de la Cruz es…

— Ejemplifica con los argumentos que se desarrollan en el poema la tesis que defiende la autora (actividades 8 y 9).

En la segunda estrofa la autora ya pregunta por la contradicción que se desarrolla a lo largo del poema…

Estilo

— Explica los recursos lingüísticos más significativos empleados por la autora (actividades 11 a 13).

Aparecen numerosos símiles para ejemplificar la actitud de los hombres hacia las mujeres. La antítesis es la figura que utiliza para expresar formalmente la contradicción…

Además, se emplea la interrogación retórica en…

— Explica de qué tipo de composición se trata y la métrica: verso y tipo de rima (actividad 14):

La composición es una…, compuesta por… La rima es…

CONCLUSIÓN

— Comenta la importancia, la oportunidad y la vigencia del texto en la actualidad (actividades 15 y 16).

Este poema adquiere especial relevancia porque trata el tema de…

En la actualidad…

Taller creativo Batalla de rap

¿Te gusta la música rap? ¿Sabes lo que significa esta palabra? El término *rap* procede del inglés *rhythm and poetry* ('ritmo y poesía'). Consiste en recitar rimas y juegos de palabras. Los que recitan estas obras se llaman maestros de ceremonias o MC.

En este taller vamos a componer un rap sobre un tema relacionado con el Barroco: la rivalidad que existía entre Luis de Góngora y Francisco de Quevedo.

Una de las características del rap es la denominada «batalla», en la que dos «maestros» rivalizan con sus obras para conseguir el favor del público.

Vamos a realizar una batalla de rap. ¿Estáis preparados? **¡Al ataque!**

1 Dos bandos

Puesto que vamos a hacer una «batalla», lo primero es dividir la clase en dos bandos rivales. Un equipo se llamará **GONGORINOS** y el otro, **QUEVEDESCOS.**

2 Punto de mira

A diferencia de las auténticas batallas de rap, en vez de enfrentaros tendréis que caricaturizar a Góngora o a Quevedo, según el equipo al que pertenezcáis.

En el siguiente enlace puedes leer las características y la historia de las caricaturas:

https://links.edebe.com/cx8mi

3 Una estrofa para cada personaje

Para este torneo a base de versos tenemos que componer obras poéticas breves. En este cuadro te proponemos algunas conocidas estructuras:

Pareado	Combinación de dos versos que riman entre sí.
Terceto	Combinación de tres versos de arte mayor y rima consonante.
Cuarteto	Estrofa de cuatro versos endecasílabos (arte mayor) de rima consonante: 11A 11B 11B 11A.
Redondilla	Estrofa de cuatro versos octosílabos, de rima consonante: 8a 8b 8b 8a.
Cuarteta	Es similar a la redondilla, pero con un cambio en el esquema métrico: 8a 8b 8a 8b.

Los miembros de cada grupo tendrán que escoger la estrofa con la que compondrán su caricatura. Dada la dificultad, si lo consideráis oportuno, podéis utilizar el verso libre. También podéis hacer variaciones de las estrofas para que se ajusten al tema.

La caricatura es la descripción exagerada o deformada de los rasgos de un personaje con una intención humorística o crítica.

Documentaos sobre el personaje que tenéis que caricaturizar y haced, entre todos, una lista de los rasgos o características que podéis ridiculizar. Encontraréis información en los siguientes enlaces:

Góngora:

https://links.edebe.com/m8xbjp

Quevedo:

https://links.edebe.com/v4h6

Fijaos en sus retratos. ¿Tienen algún rasgo que se pueda exagerar? Tenlo en cuenta para incorporarlo en tu caricatura.

Emplea también alguno de los recursos más habituales en la composición satírica: **hipérbole, metáfora, comparación...**

Fíjate en las **críticas** que se lanzaban Góngora y Quevedo.

Primer asalto: Góngora ataca a Quevedo

Anacreonte español, no hay quien os tope
que no diga con mucha cortesía
que ya que vuestros pies son de elegía,
que vuestras suavidades son de arrope.

¿No imitaréis al terenciano Lope,
que al de Belerofonte cada día
sobre zuecos de cómica poesía
se calza espuela, y le da un galope?

Con cuidado especial vuestros antojos
dicen que quieren traducir al griego,
no habiéndolo mirado vuestros ojos.

Prestádselos un rato a mi ojo ciego,
porque a luz saque ciertos versos flojos,
y entenderéis cualquier gregüesco luego.

Segundo asalto: Quevedo ataca a Góngora

¿Qué captas, noturnal, en tus canciones,
Góngora bobo, con crepusculallas,
si cuando anhelas más garcivolallas,
las reptilizas más y subterpones?

Microcósmote dios de inquiridiones,
y quieres te investiguen por medallas
como priscos, estigmas o antiguallas,
por desitinerar vates tirones.

Tu forasteridad es tan eximia,
que te ha de detractar el que te rumia,
pues ructas viscerable cacoquimia,

farmacofolorando como numia,
si estomacabundancia das tan nimia,
metamorfoseando el arcadumia.

4 ¡Por turnos!

Piensa en el personaje que te ha tocado y en qué aspectos quieres resaltar para caricaturizarlo. Te puede resultar útil redactar en dos o tres líneas la idea general de tu poema. Luego convierte esa idea en versos, siguiendo el esquema métrico de la estrofa elegida. Busca palabras que rimen, así conseguirás acentuar también el tono humorístico de tu obra. El siguiente enlace te servirá de apoyo; se trata de un diccionario de rimas:

https://links.edebe.com/qqtzzE

Tómate el tiempo que necesites para componer la obra. Después, dentro de cada grupo, asignad quién saldrá al ruedo el primero para recitar cada una de ellas...

5 ¡Comienza el duelo!

En las batallas de rap los maestros de ceremonias suelen tener un tiempo establecido, un minuto aproximadamente. Nuestra batalla no será por tiempos, sino por obras. El profesor o profesora elegirá el grupo que empieza y se irán alternando las intervenciones.

Podéis acompañar vuestra recitación de una base rítmica. En este enlace encontraréis varias entre las que elegir:

https://links.edebe.com/qf4

El profesor puede hacer de jurado y, después de cada duelo, dar su voto a la obra más ingeniosa.

Pon a prueba tus competencias

Lee atentamente la crítica literaria sobre la película *Lope* (2010), de Andrucha Waddington, y realiza las actividades que se proponen.

REGÍSTRATE IDENTIFÍCATE

Fotogramas

CARTELERA ESTRENOS CRÍTICAS FILMOTECA ACTUALIDAD CINEFILIA ESTILO FESTIVALES Y PREMIOS TRAILERS BLOGS VOD

Estás en: Inicio > Películas > Lope

CRÍTICA DE FOTOGRAMAS

Para los amantes de las aventuras de capa y espada

Lo mejor: Las dos actrices. Lo peor: El aire televisivo de la película Por Nuria Vidal

El cine español nunca ha sabido sacar partido de la inmensa riqueza de sus clásicos. Bueno, casi nunca: Pilar Miró hizo una de sus mejores películas con *El perro del hortelano*, una obra escrita precisamente por el protagonista de Lope, un film del que se puede decir que cuenta «la vida de Lope de Vega antes de ser Lope de Vega». Limitándose a los cinco años que van de 1583 a 1588, la historia se centra en el triángulo amoroso que se establece entre el joven poeta e incipiente escritor de comedias con las dos mujeres que marcaron su juventud, Elena de Osorio (Pilar López de Ayala) e Isabel de Urbina (Leonor Watling). Con una cuidadosa ambientación de la época, la película del brasileño Andrucha Waddington no escapa, sin embargo, del síndrome Águila Roja. Con esto lo único que quiero decir es que este Lope, a pesar de sus medios y el esplendor de su puesta en escena, tiene más de una serie de lujo que de una película de cine. En cuanto al guion, si el espectador no sabe quién es Lope de Vega antes de entrar a verla, no encontrará nada en ella que le dé información sobre la importancia del personaje y la riqueza de su obra posterior. Pero eso, debo decir, no me parece mal. Lope es más una película de aventuras de capa y espada que un auténtico biopic juvenil de un famoso escritor.

CRÍTICA DE USUARIOS

ARTÍCULOS, ENTREVISTAS, REPORTAJES

FOTOS

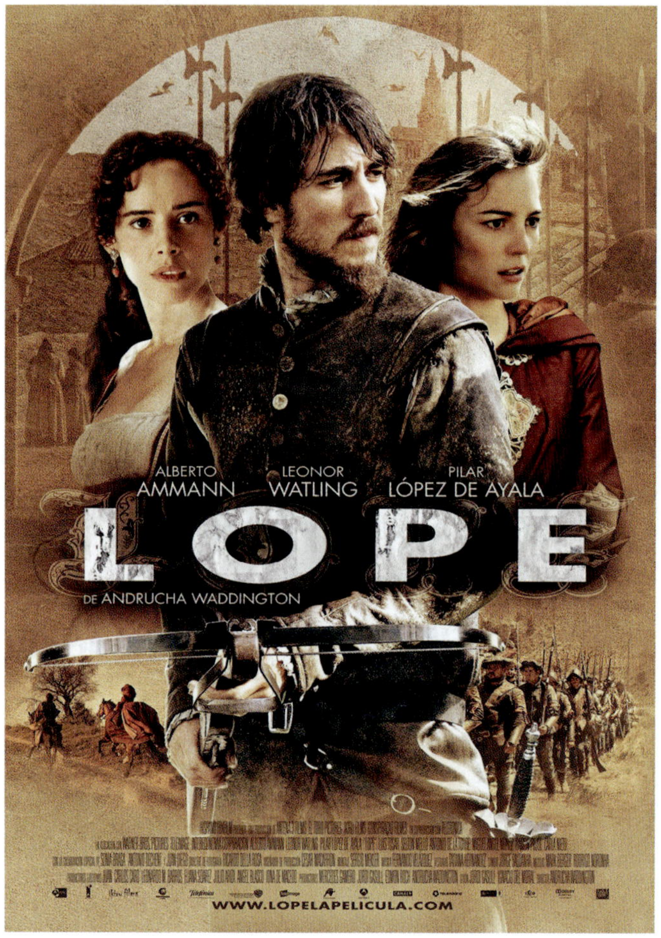

1. ¿Cuál es la finalidad del texto que acabas de leer?
   a) Informar sobre el estreno de una película en unas conocidas salas de cine.
   b) Explicar la época en que vivió Lope de Vega a partir de una película.
   c) Valorar una producción cinematográfica desde un medio autorizado.

2. Haz un listado con los aspectos positivos y negativos de la película que destaca el autor del texto.
   — A partir del listado, ¿te parece que su opinión es positiva o negativa?
   — ¿Con qué otras producciones compara el autor la película *Lope*? ¿Por qué crees que lo hace?

3. ¿De qué opciones dispone el usuario para participar en la página web? Enuméralas.

4. ¿Cómo crees que deben de ser las películas de capa y espada?

5. A partir del cartel de la película, ¿quién crees que es el protagonista? ¿Te parece que se trata de una película de acción? Razona tu respuesta.

6. Indica si son verdaderas (V) o falsas (F) las siguientes afirmaciones sobre la página web:

	V	F
Contiene los elementos necesarios para ser una web especializada en crítica de producciones cinematográficas.		
No permite los comentarios de los usuarios sobre las películas.		
El visitante puede registrarse para personalizar su visita a dicha página.		

7. Como en la película, en la poesía también se reflejan momentos cotidianos de la época. Lee estos versos de Luis de Góngora y realiza las actividades:

Iremos a misa,
veremos la iglesia,
darános un *cuarto*[1]
mi tía la ollera.
Compraremos de él
(que nadie lo sepa)
chochos[2] y garbanzos
para la merienda;
y en la tardecica,
en nuestra plazuela,
jugaré yo al toro
y tú a las muñecas
con las dos hermanas
Juana y Madalena
y las dos primillas
Marica y la tuerta;
y si quiere madre
dar las *castañetas*[3]
podrás tanto de ello
bailar en la puerta.

Luis de Góngora, *Antología de la poesía española de los Siglos de Oro*. Espasa-Calpe (Austral).

[1] **cuarto:** cuarta parte de la moneda de un real. / [2] **chochos:** frutos secos. / [3] **castañetas:** castañuelas.

— ¿Quiénes son los protagonistas del poema?

— ¿Cuál es la estrofa que ha utilizado el poeta?

— ¿Luis de Góngora destacó en este tipo de lírica? Resume las aportaciones del poeta a la lírica del Barroco.

8. ¿Cuál es el rasgo fundamental de la poesía barroca y que todos los poetas se esforzaron por seguir?

— ¿Cuál era la finalidad principal que buscaban con ello?

— ¿Cómo se distancian de la literatura renacentista?

9. Tras la lectura de estos versos de Quevedo, responde a las preguntas que planteamos:

A

Ayer se fue; mañana no ha llegado;
hoy se está yendo sin parar un punto:
soy un fue, y un será, y un es cansado.

B

Yo conozco caballero
que entinta el cabello en vano,
y por no parecer cano,
quiere parecer tintero;
y siendo nieve de enero,
de mayo se hace alhelí,
mas no ha de salir de aquí.

— ¿Cuál es el tema de cada fragmento?

— A partir de la clasificación de la obra del poeta, ¿en qué grupo situarías cada poema?

Síntesis

LA LÍRICA BARROCA

- Frente a la sencillez renacentista, la lírica del Barroco busca la genialidad. Los textos se vuelven más **complicados** y brillantes y exigen un esfuerzo intelectual del lector con la finalidad de despertar su admiración.
- Los principales **temas** de la lírica barroca son heredados del Renacimiento, pero se les aplica la visión pesimista propia de la época. Los temas centrales son el **amor,** la **mitología,** el **desengaño** y la visión **pesimista** y la **crítica social.**

El culteranismo de Luis de Góngora

- Emplea **artificios formales** para crear dificultad. La **forma** prevalece sobre el contenido.
- Usa un **lenguaje oscuro** y se basa en la agudeza verbal.
- Desarrolla tanto la lírica **popular** como la lírica **culta.** Entre sus obras principales están la *Fábula de Polifemo y Galatea* y *Soledades.*

El conceptismo de Francisco de Quevedo

- Emplea el **ingenio** en las palabras dando importancia a su significado. El **contenido** prevalece sobre la forma.
- Más que la belleza formal, lo que importa es sugerir y asociar ideas con la máxima **inteligencia verbal.**
- Su obra se divide, según los temas que trata, en **amorosa, satírico-burlesca** y **filosófica y moral.**

Lope de Vega y la renovación de la lírica popular

- Su obra se caracteriza por la **claridad** y la **sencillez** en el lenguaje.
- Lope refleja en su poesía su **experiencia vital.**

Escápate de la unidad con la PRUEBA FINAL

Tratamiento y presentación de la información

Los procesadores de textos

Los procesadores de textos son una herramienta para crear y editar documentos de texto. Suponen una importante ayuda en la recopilación, el tratamiento y la presentación de la información.

Existen muchos procesadores de textos (quizá los más utilizados sean Word y OpenOffice). Todos pueden trabajar con distintos formatos de párrafo, tamaño y tipo de fuentes; utilizar **negritas**, *cursivas* o subrayados; incluir tablas, listas e imágenes. Además, ofrecen la posibilidad de cortar y copiar texto, fijar espacio entre líneas y entre párrafos, alinear párrafos, establecer márgenes y sangrías o visualizar las páginas editadas. Vamos a verlo:

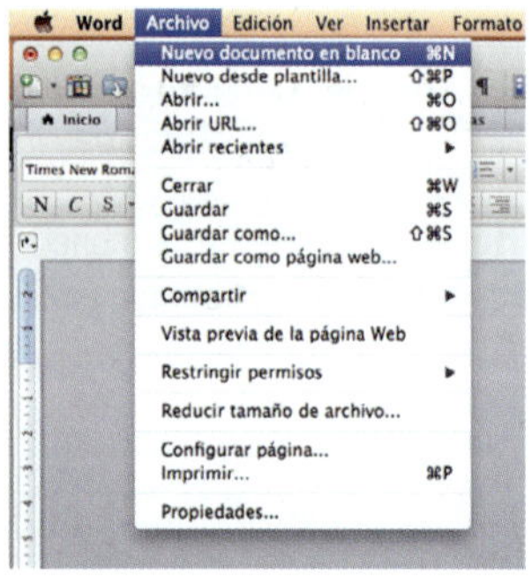

1. Crear un documento nuevo

Una vez tienes recopilada la información que necesitas para realizar un trabajo, lo primero que debes hacer es crear un documento nuevo para empezar a redactar.

2. Escribir y editar

A medida que escribes, seguramente te interesará **resaltar** en tu trabajo algunas palabras o partes de la información. Para ello, el procesador de textos dispone de una barra de herramientas para señalar distintos *tipos, tamaños* y *estilos de letras.*

Ten en cuenta los usos específicos de los diferentes tipos de letra:

— La letra redonda se emplea para el cuerpo del texto.

— La *cursiva* se usa en las citas textuales o en los títulos de obras.

— La **negrita** sirve para destacar apartados y subapartados.

— La VERSALITA se utiliza, sobre todo, para citar en la bibliografía o en textos literarios los nombres de los autores de un libro.

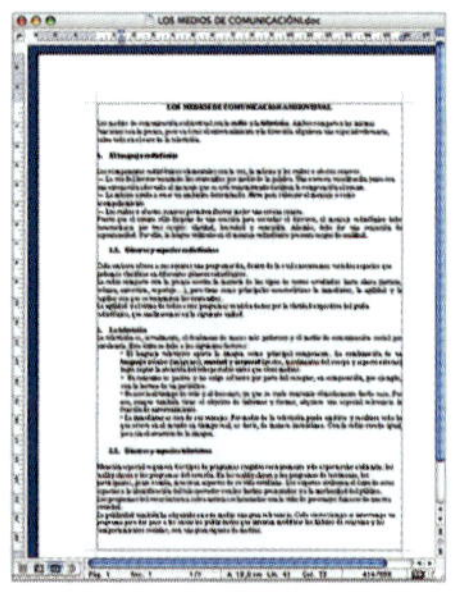

3. Modificar

Imagina que cuando revises lo que has escrito te das cuenta de que la información de un párrafo tendría más coherencia en otro lugar de tu trabajo. Puedes **cambiar la posición del párrafo** sin necesidad de volver a escribirlo.

Para ello, señala con el cursor el fragmento que quieras trasladar y selecciona la opción *copiar* en el menú *Edición* del programa *Word.* Dirígete al punto que te interese y selecciona la opción *pegar.*

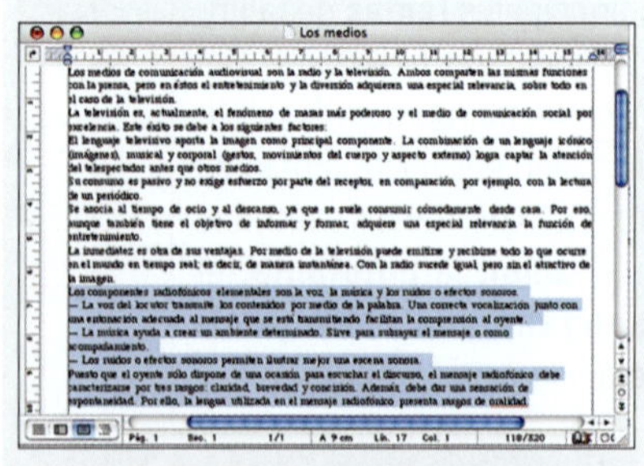

4. Guardar

Es posible que no puedas redactar el trabajo de un tirón. Por ello, el procesador de textos dispone de la opción *guardar.* De este modo, podrás recuperar tu documento tal como lo dejaste y volver a trabajar sobre él cada vez que quieras.

El corrector ortográfico

La mayoría de los procesadores de texto incorpora también correctores automáticos de ortografía y gramática, así como diccionarios que facilitan la labor de redacción. Tanto el corrector como el diccionario te resultarán muy útiles para entregar tu trabajo sin faltas de ortografía y sin otras incorrecciones.

Estos son algunos aspectos que debes tener en cuenta:

- Comprueba que el idioma seleccionado es el que vas a utilizar en tu trabajo, y si no es así, cámbialo para que el corrector ortográfico seleccione el diccionario correspondiente.
- Esta herramienta te permite corregir **automáticamente** algunos errores que se cometen con frecuencia **mientras tecleas,** como escribir dos mayúsculas seguidas, no escribir con mayúscula la inicial de una palabra después de un punto…
- El corrector subraya en color rojo posibles errores gramaticales que haya en el documento (expresiones incorrectas, duplicación de palabras, concordancia de género y número…) y ortográficos (palabras mal escritas, acentos omitidos…) y sugiere diferentes opciones de sustitución.

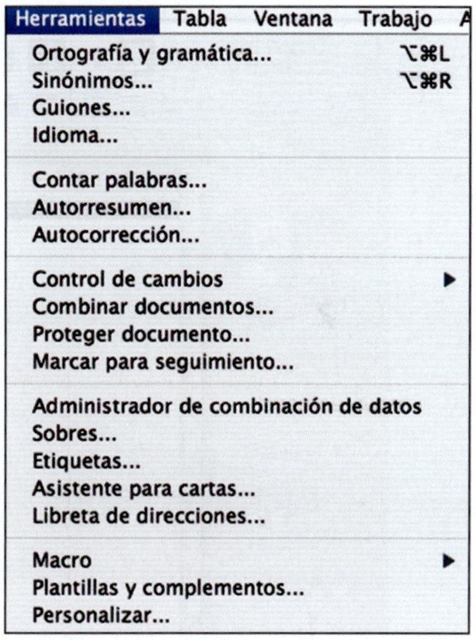

No olvides que debes efectuar una **lectura final** de tu texto, ya que los correctores ortográficos presentan dos tipos de **limitaciones**:

— Solo reconocen las palabras que están **recogidas en su diccionario interno** y, por tanto, pueden considerar como incorrecciones palabras que son correctas, pero que no están incluidas en su base de datos: tecnicismos, palabras de otras lenguas (*reality show,* por ejemplo), topónimos, sustantivos propios, etc.

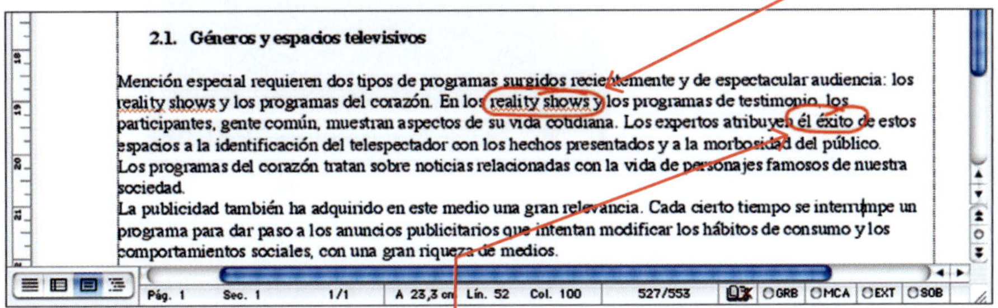

— No reconocen como errores el **uso incorrecto** de palabras que contemplan en su diccionario (pronombre personal *él* utilizado como artículo determinado *el: él éxito*).

Finalmente, antes de entregar tu trabajo, comprueba que cumple los siguientes requisitos formales:

- Utilizar papel de tamaño **DIN-A4.**
- Disponer la información de forma adecuada creando **márgenes** y **sangrías**.
- Ordenar la información en **apartados** y **subapartados**.
- Respetar un **interlineado** correcto entre líneas y entre párrafos.
- Utilizar el mismo **cuerpo de letra** en todo el documento (excepto títulos, notas a pie de página…).
- Resaltar palabras con **tipografía** diferente: **negrita**, *cursiva*, <u>subrayado</u>…

Presentación de tu trabajo

Una vez has finalizado tu trabajo, te queda un paso más: presentarlo. Puedes utilizar distintos programas, según si necesitas realizar una presentación, un vídeo, un audio... Además de los convencionales *PowerPoint, Glogster...*, te presentamos otras opciones:

1. Genially

Es un programa diseñado para crear **recursos digitales**. Permite diseñar infografías, imágenes interactivas, líneas del tiempo... El uso de esta herramienta es muy sencillo. Se ofrecen plantillas que se adaptan a diferentes tipos de infografías...

2. Moovly

Esta herramienta permite realizar **presentaciones y animaciones** en formato de vídeo. Estos vídeos se pueden compartir en la red (*YouTube, Facebook*...).

3. Wevideo

Es un programa que permite crear y **editar vídeos** de manera sencilla. Se pueden insertar vídeos propios para editarlos o crear otros nuevos. Posibilita añadir textos, música, imágenes...

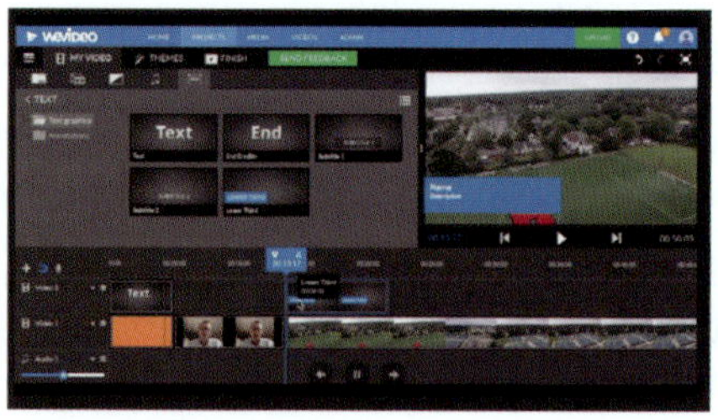

4. Audacity

Esta herramienta permite **grabar audios** y editarlos de manera sencilla. Es posible cortar, copiar, eliminar el ruido de fondo, combinar pistas de sonido... También pueden añadirse efectos en las grabaciones.

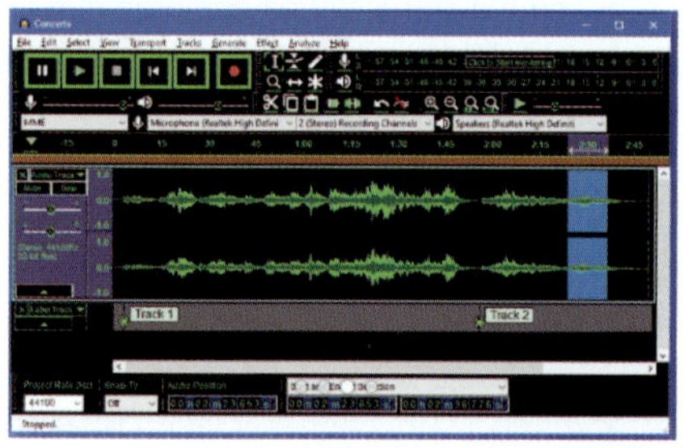

5. Popplet

Esta aplicación permite, de forma gráfica, estructurar y organizar ideas. Se pueden crear **mapas mentales**, conceptuales, murales..., y añadir imágenes, textos, dibujos y vídeos.

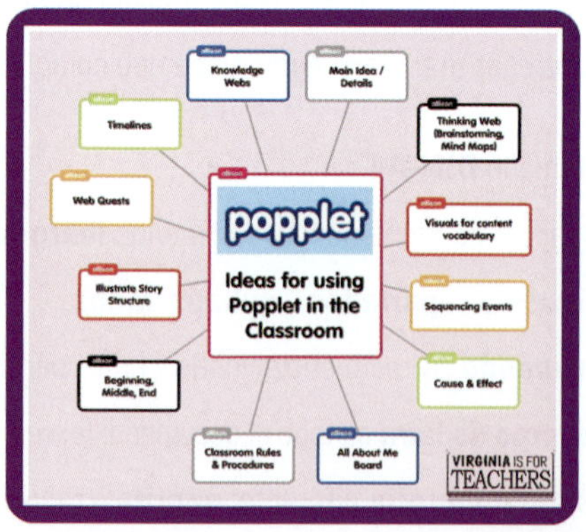

¡Ahora te toca a ti!

1. Para practicar lo que has aprendido a lo largo del curso te proponemos que planifiques y redactes un trabajo sobre este tema: *La novela picaresca.*

Sigue estos pasos:

Búsqueda de la información

- Dirígete a una biblioteca y efectúa una búsqueda por materia. A continuación, localiza los títulos que te interesen en la sección correspondiente.
- Si entre los resultados de la búsqueda por materia aparece algún artículo dentro de una publicación periódica, dirígete a la hemeroteca y consúltalo.
- Entra en un buscador en Internet y escribe una o varias palabras clave. Lee el resumen que aparece en el enlace y entra en las páginas que más te interesen.
- Sigue navegando por Internet y entra en alguna enciclopedia virtual que conozcas. Realiza una consulta por materia.

Tratamiento de la información

- Selecciona aquella información que creas primordial para tu trabajo de entre todo el material que has consultado.
- Con la información seleccionada y debidamente ordenada, redacta tu trabajo utilizando un procesador de textos.
- Recuerda que todo trabajo debe contar con una introducción, un cuerpo o desarrollo, y una conclusión.
- Ten en cuenta los siguientes aspectos formales:

— Tipo de letra o fuente.
— Tamaño de la letra.
— Interlineado.
— Usos de las **negritas**, las *cursivas*, las VERSALITAS...

Revisión

- Una vez redactado el texto, pasa el corrector ortográfico para detectar posibles errores.
- Realiza una lectura final por si el corrector no ha detectado todos los errores o ha señalado algunos que no lo son.

Presentación

- Elabora un mapa mental seleccionando las ideas que quieras destacar de tu trabajo. Puedes usar, entre otros, Popplet para crearla.
- Con la ayuda de Genially, crea una línea del tiempo interactiva con la fecha de publicación de las obras más relevantes de la novela picaresca. Si quieres, puedes añadir imágenes.
- Utiliza Audacity para grabar una breve introducción al tema de la novela picaresca. Guárdala en un archivo MP3.
- Incluye la línea del tiempo y el archivo MP3 en un vídeo con Wevideo.

Crítica literaria

El trabajo crítico

El **trabajo crítico** de una obra literaria consiste en **analizar los elementos** que forman el texto (argumento, estructura, personajes...) para averiguar qué ha querido transmitir el autor. Además, el trabajo **valorará** la importancia histórica y literaria de la obra, así como su vigencia.

Recuerda que antes de proceder a la redacción de un trabajo crítico debes leer la obra con detenimiento y buscar información sobre ella, el autor y la época.

A continuación, te ofrecemos un **modelo pautado** para llevar a cabo un trabajo crítico que podrás aplicar al estudio de cualquier obra literaria. La obra analizada es *Rinconete y Cortadillo,* una de las doce narraciones breves incluidas en las *Novelas ejemplares* de Miguel de Cervantes. Sigue los pasos que figuran a continuación.

Contextualización

1. ¿Quién escribió la obra y cuándo?

La primera parte del trabajo ha de estar dedicada a la contextualización histórica de la obra. De manera sintética, debemos aportar aquellos datos de la época y del autor que sirvan para explicar y comprender mejor la obra.

— ¿Quién escribió la novela? ¿Qué aspectos de su biografía son más relevantes? ¿Qué hechos de su vida influyeron en su obra?

— ¿Qué otros libros escribió este autor? ¿Qué importancia tienen en el conjunto de la historia de la literatura española?

— ¿En qué año se escribió la obra? ¿Cómo era la sociedad española del siglo XVI? ¿Qué acontecimientos históricos marcaron esa época?

Argumento

2. ¿Qué sucede en la obra?

El segundo punto del trabajo debe abordar directamente la obra. En primer lugar, es preciso resumir los acontecimientos más importantes del relato, es decir, el argumento. Este no debe pecar de extenso ni tampoco de breve, o sea, su lectura nos ha de dar una idea clara de lo que sucede en la obra sin entrar en detalles superfluos.

— ¿Cómo se inicia la obra? ¿Cómo se conocen Rincón y Cortado? ¿Qué relación se establece entre ellos? ¿Cuál es su primera fechoría?

— ¿Adónde se dirigen los dos personajes? ¿Qué les ocurre durante el camino? ¿A quiénes roban?

— ¿Qué hacen al llegar a Sevilla? ¿Cómo conocen a Monipodio? ¿Qué trabajos hacen para él? ¿De qué historias son testigos?

Estructura

3. ¿Cómo se organizan los hechos?

Seguidamente, debemos analizar cómo están organizados los hechos, es decir, cuál es la **estructura** de la obra. Por una parte, tenemos la **estructura formal,** las partes físicas en las que el autor divide la obra (capítulos, tratados, escenas, estrofas, etc.), y por otra, la **estructura del contenido,** que alude a la organización del texto según la información que contiene. La narración, como es sabido, suele tener tres partes: *introducción, nudo* o *desarrollo* de la historia y *desenlace.*

— ¿En cuántas partes puede dividirse el relato? ¿Hay capítulos o la narración no tiene divisiones?

— ¿Qué páginas comprenden la introducción, el nudo y el desenlace?

— ¿Qué sucede en cada parte?

Personajes

4. ¿Quiénes intervienen?

En este punto, debemos efectuar una **caracterización** de los personajes principales de la obra. Conviene recordar que los protagonistas, con frecuencia, suelen ser prototipos que encarnan problemas característicos de una sociedad o que reflejan la mentalidad propia de una época.

— ¿Quiénes son los protagonistas? ¿A qué estrato social pertenecen? ¿Qué les impulsa a actuar? ¿Cuál es su moral?

— ¿A qué otros personajes se parecen Rincón y Cortado? ¿Qué figura representan? ¿En qué se diferencian de los héroes medievales?

— ¿Quién es Monipodio? ¿Qué personajes forman la cofradía? ¿A qué se dedican? ¿Qué sentido de la moral y de la religión tienen?

Temas

5. ¿De qué trata la obra?

Llegados a este punto, tenemos que exponer los principales **temas** que se tratan en la novela. Las obras suelen tener, generalmente, un tema principal y varios secundarios, relacionados con este. En este apartado, hay que profundizar en la **intención** del autor al tratar un tema determinado, ya que esta será la clave para comprender la obra.

— ¿Qué critica Cervantes en la novela? ¿Qué visión da de la sociedad de su tiempo? ¿Qué pretende al retratar la vida de los delincuentes? En suma, ¿cuál es el tema principal de la novela?

— ¿Cómo es la devoción religiosa de los miembros de la cofradía? Esto es, ¿cuál es el tema secundario de la novela?

— ¿Cervantes censura o aprueba la conducta de sus personajes? El título *Novelas ejemplares,* ¿tiene algo que ver con la intención de Cervantes?

Recursos y técnicas

6. ¿Cómo está escrita?

Una vez desvelada la intención del autor, hay que investigar qué **recursos** y **técnicas** ha empleado para llevar a cabo su propósito comunicativo.

— ¿Quién narra la historia? ¿Desde qué punto de vista? ¿En qué persona está escrita?

— ¿Qué técnicas emplea Cervantes para describir a los personajes?

— ¿Cómo es el modo de hablar de Rincón y Cortado? ¿Por qué emplean refranes y dichos?

— ¿Con qué fin emplea Cervantes el humor? ¿En qué pasajes se percibe este recurso?

Conclusión y valoración

7. ¿Qué opinión te merece?

Por último, debemos redactar un texto en el que, a modo de **conclusión**, se resuman los aspectos generales de la obra: género literario, relevancia histórica, ideas que se defienden, etc.

— ¿De qué obra se trata? ¿Qué pretende transmitir el autor con ella?

— ¿A qué género pertenece? Por sus rasgos, ¿con qué otras obras de la época puede compararse?

— ¿Qué relevancia histórica tiene este libro? ¿Refleja y denuncia la sociedad de su época?

Podemos añadir un **juicio personal** de la obra en el que se valoren sus cualidades artísticas, su capacidad expresiva o la vigencia de su contenido con relación a nuestra sociedad.

— ¿Qué opinión personal te merece la obra?

— ¿Consigue Cervantes transmitir su mensaje? ¿Qué nos provoca la obra?

— ¿En qué se parece la sociedad del siglo XVI a la actual? ¿Quiénes serían hoy en día los pícaros de la cofradía de Monipodio? ¿Con qué personajes actuales pueden compararse?

Evaluación de competencias

Comprensión lectora

Lee el texto y contesta a las preguntas que se proponen a continuación:

Esto de la tecnología está aquí para quedarse, yo creo que ya no tenéis ninguna duda. La tecnología no es solo una evolución del ser humano, sino que creo que es el ser humano en sí. Sin tecnología, moriríamos a los 25 años del virus de la gripe, posiblemente. No entendáis tecnología solamente en un sentido de Internet y computadoras, sino que va mucho más allá de eso. Somos *cíborgs*[1] todos los que llevamos gafas. Yo no veo lo mismo con gafas que sin gafas, necesito un dispositivo tecnológico que amplía mi visión. Os cuento todo este rollo, no porque quiera aburriros, sino porque vivimos en un momento en el que, digamos, los fans de la tecnología estamos por un lado, y hay detractores muy acérrimos todavía de las mismas. Os digo esto porque lo explico siempre al señor de 80 años que me dice: «Es que desde que está Internet los jóvenes ya no interactúan entre ellos, es que la especie se va a acabar porque vamos a dejar de relacionarnos». Vivimos en un momento en el que hay que convencer a toda esta gente de que todo esto no es tan malo, de que no va a acabar con la humanidad, de que no es el Apocalipsis total y absoluto.

El ser humano ha tenido miedo de cualquier cambio desde siempre. Hay una anécdota muy curiosa. Cuando apareció la escritura, Sócrates dijo: «Qué va a pasar con la memoria, ahora que ya no memorizamos las cosas, vamos a perder memoria». Tenía razón, hemos perdido memoria, y de hecho vamos perdiendo cada vez más, un cierto tipo de memoria. Pero coincidiréis conmigo en que bendita sea la pérdida de memoria a cambio del libro, a cambio de la evolución que ha supuesto el hecho de poder almacenar todos los conocimientos de la humanidad en ese formato. Las ventajas superan en mucho a los inconvenientes. Cuando se inventó el gramófono, los primeros tocadiscos, los cantantes, los productores musicales tenían miedo: «Ahora que los cantantes no cantan cada vez en directo, se les van a atrofiar las cuerdas vocales». Posiblemente, las cuerdas vocales de hoy en día no son lo que eran, posiblemente algo de razón tenían, pero coincidiréis conmigo otra vez en que la ventaja que ha aportado al mundo de la música el hecho de poder almacenarla supera con creces los inconvenientes. Primero decirles a todos estos tecnófobos que no les pasa nada nuevo, que esta *tecnofobia*[2] ha sido así desde el principio de los tiempos. Segundo, y más importante todavía, enseñarles, mostrarles, hacer que vivan las tecnologías. La clave de todo el prejuicio que se genera en esta gente está en el desconocimiento. La única clave para superar eso es enseñar, es mostrar, es la formación.

[1]**cíborg**: ser formado por materia viva y dispositivos electrónicos. / [2]**tecnofobia**: odio u hostilidad a las tecnologías.

Dolors Reig, fragmento de «La creatividad en la hiperconectividad», Campus Party Quito (18-9-2014)

1. El texto es un fragmento de:
   - una conferencia.
   - una noticia.
   - una entrevista.
2. La intención del texto es:
   - exponer la evolución de las tecnologías a lo largo de la historia.
   - defender las ventajas de las nuevas tecnologías.
   - criticar los inconvenientes de las nuevas tecnologías.
3. La tecnofobia se supera:
   - a través del conocimiento de las tecnologías.
   - con una terapia por ordenador.
   - con una terapia psicológica.
4. En el texto se comparan las críticas hacia Internet con otras anécdotas similares de la historia. Señálalas y escribe tu opinión al respecto.
5. Según el texto, los avances tecnológicos de la humanidad:
   - han sido bien acogidos en todas las épocas.
   - han supuesto una pérdida de memoria.
   - han aportado más ventajas que inconvenientes.
6. El texto forma parte de un discurso oral. Señala las marcas lingüísticas que hacen referencia a la audiencia.
7. ¿Cuál es la actitud del hablante durante la exposición? Fíjate en la modalidad oracional que predomina en el texto y, a continuación, justifica si se trata de un texto objetivo o subjetivo.
8. El término «cíborg» está formado a partir de *cybernetic organism*; por tanto, es:
   - una palabra compuesta.
   - una palabra parasintética.
   - un acrónimo.

Comprensión oral

9. **Escucha el audio y responde a las preguntas que tienes a continuación:**

— ¿De qué tipo de texto se trata? Justifica tu respuesta.

- un tutorial
- un texto propagandístico
- un texto argumentativo

— ¿A quién va dirigido?

— ¿Cómo era la educación antes de la era digital?

— ¿Qué tesis se defiende y cuál es la conclusión final?

Expresión escrita

10. **Te proponemos que elabores tu particular homenaje y escribas un texto de agradecimiento a algún profesor o profesora que haya sido muy especial para ti. Sigue estos pasos:**

— Indica qué edad tenías cuando lo conociste, a qué curso ibas y qué asignatura impartía.

— Explica qué enseñanzas obtuviste de él o de ella, y si te han servido en algún momento de tu vida.

— Incluye en tu texto una descripción de su carácter y de su forma de actuar en clase.

11. **Escribe un texto argumentativo en el que defiendas una de estas dos posturas:**

- Internet es una magnífica herramienta para compartir datos sobre nuestra vida personal y profesional.
- La falta de privacidad en Internet puede tener pésimas consecuencias para nuestra vida personal y profesional.

Recuerda que debes:

— Utilizar diferentes tipos de argumentos para defender la tesis.

— Usar variados organizadores textuales para relacionar las ideas.

— Revisar el texto en sus distintas fases de producción, para solucionar problemas relacionados con el contenido (ideas, estructura…) o con la forma (puntuación, ortografía, gramática y presentación).

Expresión oral

12. **Prepara una exposición oral sobre las ventajas que ha supuesto para el ser humano la aparición de Internet. Para ello, sigue estas pautas:**

— Elabora un breve guion con la información que quieres transmitir y resalta las partes más importantes, así como los ejemplos que van a apoyar su desarrollo.

— Incorpora vídeos, grabaciones u otros soportes digitales y audiovisuales durante tu presentación.

13. **En grupos de cuatro, entablad en clase una conversación espontánea sobre el uso que hacéis de las redes sociales y las medidas que tomáis para proteger vuestra privacidad.**

— Respetad las normas básicas de cortesía: ajustaos al turno de palabra, gesticulad de forma adecuada y escuchad activamente a los otros participantes.

Escápate del TRIMESTRE

Proyecto Aprendizaje-Servicio

Stop bullying!

Reto

Son muchos los adolescentes, compañeros de clase, como tú, que han sufrido o sufren acoso escolar o *bullying*. Es posible, incluso, que ocurra en vuestro colegio o en otros centros. Seguro que alguna vez alguien te ha comentado una situación del estilo y habrás pensado qué podrías hacer tú para ayudar... Pues justo en este momento se te presenta la oportunidad.

¿Crees que es posible acabar entre todos con el *bullying*? ¡Hagamos una escuela libre de *bullying*! *¡Stop bullying!* Para ello, os sugerimos el siguiente proyecto.

1. Probablemente, alguna vez has oído hablar del *bullying o acoso escolar. Antes de ponernos manos a la obra para ayudar a detenerlo, os proponemos que cada uno aporte lo que ha oído comentar sobre este tipo de situaciones. Utilizad la técnica cooperativa* **Folio giratorio** para responder a la pregunta: ***¿has oído hablar sobre alguna situación de acoso?***

   El reto que os planteamos desde este proyecto es el de organizar una campaña de sensibilización para acabar con el ***bullying.*** Para ello debéis preparar:

   A. Un anuncio propagandístico con el fin de difundirlo en las diferentes redes para denunciar el acoso escolar y sensibilizar a cuantas más personas mejor acerca del *bullying.*

   B. Realizar una serie de acciones que ayuden a difundir esta campaña de sensibilización: díptico informativo, cartel propagandístico, jornadas de sensibilización en el colegio...

   Desarrollar este proyecto será una gran oportunidad, porque, además de aprender con él, ¡ayudaréis a evitar que el acoso escolar llegue a vuestras aulas!

¿Cómo nos organizamos?

Vais a realizar el proyecto organizados en pequeños grupos. Cada grupo tendrá que recoger información, preparar y crear una parte de la campaña de sensibilización.

2. **Con el fin de poder trabajar mejor juntos, cada componente del grupo tendrá asignado un rol con unas responsabilidades determinadas.**

— Leed con atención cuáles son los roles y qué responsabilidades conllevan y, a continuación, repartidlos entre los componentes de cada grupo.

PORTAVOZ

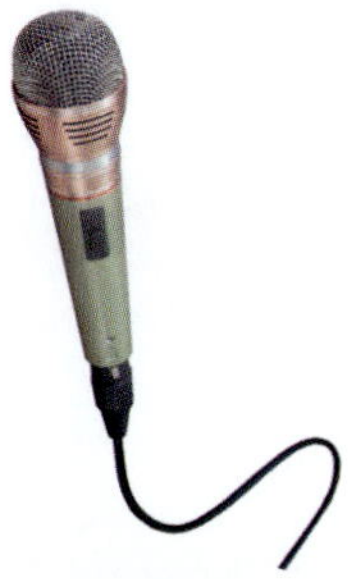

PORTAVOZ

edebé

- ✓ Hablar en nombre del grupo.
- ✓ Consultar las dudas del grupo con el docente.
- ✓ Comunicarse con otros equipos.

COORDINADOR

COORDINADORA

edebé

- ✓ Conseguir el material necesario.
- ✓ Repartir y guardar el material de trabajo.
- ✓ Repartir las tareas que cada uno realiza.

SECRETARIO

SECRETARIA

edebé

- ✓ Anotar el trabajo hecho en el grupo.
- ✓ Recordar qué queda por hacer.
- ✓ Comprobar que todos cumplen su tarea.

MODERADOR

MODERADORA

edebé

- ✓ Controlar los turnos de trabajo y el nivel de ruido.
- ✓ Animar a la participación de todos los componentes del grupo.

Investigamos

¿Qué sabemos?

3. Vais a utilizar la destreza **Lluvia de ideas** para recoger lo que sabéis sobre el *bullying* y las campañas de sensibilización y poder llevar a cabo el reto.

— Primeramente, pensad en los elementos que intervienen en este tipo de acoso: agresores, víctimas, testimonios..., sobre los tipus de *bullying* y las campañas de sensibilización.

— Seguidamente, compartid y anotad las ideas que han surgido en el grupo contabilizándolas y, mejorando o eliminando algunas, si es necesario, y seleccionando las más adecuadas.

Podéis tomar nota de las ideas seleccionadas en una tabla como esta:

¿QUÉ SABEMOS SOBRE...?		
Víctimas, agresores y testimonio	Tipos de *bullying*	Campañas de sensibilización

¿Qué necesitamos saber?

4. Aplicando la rutina de pensamiento **Preguntas creativas**, pensad en qué más necesitáis conocer sobre cada uno de los aspectos del reto y completad una nueva tabla.

¿QUÉ NECESITAMOS SABER SOBRE...?		
Víctimas, agresores y testimonios	Tipos de *bullying*	Campañas de sensibilización

¿Dónde buscamos la información?

Teniendo en cuenta las preguntas surgidas en la actividad anterior, es el momento de buscar la información para dar respuestas y desarrollar el proyecto.

5. Busca información sobre los diferentes aspectos que vais a investigar. A continuación, te proponemos dónde puedes buscar y encontrar información. Recuerda que puedes recogerla en fichas o documentos debidamente organizados por temas en tu ordenador.

Víctimas, agresores y testimonios

Tipos de bullying

- En documentales especializados en este tema.
- En artículos y reportajes periodísticos.
- Realizando entrevistas a posibles causantes del *bullying* (respetando siempre su intimidad y anonimato).
- En asociaciones de prevención de acoso escolar.

Campañas de sensibilización

- Busca en Internet diferentes tipos de campañas de sensibilización, por ejemplo, sobre el racismo, el uso responsable del agua...
- Observa los elementos que forman parte de una campaña de este tipo: anuncios, difusión, mensajes…
- Busca ejemplos de cómo organizar una campaña de este tipo y establecer los pasos que vais a seguir: un objetivo claro, adaptarse al tipo de audiencia, elaborar un programa de comunicación, utilizar un lenguaje claro y conciso…

Investigamos

6. ¡Ya podéis empezar a buscar la información! Y lo vais a hacer utilizando la técnica cooperativa **Rompecabezas**:

— Repartid los temas entre los componentes de cada grupo.

— Todos los integrantes de los distintos grupos que investigan sobre un mismo tema forman un grupo de expertos que intercambia la información, realiza esquema...

— Finalmente, cada miembro experto retorna a su grupo y explica a sus compañeros la información obtenida.

Y, para terminar, completad la ficha de vuestro grupo con los datos más relevantes.

¿QUÉ SABEMOS AHORA SOBRE...?		
Víctimas, agresores y testimonios	Tipos de *bullying*	Campañas de sensibilización

7. Con el objetivo de trabajar la empatía y poneros en la piel, en la medida de lo posible, de los diferentes actores del acoso escolar, realizad un *Role playing* sobre una situación de *bullying*. Seguid estas pautas:

Pautas para el Role-playing

— El profesor/a presentará una situación de acoso escolar.

— Cuatro voluntarios/as saldrán a representar la situación durante unos 15 min. Cada uno tendrá un papel: agresor/a, víctima y dos testimonios.

— Los actores deberán actuar y representar la situación.

— El resto de la clase deberá estar muy atento a todo lo que suceda y anotar las impresiones que le ha provocado la representación y la manera en que solucionarían la situación.

— Finalmente, una vez acabada la representación, poned en común todas las impresiones anotadas.

8. Ahora que ya tenéis la información necesaria, pensad y acordad cuáles serán los elementos que formarán parte de la campaña de sensibilización y qué equipos o grupos se encagarán de diseñar y crear cada elemento.

— Tened presentes las siguientes orientaciones y, mediante la técnica cooperativa **Lápices al centro,** añadid y decidid todo aquello que consideréis necesario.

¿Qué elementos compondrán la campaña de sensibilización? Os proponemos:

Equipo 1. Un **anuncio propagandístico** en soporte audiovisual. Este podría ser el elemento central de la campaña.

Equipo 2. Acción de **difundir en las redes** la campaña: qué plataformas, qué dinámicas (interpelar al receptor de la campaña y pedirle la **creación de microrrelatos** a partir de historias de Instagram o la aportación de propuestas de prevención del acoso escolar con título ***«Y tú, ¿qué harías?»*** o ***«Y tú, ¿has sido víctima? ¡Cuéntalo!»...***).

Equipo 3. Un **díptico** y un **cartel informativo** de la campaña. Es importante tener claros el eslogan y la imagen que representará la campaña.

Equipo 4. Un buzón escolar para posibles denuncias. Es muy importante el diseño y, sobre todo, decidir dónde colocar este buzón en el colegio.

Presentamos

¿Cómo lo presentamos?

9. Ha llegado el momento de presentar la campaña ***Stop bullying!*** y explicar vuestro proyecto. Será un momento muy especial, por lo que debéis organizarlo y prepararlo teniendo en cuenta:

- A quiénes vais a invitar y cómo vais a hacerlo: los alumnos y alumnas del colegio, el equipo directivo y una representación de la comunidad educativa del colegio: profesores, familias...
- El día y el lugar de la presentación de la campaña y visualización de vuestro anuncio: cuál va a ser, cómo queréis ambientarlo, qué necesitáis para ello, etc.
- La presentación: adecuaos al público al que vais a dirigiros (vuestros compañeros y compañeras), pensad que todos debéis participar... Podéis seguir este esquema para preparar un guion de la presetación y ensayar antes.

Introducción	Desarrollo	Desarrollo	Conclusión
Presentación de los objetivos que os habéis marcado conseguir con el proyecto y presentación del reto.	Resumen de las investigaciones realizadas.	Presentación de la campaña: visualización del anuncio, muestra del cartel, reparto del díptico...	Explicación de lo que se ha aprendido. Apertura de un turno de preguntas entre el público para generar un espacio de debate.

Presentación de la campaña Stop Bullying!

10. ¡Es el momento de difundir vuestra campaña!

Habéis aprendido mucho y habéis prestado un gran servicio a la comunidad. Con vuestro trabajo estáis haciendo que muchas personas se sensibilicen y puedan poner en práctica habilidades que les ayuden a saber actuar en sociedad de manera pacífica haciendo posible y real el proyecto *Stop Bullying*.

Recordad que ahora es vuestro momento, es el momento de presentar el producto final a todos. ¡Mucho ánimo y a disfrutar de todo lo aprendido y compartido!

¿Qué sé hacer?

Valora qué has aprendido en este proyecto	Necesito mejorar	Justo	Bien	Muy bien
He trabajado con ganas e interés.				
He respetado a mis compañeros.				
He desarrollado correctamente mi rol.				
He aprendido sobre el *bullying*.				
He aprendido sobre situaciones de acoso y sus consecuencias.				
He aprendido cómo se podrían prevenir estas situaciones de acoso.				
He aportado información, ideas y propuestas, y he sido capaz de argumentarlas.				
He preparado y realizado la parte de la investigación que me correspondía.				
He colaborado en crear productos audiovisuales y analógicos, y en su difusión.				
He participado en la presentación del proyecto.				

Valoro el proyecto

- ¿Qué es lo que más me ha gustado de este proyecto?
- ¿Ha salido como esperaba? ¿Qué me ha resultado más fácil? ¿Y más difícil?
- ¿Cómo podría mejorarlo?
- ¿Qué he aprendido con el proyecto?
- ¿Para qué me puede servir lo que he aprendido?

SUSTANTIVOS

Los **sustantivos** o nombres son palabras que sirven para **designar** o **nombrar distintas realidades:** personas, animales, objetos, ideas, sentimientos...

MORFOLOGÍA

Género

Los sustantivos son **masculinos** o **femeninos**.

- La terminación **«-o» del masculino** se sustituye por **«-a» en el femenino**: *gat**o** / gat**a**.*
- A la terminación en consonante del **masculino** se le añade **«-a» en el femenino:** *escritor / escritora.*
- La **terminación** del masculino y la del femenino son **distintas**: *príncipe / princesa.*
- Se utilizan **palabras diferentes** para el masculino y para el femenino: *hombre / mujer.*

Número

Puede ser **singular** o **plural**.

- **Plural en «-s».** Cuando el sustantivo termina en:

— Vocal átona: *mano / mano**s**.*

— Vocal tónica («á», «é», «ó»): *sofá / sofá**s**.*

- **Plural en «-es»**. Cuando el sustantivo termina en consonante que no sea «-s»: *pared / pared**es**.*

CLASIFICACIÓN

Según su **significado,** se clasifican en:

- **Propios.** Designan seres u objetos únicos. Entre ellos están los **antropónimos** (se refieren a personas: *Juan*) y los **topónimos** (se refieren a lugares: *Teruel*).
- **Comunes.** Designan seres u objetos sin diferenciarlos del resto. Pueden ser:
  - **No contables**. Nombran realidades no contables: *aire, memoria.*
  - **Contables**. Nombran realidades contables: *ordenador, cuaderno.* Los nombres contables, a su vez, pueden ser:
    - **Individuales.** Se refieren, en singular, a un solo elemento: *receta, oveja.*
    - **Colectivos.** Se refieren, en singular, a un conjunto de elementos: *recetario, rebaño.*

ADJETIVOS

Los **adjetivos** son palabras que modifican a un sustantivo aportando contenidos que se dicen de él. Por tanto, expresan una tipología, cualidad, propiedad... del sustantivo al que acompañan y con el que mantienen una relación de concordancia.

RELACIONALES

Especifican la tipología del sustantivo.

*agua **mineral***

mineral designa el tipo de agua.

CALIFICATIVOS

Señalan cualidades, rasgos y propiedades que se agregan al sustantivo.

*montañas **nevadas***

nevadas designa un rasgo de la montaña.

Pueden tener un uso:

- **Explicativo:** cuando no pone restricción al aplicar la cualidad, sino que afecta a todos los seres a los que se refiere el sustantivo: *Las **contentas** jugadoras habían ganado.*
- **Especificativo:** cuando expresa una cualidad particular de ese sustantivo que lo diferencia de los demás de su especie: *cabello **rubio**.*

CLASES TRANSVERSALES

Son palabras que muestran propiedades de **varias clases de palabras:**

DEMOSTRATIVOS

	Singular			Plural	
	Masculino	**Femenino**	**Neutro**	**Masculino**	**Femenino**
Cercanía	este	esta	esto	estos	estas
Media distancia	ese	esa	eso	esos	esas
Lejanía	aquel	aquella	aquello	aquellos	aquellas

POSESIVOS

		Singular		Plural	
		Masculino	**Femenino**	**Masculino**	**Femenino**
1.ª PERSONA	Un poseedor	mi, mío	mi, mía	mis, míos	mis, mías
	Varios poseedores	nuestro	nuestra	nuestros	nuestras
2.ª PERSONA	Un poseedor	tu, tuyo	tu, tuya	tus, tuyos	tus, tuyas
	Varios poseedores	vuestro	vuestra	vuestros	vuestras
3.ª PERSONA	Un poseedor / Varios poseedores	su, suyo	su, suya	sus, suyos	sus, suyas

CUANTIFICADORES

Cuantificadores fuertes o universales

- todos, ambos, cada, siempre
  Son los que afectan a todos los elementos de un conjunto.
  Irá cada semana.
  Ambos lo intuían.
  Siempre llega tarde.

Cuantificadores débiles o no universales

- alguien, algún, alguno, nadie, ningún, ninguno, algo, nada...
  Indican la **existencia o inexistencia** de personas o cosas.
  Alguien baila.
  Sabe algo.
  Algún caso.

- mucho, muy, poco, bastante, demasiado...
  Evalúan una cantidad realizando una **estimación** en su contexto.
  Vienen bastantes.
  Muchas mesas.
  Salen mucho.

- uno, dos, diez, cien, mil...
  Expresan **número**.
  Tres mesas.
  Cuatro amigas.
  Compraron cien.

- más, menos, tanto, tan
  Indican **comparación**.
  Quiero más.
  Menos agua.
  Tanto dinero.

- cualquier, cualquiera...
  Se refieren a un **elemento indeterminado** de algún conjunto.
  Cualquier situación.
  Cualquiera de ellos.
  Díselo a cualquiera.

CLASES TRANSVERSALES

RELATIVOS

Simples	quien, que, donde, cuando, como, cuanto/a/os/as, cuyo/a/os/as
Complejos	el cual, la cual, lo cual, los cuales, las cuales, el que, la que, lo que, los que, las que

INTERROGATIVOS Y EXCLAMATIVOS

qué, quién/-es, cuál/-es, cuánto/-a, cuántos/-as, cuándo, cómo, dónde

PRONOMBRES PERSONALES

	PRONOMBRES TÓNICOS		PRONOMBRES ÁTONOS	
Persona	**Singular**	**Plural**	**Singular**	**Plural**
1.ª persona	yo, mí	nosotros, nosotras	me	nos
2.ª persona	tú, ti, usted, vos	vosotros, vosotras, ustedes	te	os
3.ª persona	él, ella, ello, sí	ellos, ellas, sí	lo, la, le, se	los, las, les, se

ARTÍCULOS

	SINGULAR			PLURAL	
	Masculino	**Femenino**	**Neutro**	**Masculino**	**Femenino**
Definidos	el	la	lo	los	las
Indefinidos	un	una	—	unos	unas

ADVERBIOS

El **adverbio** expresa las circunstancias (modo, lugar, tiempo, cantidad...) en que se desarrollan los hechos. Sintácticamente, el adverbio modifica a un adjetivo (CA), a un verbo (CC), a otro adverbio (CAv) o a una oración.

Lugar	**Tiempo**	**Modo**	**Cantidad**	**Afirmación**	**Negación**	**Duda**	**Aspecto**
allí, encima, debajo, lejos...	ahora, hoy, ayer, luego...	bien, mal, despacio...	mucho, poco, bastante...	sí, claro, ciertamente...	no, tampoco, nunca, jamás...	quizá, acaso, probablemente...	ya, todavía, aún

PREPOSICIONES

Son palabras invariables que unen palabras o sintagmas e indican la relación que existe entre estos elementos.

PREPOSICIONES	LOCUCIONES PREPOSITIVAS
a - ante - bajo - cabe - con - contra - de - desde - durante - en - entre - hacia - hasta - mediante - para - por - según - sin - so - sobre - tras - versus - vía	encima de - debajo de - en contra de - conforme a - enfrente de - a fuerza de - en virtud de - a favor de - junto a - de acuerdo con - gracias a...

CONJUNCIONES

Son palabras invariables que relacionan palabras, sintagmas u oraciones.

COPULATIVAS	y/e, ni
DISYUNTIVAS	o/u, bien
ADVERSATIVAS	pero, sino, sin embargo...

CAUSALES	porque, ya que, puesto que...
CONDICIONALES	si, siempre que, con tal que
CONSECUTIVAS	que

CONCESIVAS	aunque, si bien, a pesar de...
FINALES	para que, a fin de que...
DISTRIBUTIVAS	uno... otro, aquí... allá, ya... ya
ILATIVAS	luego, por tanto, así que

INTERJECCIONES

Suelen ir entre signos de exclamación y se emplean fundamentalmente para expresar emociones, llamar la atención del interlocutor, saludar y despedirse: *¡ay!, ¡oh!, ¡eh!, ¡hola!...*

VERBOS

Los **verbos** son palabras que designan acciones. Se componen de una raíz y de afijos **flexivos** que aportan información gramatical de persona, número, tiempo, modo y aspecto.

Persona y número

La **persona** se refiere a quien realiza la acción. Las personas del verbo son: **primera, segunda** y **tercera**.

El **número** indica si el sujeto es uno **(singular)** o varios **(plural)**.

	Singular	Plural
Primera	cant-**o**	cant-**amos**
Segunda	cant-**as**	cant-**áis**
Tercera	cant-**a**	cant-**an**

Tiempo

Informa sobre el momento en que se realiza la acción: **presente** *(Canto en el coro)*, **pasado** *(Ayer canté en el coro)* o **futuro** *(Mañana cantaré en el coro)*.

Modo

Indica cuál es la actitud del hablante ante la acción del verbo: **indicativo** *(Yo canto)*, **subjuntivo** *(Mi madre quiere que cante)* o **imperativo** *(¡Cantad!)*.

Formas no personales del verbo

Son aquellas que no tienen morfemas flexivos de número y persona. Son el **infinitivo** *(cantar)*, el **gerundio** *(cantando)* y el **participio** *(cantado)*.

Conjugaciones verbales

Existen tres modelos de conjugación:

— **Primera**: infinitivos terminados en -ar *(cantar)*.

— **Segunda**: infinitivos terminados en -er *(temer)*.

— **Tercera**: infinitivos terminados en -ir *(partir)*.

CONJUGACIÓN DE VERBOS REGULARES

MODO INDICATIVO

MODELO DE LA PRIMERA CONJUGACIÓN (-AR): CANTAR

FORMAS SIMPLES	Presente	Pretérito Imperfecto	Pret. Perfecto Simple	Futuro Simple	Condicional
	canto	cantaba	canté	cantaré	cantaría
	cantas	cantabas	cantaste	cantarás	cantarías
	canta	cantaba	cantó	cantará	cantaría
	cantamos	cantábamos	cantamos	cantaremos	cantaríamos
	cantáis	cantabais	cantasteis	cantaréis	cantaríais
	cantan	cantaban	cantaron	cantarán	cantarían

FORMAS COMPUESTAS	Pretérito Perfecto	Pret. Pluscuamperfecto	Pretérito Anterior	Futuro Compuesto	Condicional Compuesto
	he cantado	había cantado	hube cantado	habré cantado	habría cantado
	has cantado	habías cantado	hubiste cantado	habrás cantado	habrías cantado
	ha cantado	había cantado	hubo cantado	habrá cantado	habría cantado
	hemos cantado	habíamos cantado	hubimos cantado	habremos cantado	habríamos cantado
	habéis cantado	habíais cantado	hubisteis cantado	habréis cantado	habríais cantado
	han cantado	habían cantado	hubieron cantado	habrán cantado	habrían cantado

MODELO DE LA SEGUNDA CONJUGACIÓN (-ER): TEMER

FORMAS SIMPLES	Presente	Pretérito Imperfecto	Pret. Perfecto Simple	Futuro Simple	Condicional
	temo	temía	temí	temeré	temería
	temes	temías	temiste	temerás	temerías
	teme	temía	temió	temerá	temería
	tememos	temíamos	temimos	temeremos	temeríamos
	teméis	temíais	temisteis	temeréis	temeríais
	temen	temían	temieron	temerán	temerían

FORMAS COMPUESTAS	Pretérito Perfecto	Pret. Pluscuamperfecto	Pretérito Anterior	Futuro Compuesto	Condicional Compuesto
	he temido	había temido	hube temido	habré temido	habría temido
	has temido	habías temido	hubiste temido	habrás temido	habrías temido
	ha temido	había temido	hubo temido	habrá temido	habría temido
	hemos temido	habíamos temido	hubimos temido	habremos temido	habríamos temido
	habéis temido	habíais temido	hubisteis temido	habréis temido	habríais temido
	han temido	habían temido	hubieron temido	habrán temido	habrían temido

MODELO DE LA TERCERA CONJUGACIÓN (-IR): PARTIR

FORMAS SIMPLES	Presente	Pretérito Imperfecto	Pret. Perfecto Simple	Futuro Simple	Condicional
	parto	partía	partí	partiré	partiría
	partes	partías	partiste	partirás	partirías
	parte	partía	partió	partirá	partiría
	partimos	partíamos	partimos	partiremos	partiríamos
	partís	partíais	partisteis	partiréis	partiríais
	parten	partían	partieron	partirán	partirían

FORMAS COMPUESTAS	Pretérito Perfecto	Pret. Pluscuamperfecto	Pretérito Anterior	Futuro Compuesto	Condicional Compuesto
	he partido	había partido	hube partido	habré partido	habría partido
	has partido	habías partido	hubiste partido	habrás partido	habrías partido
	ha partido	había partido	hubo partido	habrá partido	habría partido
	hemos partido	habíamos partido	hubimos partido	habremos partido	habríamos partido
	habéis partido	habíais partido	hubisteis partido	habréis partido	habríais partido
	han partido	habían partido	hubieron partido	habrán partido	habrían partido

MODO SUBJUNTIVO

Presente	Pretérito Imperfecto	Futuro Simple
cante	cantara o cantase	cantare
cantes	cantaras o cantases	cantares
cante	cantara o cantase	cantare
cantemos	cantáramos o cantásemos	cantáremos
cantéis	cantarais o cantaseis	cantareis
canten	cantaran o cantasen	cantaren

Pretérito Perfecto	Pret. Pluscuamperfecto	Futuro Compuesto
haya cantado	hubiera o hubiese cantado	hubiere cantado
hayas cantado	hubieras o hubieses cantado	hubieres cantado
haya cantado	hubiera o hubiese cantado	hubiere cantado
hayamos cantado	hubiéramos o hubiésemos cantado	hubiéremos cantado
hayáis cantado	hubierais o hubieseis cantado	hubiereis cantado
hayan cantado	hubieran o hubiesen cantado	hubieren cantado

MODO IMPERATIVO

Presente

canta (tú) cante (él/ella)
cantad (vosotros/-as) canten (ellos/ellas)

FORMAS NO PERSONALES

	Simples	Compuestas
Infinitivo	cantar	haber cantado
Gerundio	cantando	habiendo cantado
Participio	cantado	

Presente	Pretérito Imperfecto	Futuro Simple
tema	temiera o temiese	temiere
temas	temieras o temieses	temieres
tema	temiera o temiese	temiere
temamos	temiéramos o temiésemos	temiéremos
temáis	temierais o temieseis	temiereis
teman	temieran o temiesen	temieren

Pretérito Perfecto	Pret. Pluscuamperfecto	Futuro Compuesto
haya temido	hubiera o hubiese temido	hubiere temido
hayas temido	hubieras o hubieses temido	hubieres temido
haya temido	hubiera o hubiese temido	hubiere temido
hayamos temido	hubiéramos o hubiésemos temido	hubiéremos temido
hayáis temido	hubierais o hubieseis temido	hubiereis temido
hayan temido	hubieran o hubiesen temido	hubieren temido

MODO IMPERATIVO

Presente

teme (tú) tema (él/ella)
temed (vosotros/-as) teman (ellos/-as)

FORMAS NO PERSONALES

	Simples	Compuestas
Infinitivo	temer	haber temido
Gerundio	temiendo	habiendo temido
Participio	temido	

Presente	Pretérito Imperfecto	Futuro Simple
parta	partiera o partiese	partiere
partas	partieras o partieses	partieres
parta	partiera o partiese	partiere
partamos	partiéramos o partiésemos	partiéremos
partáis	partierais o partieseis	partiereis
partan	partieran o partiesen	partieren

Pretérito Perfecto	Pret. Pluscuamperfecto	Futuro Compuesto
haya partido	hubiera o hubiese partido	hubiere partido
hayas partido	hubieras o hubieses partido	hubieres partido
haya partido	hubiera o hubiese partido	hubiere partido
hayamos partido	hubiéramos o hubiésemos partido	hubiéremos partido
hayáis partido	hubierais o hubieseis partido	hubiereis partido
hayan partido	hubieran o hubiesen partido	hubieren partido

MODO IMPERATIVO

Presente

parte (tú) parta (él/ella)
partid (vosotros/-as) partan (ellos/-as)

FORMAS NO PERSONALES

	Simples	Compuestas
Infinitivo	partir	haber partido
Gerundio	partiendo	habiendo partido
Participio	partido	

CONJUGACIÓN DE VERBOS IRREGULARES

MODO INDICATIVO

MODELO DE LA PRIMERA CONJUGACIÓN (-AR)

ANDAR — FORMAS SIMPLES

Presente	Pretérito Imperfecto	Pret. Perfecto Simple	Futuro Simple	Condicional
ando	andaba	anduve	andaré	andaría
andas	andabas	anduviste	andarás	andarías
anda	andaba	anduvo	andará	andaría
andamos	andábamos	anduvimos	andaremos	andaríamos
andáis	andabais	anduvisteis	andaréis	andaríais
andan	andaban	anduvieron	andarán	andarían

ESTAR — FORMAS SIMPLES

Presente	Pretérito Imperfecto	Pret. Perfecto Simple	Futuro Simple	Condicional
estoy	estaba	estuve	estaré	estaría
estás	estabas	estuviste	estarás	estarías
está	estaba	estuvo	estará	estaría
estamos	estábamos	estuvimos	estaremos	estaríamos
estáis	estabais	estuvisteis	estaréis	estaríais
están	estaban	estuvieron	estarán	estarían

MODELO DE LA SEGUNDA CONJUGACIÓN (-ER)

QUERER — FORMAS SIMPLES

Presente	Pretérito Imperfecto	Pret. Perfecto Simple	Futuro Simple	Condicional
quiero	quería	quise	querré	querría
quieres	querías	quisiste	querrás	querrías
quiere	quería	quiso	querrá	querría
queremos	queríamos	quisimos	querremos	querríamos
queréis	queríais	quisisteis	querréis	querríais
quieren	querían	quisieron	querrán	querrían

TRAER — FORMAS SIMPLES

Presente	Pretérito Imperfecto	Pret. Perfecto Simple	Futuro Simple	Condicional
traigo	traía	traje	traeré	traería
traes	traías	trajiste	traerás	traerías
trae	traía	trajo	traerá	traería
traemos	traíamos	trajimos	traeremos	traeríamos
traéis	traíais	trajisteis	traeréis	traeríais
traen	traían	trajeron	traerán	traerían

MODELO DE LA TERCERA CONJUGACIÓN (-IR)

IR — FORMAS SIMPLES

Presente	Pretérito Imperfecto	Pret. Perfecto Simple	Futuro Simple	Condicional
voy	iba	fui	iré	iría
vas	ibas	fuiste	irás	irías
va	iba	fue	irá	iría
vamos	íbamos	fuimos	iremos	iríamos
vais	ibais	fuisteis	iréis	iríais
van	iban	fueron	irán	irían

CONDUCIR — FORMAS SIMPLES

Presente	Pretérito Imperfecto	Pret. Perfecto Simple	Futuro Simple	Condicional
conduzco	conducía	conduje	conduciré	conduciría
conduces	conducías	condujiste	conducirás	conducirías
conduce	conducía	condujo	conducirá	conduciría
conducimos	conducíamos	condujimos	conduciremos	conduciríamos
conducís	conducíais	condujisteis	conduciréis	conduciríais
conducen	conducían	condujeron	conducirán	conducirían

MODO SUBJUNTIVO

Presente	Pretérito Imperfecto	MODO IMPERATIVO – Presente
ande	anduviera o anduviese	**anda** (tú)
andes	anduvieras o anduvieses	ande (él/ella)
ande	anduviera o anduviese	**andad** (vosotros/-as)
andemos	anduviéramos o anduviésemos	anden (ellos/-as)
andéis	anduvierais o anduvieseis	
anden	anduvieran o anduviesen	

Presente	Pretérito Imperfecto	MODO IMPERATIVO – Presente
esté	estuviera o estuviese	**está** (tú)
estés	estuvieras o estuvieses	esté (él/ella)
esté	estuviera o estuviese	**estad** (vosotros/-as)
estemos	estuviéramos o estuviésemos	estén (ellos/-as)
estéis	estuvierais o estuvieseis	
estén	estuvieran o estuviesen	

Presente	Pretérito Imperfecto	MODO IMPERATIVO – Presente
quiera	quisiera o quisiese	**quiere** (tú)
quieras	quisieras o quisieses	quiera (él/ella)
quiera	quisiera o quisiese	**quered** (vosotros/-as)
queramos	quisiéramos o quisiésemos	quieran (ellos/-as)
queráis	quisierais o quisieseis	
quieran	quisieran o quisiesen	

Presente	Pretérito Imperfecto	MODO IMPERATIVO – Presente
traiga	trajera o trajese	**trae** (tú)
traigas	trajeras o trajeses	traiga (él/ella)
traiga	trajera o trajese	**traed** (vosotros/-as)
traigamos	trajéramos o trajésemos	traigan (ellos/-as)
traigáis	trajerais o trajeseis	
traigan	trajeran o trajesen	

Presente	Pretérito Imperfecto	MODO IMPERATIVO – Presente
vaya	fuera o fuese	**ve** (tú)
vayas	fueras o fueses	vaya (él/ella)
vaya	fuera o fuese	**id** (vosotros/-as)
vayamos	fuéramos o fuésemos	vayan (ellos/-as)
vayáis	fuerais o fueseis	
vayan	fueran o fuesen	

Presente	Pretérito Imperfecto	MODO IMPERATIVO – Presente
conduzca	condujera o condujese	**conduce** (tú)
conduzcas	condujeras o condujeses	conduzca (él/ella)
conduzca	condujera o condujese	**conducid** (vosotros/-as)
conduzcamos	condujéramos o condujésemos	conduzcan (ellos/-as)
conduzcáis	condujerais o condujeseis	
conduzcan	condujeran o condujesen	

MÉTRICA

La **métrica** trata del estudio de los aspectos rítmicos del verso: la **medida**, el **ritmo** y la **rima**. Partimos de tres conceptos básicos: **verso** (cada una de las líneas que componen el poema), **estrofa** (conjunto de versos que se ajustan, generalmente, a una rima y una medida) y **poema** (conjunto de estrofas que conforman la composición).

LA MEDIDA

Medir un **verso** consiste en contar el número de sílabas que tiene. Existen unas reglas y licencias (excepciones) que deben tenerse en cuenta.

Regla de medida de los versos

Aguda	Se **suma una sílaba** a la medida del verso.
Llana	La medida del verso **permanece igual.**
Esdrújula	Se **resta una sílaba** a la medida del verso.

Licencias métricas

Sinalefa	Se **pronuncian** juntas la última sílaba de una palabra terminada en vocal y la primera de la siguiente si comienza por vocal: *Era un aire suave…* (6 sílabas).
Diéresis	Se **pronuncian** en **sílabas distintas** dos vocales que normalmente forman diptongo: *El su-a-ve susurro…* (7 sílabas).
Sinéresis	Se **pronuncian** en la **misma sílaba** dos vocales que normalmente se pronuncian en sílabas distintas: *Cae la nieve en remolino…* (8 sílabas).

LA RIMA

La **rima** es la repetición de sonidos al final del verso, a partir de la última vocal tónica.

Tipos de rima

Rima asonante	Rima consonante
Se repiten **solo** las **vocales** después de la última sílaba tónica. v**a**g**a**s - esp**a**ld**a**s (**a** - **a**) ensu**e**ñ**o** - l**e**j**o**s (**e** - **o**)	Se repiten las **vocales** y las **consonantes**. enamor**ado** - soñ**ado** (-**ado**) sab**er** - dol**er** (-**er**)

EL RITMO

El **ritmo** del poema se consigue mediante la distribución armónica de las sílabas acentuadas a lo largo de los versos. Los principales tipos rítmicos son:

Tipos de ritmo

Ritmo binario	Ritmo terciario
Trocaico (óo)	Dactílico (óoo)
Yámbico (oó)	Ambíbraco (oóo)
—	Anapesto (ooó)

TIPOS DE VERSOS Y ESTROFAS

El esquema métrico

Consiste en la representación sintética de las características de una estrofa: sílabas y rima.

Llora, Giraldilla mora,
lágrimas en tu pañuelo.
Mira cómo sube al cielo
la gracia toreadora.

Rafael Alberti

Sílabas	8, 8, 8, 8
Rima	a, b, b, a
Esquema métrico	8a, 8b, 8b, 8a

Tipos de versos

	Número de sílabas	Denominación del verso
Arte menor	2 sílabas	bisílabo
	3 sílabas	trisílabo
	4 sílabas	tetrasílabo
	5 sílabas	pentasílabo
	6 sílabas	hexasílabo
	7 sílabas	heptasílabo
	8 sílabas	octosílabo
Arte mayor	9 sílabas	eneasílabo
	10 sílabas	decasílabo
	11 sílabas	endecasílabo
	12 sílabas	dodecasílabo
	14 sílabas	alejandrino

Tipos de estrofas

Pareado	Combinación de dos versos que riman entre sí.
Terceto	Combinación de tres versos de arte mayor y rima consonante.
Cuarteto	Estrofa de cuatro versos endecasílabos, de rima consonante: 11A 11B 11B 11A.
Redondilla	Estrofa de cuatro versos octosílabos, de rima consonante: 8a 8b 8b 8a.
Cuarteta	Estrofa similar a la redondilla pero con un cambio en el esquema métrico: 8a 8b 8a 8b.
Otras estrofas	Quinteto, sexteto, octava, octava real…

FIGURAS LITERARIAS

Las **figuras literarias** son recursos que se utilizan para crear un lenguaje hermoso y con nuevos significados. Estas son algunas:

FIGURA LITERARIA	EN QUÉ CONSISTE	EJEMPLO
EPÍTETO	Adjetivo que destaca una cualidad que ya está implícita en el sustantivo.	*Pálidos limones amarillos.* Antonio Machado
ANÁFORA	Repetición de una o varias palabras al inicio de distintos versos.	*Aquí tengo una voz enardecida,* *aquí tengo una vida combatida y airada.* Miguel Hernández
HIPÉRBATON	Alteración del orden lógico de los elementos de la oración.	*Pidió las llaves a la sobrina del aposento.* Miguel de Cervantes
ALITERACIÓN	Repetición de un sonido con la intención de provocar un efecto sensorial.	*Con el ala leve del leve abanico.* Rubén Darío
HIPÉRBOLE	Exageración de las cualidades de algo o de alguien.	*No hay extensión más grande que mi herida.* Miguel Hernández
PERSONIFICACIÓN	Atribución de cualidades o acciones humanas a seres irracionales o cosas inanimadas.	*En el aire conmovido* *mueve la luna sus brazos.* Federico García Lorca
COMPARACIÓN	Relación que se establece entre dos elementos que tienen algún parecido.	*[...] cuyas gotas mirábamos temblar* *y caer como lágrimas del día...* Gustavo Adolfo Bécquer
METÁFORA	Identificación de dos elementos por la semejanza que existe entre ellos.	*La guitarra es un pozo* *con viento en vez de agua.* Gerardo Diego
ANTÍTESIS	Relación entre dos palabras que poseen significado opuesto.	*Abra la luz la niebla á tus engaños,* *antes que el lazo rompa el tiempo, y muerto* *sea el fuego del tardo yelo mio.* Fernando de Herrera
SINESTESIA	Aplicación a un sentido la sensación propia de otro.	*[...] alamedas del río, verde sueño* *del suelo gris y de la parda tierra,* *agria melancolía* Antonio Machado
METONIMIA	Designación de algo con otro nombre basándose en una relación de contenidos.	*Le felicitaron con todos los laureles* (honor, gloria).
ELIPSIS	Omisión de elementos en la oración fáciles de interpretar por el contexto.	*Lo bueno, si breve, dos veces bueno.* Baltasar Gracián
PARALELISMO	Repetición del orden sintáctico de los elementos en dos o más versos.	*Yo y mi sombra, ángulo recto.* *Yo y mi sombra, libro abierto.* Manuel Altolaguirre
ONOMATOPEYA	Palabra que imita el sonido de la cosa nombrada por ella.	*Mal pollito colipavo,* *sin plumas, digo, sin pelo.* *¡Pío-pic!, pica, y al vuelo* *todos le pican a él.* Rafael Alberti
ASÍNDETON	Supresión intencionada de los enlaces que unen las palabras o las oraciones.	*Pasó, pasé; miró, miré; vio, vila;* *dio muestras de querer, hice otro tanto;* *guiñó, guiñé; tosió, tosí; seguila;* Fray Damián Cornejo
POLISÍNDETON	Repetición constante e innecesaria de enlaces.	*¿Y ríe y llora y aborrece y ama* *y guarda un rastro del dolor y el gozo,* [...] Gustavo Adolfo Bécquer